우주의 알

우주의 알

테스 건티 · 김지원 옮김

은행나무

차례

"저걸 애완용으로 팔지 않으면, 고기로 먹어 없애야 돼. 저 녀석들은 다 고기야. 아, 저거 봐. 저놈들이 서로에게 그 짓을 하기 시작했어."

여자가 토끼들을 가리킨다.

"그 짓이 뭐죠?"

"나이가 많아지면 서로에게 오줌을 싸고 뭐 그러는 거야. 따로따로 넣을 우리가 열 개는 있지 않으면 저놈들은 싸우기 시작해. 그리고 수컷이 다른 수컷을 거세하지. 그런다니까. 고환을 물어뜯어버려. 그러면 피투성이 난장판이 되는 거야. 그래서 저것들이 어느 정도 나이가 되면 잡아 죽여야 돼. 안 그러면 난리가 나."

— 1989년, 미시간주 플린트 주민 론다 브리턴

보이지 않고 영원한 것들은 보이고 일시적인 것들을 통해서 알려진다.

— 1151년, 베네딕트회 수녀원장 힐데가르트 폰 빙엔

1부

무(無)의 반대

~~~

무더운 밤, C4호에서 블랜딘 왓킨스는 육체에서 빠져나온다. 그녀는 겨우 열여덟 살이지만 거의 평생 이 일이 일어나기만을 바라며 살았다. 고통은 신비주의자들이 약속했듯이 달콤하다. 영혼이 빛으로 찔리는 것 같아, 신비주의자들은 그렇게 말했고 그 말 역시 옳았다. 신비주의자들은 이 경험을 '심장의 황홀경', '천사의 공격'이라고 불렀지만, 블랜딘에게는 어떤 천사도 나타나지 않는다. 하지만 반딧불이처럼 빛을 내는 오십대 발광체 아저씨는 있다. 그 사람은 그녀에게 달려와 소리를 지른다.

칼, 면, 발굽, 표백제, 고통, 모피, 행복. 몸을 빠져나오자 블랜딘은 그 모든 것이다. 그녀는 이 아파트 건물의 모든 세입자다. 그녀는 쓰레기이자 아기 천사고, 바다 밑의 고무신 한 짝이고, 아버지의 오렌지색 점프슈트이고, 어머니의 머리카락을 빗기는 빗이다. 인디애나주 바카베일의 처음이자 마지막 존(Zorn) 자동차 공장. 그녀가 열네 살일 때 그녀의 몸을 빼앗은 남자 속의 핵, 그녀가 좋아하는 사서 얼굴의 빨간색 안경, 흙에서 뽑은 무. 그녀는 아무도 아니다. 그녀는 위탁가족이 귀찮다고 그녀와 함께 눈 속으로 쫓아낼 때마다 얼굴을 핥아주넌 쏘브루살 워터도그 케이티다. 확장된 콘텐츠를 위한 알고리즘이고, 주유소에서 파는 파란색 슬러시다. 아역 여배우가 신은 최초의 탭댄스 신발이고 그런 그녀에게 더 노력하라고 말하는 남자다. 그녀는 마루에 피 흘리고 있는 그녀를 촬영하는 스마트폰이고, 중국 선전시의 초록색 공장 바닥에서 그 전화기의 90번째 단계를 조립하는 십대 아이의 벗겨진 매니큐어다. 미국 인공위성, 욕설, 그녀의 고등학교 연극 연출가 손가락의 반지다. 그녀는 죽어가는 걸로 보이는 그녀의 도시에서 풀을 뜯어 먹는 모든 솜꼬리토끼다. 그녀를 만든 사람들 사이에서 타오른 10분간의 쾌락, 어머니의 혀 위에서 녹는 옥시코돈 마지막 한 알, 지금 현재 블랜딘에게 하는 짓 때문에 이 남자아이들에게 징역형을 선고할 의사봉. 지금 현재 같은 것은 없다. 그녀는 상처 입고 바닥에 쓰러진 또 다른 젊은 여자, 자원을 얻으려고 남자들이 난도질을 한 육체가 아니다. 아니고말고. 그녀는 주의를 기울이고 있다. 그녀는 마지막에 웃는 자다.

그 무더운 밤 C4호에서 블랜딘 왓킨스가 육체에서 빠져나왔을 때, 그녀는 모든 것이 아니다. 정확하게는 아니다. 그녀는 그저 무(無)의 반대다.

다 함께, 지금

~~

C12호: 수요일 밤, 9시 정각, 범죄 현장 4층 위에 사는 남자는 '당신의 데이트를 평가하세요(성인만!)'라는 앱을 들여다보는 중이다. 앱은 새빨갛게 빛나고, 남자는 그 안에 아무도 없다고 확신한다. 여자들의 거절을 견뎌온 다른 수많은 남자들처럼, C12호의 남자는 여자들이 지구상의 그 어떤 사람보다도 큰 권력을 가지고 있다고 믿는다. 그렇지 않다고 말하는 증거가 나오면, 그는 화가 난다. 그것은 지는 싸움을 해본 적 있는 사람들에게만 생기는 분노다. 이제 육십대인 남자는 어둠 속에서 이불 위에 누워 있다. 그는 낮의 일을 다 끝냈지만 낮은 아직 끝날 생각이 없다. 자기에는 아직 이르다. 남자는 벌목꾼이다. 직업적 유효기간은 지났지만 은퇴하자니 경제적으로도, 심리적으로도 저축이 부족하다. 종종 그는 자신의 등에 가공의 목재가 어린애처럼 얹힌 듯한 무게를 느낀다. 종종 그는 자신의 등에 가공의 어린애가 목재처럼 얹힌 듯한 무게를 느낀다. 6년 전 아내가 죽은 이래로 집에 가구가 없어진 것 같은 느낌이었지만, 실

13

제로는 가구가 가득하다. 땀을 흘리며 그는 커다랗고 밝은 화면을 손으로 감싼다.

강 괜찮음, 아빠 같음, 프로필 사진보다 뚱뚱함. 시선=눈 맞춤. 상대에 관해 안 물어보고 돈에 쪼잔한 듯. 벨크로 지갑. 사용자 멜벨23이 2주 전 그의 프로필에 댓글을 달았다. 인디애나주 거리 같은 냄새 남. ★★☆☆☆

그의 프로필에 달린 다른 유일한 댓글은 6개월 전에 데니즈다비스트가 올린 것뿐이었다. 이 사람 촌뜨기야. ★☆☆☆☆

아랫집에서 시끄러운 소리가 울린다. 아마 파티겠지.

C10호: 한 십대 소년이 좀 더 얼굴이 멋져 보이는 전구 색깔로 침실 조명을 조정한다. 머리를 한 손으로 쓸어 넘기고, 립밤을 바른다. 잡지 부록으로 받은 향수를 가슴에 문지른다. 이런 행동이 전혀 쓸데없다는 걸 알면서도. 그의 가장 나은 얼굴 윤곽을 잡을 수 있게 카메라앵글을 돌린다. 그의 어머니는 야간 근무 중이지만 그래도 방문을 잠근다. 팔벌려뛰기 30회, 팔굽혀펴기 30회를 한다. 문자를 보낸다. 준비됐어요.

C8호: 아이 엄마가 아기를 소파로 데려온 다음 탱크톱을 올린다. 아기는 이렇게 밤늦은 시간에 깨면 안 되지만, 규칙은 아기들에게는 아무 의미가 없다. 젖을 먹는 동안 아기는 애정을 요구하고, 아이 엄마는 노력한다. 다시 노력한다. 더 열심히 노력한다. 하지만 할 수가 없다. 아기는 재빠르게, 텔레파시처럼, 어른 같은 비난을 엄마의 피부 위로 던진다. 그게 느껴진다. 아기가 더 세게 빨면서 손톱으로 엄마를 할퀸다. 깎기에는 너무 약하지만 상처를 낼 수 있을 만큼은 길고 날카로운 손톱이다. 자유로운 손으로 그녀는 핸드폰을 확인한다. 아이 엄마의 엄마에게서 온 문자. 턱수염도마뱀 데이지가 자그마한

바이커 의상을 입은 사진이다. 비늘이 뽀족뽀족 돋은 산호색 머리에 쓴 도톰한 헬멧, 배에 묶은 검은색 인조가죽 재킷. '지옥의 천사들' 폰트로 재킷 뒤에 재앙의 드래건이라고 쓰여 있다. 파충류는 식탁 위에 있는 자기 자리에서 카메라를 쳐다보고 있고, 표정은 읽을 수 없다. 아이 엄마는 공룡의 눈 같은 데이지의 눈을 확대한다. 그 눈은 다른 시대, 9000만 년 전 과거로부터 그녀를 관찰하는 것처럼 보인다.

너도 아기가 있고 나도 아기가 있어!! 지금은 두 번째 남편과 펜서콜라에 사는 아이 엄마의 엄마는 그렇게 적었다. 하하하! 로이가 이 의상을 찾았어…… 🐍🔥🦎 완전 반항아 같지??? 🐢🐉🦖 너랑 내 예쁜 손주에게 축복이 있기를 🎭 💜 🙏.

불안한 기분으로 젊은 아이 엄마는 문자 창을 손가락으로 밀어서 닫고는, 오른팔로 아기의 무게와 온기를 느끼고 아기가 젖을 먹으며 내는 만족스러운 소리를 기쁘게 받아들이며 세 개의 SNS 사이를 표류한다. 언제나처럼 인터넷에서는 포식자들이 난동을 부린다. 인터넷 세계에는 포식자들밖에 없다. 아이 엄마에게 현대 삶을 요약해보라고 하면, 그녀는 이렇게 말할 것이다. 모두가 하지도 않은 일로 서로에게 벌을 주는 시대. 그리고 지금 그녀는 자신의 아기를 바라보기를 거부하면서 그 애가 하지 않은 일로 그 애를 벌주고 있다.

아이 엄마는 자신의 아기의 눈에 대한 공포증이 생겼다.

아기는 4주 됐다. 그 4주 동안 그녀는 자기 마음의 지하실에서 살았다. 하루 종일 그녀는 엄마들 블로그를 보며 불안감을 키웠다. 엄마들 블로그는 의학 웹사이트보다도 더 끔찍했지만, 죽음의 본능을 이용하기 위해 설계된 것은 마찬가지였다. 엄마가 되는 건 당신이 하게 될 일 중에서 가장 귀중한 일이다. 엄마들 블로그는 완벽한 확신을 가지고 그렇게 주장한다. 그 사이트들을 클릭하기 전까지 아이 엄마는 이전에 최악의 진단이라고 믿었던 것, 당신은 나쁜 엄마야에 대한 마음의 준비만을 했었다. 하지만 알고 보니 그게 최악의 진단이 아니었다. 당신은 사이코패스야, 엄마들 블로그는 그렇게 결론을 내렸다. 당신은 우리 모두에게 위협이야.

아기를 한 팔로 껴안고 소파에 앉아서 아이 엄마는 공포에 질리기 시작한다. 그래서 스스로를 달랜다. 자, 숨을 깊게 들이쉬고, 긴장을 내뱉어. 이마와 눈썹, 입에서 힘을 빼. 천장의 선풍기 소리에만 귀를 기울여. 자신의 몸이 해파리나 뭐 그런 게 되었다고 상상해야 한다. 그녀의 몸과 나머지 세상 사이의 경계가 녹아버리는 걸 상상해야 하고. 그녀의 사촌 케라가 두 사람이 룸메이트였던 시절에 이 방법을 가르쳐주었다.

엄마가 되기 전에, 아이 엄마는 호프(Hope)였다. "네 이름이 호프라는 거 좀 웃겨. 왜냐하면 넌, 뭐랄까, 희망이라고는 없잖아." 케라가 그렇게 말한 적이 있다. 고등학교를 졸업하고 호프는 웨이트리스 자리를 얻었고 케라는 미용사가 되었다. 그들은 함께 강가의 싼 집을 빌렸다. 케라는 네온색의 옷과 시나몬 껌, 비탄에 찬 남자들을 좋아했다. 머리 색깔은 몇 달에 한 번씩 계속 바뀌었으나 좋아하는 색은 보라색이었다. 케라는 이해가 안 갈 정도로 행복한 사람이었고, 종종 요리하면서 셀린 디옹 노래를 요란하게 부르며 춤을 췄다. 호프는 사촌의 머릿속에서 휴가를 보내면 어떤 느낌일까 여러 번 상상했다. 스무 살 때 케라는 호프가 새벽 3시에 화장실 바닥에 태아 자세로 웅크린 채 얼마나 무서운지, 모든 것이 얼마나 무서운지, 그 모든 것이 너무나 커서 사실상 무(無)고 그 무가 그녀를 집어삼키고 모든 걸 집어삼킨다고 흐느끼며 말하는 걸 발견했다. 다음 날 케라는 호프를 바카베일에 있는 유일한 건강식 식료품점인 베지터블베드로 데려갔다. 그곳은 향신료 냄새와 다양한 설탕 대체물들이 두 사람의 마음을 끄는, 불빛이 반짝거리는 조그만 정육면체 공간이었다. 그들은 호프가 이해할 수도 없고 살 돈도 없는 동종요법 치료제를 한 봉투 안고 돌아왔다. 바꽃, 질산은, 흰독말풀, 삼산화비소, 보두나무 씨앗 등이었다. 호프가 자신의 처형대 그림자 속으로 들어갈 때마다 케라는 약 한 움큼을 주고, 라벤더 차를 끓이고, 산책, 명상, 요가, 마그네슘 등을 처방했다. 종종 케라는 호프가 좋아하는 텔레비전 드라마 〈이웃을 만나다〉를 한 편 틀어줬다. "이 목걸이를 목에 걸어. 자수정이야. 마음을 진정시키는 크리스털인데 두려움에 효과 만점이야. 부정적인 마음도 없애주고. 자, 나랑 같이 이 호흡법을 해보자." 케라는 이렇게 말하곤 했다. 케라는 종종 바에 있는 남자들에게 말했듯이 마이어스-브리그스 유형 지표에서 INFP('중재자')였고, 에니어그램은 2번 유형('기부자'), 별자리는 처녀자리('치유자')였다. 보살피는 일이 천직이라고 그녀는 믿었다.

지금, 집 안에서 호프는 여전히 케라가 호흡법을 하도록 자신을 이끌어주는 소리를 들을 수 있다. 그녀의 라일락 같은 목소리가 집 안을 떠돈다. 숨 깊게 들이쉬어. 내뱉고. 하나, 둘, 셋, 넷, 다섯, 여섯, 일곱, 여덟, 아홉, 열. 다시. 숨을 쉬는 동안 호프는 피부에 아기가 따뜻하고 부드럽게 닿아 있는 것을 느낀다.

그녀의 두려움은 그다지 수수께끼가 아니라고 그녀는 생각한다. 남편이 하루 종일 건설 현장에 가 있었고, 감기 초기 증상으로 목이 아파서 최근에 잠을 전혀 못 잤다. 가슴은 연예인만큼 부풀었고, 머릿속의 전깃줄을 따라 전기가 흐르는 느낌인 데다가 커피의 도움 없이도 몸이 동물적 경계심의 절정 수준으로 깨어 있다. 호르몬은 온 세상의 음량을 최대로 올려놓고 그녀의 귀를 아기 쪽으로 향하게 만들어 아기의 침이 튀는 어린 목소리에 항상, 억지로 귀를 기울이게 한다. 그녀는 여우가 된 기분이다. 각성제를 투약한 여우.

더 큰 신체적 공포는 말할 것도 없다. 애를 낳은 후, 그 부분은 이제 성기가 아니라 질로 되돌아갔다. 그녀는 임신, 출산, 산후 회복이 직접 겪기 전에는 아무도 미리 보여주지 않는 공포 영화의 삼막(三幕)을 구성한다는 사실을 알아가고 있다. 가톨릭 학교에서는 호프와 동기생들에게 낙태 영상을 보게 하고, 낙태 후에 여자가 우는 소리를 듣게 하고, 의사의 기구로부터 자궁 속의 태아가 꼬물꼬물 도망가는 모습을 보게 했다. 하지만 태아를 몸 바깥으로, 세상으로 밀어낼 때 어떤 일이 일어나는지 누구라도 말해줬는가? 아니. 그건 '아름다운' 일이었다. '자연스러운' 일이었다. 무엇보다도 그것은 '기적'이었다. 성스러운 파란 베일에 가려진 모성, 감추어진 섬뜩한 세부 사항, 가톨릭교도들을 속여 더 많은 가톨릭교도들을 만들려는 정교한 음모.

젖을 먹일 때 엄마의 몸에 신의 번개처럼 산후통이 내리친다. 수유는 직관적이지 않고, 유축기를 쓰면 자신이 사이보그 젖소가 된 기분이 든다. 게다가 재채기를 할 때마다 소변이 나온다. 이걸 해결하기 위해서 지옥의 운동인 케겔 운동을 하라고 한다. 인터넷에서는 대리석 위에 앉아 있다고 상상하라고 한다. 그런 다음 대리석을 들어 올리는 것처럼 골반 근육을 조이세요. "솔직히 말해서, 도대체 뭘 어쩌라는 거야?" 아이 엄마는 어느 날 밤에 설명을 소리 내어 읽고는 남편에게 그렇게 말했다. 그녀는 자신이 인체모형이고 복화술사가 말을 하게 만드는 것처럼 남편에게 강박적으로, 세세하게 자신의 신체 상태를 설명한다. 그가 대가를 함께 치르지 않는다면, 억지로 상상이라도 하게 만들 것이다.

하지만 그에게 강요할 필요도 없다. 그녀가 출산이 입힌 피해에 대해서 말을 하자마자 그는 그녀의 손을 잡고, 그녀와 눈을 맞추고, 고통을 받아들인다. "내가 받아 갈 수 있다면 좋을 텐데. 당신한테서 전부 다 받아서 내 몸으로 옮길 수 있다면 좋을 거야." 그런 다음에 그가 그녀의 목에 키스하자 심장이 제세동되고 그녀는 되살아난다. 그는 이걸 원한다고 그녀에게 말한다. 출산의 낭자한 피를 원한다고. 새벽 4시에 일어나는 걸 원한다고. 처음과 중간과 끝을 원한다고. 고칠 수 있는 건 뭐든지 고치고 그 나머지를 헤쳐나갈 동안 함께 있고 싶다고. 나쁠 때나 좋을 때나 함께하고 싶다고. 아플 때나 건강할 때나 함께하고 싶다고. "난 당신을 원해. 모든 당신을." 그는 그녀를 여신이라고 부른다. 영웅. 기적이라고.

아니야, 아이 엄마는 생각한다. 아니, 그녀가 제정신을 잃어가고 있는 게 아니다. 그리고 몸 하나가 몸에서 나가고 나서 비정상이라고 느끼는 건 정상이다. 그녀의 특정 증상이 온라인에는 없다 해도, 자기 아기의 눈을 극도로 두려워하는 게 그렇게까지 이상한 일은 아니라고 아이 엄마는 합리화한다. 몸 안에서 격동이 일고, 트위터가 뉴스를 쩍쩍 토해내고 있는 이 상황에서. 총격, 살인, 석유 유출, 테러리즘, 산불, 납치, 폭격, 홍수. 어떤 여자가 자기 차 문을 열었는데 불곰이 운전석에 앉아서 그녀의 식료품을 집어 먹고 있는 걸 발견하는 웃기는 동영상. 살인, 살인, 전쟁. 인터넷은 우울하다. 이런 시기에 수돗물 한 컵을 마시듯 현실을 경험하기 위해서는 좋은 친구를 곁에 두면 된다. 산후 우울증이 이럴 수도 있을까? 네온과 빼액 지르는 비명 소리?

아기 눈의 무엇 때문인 걸까? 너무 동그랗다. 영구히 충격을 받은 것처럼 보인다. 아기는 상(像) 하나하나를 분노한 표정으로 분류하고, 세상을 고소라도 할 것처럼 자세히 살핀다. 눈도 별로 깜박이지 않는다. 그녀는 열쇠를 흔들거나 오래된 잼병으로 빛을 굴절시키거나 손가락을 흔들어서 아기의 관심을 끌려고 해보았으나 시각적 자극은 아기를 당황하게 만들고, 그녀가 이런 종류의 시도를 할 때마다 아기는 짜증을 부린다. 아기는 벽처럼 평범하고 위협적이지 않은 표면을 보는 걸 더 좋아한다. 그리고 거의 검은색에, 언제나 그렁그렁하고, 종종 정신없이 움직이는 아기의 눈은 시선을 사로잡는다. 그건 제 아빠 쪽 가족에게서 물려받은 특징이다. 모두가 기분파에 아주 멋있고 퍼즐을 잘 푸는 미남 집안이다. 아이 엄마는 이 눈을 사랑한다. 압력을 가한 귀중한 탄소 광물처럼 그녀의 몸이 만들어낸 한 쌍의 눈. 그녀는 아기의 초소형 발톱, 보송보송한 검은 머리, 머리 냄새, 통통하고 축 늘어진 목에 바코드처럼 난 발진을 사랑하는 만큼 그 눈을 사랑한다. 그녀는 한 번도 본 적 없는 빛깔로 자기 아이를 사랑한다. 엄마들 블로그에서 그렇게 될 거라고 경고했던 것처럼 말이다. 하지만 사랑이 공포를 막아주는 것은 아니다. 스물다섯 살인 아이 엄마는 후자가 거의 항상 전자를 동반한다는 것을 안다. 그 애의 눈이 그녀를 겁에 질리게 한다.

아이 엄마는 그 눈이 무엇을 떠올리게 하는지 생각해보려고 한다. 보안 카메라. 어둠 속에 있는 표범의 눈. 화장실의 스토커. 몇 년 전, 그녀가 감자튀김과 달콤한 차를 상상하며 드라이브스루에 정차해 있는데 오래된 밴의 운전석 창문을 계속해서 두드려대던 남자의 눈.

남자는 어린이용 삽으로 그녀의 창문을 내리쳤다. 노란색 플라스틱. 그는 눈을 깜박이지 않았다. 그의 목에서는 어떤 말도 나오지 않고 그저 으르렁거리는 소리뿐이었고, 동기도 알 수 없었다. 맛이 간 남자. 그게 딱 맞는 표현이었다. 그 말엔 알맞은 구멍들이 있었다. 드라이브스루에서 그 남자의 눈은 짙고, 겁먹고, 퀭하니 열려 있었다. 맛이 갔다.

그녀는 손잡이를 돌려 창문을 내리고서 남자에게 뭔가 주문을 해줄까요 하고 물었으나 남자는 그녀의 말이 안 들리는 것 같았다.

"날 봐. 날 보라고." 남자는 계속해서 그렇게 말했다.

그녀는 손잡이를 돌려 창문을 올리면서 이 무시하는 행동이 덜 폭력적이도록 창문이 자동이기를 바랐고, 그를 두려워하면서도 갑자기 그에게서 눈을 뗄 수 없었다. 모든 사교적 충돌의 우연성은 언제나 아이 엄마를 괴롭혔다. 심지어는 엄마가 되기 전부터 말이다. 국적을 갖고, 연인을, 가족을, 동료를, 이웃을 갖는 것. 아이 엄마는 이 모든 것이 근본적으로 터무니없는 관계라고 이해한다. 이 관계들은 우연이면서도 모든 삶을 휘두르는 독재자들이기 때문이다. 창문을 올린 다음에 그녀는 드라이브스루 스피커로 다가가서 주문을 했다. 남자는 눈을 커다랗게 뜨고 해변용 삽으로 다음 차의 유리를 내리쳤다.

지금, 아기가 밀어내자 엄마는 왼쪽 가슴으로 젖을 먹이려 하지만 아기는 거부한다. 그녀는 수건을 얹은 어깨에 대고 아이를 트림시키며 이 연약한 존재에 대한 화학적 사랑을 넘치도록 느낀다. 아기가 안달한다. 그녀는 아기를 흔들어준다. 15분 안에 아기는 다시 잠든다. 이게 신생아와 함께하는 삶이라는 걸 그녀는 배웠다. 의식을 찾거나 잃도록 다른 사람을 달래고, 계속 계속 반복하고, 그 사이사이에 영양분을 제공하는 것. 아기가 지구보다 네 배 빠른 속도로 태양 주위를 도는 다른 행성에 사는 것처럼. 인간의 조건을 이해하고 싶다면 아기들을 자세히 살펴보라. 언제라도 죽을 수 있기 때문에 위험부담이 아주 높으면서, 동시에 더 큰 사람이 모든 욕구를 만족시켜주기 때문에 위험부담이 아주 낮다. 언어와 행위자성은 아직 나타나지 않았다. 그게 어떤 모습일까? 아기를 관찰해보라.

그녀는 아이를 요람에 넣고 굳은 목을 푼다.

밤 9시 반에 남편이 돌아왔을 때 그의 머리는 건설용 안전모에 싸여 있고, 부츠는 흙먼지투성이고, 땀 냄새와 선크림 냄새는 집처럼 익숙하고, 아기는 여전히 자고 있다. 아이 엄마는 하루 종일 아무하고도 이야기하지 않았음을 처음으로 깨닫는다. 아기를 데리고 산책을 나갈 생각이었지만, 잊어버렸다. 텔레비전과 라디오는 떠오르지도 않았다. 열네 시간 동안 혼자서 긴장하고 있었다. 하루 종일 위험한 것들에 관해 생각하면서.

그녀가 남편에게 피시스틱과 케첩을 올린 접시를 내민다.

"진수성찬이네. 고마워, 자기(baby)." 그가 미소를 지으며 그녀의 맨어깨에 키스한다.

날 그렇게 부르지 마, 하고 말하진 않는다. 뭐 그런 걸 갖고, 하고 말할 생각이었지만 머릿속에서 세상으로 단어를 어떻게 내놓는지 기억이 나지 않는다. 그런 일을 해본 지 몇 년은 된 것 같다.

"아 잠, 엘시 블리츠 일은 정말 유감이야. 자기 징밀 슬펐겠어." 남편이 손을 씻으면서 말한다.

엄마는 시야에서 무언가를 씻어내려고 하는 것처럼 눈을 빠르게 깜박거린다. "뭐가?"

엘시 블리츠는 〈이웃을 만나다〉의 스타다. 그녀에게 이 20세기 중반의 가족 시트콤을 소개한 것은 호프의 엄마였다. 〈이웃을 만나다〉가 전통적인 가정주부와 말괄량이 딸 사이의 어려우면서도 애정 어린 관계를 보여주기 때문일지도 모른다. 이 시트콤을 보는 건 호프 가족의 일종의 모계 전통 같은 거였다. 호프의 할머니가 호프의 엄마를 옆에 데리고 그 시트콤을 봤던 것처럼 호프가 어릴 때 호프의 엄마는 그녀를 옆에 데리고 봤다. 호프는 여전히 잠이 안 올 때면 그 드라마를 틀고, 차츰 딸보다 어머니 쪽에 더 많이 공감하게 된다. 어쩌면 그녀도 언젠가 자기 자식과 함께 볼지도 모른다. 엘시 블리츠는 수지 에번스라는 역할을 연기했는데, 수지는 드라마의 중심인물로 문제를 일으키고 다니는 성격 급한 아이였다. 엘시 블리츠는 아주 훌륭하게 어린애 같은 어린애였고, 호프에게 그녀는 모든 어린이를 상징하게 되었다. 그녀는 사과 같은 얼굴과 밝은 미소, 풍부한 자신감을 가졌었다. 탭댄스도 추고, 노래도 하고, 휘파람도 불 수 있었다. 그녀의 반항은 아무리 무모해도 거기서 빚어지는 웃음으로 상쇄되고 결국에 용서받았다. 어릴 때 호프는 이상화된 수지 에번스에 비해 자신이 부족한 점들을 꼽았으나 캐릭터도, 배우도 부럽지는 않았다. 그냥 자매애 같은 거였다. 호프의 머릿속에 엘시 블리츠는 영원히 열한 살로 굳은 상태였다. 그게 드라마 마지막 화에서 수지 에번스의 나이였기 때문이다. 세상에서 최소한 한 사람이라도 자랄 필요가 없다는 사실은 꽤 기분 좋은 것이었다.

남편은 부엌 식탁에 앉는다. 다른 사람의 비밀을 우연히 폭로한 것처럼 죄책감 가득한 자세다. "지금쯤이면 자기도 들었을 줄 알았어. 미안해. 그렇게 생각하지 않았더라면 얘기를 꺼내지 않았을 거야." 그는 인상을 찌푸린다.

"왜? 무슨 일이 있었는데?"

"오늘 세상을 떠났어. 이제 팔십대였으니까." 남편이 대답한다.

아이 엄마는 어떤 기분이 들지 마음의 준비를 하지만, 아무것도 느껴지지 않는다. 마치 그녀가 물속에 있고 뉴스는 그녀의 위에, 부두에 존재하는 것처럼 말이다. "이런. 슬픈 일이네." 그녀가 마침내 말한다.

남편은 걱정스럽게 그녀를 쳐다보았으나 결국 그 주제는 넘어간다. 먹는 동안에, 그러니까 남편이 먹는 동안에 그녀는 남편에게 눈 공포증에 관해 말할까 말까 생각한다. 4주 동안 매일 밤 그에게 말할까 말까 고민하고 있다. 정상적으로 말하는 방법이 기억난다면 이렇게 말할 수도 있을 것이다. 있잖아, 좀 이상한 일이 있어. 일어난 지 좀 됐는데, 좀 웃기는 일이고, 미친 건 아니야. 그냥 좀 이상한 일이야.

"우리 길쭉이는 어때?" 남편이 먹는 사이사이에 묻는다.

말하는 방법을 되찾았지만, 처음에는 어설프다. "애는……." 길쭉하지 않아. 걔는 조그맣다고, 그녀는 소리를 지르고 싶다. 아기는 다른 모든 사람들처럼 자신의 왜소함에서 구조될 필요가 있다! 그녀는 물 한 컵을 단숨에 마신다. "아기들. 내가 아기들을 좋아하는 이유는 말이지." 그녀의 눈이 초점을 잃는다.

"음?"

"아기들은 쉽게 얻었다고 해서 인생이 쉬운 건 아니라는 걸 알아."

남편이 피시스틱을 씹는다. "그러니까 애는 살아 있다고?"

그녀는 고개를 끄덕인다.

"좋아." 그는 그녀의 눈썹을 부드럽게 편다. 그의 손가락은 거칠다. "사랑해. 자기 피곤하지, 응?"

"있지, 그게 말이야……." 그녀는 화재경보기에 시선을 고정한 채 말을 잇는다. "좀 웃기는 일이, 그런 세 벌어지고 있는데 말이야."

"그래? 뭔데?"

그녀는 머뭇거린다. 남편은 그녀가 좋은 엄마라고, 정상인이라고, 투자할 가치가 있는 존재라고 믿는다. "나는 무서워……."

남편이 그녀의 말을 진지하게 받아들이고 포크를 내려놓는다. "뭐?"

"아냐." 그녀는 가능한 한 조용히 울기 시작한다. "난—정말—피곤해."

남편이 입을 닦고는 어둡고 탐색하는 눈으로 그녀를 응시한다. "자기." 그가 말한다. 그가 일어서서 손을 그녀의 등에 대고 근육과 피부를 주물렀고, 그녀는 턱수염도마뱀의 의상을 누가 디자인하는지, 9000만 년 후에 어떤 종이 그녀가 살았던 증거를 연구할지, 결과적으로 어떤 오해가 생겨날지 궁금해한다. 핵폭발은 어떤 느낌일까? 즉시 죽을까? 물리적 버튼이 관련돼 있을까? 그녀의 망가진 질은 성기로서의 삶을 언젠가 되찾을 수 있을까? 그녀가 창밖으로 던진 죽은 쥐는 어디에 떨어졌을까? 그녀가 드라이브스루에서 봤던 남자는 어디에 있고, 지금은 뭘 하고 있을까? 이게 그녀의 삶에서 가장 귀중한 일일까? 그녀가 사이코패스일까? 그녀가 모두에게 위협일까?

"이런, 자기야. 당연하지." 그가 말한다.

"응?"

"자기는 당연히 피곤하겠지."

C6호: 아이다와 레지는 둘 다 칠십대고, 거실에 앉아서 담배를 피우며 큰 소리로 뉴스를 보고 있다. 미시간주 디트로이트에서 발생한 큰 공장 화재. 미인 대회 우승자가 비영리 핸드폰 케이스 사업을

시작하고, 난민들을 위한 치과 치료 기금을 모은다. 베트남에서 단작한 후추를 다 죽이는 슈퍼 해충.

아이다는 그날 오후에 레지에게 말하려던 게 뭔지를 기억해낸다.

"레지. 레지." 그녀가 기침을 한다.

"왜?"

"내 말 들려, 레지?"

"엉?"

"소리 줄여."

"엉?"

"소리 줄이라고. 당신한테 말할 게 있어."

그는 옹이 진 엄지손가락으로 리모컨을 누른다. "뭔데?"

"프랭크가 또 감옥에 갔어." 아이다가 선언한다.

"티나네 프랭크?"

"다른 프랭크가 또 있어?"

"이번엔 뭘 했대?"

"뭐일 것 같아?"

"또 강도질이야?"

아이다는 고개를 끄덕인다. "이번엔 총을 갖고 있었대."

"그 무릎 수술 때문에 쓸데없는 짓 못 할 줄 알았는데."

"무릎 아픈 걸로는 프랭크 같은 놈 못 막아."

"흠, 그간 내내 옳았다는 걸 아니까 기분 좋네." 레지는 담배를 깊게 빨고서 덧붙인다. "우리는 할 수 있는 일은 다 했어."

"걔는 그 번쩍번쩍한 차가 있었어. 그 멍청한 부츠도." 아이다가 중얼거린다.

"티나가 우리한테 징징거리러 오면 안 된다는 걸 알았으면 좋겠네. 자기 애들을 끌고 와서 집 안을 돌면서 '허드렛일'을 하게 하고는 우리가 걔네한테 돈을 주기를 바라는 것도 말이야."

"뭔가 다른 걸 해봤어야 했어. 대안학교. 피아노 레슨. 비타민. 글루텐 제한. 제대로 큰 애가 하나도 없어." 아이다가 말한다.

"아이다, 이제 다 끝난 일이야. 티나는 어른이야. 우리가 티나한테 해줄 수 있는 제일 좋은 일은 티나가 혼자 알아서 하게 놔두는 거야."

아이다는 잇새에서 담배를 위아래로 까딱인다.

"그리고 당신이 틀렸어. 애들은 괜찮게 컸어." 레지가 뉴스 음량을 도로 올린다. 호주인 부모들이 시리아의 캠프에 있는 딸과 손주들을 구해달라고 정부에 애원한다. 그들의 호주인 딸들은 ISIS 대원들과 결혼했고, 이제 말로 형용할 수 없는 폭력을 당하는 중이다. 과학자들이 돼지 몸에서 인간의 신장을 키우는 데에 성공할 수 있을까? 아직은 아니지만, 기다려보라. 노스다코타주의 오염된 지하수. 털과다증, 흔히 '늑대인간 증후군'이라고 하는 병을 가지고 태어난 유명인의 아기. 열세 살 소녀가 비누를 조각해서 입소문을 탄다. "그냥 간단한 수요와 공급의 문제예요." 질문을 받자 아이는 어깨를 으쓱이며 말한다. 그 애는 자기 채널 덕분에 백만장자가 됐다. "난 사람들이 뭘 원하는지에 귀를 기울여요."

뉴스 앵커가 ASMR을 베이비붐 세대에게 설명해달라고 하자 소녀는 이륙에 대비하는 것처럼 깊게 숨을 들이쉰다. "좋아요, 음, 그건 '자율 감각 쾌락 반응(autonomous sensory meridian response)'의 줄임말이에요. 어떤 사람들이 두개골 주위로 느끼는 간질거리고 소름 돋는 느낌 있죠? 거기서 척추뼈를 타고 내려가고요. 자기가 꼭─꼭 일렁일렁하는 것 같은 그런 느낌이요. 그건 내가 아는 가장 좋은 느낌이에요. 촉발하는 요소는 아주 많아요. 나뭇잎 바스락거리는 소리 같은 거나 누가 내 사진을 찍는 소리 등등이요. 오로지 자기만을 위해서 만들어진 진짜 특별한 선물이에요. 헤어 커트, 밥 로스. 어쨌든 난 누가 어떤 다른 것에 관심을 쏟을 때마다 이해할 수 있어요. 내가 어렸을 때, 난 모든 사람들이 그걸 느끼지만 아무도 이야기를 하지 않는 것이거나, 나 빼고는 아무도 느끼지 못하는 것이라고 생각했어요. 어느 쪽이든, 난 입을 다무는 법을 알았죠. 하지만 내가 열한 살쯤이었을 때 뉴스에 그에 대한 이야기가 나왔고, 갑자기 우리 모두가 서로를 발견했어요. 개혁 같았어요. 아니— 계시요. 난 이 동영상들을 보기 시작했고, 시장에 자리가 있다는 걸 깨달았죠. 하지만 비누 조각하는 거요? 그건 내 취향이 아니에요. 나한텐 아무것도 아니죠. 그냥 대중을 위해서 하는 거예요."

뉴스 앵커가 불편하게 웃는다. "그럼 그건 그러니까— 말하자면 그런 걸까요……?"

"뭐가요?"

"그게 그러니까 그런 건지……."

소녀는 짜증스럽게 그를 본다. "뭐요? 야한 거냐고요?"

"그게—"

"아뇨. 꼭 그럴 필요는 없어요. 아니 그리고, 난 열세 살이에요. 왜 나한테 그런 걸 물어보는 거예요?"

뉴스 앵커가 다시 웃으면서 카메라를 쳐다본다. "자, 다들 여기서 처음 들으신 겁니다!"

캘리포니아의 무성한 단일 작물로 화면이 전환된다. 하얀 코트를 입은 우울한 과학자들. 케일에는 독이 있을 수도 있다.

"레지. 레지." 아이다가 부른다.

"왜?"

"소리 줄여봐. 내가 잊어버린 게 또 있어."

그는 한숨을 쉬며 그녀의 말에 따른다. "뭔데?"

"발코니에서 죽은 쥐를 또 찾았어."

그가 눈을 깜박인다. "그래서?"

"덫에 걸려 죽은 쥐였어."

"당신 거기 덫을 놔뒀어?"

"아니. 그게 내가 당신한테 말하려는 거야. 나는 거기에 덫을 놔둔 적이 없어." 아이다가 의미심장하게 말한다.

그가 기다린다. "그렇군?"

"당신이 했어?" 그녀가 묻는다.

"아니."

"역시 내가 생각했던 대로야!"

"무슨 생각?"

"위층의 그 애들이야! 아기가 있는 그 신혼부부!" 아이다는 형편없는 옛날 영화 속의 탐정처럼 외친다.

"무슨 소리야?"

"레지널드. 잘 좀 들어. 당신 안 듣고 있잖아."

"듣고 있어!"

"그 신혼부부가 죽은 쥐를 창밖으로 떨어뜨리고 있다고."

레지는 담배를 철제 재떨이에 털면서 생각한다. "음, 왜 그런 짓을 하지?" 그가 이성적으로 묻는다.

"내가 어떻게 알아? 게을러서. 이기적이어서. 사회주의 때문에. 내 말 잘 들어. 그 애들은 자기네 집에서 쥐를 잡고서는 사체를 직접 처리하기가 싫어서 그냥— 사라져라, 펑. 창밖으로 던지는 거야. 덫이랑 전부 다." 아이다는 숱 적은 흰머리를 쓸어 넘긴다.

"그 부부가 진짜 맞아?" 레지가 묻는다.

"확실해."

"어떻게 알아?"

"한 번 봤어."

"언제?" 레지가 묻는다.

"지난주에. 부엌에 서서 비트를 요리하던 중이었어. 내가 뭘 봤는지 알아? 하늘에서 떨어지는 사체야."

"다른 사람이라는 생각은 안 들어?"

"누구겠어? 앨런? 착한 앨런? 아니 — 그 애들이야. 걔네들은 공동체에 전혀 신경을 안 써. 존중이라는 말을 몰라. 섹스만 중요하지. 항상 섹스만 해, 거짓된 할리우드식 섹스를 —"

"우리 모두 그랬던 적이 있어." 레지가 중얼거린다.

"그리고 빽빽 우는 아기가 생겼지. 그런데 이젠 이거야! 정말이지, 레지."

"알았어." 그가 리모컨을 화면 쪽으로 기울인다.

"말 다 안 끝났어."

"뭔데?"

"당신이 그거 그 집 문 앞에 놓고 와."

"뭘 놓고 와?"

"죽은 쥐 말이야. 덫이랑 전부."

"아이다."

"당신이 해야 돼. 그 애들은 교훈을 얻을 필요가 있어."

레지는 생각을 하고는 팔걸이를 주먹으로 내리친다. "전쟁이 이런 식으로 시작되는 거야!"

"아, 좀." 아이다가 눈을 굴린다.

"난 진심이야!"

"나더러는 호들갑 떤다고 곧잘 그러면서, 하기 싫은 일 좀 해달라고 하니까 당장에 하는 말이 —"

"그냥 좀 넘어갈 수 없어?" 레지가 말한다. 부부가 수십 년 동안 서로에게 계속해서 묻는 질문들이 있다. 상대방의 치명적인 결점이라고 여기는 것에 관한 질문. 레지와 아이다 사이에서는 이게 바로 그런 질문 중 하나다. "왜 아무것도 그냥 넘어가는 법이 없는 거야?"

"난 여기 살아! 그리고 여기에 30년이 넘게 산 사람이라면 평화로운 집에서 살 권리가 있다고 생각해! 사체가 널려 있지 않은 발코니를 가질 권리가!" 아이다가 소리 지른다.

레지는 아내를 물끄러미 본다. "왜 당신은 못 하는데?" 그가 느릿하게 묻는다.

아이다의 주름진 얼굴이 분노로 뒤틀린다. "뭘?"

"덫을 그 집 문 앞에 갖다 놓는 거. 왜 당신은 못 하는데? 그 애들에게 꼭 교훈을 줘야겠다고 생각한다면 말이야."

그녀는 믿을 수 없다는 표정으로 자신의 발목과 팔목을 가리키며 관절염을 들먹인다. "가끔 당신은 내가 먼저 죽기를 바라는 거 같아."

저 아래 길에서 앰뷸런스의 비가(悲歌)가 울린다. 그들은 소리가 사라질 때까지 듣는다.

"해줄 거야?" 아이다가 재촉한다.

레지는 새 담배에 불을 붙인다. "늦었잖아."

"레지."

그는 아무 말도 하지 않는다.

"날 위해서 좀 해줘. 이거 하나만. 당신 아내를 위해서."

"뉴스 다 보고." 레지가 마지못해 말한다.

C4호: 세 명의 십대 소년. 한 명의 십대 소녀. 낯선 사람. 염소. 이웃. 뒤엉킨 계획. 처벌. 누굴 처벌하나. 혼란스러운 각자. 겁먹은 각자. 자리 잡은 웃음. 쿵쾅거리는 심장들의 방, 더 빠른 쿵쾅거림. 장미 향기. 토끼풀 한 주머니. 선량한 의도. 그녀 얼굴의 눈물. 그의 손의 칼. 아니. 제발. 아니. 그만둬. 아니. 하지 마. 소년들 중 한 명이 씩 웃으며 핸드폰으로 촬영한다. 이건 엄청난 조회 수를 달성할 거야.

C2호: 마라스키노 체리 한 병이 외로운 여자의 침실용 탁자에 놓여 있고, 그 옆으로 작은 포크가 있다.

2부

내세

~~~

7월 15일 월요일 저녁 5시경, 육체에서 빠져나오기 이틀 전, 블랜딘 왓킨스는 북동쪽으로 가기 전에 세탁소에 들르면서 오늘 밤에 있을 행사가 그녀가 도덕적인 사람인지 부도덕한 사람인지를 밝혀줄지 고민한다. 그녀는 힘이란 미덕의 다른 말이라는 걸 잘 알고, 비도덕적인 활동이라는 건 없다고 믿는다. 블랜딘은 힐데가르트 폰 빙엔이 900년 전에 쓴 구절을 떠올린다. 의지는 행동을 달구고, 정신은 그것을 받아들이고, 생각은 그것을 밀고 나아간다. 하지만 이런 이해는 선과 악을 아는 과정을 통해 행동을 식별한다. 블랜딘은 의지가 아주 충분하고 (힐데가르트에 따르면, 의지는 오븐에서 모든 행동을 구워내는 불과 같다) 생각도 있지만 도덕적 이해는 부족한 것일까? 그 질문을 몇 분 동안 생각한 끝에 그녀는 자신이 거기에 별로 몰두하지 않는다는 것을 깨닫는다.

세탁소 벤치에 앉아서 블랜딘은 근육에 쥐가 난 걸 풀고, 자신의 육체에서 떨어지려 하면서, 기계에서 흘러나오는 액체에 시선을 고정한다. 은근한 재정적 불안이 신장 주위를 두드린다. 그녀는 바카 베일에 마지막 남은 좋은 곳인 풀이 우거진 넓은 공원, 체스터티밸리를 부수려는 도시 활성화 계획을 떠올린다. 블랜딘은 만화석 악당들이 지겹다. 그녀는 복잡하고 의미심장한 악당들을 더 좋아한다. 영웅으로 가장한 악당들.

한 쌍의 경비견처럼 그녀의 발치에 두 개의 무거운 코듀로이 가방이 기다리고 있다. 돈도 별로 없는 이 세탁소의 공짜 커피는 블랜딘을 항상 감동시킨다. 그 냄새에 집중하려고 하지만, 그녀의 안에서 격렬한 에너지가 끓어오르고 있다. 무릎이 통제가 안 되게 들썩거린다.

세탁소는 월요일에는 대체로 비어 있지만, 오늘 저녁에는 블랜딘의 맞은편에 또 다른 여자가 앉아 있다. 그녀의 눈은 리놀륨 바닥 위 버림받은 양말에 고정된 채다. 깜박이지도 않고, 아무것도 보지 않고. 여자의 머리카락은 쥐 털 색깔이고, 앞머리는 짧게 잘랐고, 이 더위에 울 니트 옷을 입고 있다. 사십대 정도일까. 물음표 모양의 자세에 평범한 얼굴, 19세기에나 썼을 안경. 그녀의 고독은 목에 걸린 십자가만큼이나 뚜렷하다. 매일 그녀를 스쳐 갔어도 그녀를 전에 한 번도 본 적 없다고 믿을 만했다. 아니면, 한 번도 그녀를 스쳐 간 적이 없어도 매일 그녀를 봤다고 믿을 만했다. 그녀에게 길을 물어봤을 수도 있다. 수전이라는 이름에 직업은 회계사일 거라고 딱지를 붙였을 수도 있다. 그녀가 새 모이통을 놔두는 사람이라고 생각했을 수도 있다. 그녀는 당신의 이웃일 수도 있다. 당신의 친척일 수도 있다. 그녀는 누구라도 될 수 있다. 몸 안에 차오르는 에너지에 겁을 먹은 블랜딘은 이 여자에게 말을 걸어보기로 한다.

"저기, 토끼장에 살아요? 어디서 본 것 같아서요." 블랜딘이 묻는다.

여자는 움찔한다. "네." 여자의 목소리는 영성체용 제병 같다. 아무 맛도 안 나고 가볍다. 블랜딘은 세례를 받은 적이 없지만 가끔 가톨릭 미사에 참석했고, 어쨌든 영성체를 했다. 그 사람들이 신분증을 확인하는 것도 아니니까.

"몇 층이요?" 블랜딘이 묻는다.

"2층이요."

"난 3층이에요. 어느 집이에요?"

여자는 사악한 의도가 있는지 엑스레이로 확인이라도 하는 것처럼 블랜딘을 빤히 본다. "C2호요."

"우리 집 바로 아래네요. 우리 집은 C4호예요." 블랜딘이 미소를 지으며 대답한다.

"그래요?"

"희한하지 않아요? 전혀 모르는 사람들이랑 그렇게 가까운 곳에서 산다니 말이죠."

"맞아요." 여자는 예의 바르게 대답한다. 그녀는 서로에게 칼을 꽂지 않을 거라는 걸 알리는 엷은 미소나 좀 교환한 뒤에 공공장소의 낯선 사람에게 아무것도 요구하지 않는 표준 대본으로 돌아가고 싶은 마음을 드러내며 기계에 시선을 고정한다. 그녀가 무릎 위의 세제 통 뚜껑을 열었다 닫았다 한다.

"이름이 뭐예요?" 블랜딘이 묻는다.

여자의 턱에, 어깨에, 손에 힘이 들어간다. "조앤이요."

"조앤이군요. 만나서 반가워요, 조앤. 난 블랜딘이에요."

조앤은 힘없이 손을 흔든다.

"내세가 있다고 믿어요?" 블랜딘이 묻는다.

"뭐라고요?"

"내세요."

"내세요?"

"죽음 이후의 삶이요."

"나도 단어 뜻은 알아요." 조앤이 말한다.

"그래서요?"

"단어 뜻을 정말 아냐고요?"

"내세가 있다고 믿냐고요."

조앤의 시선이 시계 쪽으로 향한다. "아마도요. 네. 난 가톨릭 신자예요."

"확신은 없는 말투인데요."

"확신이 없는 게 아니에요. 그런 질문은 예상을 못 한 것뿐이죠."

"아무래도 확신이 없는 말투인데요."

조앤은 팔짱을 낀다. "난 가톨릭 신자예요."

"혹시 증거가 나오기를 기다리는 거 아니에요?"

"믿음이 있으면 증거는 필요하지 않아요." 조앤이 대답한다. 그러고는 얼굴을 붉힌다.

"좋아요, 좋아요. 믿음은 증거의 부재에 입각하죠." 블랜딘은 잠깐 말을 멈췄다가 잇는다. "하지만 난 늘 그건 신이 나쁜 거라고 생각해요. '우주의 알'이 그렇게 중요하다면서 증거를 내주지 않는 거요. 힐데가르트 폰 빙엔이 그렇게 불렀죠. 우주의 알. 하지만 그래요, 우리한테 3000년에 한 번씩 자기 입으로 구세주라고 말하는 사람 한두 명 말고 아무것도 주지 않는 건 수상할 정도로 쩨쩨하지 않아요? 이야기의 앞뒤가 안 맞는 예언자들. 토스트에 나타난 성모마리아. 누군가의 근육위축증 완치. 우리한테 담보 없이 너무 많은 걸 요구하는 거예요. 그렇게 생각 안 해요? 특히 상충되는 이야기가 엄청 많은 데다가 위험부담이 아주 높다면 말이죠. 지옥이나 천국이냐니까요. 그것도 영원히."

"그렇긴 하죠." 조앤이 대답한다.

"하지만 힐데가르트는 신께서 자기한테 말씀을 해주셨다고 — 잠깐만요, 찾아볼게요. 잠깐 기다려봐요……." 블랜딘은 《여성 신비주의자들: 선집》을 쭉 살피더니, 조앤에게는 끔찍하게도 그걸 소리 내서 읽기 시작한다. "그러니까 신께서 힐데가르트에게 말씀하셨어요. '너, 창조물 인간이여! 인간이라는 존재가 그렇듯 너희는 이 숭고한 계획을 더 알고 싶겠지만, 너희에게 비밀 엄수의 약속을 지울 것이다. 너희는 신성한 주인이 드러내고 싶은 것 이상으로 신의 비밀을 파헤치려 할 수 없다. 신은 믿는 자를 사랑하기 때문이다.'" 블랜딘이 책을 덮고 눈을 가늘게 뜬다. "난 모르겠어요. 나한테는 쉬운 출구처럼 보이는데요. 신이 믿는 자를 그렇게나 사랑한다고요? 얼마나 거만한지!"

조앤이 발끈한다. "글쎄요, 난 모르겠네요."

"단테의 《신곡》 읽어본 적 있어요?" 블랜딘이 묻는다.

조앤은 놀림이라도 당한 것처럼 반응한다. "아뇨."

"다른 건 안 읽어도 《연옥》 편은 꼭 읽어봐요. 딱 바카베일이라니까요. 여행 안내서 같아요. 진짜로요."

조앤의 몸이 다른 곳에 가고 싶은 마음에 비틀린다. 블랜딘도 그것을 알아챈다. 그녀는 이 불쌍한 여자한테 장광설을 늘어놓는 걸 그만두고 싶지만, 말을 멈추면 스스로의 어마어마한 에너지의 흐름에 익사할 것 같은 기분이다. "최근에 가톨릭 여성 신비주의자들에 관해서 읽고 있어요." 블랜딘이 말한다.

"그래요?"

"그 사람들에 대해서 좀 알아요?"

"아뇨."

"그 사람들은 고통을 좋아했대요. 거기 환장했대요." 블랜딘이 말한다.

조앤은 큐티클을 잡아 뜯는다. 그녀의 손톱 주변은 대재앙이었다. "흠."

"그 사람들, 신비주의자들은 엄청나게 특이했대요. 예를 들어 축복받은 안나 마리아 타이기처럼 말이에요. 그 사람은 자기가 미래를 볼 수 있다고 했어요. 그, 뭐지, 태양 모형 같은 걸 들여다보면요. 그리고 프랑스 여배우 가브리엘 보시스는 예수와의 대화를 기록한 책을 냈죠. 단어 하나하나 그대로 써서요. 상상이 가요? 테레제 노이만은 성체 말고는 아무것도 먹지도, 마시지도 않았대요. 마리 로즈 페론은 여섯 살에 예수의 첫 번째 환영을 봤고요. 그것도 매사추세츠에서 말이죠. 그리고 젬마 갈가니도 있어요. 그 사람 별명은 열정의 딸이었어요. 사람들은 항상 신성한 황홀경에 빠져 있는 젬마를 발견하곤 했어요. 가끔은 허공에 떠 있는 모습도 봤죠. 젬마는 자신의 수호천사와 예수, 성모마리아, 이 모두가 같이 어울려 있는 환각을 자주 봤어요. 그녀는 '예수를 위해서 고통받고 싶은 강한 욕구'를 갖고 있었죠."

희미한 미소. "참 재미있네요."

"축복받은 마리아 볼로네시도 또 다른 좋은 예죠. 그녀는 영양실조, 잇따른 질병, 폭력적인 양아버지, 기타 등등 우리도 다 겪어본 그런 힘든 어린 시절을 보냈지만, 최악은 약 1년 동안 악마가 들렸던 거예요. 흔한 증상이 전부 있었어요. 성수와 사제를 두려워하고, 교회에 들어갈 수 없고, 성체를 받을 수 없고, 성화에 강박적으로 침을 뱉었어요. 하지만 내가 제일 좋아하는 부분은 가끔 보이지 않는 힘이 마리아의 옷을 잡아당겼고, 그녀의 친구들은 넋이 나갈 정도로 겁을 먹었다는 거예요."

조앤이 눈썹을 치켜올린다. "보이지 않는 힘이요?"

"그런데요, 내가 제일 충격받은 부분은 심지어 그게 아니에요. 친구들 얘기예요. 마리아는 악마가 들린 채로도 활발한 사교 생활을 영위한 거예요. 대단하죠." 블랜딘이 한 손을 심장 위에 얹는다.

"아주 특이하네요." 조앤이 말한다.

블랜딘은 가슴속의 폭풍으로부터 언어를 통해 도망치듯이 말을 잇는다. "결국에는 마리아가 정신병원으로 갈 때 주교가 몰래 와서 마리아에게 축복을 줬어요. 소위 퇴마를 하기 위해서요. 당신도 예상할 수 있겠지만, 많은 신비주의자들이 정신병 진단을 받아요. 그리고 마리아의 상황이 좀 좋아지려고 할 때, 그러니까 악마도 사라지고, 안전한 곳도 생기고, 약간 건강해질 무렵에, 그녀는 예수가 루비 반지를 자신의 약지에 끼워주는 어느 환상을 봤어요." 블랜딘은 말을 멈춘다. 보통 그녀는 어느라는 말을 하는 걸 피하려고 한다. 그녀를 못 참아주겠다고 느끼는 사람의 수를 가능한 한 줄이기 위해서다. "그리고 환상에서 깨어났을 때 그녀의 왼손에, 바로 거기에 진짜 실물 반지가 있는 걸 본 거예요. 빠밤."

조앤이 원치 않음에도 불구하고 이 이야기에 호기심이 생겼다는 게 블랜딘의 눈에 훤히 보인다. "그래서 어떻게 했어요?"

"아, 기겁을 했죠. 그때 예수가요, 넌 땀 대신 피를 흘릴 것이다라고 한 거예요. 그리고 어떻게 됐게요? 진짜 흘리게 됐어요. 언제나요. 이불이랑 다른 모든 것들에 얼룩이 남았죠."

"왜죠?"

"뭐가 왜예요?"

"왜 피를 흘리게 한 거죠?"

"아마 예수를 위해 고통을 받으라는 게 아니었을까요?"

"하지만 왜 그런 방식이죠?"

블랜딘은 생각에 잠긴다. "책에서 그건 설명하지 않았어요."

"기이하네요!"

"더 이상한 게 뭔지 알아요? 마리아의 친구에 따르면, 마리아가 자기 일을 하고 나면, 그러니까 땀 대신 피를 흘리고 나면 방 전체에 무슨…… 무슨 향수 냄새 같은 게 가득 찼대요."

"어떤 냄새였을까요?"

"나도 몰라요. 달콤하다고 되어 있어요."

"끔찍하네요." 조앤이 음울하게 말한다.

"맞아요. 하지만 다 나쁜 건 아니었어요. 예수는 마리아가 제2차 세계대전의 종결을 예언하게 해줬고, 마리아의 여동생이 직업을 얻도록 도와줬거든요……. 개인적으로 난 예수랑 약혼했다는 이야기가 엄청나게 징그럽고 잘해봐야 근친상간 수준이라고 생각하지만, 대단한 경이이긴 했어요. 대부분의 여성 신비주의자들이 비슷한 경험을 보고했어요. 예수가 그들에게 나타나서는, 그러니까, 프러포즈를 했다고요."

여자의 얼굴에 땀이 송골송골 솟는다. "그건 좀 별로네요."

"그 사람들 다수에게 성흔이 있었어요. 손목이랑 발이랑 옆구리에서 피를 흘리는 거예요. 의학적인 이유도 없이 말이죠. '성스러운 상처'라고들 해요. 예수가 십자가에 못 박힐 때 얻었다는 상처들과 일치한대요."

"그런가요?"

"기록에 따르면요. 하지만 실제로는 누가 알겠어요? 여성 신비주의자들 대부분은 '더 순수한 양분'을 선호해서 굶었는걸요. 그 사람들은 항상 굉장히 아팠어요. 많은 수가 젊어서 죽었죠. 회의론자들은 그 사람들의 환영이 실제로는 그냥 편두통이었을 거라고 말해요. 난 우리가 두려워하는 것, 우리가 원하는 것을 보게 되는 거라고 생각해요. 우린 세상을 보고 그 데이터의 30퍼센트를 흡수하고, 우리의 잠재의식이 나머지를 채우는 거죠." 블랜딘은 손가락 관절을 딱딱 꺾으며 덧붙인다. "난 내가 신이 있다고 믿는지 어떤지 잘 모르겠어요."

조앤은 안경을 벗고 긴치마로 렌즈를 문지른다. "독서는 훌륭한 취미가 될 수 있죠."

"가끔 난 그 사람들이 그냥 배가 고팠던 거라고 생각해요."

"누가요?"

"신비주의자들이요."

조앤은 생각에 잠긴다. "그럴 수도 있죠."

조앤의 거부 때문이 아니라 그녀가 대화에 마지못해서 참여했다는 사실 때문에 블랜딘은 모든 의지력을 긁어모아서 이 뛰어오르고 두드려대는 단어들을 머릿속에만 있도록 붙잡아둘 수 있었다. 그것은 토네이도 바람 속에서 지하 저장고에 빗장을 거는 것과 비슷했고, 그러는 동안 그녀의 무릎이 격렬하게 위아래로 움직였으나 어쨌든 그녀는 성공한다. 조앤은 안도하는 것처럼 보인다.

블랜딘이 가톨릭 여성 신비주의자들에 대해 가진 수많은 반발심 중에서 도저히 극복할 수 없는 것 하나가 근본적인 이기주의였다. 그들의 삶 속에서 작동하는 개인주의. 종교사회 내에서도, 신비주의자들 사이에서도 은둔에는 프리미엄이 붙어 있었고, 어떤 사람이 신성한 황홀경에 빠져 있다는 건 실제로는 그저 자기 자신하고 소통한다는 뜻임을 블랜딘은 확신했다. 고상한 형태의 마스터베이션이다. 많은 수녀원들이 가난한 사람, 노인, 환자, 난민, 추방자, 죄수, 장애인, 고아에게 헌신했다. 하지만 블랜딘이 경애하는 신비주의자들은 별로 밖으로 나오지 않았다. 그들은 고독을 신을 받아들이기 위한 전제 조건으로 여겼다. 대부분이 삶을 사실상 혼자 보냈다.

그렇다면 현대의 신비주의자는 약탈적인 성장 명령에 어떻게 도전할 수 있을까? 그게 그녀의 목표라면. 블랜딘은 궁금하다. 우선 고독에서 빠져나와야 할 것이다. 밖으로 나와서 사람들을 만나지 않고서 체제를 전복할 방법은 없으니까. 당신의 탄소발자국이 아무리 적다 해도, 그저 평생 음식과 위안과 섹스를 포기하고서 자신이 윤리적으로 자기희생을 하고 있다고 말할 수는 없는 일이다. 삶이 윤리적이라고 여겨지기 위해서는 체계적인 불평등을 부수기 위해 노력해야 한다고 블랜딘은 생각한다. 하지만 그걸 어떻게 해야 하는지는 모른다.

블랜딘이 한숨을 쉰다. 그녀는 자신이 혁명을 이끌기에는 너무 작고 멍청하다는 사실을 언제나 잘 알았지만, 최소한 혁명을 상상은 할 수 있기를 바랐었다. 그녀는 죽기 전에 그녀가 배우고 달성해야 하는 모든 것을 배우고 달성하기가 얼마나 불가능한 일인가 하는 생각에 사로잡혀 깊게 숨을 들이켠다. 그녀의 생각이 알베도 효과*와, 기후변화와 지질 기록상 가장 큰 대멸종 사이의 상관관계를 향해 빙글빙글 돌고 있을 때 조앤이 세제 뚜껑을 떨어뜨린다. 뚜껑은 기계 아래로 데굴데굴 굴러간다. 블랜딘이 일어나서 대신 가져온다.

"여기요."

"고마워요. 몇 살이에요?" 조앤이 묻는다.

"열여덟이요."

"열여덟이요? 그럴 리가— 진짜예요?" 조앤이 외친다.

"네. 왜요?"

"열여덟으로는 안 보여서요."

이 비난이 블랜딘에게 날아올 때마다 그녀는 매번 점점 더 우울해진다.

"달리 어떻게 보여야 되는지 모르겠는데요." 그녀가 중얼거린다.

"그냥…… 열여덟 살처럼 말하지 않아서요."

넌 존재할 수 없어, 세상은 블랜딘에게 매일같이 말한다. 넌 불가능한 존재야.

"음, 어쨌든 난 열여덟이에요." 블랜딘이 말한다.

"당신은 굉장히……." 조앤은 그녀가 추상화라도 되는 것처럼 눈을 가늘게 뜨고 쳐다보다가 말끝을 흐린다. "대학에 갈 건가요?"

블랜딘은 목을 건드리고는, 목이 거기 있다는 걸 깨닫고 우울해

---

* 태양 빛을 반사하는 정도에 따른 기온 변화를 가리킨다. 최근 먼지나 연기 등이 새로운 층을 형성하면서 기온에 영향을 주어 기후변화를 일으키기도 한다.

진다. "아뇨."

"아, 저런. 너무 늦은 때는 없으니까, 잘 생각해봐요. 거기엔 당신 같은 사람들이 아주 많아요. 나는 VVCC를 나왔죠." 조앤이 상냥하게 말한다.

바카베일 전문대학(Vacca Vale Community College). "그거 멋지네요. 나도 입학원서를 내봐야 할지도요."

"그래요. 아마 즐겁게 다닐 수 있을 거예요." 조앤이 미소를 짓는다.

그들은 침묵 속에 앉아 있다. 블랜딘은 조앤이 고통에 관한 신비주의자들의 이상한 집착 이야기에 관심을 가져주기를 바라면서 아무 말도 하지 않으려고 노력한다. 어쩌면 조앤은 그냥 생각 중일지도 모른다. 하지만 곧 조앤이 이 주제가 소나기처럼 지나가기를 기다린다는 사실이 분명해진다. 외로움이 인형술사의 힘으로 블랜딘을 강하게 움켜쥔다.

"새 모이통 갖고 있어요?" 블랜딘이 주제를 바꾸어 묻는다.

"네?"

"그냥요 ─ 당신은 새 모이통을 갖고 있을 사람같이 보여서요."

"아뇨." 조앤이 대답한다.

"정말로요?"

"네."

"한 번도 새 모이통이 있던 적이 없어요?"

"네."

"어릴 때도요?"

"한 번도요."

"흠." 블랜딘은 가방 안에 도서관 책을 다시 넣는다. "저기, 조앤, 이건 우리 둘만의 비밀인데요, 난 신비주의를 직접 한번 시도해보고 있어요. 꽤 가능성이 있는 것 같아요. 내가 보기에 유신론을 믿는 게 필수 전제 조건은 아니에요. 내가 원하는 건 내 몸에서 빠져나가는 것뿐이에요."

조앤이 헛기침을 한다. "아."

"난 우리 모두가 서로를 좀 더 진지하게 받아들여야 한다고 생각해요."

잠깐 침묵. "그럴지도요." 조앤이 중얼거린다.

"가끔 난 주변을 돌아다니면서 사람들이랑 마주치고, 그 사람들이 농담하고 싸우고 재채기하는 소리를 들어요. 아무도 진짜인 것같지 않아요. 심지어 나 자신도요. 내 말뜻 알아요?"

조앤이 처음으로 그녀의 눈을 똑바로 본다. "네."

"시몬 베유가 말한 대로예요. '배고프고 목마른 이 남자가 나만큼이나 정말로 존재한다는 사실을 아는 것만으로도— 그것만으로도 충분하다. 나머지는 저절로 따라올 것이다.' 시몬은 진실한 신비주의자였어요." 블랜딘이 손톱을 깨물며 덧붙인다. "그 나머지가 뭔지 궁금해요."

다시 침묵.

"우리가 만난 게 기뻐요. 이웃이랑 낯선 사이로 남아 있는 건 좀이상하다고 생각하지 않나요?" 블랜딘이 말한다.

"아. 그러게요."

"우리 모두는 그냥 몽유병 환자처럼 꿈꾸며 걷고 있을 뿐이에요. 뭐 하나 얘기해도 될까요, 조앤? 난 깨어나고 싶어요. 그게 내 꿈이에요. 깨어나는 거."

"오. 그렇군요. 당신은 괜찮을 거예요."

"당신을 만났더니 기분이 좀 나아졌어요. 그러니까, 10밀리그램쯤 더 깨어난 느낌이에요."

조앤이 눈을 깜박인다. "그거 잘됐네요."

"하지만 내가 제대로 하고 있지 않다는 것도 알아요."

"음?"

"대중 종교와 악마와 사소한 전기(傳記)들. 땀 대신 피 흘리기. 내가 좀 미쳤다고 생각하죠?"

"아뇨." 조앤은 투박하고 연극적인 동작으로 핸드폰을 확인한다. "아니, 아니에요. 아, 늦어버렸네. 난 가야겠어요." 그녀가 갑작스럽게 일어서며 덧붙인다. "만나서 반가웠어요." 자기 몫의 우울을 내던지고서 그녀는 세탁소를 나가 저녁을 깨우지 않으려고 하는 것처럼 그 속으로 슬그머니 사라진다.

혼자 남아서, 블랜딘은 자신의 이마를 쥔다. 그녀에게는 모종의 사회적 장애가 있는 게 분명하다. 그게 뭐라고 불리는지 모를 뿐이다. 인터넷 퀴즈들은 항상 그녀를 어떻게 해야 할지 전혀 모른다. 대체로 그녀는 너무 많이, 또는 너무 적게 느끼고, 너무 많이, 또는 너무 적게 소통한다. 절대로 적당한 양을 맞추지 못한다. 그녀가 평생을 세탁소에 앉아서 사람들을 기겁하게 만들며 지내온 것만 같다. 에너지가 쌓이고 또 쌓인다. 전자 담배를 가져왔어야 했는데. 그녀는 조용히 앉아 있으려고 애를 쓴다. 그러다가 시계를 확인한다. 드디어 갈 시간이다.

그녀는 가짜 피가 든 병, 나뭇가지로 만든 부두 인형 여러 개, 채스터티밸리의 흙을 담은 주머니, 라텍스프리 장갑, 도서관 책, 작은 동물의 뼈가 든 코듀로이 가방들을 든다. 그리고 매혹적인 중서부의 황혼 속으로 힘차게 걸어 들어가 바카베일 컨트리클럽이 있는 북동쪽으로 향한다. 날씨는 덥지만, 그녀의 손은 언 것처럼 감각이 없다.

우리 모두에게 위협

〈바카베일가제트〉

~~~

아라셀리 곤잘러스 〈바카베일가제트〉
7월 16일 화요일 동부표준시 오전 8:50   2시간 전 업데이트

충격적인 일로 축하 행사가 중단되다

어젯밤 관계자들이 바카베일 컨트리클럽에서 만나서 야생동물 고기로 저녁 식사를 하며 개발 계획의 공식적인 개시를 축하했다. 불행히 개발업자들은 노동의 결실을 맛볼 기회도 갖지 못했다. 저녁 식사는 알 수 없는 공격으로 방향을 잃고 시작도 하기 전에 끝났기 때문이다.

오후 7시 18분, 파티장의 커다란 천장 환기구 두 개가 열렸다. 그리고 즉시 여러 개의 작은 동물 뼈와 대량의 흙이 환기구에서 떨어져 탁자와 참석자들 위로 흩어졌다. 이다음으로는 처음에 진짜 피인 줄 알았으나 나중에 굉장히 유사한 가짜로 밝혀진 액체가 2리터가량 쏟아졌다. 마지막으로는 환기구에서 스물여섯 개의 부두 인형이 떨어졌다. 인형들은 나뭇가지와 고무줄로 만든 것이었고, 눈 대신 X가 그려져 있었다.

사설탐정 루비 그럽은 이 공격을 저지른 사람이 누군지 알아내기 위해서는 이 일의 앞뒤 사정을 이해하는 것이 중요하다고 말한다. "조직적인 파괴 공작을 저지르는 집단이나 개인을 상대해보면 거의 항상 정치적인 동기가 있습니다. 이들을 추적하기 위해서는 동기를 찾아야 합니다. 이야기 전체를 봐야 하죠. 개인사뿐만 아니라, 이들의 마을과 이들의 나라와 이들의 세상의 역사를 알아야 합니다. 제 생각에 첫 번째 실마리는 재개발 제안 자체에 있을 것 같군요." 그녀는 〈가제트〉에 이렇게 말했다.

'바카베일 활성화 계획'은, 전반적인 계획 실행이 성공적이라면, 연간 대략 400만 달러의 지방세 수입을 발생시키고 수천 개의 일자리를 창출할 것이다. 이 계획은 채스터티밸리의 자연적 아름다움을 이용하고 언덕에 고급스러운 아파트를 건설하여, 바카베일을 죽어가는 탈공업화 도시에서 스타트업 허브로 바꾸어서 전 세계의 인재들을 끌어들일 것이다.

작년은 바카베일에는 특히 힘든 시기였다. 실업률은 사상 최고치인 11.7%에 달했고 쥐의 개체수가 인구수를 대략 3만 마리 정도 앞질렀다. (타타스 레스토랑 천장에서 고객의 감자튀김 위로 쥐가 떨어졌던 일을 누가 잊을 수 있을까?) 한편, 솜꼬리토끼의 개체수는 쥐의 개체수를 넘어섰다. 범죄율이 치솟았고, 작년에만 바카베일에서 319건의 살인과 상해치사, 절도 21,068건, 강도 14,472건, 강간 907건, 방화 644건이 기록되었다. 9월에는 1000분의 1 확률의 홍수에 타격을 입고 300만 달러의 피해를 보았는데, 이는 바로 몇 달 전에 있었던 500분의 1 확률의 홍수 때문에 피해가 더 컸다. 바카베일은 〈뉴스위크〉의 "죽어가는 미국 도시 톱 10" 연례 목록에서 1위를 차지했다. 2월에 바카베일은 파산을 선언해야 했고, 도시는 미국 연방에서 잘리기 직전이었다.

3월에 바카베일의 곤경이 개발업자 벤저민 리터의 관심을 끌었다. 뉴욕시를 근거지로 하는 도시 설계사 리터는 러스트벨트에 있는 작은 마을들을 부흥한 놀랍도록 성공적인 활동으로 잘 알려져 있다. 리터는 바카베일을 적자에서 끌어내 흑자로 돌리기 위해 시장 더글러스 배링턴과, 핑키 LLC의 창립자이자 CEO이며 지역 부동산 개발업자인 맥스웰 핑키와 재빠르게 동업을 맺었다. 넉 달 안에 계획이 진행되기 시작했다. 리터는 채스터티밸리가 개조에 완벽하게 적합한 지역이라고 말한다. "바카베일은 긴 재창조의 역사를 갖고 있습니다. 여기는 정말이지 미국 정신으로 가득하죠." 그는 〈가제트〉에 이렇게 말했다.

건설은 오는 8월부터 시작될 예정이다. 활성화 계획은 텅 빈 존 자동차 공장들을 보수하여, 진행 중인 협상 때문에 어떤 곳인지 아직 공표되지 않은 세 개의 기술 관련 스타트업 회사들의 본부로 바꿀 예정이다.

벤저민 리터, 맥스웰 핑키, 더글러스 배링턴 시장은 어젯밤의 저녁 식사 자리에 스물세 명의 다른 사람들과 함께 참석했다. 음식이 제공되기 전에 리터와 그의 팀은 짧은 영상을 상영했고, 영상은 계획의 실제 같은 시뮬레이션과 새로운 경제 시대를 기대하고 있다고 말하는 공동체 사람들과의 긍정적인 인터뷰를 담고 있었다. 발표는 광고 예고를 짧게 보여주는 것으로 끝났는데, 올해 미국 전역에 방영될 수많은 광고 중 첫 번째였다.

리터의 발표 다음으로 컨트리클럽 직원이 작년의 디자인 콘테스트 결과물인 새로운 마을 깃발이 그려진 도자기 접시에 담긴 음식을 공개했다.

휠러 목사가 기도를 집전한 후 배링턴 시장은 참석자들에게 연설했다. "존 자동차가 우리를 떠난 지 40년이 되었고, 우리가 지금까지 제대로 회복하지 못했다는 건 사실입니다. 하지만 이제 우리 스스로 일어설 시간입니다. 우리 각자의 혼자 힘을 통해서가 아니라 우리의 혁신을 통해서 말입니다. 우리의 투지, 우리의 손, 서로를 통해서요. 이제는 다시 시작할 때입니다. 부활보다 더 미국인스러운 것도 없죠." 박수가 지나간 후에 배링턴이 덧붙였다. "직접 사냥해서 만든 만찬 정도를 제외하고는 말이지요!"

저녁 식사는 사슴, 엘크, 토끼, 꿩, 칠면조, 메추라기, 거위, 아메리카물닭으로 이루어졌고, 전부 다 개발 팀이 근처 지역에서 사냥해서 잡은 것들을 이 행사만을 위해서 바카베일에 초청된 시카고의 칭송받는 요리사 대니 피오렌티노가 요리한 것이었다.

하지만 저녁 식사는 망쳤다.

"난 그런 걸 평생 한 번도 본 적이 없어요." 하얀 정장에 흙과 가짜 피가 튀어 있는 34세의 맥스웰 핑키는 이렇게 말했다. "아주 끔찍했죠. 이런 공격 행위는 우리 모두에게 위협이에요. 우리는 이 마을을 돕고 보호하기 위해서, 공동체를 육성하기 위해서 여기 왔는데, 이건 뭐랄까, 그 반대예요."

"우리는 공격범들을 알아내기 위해서 할 수 있는 모든 일을 다 하고 있다고 자신 있게 말씀드릴 수 있습니다." 조사를 이끌고 있는 브라이언 스티븐스 경관이 말했다. 스티븐스와 그의 팀은 즉시 현장에 도착했지만, 환기 장치나 그 주변 지역에서 공격범(들)의 증거는 전혀 찾지 못했다. 감시 카메라에도 이상한 게 아무것도 찍히지 않았다.

하지만 관계자들은 가짜 피가 물, 옥수수 시럽, 밀가루, 코코아파우더, 빨간색 식용색소로 만들어졌다는 사실은 밝혀냈다.

그럽 탐정은 〈가제트〉에 이렇게 말했다. "솔직히 우리는 그리 많은 진전을 이루지는 못했습니다. 하지만 추측을 해보자면, 환경 테러리스트가 분명합니다. 채스터티밸리에 그런 주거용 건물들을 짓기 위해서는 엄청나게 많은 나무들을 잘라야 할 테니까요, 그렇죠?"

그러나 스티븐스 경관에 따르면 범인을 추정하기에는 너무 이르다. "하지만 이 일을 지지른 사람들이 경험이 풍부한 범죄자라고 믿을 만한 이유가 있습니다. 어떤 물건에서도 지문이나 DNA가 나오지 않았습니다. 우리가 아는 것은 환기 장치에 들어간 사람이 상당히 작을 거라는 것뿐입니다."

어떤 관계자들은 침입자들이 저녁 식사를 위해 자행된 야생동물 사냥에 반대하는 동물권 활동가들일 거라고 주장한다.

소도시 개발의 베테랑인 벤저민 리터는 다른 의견을 가졌다.

"내가 보기엔 채스터티밸리 개발에 반대하는 시위라는 게 확실합니다. 그러니까, 부두 인형 스물여섯 개요? 개발업자가 정확히 스물여섯 명이 있을 때요? 생각해보세요. 나는 이런 종류의 저항을 항상 봅니다. 거주자들에게는 자신들의 마을이 바뀌는 걸 보는 게 고통스러울 수 있어요. 보통 우리는 지역 역사에 집착하는 주민들, 대체로 나이 든 세대들에서 이런 걸 봅니다. 그들은 우리가 나쁜 놈이라서 그들이 좋아하는 식당을 부수고 체인점으로 바꾼다든지, 소형 슈퍼마켓을 밀어버리고 대형 마트를 설립한다든지, 교회 주차장을 없앤다든지, 아무도 쓰지 않는 대형 경기장을 만들까 봐 걱정하는 거죠. 그리고 그들은 의심할 권리가 있습니다. 도시 활성화 계획들은 과거에 수많은 거주자들에게 실망을 안겼어요. 하지만 우리는 여러분을 실망시키지 않을 겁니다. 사람들이 우리의 작업이 그들에게, 그들의 아이들에게, 손주들에게 얼마나 이로운지 깨닫게 되면 그리 두려워하지 않게 될 겁니다."

그는 공격범들에게 메시지를 하나만 보낼 수 있다면 이렇게 말할 거라고 했다. "우린 여러분 편입니다."

스티븐스 경관과 그의 팀은 개발업자들이 중대한 위협을 받고 있다고 생각하지는 않지만, 주민들에게 경계를 늦추지 말 것과 뭔가 이상한 일이 생기면 지역 경찰서에 신고할 것을 조언했다. 이 사건은 지난봄 집단 토론회 때 잇따라 발생한 정전 사태와 관련 있을 수도 있다.

이 사건에 대해서 제공할 정보가 있다면 1-800-CRIMEFIGHTER로 전화나 문자 바라며, 원한다면 익명으로 신고할 수도 있다.

〈바카베일가제트〉는 새로운 정보를 입수하는 대로 추후의 상황을 계속 알릴 예정이다. 활성화 계획은 예정된 속도로 진행될 것이다.

삶을 살아가는 곳

〰️

조앤 코월스키는 마흔 살이다. 회사 아이스 브레이킹 시간에 '자신을 규정하는 특징'을 말해야 하는 상황이 될 때마다 그녀는 눈꺼풀에는 주근깨가 있지만 다른 데에는 전혀 없다고 말한다. 그룹 리더들은 항상 증명해보라고 말한다. 그녀가 눈을 감으면 최소한 두명의 성격 좋은 처음 본 사람들이 이런 세상에라든지 기가 막히는군이나 진짜 멋진데 같은 말을 했다. 조앤은 아이스 브레이킹 후에 누군가와 가까워졌다는 느낌을 받은 적이 한 번도 없고, 자신을 규정했다는 생각도 해본 적이 없으며, 왜 사람들이 이렇게 열렬하게 얼음 같은 서먹함을 깨려고 하는지 이해할 수가 없었다.

조앤은 레스트인피스닷컴(Restinpeace.com), 삶이 계속되는 곳에서 일한다. 이곳에서 그녀는 부고 기사 댓글에서 욕설, 저작권이 있는 자료, 사망자에 대한 저열한 언사를 걸러내는 일을 한다. 그녀는 종종 사람들에게 말한다. "사람들이 죽은 사람한테 얼마나 잔인해질 수 있는지 알면 아마 놀랄걸요."

치명적일 만큼 스타일리시한 미용사가 조앤의 머리를 "2월의 색깔"이라고 묘사한 후부터 그녀는 집에서 자신의 앞머리를 직접, 어떤 스타일리스트도 절대 허용하지 않을 정도로 짧게 다듬었다. 이 자율성의 증명은 할 때마다 그녀를 즐겁게 해주었다. 바카베일의 주민 대부분처럼 조앤도 다른 곳에 살아본 적이 한 번도 없었고, 지금 그녀는 벨라쿨라와 세인트프랜시스 모퉁이에 있는 라라피니에르 저가 아파트의 작은 집에 살았다. 한번은 세탁소에서 두 여자가 그들이 사는 건물의 기원에 대해서 이야기하는 것을 엿듣게 되었다. 고향이 경제적으로 위축되는 것이 슬펐던 약간 이상한 기독교도 자선가(현재는 퀘벡 주민이다)는 바카베일에 저가 아파트 기금으로 돈을 기부하기로 했다. 그에게는 한 가지 조건이 있었다. 아파트가 세련된 모습과 이름이어야 한다는 거였다. 그래서 그는 자신이 좋아하는 프랑스어 단어를 고르고 그것을 빈티지의 매력을 가진 허물어져가는 건물에 붙여서, 기능보다 미적인 부분을 우선시했다. 이렇게 라라피니에르 저가 아파트가 탄생했다. 건물은 도심 남쪽 가장자리, 서쪽으로는 버려진 존 자동차 공장들이 있고 동쪽으로는 채스터티밸리가 있는 곳에 자리해 있다. 20세기 초에는 공장노동자들이 살았다. 기부자는 로비에 바를 귀여운 토끼 벽지를 골랐고 모든 집에 청동 토끼 램프를 놓고 싶어 했다. 하지만 개발업자들은 결국 램프를 거부하고 건물의 온수기를 개선하는 쪽을 택했다. 몇 번의 거부를 더 겪은 후에 기부자는 설계에 영향을 미치려는 시도를 그만두었다. 지금은 건물의 거주자 대부분이 자신들의 집을 *라라피니에르*의 번역인 '토끼장'이라고 부른다.

조앤은 앉은 자리에서 어마어마한 양의 수박을 먹을 수 있다. 그녀가 가끔 친구들과 직장 동료들을 즐겁게 해주기 위해 자신의 소화기를 해치면서까지 쓰곤 하는 기술이다. 그녀는 인디애나주 게리에 사는 태미 이모를 만나러 사우스쇼어 열차를 타고 가는 걸 좋아한다. 열차가 그녀를 태우고 주를 가로질러 가는 동안 공장들이 오렌지색 불길을 하늘로 뿜어내는 걸 보는 게 좋았고, 그녀가 '대도시의 모험'을 향해 기고 있는 무임승차한 고아라고 상상하는 것도 좋았다. 그녀는 사우스쇼어 기차에서 찰스 디킨스를 읽는 것도 좋아했다. 그는 오염에 관심을 가졌을 뿐만 아니라 그녀를 웃게 만들어주었고, 그러면 그녀 자신이 사는 오염된 도시에서도 웃을 수 있을 것 같다는 기분이 들어서였다. 조앤은 평생 한 번도 자신 있게 횡단보도를 건너본 적이 없었고, 빵을 싫어한다고 주장하는 사람들을 절대로 신뢰하지 않았다.

7월 16일 화요일 오후, 조앤 코월스키는 책상 앞에 앉아서 자신의 뉴스피드에 올라온 기사를 살피고 있다. 조앤이 깊은 인상을 남기고 친구가 되고 싶은 동료가 한 시간 전 점심 식사 때 수박을 가져왔다. 수박 폭식 쇼가 이어졌다. 하지만 결국엔 다 허사였다. 조앤이 왕족의 일원에 대해 뭔가 불손한 말을 해서 동료를 굉장히 언짢게 만들었기 때문이다. 동료가 왕족들 편인 줄 알았다면 깊은 인상을 주려 그렇게 애쓰지 않았을 것이다. 하지만 피해는 발생했다.

인터넷에 따르면 수박 과식과 관련된 위험에는 메스꺼움, 설사, 복부팽만, 소화불량 그리고 "맥박의 약화 혹은 상실"이 있다. 조앤은 머릿속에서 이 정보를 지역 뉴스로 덮어버리기로 한다. 그녀는 약국에서 산 안경을 고쳐 쓰고 화면 쪽으로 몸을 기울인다. 실비가 칸막이 너머 옆자리에서 회사 간식인 문칩을 와작와작 먹는 소리가 들린다. 뉴스 첫 페이지에 이렇게 쓰여 있다. 충격적인 일로 축하 행사가 중단되다.

조앤은 채스터티밸리 개발에 별로 관심이 없다. 하든 말든 알 게 뭐람. 하지만 이 사건은 그녀를 불안하게 만든다. 특히 부두 인형이. 절대로 인정하지는 않겠지만 조앤은 미신에 그야말로 푹 빠졌다. 초자연적인 것, 말하자면 마법, 신, 불운, 점성술, 시간 여행 등이 그녀를 완전히 사로잡고 있다. 그녀는 어젯밤 세탁소에서 유령 같은 소녀가 내세에 대해서 물어보던 걸 기억한다. 뭔가 이상한 이름이었는데. 소녀는 창백했고 하얀 머리에 요정 같았고 말랐다. 기묘한 방식으로 예뻤다. 유령 같았다. 생각해보니 소녀는 조앤이 〈크리스마스 캐럴〉을 다시 읽을 때마다 '과거의 크리스마스 유령'으로 상상했던 존재와 똑같았다. 그녀는 자진해서 굶은 여자들을 떠올린다. 예수의 약혼녀들. 땀 대신 피 흘리기.

갑자기 조앤은 목격자를 찾고 싶다. 다른 사람들도 그 소녀를 볼 수 있을까?

"조앤?"

조앤은 창피함을 느끼며 브라우저를 닫고 홱 몸을 돌린다. 그녀의 상사인 앤 슈롭셔가 그녀 자리의 칸막이 입구에 서 있다. 2년 전 레스트인피스가 규모를 축소할 때 사무실은 마구간이 되었다. 공간적 프라이버시가 줄어들면서 각 직원의 청각적 프라이버시의 느낌을 향상하기 위해 통풍구 안에 백색소음 재생기가 설치되었다. 사무실에서는 이제 대서양 횡단 비행기 같은 소리가 난다. 그 결과 레스트인피스닷컴 직원들은 강화된 청각적 프라이버시를 즐길 수 있게 되었으나 한편으로는 의도치 않게 종종 서로를 놀라서 펄쩍 뛰게 만든다. 사무실은 좀 긴장되어 있다.

조앤의 심장이 쿵쿵거린다. 맥박이 약해지거나 상실되지 않았다는 안도감이 잠깐 그녀의 수치심을 가린다.

"귀찮게 하는 거 같아서 미안하지만, 당신이 관심을 가져야 할 사소한 실수가 있어서 말이죠." 슈롭셔가 말한다.

조앤은 무릎 위에 양손을 모으고 기다린다. 직접적인 주목의 눈길 속에 그녀는 숨쉬기와 시선 마주 보기처럼 무의식적으로 하도록 프로그램된 행동을 의식하게 된다. 그녀는 너무 오래 쳐다보거나 너무 잠깐 쳐다보고, 너무 자주 눈을 깜박이거나 너무 조금 깜박이고, 불규칙하게 숨을 들이켜고 긴장된 순간에 하품을 한다. 앤 슈롭셔의 블라우스에는 세 개의 새 모양 핀이 꽂혀 있다.

"당신도 알겠지만, 엘시 블리츠의 부고 기사는 상당한 트래픽을 일으켰어요. 여기 레스트인피스에서 댓글 관리자로서 당신의 임무는 언제나 굉장히 중요하고 굉장히 귀중하지만, 엘시 블리츠의 것 같은 주목받는 부고 기사의 경우에 당신의 임무는 더더욱 중요해요. 엄청나게 중요하죠." 슈롭셔가 말한다.

조앤은 눈을 깜박여야 하지만 지금이 눈을 깜박이기에 안 좋은 타이밍일지도 모른다는 걱정이 든다. 그녀의 눈에 눈물이 고인다.

"오늘 새벽 4시 39분에 사용자 끔찍한빛나리가 올린 댓글을 혹시 못 봤나요?"

조앤이 침을 잘못 삼킨다. "전―"

"못 봤기를 바라요. 안전한 공간을 만드는 게 우리의 임무라는 걸 당신도 알 거라고 생각하니까요. 만약에 그 댓글을 읽었다면 그런 댓글이 우리의 '사망자 존중 방침'을 끔찍하게 위반한다는 걸 당신도 분명히 알았을 테고, 그게 게재되기에는 부적합하다고 여겼을 테니까요."

조앤은 애매하게 대각선으로 고개를 끄덕인다. 실비의 와작와작 소리가 잠깐 멈췄다.

"그래서 우린 당신이 실은 그 댓글을 못 봤을 거라고 추측한 거예요. 당신이 그 댓글을 정말로 읽었는데도 승인했다고 하면 우리로서는 걱정스러운 일이죠."

"그 사람이 저한테―" 조앤이 입을 열지만 단어가 목에 걸린다. "제가 놓쳤어요." 그녀가 포기한다.

"뭐라고요?"

"그 사람이 저한테 이메일을 보냈어요."

조앤은 이런 때에 제대로 된 문장을 말해서 자랑스러웠지만, 슈롭셔는 인상을 찌푸린다.

"뭐라고요? 누가 보냈는데요?"

"그 사용자가요. 전― 저는 그 사람 댓글을…… 지우려고 했어요. 하지만 그 사람이." 조앤이 몸을 떨며 말을 잇는다. "이메일을 보냈어요."

"그래서요?"

사용자 끔찍한빛나리는 관료적 장애물 코스인 연락처 페이지를 통해 조앤의 업무용 이메일을 찾아내서, 자신이 엘시 제인 매클로플린 블리츠의 아들이고, 그렇기 때문에 조앤의 검열이 부적절하다고 생각한다고 정중하게 알렸다. 그녀의 아들로서 그에게는 엘시의 삶을 솔직하게 평가하는 데에 일익을 담당할 권리가 있다고 그는 주장했다. 잠깐의 구글 검색으로 이메일의 이름이 엘시 블리츠의 진짜 아들 이름과 같다는 걸 확인했지만, 조앤은 이게 어떤 증거도 되지 않는다는 것도 알았다. 조앤은 메시지에 답하지 않았지만, 그가 핵심을 짚었다고 생각하여 댓글을 복구했다. 표준적인 필터는 고인의 가족에게는 적용되어서는 안 된다. 어쨌든 간에 엘시의 방명록에는 매분 수백 개의 새 댓글이 넘쳐나서 그의 댓글은 묻혔다. 묻힌 채로 놔두는 게 낫다고 조앤은 결론 내렸다. 그건 그녀가 자주 내리는 결론이었고 수많은 진퇴양난의 상황에서 그녀는 그것을 적용했다.

"그리고 그 사람은 엘시 블리츠의 아들이에요……. 아들이라고 했어요." 조앤이 말을 더듬는다.

앤 슈롭셔는 눈을 감고 콧구멍을 벌름거린다. 인내심이 사라지는 것을 실시간으로 보는 건 흥미롭다. "그래서 전혀 모르는 어떤 사용자가, 아마도 악플러인 사람이 자기가 고인의 가족이라고 주장했다고 해서 당신은 그 사람 댓글이 적절하다고 생각했다는 건가요?"

"저는― 이메일을―"

"이 누군지 모르는 사람이 정말로 사실을 말했다고 가정해보죠. 절대 그럴 리 없는 주장이지만, 그렇다고 한번 가정해봅시다. 우리에게 아들들을 위한 조항이 있나요, 조앤? 욕설, 저작권이 있는 자료, 저열한 언사가 가족이 쓴 것일 경우에는 허용 가능하다고 안내서에 나와 있어요?"

조앤은 절실하게 눈을 깜박여야 한다. 눈이 스캐너에 꾹 눌린 것만 같다. 그녀는 아니라고 고개를 젓는다.

"그래요. 아니죠. 우리는 우리의 온라인 애도자들 모두를 보호하는 걸 자랑으로 여겨요, 조앤. 우리는 고통에 빠져 있는 사람들에게 피난처를 제공하려고 노력해요. 그게 우리 임무예요. 그게 우리의 핵심이에요. 하지만 댓글 관리자들 한 사람 한 사람이 모두 헌신적이고 정신을 바싹 차리고 있어야만 이 임무를 달성할 수 있어요." 슈롭셔가 말한다.

레스트인피스가 규모를 축소할 때, 그들은 회사 탕비실에서 커피를 없앴다. 우리가 정신을 바싹 차리기를 원하면 캡슐커피머신을 돌려달라고! 조앤이 전혀 다른 성격의 사람이었다면 이렇게 말했을 것이다.

슈롭셔는 계속해서 말한다. "당신은 누군가의 수호천사가 될 수도 있고, 누군가의 일주일을 망칠 수도 있어요. 다음에 악플러들의 댓글과 이메일을 검사할 때는 화면 반대편에 있는 애도자들을 떠올려볼 것을 권하겠어요. 그냥 그 사람들을 생각해봐요. 고인의 손주들, 회사 동료들, 형제자매들, 부모, 배우자, 진짜 아들들과 진짜 딸들. 어둡고 작은 방에 있는 작은 의자에 앉아서 위안을 찾아 인터넷을 뒤지고 있는 모습을. 그들이 당신의 실수와 맞닥뜨렸을 때 괴로워하는 걸 상상해보길 바라요. 그들이 사랑한 사람의 삶을 요약한 곳에 한 명의 악플러가 남긴 그 하나의 댓글. 그가 세상을 떠난 사람의 혈육이라고 주장하는 바람에 게재된 댓글이요. 당신의 실수가 이

불쌍한 영혼들의 가슴 속 심장 한가운데에 슬픔의 칼날을 비트는 것을 상상해보라고요. 그걸 상상할 수 있겠어요? 그들을 볼 수 있나요? 우리의 애도자들을?"

불안 발작을 피하기 위해서 조앤은 '아베마리아' 리듬에 맞춰 숨을 쉬고 있다. 그녀는 애도자들을 상상하려고, 그들의 가슴 속 심장 한가운데에 꽂힌 슬픔의 칼날을 상상하려고 해보지만 왠지 모르게 스웨터를 입은 비글이 데스크톱 앞에서 빛나고 있는 모습만 떠오른다.

"매일 자기 자신에게 물어봐요. 내가 오늘 수호천사가 될까, 칼을 비트는 사람이 될까?"

조앤은 눈을 깜박인다. 지금은 그럴 타이밍이 아니지만, 크나큰 안도감이 든다.

슈롭셔가 말을 반복한다. "우린 당신을 귀중하게 여겨요. 하지만 그걸로는 부족해요. 당신이 스스로를 귀중하게 여겨야 해요."

앤 슈롭셔는 돌아서서 가려다가 멈춘다. "하나만 더요. 똥 이모티콘은 용납할 수 없어요. 그건 당연한 거라고 생각했는데, 아닌 모양이더군요. 정말이지, 조앤, 정신 차려요."

그녀가 떠난다. 백색소음이 요란해진다. 실비의 와작와작 소리가 재개된다.

진짜 실화인 이야기

~~~

부고 기사 >> **조의** >> **사진 앨범** >> **방명록**

부고 기사:

엘시 제인 매클로플린 블리츠

7월 16일 화요일

사랑하는 사람들과 적들, 구경꾼들, 팬들에게.

  천천히 죽어가는 것의 장점 한 가지는 자기 자신의 부고 기사를 쓸 수 있다는 점이다. 이 일을 친구의 시(詩) 분야 석사를 받은 자식이나 진지한 헤어스타일의 기자에게 맡길 수도 있었지만, 대신에 나는 새로운 장르, '자가 부고 기사'를 제안한다. 그 세월을 살아온 사람이 직접 요약한 이 세상에서의 86년. 자기 고백 같은 상태 업데이트와 공장식으로 생산된 회고록이 유행하고 연방 정부가 트위터를 하는 시대에는 나 자신이 작별 연설을 하는 것이 적절할 것 같다. 엘시 제인 매클로플린 블리츠, 텔레비전 속 분홍빛 뺨의 연인, 활동가 그리고 무엇보다도 헌신적인 어머니였던 나는 여기서 내가 살아온 그대로의 인생에 대한 포괄적인 평가를 제공한다. 나와는 거의 상관없는 이야기일 거라고 말해두겠다. 꼭 알고 싶어 하는 사람들에게 일부는 '목록형 기사'로 여겨질 것이다. 나는 아주 현대적인 여자니까.

지극히 로스앤젤레스스러운 소리로 들릴 수도 있겠지만, 우선 나는 자아도취가 아무리 판을 치는 세상이라 해도 우리는 서로 연결되어 있고 상호의존한다는 주장으로 시작하겠다. 피그미세발가락나무늘보를 생각할 때 그걸 염두에 두길 바란다.

정보화 시대에 지각을 가진 생물체로 살고 있다면 당연히 알아야 하겠지만, 피그미세발가락나무늘보, 브라디푸스피그마에우스(Bradypus pygmaeus)는 빈치목 전체에서 가장 멸종 위기에 처해 있는 종이다. 아주 적은 수가 파나마의 카리브해 연안에서 조금 떨어진 섬의 맹그로브숲 딱 한 군데에서만 산다. 이 나무늘보들은 거의 9000년 동안 이 똑같은 4.3제곱킬로미터 안에서 살아왔고, 그래서 진화의 아주 귀중한 표본이다. 섬 왜소증은 피그미세발가락나무늘보를 그 속(屬)에서 가장 작게 만들었다. 위험하리만큼 느린 생물이기 때문에 피그미세발가락나무늘보는 생존이 위장(僞裝)에 달려 있고, 그래서 나무늘보의 건강에 아무 해도 끼치지 않으면서 털에서 자라는 녹조류와 공생 관계를 이루었다. 나는 지금 이 글을 피그미세발가락나무늘보가 아는 유일한 집 이슬라에스쿠도데베라과스에서, 내가 죽을 때 눕고 싶다고 한 오소페딕 매트* 위에 앉아서 쓰고

---

* 등과 관절을 받쳐주는 단단한 매트리스.

있다. 내 유골의 절반은 그 멋진 나무늘보가 종종 수영을 하는 바다에 뿌려질 거고, 4분의 1은 빨간 맹그로브 나무의 뿌리에 뿌려져 나무는 유골 속에서 살고 그것을 먹게 될 것이다. 과학자들은 불법적인 맹그로브 파괴와 기후변화, 불법 침입 때문에 섬에 80그루도 안 되는 개체들이 남아 있다고 추정한다.

유골의 마지막 4분의 1은 어떻게 할 거냐고? 내 유골의 마지막 4분의 1은 이베이에서 가장 높은 가격을 부르는 입찰자에게 팔아서 피그미나무늘보를 구하려는 EDGE 캠페인에 기부할 것이다. 그러니까 유골이 아직 따끈따끈할 때 입찰하라고, 내 귀염둥이들.

첫째로 나는 엄선한 인생 교훈들을 생각나는 순서대로 이야기할 것이다. 그런 다음에 내가 잃은 귀중한 물건들 목록을 쓰고, 몇 가지 메모를 남기고, 그다음에는 진짜 실화인 이야기를 할 생각이다. 우리 대부분이 여백, 비현실, 비실용적인 언어를 전혀 참아주지 못하기 때문에, 해당 이야기를 읽으면 보상이 제공될 것이다. 마지막으로 명성과 죽음에 관한 나의 결론적인 생각을 이야기할 것이다.

내가 떠난 후에 내가 그리우면, 내 영혼은 사실상 여기 남아 있을 테니 여기서 찾을 수 있을 것이다. 또한 약간 오래됐지만 어쨌든 대단히 훌륭한 다큐멘터리 〈나무늘보와 시간 보내기〉를 추천한다. 이것은 내가 아주 존경하는 두 명의 선지자 제리 레드베터와 빌 해처 사이의 협업이다.

엄선한 인생 교훈들, 생각나는 순서대로

1. 복싱 레슨과 보충 요법. 에너지는 새로 만들어질 수도, 없어질 수도 없다.
2. 당신이 열세 살이고 배우 찰리 뉴먼이 체스를 가르쳐주겠다고 하면, 설령 이미 체스 두는 법을 안다 해도 받아들여라.

3. 당신이 열여섯 살이고 게임 프로그램 진행자 헨리 호크가 자기 호텔 방에서 뭔가를 가르쳐주겠다고 하면, 거절해라.

4. 거절하는 데에 실패한다면 감정적 여파로 징징대지 마라. 왜냐하면 반지를 뺄 때 당신은 무슨 일을 하는 건지 이미 알고 있었으니까.

5. 요트에는 언제나 타라.

6. 누군가가 술을 거절하면, 왜냐고 절대 묻지 마라.

7. 당신의 에이전트를 제외하면 누구한테도 당신이 마음만 먹으면 언제든 울 수 있다는 얘기를 하지 마라.

8. 화장실 문은 조심스럽게 열어라. 특히 맨해튼, 파리, 부다페스트, 베를린, 싱가포르, 아부다비, 아바나, 샌프란시스코에서.

9. 비버 털은 과소평가되고 있다.

10. 자연분만은 과대평가되고 있다.

11. 자선 행사에서는 언제나 짙은 색 음료를 주문해라. 혹시 달린 피컨스 같은 사람을 만났을 때, 개성이라고는 전혀 없으니 하얀색일 게 분명한 그녀의 드레스에 음료를 쏟고 싶을 경우에 대비해서.

12. 당신의 담당 은행원에게 마약 넣은 브라우니를 가져가서 유혹해라. 가능하다면.

13. 다리 위에서 누가 우는 걸 본다면, 언제나 멈춰서 그 사람 어깨에 손을 얹어라.

14. 겨울은 스위스 그뤼예르에서. 여름은 프랑스 콜마르에서. 가을은 이탈리아 카스틸리온피오렌티노에서. 봄은 그리스 모넴바시아에서.

15. 처음 보는 사람이 매력적일수록 콘돔을 써야 할 필요성은 더욱 크다.

16. 최소한 두 번은 결혼해라.

17. SNS를 관둬라.

18. 유령의 존재는 믿어도 신은 믿지 마라. 신에 대한 당신의 개념이 유령과 비슷한 경우가 아니라면.

19. 가을에는 도예 수업을 들어라. 크리스마스 선물이 부족할 일이 절대 없을 것이다.

20. 당신이 걷는 길, 당신이 먹는 음식, 당신이 가진 직업, 당신이 고르는 교통수단, 당신이 사는 미용 제품, 당신이 보는 드라마, 당신이 누르는 링크, 당신이 열차에서 앉는 방식, 당신이 웨이터에게 말하는 방식, 당신이 커피를 마시는 방식. 모든 게 모두에게 영향을 미친다. 이걸 믿을 방법을 찾아라. 설령 취하지 않았을 때에도.

21. 당신의 아이들이 당신이 입은 손상의 피해자가 되게 만들지 마라.

22. 위 항목을 보장할 수 없을 경우에는 아이를 갖지 마라.

만약 찾게 되면 팔아서 피그미세발가락나무늘보를 보호하는
EDGE 캠페인에 기부할 잃어버린 물건 세 가지

1. 레시피, 할 일 목록, 기도문, 기분을 향상시키는 인용구를 손수 적어놓은 가죽 공책. 뒤표지에 우리 엄마 이름이 적혀 있다. 마거릿 디어드리 매클로플린. 울새의 알 같은 청록색. (마지막으로 본 곳: 1983년 겨울, 제네바.)

2. E.J.M.B.라는 이니셜이 아랫부분에 새겨진 루비색 커피 보온병. 거의 돈을 안 쓰고 커피를 싫어했지만 대단히 좋은 분이었던 우리 아빠가 나에게 준 것. (마지막으로 본 곳: 1964년 가을, 로스앤젤레스.)

3. 나라를 횡단하는 이사를 하다가 잃어버린 금빛 꿩 박제. (마지

막으로 본 곳: 1990년 4월, 로스앤젤레스와 뉴욕시티 사이 어딘가.)

내 첫 남편에게 보내는 공개편지

당신이 나의 젊고 여린 심장에 입힌 어마어마한 고통에 관해서는 용서했지만, 우리가 아이를 갖지 않은 건 다행이야. 당신은 내 이십 대를 강탈했어. 당신이 아직까지 살아 있다는 게 충격이야.

내 아들 모지스 로버트 블리츠에게 보내는 공개편지

나의 조그만 금발 아기가 쉰세 살이 되었다는 걸 믿을 수가 없구나. 그리고 손주를 가질 희망이 전혀 없다는 것도! 하! 우리가 서로 다른 부분은 있지만, 난 너를 말로 다 할 수 없을 만큼 사랑한단다. 네 몸은 건강해, 모지스, 네 몸에서는 아무것도 자라나고 있지 않아. 그리고 제발, 그 괴상한 위장 좀 그만두거라. 놀랄 거 없다, 모지스. 당연히 나도 알고 있지. 돈으로 살 수 있는 것 중 한 가지가 바로 사찰이야. 내 말 귀 기울여 들으렴. 누가 너를 쳐다본다는 건 누가 너를 그냥 보는 것과는 달라. 내가 죽기 전에 너한테 뭔가를 가르칠 수 있다면, 바로 이거란다.

진짜 실화인 이야기

내 세포들이 멀쩡하던 시절에, 난 내가 영원히 살 거라고 믿었다. 만약 당신도 이런 믿음을 가졌다면, 이 망상에서 깨어나 진실을 깨닫기 위해 할 수 있는 일은 뭐든지 해라. 교회를 가든, 앱을 깔든, 대열에서 빠져나오든, 문신을 하든, 어떤 거든. 왜냐하면 내가 장담하는데 당신도 언젠가 죽고, 죽음의 운명은 당신이 그걸 믿든 안 믿든 상관하지 않으니까.

평생 동안 나는 즐기기 위해서 애를 썼다. 난 재미를 주는 예술가였고, 그 외의 모든 것에서는 실패작이었다. 결국 우리에게 필요한 건 부모님이다. 목줄과 울타리, 취침 시간, 이빨 요정. 레인지 위의 우유. 하지만 운이 좋으면 인생이 끝날 때 우리는 어린 시절로부터 가장 멀리 있겠지. 운이 좋으면 우리는 우리 부모님에게 가장 가까이 있겠지만, 부모님은 삶이 공식적으로 다 끝날 때까지는 우리를 피할 것이다. 이런 편안함들 대신에 우리가 얻는 건 죽음과의 로맨틱한 첫 만남이다. 그는 언제나 일찍 오니까.

난 3월의 어느 오후에 플로리다의 신발 가게 바깥에서 '그'를 만났다. 나는 휠체어에 앉아 어항을 쳐다보면서 유리에 비친 나 자신을 보고, 바쁘게 움직이고 불운한 운명을 가진 데다 신을 믿는 물고기들의 모습에서 미국을 보고 있었다. 평소처럼 내가 엄마로서 지은 죄를 바로잡기 위한 계획을 세우고 있을 때 그가 끼어들었다. 난 여든다섯 살이었다. 성(性)은 내 몸에서 오래전에 떠났지만, 그가 나에게로 걸어올 때 내 난소는 살짝 움찔거렸다. 난 성적 흥분과 투쟁-도피 반응을 구분하는 게 언제나 굉장히 어려웠다. 그의 냄새에 불안감이 솟았다. 부패의 냄새라면 받아들일 수 있었을지도 모르지만, 이 냄새는 반(反)생명적이었고, 완벽하게 무(無)였고, 바위보다도 더 생명력이 없었다. 그는 무릎을 꿇고 눈을 깜박이며 내 오른손 위로 자신의 속눈썹을 스쳤다. 그게 그가 인사하는 법이고, 그가 당신을 존중하는 법이다. 그가 유명인의 기색을 뿜어내고 있었음에도 불구하고 난 처음에 그를 알아보지 못했다.

"당신과 셀카를 찍어도 될까요?" 그가 물었다.

난 셀카 요청에 좋다고 대답한 적이 없었지만, 그러다 그의 낫을 보았다.

"물론이지요." 내가 말했다.

그는 세 장을 찍었다. 그런 다음에 경비가 보는 앞에서 내 주머니에 손을 집어넣고 뭔가를 꺼냈다. 그런 다음에 떠났다.

경비는 알아채지 못했다. 내가 전화하고 싶었던 사람은 내 아들이었다.

내 비서가 내가 신을 신발 세 켤레를 사서 가게를 나왔다. 비서는 관을 열듯이 상자를 열고 나한테 안에 있는 루비색 산책화를 보여줬다. 상황을 고려하면 웃기는 짓이다. 그녀가 조심스럽게 내 발에 신발을 신겼다. "안색이 사신처럼 굉장히 안 좋아 보여요. 제가 뭘 해드리면 좋을까요?"

나는 아들에게 전화를 해달라고 했다. 비서는 전화를 했지만, 우리 둘 다 그게 쓸데없는 일이라는 걸 알았다. 그 애는 몇 달 전에 나를 차단했으니까. 비서는 놀라는 척을 했다.

나중에, 차를 마실 때 내 전화기가 울렸다. 난 그 애라고 생각하고 움찔하고 놀라며 활짝 웃었다. 하지만 그건 '그'였다.

모르는 번호로부터 온 문자. 그가 가져간 것이 변기 위 화병 안에 담겨 있는 사진.

이 번호 어떻게 알았죠? 내가 문자를 쳤다. 난 자판을 치는 게 느리다.

그는 나한테 토끼 이모티콘을 보냈다.

즉시 나는 이게 흔히 말하는 끝의 시작이라는 걸 깨달았다. 곧 난 엄청난 고뇌를 하게 될 것이었다. 이게 끝이군요, 그렇죠? 나는 죽음에게 문자를 보냈다. 그는 바다코끼리가 신나게 고개를 끄덕거리는 GIF를 보냈다. 그래, 그래, 그래, 그래, 그래라는 자막이 달려 있었다.

난 그를 내 편으로 만들고 싶어서 우호적으로 이야기를 좀 주고받았다. 이후 몇 주 동안 우리는 계속 연락을 했다. 나는 그가 정리할 시간을 좀 준다는 얘기를 성직자한테서 들은 적이 있었다. 그래서 그에게 연장을 요청했다. 우린 협상을 했다. 석 달, 그가 합의했다. 생일을 한 번 더.

그는 아만직인 선장이 아니다. 누군가는 더러운 일을 해야 한다. 다행스럽게도 철학자도 아니다. 인생의 마지막에 수학을 하고 싶은 마음은 전혀 없다. 난 그의 죄수가 아니고, 그는 내 상사가 아니고, 내가 그의 고객도 아니고, 그가 내 뮤즈도 아니지만, 우리 둘 다 자유롭지는 않다. 처음 만났을 때 내가 그를 잘못 판단했다. 그는 자신의 일에 굉장히 엄격하다. 비효율적이긴 하지만, 아주 사무적이다. 섹스도 안 하고, 심지어 저녁 식사도 안 한다.

그를 만나고 일주일 후에 의사가 전화했다. 나는 깜짝 놀랐지만, 다른 사람들은 울었다.

"제가 뭘 해드리면 좋을까요?" 비서가 물었다.

"내 정신을 재설계해줘. 내 이기심을." 내가 말했다.

그녀는 마사지를 예약해줬다.

사람들이 알아채기 시작했다. 내 마지막을. 수십 년 동안의 파파라치, 가십 칼럼, 인터뷰, 토크쇼 뒤에도 그들은 더 많은 걸 원했다. 그들은 '진짜 나'를 알고 싶었던 것이다. 빠르게 퍼지는 해충처럼 사람들 무리가 우리 동네 바깥쪽에 나타나 경관을 해쳤다. 인터넷이 발명된 이래로 난 종종 내 아들의 검색 기록을 살펴봤다. 그런식으로 그 애를 알아간 것이다. 하지만 내 브라우저 검색 기록을 포함하여 그 외의 내 모든 기록이 이미 노출되어 있는 상황에 누가 날 알아갈 수 있었겠는가? 나를 알고 싶으면, 내 이불의 와인 얼룩을 기억해줘, 나는 마지못해 트윗을 올렸다. 더 도움이 되지 못해서 미안해. 내가 나 자신을 본 건 세 번뿐이거든.

한번은 내 고향 동물원에서 암컷 늑대를 구경하면서.

한번은 멕시코 테오티우아칸에 있는 날개 달린 뱀 사원에서.

한번은 키웨스트의 신발 가게 밖에 있는 어항에서.

갑자기 내가 죽기 2주 전, 금요일 4시 정도가 됐다. 내가 가장 혐오했던 시간이다. 연옥의 시간. 점심도 아니고 저녁도 아니고, 뭘 먹기에도 이르고 술을 마시기에도 이르고, 그 시간의 인질들에게 그들의 실패를 집계해보라고 부추기는 시간, 한 사람의 인생 전체를 주차장처럼 보여주는 시간. 나는 전화기를 빤히 쳐다봤다.

"제가 뭘 해드리면 좋을까요?" 비서가 나에게 물었다.

"그 애한테 내가 죽어간다고 전해줘."

비서는 그렇게 했다.

누구보다도 내 아들이 잘 아는 것처럼, 난 휠체어에 앉게 된 뒤에도 떠나는 데에는 올림픽 선수급이다. 너의 재능이 너의 십자가야, 우리 엄마는 항상 그러셨다. 엄마는 독실한 가톨릭이었고 즐기는 법을 전혀 모르셨다. 그날 밤, 대리석 왕좌에서 불길이 낄낄 웃었다. 내 접시 위에는 바짝 구운 당근, 양의 정강이 살, 레몬과 타히니를 곁들인 뜨거운 이스라엘식 쿠스쿠스가 있었다. 컵에는 신선한 석류주스, 텔레비전에는 흑백의 영상, 컴퓨터에는 부동산 전문 변호사의 이메일, 내 집에는 끝없는 손님들. 하지만 내 아들한테서는 아무것도 없었다.

"제가 뭘 해드리면 좋을까요?" 비서가 물었다.

나는 그녀에게 목적지를 알려줬다. 그녀는 내 사랑하는 나무늘보들에게 가는 여행을 준비해주었고 비행기에서 울면서 내 손을 잡아줬다. 난 그녀에게 진정하라고 말했다. 그리고 내가 죽게 될 방에 미국 국기를 걸어놓고 싶다고 말했다. 펄럭이는 하얀 베일. 난 그녀에게 아무한테도 얘기한 적 없는 것들을 말했다. 루푸스에 걸린 이후에 내가 맡았던 조연들은 실존을 위한 수영장 튜브 같은 거였다고, 난 한 번도 담배를 끊은 적이 없다고, 중독재활센터는 어떤 면에서는 내 인생 최고의 시간이었다고 고백했다. 그리고 내 예순 살 생일 파티 때 발코니에서 내 아들이 했던 말, 엄마는 지금 500달러짜리 케이크를 앞에 놓고 있는데 여전히 뛰어내리고 싶어 하시네요라고 했던 그 말이 여전히 날 괴롭히고 있다는 것도. 난 파티에서 나와 엔젤 오크 트리*를 주먹으로 때리며 울었다. 난 눈 속에서 사랑을 제일 잘 나누고, 계단통에서 노래를 제일 잘하고, 열차에서 소변을 제일 잘 본다. 나는 가끔 내 손바닥 위에 히말라야 핑크솔트를 쌓아 놓고 핥는다. 그냥 핥는 거다. 나는 양말을 신고 잠이 들면 제일 에로틱하고 황홀한 꿈을 꾼다. 반평생을 난 누군가가 액션, 하고 소리치기를 기다리며 살았다. 나머지 절반은 누군가가 컷, 하고 소리치기를 기다리며 살았고. 이런 상태는 사람을 이기적으로 만들고, 전 미국이 그걸 잘 안다.

그러다 어느 날 자신이 불치병 부티크에 들어와 있고, 화장실에 가기 위해서는 뭔가를 사야만 한다는 걸 알게 된다. 그때부터는 당신이 베풀 수도 있었는데 받기만 했던 사례들이 담긴 카탈로그 말고는 아무것도 생각할 수 없다.

내 비서가 말했다. "부인은 혼자가 아니에요."

다음 날, 내가 죽음을 맞을 침대 위에서 난 이렇게 쏘아붙였다. "소프트웨어를 업데이트할 시간이 없어. 내 커서가 사라졌다고 한들 도대체 누가 신경을 쓰겠어?"

"제가 뭘 해드리면 좋을까요?" 비서는 그렇게 물었다. 그 자주 쓰는 끔찍한 말. 비서는 나한테 작은 집, 최고의 감독, 끝없는 브런치를 권했다. 창문은 열려 있었고, 산들바람은 뜨거웠고, 고통은 총체적이었다.

"결백. 내 자서전을 조작해줘." 내가 말했다.

"베개요. 세계 최고의 베개를 제가 갖다드릴게요." 비서가 대답했다.

---

* 사우스캐롤라이나주 찰스턴의 유명한 나무.

내 아들은 내가 아침에 제일 먼저 전화하고 밤에 제일 마지막에 전화하는 상대다. 그 애는 내가 영원히 살 수 없다는 건 알겠지만, 난 그 애한테 너도 영원히 살지 못한다고 말해주고 싶다. 난 그 애한테 모든 사람이, 정말로 모든 사람이 필멸(必滅)에 대해 틀렸다고 말해주고 싶다. 매년 모든 계절을 지나며 난 여름의 젖을 먹었지만, 이제 그 젖은 다 말랐다. 난 내 아들에게 정말 미안하다고 말해주고 싶다. 죽음이 지금 나와 함께 방 안에서, 에어컨 옆에서 스콧을 하고 있다. 우린 똑같은 양말을 신었다. 하얀 토끼가 수놓인 양말이다. 기다리는 동안 난 내 삶에서 내 아들에 관한 언급을, 그 애의 부재를 변명해줄 만한 설명을 컨트롤 F를 눌러 찾는다. 아니면 내가 그렇게 나쁜 엄마는 아니었다는 반박, 반론, 증거를 찾고 있는 걸지도 모른다. 하지만 검색 결과는 0이다. 내 커서가 사라졌기 때문에 난 슬픔을 억누를 길 없이 화면을 닫는다.

진짜 실화인 이야기를 읽지 않았다면 이걸 읽지 말 것

가위바위보 할 때 제일 먼저 바위를 골라라. 대부분의 사람들은 가위를 고른다. 이건 내가 내주기 가장 괴로운 팁이다. 이 정보의 이점은 그 비밀 유지에 달려 있으니까. 그래서 내가 이걸 보상으로 제공하는 거다.

명성과 죽음에 관한 결론

둘 다 아주 외롭고 지루하다.

키스를 보내며,
엘시 제인 매클로플린 블리츠

내 얘기를 들어줘

～～～

우리 모두가 블랜딘과 사랑에 빠졌을 때 동물 희생이 시작됐다. 지난겨울, 토끼장에서. 6개월 전에. 어쩌면 그건 그녀의 금빛 다리털 때문일지도 모른다. 어쩌면 그녀가 유일한 여자아이라서 그랬을지도. 어쩌면 우리 모두 그냥 지루해서였을지도.

확실한 것 한 가지는 우리 모두가 그녀의 가짜 이름을 싫어했고, 지금도 싫어하고, 사랑조차 그 감정을 고치진 못했다는 거다.

함께 산 지 다섯 달쯤 되었을 때 우리는 사랑에 빠졌다. 우리는 지난여름에 토끼장으로 이사를 왔고, 처음에는 블랜딘에 대해서 별생각 하지 않았다. 그녀는 우리를 피했고, 우리도 그녀를 피했다. 그녀는 우리를 완전히 무시하거나 세상의 종말에 관한 연설을 하는 식으로 처음부터 이상했다. 그녀는 거대하고 별스러운 책들을 들고 다녔고 짜증 나는 단어들을 사용했다. 그녀가 매운 라면, 매운맛 칩, 매운 해초 과자, 커다란 초록 잎들 말고 다른 걸 먹는 건 본 적이 없는 것 같다. 거기에 다량의 대마초와 스위트티. 우리 넷이 모두 동

72

시에 집에 있을 때면 그녀는 우리가 아예 보이지도 않는 것 같았다. 우리 둘 다 상당히 야행성이었기 때문에 가끔 그녀가 한밤중에 부엌을 돌아다니는 소리가 들리곤 했다. 그럴 때 나는 내 방을 나와서 그녀와 이야기를 해볼까 생각했지만, 왠지 늘 그만두게 되었다. 그녀는 아름답긴 했지만, 좀 오싹한 방식으로 아름다웠다. 눈 사이는 너무 멀었고, 피부와 머리카락은 벽처럼 하얬다. 옷은 수의 같았고.

　나는 처음에 토드나 말리크와도 별로 많은 시간을 보내지 않았다. 우리에게는 각자의 삶과 일이 있었다. 아니, 최소한 그런 척했다. 돌이켜보면 사랑과 희생 의식과 이 모든 것의 씨앗이 지난 9월의 홍수 때 심겼던 것 같다. 우리가 같이 산 지 한 달이 되었을 때였다. 토끼장의 모두가 건물에서 나가 대피해야 했지만, 우리는 2층에 살고 있었고 모두가 달리 갈 곳이 없어서 그냥 문을 잠그고 커튼을 치고 남아 있었다. 전기가 나가자 블랜딘이 방에서 초를 몇 개 갖고 나와서 우리를 위해 불을 켰다. 그녀의 라이터에는 성모마리아가 그려져 있었다. 토드는 모두에게 토마토 샌드위치를 만들어주었다. 말리크는 카드 한 팩과 위스키 한 병을 가져왔다. 처음에는 좀 어색했고 우리 모두 게임하기를 거부했지만, 얼마 지나지 않아서 우리는 요란하고 긴 웃음소리를 내며 세 판째 하고 있었다. 우리는 문틀을 따라 물이 넘치는 걸, 마치 눈물처럼 물이 뚝뚝 떨어지는 걸 알아채지도 못했다. 물이 우리를 적시기 전까지는. 그것은 아마 지붕에서 떨어지는 것 같았다. 그때 나는 블랜딘이 나를 쳐다보는 것을 알아챘는데, 그녀의 얼굴은 술 때문에 발갰고 눈은 반짝거렸다. 나는 뭔가를 느꼈다. 마치 잠에서 깨듯이.

　하지만 넉 달이 지날 동안 그것을 다시 느끼지 못했었다. 넉 달 뒤, 그때가 나와 토드와 말리크가 진짜로 사랑에 빠진 때였다. 한꺼번에. 동시에. 우리는 바카베일 위탁가정 제도에서 막 빠져나온 세 명의 십대 소년들이었고, 처음으로 독립해서 살고 있었으며, 그 겨올날 아침까지는 우리가 자유롭다고 믿었었다. 말리크가 블랜딘에게 가장 심각하게 빠진 것 같았고, 토드가 가장 가볍게, 나는 중간 정도인 것 같았다. 내가 보기에 토느는 블랜딘보다 말리크에게 더 빠진 것 같았지만, 그는 우리와 어울리고 싶어서 우리 둘처럼 그녀의 딸꾹질 소리에 침을 흘리기 시작했다.

그것은 1월의 일이었다. 바깥에는 갓 내린 눈이 깔려 있었고, 새해였다. 그녀는 그날 아침 늦게 일어나서 눈을 가늘게 뜨고 주방으로 걸어 나왔다. 말리크는 얼간이처럼 초콜릿칩팬케이크를 만드는 중이었다. 사실 블랜딘은 걷지 않는다. 그녀는 사뿐사뿐 발을 딛는다. 고양이처럼. 토요일이었고 우리 모두 일이 없었다. 그건 드문 일이었다. 블랜딘의 머리는 하얗게 탈색되어 있었고, 팔에 난 털은 금빛이었고, 여드름이 났으며, 유두가 셔츠 아래로 튀어나와 있었다. 대부분의 사람들은 다른 모든 사람들의 평균처럼 보이기 때문에 아름답지만, 블랜딘은 기이해 보이기 때문에 아름답다. 비대칭적인 모습. 비쩍 마른 팔다리. 그녀에게는 뭔가 이질적인 데가 있다. 흉측해 보여야 하지만 그렇지 않은 아름다움. 그녀는 하품을 하고는 말했다. "망할 매트리스."

그리고 우리는 사랑에 빠졌다.

그런 식으로 갑자기 그렇게 되었다는 게 믿기 어려울 수도 있다는 것을 안다. 하지만 토드와 말리크와 나는 다시, 또다시 그렇게 빠져들었다. 나에게는 그게 진실이고, 그들에게도 그게 진실일 것이다.

우리가 자신을 사랑하게 됐다는 걸 블랜딘이 알았는지 모르겠지만, 만약 알았다면 그녀는 그걸 드러내지 않을 만큼 영리했다. 지나고 나서 생각하니 처음부터 우리의 역학 관계는 어떤 식으로든 개판이었고, 그걸 구원할 수 있는 방법은 아무것도 없었다. 대마초는 거의 다 떨어졌고 일은 최저임금에 등골이 빠질 지경이고 독립은 가짜인 상황에서 세 명의 열아홉 살 소년들이 하나의 더운 집 안에서 한 명의 열여덟 살 소녀에게 욕망을 품고 있었다. 그에 더해서 관심받는 것을 싫어하고 그녀에게 뭔가를 원하는 사람 누구든 가까이 오는 걸 싫어하는 그 소녀에게 무시당하고 있었다. 우리는 블랜딘을 잘 몰랐지만, 그런 성격만큼은 분명했다.

우리 넷은 위탁가정 제도에서 아이들이 빠져나올 수 있도록 준비시키는 '독립 워크숍'에서 만났다. 우리는 열여덟 살이 되면 어차피 나와야 했겠지만, 워크숍을 이수하면 집과 일자리, 건강보험을 구하게 도와준다. 그리고 첫해 동안에는 임대 보증금과 지원금으로 돈을 조금 준다. 매달 마약 검사를 통과하고 돈을 부도덕한 곳에 쓰지 않았다는 것만 증명하면 된다. 워크숍 수업 때 나는 블랜딘의 하얀색에 가까운 금발을 좋아했다. 그건 오싹했다.

블랜딘은 우리를 만나기 전에 있었던 나쁜 일들에 관해서 이야기하지 않지만, 그녀에게 일어난 나쁜 일이 빌어먹을 나쁜 일이라는 건 알 수 있다. 그녀가 부엌에 있는 쇠 수세미로 살이 벗겨지도록 손을 문지르는 걸 보면 알 수 있다. 그녀가 들고 다니는 거대한 종교 서적들을 보면. 그녀가 모으는 새 둥지와 나뭇가지와 채스터티밸리의 쓰레기들. 동물 뼈들. 가끔 그녀가 집에 없을 때 나는 그녀의 방을 기웃거리는데, 방에서는 대마초와 장미 냄새가 난다. 뾰족뾰족한 식물이 자라는 유리병들이 창틀에 우글거린다. 침대 위에는 아무도 들어본 적 없는 사람들의 우울한 인터넷 전기를 테이프로 붙여놓았다. 그리고 그녀는 여러 개의 파리지옥을 키운다.

바카베일 위탁가정 제도 내에서 쉽게 사는 사람은 없지만, 블랜딘은 아주 영리한 데다 여자이기 때문에 최악의 경험을 했다. 사람들은 제도 안에 있는 블랜딘 같은 아이들에게 여러 가지를 원하고, 그녀의 두뇌가 도움이 안 됐을 거라는 건 분명하다. 너무 많이 생각하면 꼼짝할 수 없게 되는데, 블랜딘은, 그녀는 방 안에 틀어박혀 생각한다. 자신이 온갖 종류의 파멸에 빠지는 걸 생각하고 생각하고 생각해서, 해 질 무렵에는 문손잡이도 무서워한다. 그녀는 우리 중에서 유일하게 고등학교를 졸업하지 않은 사람이지만, 또한 우리 중 유일하게 대학에 갈 수도 있었던 사람이다. 한번은 그녀의 침실에서 무슨 상담 교사가 보낸 편지를 찾았다. 그녀가 프린트한 게 분명한 이메일에는 아이비리그에 지원을 해보라는 권고가 담겨 있었다. 상담 교사는 그녀가 진짜 입학할 가능성을 가졌다고 말했다. 우리는 왜 블랜딘이 학교를 중퇴했는지 모른다. 그녀는 동네의 유일한 고급 고등학교의 장학생이었다. 1년만 더 다니면 되었는데. 그녀는 그 일에 관해 절대로 말하지 않았다. 그녀에게 어떤 종류든 학교에 대해 말을 하면 그녀는 미국의 교육 시스템이 얼마나 개판인지 설교하거나 도망쳤다.

우리가 그녀를 사랑하도록 그녀가 받아주지 않았기 때문에 말리크와 토드와 나는 우리의 시간 전부를 서로와 보내기 시작했다.

동물 희생 의식이 내 아이디어였다는 사실을 인정하는 건 별로 부끄럽지 않다. 2월의 어느 날 밤, 사랑에 빠진 지 한 달이 되었을 때 말리크가 내 신경을 건드렸다. 블랜딘을 위해 요리하는 걸 멈추지 않고 부엌에서 나오질 않았는데, 나도 빌어먹을 케사디야를 만들어 먹고 싶었기 때문이다. 말리크의 문제는 여드름이 전혀 없다는 거다. 그 녀석을 보면, 그 맹하고 완벽한 웃음과 맹하고 완벽한 피부를 보면 특별한 종류의 미움을 느끼게 된다. 게다가 말리크는 우리 넷 중에서 위탁가족과 좋은 관계를 가진 유일한 사람이다. 그는 여전히 명절이면 그 집에 가고, 그들의 전화를 받으면 통화하면서 많이 웃는다. 토드는 자신의 위탁가족들 중 누구에 관해서도 절대로 얘기하지 않는다. 그 이야기를 꺼내면 그는 그 표정을 짓는다. 블랜딘이 짓는 것과 사실상 똑같은 표정이다. 물에 잠겨가는 차에 갇힌 것 같은 표정.

말리크가 우리 셋 중에서 몸매, 머리, 재능, 치아, 성향 면에서 가장 매력적이라는 건 인정하겠다. 그다음이 나고 그다음이 토드다. 불쌍한 토드. 그 녀석은 덜 만들어진 것같이 생겼다. 자궁에서 충분한 시간 동안 머물지 못한 것처럼. 내 경우에는 누구에게 묻느냐에 따라서 6점이나 4점이다. 난 환상 같은 건 없다. 내 몸은 다섯 살짜리가 설계한 것처럼 비율이 잘못됐고, 진짜 입술이라고 할 만한 게 없다는 것도 안다. 하지만 난 성격이 좋다. 벤치프레스를 100킬로그램까지 할 수 있다. 그리고 환상적인 성대모사를 할 수 있다.

하지만— 말리크는 말리크다.

그래서 나는 그 순간에, 2월의 그 밤에 그 녀석이 죽도록 싫었다. 그 녀석은 셔츠를 안 입은 채 부엌에 서서 근육과 피부를 뽐내면서 온갖 소스를 젓고 망할 팬케이크를 뒤집고 있고, 바닥에는 갖가지 식료품 봉투가 널려 있고, 몇 달 전에 내가 혼자서 길가에서 발견한 쓰레기 같은 스피커에서 재즈 음악이 쉭쉭거리며 흘러나오는 그 광경이.

"제기랄, 좀 나올 수 없어?" 내가 말했다.

"거의 다 했어."

"계속 그렇게 말하잖아."

"5분만."

"제발 좀."

그는 대답하지 않고 그냥 계속 스테이크 생고기를 생베이컨으로 감았다.

부엌은 거실을 마주 보고 있고, 토드가 거실에 앉아 우리가 중고로 산 텔레비전으로 〈엄한 사랑〉이라는 제목의 쇼를 멍하니 보고 있었다. 개떡 같은 부모가 개떡 같은 십대 초반의 자식들을, 얼마나 쓰레기 짓을 했느냐에 따라서 노숙자 보호시설이나 최고 보안 교도소, 가끔은 가벼운 전쟁 지역 같은 곳으로 보내서 '품성을 바로잡는' 내용의 쇼다. 토드는 소파에 책상다리를 하고 앉아서 젖은 소리로 숨을 쉬며 래디시를 씹었다. 텔레비전 속 아이들이 진흙탕에 넘어지자 토드는 웃었다.

~~~

당신은 지금 내가 이 이야기를 하고 있는 이유가 토드 때문이라고 아마 생각할 거다. 하지만 걔가 우리 셋 중에서 가장 얌전하다고 하면 어떨까? 동물 희생 의식을 가장 싫어한 사람이라고 하면?

여러 차례 나는 토드가 면도하는 법 튜토리얼 영상을 보고 있는 걸 발견했다. 대체로는 거품을 바르는 단계였다. 그것만도 상당히 이상하지만, 더 이상한 건 알다시피 토드에게 얼굴 털이 전혀 없다는 거다. 한 올도 없다. 상상해보라. 사춘기도 안 된 어떤 아이가 한 아빠 다음 또 다른 아빠가 인터넷에 면도하는 법을 가르치는 걸 쳐다보는 모습을. 언젠가 한 번 그에 대해 물었더니 그는 그냥 어깨를 으쓱이고서 이 영상이 긴장을 풀어준다고 말했다. 자세하게 설명한 적은 없다. 왜냐하면 그는 내가 뭐라고 생각하든 상관하지 않으니까. 하지만 말리크가 그걸 가지고 놀리자 토드는 컴퓨터를 끄고 문을 잠그고는 방 안에 틀어박혔다. 굴욕을 느끼고서.

말리크는 지역 서부에서 학교를 다녔지만, 토드와 나는 바카베일 고등학교를 졸업했다. 우리는 학교에서 친하지 않았다. 그냥 아는 사이였고, 서로가 위탁가정에 있다는 걸 알게 된 다음에는 각자의 삶을 살기 위해서 애를 썼다. 학교에서 나는 먼발치에서 토드를 보았다. 그는 대체로 친구들과 함께 있었지만, 그들은 소품이나 호신용 무기에 더 가까워 보였다. 그들은 서로 거의 이야기를 하지 않았다. 점심시간에 토드는 스케치북에 그림을 그렸다. 3학년 때 그는 미술 시간에 그린 그림으로 무슨 전국 대회에서 상을 받았고, 학교는 그걸 로비에 전시해놓았다. 그 그림이 대체 뭘 그린 건지는 전혀 알 수 없었지만 훌륭하다는 건 알 수 있었다.

말리크와 나는 종종 토드가 토드 같은 짓을 한다고 말하곤 하지만, 사실 나는 토드의 그 신비한 능력이 부럽다. 내가 사람들을 너무 빠르게 읽는 걸 수도 있지만, 그러면서도 나는 그들을 정확하게 읽는다. 보통 나는 말하자면 메시지 아래 깔린 메시지를 들을 수 있다. 가짜 대화 안에 있는 진짜 대화. 하지만 토드의 경우엔 아니다. 토드의 경우에는 항상 정보가 빠져 있는 것처럼 느껴진다. 토드에게는 비(非)미국인 같은, 설명하기 어려운 그런 게 있다. 마치 어떤 곳에도 속하지 않은 것 같은 느낌. 그는 팀을 싫어한다. 생야채에 집착한다. 그는 물광 피부를 가졌다. 고등학교 때 나는 토드가 어떤 집단에도 끼는 걸 본 적이 없다. 화를 펄펄 내거나 부끄러워하는 걸 본 적도 없고, 어떤 유행을 따르거나 쿨해 보이려고 하는 것도, 어디에 참가하거나 굴복하는 것도 본 적이 없다. 토드는 리더가 아니었고, 추종자도 아니었다. 그냥 떠돌이였고, 그 상태로 행복했다. 말리크를 만나기 전까지는.

얄궂게도 토드야말로 블랜딘이 가장 좋아했을 만한 녀석이다.

나는 항상 위탁가정 제도 안에 있는 다른 아이들에게 관심이 많았다. 그들이 내 진짜 형제들이라도 되는 것처럼 그 애들을 연구했다. 위탁가정 제도에서 나가서 자신의 삶을 시작하게 도와주는 독립 워크숍에 관해 나에게 이야기해준 사람이 토드였다. 그는 어느 날 그냥 내 사물함 앞으로 와서 그 얘기를 했다. 시간, 장소, 웹사이트. 그리고 내가 대답도 하기 전에 가버렸다.

2학년 때 토드는 시카고로 간 현장학습에서 사라지는 바람에 일주일 동안 정학을 당했다. 역사 수업이었던 것 같다. 난 그 수업을 안 들었다. 그 반은 박물관으로 갈 예정이었다. 거기까지 세 시간 동안 차를 타고 이동했다. 하지만 로비에 들어서자마자 토드는 달려 나와 버스에 올라타서는 이케아로 가버렸다. 토드는 이케아에 대한 이야기는 들어봤지만 가본 적은 한 번도 없었다. 거기에 너무 너무 가보고 싶었다고 토드는 말했다. 이 미친 자식은 온종일을 거기서 보냈다. 세 종류의 거실에서 만화책 세 권을 읽었고, 가짜 테라스에서 미트볼을 먹었고, 완전 새카만 침대에서 낮잠을 잤다고 말했다. 아무도 그를 신경 쓰지 않았다. 그냥 돌아다니게 놔두더라니까, 그가 말했다. 마치 꿈처럼. 그 모든 네모지고 상반된 가공의 집들이 나란히 있는 건 전혀 말이 안 돼. 그러다가 저녁 시간쯤 그는 자신의 반이 타고 온 버스에 돌아와서 모두와 함께 바카베일로 돌아왔다. 학교는 그의 위탁가정에 연락했다. 모두가 이 아이를, 이 괴상하고 이기적인 아이를 입에 거품을 물 만큼 싫어했다. 어디에 있었는지 그가 처음 말했을 때 아무도 그를 믿지 않았지만, 정말로 믿게 되자 그들은 그를 더욱 싫어하게 되었다. 납치되었다든지 더 심한 일을 당했다고 우리가 생각하게 만들다니, 망할 놈의 이케아 때문에?

토드는 그때로 돌아가도 또 할 거라고 말한다. 내 인생 최고의 날이었어, 그는 그렇게 말한다.

〰

우리 집으로 돌아와서, 동물 희생 의식의 첫 번째 밤, 말리크가 부엌에서 베이컨스테이크를 만드는 동안 나는 토드 쪽으로 돌아섰다.

"저 녀석 하는 짓 믿어져?" 나는 말리크를 가리키면서 그에게 말했다. 토드는 대답하지 않고 또 하나의 래디시 열매 부분을 물어뜯었다. "걔 비건 아냐?"

"그거 고기를 안 먹는 사람들이던가?" 토드가 물었다.

"그건 채식주의자고. 비건들은 아무것도 안 먹어. 계란, 치즈, 우유, 닭, 틸라피아, 전부 다 안 먹어. 그리고 걘 비건이 아니야." 말리크가 대답했다.

"그거 확실해?"

"내 말 믿어. 걔가 비건이었으면 우리도 알았을 거야. 비건들은 자기가 비건이라고 티 내거든."

"걔 토끼를 먹어본 적이 한 번 있다고 했던 것 같아. 위탁가정에서. 아니면 그걸 거절했다고 했었던가?" 토드가 말했다.

"됐어, 그건 상관없어. 걘 배가 고프지도 않으니까." 내가 말했다. 블랜딘은 전자 담배와 스위트티 한 주전자를 가지고 침실에 틀어박히기 전에 우리에게 배가 안 고프다고 말했었다.

"고파. 고파질 거야. 그걸 깨닫지 못하는 것뿐이지. 난 걔가 배가 고프다는 걸 깨닫게 만들 거야." 말리크가 말했다.

"넌 가짜야." 내가 말했다.

"뭐?" 말리크가 물었다.

"넌 그냥 걜 위해 뭔가를 할 수 있다는 걸 증명하기 위해서 걜 위해 뭔가를 하는 거야."

"그래서?"

"그게 얼마나 가짜 행동인지 몰라?"

"정말로 뭐든 해줄 수 있는 상대를 위해서 뭐든 할 거라고 증명하는 건 전혀 가짜 행동이 아니야."

나는 눈을 굴렸다. "뭐든 하진 않을 거잖아."

"할 거야."

"아, 그래? 증명해봐."

그는 고기를 가리켰다. "지금 증명하고 있잖아."

"아니. 진짜로."

텔레비전에서 카메라가 아이의 종아리 맨살을 확대해서 보여주었다. 종아리는 붉고 진물이 흐르는 상처로 가득했다.

"'진짜로'라는 게 무슨 뜻이야?" 말리크가 물었다.

"위험에 몸을 던져. 남자답게."

그는 코웃음을 쳤다. "네가 질도 그런 소릴 한다."

"너 걜 위해서 죽일 수 있어?"

"말이 되냐."

"난 할 수 있어." 갑자기 화가 치밀어 올라서 이게 내 진심이라는 걸 알았다.

"넌 못 해." 토드가 화면에서 눈도 떼지 않고 말했다.

"난 지금 당장 걜 위해서 죽일 수 있어."

"넌 안 할 거야. 절대 못 할걸." 말리크가 손안의 고기에 시선을 고정한 채 상체 전체를 불끈거렸다.

나는 주머니에 잭나이프를 넣고 밖으로 나갔다.

그래도 고인의 명복을 빕니다

방명록

~~~

부고 기사 >> 조의 >> 사진 앨범 >> 방명록

추모 대상:

엘시 제인 매클로플린 블리츠

7월 16일

훌륭한 여성이자 훌륭한 부고 기사!! 직접 이걸 쓴 용기가 멋져! 물론 항상 용기가 넘치는 사람이었지, 엘시는! 하! 하! 완전 괴짜였어! ;) 명복을 빕니다, 블리츠 여사. 당신은 세계에서 가장 위대한 아역 중 한 명 & 헌신적인 활동가 & 어머니로 항상 기억될 거예요. 수많은 사람들이 유명해지면 망하고, 당신처럼 어려서 유명해지면 더욱 그렇지만, 그 모든 명성이 당신에게 준 건 유머 감각뿐이었군요! 당신은 이제 안전해요.

—테리 콜린스, 메릴랜드 디어파크

7월 16일

RIP 사랑스러운 천사........ 예수님은 애정 넘치는 품으로 당신을 맞아주실 겁니다............ 고통은 이세 끝났어요........ 당신과 당신 가족을 위해서 많은 기도를 할게요.... 절대 잊히지 않을 소중한 사람

　　―애그니스 실버스, 플로리다 네이플스

7월 16일

"오오오오오오오 맙소사, 빌 목사님!"

조이를 표합니다

　　―디트리히 M., 독일 하이델베르크

7월 16일

아 "진짜 실화인 이야기"를 읽는 데 쓴 시간은 내 인생의 돌아오지 않는 5분이네 그래도 어쨌든 안녕히

　　―저스틴, 네바다 헨더슨

7월 16일

"얼마나 오래 살았는지가 아니라 얼마나 잘 살았는지가 중요하다." 엘시 블리츠는 오래, 그리고 잘 살았습니다. 엘시는 미국 텔레비전 황금기의 만인의 연인이고 모두가 그녀를 굉장히 그리워할 겁니다. 그녀의 가족을 위해서 기도하고 조의를 표합니다. 신께서 그들과, 그리고 슬퍼하는 모든 사람들과 함께하시길.

　　―후안 알바레스 박사, 뉴멕시코 산타페

7월 16일

헐 모라고 해야 할지 잘 모르겠어 저 "죽음의 정물" 나한텐 넘 어려워 헐 헐~ 그래도 행운을 빕니당 + 완전 대박 팁: 가위바위보!!!!!!!!!! /// 천국 가세여 엘시님 님은 국제적 보물ㄹㄹㄹㄹㄹ

— 웨슬리 슈거, 워싱턴ㄴㄴㄴㄴ 폴즈보

7월 16일

그녀가 죽을 수 있다면 모두가 죽을 수 있겠지. 아 정말 슬프다.

— 드루보 A., 인도 콜카타

7월 16일

엘시 블리츠를 위해 건배! 피그미나무늘보의 대변인을 위해!

— 모하메드 파텔, 영국 런던

7월 16일

자기 부고 기사 직접 쓴 거 좀 소름 끼친다 ㅎㅎㅎ 어쨌든 명복을 빕니다 좋은 인생 교훈들이네

— 애덤 퍼주스키, 콜로라도 덴버

7월 16일

엘시의 가족에게 마음 깊이 진심으로 조의를 표하고 싶습니다. 저는 그녀를 모르지만 배우로서의 그녀의 작품을 오랫동안 동경해왔고 그녀가 과테말라에 사는 그 불쌍한 생물들을 위해서 한 일에도 감탄을 금할 수 없습니다. 엘시 블리츠를 사랑했고 그녀가 그리운 사람들은 그녀가 항상 거기 있을 거라는 걸 기억하세요 왜냐면 사랑은 절대 죽지 않으니까요. 튤립에서 노을에서 그녀를 볼 수 있고 바람 속에서 그녀의 목소리를 들을 수 있을 거예요 그녀는 아름다움 속에 살아 있어

요. 그녀를 알았던 모든 사람들 이 고통스러운 시간을 조금만 더 버텨요. 이 시간을 이겨낼 수 있어요!!!
　　─해티 프레스턴, 아이다호 보이시

7월 16일
저 '실화인 이야기' 도대체 뭐임 (침묵)
　　─니콜 사사프라스, 매사추세츠 낸터킷

7월 16일
ㅋㅋㅋ 이 사람 이렇게 짜릿하게 산 줄 몰랐음!!! ;) 이렇게 나이 많은 사람이 섹스 이야기 하는 거 첨 들어봄 ㅋㅋ 이 사람 거의 200살 아니었음??? 이웃을 만나다 끝나고 할 일 없어서 이런 거 쓴 듯 ㅋㅋㅋ;) 어쨌든 그리울 거야 수지 에번스 아니 엘시 블리츠 ㅎㅎㅎㅎ <3 그리고 나무늘보 일 최고!!!!!!! :) 세상이 오늘 명작 하나를 잃었네 ~I<*.::.oO^Oo.::.*>I~
　　─궤니, 캐나다 노바스코샤

7월 16일
그녀가 정말 좋아. 부고 기사도 좋고. 진짜 실화인 이야기도 좋고. 삶도 좋고. 이야기도 좋고. 죽음은 싫어.
　　─이샤니 K., 인도 뭄바이

7월 16일
"그"는 죽음이었던 거네. 하지만 "아들"은 누구지? 이해할 수가 없어. 답을 아는 사람 있어? 그리고 그가 그녀의 주머니에서 뭘 가져간 거. 왜? 내 영어 미안해.
　　─엘시블리츠팬, 일본 교토

7월 16일

윽 나 맨날 바위부터 내고 이겼는데

그래도 고인의 명복을 빕니다

─조이 시모이, 캐나다 몬트리올

7월 16일

😭😭😭😭😭😭😭😭😭😭😭😭😭😭😭😭😭😭😭

─비.D.P., 스웨덴 스톡홀름

7월 16일

이게 대체 뭐야 세상에 언니 대단해 이거 대단해 엘시 언니 진짜

완전 제정신 아닌가바 나 진심 양로원으로 자원봉사 가야징 대단

한 시대야!!!!!!!!!!!

─리브 F, 캘리포니아 패서디나

7월 16일

고통 없이 사망했기를. 그녀를 위해 하얀 국화를 꺾어서 불에 던

졌어요. 엘시 영원히.

─정현수, 중국 홍콩

7월 16일

집 불타는 그 장면으로 청소년 아카데미상을 받았어야 했는데.

존 그리핀 불쌍해 ㅋㅋ

─Z., 인디애나 사우스벤드

7월 16일

부모님이랑 오빠랑 같이 저녁 식사 시간에 "이웃을 만나다" 재방

송을 보면서 자랐어요. 역대 최고의 드라마. 숙제 다 하고 인스턴트 매시트포테이토를 먹고 우유를 쏟고 그러면서 그 드라마 본 게 행복한 기억이에요. 그 시절은 단순했어요. 어떤 사람에게는 엘시 블리츠일지 몰라도 그녀는 나한테 언제까지나 어린 수지 에번스예요. 수확제 다음에 트럭이 망가지고 수지랑 피터가 농부 서배스천 몰래 양을 훔쳤을 때 만든 악수법을 오빠랑 나는 여전히 써요. 훌륭한 가족용 볼거리였는데 지금은 옛날에 만들던 식으로 안 만드는 거 같아요. 지금 오빠는 애틀랜타에 살아서 자주 만나지 못하지만 만날 때마다 우린 그 악수를 해요. 오빠는 애들도 있고 아내도 있고 사진도 많이 찍어요. 난 여전히 여기 아칸소에서 엄마를 돌봐요. 엄마가 치매라서요. 솔직히 좀 많이 힘들지만 엄마는 "이웃을 만나다" 주제곡을 들을 때마다 번쩍 기운을 내요. 엄마가 그렇게 힘을 내는 걸 보려고 난 모든 시즌을 다운로드해서 엄마랑 같이 봐요. 시즌4에서 컬러 방송으로 바뀌고 드라마의 모든 사람들이 "이런 여기 엄청나게 밝은데!" 하고 말하는 게 얼마나 웃기고 민망한지 잊고 있었어요 하하. 그 첫 번째 컬러 화에서 수지가 모든 것이 "뒤죽박죽"이라고 하면서 강아지를 파란색으로 색칠하는 그 부분에서 아직도 미친 듯이 웃는다니까요. 강아지한테는 별로 좋은 날이 아니었겠지만. 엄마는 이제 더 이상 나를 잘 알아보지 못하지만 그 멋진 캐릭터들은 확실하게 알아보세요. 편안히 쉬기를 수지 에번스 내 마음을 너와 네 가족들에게 보낼게. 미국은 언제까지나 널 사랑할 거야. 고마워.
—메리 젠슨, 아칸소 재스퍼

7월 16일

이 #부고기사 전부가 새빨간 거짓말이야. 이 웹사이트 운영자가 누군지 몰라도 빌어먹을 #사실확인 좀 하시지. 난 #관계자 야. #엘시블리츠 가 베벌리가의 #시더시나이메디컬센터 에서 죽은 걸 확실히 알아. 존나 파나마 근처에도 안 갔어. 거기다가 엘시는 #형편없는엄마 였어. 사람들이 엘시 블리츠에 대한 진실을 알 때도 됐어. 그 여자는 #거짓말쟁이 #걸레년 #자아도취자 #아편중독자 였어. #미국의연인 같은 게 아니고 그런 적도 없어. 그 여자는 내 인생 & 다른 많은 사람들의 인생을 망쳤고 조의나 명복 따위를 받을 자격이 없어. 자세히 알고 싶으면 DM해. #엘시블리츠에대한진실 #엘시블리츠 #부고기사 #진실 #거짓말 #사실

—끔찍한빛나리, 내가 어디 사는지 니들한테 말하겠냐 ㅅㅂ

억양

～

    모지스 로버트 블리츠가 사람들에게 자신이 정신 건강 블로그를 운영한다고 말하면, 이어지는 질문은 언제나 똑같다.

    "당신 심리학자예요?" 임산부가 묻는다. 그 여자는 억양이 전혀 없다. 그들은 따뜻하고 오염된 공기의 어느 저녁에 로프트에서 열린 칵테일파티에 있다. 7월 16일 화요일이고, 그의 어머니는 막 사망했다. 그가 이 파티에 오기로 한 이유는 이들이 할리우드 사람들이 아니라 음악계 사람들이기 때문이었고, 여기 있는 사람들은 아무도 엘시에 대해 묻지 않을 거라고 생각했기 때문이다. 예술구역 (Arts District)은 항상 모지스에게 애를 먹인다. 그는 정신병, 마약 중독, 가난의 증거를 피하고 싶다. 이 세력들이 로스앤젤레스의 모든 거리를 휩쓸고 있다는 걸 인정은 하지만 말이다. 그는 그저 그 증거들을 보는 게 싫다! 콜택시에서 내려 월넛빌딩 문까지 가는 동안 한 남자가 모지스에게 뭔가 먹을 걸 애걸했고, 모지스가 20달러 지폐를 꺼내 주자 그는 활짝 웃었다. "고맙습니다. 복 받으실 겁니다." 남자는 돈을 받으면서 말했다. "그리고 그녀를 가까이 둬요, 알겠어요? 당신의 여자를 가까이 잡아두라고요." 혼자 걷고 있었던 모지스는 인상을 찌푸렸다. 그런 다음 그는 옆에 얼룩무늬 고양이를 데리고 건물에 기대앉아 있는 맨발의 여자를 지나쳤다. "난 신이야, 난 신이야, 난 신이야." 여자는 그렇게 말했다.

지금 그는 주최자의 스튜디오 역할을 하는 로프트에 서 있다. 솜씨 좋게 배치된 그림자들은 가구를 더 비싸 보이게 하고 사람들은 실제보다 더 생식력이 풍부해 보이게 한다. 천장은 높고 기울어져 있고 천창으로는 별이 하나도 보이지 않는다. 노출된 벽돌. 독창적인 창문. 집주인의 앨범 출시를 축하하기 위한 파티지만, 그는 갑자기 그 앨범이 부끄러워져서 음악을 연주하는 걸 거부하고 두 명의 아주 젊은 여자와 코커스패니얼 한 마리와 함께 침실로 퇴장했다.

손님들은 뻣뻣하고 향기로웠고, 실험적 애슬레저 스타일로 옷을 입었으며 아주 섹시한 기분을 느끼는 중이었다. 지퍼를 내려서 자신의 피부를 벗어버리고 싶은 모지스를 제외하고. 그는 다시금 섬유를, 그게 진드기처럼 따끔거리며 깨무는 것을 느낀다. 그에게는 병이 있다. 그는 그에 대한 이야기를 하는 걸 좋아하지 않는다.

"뭐라고요?" 그는 이 대화 속에서 이미 폐소공포증을 느끼면서 임산부에게 묻는다.

"당신 심리학자냐고요." 그녀가 반복한다.

"아뇨."

"심리학을 공부했나 보군요."

"아뇨."

"정신의학이나."

"아뇨."

"정신분석학."

"아뇨."

"의학."

"아뇨."

"상담학."

"아뇨."

"사회학."

"아뇨."

"인류학."

"아뇨."

"비판적 인종 이론."

"아뇨."

"퀴어 이론."

"아뇨."

"토착민 연구."

"아뇨."

"여성학."

그는 깊게 숨을 들이켠다. "아뇨."

"그럼 무슨 자격으로 정신 건강 블로그를 운영하는 건데요."

여자는 매력적이지만 눈이 흐릿하고, 그녀의 무감정한 태도가 모지스의 신경을 건드린다. 그녀의 곁에서 그는 자신이 격렬하게 백인이고 남성임을 느끼지만 그 이유는 설명할 수가 없다. 여자도 백인인데. 그는 모공에서 여러 색깔의 섬유들이 갑자기 자라 튀어나와서 양손으로 목을 긁는다. 하지만 그렇게 긁는 걸로는 부족하다. 그는 포크로 피부를 긁는 상상을 한다.

"그게, 내 개인적인 정신 건강만 기록하거든요. 그런 거예요." 그가 말한다.

사실 이건 블로그의 의도와 정반대다. 블로그는 도움을 찾는 익명인들을 위한 조언 칼럼 형식으로 만들어져 있으니까. 하지만 모지스는 문자 그대로의 사실보다 비유적 사실을 선호한다.

"그러면 그게 어떻게 정신 건강 블로그인가요." 여자는 진지하게 묻는다.

당신 로봇이 키웠어요? 그는 물어보지 않기로 한다. "그냥 해보고 있어요."

"당신 블로그는 다른 모든 사람들 블로그처럼 자기 생각에만 빠져 있고 의미 있는 내용은 전혀 없는 그런 곳 같군요."

"글쎄요." 그는 찔린 듯하다. 근지럽다. "각 남녀는 자기 자신에 관한 전문가니까—"

"사람이요."

"네?"

"사람이요."

"내가 '남녀'라고 말한 건 '인간'이라는 뜻이에요." 모지스가 설명한다.

"당신 말에는 은근한 가부장적 차별이 미묘하게 깔려 있어요."

모지스는 자신이 싫다.

"계속해요." 여자가 지시한다.

그는 땀을 흘리고 있다. 자신이 극단적인 일을 할까 봐 두렵다. 나쁜 행동이 그의 내부에 들고양이처럼 웅크리고 있는 게 느껴진다. 창밖으로 스탠드를 던질 수도 있고, 음매 하고 울거나 옷을 벗을 수도 있고, 이 여자를 바닥으로 떠밀 수도 있다. 안 돼, 안 돼. 안 돼. "그러니까, 각 사람은 그 자신이나 그녀 자신에 관한 전문가예요. 아니면 그들 자신." 그는 남은 위스키 피클 주스를 삼킨다. "자기 자신을 이해하는 건 다른 사람들을 이해하는 데에 도움이 돼요." 그러고는 갑자기 강력한 확신을 담아 말한다. "그게 우리에게 의식이 있는 이유예요!"

그는 이제 기묘한 기분이고, 여자가 그걸 아는지 아는 건 불가능하다. 그녀가 알 수 있나? 이 임신한 마네킹이? 무슨 생각을 하고 있을까? 애도하거나 갈망할 수 있을까? 여자는 부재로 인식되는 그런 종류의 존재감을 가졌다. 이머니들처럼.

여자는 이쑤시개에 끼운 올리브들이 든 텀블러 잔을 잡는다. 여자가 천천히 올리브 하나를 골라 입으로 가져가서는 시선을 떼지 않은 채 씹는다. 도대체 왜 이런 짓을 하는 걸까? 모지스는 촛불 불빛 속에서도, 화장 아래로도 보이는 그녀의 부은 눈이 드러내는 불면에 집중한다.

"아, 그래서 우리에게 의식이 있는 거군요." 여자가 비꼬는 투로 말한다.

그는 이 여자를 모른다. 어떤 한물간 감독의 무슨 자선가 아내다. 그녀의 못마땅함의 조짐이 왜 이렇게 극단적으로 땀이 나게 만드는 걸까? 그는 피부가 벗겨질 때까지 목을 긁는다.

"우리가 우리 자신의 동기와 욕망을 이해할 수 있다면, 다른 사람들의 동기와 욕망을 더 잘 예측할 수 있어요." 그가 신중하게 말한다. 그는 숨을 헐떡이고 있다. "포식자들, 윗사람들, 파트너들. 기타 등등이요."

"의식은 언어의 부산물로 진화한 거 아니던가요."

"두 가설은 상호 배타적이지 않아요."

"당신은 당신 얘기를 가설로 제시하지 않았어요."

"뭐라고요?"

"당신은 그걸 사실로 제시했잖아요."

"당신은 굴을 '오이스터'라고 하고 난 '어스터'라고 하죠."* 그가 애원하듯이 웃는다. 여기서 떠나야 한다.

---

* 일반적으로는 굴을 오이스터(oyster)라고 하지만 뉴욕과 루이지애나를 비롯한 몇몇 지역에서는 어스터(erster)라고 발음한다.

"실례할게요." 여자가 아직도 비닐 껍질에 싸여 있는 백과사전들로 가득한 책장 위에 잔을 내려놓는다. "토할 것 같아서요."

모지스는 여자가 뒤뚱거리며 화장실로 가는 걸 본 다음에 숨을 내쉰다.

나쁜 행동은 방지되었다. 그가 자신을 억누르고, 그의 피부가 그를 억누르고, 섬유들이 그들 자신을 그의 피부 안으로 억눌렀다. 엄청난 기적이다. 모지스는 보통 사람들이 하는 방식으로 전화기를 확인한다. 밤 10시 34분. 그는 화면 가득한 문자, 음성 메시지, 부재 중 전화, 이메일, DM을 넘겨 본다. 사람들은 그가 잘 지내길 바라고, 그의 상실에 대해 유감을 표하고, 그가 어떻게 지내는지 물어본다. 하지만 그들 중 누가 신경이나 쓸까? 몇 시간 안에 그는 시카고로 가는 야간 항공편을 탈 거고, 아직 짐도 싸지 않았다. 시카고에서 차를 빌려 인디애나주 바카베일까지는 차로 갈 것이다. 그는 지금 로스필리스에 있는 집에서 준비를 하고 있어야 했다. 이 파티에 참석한 건 칭찬할 만한 선택이 아니었다.

제이미가 그 토실토실한 스타트업 개자식과 놀아나기 전에 준 쉰두 번째 생일 선물인 사파이어색 벨벳 블레이저를 찾으면서―얌전히, 숨 쉬자, 얌전히―모지스는 손에 조그만 폐 모양의 빛나는 네온 얼룩이 있는 것을 깨닫는다. 좀 더 신중할 필요가 있었다.

크다

〰️

블랜딘 왓킨스는 일주일에 네 번 앰퍼샌드라는 식당에서 일하며, 지나치게 고마워하는 프리랜서들의 사과와 미소와 '귀찮게 해서 미안합니다만'과 '혹시 이거 좀 하나만 더 시킬 수 있을까요'에 응대한다. 앰퍼샌드는 바카베일에서 커피숍과 비슷한데 체인이 아닌 유일한 가게다. 낙관적인 힙스터 한 쌍이 연 이곳은 베레모 쓴 사람들을 균형이 안 맞을 만큼 많이 끌어들인다. 고전적인 식물무늬 벽지가 그들을 둘러싼다. 블랜딘이 대개는 사랑하는 벽지다. 하지만 오늘은 삼림 벌채 때문에 누군가를 죽이고 싶은 기분이 들게 만든다. 앰퍼샌드는 아방가르드풍의 파이를 내놓는다. 그게 그곳의 주메뉴다. 그들은 파이 하나를 팔 때마다 여성 보호시설에 50센트를 기부한다. 블랜딘은 일하는 시간 대부분을 금전등록기 앞에서 손님들의 가짜 예절에 화가 난 채 그들을 노려보며 보낸다. 문 옆의 의자 위에 〈바카베일가제트〉 더미가 축 늘어져 있다. 아침 내내 블랜딘은 사람들이 그 기사를 읽는 것을 보았다. 즐거워하려고, 승리의 기분을 느끼려고 노력했지만 그저 지친 기분만 든다.

7월 16일 화요일 아침, 육체에서 빠져나오기 전날에 블랜딘은 두 명의 답답하게 예의 바른 손님들이 자리를 두고 교섭하는 것을 본다.

첫 번째 사람은 옅은 노란색 드레스를 입고 머리의 하이라이트는 형편없고 매니큐어는 훌륭한, 어린 딸을 데리고 있는 여자다. 여자는 다인용 테이블에서 아이 맞은편에 앉아 냅킨을 비틀며 초조하게 꼼지락거린다. 두 번째 사람은 가슴에 비스듬히 메신저백을 메고 비건 특유의 빛나는 피부를 가진 주근깨가 있는 이십대 남자다. 이 모든 사람이 바카베일에서 뭘 하는 걸까 블랜딘은 궁금해진다. 그들이 어디에 사는지, 언제 떠날지도. 그녀는 이런 사람들을 앰퍼샌드 바깥에서, 야생에서는 본 적이 없다.

"여기 좀 앉아도 될까요?" 젊은 남자가 여자 옆의 의자를 건드리며 묻는다.

"어머, 음." 여자가 당황해서 말한다.

"자리 있나요?" 그가 묻는다.

"그게, 그러니까 말이죠, 우리가 사실은 누굴 기다리고 있거든요, 사실은."

"아, 그렇군요. 알겠습니다!" 그의 미소와 청바지로 보아 아무도 이 청년의 면전에 대고 진정으로 비판을 한 적이 없다는 게, 그가 부모의 극단적인 자식 사랑의 산물이라는 걸 말한 적이 없다는 게 확실하다. 그는 온 세상이 그런 식으로 자신을 사랑해야 한다고 믿을 거야, 블랜딘은 추측한다. "여기 자리 있니?" 그가 아이 옆에 있는 의자를 가리킨다.

"음, 곧 올 사람이 그 자리를 원할 수도 있어요, 사실은." 여자의 얼굴이 당황으로 일그러진다.

"그렇군요." 청년은 처음에 물어봤던 의자에 손을 얹는다. "그럼 여긴 비었다는 뜻이네요?"

카페 손님들이 호기심에 머그잔과 스크린에서 눈을 뗀다.

여자가 침을 삼킨다. "죄송한데요, 그게 — 그게요, 우리가 기다리는 사람이 이 아이 아빠인데요, 그게, 오고 있는 중인데요, 근데 그 사람이 커요. 아주 커요. 말하자면, 진짜로 커요. 그러니까 그 사람한테 좀 공간이 많이 필요할 것 같아서요?" 그녀의 어조가 점점 올라갔고 종이 냅킨은 이제 갈기갈기 찢긴 채 그녀의 무릎 위에 있다. 그녀는 우산처럼 접힐 수 있을 것처럼 보인다. "그 사람은 공간이 넓은 걸 좋아해요."

청년이 눈을 깜박인다. "하지만…… 테이블 각각 반대편에 있는 의자 두 개를 차지하지는 않겠죠, 당연히?"

"난 그냥 — 그냥 그쪽이 불편하지 않기를 바랄 뿐이에요."

"불편하지 않을 거예요."

"난 그쪽이 편안하기를 바라요."

"부인이 가장 편안한 쪽으로 하세요."

그들은 서로를 보고 방긋 웃는다.

"하지만 혹시나 — 그 사람이 혹시라도 —" 여자가 말을 꺼낸다.

"그분이 이 자리를 원하시면 얼마든지 바꿔드릴게요. 아주 기꺼이 그럴 수 있어요."

말없이 여자는 아이에게 간절하게 도움을 구한다. 아이는 무심하게 두 개의 플라스틱 장난감을 부딪친다. 하나는 갈색 토끼고 다른 하나는 티라노사우루스 렉스다. 전자가 후자보다 세 배쯤 크다.

"그 사람은 정말로 커다란 사람이라서요." 아이 엄마는 조용히 주장하고, 블랜딘은 처음으로 여자의 팔에 고양이 발톱 자국이 빼곡한 것을 알아챈다.

마침내 청년은 이 여자에게 자리와 상관없는 불안증이 좌석의 형태로 나타났음을 깨닫는다. 그는 2년제 대학에서 심리학 입문 수업을 들었고 이제 자기가 전문가라고 생각하는 거라고 블랜딘은 몰인정하게 상상한다. "좋아요." 그는 미소를 지으며 여자와 아이가 같은 나이인 것처럼 말한다. "걱정하지 마세요. 전 이쪽에 앉을 테니까요."

그는 창가 의자에 앉아서 가방의 짐을 꺼내며 여자와 아이에게 연민의 눈길을 던진다. 블랜딘은 너무나 자주 값싼 동정심으로 드러나는 이 간단한 연민의 표정이 질색이었다. 그녀는 이게 과도하게 사랑받고 진짜로 비판받은 적이 없는 사람들 특유의 행동이라고 믿는다.

대화 직후에 또 다른 남자가 도착한다. 그의 뒤로 벨이 딸랑거린다. 어두운색 가죽 재킷을 입고 담배 냄새를 풍기는, 가무잡잡하게 탄 그의 존재는 고유의 중력을 가진 것 같다. 남성용 데오드란트 광고에 잘 어울릴 것 같다고 블랜딘은 생각한다. 긍정적인 자기 투영의 그릇이 될 수 있을 만큼은 잘생겼으나 소비자의 개별적 남성성을 위협할 정도로 잘생기지는 않았다. 보이지는 않아도 그에게 문신이 많다는 것을 블랜딘은 느낀다. 그는 강한 향수를 뿌린 것처럼 남성호르몬을 뿜어낸다.

카페 손님들은 다 함께 남자의 키가 작다는 걸 알아챘다.

"아, 난 당신이 더 크다고 생각했어요." 여자의 목소리가 시무룩해진다.

"뭐?"

"잘 있었어요?" 여자가 말을 바꾼다.

남자는 아이 옆에 앉아서 양 갈래로 땋은 아이의 가느다란 머리를 헝클인다. "안녕, 우리 꼬맹이."

아이가 그를 노려본다. "옆에 앉기 싫어." 아이의 말투는 어둡고 신중하다. 아이는 다섯 살 정도로 보인다.

"우리 아가, 아빠 옆에 있으렴." 여자가 아이 아빠를 보며 지시하고, 아이 아빠는 아이를 보고, 아이는 블랜딘을 보고, 블랜딘은 그 시선을 마주 본다. "아빠는 너랑 아침을 같이 먹으려고 여기까지 먼 길을 오셨어. 상냥하지 않니? 아빠가 정말로 상냥하지 않아, 아가?"

아이는 배신감을 느끼고 노려보는 눈을 엄마에게 돌렸다가 다시 장난감들을 본다. 블랜딘이 보건대 토끼가 이기고 있다.

"내가 노력해봤자 이렇게 된다니까." 아이 아빠가 투덜거린다.

"어, 아뇨, 아뇨, 아뇨— 애가 그냥 배가 고픈 거예요. 그뿐이에요!" 밝은 웃음이 아이 엄마의 목에서 터져 나온다. "저기, 웃기지 않아요? 나 좀 바보인 것 같아요. 난 그냥, 당신이 훨씬 크다고 생각했어요. 모든 사람에게 당신이 크다고 말하고 다녔어요. 그러니까, '그 사람은 굉장히 커, 그 사람은 정말 커' 이렇게요. 하지만 실제로는 그렇지 않네요. 그렇게 크진 않아요."

남자가 팔짱을 낀다. "도대체 그게 무슨 뜻이야?"

여자의 미소가 움찔한다. "그냥 웃겨서요."

그들은 메뉴판을 읽는다.

마침내 블랜딘이 자리로 다가가서 그들이 말을 하기를 기다린다. 자신이 좋은 웨이트리스가 아니라는 건 안다. 유쾌한 성격도 아니고, 종종 불쾌하게 만드는 것을 목표 삼는다. 하지만 오늘은 그녀의 부족한 점을 극복하기에는 너무 지쳤다. 아이 엄마는 아보카도를 곁들인 팬케이크에 자몽 주스, 사과 주스, 여분의 접시를 주문한다. 아이 아빠는 커피, 블랙베리파이, 베이컨, 계란프라이를 주문한다. "완전히 덜 익혀서." 남자가 씩 웃는다. 그의 이는 하얗고 눈은 블랜딘의 가슴을 힐끗 본다. "사실상 생으로 줘." 그가 윙크한다.

손님들은 종종 블랜딘에게 윙크를 한다. 윙크를 한 다음에 그들은 자기 자신에 관한, 묻지도 않은 내밀한 사실을 말하곤 한다. 자신의 기묘한 아름다움을 모르기 때문에, 사실 자신의 몸을 혐오하기 때문에 그녀는 이 현상이 자신의 강박적인 눈 맞춤과 관계가 있는 건가 생각한다. 지난주에, 자신의 아내가 화장실에 있는 동안 어떤 노인은 자신이 "성적 스펙트럼의 가장 오른쪽이 완전한 동성애자라고 했을 때 중도 우익"이라고 밝혔다. 그다음 날에는 십대 소녀 한 명이 중년의 청년부 목사를 위해서 가슴 사진을 찍어준다고 고백했다. "그분은 나를 사랑해요." 소녀가 희망적으로 말했다. 바로 어제는 미시간에서 온 공원 경비가 곰이 보고 싶어서 가끔 생연어 토막을 야영지 근처에 놔두곤 한다고 고백했다.

블랜딘은 모르는 사람들의 비밀을 업고 다니는 게 별로다. 그녀는 자신을 초월하고 싶고, 흉측한 용기(容器)인 자신의 몸에서 빠져나가고 싶다. 모르는 사람들이 자신들의 제일 무거운 정보를 쌓아두는 창고처럼 그녀를 사용하면 어떻게 그걸 이룰 수 있겠는가? 그녀는 윙크하는 아이 아빠를 향해 인상을 찌푸린다.

"블랙베리파이는 없어요." 그녀가 말한다.

"정말로?"

"네."

"하지만 전에 여기서 먹었는데."

"한 번도 판 적 없어요."

"아니, 있었어. 지난번에 여기 왔을 때 내가 시켜 먹었다고." 남자가 주장한다.

"아니에요." 블랜딘은 이 남자에 대한 자신의 전반적인 저항감이 하나의 의미 없는 반발로 승화되었다는 걸 깨닫지만, 항복할 마음은 없다. "그건 불가능해요."

"그쪽이 여기서 일하기 전이었나 보다."

"전 여기가 처음 열었을 때부터 일했는데요."

"흠, 오늘은 그게 없다니 진짜 안타깝네." 남자는 인상을 찌푸린다. "정말로 안타까워. 그럼 뭐가 있어?"

블랜딘은 몸을 돌려 앞쪽의 칠판을 읽는다. "라벤더 양고기, 아보카도 루바브, 검은 곰팡이, 딸기 토마토 식초, 바나나 숯, 브로콜리 복숭아요."

마치 그녀가 그에게 가게 파이에 갈가리 찢은 인간 다리를 넣었다고 말한 것 같았다. 남자의 얼굴에 공포가 가득 찼다가 빠르게 분노로 변한다. 위험을 느끼고 여자는 바쁘게 휴지를 뽑아 들지만 아이가 코를 풀게 하는 데에는 실패한다.

"이거 무슨 농담인가?" 남자가 묻는다.

블랜딘은 이를 악문다. "굉장히 진지한데요, 손님."

"농담하는 거겠지."

"칠판을 보세요."

그는 칠판을 본다. "검은 곰팡이?"

"검은 감초 파우더를 뿌린 사워크림파이에—"

"파이는 안 먹겠어. 안 먹어. 맙소사." 남자는 팔짱을 끼고 고개를 젓는다. 도덕적 혐오감을 표현하는 보편적인 행동. "내가 떠난 이래로 여기는 망가져가는군."

그들의 주문을 넣은 다음에 블랜딘은 다시 금전등록기 앞에 앉아서 가족을 씁쓸하게 바라본다. 부모 둘 다 반지는 끼지 않았다. 아이 엄마는 자신의 머리카락과 피부, 그다음에는 아이의 머리카락과 피부에 대해 떠들면서 점점 더 자신의 안으로 꺼져 들어간다. "얘 오늘 무척 귀여워 보이지 않아요?" 그녀가 반복해서 묻는다. "머리를 양 갈래로 땋으니까 말이죠. 예쁜 하얀 드레스도 입고요. 나도 하얀 드레스 같은 걸 입었다면 좋았을 텐데. 세트로 어울리게." 아이 아빠는 무뚝뚝하게 앉아 있었지만 종종 아이를 쓰다듬으려고 했고, 아이는 그에게서 움찔하며 물러난다. 이것이 한동안 계속된다.

블랜딘은 나온 음식을 그들에게 가져다준다.

"고마워, 예쁜 아가씨." 아이 아빠가 다시 그녀의 가슴을 쳐다보며 말하고, 블랜딘은 남자의 계란에 재채기를 한 게 기쁘다. 아이는 며칠이나 사막에 묶여 있었던 것처럼 주스를 받자마자 꿀꺽꿀꺽 마신다.

"나도 예전엔 태닝하고 다녔었잖아요, 생각나죠?" 아이 엄마가 세 개의 팬케이크 중 두 개를 아이 접시로 옮기면서 말한다. "하지만 이제 내 피부는 햇빛에 너무 예민해서 선크림 없이는 밖에 15분도 있지 못해요. 엉망진창이야. 우리 주말 동안 듄스에 있었는데, 알죠? 수영하는 법이랑 뭐 그런 걸 가르치려고요. 거기서 난 선크림을 바르고 바르고 또 발라야 했고 등에 바르는 걸 얘가 도와줘야 했어요. 그래도 온몸이 탔어요. 당신도 아마 알 수 있을 거예요. 알려나. 잘 모르겠네요. 당신이 날 본 지가 좀 됐으니까 어쩌면 모를 수도 있겠네요." 그녀의 말이 뚝 멈추고, 그녀가 얼굴을 붉힌다. 딸이 엄마에게 엄격한 눈길을 던진다. 아이는 잠깐 동안 불균형할 정도로 커다래 보인다. 마치 성모자(聖母子) 그림에 있는 예수처럼.

"시럽." 딸이 명령조로 말한다.

여자는 아이가 가리키는 부분들에 시럽을 짠다.

"완전 엉망진창이라니까요. 예전에는 나도 태닝 엄청 했었는데." 여자가 작은 목소리로 말을 마무리한다.

"그리고 너는 여전히 말이 너무 많아." 남자는 남아 있는 여자의 팬케이크의 4분의 1을 자기 몫으로 잘라 간다.

"미안해요." 여자가 중얼거리면서 팔과 다리를 몸의 중심부 쪽으로 접어서는, 팔다리가 없어 보일 정도로 웅크린다. 그녀는 아이 아빠가 자신의 팬케이크를 먹는 걸 응시한다. 가녀린 웃음. "좀 웃겨요."

"뭐가 웃긴데?"

"그냥— 난 당신이 정말 크다고 생각했어요."

제발 그냥

〜〜〜

소음 공해는 조앤 코월스키의 가슴속에 살인적 분노라고 묘사하면 가장 적당할 감정을 유발한다. 이 반응은 도서관에서, 직장에서, 그리고 생리하기 전주에 특히 격렬하다. 최근에 그녀의 윗집, 세탁소의 그 유령 같은 하얀 머리 여자아이를 포함해서 일단의 십대들이 사는 집에서 들리는 소음이 참을 수 없을 정도가 되어가는 중이었다. 가구 부딪치는 소리. 남자아이들의 고함. 봉고 소리.

석 달 전, 인디애나주 게리에 사는 태미 이모를 만나러 열차를 타고 가는 동안 조앤의 자리에서 몇 자리 너머에 불가능할 정도로 커다랗게 코를 고는 남자가 있었다. 조앤은 난생처음으로 누군가를 죽일 수 있을 것 같다고 느꼈다. 그 코골이는 침이 튀고 역겨웠다. 말로 설명할 수 없을 만큼 역겨웠다. 조앤은 이미 카페 칸에서 이리로 옮긴 상황이었다. 거기서는 남학생 사교 클럽에서 갓 나온 것 같은 젊은 남자가 한 시간 동안 이 통화 저 통화를 연달아 해댄 탓이었다. 그녀는 대면하는 것에 대한 두려움과 대면을 해야 한다는 것에 분노로 몸을 떨면서 코 고는 남자에게 맞서기 위해 자리에서 일어났다.

"저기요." 그녀가 말했으나 남자는 계속 코를 골았다. 그녀는 남자의 어깨를 두드렸다. "저기요." 반응이 없었다. "저기요!" 남자가 코를 골다 숨을 들이마시며 깨서는 굉장히 부끄러워하면서 아빠 같은 모습을 보여서, 조앤의 분노 대부분이 사과의 말로 변했다. "죄송한데요, 음, 전 책을 좀 읽으려는 중이거든요?" 그녀가 조심스럽게 입을 열었다. "그리고 전 소음에 아주 민감해서요. 그래서 혹시라도 선생님께서, 음, 코 고는 걸 멈추실 방법이 있을까 해서요. 정말로 죄송하지만요. 안 되면, 어쩔 수 없고요. 이게 합리적인 요청은 아니라는 거 알아요. 그저 제가 그…… 소음이 들리면 집중하기가 어려워서요."

남자는 얼굴을 붉히며 고개를 끄덕였다. "제가 그러는 줄 몰랐어요. 코 고는 거요. 자려던 게 아니었는데. 전 수면무호흡증후군이 있어서 보통은 잠을 잘 못 자거든요. 하지만 어젯밤에 아들이 아파서 잠을 전혀 못 잤어요. 애가 독감에 걸린 거 같더라고요. 제가 좀 존 모양이에요. 정말로 죄송합니다. 굉장히 부끄럽네요. 억제하려고 노력해보겠습니다."

조앤은 세 번 더 사과를 하고 악당이 된 기분으로 자리로 돌아왔다. 늘 그렇듯이, 그녀가 세상의 문제를 하나 놓고 세상과 맞서면 세상은 조앤이 문제라는 걸 알려주었다. 그녀는 청각 과민증에서 벗어나서 앞으로는 더 나은 사람이 되겠다고 맹세했다.

하지만 7월 16일 화요일 저녁, 조앤 코월스키가 직장에서 집으로 돌아오는 트램 안에서 책을 읽으려고 할 때 그녀는 다시금 시험을 받는다. 트램은 빨갛고 번쩍거리고, 새것이지만 초기 기관차와 오래된 미국의 낙관주의를 떠올리게 만드는 향수 어린 것이었다. 평소에 조앤은 물려받은 스테이션왜건을 몰고 출퇴근을 하는데, 기름이 떨어졌고 금요일이 되어야 월급을 받는다. 최근에 바카베일 활성화 계획의 준비 단계로 트램과 혈관 같은 선로가 생겼다. 교통편 사용을 징려하기 위해서 시에서는 모든 시민들에게 한 달 무료 패스를 나눠주었다. 이 홍보는 잘 먹혔고, 이제 러시아워에는 매 칸에 최소한 사람이 열 명은 있다.

심각한 에어컨 상태에도 불구하고 내부는 쾌적하다. 조앤은 태미 이모가 보내준 베네치아 배경의 탐정소설을 들고 있다. 앤 슈롭셔와의 대화가 여전히 마음을 찔러서 계속되는 수치심에서 관심을 돌리려는 생각이었다. 하지만 깔깔대며 시끄럽게 떠드는 세 명의 십대 초반 여자아이들의 소리가 페이지 위의 단어들을 뒤덮었고, 그래서 화가 났다. 그 애들은 침팬지 같은 소리를 낸다. 십대들의 웃음소리가 멈출 거라고 조앤이 생각할 때마다 소리는 더 커져서 객실과 그녀의 사라지기 쉬운 평화를 동시에 집어삼킨다. 십대들은 다른 사람이 아무도 안 보이는 것처럼 깍깍거린다. 조앤은 세상의 그 어떤 것도 그렇게 재미있지는 않을 거라고 확신한다.

여자아이들을 노려본 다음 조앤은 트램의 다른 칸으로 넘어간다. 바보 같은 기분이 들지만 뒤에 남겨지지 않도록 그녀는 칸 사이를 뛰어간다. 다음 칸은 조용했지만, 삼십대로 보이는 사람 세 명이 소리를 지르기 시작한다.

"좀만 기다려봐! 남자도 아이를 낳게 될 거야, 조만간 말이야!" 키가 아주 큰 남자가 소리친다.

"시간문제일 뿐이라고!" 햇볕에 탄 두 번째 남자가 말한다.

"나도 그랬으면 좋겠네! 너랑 네 불알친구들 전부 진짜로 임신했으면 좋겠어!" 카무플라주 점프슈트를 입은 여자가 외친다.

조앤은 이들이 화가 난 건지 신이 난 건지 알 수가 없다.

그녀는 다른 칸으로 넘어간다.

다음 칸의 고요함은 거의 두 정거장 동안 유지된다. 그 뒤에는 한 아이가 후드티를 거꾸로 돌려 입고 후드로 얼굴을 감추고는 소리를 지르며 좀비처럼 걸어 다닌다. 애 아버지는 귀에 노이즈캔슬링 헤드폰을 끼고 자기 전화기만 들여다본다.

트램의 마지막 칸은 여자 한 명과 여자의 보조견을 제외하면 텅비었다. 여자와 개 모두 베이지색이다. 쓰다듬지 마세요, 개의 조끼에 그렇게 쓰여 있다.

조앤이 안으로 들어서서 목을 가다듬는다. "혹시 제가—"

"제발 입 다물어요." 여자는 눈을 감은 채 말한다. "제발 그냥 입 다물고 날 가만히 내버려둬요."

내 첫 번째는 물고기였다

～

　내가 강가에서 발견한 볼품없고 반쯤 죽은 물고기. 청동색에 마르고, 내 손바닥 제일 아래부터 손가락 끝까지 정도의 길이. 좀 귀여운 것 같기도 하고. 얼어붙은 진흙 속에서 발견했을 때 물고기는 물에서 4, 5센티 정도밖에 떨어져 있지 않았지만 녀석을 다시 물속으로 끌고 갈 만한 물살이 없었다. 녀석이 나를 봤다고 난 맹세한다. 녀석은 나를 목격했다. 잠깐 동안 물고기와 주머니쥐 한 쌍, 여러 마리의 토끼들과 나뿐이었다. '내 자지가 얼마나 큰지 보라고'라고 외치며 도로를 달리는 듯한 오토바이를 제외하면 고요했다. 2월의 일이라서 엄청나게 추웠고, 코트가 쓰레기라 나는 달달 떨고 있었다. 물고기의 아가미가 여전히 숨 쉴 수 있는 물이 있는 것처럼 오르락내리락했다. 나는 그것의 꼬리를 잡고 토끼장까지 1.6킬로미터를 돌아갔다. 손가락으로 비늘을 꽉 집어보았다. 미끄러웠다. 물고기는 한두 번쯤 몸부림 비슷한 걸 쳤으나 곧 진짜로 죽었다.
　그게 겨우 물고기일 뿐이라는 것도 알고, 대부분의 사람들은 물고기의 죽음에 딱히 기분 나빠하지 않을 거라는 것도 알지만—내 얘기를 좀 참고 들어준다면—그날 밤에는 물고기가 나에게 내 영혼에 관한 뭔가를 가르치는 것만 같았다. 내 영혼이 잘못되었다는 걸. 멍청한 소리인 거 알지만 나는 그렇게 생각했다. 심지어 약도 하지 않았었는데. 나는 물고기가 이렇게 말한다고 생각했다. 그래, 잭, 넌 사악해. 네 조직들 속에서 뭔가 잘못됐어. 어쩌면 시험관 안에서, 어쩌면 어린 시절에 그렇게 됐고, 이제 넌 잘못된 도덕적 표준 시간대에, 어쩌면 아예 잘못된 태양계에 매여 있는 거야. 너는, 잭, 정이 없어. 그리고 변명거리도 없어. 위탁가정 제도에 갇혀 있기는 했지만, 넌 행운아였어. 아무도 널 다치게 하지는 않았잖아. 넌 열한 살에 캐시와 로버트, 그 나이 많은 가톨릭 신자들에게 위탁되었고 그 이전에 할머니와 살던 시절은 솔직히 거의 기억 못 하지만 네가 괜찮았다는 건 잘 알잖아. 아주 좋지는 않았지만, 괜찮았지. 네 할머니는 일을 많이 하셨지만 널 보살펴주셨어, 그렇지?

내가 아직 위탁가정 제도 내에 있을 때, 상담사들은 항상 내 머릿속에서 열한 살 이전의 기억을 이끌어내려고 노력했으나 나는 아무것도 기억할 수 없었다. 최소한 구체적인 건 전혀. 그냥 모호한 것들만 기억났다. 할머니가 차에서 담배를 피우셨고, 할머니가 구슬 껌 뽑기 기계를 항상 채워두셨고, 할머니가 진한 분홍색 립스틱을 바르셨고, 할머니가 자연계에서 나는 것과는 전혀 다른 향의 향수를 사용하셨다는 것. 멀리 차를 타고 갈 때면 담배 연기와 향수 냄새의 조합 때문에 멀미가 났지만, 습관을 바꾸는 대신에 할머니는 한겨울에도 그냥 창문을 열었다. 학교로 가는 버스를 타기 위해서는 오래된 열차 선로를 건너야 했던 게 생각나고, 거기에는 항상 토끼가 넘쳐났다. 할머니는 추운 날 아침이면 나에게 크림오브휘트*를

---

* 거친 밀가루로 만든 아침 식사용 죽 브랜드.

만들어주셨고, 수도나 전기는 가끔 끊겨도 우리에게 항상 먹을 건 충분했다. 겨울이면 할머니는 내가 잘 때 담요를 세 장 덮어주셨다. 할머니는 식품점 계산원이었다.

어떤 심리학자는 내가 충격적인 기억을 억누르고 있을 거라고, 어쩌면 정신적 해리를 겪고 있는 걸지도 모른다고 주장했고, 나도 그 말을 믿고 싶었다. 그러면 모든 것이 얼마나 외롭고 디지털적이고 가짜처럼 느껴지는지가 설명될 것이다. 그저 나와 상대 둘 중 하나라도 진짜인지 확인하기 위해서, 그냥 다른 사람의 얼굴을 돌아가게 만들기 위해서, 단지 망할 놈의 스릴을 위해서 내가 얼마나 자주 누군가를 해치고 싶었는지가. 하지만 다른 심리학자 두 명이 내 어린 시절은 아무 문제도 없었던 걸로 보인다고 말했다. 내 파일에 학대 기록은 없다. 편한 삶처럼 들리지는 않지만, 그렇다고 아주 나쁜 것도 아니라고 그들은 나에게 장담했다. 심리 치료사 한 명은 내가 대마초를 너무 많이 피워서 아무것도 기억을 못 하는 거라고 주장했다.

나도 필요할 때면 다른 모든 위탁아동들처럼 거창하게 허세를 부리며 말하지만, 캐시와 로버트는 나에게 잘해주었다. 그들은 자주 집을 비웠고, 천사상을 잔뜩 모았고, 일광욕실에 괴상한 앵무새들을 놔두었고, 내 눈을 절대로 똑바로 보지 않았다. 하지만 그들은 그들 나름의 방식으로 나에게 신경을 썼다. 나의 주짓수 비용을 대주었다. 지하실에 거의 들어오지 않았고, 내 침실에는 절대로 들어오지 않았기 때문에 나는 여자애들을 쉽게 데리고 들어올 수 있었다. 물론 내가 그 애들을 설득했을 때 말이다. 대체로는 두어 살 많고 2년제 대학을 다니고 나와 섹스하는 걸 진심으로 좋아했던(축복받기를!) 풍만한 몸매의 애나였다. 애나와의 섹스는 나의 암울한 인생 전체에서 가장 눈부신 일이었다. 그녀는 어깨에 주근깨가 있었는데 나는 그걸 좋아했다. 섹스를 할 때 그녀는 주도권을 잡는 걸 좋아해서 항상 나에게 자신을 정확히 어떻게 만지고 뭐라고 말할지를 가르쳤다. 그녀는 자기 부모님이 자신을 싫어한다고, 나는 부모님이 없어서 운이 좋은 거라고 말했다. 애나라는 기적은 내 고등학교 3학년 시절 내내 이어졌다가 그녀가 '통화, 금융, 자본시장'이라는 수업에서 진짜 남자 친구를 만나면서 그녀 쪽에서 딱 끊겼다. 캐시와 로버트가 애나에 대해 알았는지 모르겠지만, 그들은 한마디도 하지 않았다. 캐시는 나에게 수동 운전을 가르쳐주었고, 로버트는 내 생일에 세 종류의 고기를 구워주었으며, 그들은 내 성적에 화를 내지 않았고, 나에게 책을 읽어라 기도를 해라 강요하지도 않았으며, 나를 아프게 하지 않았고, 아프게 할 수 있는 사람들을 못 본 척 넘기지도 않았다. 나에게 자유를 주었다. 합리적인 통금 시간과 핸드폰을 주었다. 내가 하려는 말은, 캐시와 로버트는 기본적으로 내가 아는 모든 위탁아동이 받아들여야만 하는, 인생을 영원히 변형시키는 쓰레기 같은 짓을 나에게 한 적이 없었다. 블랜딘 같은 여자아이는 그런 걸 첫날부터 맞닥뜨렸을 것이다. 우리가 같은 카드 덱에서 카드를 나누어 받았다는 걸 믿을 수가 없다.

캐시와 로버트는 다른 아이 둘을 더 맡고 있었으나 그 애들은 위탁가정 제도에서 보낸 애들이 아니었다. 그 애들은 바카베일을 미국에서 갈 만한 지역이라고 착각한 정신 나간 프로그램으로 인해 중국에서 교환학생으로 온 애들이었다. 학생들의 이름은 왕웨이와 리준이었지만, 인디애나에서 그 애들은 타일러와 칩으로 통했다.

타일러와 칩은 지하실에서 지냈지만 나는 개들과 거의 이야기를 하지 않았다. 개들은 언제나 애나를 보았지만 애나를 아는 척하거나 그녀에 관해 이르지 않았다. 우리에게는 암묵적 합의가 있었다. 각자 알아서 살기. 어느 해 크리스마스에 타일러가 내 방문 앞에 빨간 종이로 싼 상자를 놔두고 갔다. 그것은 표지에 고급스러운 척하는 파란색 무늬가 있는 수제 공책이었다. 이런 예쁜장한 공책을 가진 걸 절대 들키고 싶지는 않았지만, 그걸 들고 있는 동안은 타일러가 형제처럼 느껴졌다. 그건 멍청한 소리로 들렸다. 멍청하게 느껴졌다. 하지만 동시에 신짜라고 느껴졌다. 나는 뜨거운 손으로 표지를 열었다. 안에는 메모지가 들어 있었다. 글 쓸 때 써.

바로 그때 저녁 식사 시간에 캐시와 로버트가 우리 한 명 한 명에게 커서 무슨 일을 하고 싶냐고 물은 게 기억났다. 칩은 우주공학자라고 말했다. 타일러는 "아이들을 위한 판사요"라고 했다. 몇 차례 질문을 거친 후 우리는 타일러가 아이들을 대리하는 변호사가 되고 싶은 것임을 알아냈다. 내 차례가 되자 나는 어깨를 으쓱이고는 감자를 크게 한 입 먹었으나 로버트는 계속 물어보았다. 영어 선생님은 나를 좋아했고, 내가 에세이를 쓰는 재능이 있다고 말하며 자꾸 내 책상 위에 책을 올려놓았다. "작가요. 영화각본 같은 거. 잘 모르겠어요." 내가 충동적으로 말했다. 그걸로 충분했다. 그다음엔 모두가 다시 자신의 구운 닭고기를 먹었다.

크리스마스 날, 공책을 받은 후 나는 밖에 나가서 타일러를 위해 담배 한 갑을 샀다. 왜냐하면 타일러는 항상 차고 뒤 골목에서 '몰래' 담배를 피우기 때문이다. 칩에게는 좌종당계 소스 한 병을 사줬다. 그 녀석은 그게 자신이 제일 좋아하는 미국 음식이라고 말했고, 타일러한테만 선물을 사주는 건 좀 징그럽고 잘못된 일인 것 같았기 때문이다. 두 물건 앞면에 유성 매직으로 메리 크리스마스라고 쓰고 지하실에 있는 그들의 문 앞에 놔두었다. 그리고 재빨리 도망쳤다.

하지만 이런 모든 일에도 불구하고, 캐시와 로버트와의 삶은 나에게 비디오게임 정도의 현실감밖에 주지 못했다. 그들의 천연 정향 구강 청결제, 세면대에서 로버트가 콧수염을 다듬는 것, 그들이 청소할 때 틀어두는 클래식 방송, 조미료를 너무 많이 사는 그들의 습관, 캐시의 눈꺼풀에 난 혹—그들이 존재한다는 이 모든 증거에도 불구하고 나는 그들이나 앵무새, 혹은 나 자신의 존재를 절대로 믿지 않았다. 겨우 2년 같이 살았던 타일러나 칩은 말할 것도 없고. 내가 애나에게 박을 때에는 그녀의 존재를 믿었지만, 그 외에는 그녀도 비현실적이었다. 나는 캐시와 로버트와 같은 집 안에서 6년을 지냈으나 여전히 우리는 낯선 사이였다. 나는 내가 불타는 집 앞에 서 있고, 그들이 안에 있다는 걸 알면서도 아무것도 느끼지 못하는 꿈을 자꾸만 꾸었다. 내가 악하다면, 달리 탓할 사람이 아무도 없었다.

죽은 물고기를 토끼장으로 가져가면서 나는 이 모든 것을 받아들이려고 노력했다. 음, 내가 생각하기에는 결론이 난 것 같았다. 나는 내가 친구들이 스스로를 쓰레기처럼 느끼게 만들려고 죽은 물고기를 진흙탕에서 건져내는 종류의 사람인 걸 알게 됐다. 나는 공식적으로 맛이 갔고, 아무도 나에게 그 이유를 말해줄 수 없다.

물고기는 우리 집 문 앞에 도착했을 무렵엔 완전히 죽은 상태였다. 나는 내 선택을 의심하기 시작했지만, 망설임은 더 강하게 밀어붙이게 만들었다. 집 안으로 들어가자 집은 부옇게 연기투성이였고, 조리대 위에 연기탐지기가 부서져 있는 게 보였다. 말리크는 식탁을 겸하는 탁구대 앞에 앉아 있었다. 녀석은 그 위에 짤막하고 초라한 초와 냅킨, 파란색 게토레이를 따른 잔 두 개, 음식이 담긴 접시 두 개를 차려놓았다. 난 겨우 30분 나갔다 왔을 뿐인데.

"천으로 된 냅킨은 도대체 어디서 가져온 거야?" 내가 물었다.

블랜딘의 방문을 보는 그의 자세는 뻣뻣했고, 표정은 어리둥절하고 상처받아 보였다. 모든 사랑받는 남자들이 처음 거절당했을 때 짓는 그 표정이었다. 말리크는 숫총각이 아니었다. 가는 데마다 그는 여자애들을 줄줄이 낚았다. 카리스마 있고 잘생기고 운 좋은 사람이 가끔씩 보통의 삶이 어떤지 엿보는 것은 중요하다. 그것은 유명 인사가 대중교통을 이용해야 할 때와 비슷하다. 나는 말리크의 얼굴에서 그렇게 절망한 표정을 한 번도 본 적이 없었다. 보통은 말리크가 다른 사람을 기다리게 만드는 쪽이니까. 토드는 여전히 텔레비전을 보고 있었다. 전혀 움직이지 않았다. 우리가 함께 산 기간 내내 토드가 눈을 깜박이는 걸 한 번이라도 본 적이 있는지 기억이 안 난다. 그게 불가능하다는 건 안다. 그냥 내가 기억하는 걸 말하는 것뿐이다.

내가 물고기를 들어 올렸다. "죽였어."

"물고기네. 그게 네 최선이야?" 말리크는 생기 없는 목소리로 말했다.

"걔를 위해서 죽일 수도 있다고 내가 말했잖아." 나는 기가 좀 죽어서 말했다.

말리크는 피곤하다는 듯이 눈을 문질렀다. "존나 알 게 뭐야."

"몽유병자도 물고기는 죽일 수 있어. 아기도 물고기는 죽일 수 있어. 오이도 물고기는 죽일 수 있어. 그건 별로 대단하지 않아, 잭. 너 감탄했어, 말리크?" 토드가 말했다.

"전혀, 토드." 말리크는 여전히 블랜딘의 문에 관심을 집중한 채로 대답했다.

"그냥 내가 할 수 있다는 걸 증명했을 뿐이야. 내가 할 거라고 그랬잖아." 내가 방어적으로 말했다.

토드는 채널을 바꾸면서 허락을 구하려고 말리크를 힐끗 보았다. "와 정말 멋지다, 잭."

잠깐 동안 말리크는 눈을 깜박이지도 않고 초점도 흐린 채로 내 손안의 물고기를 응시했다. 곧 그는 식탁에서 일어나서 블랜딘의 방으로 걸어갔다. 그가 문을 쾅쾅 두드렸다. 진짜 남자는 노크를 하는 법이다. "블랜딘? 어이, 블랜딘? 안에 있어? 내가 너 주려고 뭘 좀 만들었어. 네가 배고프지 않다고 한 건 알지만, 그냥— 음식을 너무 많이 만들어서 우리가 어쩌면—"

"배 안 고파." 그녀의 낮은 목소리가 문 뒤에서 들렸다.

"한번 보면 배가 고파질 수도 있어. 아니면─"

"배 안 고파." 그녀가 약간 더 큰 소리로 말했다.

"아니면 냄새만 맡아봐." 그는 계속해서 압박했다. "너도 어떤 식인지 알지? 배가 안 고프다고 생각하거나 소변이 마렵지 않다고 생각하다가, 갑자기 팝콘 새우 냄새를 맡거나 아니면 분수 소리를 들으면 그제야 깨닫는─"

"난 잘 거야 잘 자." 그녀가 한 호흡에 말했다.

말리크의 등이 불끈거렸다. 토드는 텔레비전 소리를 죽였다. 말리크가 고개를 수그리고 우리 쪽으로 돌아섰다. "그러시든가." 그가 중얼거렸다.

그는 도로 앉아서 천천히 베이컨 조각을 절단하고 스테이크를 절단했다. 스테이크는 겉은 탔고 안에서는 피가 배어났으며, 전체적으로 조그만 초록색 조각들이 뿌려져 있었다. 솔직히 말하자면 그 작은 초록색 조각들이 내 마음을 아프게 했다. 하지만 곧 나는 말리크가 적이라는 걸 기억해냈다. 우울한 팬케이크 더미(내가 그것들에 대해 언급하자 "그건 팬케이크가 아니야"라고 말리크가 쏘아붙였다)가 고기 옆에서 노란색 소스를 뚝뚝 떨어뜨렸다. 말리크는 누군가가 씹는 횟수를 제한하기라도 한 것처럼 씹었다.

나는 물고기를 어떻게 해야 할지 전혀 알 수가 없었다. 그렇게 멀리까지는 생각을 안 했기 때문에 나는 그냥 거기 서서, 말리크와 토드와 소리를 꺼놓은 텔레비전을 오랫동안 바라보면서 이 모든 것의 핵심이 뭐였는지 떠올리려고 노력했다. 화면 속의 모두가 나에게는 쓰레기였다. 잠깐 동안 나는 물고기를 맨손으로 강에서 잡아 올려서 나무껍질에 대고 죽을 때까지 내리친 것을 떠올렸다. 가슴을 두드리며 달을 향해 울부짖은 것을. 내가 한 적 없는 그 빌어먹을 일들을.

블랜딘이 방에서 나오기를 기대하진 않았는데, 어느 시점에 그녀의 방문이 열렸다. 아무렇게나 묶은 하얀 머리카락에, 배기 스타일 반바지와 농구 저지를 입어서 더욱 비쩍 말라 보이는 마른 몸. 그녀가 자신의 개인적인 세계를 떠나 우리 세계에 들어오자 말리크는 반쯤 일어섰다가 얼어붙었다. 블랜딘은 화장실 쪽으로 가는 동안 우리를 쳐다보지 않았지만, 나는 물고기를 등 뒤에 쥔 채로 그녀의 앞에 섰다.

"뭐야? 이번엔 뭔데?" 그녀가 짜증스럽게 물었다.

"너한테 줄 게 있어."

"난 이런 거 할 기분이 아니야, 알겠어? 어떤 짓이든, 너희들 중 누구하고든 말이야. 그러니까 장난 그만둬. 난 지쳤고 멍청한 이빨을 닦고 싶어."

말리크는 씹던 것을 멈췄다. 그는 탁구대 위로 몸을 구부리고 있었다. 보기에 아주 기묘한 자세였고, 나는 그를 대신해서 부끄러운 기분이었다.

나는 천천히 나와 블랜딘 사이로 물고기의 미끄러운 꼬리를 잡고서 달랑달랑 들어 올렸다. 물고기는 눈꺼풀이 없다. 그건 내가 계획한 게 아니었다. 사체가 자신의 눈을 똑바로 쳐다보는 건 누구든 원치 않을 것이다.

블랜딘은 물고기를 잠깐 동안 관찰했다. 그녀의 매력적인 얼굴은 무표정했다.

"너한테, 너한테 줄 꽃다발을 가져왔어." 뇌에서 심장이 뛰고 눈으로 피가 통하는 게 느껴졌다.

그때 기적 같은 일이 일어났다. 그녀가 웃은 것이다. 웃었다. 몸을 구부리고, 팔로 배를 감싸고, 틈새로 눈물이 흘러내릴 때까지 눈을 질끈 감은 채 웃고 또 웃었다. 마침내 호흡을 가다듬고서 그녀는 진짜 손을 내 진짜 가슴에 얹었다. 사랑에 빠진 이래로 그녀가 나를 처음 만지는 거였다. 그리고 마침내 나는 그 표현을 이해했다. 시간이 멈췄다. "맙소사. 그거 진짜 훌륭한데." 그녀가 숨을 헐떡이고서 한 번 더 내 가슴을 건드렸다. 그녀가 모든 곳에서 느껴졌다. 나는 멍청이처럼 웃으면서 바지 위로 셔츠를 잡아당겼다. 그녀는 남은 웃음을 내쉬면서 화장실로 걸어갔다. "너 이 광대." 등 뒤로 문을 닫는 동안 그녀가 웃는 게 보였다.

뜨겁고 행복한 침묵.

말리크가 여전히 몸을 웅크린 채, 누굴 죽일 것 같은 얼굴로 말했다. "지금 존나 장난 쳐?"

토드가 마침내 화면에서 눈을 들었다. 그의 시선은 이제 내 손에 들려 있는 갈색 비늘에 고정되었다.

나는 활짝 웃고는 말리크 쪽으로 걸어가서 그가 블랜딘을 위해 차린 접시 위에 죽은 물고기를 떨어뜨렸다. 물고기가 눈을 뜬 채 그녀의 음식 위로 늘어졌다.

내가 말했다. "또 할 거야. 이미 했고."

화학적 위험

〜〜〜

가끔, 엘시 제인 매클로플린 블리츠의 외아들 모지스 로버트 블리츠는 온몸을 깨진 야광봉 액체로 칠하고 적의 집에 침입해서 적을 깨운다. 그런 다음 벌거벗은 채로 빛을 내며 어둠 속을 휘젓고 다닌다.

진짜로 해를 입히려는 건 아니다. 그저 사람들을 자극하는 걸 좋아할 뿐이다.

야광이라는 가면 아래서 모지스는 안도감과 통제력을 얻는다. 자신이 원하는 방식대로 남들에게 보이는 느낌이다. 의주감*(섬유들, 벌레들, 피부 아래서 꿈틀거리며 일어나는 미칠 것 같은 활동들)이 모지스가 화학물질들을 제거할 때까지는 조용해진다. 그는 야광 물질이 섬유에 나쁘다고 생각하고, 그래서 그것을 약처럼, 또는 부모처럼 사랑하게 되었다. 그는 쉰세 살이다.

---

* 피부 속이나 피부 위로 개미가 기듯이 근질근질한 일종의 이상 감각.

그의 행동은 그렇게 위험하진 않다. 특히 이제는 유리를 쓰지 않는 야광봉 브랜드를 사용하니까. 초보자일 때 모지스는 프탈레이트 에스터에 과산화수소가 섞인 작은 유리병이 페널 옥살레이트 에스터 통 안에 둥둥 떠 있는 야광봉을 사용했었다. 그는 각 야광봉 안의 유리가 깨질 때까지, 그래서 화학물질들이 섞이며 서로 반응해서 빛을 방출하도록 봉을 꺾곤 했다. 그다음에 그는 봉의 머리와 꼬리 부분을 잘라내고 갓 나온 빛이 나는 화학물질을 꼼꼼하게 피부에 바른 다음에 긴 코트와 스키 마스크, 장갑으로 몸을 감췄다. 그러고는 몰래 희생양의 집으로 향했다. 하지만 지난겨울에 부시니 습격을 준비하다가 유리에 다리를 베인 이래로 그는 유리가 안 들어가는 대신 화학물질 프탈산디부틸(DBP)을 쓰는 다른 브랜드로 바꾸기로 했다. DBP는 유럽연합에서는 화장품과 아동용 장난감에 쓰는 것이 금지되어 있다.

하지만 DBP가 다른 화학물질들의 유전적변이를 일으키는 능력을 강화할 수 있다고 해도, 그게 뭐? 발달장애를 일으키고, 고환과 전립선에 반갑지 않은 변화를 유발하고, 정자 수를 줄이고, 호르몬 작용을 방해하고, 생식능력을 손상할 수 있다고 해도 그게 뭐? 수생생물과 어린아이들에게 유독하고, 어린아이들에게 간부전을 일으킬 수 있다고 해도 그게 뭐? 이 모든 것이 모지스 로버트 블리츠에게는 전혀 신경 쓰이지 않았다. 실질적으로 그는 아이도 아니고 수생생물도 아니다. 그는 생식에 관심이 없고 이미 회복이 불가능할 정도로 변이되었다. 게다가 그는 유럽연합이 과잉 반응하는 경향이 있다고 믿었다. 그에게는 그 나름의 방침이 있다. 눈과 입은 피하고, 삼키지 않고, 반려동물을 근처에 두지 않고, 뜨거운 비눗물로 철저하게 씻고, 그 뒤에 베이비오일을 듬뿍 바른다. 자기만의 야광 물질을 만들어보고 싶어서 그는 최근에 온라인 레시피를 하나 찾아냈다. 아세트산나트륨, 아세트산에틸, 염료, 과산화수소, 그리고

CPPO라고 하는 분말. 그는 러시아 CPPO 공급처의 답을 기다리는 중이다. 그는 불멸의 매력을 한 번도 이해해본 적이 없었다.

어머니의 부고 기사에서 모지스 로버트 블리츠의 댓글을 지운 어자를 찾아내기 위해서는 잠깐의 구글 검색과 세 통의 이메일로 충분했다. 심지어 별 노력 없이 그녀의 집 주소까지 찾았다. 그의 이메일 이후에 그녀는 그의 댓글을 도로 복구했다. 놀라운 일이었다. 하지만 곧 다시 지웠다! 이보다 덜한 일에 대해서도 벌을 줬는데, 어떻게 이런 모욕을 벌하지 않고 넘어갈 수 있겠는가?

그는 부고 기사의 모욕 이전까지 바카베일에 관해 들어본 적도 없었지만, 그는 미국 중부를 방문하는 걸 좋아하고, 중부를 조사한 다음 미국 해안 지역으로 돌아가는 걸 좋아한다. 그들의 교회와 그들의 슈퍼마켓 미소, 수천 킬로미터를 이동했다가 다시 생산된 땅으로 돌아오는 그들의 옥수수 캔, 마당에 있는 그들의 미국 국기, 그들의 미니밴과 기독교 학교를 좋아한다. 그곳의 길들, 길들의 보행 불가능성, 그들의 딱딱하고 친근한 R 발음. 상냥한 주유소 직원들. 믿음과 분노와 기하학. 온갖 고속도로와 신. 모지스는 중서부에 있을 때만 현대 정치를 이해한다.

7월 17일 수요일 새벽 3시경 모지스는 로스앤젤레스에서 시카고로 가는 야간 항공편에 막 올라타려던 참이다. 기다리는 동안 그는 전화기의 베이지색 앱에 여행 일정을 타이핑한다.

- 오전 7시 30분: 시카고 도착. 차 빌리기. 운전하기.
- 오전 9시 30분: 바카베일 도착. 관광하기. 시간 보내기.
- 오전 10시 30분: 모텔에 체크인하기. 낮잠 자기.
- 오후: 주위 돌아다니기. 멋진 공원 찾기. 산책하기. 박물관? 음식. 술. 올리브. 가장 중요한 것 = 기분 좋아지기!!!!!
- 저녁: 블로그 업데이트하기. 독서하기. 마티니. 발광 준비.

- 새벽 2시: 펑!
- 오후 2시 30분: 돌아오는 비행기, ORD-LAX. 존(Zorn)에 관해 부동산 전문 변호사에게 전화하기.

모지스는 앱을 밀어서 닫고 스스로 만족스러워서 미소를 짓는다. 일정을 짜는 것은 진짜 어른이 된 것 같은 기분을 들게 한다.

탑승 게이트에서 사람들이 다닥다닥 붙어 앉아서 각자의 화면을 쳐다보고 있다. 모두가 그 파란 빛에 중독 말기다. 모지스는 별이 없는 남색 하늘을 유리 벽을 통해서 관찰한다. 졸린 아기가 제 아빠의 커피를 쏟고, 카펫이 놀랄 만큼 전부 다 흡수한다. 아기를 야간 항공편에 데리고 타는 건 법으로 금지해야 한다고 모지스는 생각한다. 그는 자신의 삶이 의무로 가득한 것처럼, 그리고 자신이 중요한 사람이 된 것처럼 느끼게 해줘서 야간 비행을 선호한다. 어차피 그에게는 불면증이 있다. 작은 비행기들이 활주로 위를 굴러가고, 오렌지색 조끼를 입은 더욱 작은 사람들이 결정을 내린다. 모지스는 직업을 가진 사람들을 존경한다. 피곤한 기분이 들어야 하는데, 대신에 그는 자리에서 흥분으로 들끓는다. 피부를 벗고 나오고 싶은 욕망 때문이 아니라 조앤 코월스키를 살살 혼내고 싶은 욕망 때문이다.

젊은 여자 한 쌍이 그의 옆에 앉는다. 발치에는 기타 케이스가 있다. 그들은 쌍둥이일 수도 있고 연인일 수도 있다. 어느 쪽인지 확실히 알 수 없었으나 그들은 같은 집에서 인생을 영위하느라 수년 동안 서로를 넘어 다니며 살아온 게 분명했다. "이 모든 걸 갖고 있는데도 우린 여전히 아주 슬퍼." 한 명이 다른 한 명에게 말한다.

"거기에 대해서 망할 영화각본이라도 써보지 그래."

"못되게 굴지 마."

"만화 속 캐릭터처럼 굴지 마."

"무슨 만화?"

"밀레니얼 세대에 대한 만화."

"네 개는 스파에 있잖아!"

"네 목소리는 휘발유 같아."

"네 목소리는 석탄 같아!"

둘은 각자의 화면으로 돌아가고 잠깐 동안 조용하다. 한 명이 짙은 눈썹을 찌푸리고 다리는 꼰 채로 하얀 운동화를 위아래로 들썩이며 우울하게 자신의 머리카락을 꼰다. 다른 한 명은 립밤을 바르고 또 바르고, 그다음에는 오렌지향 스프레이로 손을 소독한다. 그 냄새에 잠깐 동안 모지스는 10년 전에 베이루트에서 마셨던 매혹적인 칵테일을 떠올린다. 마침내 첫 번째 여자가 키득거린다. "이거봐." 그녀는 핸드폰을 기울이고는 다른 여자의 어깨에 머리를 기댄다. "러닝머신 뛰는 박쥐 본 적 있어?"

모지스는 모든 세대를 싫어하고 세대 개념 자체를 싫어하지만, 이게 그가 제일 싫어하는 세대다. 그는 자신의 노이즈캔슬링 헤드폰을 꺼내서 "아기를 달래는 열네 가지 파도 소리"를 큰 소리로 듣는다. 근사한 소리다. 그는 모공에서 튀어나오는 섬유를 손으로 긁지 않기 위해서 다시 조앤 코월스키를 검색한다.

조앤 코월스키는 아무도 자신을 검색하지 않을 거라고 믿는 사람 특유의 엉성한 온라인 흔적을 남겨놓았다. 예를 들어 고래 모양 쓰레기통 옆에 쭈그리고 앉아 있는 모습의 보기 흉한 사진을 지워서 자신의 사생활을 지키는 건 허영일 뿐 아니라 망상적 행동이라고 생각할 것이다.

야광봉들이 든 가죽 가방이 모지스의 오른쪽 자리에 놓여 있고, 그는 그 존재감을 수많은 군중의 존재감처럼 느낀다. 공항 보안 검색 요원은 야광봉들에 당황했지만 모지스는 어깨를 으쓱이고는 음악 페스티벌을 준비 중이라고 말했다. 공항 내부 장식은 70년대풍의 오렌지 색조고, 그는 향수를 느낀다. 구글 맵에서 그는 공장들과 공사장, 죽은 풀밭이 있는 황폐한 땅을 본다. 모지스는 검색엔진 결과를 쭉 살펴보며 바카베일이 미국의 또 하나의 흠이고, 그들의 나라를 개판으로 만들어버린 선동적 정치가들을 뽑은 데에 책임이 있는 버려지고 번영기가 만료된 동네 중 하나라는 자신의 의심을 입증한다. 좋은 감시인이 필요한 동네. 그리고 교육도! 그는 수목이 무성한 공원 사진을 우연히 발견한다. 그 아름다움은 가족 열 명 중 유일하게 예쁜 아이처럼, 상황을 고려할 때 우연인 것처럼 보인다. 또 다른 사진에서는 소들이 눈밭에 모여 있다. 모지스는 한 마리를 넘어뜨리고 싶다.

바카베일을 대충 살핀 다음에 인디애나주에 관한 온라인 백과사전 페이지에서 그는 숨을 헉하고 들이켤 만한 부분을 발견한다. 젊은 여자들이 걱정스럽게 그를 힐끗 본다. 링크는 존 자동차라고 되어 있었다. 모지스는 그의 어머니가 제일 좋아했던 자동차 제조사가 바카베일에 기반을 둔 줄 전혀 몰랐는데, 이 우연에 온몸이 간지러워졌고 그가 받고 싶지 않은 징조를 보내려고 우주의 힘이 음모를 꾸민다는 의심이 들었다. 엘시는 여러 대의 존 자동차를 소유했었고 자기 인생의 사람들을 사랑하는 것보다 더 진심으로 그 차들을 사랑했다. 모지스는 열여섯 살 때 어머니의 1932년형 프레지덴셜 쿠페를 훔쳐서 새벽 4시에 전속력으로 퍼시픽코스트 고속도로를 달린 적이 있었다. 그걸 알게 되자 어머니는 그를 고대 노르웨이어 집중 프로그램에 등록시키고 레이캬비크로 보내버렸다. 그녀는 남은 여름 내내 그에게 말을 걸지 않았다.

그는 조앤 코월스키를 벌주느라 어머니의 장례식을 놓치고 있지만, 어머니를 놓쳤다고 아쉬워하고 있는 건 아니다. 지나치게 단 카푸치노를 한 모금 마시자 행복과 아주 비슷한 감정이 그의 몸 안을 순환한다. 시카고 공항에 도착한 다음에 그는 렌터카 대리점까지 버스를 타고 가야 할 것이다. 그는 몇 년 동안이나 버스를 타본 적이 없었고, 그런 고찰에 인기 정치인이 된 기분이 든다. 공직에 출마해야 할 것처럼. 그는 바카베일에서 꼬박 히루 동안 공격 계획을 세울 수 있을 것이다. 조앤은 겁주기 아주 쉬운 상대일 것이다.

그는 핸드폰을 주머니에 넣고 점점 더 세게 팔을 긁다가 사람들이 줄을 서자 멈추고는 헤드폰을 벗는다. 그의 건너편 자리에 앉은 목이 전혀 없는 사업가 남자가 핸드폰에 대고 말한다. "난 샤워를 하라고 그 여자를 집으로 초대했는데, 그게 어떻게 흘러갔는지 보라고. 그렇게 됐지." 그가 낄낄거린다.

"일등석 손님 탑승하세요. 일등석 손님 탑승하세요." 중성적인 목소리가 말하고, 모지스는 자신의 표를 확인하지도 않고 일어선다. 그게 그의 문제일지도 모른다고 그는 생각한다. 그는 자신이 일등석 손님이라는 것을 알기 위해 표를 확인해야 했던 적이 한 번도 없었다.

변수들

~~~

이 방정식에서 변수 Y는 제작자, 주유소 매니저, 태양왕일 수 있다. 여러 차례 그는 미국의 대통령이었다. X는 그의 직원, 그의 의붓딸, 토지의 야생 구역일 수 있지만, X가 자신의 것이라고 그는 믿어야 한다. 대부분의 경우 X는 사람이다. X는 항상 여자는 아니다. X는 언제나 남들의 눈길을 바라고, Y는 언제나 그녀, 그, 혹은 그들, 혹은 그것을 보고 싶어 한다. 그 과정에서 그들은 종종 Y 역시 남들의 눈길을 바란다는 걸 알게 된다. 전에도 그런 일은 있었다. 비디오 대여점에서, 교회에서, 고기 임대 저장고에서. 앞으로도 또 있을 것이다.

이번에 Y는 제임스 야거라는 남자다. 그는 바카베일의 유일한 사립 고등학교 세인트필로메나의 음악 선생이다. 많은 고등학교 음악 선생들처럼 제임스는 고등학교 음악 선생이 되고 싶었던 적은 한 번도 없었다. 그는 자신의 밴드와 어머니의 건강 둘 다 망가지자 위로가 되는 생활 방식으로서 일자리를 받아들였고, 어느새 바카베일에서 그의 미래는 굳어졌다. 그는 정기적으로 부(Vu)라는 이름으로 집에서 녹음한 음악을 업로드한다. 학생들에게는 신경을 쓰지만 교육학에는 관심이 없다. 대부분의 학생들이 그를 성이 아닌 이름만으로 부른다. 그는 마흔두 살에 약간 졸려 보이는 방식으로 잘생겼고, 가끔 똑똑하고 종종 우울하다. '쿨한 선생'이다.

이번에 X는 열일곱 살 난 티퍼니 왓킨스다. 겨우 3학년이지만 그녀는 이미 너무 많은 것을 보았다. 탈색한 머리, 유령 같은 피부색, 안 좋은 자세. 눈 사이가 넓은 눈. 사냥당하는 먹잇감에게 알맞은 파노라마 시야. 티퍼니는 불안정하고, 지적이고, 쉽게 분개한다. 외계인 같은 방식으로 예쁘다. 스스로의 의식의 적개심으로부터 관심을 돌리게 해주기 때문에 배우는 데에 중독되었다. 그녀는 어려운 임무를 완료하고 있지 않으면 스스로를 공격하는 그런 종류의 뇌를 갖고 있다. 그녀 또래 학생들은 교외에 살고 점심시간이면 엄마가 억지로 등록한 크루즈 여행에 관해서 불평한다. 그들은 '내 첫 번째 새 차로 부모님이 날 깜짝 놀라게 한' 이야기를 주고받고, 고등학교까지 차를 몰고 오는 게 익스트림 스포츠라도 되는 것처럼 값비싼 아웃도어 브랜드의 외투를 입는다. 그들은 쇠락해가는 귀족의 일원들이고, 점점 더 의미가 사라지고 있지만 대단히 많은 신탁자금을 가진 존 자동차 부자들의 후손들이다. 그들은 티퍼니에게 왕족을 연상시킨다. 학생들에게서는 건조기 섬유 유연제 같은 냄새가 난다. 그들 한 명 한 명에게서 다. 티퍼니는 세인트필로메나에 다닐 수 있는, 모두가 탐내는 장학금을 따냈고, 점심시간은 도서관에서 숙제 위로 몸을 구부린 채 보낸다. 선생들은 그녀가 영리하고 불쌍해서 좋아한다. 자기들끼리 그녀에 관해 이야기할 때면 선생들은 그녀를 "운이 없다", "위험한 상태다", "이례적이다", "재능 있다"라고 묘사한다. 그녀의 에세이는 오자가 가득하지만 종종 표절에 관한 의심을 이끌어낸다. 어떻게 그렇게 조용하고 운 없는 여자아이가 이렇게 강렬하고 세련된 논쟁을 만들어낼 수 있을까? 집에서 벌어지는 그 많은 일들을 겪으면서? 선생들은 그녀의 GPA 점수와 표준 점수를 경건하게 말한다. 그녀가 특별하다고 그들은 말한다. 그래도 그들은 그녀와 거리를 두고, 그녀 역시 그 예의에 보답한다.

민간인으로서 티퍼니는 자신의 옷을 중고품 가게에서 사고, 언제나 사이즈가 너무 큰 걸로 고른다. 필로메나에서는 교복을 입는다. 학교가 그녀의 옷값을 지불해야 했고, 그녀가 학생처장에게 원하는 사이즈를 이야기하자 그는 눈썹을 치켜올렸지만 이의를 제기하지는 않았다. 학교는 속해 있는 가톨릭 지역 전체와 마찬가지로 젊은 여자의 가장 훌륭한 미덕이 정숙이라고 여긴다.

어느 겨울날 아침, 수업 시간 사이에 영어 선생이 티퍼니를 제임스의 음악실로 데려온다. "이 애는 연기를 해야 돼요. 이 애가 좀 전에 퍼디타를 읽는 걸 들어봤어야 한다니까요." 영어 선생이 그렇게 말한다.

제임스는 책상에서 시선을 들어 너무 큰 옷을 입은 비쩍 마른 소녀를 쳐다본다. 그녀의 창백한 피부는 그가 자식들을 위해서 산 어둠 속에서 빛나는 폴리머클레이를 연상시킨다. 그건 구워야 한다. 클레이 말이다. 제임스는 헛기침을 한다. 티퍼니를 보자마자 그는 그녀에게서 멀어지고 싶다.

티퍼니는 큐티클을 뜯는다. 제임스를 보자마자 그녀는 그의 턱에 있는 수염 자국을 만지고 싶고, 그의 커피를 맛보고 싶고, 그의 안경을 써보고 싶다. 그녀가 얼굴을 붉힌다.

"좋아. 목요일에 오디션을 보러 와라." 제임스가 무표정하게 말한다. 그는 봄에 할 연극을 총괄하고 있다. 마네킹을 숭배하는 네 명의 십대 청소년들에 관한 어두운 디스토피아 코미디다. 1923년 물에 뛰어들어 죽은 유명하지 않은 종합 예술가가 쓴 작품이었다.

티퍼니는 주역을 따낸다.

그녀가 폭발적인 배우인 것은 사실이다. 그녀는 연기와 반응, 모방에 천부적인 재능을 가졌다. 예측 불가능한 보호자들 밑에서 자란 어린 시절에 키운 본능이다. 하지만 제임스를 가장 도취하게 한 것은 티퍼니의 비인간적인 특성이다. 그녀는 차갑고 거리를 둔다. 다른 세상 사람 같고, 영혼 같다.

제임스가 자기 자리에 비해 너무 카리스마가 강한 선생인 것은 사실이다. 하지만 티퍼니를 가장 도취하게 한 것은 제임스의 초인적인 특성이다. 그는 에너지가 넘치고 시끄러우며 거기에, 바로 거기에 존재한다. 그는 인기가 많고, 불면증 때문에 섹시해 보이고, 눈을 가늘게 뜨고 보면 유명인처럼 보인다. 그녀는 그의 목에서 맥박이 뛰는 걸 볼 수 있다. 그의 앞니 하나가 가짜라는 걸 알 수 있다. 원하면 손을 내밀어 그를 만질 수도 있다. 그러고 싶다. 하지만 그러지 않는다.

일은 이런 식으로 진행된다. 리허설을 시작하고 일주일 뒤 티퍼니는 제임스에게 너무 오래 미소를 짓기 시작하고, 그에게 마주 미소를 지어보라고 대담하게 유혹한다. 왜냐하면 그는 살아 있는 사람 중에서 그녀가 만지고 싶은 유일한 사람이기 때문이다. 어느 날 저녁에 그녀의 농담에 그가 숨도 못 쉴 만큼 웃는다. 이것이 그들의 첫 번째 상호 세로토닌 분출 사건이다. 그녀는 그가 해안가 도시에서 더 행복할 거라고 확신한다. 그는 그녀가 다른 종(種)이라면 더 행복할 거라고 확신한다. 12월경, 한 명이 다른 한 명을 전복할 수 있다는 사실이 두 변수에게 명백해진다.

수 주 동안 연극의 다른 학생들은 제임스가 티퍼니에게만 쏟는 관심을 탐내지만, 그들은 의심을 누그러뜨린다. 그들은 그녀의 상황을 안다. 그녀를 불쌍하게 여긴다. 그도 그럴 거라고 생각한다.

〰

제임스와 티퍼니의 시작은 수학이고, 제임스와 그의 아내의 결말은 삭제다. 메그는 점점 더 많은 주말을 애들을 데리고 자신의 부모님 집에서 지내고, 부모님이 금방이라도 죽을 수 있다는 걸 그에게 상기시킴으로써 자신의 부재를 정당화한다.

"이게 우리의 마지막 기회야." 그녀가 말하고, 제임스의 심장이 빠르게 뛴다.

"무슨 기회?" 그가 묻는다.

"아이들이 할아버지, 할머니와 관계를 맺을 수 있는 기회. 당연하지만 당신은 못 와." 그녀가 말한다.

그녀의 부모님은 그를 싫어한다. 제임스는 그에게는 최근에야 뚜렷하게 보이는 성격 변이가 그들에게는 그동안 내내 잘 보였던 게 분명하다고 생각한다. 그 자신의 부모님은 돌아가셨다.

티퍼니와 제임스는 수개월 동안 시작 중이지만 제임스와 메그는 수년 동안 끝나는 중이었다. 최근에 그들의 싸움은 빈도수와 지속 시간 면에서 전 세계의 허리케인과 가뭄, 산불과 유사하게 증가하고 있다. 제임스의 아이들은 뭐라고 설명해야 할지 모르는 일련의 사소한 감정적 지진을 계속 겪는다. 그들은 사치스러운 비건 디저트를 거부한다. 잘 시간에 신경질을 부린다. 옷 태그가 있는 부분을 긁는다. 여덟 살의 에마는 아빠를 한참 동안 빤히 보다가 이렇게 묻는, 그를 불안하게 만드는 습관을 갖게 되었다. "내가 아저씨를 아나요?" 그러고는 깔깔 웃는다.

〰

세인트필로메나에서 제임스는 티퍼니의 멘토가 된다. 그들의 관계를 부를 단어가 있어서 다행이다. 리허설에서 그는 특별한 관심과 까다로운 발음 연습으로 그녀를 지도한다. 그녀가 뛰어나다고 그가 말해준다. 그녀는 특출나고 비범하다. 시간이 흐르며 그는 병속의 배처럼 그녀의 몸 안에 인정(認定)을 쌓아간다. 그는 그녀에게 늦게까지 남기를 요청하고, 캐릭터를 끌어내기 위해서 힘겨운 정신적 훈련을 할 것을 요구한다. 그들은 길 건너 개 사료 공장의 선물인 물고기 내장 냄새가 학교에 가득 찬 후에도 한참을 남아서 시간을 보낸다. 공장은 수업 시간에는 생산을 멈췄다가 오후 3시 이후에 재가동한다. 이것은 세인트필로메나 고등학교와 데이드림펫차우가 5년 걸려서 이른 합의였다. 마지막 학생들이 외부인 출입이 제한된 그들의 주택지로 카풀을 해서 떠난 후 티퍼니는 제임스에게 묻는다. "죽어가는 도시에 교외가 있는 건 특이한 일인가요?"

"아니. 그게 도시가 죽어가는 방식이야." 그가 대답한다.

"치과 의사들도 살 곳은 있어야겠죠."

그 말에 그는 웃고, 그래서 그녀도 웃고, 그들의 기쁨은 긍정적인 피드백의 루프 속에 갇혀서 그녀의 머리가 깨지고 샴페인이 그녀의 몸 밖으로, 앞으로 쏟아져서 학교 안에 흐르겠다고 느껴질 때까지 이어진다.

또 다른 날, 음악실에 단둘이 있을 때 제임스가 티퍼니에게 가장 두려워하는 게 뭐냐고 묻는다. 티퍼니는 그에게 거짓말하는 것이 신경학적으로 불가능하다는 걸 깨닫는다. 모든 것이 이미 결정되었고 결국 감정은 개인적 원칙에 짓눌려버린다. "영원한 고독이요. 그게 제가 제일 두려워하는 거예요." 그것을 소리 내어 말하자 거짓말처럼 들리지만, 그건 그녀에게 있어서 가장 진실한 것이다.

제임스와 그의 우울하고 드라마틱한 십대 단원들에게는 예산 500달러가 있고, 작동하는 음향 설비와 의상 디자이너와 대역 배우는 없다. 하지만 그들은 토니상이 목표인 것처럼 연습을 한다.

다른 학생들은 티퍼니와 제임스를 신중하게 지켜본다. 거기에 대해 서로에게 문자를 한다.

제임스는 리허설 외의 시간에도 티퍼니에게 연락하기 시작한다. 그녀에게 기사, 동영상, 음악, 조언, 오자를 이메일로 보낸다. 그녀에게 개인 맞춤형 과제를 준다. 왕가위, 사미라 마흐말바프, 룬가노 니오니, 카롤리 마크, 베르나르도 베르톨루치, 드니 빌뇌브, 장뤼크 고다르, 체이턴 아넌드, 비엣린.* 그는 그녀에게 스트리밍 서비스의 자기 로그인 정보를 주고 그녀가 비디오 대여를 할 수 있게 돈을 준다. 열성적인 학생답게 그녀는 심장이 빠르게 뛰고 체온이 치솟는 상태로 그가 추천하는 모든 영화를 본다. 그 영화들은 그녀를 긴장하게 만든다. 그중 하나는 그녀가 일주일 내내 밤마다 울게 만든다.

아무도 듣고 있지 않을 때, 티퍼니는 제임스에게 영화가 진실을 말할 수 있는지 전혀 몰랐다고 말한다. 《실낙원》을 정말 좋아한다고 말한다. 그가 일을 잘한다고 말한다. 고독이 의식의 직업병이라고 말한다. 자신이 인생을 그리 쉽게 살지 못했다고 말한다. 그는 그녀에게 더 크게 말하라고 한다.

"더 크게. 네 목소리를 주차장에서도 들을 수 있게."

어느 리허설에서 제임스는 티퍼니를 옆으로 불러내서 그녀의 잠재력을 일종의 수학적 정확성을 담아 표현했는데, 그건 그녀가 평생 듣기를 바란 말이어서 그녀는 연습실을 나가야 했다. 세인트필로메나의 모든 여자 화장실은 방공호를 닮아서, 상어 색깔로 칠한 콘크리트블록으로 만든 창문 없는 구조물이다. 가장 안쪽 칸에서 티퍼니는 의식적으로 숨을 쉰다. 가끔은 그래야만 하니까. 둘은 각자 스스로를 안심시킨다. 그냥 아빠처럼 행동하는 거야, 아빠가 없는 소녀에게 아빠 노릇을 하는 거야. 하지만 제임스는 티퍼니의 문

---

* 유명 영화감독들의 이름.

제를 잘못 이해했다. 그녀에게 아빠는 부족한 게 아니라 넘쳐났다.

칸 안쪽에서 티퍼니는 여자아이 두 명이 화장실로 들어오는 소리를 듣는다.

"봐봐. 내가 먹고 있는 약 말이야, 그게 내 피부를 이렇게 만들어." 한 명이 다른 한 명에게 말한다.

"어떻게?"

"날 좀 봐. 얼굴이 내 얼굴에서 떨어져 나가는 것 같아."

〰〰〰

일은 이런 식으로 진행된다. 날씨가 점점 추워지면서 티퍼니와 제임스는 이메일, 대본, 예술, 눈 맞춤으로 감정적 아포칼립스를 경험한다. 접촉 없이, 오로지 대화로만. 그녀는 세상이 되었고, 그래서 그는 종말이 된다. 계시는 없었다. 그는 그녀의 주위를 공전한다. 그녀는 자전한다. 차츰 그들은 스스로의 도덕과 헤어져버렸고, 무언가가 죽었지만 또한 무언가가 태어났다고 느낀다. 티퍼니가 만나본 모든 사람 중에서 제임스가 그녀로부터 가장 많은 것을 가져가고, 그녀에게 가장 많은 것을 준다. 그건 그의 잘못이고, 그녀의 잘못이고, 그는 아니고, 그건 상관없고, 세상에서 제일 상관이 있다. 또래 학생들은 티퍼니에게 어린아이들처럼 보이기 시작한다. 그녀는 자신이 삶의 중간에 있다고 믿는다. 제임스는 불리한 상황에도 불구하고 그녀의 친구가 된다. 그녀는 그의 오락성 마약, 그가 다른 사람과 자기 자신에게서 감추려고 하는 나쁜 습관이 된다. 그들 둘 다 강렬하게 이해를 받는 느낌이 든다. 몇 달 동안 티퍼니와 제임스는 서로를 만지지 않고 정사를 벌인다. 전에도 그런 일은 있었다.

어느 날 밤 리허설이 끝난 뒤, 학생들이 다 떠났다고 생각하고서 제임스는 음악실에 있는 업라이트피아노 앞에 앉아서 모리스 라벨 모음곡의 제1곡을 연주한다. 티퍼니는 여전히 거기 있다. 제임스의 잠재의식은 그녀가 거기 있는 걸 안다. 제임스의 잠재의식은 더 이상 티퍼니를 학생으로 여기지 않는다.

그녀는 몇 미터 떨어진 곳에, 문틀에 기대어 헐렁한 파란색 교복 위로 팔짱을 끼고 서 있다. 하얀 피부, 하얀 머리, 보라색 섀도를 칠한 눈 때문에 그녀는 죽은 지 며칠 되어 보인다. 모음곡이 끝나자 제임스는 티퍼니가 자신을 똑바로 보고 있는 걸 알아챈다. 그녀의 표정은 두려움에 가까운 무언가를 드러낸다.

"*가스파르 드 라 뉘.** 배우는 데 7년이 걸렸지." 제임스가 목을 가다듬고서 말한다.

"가스파르요?"

"'보물 지킴이' 비슷한 뜻이야. 밤의 보물 지킴이."

"꽤 길었어요."

"뭐?"

"모음곡이요."

"아, 그래. 7분이지."

"그럼 선생님은 1년에 1분씩 배웠군요."

"음, 방금 그건 제1곡일 뿐이야. 두 곡이 더 있고, 전부 다 알로이시위스 베르트랑이라는 프랑스 시인의 *환상곡*을 바탕으로 하지.

---

* 한국어로는 '밤의 가스파르'라고 번역되었으나, 가스파르라는 이름이 '보물을 지키는 사람'을 의미하는 페르시아어에서 유래했다는 점을 고려하여 영어로는 '밤의 보물 지킴이(Treasurer of the Night)'라고 번역되었다.

1800년대 초반에 출간되었을 거야, 아마." 그는 손가락 관절을 꺾는다. "너 그 시를 좋아할 것 같은데. 끔찍하게 비현실적이야. 당대에는 전혀 성공하지 못했어. 사실, 성공한 적이 전혀 없어. 너 프랑스어 수업 듣지? 아니면 라틴어였나?"

"Les deux. Tum ex illis."*

"내가 가진 번역본은 한쪽 페이지는 프랑스어고 반대쪽은 영어야. 내 책을 빌려줄게."

"그래서 그건 뭐였어요?"

"뭐가 뭐야?"

"선생님이 방금 치신 곡이요."

"아. 그건 '옹딘'이라고 해. 인간을 유혹하는 인어에 대한 거지."

소리 내서 말하기 전까지는 떠오르지 않았던 주제의 적절함에 당황해서, 제임스는 음악학 학위를 과시하며 다른 사실들을 떠든다. 그는 점점 더 큰 소리로 이야기를 늘어놓지만 티퍼니는 아무 말도 하지 않는다. 간신히 입을 다물고 그는 가방에서 헤드폰을 꺼내서 음악실을 가로질러 그녀 쪽으로 간다. 겨우 할 일이 생겼다.

"이런 거 이미 갖고 있니?" 그가 묻는다. 갖고 있지 않다는 걸 그는 알고 있다.

"헤드폰이요?"

"그래."

티퍼니는 피아노가 갑자기 살아날까 봐 두려운 것처럼 거기에 눈을 고정한 채였다. "왜요?"

"로지가 내 노트북컴퓨터에 주스를 엎질러서 어제 새것을 사야 했거든. 선생 전용 할인이 있었어. 노트북을 사면 헤드폰을 끼워 주더라고. 가져가, 진짜로. 공짜로 받았으니까."

---

* 앞 문장은 프랑스어, 뒷 문장은 라틴어로 모두 '둘 다'라는 뜻이다.

"선생님은요?"

"난 다른 게 있어."

"더 좋은 거요?"

"그래."

그들의 손이 닿았을 때 티퍼니는 그걸 거의 느끼지 못한다. 그녀에게는 그들이 몇 주나 서로 만지고 있었던 것 같기 때문이었다. 하지만 제임스는 그걸 느끼고 즉시 손을 뺀다. 개 사료 냄새가 오늘따라 특히 하수구 냄새 같았다. 잠깐 동안 그들은 숨을 멈추고 세인트 필로메나의 약간 고장 난 전력 속에서 서로를 응시한다. 그러다 제임스가 피아노로 걸어가서 가방을 챙긴다.

"먼저 간다." 그는 사무적으로, 거의 화가 난 것처럼 말하며 그녀를 스치고 지나간다. 그녀가 음악실을 나오는 동안 그가 조명을 끄고 문을 잠근다.

잠깐 동안 그들은 어두운 복도에서 머뭇거린다. 일과 후의 학교는 티퍼니에게 세트장처럼 느껴진다. 거기서 일어나는 모든 일이 사기라고 주장하는 것처럼 말이다. 스포츠, 계산, 해부, 음주 운전에 대한 토론, 소방 훈련, 닭 안심 튀김, 처녀성에 대한 가십, 가짜 우정. 어떤 것도 중요하지 않다. 전부 다 스도쿠, 통제된 실험, 끝없는 모의고사의 연속이다. 티퍼니는 또래들을 엄마가 사냥을 하는 동안 둥지에서 서로 물고 할퀴는 어린 포식자들로 여겼다. 그녀는 뭐든 좋으니 중요하게 여길 만한 무언가를 원했지만, 어떤 것도 중요할 수 없다는 확신으로 대담한 기분이 되었다.

제임스는 열쇠를 주머니에 집어넣는다. 그는 평소보다 신경질적이고 더 말라 보인다. 얼룩진 안경, 은백색으로 빛나는 수염. 티퍼니는 그의 삶에 어울리지 않는다. 그의 삶은 너무 크니까. 그가 그녀를 자신의 삶에 넣어준다면, 그녀는 수영장 속의 햄스터처럼 어푸어푸 밀려다닐 것이다. 그는 절대로 그녀를 넣어주지 않겠지.

그가 깊게 숨을 쉬고 단호하게 출구 쪽으로 걸어간다. "날씨가 이러니 운전 조심해라." 그는 그녀가 자전거를 탄다는 걸 알면서도 그렇게 말한다. 그가 괜찮은 남자라면 티퍼니에게 태워다 줄 것을 제안하는 게 친절한 행동일 것이다. 하지만 지금 적절한 행동은 가능한 한 빨리 그녀의 앞에서 사라지는 것이다. 그는 뒤돌아보지 않고 직원 주차장으로 걸어간다.

티퍼니는 괴롭힐 게 아무것도 없는 유령처럼 학생 출구 쪽으로 천천히 이동한다. 바깥으로 나오자 뜨거운 피부 위로 쏟아지는 싸늘한 12월의 비가 차라리 시원하다. 티퍼니는 공격적으로 자전거를 식품점으로 몰았고, 옷이 다 젖었고 추위를 느꼈지만 형광등 아래서 떨지 않는다. 지금 그녀는 분홍빛이고 땀을 흘리고 있고 흥분해 있어서, 열대 배경의 리얼리티 쇼 참가자처럼 성욕에 들떠 보인다. 그녀는 마지막으로 육체의 물질성을 즐겨본 게 언제였는지 기억할 수가 없다. 그런 적이 있긴 했나? 그녀는 활기 넘치고, 약에 취한 것 같고, 음란한 기분이다. 남자 한 명이 아보카도를 만지면서 그녀를 보고 입을 벌린다. 난생처음으로 그녀는 낯선 사람의 성적 관심을 즐긴다. 해봐요, 그녀는 생각한다. 날 보라고요. 가방 속에서 헤드폰이 에너지를 뿜어낸다. 그게 느껴진다. 티퍼니는 부연 진열대에서 초록 야채를 뜯어서 바구니 안에 넣고 히죽히죽 웃는다. 청경채, 꽃상추, 시금치, 케일, 베이비케일, 근대, 겨잣잎, 콜라드, 어린잎채소, 비트잎, 물냉이. 침이 고인 채 그녀는 자신이 철결핍증일지도 모른다는 결론을 내렸지만, 그걸 확인하기 위해서 병원에 예약하는 일은 절대 없을 거라는 것도 안다.

"오, 이런. 집에서 토끼 키우니?" 계산원이 미소를 짓는다.

총액이 화면에 나온다. 식당 일로 버는 팁 2주 치다. 티퍼니는 현금을 낸다.

"그 비슷한 거요." 그녀가 대답한다.

티퍼니의 현재 위탁부모는 상냥하지만 지친 사람들이었다. 빚을 간신히 갚는 중이었다. 그녀의 네 번째 가족이자 최고의 가족이었다. 그들에게는 생물학적인 아들이 셋 있고, 모두 성인이 되어 나가 산다. 티퍼니가 아케이디아에 있는 웨인과 스텔라의 낮고 길쭉한 50년대식 주택에 도착했을 때 그들은 자고 있었고 그녀는 비로 푹 젖은 상태였다.

학교에서 즐거운 하루였기를. 냉장고에 밥 남아 있다. 스텔라 글씨로 쓰인 쪽지가 놓여 있다.

그들이 가진 가장 날카로운 칼로 티퍼니는 야채를 마구잡이로 썰고 올리브오일과 소금을 뿌려 구워서 샐러드 그릇 두 개를 가득 채운다. 침실에서 티퍼니는 학교에서 빌린 노트북컴퓨터를 열고 제임스가 연주했던 모음곡을 찾는다. 헤드폰은 과학소설에 나오는 도구처럼 무선에 미래적이다. 그녀는 젖은 옷을 벗고 축구 반바지와 가슴에 '헌혈자'라고 쓰인 커다란 티셔츠로 갈아입는다. 그녀도 한 번 헌혈을 해보려고 했었으나 몸무게 조건을 맞추지 못했다. 야채를 먹으며 그녀는 〈밤의 가스파르〉 전곡을 듣는다. 20분이 넘는다. 야채 때문에 입을 데었으나 그녀는 게걸스럽게 먹으며 씁쓸한 맛과 잎들의 기름기를 음미한다. 한 그릇을 끝내고 그녀는 모음곡을 다시 듣는다. '옹딘'에서 티퍼니는 물이 유혹하는 소리를 들을 수 있고, 욕망의 위험성을 들을 수 있고, 물 튀는 소리를 들을 수 있다. '교수대'에서는 누군가가 죽는다. 그녀는 애초에 아무도 지휘하거나 지속하고 싶지 않았던 어떤 삶의 끝을 느낀다. '스카르보'는 천재의 공황 발작 같은 음악처럼 들린다. 잘 모르지만 나중에 찾아볼 것이다. 그가 그녀에게 자신의 책을 빌려줄 것이다. 그녀는 노트북컴퓨터의 전원이 나갈 때까지 모음곡을 듣는다. 잇몸이 느껴지지 않을 때까지 이를 닦는다. 피부가 느껴지지 않을 때까지 샤워한다. 새벽 3시에 그녀는 음란하게 살아 있음을 느끼며 베개에 대고 비명을 지른다.

~~~

5킬로미터 떨어진 곳, 143년 전에 존 자동차의 공동 창립자인 우드로 헉슬리 존 3세가 미국식 앤여왕 양식으로 처음 지었고 새로 보수한 맨션에서 제임스는 몇 달 만에 처음으로 아내와 사랑을 나누며 둘 모두에게 엄청난 오르가슴을 안겨준다. 하지만 직후에 그녀가 슬픔에 잠겨서 그에게서 너무 빨리 몸을 돌리고, 그를 버리고 자신의 개인적인 내면으로 들어가는 것이 느껴진다. 그녀의 내면은 그들이 예전에 아일랜드에서 방문했던 웅장하고 귀신 들렸고 대포로 손상을 입은 성의 도서관 같을 거라고 그는 상상한다. 그는 아직 숨을 고르지도 못했으나 그녀는 이미 화장실에 들어가버렸다. 그녀가 소변을 보는 소리를 들으면서(그녀는 위생 관념을 종교같이 여긴 덕분에 평생 요로 감염에 걸린 적이 없었다) 그는 왜 아내의 거리감은 서글프다고 생각하면서 다른 한 명의 거리감은 매혹적이라고 생각하는지 이해하려고 노력한다. 욕조의 수도꼭지가 물을 뿜어낸다. 아내가 금속 밸브를 당기는 소리를 들으며 그는 수도꼭지에서 샤워기로 방향을 바꿀 때 물이 얼마나 낭비될까 생각한다. 제임스는 아내의 머리카락에서 색이 빠지고 그녀의 웃음이 사라진 후에도 그녀에 대한 관심을 잃지 않았지만, 그녀가 그에 대한 관심을 잃었다. 그녀의 샤워가 끝날 무렵 그는 섹스를 할 때보다 더 에너지가 넘치는 것을 느낀다. 하지만 이것은 과격한 에너지이고, 이 약물은 그의 신체를 장악하고 그를 그 자신으로부터 무모하게 멀리 몰아간다. 아내가 베티베르 향기를 풍기며 다시 방으로 들어오자 그는 그

138

녀에게 달려들어 그녀를 밑에 깔고 웃게 만들고 싶은 위험한 충동과 싸운다.

"애들 내일 치과 가는 거 잊지 말아요." 그녀가 매트리스의 반대편 기슭에서 중얼거린다.

새벽 3시경에 제임스는 옷을 대충 입고 몸이 안 좋은 동시에 대단하다는 느낌을 받으며 동네 주변을 조깅한다. 나무뿌리들이 역사적인 벽돌 길 아래로 반란을 일으키고 뱀처럼 몸부림을 치며 그를 넘어뜨리려고 한다. 그는 19세기부터 있었던, 줄지어 있는 우아한 주택들 옆을 지나간다. 그 어떤 집도 그의 집처럼 호화롭지는 않다. 공기는 차갑고 축축하고, 이웃집들은 크리스마스를 위해 꾸며졌다. 정원에는 가짜 사슴, 문에는 화환, 테두리에서 반짝이는 샴페인색 조명. 근처에서 남자들이 소리를 지르지만 제임스의 눈에는 그들이 보이지 않는다. 그들이 하는 말도 들리지 않는다. 최근 몇 년 동안 이 동네에 무장 강도들이 나타나며 교외로의 탈주가 시작되었다. 제임스는 자신도 조심해야 한다는 걸 알지만, 그의 가장 강한 충동은 목소리를 따라가서 그들에게 합류하는 것이다. 그의 주머니는 비었으니까.

20분 정도 달린 후에 제임스는 그의 동네와 도심을 연결하는 다리에서 멈춘다. 그는 귤색 가로등 불빛 속에서 자신의 호흡을 보고, 아래에서 휘도는 강의 소리를 듣는다. 그의 딸들은 가장 좋아하는 그림책을 따라 커서 점등원이 되고 싶다고 종종 말한다. 그는 에마와 로지가 해 저물녘에 도시를 돌아다니며 요정처럼 유리 상자 안에 불을 켜는 것을 상상한다. 그 애들에게 바카베일은 더 이상 가스등을 켜지 않는다고, 대신에 보도에서 묘목처럼 고압 나트륨등이 자라났다고 가르쳐줄 만한 용기는 없었다. 전기가 나트륨을 통과하면 나트륨이 들뜨며 빛을 낸다. 효과적이고 비용 효율이 높은 이 가로등은 도시 전역에 꿈 같은 흐린 오렌지색 빛을 드리운다. 제임스는 사실을 즐기지만, 그의 학생 티퍼니와 다르게 그것을 지혜라고 착각하지는 않는다. 그래도 티퍼니와 마찬가지로 그는 정보를 가득 모으고 싶다. 그의 교육이 저절로 전도되어버릴 때까지, 그가 지식으로 완전히 멍청해질 때까지. 예전에 제임스는 그가 태어날 무렵에는 거의 하수였던 바카베일강이 우울하리만큼 무능력한 강이라는 사실을 발견했다. 석 달 전에 그 강이 거세게 넘쳤고, 제임스는 강이 수 세기에 걸친 학대를 보복하듯 억눌린 분노를 표현하는 거라고 해석했다. 홍수는 언덕 위에 지어진 그의 동네는 피해 갔다.

다리 위에서, 바람에 귀가 따끔거리는 상태로 제임스는 스트레칭을 한다. 열일곱 살 때 삔 발목이 욱신거린다. 축구 시합. 결승 골. 제대로 낫지 않은 상처.

∼∼∼

다음 날, 마지막 장면을 연습하는 동안 제임스는 티퍼니의 눈을 똑바로 보지 않는다. 언제나 대가가 따르게 마련이라고 그는 스스로에게 말한다. 이건 망할 리허설이 아니야.

∼∼∼

2월에, 제임스는 변명을 덧붙이며 티퍼니에게 핸드폰 번호를 알려준다. 금요일 밤에 베이비시터로 아이들을 돌봐줄 수 있을까? 처음에는 티퍼니를 그의 집으로 초대해서 가족을 소개한다는 게 새로 얻은 그의 확신과는 정반대되는 일인 것 같았으나 제임스는 어떤 본능에 따르고 있다. 그가 그녀와 보내는 시간이 사회적으로 받아들일 수 있는 것이라고 재정립할 필요가 있었다. 그녀의 송곳니를 빼고 발톱을 잘라야 했다. 그는 스스로에게 이걸 분명하게 설명하려고 애를 썼지만, 애들을 봐달라고 그녀를 부르는 것은 엉성한 수학 문제에 대한 답과 같았다. 그들 사이에 아무 일도 없었다는 걸 보증하는 최선의 방법은 그녀를 사람들에게 보여주는 것이다. 중요한 사람들에게. 게다가 그녀가 학생 겸 베이비시터가 된다면, 그는 그런 짓은 절대로 하지 못할— 절대로 하지 않을……. 클리셰가 두 개? 윽, 그건 절대 아니야, 그는 생각한다. 게다가 제임스에게는 티퍼니가 진짜인지 확인하고 싶은 흥미로운 충동이 있었다. 그녀는 환각이나 심리적인 위기, 조상의 유령일 수도 있었다! 그의 가정생활, 그의 진짜 생활은 그들 사이의 이것에 구멍을 내고 바람을 뺄 것이다. 그는 그의 삶에 그녀를 현실화하고 그의 삶을 그녀에게 현실화할 것이고, 그러고 나면 그들은 방어벽이 세워진 각자의 세상으로 물러날 것이고, 모든 것이 괜찮아질 것이다. 모든 것이 언제나 괜찮았을 것이다.

"우리 단골 베이비시터가 묵언 수행에 들어가게 됐어. 그리고 집 사람 가족들은 다들 바쁘고." 그는 불필요하게 설명을 늘어놓는다.

티퍼니에게 아이를 돌본 경험이 있는지는 물어보지 않는다. 그녀가 여자라는 게 그 일에 대한 충분한 자격이라고 간주한 것이다.

"전 차가 없어요." 티퍼니가 대답한다.

"우리 중 한 명이 널 태워 오고 태워다 줄게."

그녀는 목을 빙 돌린다. "몇 시요?"

〰

차를 타고 오는 동안 제임스는 라디오를 만지작거리고 티퍼니는 뭔가 재미있는 이야깃거리가 없나 자신의 인생 경험을 뒤진다. 결국 둘 다 침묵 속에 머무른다.

바카베일의 부자용 집 대부분은 티퍼니를 우울하게 만든다. 그녀의 위탁가족 중 한 집이, 그녀가 별로 생각하지 않으려고 하는 한 집이 교외에 살았었다. 교외라는 말은 티퍼니를 흥분하게 하곤 했지만, 열두 실에 거기 도착할 때까지만이었다. 베이시색 교노소. 선축물에 상상력이라고는 없고 벽돌과 비닐 패널에는 생명력 하나 없었으며, 취향이 말라 죽은 사막에 돈만 넘쳤다. 초대형 교회. 산업농장으로 둘러싸인, 통째로 복사, 붙여넣기 해서 탄생한 동네들. 가끔 티퍼니는 위탁가족의 집에서 수 킬로미터를 걸어 나가 말들이 있는 들판을 바라보았다. 이 말들은 행복하게 은퇴했습니다, 초원 근처의 표지판에는 그렇게 쓰여 있었다. 그녀는 거기서 사람은 한 번도 본 적 없었고, 저 멀리 검은 마구간뿐이었다. 말들은 궁금한 듯이 그녀에게 다가왔고 그녀는 다이아몬드 모양으로 얽힌 울타리의 작은 구멍으로 사과를 먹여주었다.

제임스는 부자라서 티퍼니는 그 역시 교외에 살 거라고 생각했다. 그래서 그가 스텔라와 웨인의 집에서 겨우 7분 떨어진 동네로 들어가자 깜짝 놀란다. 도심 바로 북쪽에 위치한, 강 근처에 줄지어 선 오래된 주택들. 빌어먹을 벽돌 길. 그는 맨션(맨션!) 앞에 차를 세우고 티퍼니의 입은 만화처럼 쩍 벌어진다. 그녀는 딱 소리를 내며 입을 다문다. 첨탑, 집 사면을 둘러싸는 베란다, 퇴창. 돌과 벽돌과 조약돌. 두 개의 굴뚝. 티퍼니의 위탁가정들 집 전부를 합한 것보다 더 넓은 부지.

"선생님이 교외에 살 거라고 생각했어요." 그녀가 바보처럼 말한다.

"왜?"

"모르겠어요." 그녀는 용을 마주한 것처럼 침을 삼키고 땀을 흘린다. "이 집은 굉장히…… 엄청 —"

"이건 집사람 쪽 가족들한테 물려받은 거야. 난 이 집에 아무런 일조도 하지 않았어." 그가 무뚝뚝하게 말한다.

다른 시대에서 뽑아 온 듯한 주택은 불편할 정도로 웅장하다. 받아들이기가 어렵다. 티퍼니는 전부터 제임스의 부인이 존 자동차의 돈을 물려받은 집안 출신이라는 것을 알았다. 회사가 60년대에 바카베일을 버린 후에도 계속해서 불어난 그 돈 말이다. 하지만 그래도 이런 요새를 상상하지는 않았었다. 그는 티퍼니를 안으로 데려가서 식료품 봉투처럼 입구 통로에 놔두었고, 갑자기 그가 사라지고 그의 부인이 나타난다. 대리석 테이블, 세라믹 화병, 숲 향기가 나는 나뭇가지들. 에메랄드 세공. 그의 부인이 미소를 짓는다. "제임스는 준비하러 갔어. 금방 내려올 거야." 그녀의 목소리는 연못처럼 맑고 차가웠고, 그녀가 쓰는 단어는 무심하게 격렬했으며 그녀의 자세는 자신감 있었다. 오늘 저녁 전까지 티퍼니는 제임스의 부인이라는 개념은 이해했지만 그녀의 실제는 몰랐다. 그녀는 지금 여기에, 3차원으로, 티퍼니처럼 실재한다. 어쩌면 티퍼니보다 더욱 실제일지도 모른다. 그녀에게는 눈썹이, 튼 손이, 개성이, 공중 보건 석사 학위가, 신중한 웃음이 있다. 어릴 때 계속 쉿 하고 입을 다물어야 했던 어른의 웃음이다. 심지어는 이름도 있다. 그녀의 이름은 메그다. 그녀의 존재에 티퍼니는 자신이 진짜 여성이 아니라 여성의 프로토타입이 된 기분이다. 티퍼니는 현관에서 신발을 벗지 않았다는 걸 깨닫고, 이 무례함에 과한 창피를 느끼면서 서둘러 신발을 벗는다.

"실물로 만나게 되어 정말이지 반가워." 메그는 티퍼니의 불편함을 알아채고는 고쳐주려는 듯이 말한다. "제임스가 네 이야기를 많이 했단다. 급하게 연락했는데도 우리 애들을 돌봐주기로 해서 고마워."

메그는 티퍼니를 주방으로 데려가서 체조 선수처럼 유연하게 잡담을 이끈다. 자신도 모르게 티퍼니는 돈에 대해서 생각한다. 그게 대도시에서도 살 만큼의 큰돈일까, 아니면 그냥 망해가는 바카베일의 경기 속에서 메그와 제임스가 떵떵거리고 살 정도일까? 지금까지 티퍼니는 메그가 두꺼운 화장을 하고 향수를 진하게 뿌리고 투톤 염색을 하고, 짧은 점프슈트와 바구니 핸드백 같은 유행에 동참하고, 한 달에 두 번씩 최신 컬러로 멋진 매니큐어를 받고, 몇 가지 정보를 바탕으로 한 자기 의견을 가진 사람일 거라고 추측했었다. 티퍼니는 자신이 왜 그렇게 추측했는지 모르겠다. 하지만 실제의 메그는 솔직하고 책벌레 같다. 분명하게 말하고, 지적이다. 맨얼굴에 친절하다. 그녀에 관한 잔인할 정도의 사실들에 티퍼니는 불안해진다. "괜찮니?" 티퍼니가 기침을 하자 메그가 묻는다. 티퍼니는 이 집에 일종의 알레르기 반응을 보이고 있다. 그들의 주방 아일랜드 식탁에 놓인 수도세와 전기세 청구서를 보자 수치심이 가슴속에서 요동친다. 그녀도 아직 아이라서 똑같은 아이들을 돌보기에는 너무 어리다는 걸 그들은 모르는 걸까?

건강과 요리, 라이프스타일 블로거인 메그는 비건 요리책을 쓴다. 그녀는 유튜브 쇼를 준비 중이고, SNS 팔로어가 50만 명에 이른다. 잘난 척하지 않고서 그녀가 티퍼니에게 알려준 사실들이다. 그녀는 티퍼니에게 냉장고에 있는 파프리카와 뿌리 채소 구이를 마음껏 먹으라고 하고, 자신이 좋아하는 레시피 몇 가지를 설명해준다. 전부 다 민속 음식 같았다. "딱총나무꽃 소다 좀 먹겠니? 라벤더 레모네이드? 로즈메리 루바브 탄산수? 민들레와 찔레 열매 차?" 그녀가 티퍼니에게 묻는다.

티퍼니가 집에 정신이 팔려서 음료를 고르지 못한다는 걸 알아챈 듯이 메그는 그녀에게 1층 구경을 시켜준다. 동생 궨이 코펜하겐에 건축가로 있다고 메그가 설명한다. "걔가 리모델링을 도와줬어. 우리 가족 몇 명이 수십 년 동안 여기를 개수했는데, 상당수의 선택들이 끔찍했어. 제임스와 난 집의 역사를 기리고 싶었고, 그래서 우리가 바꾼 건 대체로 현재를 과시하기보다는 과거를 드러내는 거였어. 우린 이 집 본연의 아름다움을 복원하고 싶었지." 무시무시한 유화들. 여행의 유물들. 소름 끼치고 쓸모없는 기계. 조각으로 장식된 나무 출입구들. 스테인드글라스 창문들. 다른 사람들과 다른 시대에 속한 이야기들이 수놓인 수입 러그들. 높은 천장과 장엄한 창문들. 바닥재에서 풍기는 것 같은 황홀한 냄새. 담배와 삼나무와 바닐라. 유향. 아무리 들이마셔도 부족해서 티퍼니는 계속 계속 숨을 들이켠다.

"시에서 계속 우리한테서 집을 사려고 하고 있어. 하지만 우린 이 집을 가족 걸로 지키기로 했단다. 시에선 여길 우드로를 기리는 박물관으로 바꾸고 싶고 지방사는 귀중한 거고 어쩌고저쩌고 떠들지만, 시가 세실의 저택을 어떻게 만들었는지 기억하니? 이런, 그 얘기 못 들었니? 우리 집에서 몇 블록만 가면 있는데, 너도 언젠가 가봐. 시는 보수할 자금을 모으지 못해서 거기를 텅 빈 채로 그냥 놔뒀고, 그래서 파이프가 터지고 지붕이 내려앉았어. 지금 시는 박물관 전환이 '무기한 보류'되었다고 그래. 그러다 보면 어느새 주차장이 되어 있을 거야. 됐다 그래."

아이들 장난감은 전부 18세기에서 가져온 것 같았다. 플라스틱도 안 쓰이고, 배터리도 없고, 딸랑거리는 소리나 반짝이는 불빛도 없다. 양장본 책들이 벽 전체를 차지하는 책장들을 채우고 있다. 고양이들은 가구와 잘 어울린다. 가구는 놀라웠다. 벽난로의 장작. 마호가니 바닥. 티퍼니는 이 아름다움의 홍수 속을 걸으며 압도되어 거의 눈물을 흘릴 지경이다. 그녀는 자신이 수행할 수 없는 종류의 임무로 인해 비극을 맞을 것이 예고된 채, 허리케인에 휩쓸려서 목적지 없이 헤엄치는 소들 중 하나가 된 기분이다.

현재, 메그는 티퍼니를 데리고 흑백 초상화들의 갤러리 역할을 하는 복도를 걷고 있다. "조상들이야. 완벽하게 차려입었고 비참하지. 마지막 한 사람까지 전부. 우리 가족의 특성이야." 메그가 설명

145

한다. 크기와 규모 면에서 가운데에 있는 초상화가 가장 커다랗다. 오십대에 양복을 입은, 차가워 보이는 남자다. 월트 휘트먼 같은 수염. 그림자에 싸인 채 응시하고 있는 움푹한 르네상스 시대 눈. 티퍼니는 역사책에서 그를 본 적이 있었다. "맞아, 저게 우드로야." 그를 바라보는 메그의 표정은 읽을 수가 없다. "우드로 헉슬리 존 3세. 창립자 본인. 저 사람이 내 증조할아버지이거나 한 건 아니야. 우린 혈연상 상당히 멀어. 하지만 가족 중에서 내가 바카베일에 붙어 있었던 유일한 사람이었기 때문에 우리 부모님이 너무 나이 들어서 집을 유지하기 어려워지자 내가…… 관리인이랄까, 그렇게 되는 게 당연했던 거야. 난 여기서 자랐기 때문에 약간 의무감을 느껴."

갑자기 메그는 우드로에게서 돌아서서 걸어간다. "그 사람 이야기는 이제 됐어." 복도를 따라가자 미니멀리즘적 새 그림이 반복되는 벽지로 장식된 방이 나온다. 뭉뚱그려진 윤곽. 그것은 티퍼니에게 매처럼 보인다. 방 한가운데에는 모로코산 모직 위에 금색 발을 딛고 있는 그랜드피아노가 있다. 옆면에 금색 글씨로 *뵈젠도르퍼*라고 되어 있다. 티퍼니는 너무 간절하게 보지 않으려고 노력하지만, 눈길을 뗄 수가 없다. 그것은 그녀가 본 것 중에서 가장 황홀한 물건이었다. "여긴 제임스의 방이야. 난 음악적 센스라고는 단 한 방울도 없고, 딸아이들은 교습을 질색해서 포기했어. 하지만 제임스는 피아노에 있어서 천재야. 그 사람이 연주하는 걸 들어본 적 있니?" 메그가 말한다.

지나치게 격렬하게 티퍼니는 고개를 젓는다. "한 번도요."

"이런. 그 사람은 프로가 될 수도 있었을 거야. 완전히 눈길을 사로잡지. 어쩌면 언젠가 그 사람이 널 위해 연주하게 해볼 수 있을지도 몰라. 어쨌든 아이들은 7시쯤엔 침대로 가고 8시경에는 잠들어." 티퍼니는 다시 기침을 했지만, 메그는 우아하게 그것을 무시한다. 말을 하면서 그녀는 티퍼니를 데리고 1층을 지나 다시 현관으로 돌아온다. "의사에 관한 정보랑 비상 연락처는 냉장고에 붙어 있어. 바로 보일 거야. 저녁 식사는 다 준비되어 있어. 그냥 차리기만 하면 돼. 우린 아이들한테 꼭 다 먹어야 한다고 하지는 않지만, 야채를 먹지 않으면 디저트를 못 먹는다는 건 애들도 알아. 에마는 기꺼이 너한테 잠잘 때까지의 순서를 설명해줄 거야. 여기선 그 애가 대장이거든. 애들은 네가 이야기를 천 개쯤 읽어주길 바랄 거야. 우린 세 개로 제한하려고 하고 있어. 또 뭐가 있지? 아― 고양이들은 밤에 애들 방에 못 들어가게 하고 있어. 물어볼 게 있으면 그냥 전화나 문자 해."

바로 그때 티퍼니는 제임스가 옥스퍼드 셔츠를 남색 슬랙스에 집어넣으며 천천히 계단을 내려오고 있다는 걸 알아챘다. 상기되고 깨끗한 상태로 수염을 조금 기르고 머리는 헝클어진 채, 그는 눈가 주름이 뚜렷하고 티퍼니가 기억하는 것보다 더 커 보이는 모습이다. 그는 그녀에게 큰 충격을 준다. 아이들이 그의 뒤를 따라오고 있다는 걸 거의 알아채지 못하고 티퍼니는 제임스에게 자신이 보통 학생인 것처럼, 쾌활한 베이비시터인 것처럼, 그녀의 신경이 방금 계단 위의 아이 아빠 때문에 오페라를 부르듯 폭발하지 않은 것처럼 평범한 미소를 보낸다. 그녀의 몸은 제임스의 집에 반응했던 것과 똑같이 제임스에게 반응한다. 그녀의 가장 깊숙한 욕망을 정확하게 겨냥하는 이 모든 호화로움. 그리고 이 중 무엇도 그녀의 것이 되지 못할 것이다.

"행운을 빈다." 제임스가 티퍼니에게 말한다.

이 인사에 그가 담은 숭늑적 태도가 다른 모든 증기를 무효화한다. 티퍼니는 자신이 모든 걸 착각하고 있었음을, 거의 자신을 바닥으로 떠미는 정도의 강렬함으로 이해한다. 그녀는 망상적이고 멍청하고 쉽게 버릴 수 있는 상대이고 기괴하다. 수치심이 치민다.

"사랑해. 정말로 사랑한단다." 제임스가 말한다.

그의 딸들이 그에게 달라붙어서 집에 있으라고 애걸한다. 메그만이 애들을 그의 다리에서 떼어낼 수 있다. "착하게 있으렴, 예쁜이들." 그녀는 딸들의 머리에 키스하며 말한다. "둘 다 아주 착하니까."

언제든 연락하라고 몇 번 더 티퍼니를 안심시킨 후에 부모는 떠난다.

다섯 살과 여덟 살 아이들이 티퍼니를 올려다보자, 그녀는 동물원에서 한 번 본 적 있는 금강앵무 한 쌍이 떠오른다. 처음에 그 애들은 의심스럽게, 그다음에는 매료된 듯이, 그 후엔 즐겁게 그녀를 쳐다본다. 똑같은 NASA 잠옷을 입은 그들은 아빠도, 엄마도 닮지 않았고 서로의 복사본 같다.

"나 배고파죽겠어요. 타진 스튜 좋아해요?" 나이가 더 많은 아이, 에마가 말한다.

아이들에게 밥을 먹이는 건 이해할 수 없을 정도로 어렵다. 아이들은 계속해서 식탁에서 도망쳐서 미친 과학자처럼 킬킬거리며 1층 전체를 빙빙 돌며 뛰어다닌다. 마구잡이로 동물 울음소리를 내고, 포크를 쓰는 것을 거부한다. 동생 로지는 혀짤배기소리를 낸다. 그들은 "나무 넘어간다아아!"라고 소리치며 소파에서 바닥으로 작은 쿠션들을 내던진다. 티퍼니는 보통은 아이들의 다듬어지지 않은 괴상함에, 특히 이 부분에 감탄하지만, 그녀는 이미 지쳤다. 이제 겨우 한 시간밖에 지나지 않았는데. 저녁 식사를 한 다음에 아이들은 티퍼니를 위층으로 데려가서 딸기 맛 치약에 대해 소리를 지른다.

"우린 방을 따로 쓸 수도 있었는데요, 함께 써요. 왜냐하면 쟤가 혼자 잠드는 걸 싫어해서요." 에마가 로지를 가리키며 말한다. 로지는 거울을 보고 눈을 사시로 만드는 중이었다.

"너는 방을 함께 쓰는 게 좋아?" 티퍼니가 묻는다.

"네. 난 혼자 깨어나는 게 싫어요." 에마가 대답한다.

왜 그들에게 칫솔이 이렇게 많은지 언니가 설명하는 동안 로지는 책을 골라 책 더미를 만든다. 에마가 말한다. "우리 아빠는 항상 칫솔을 사요. 항상 칫솔이 떨어졌다고 생각해요. 아빠 맨날 이래요. '좋은 소식은, 내가 칫솔을 사는 걸 기억했다는 거야!'"

세면대 아래에는 칫솔 묶음이 스무 개쯤 있었다.

말투를 바꿔서 에마는 진지하게 진통제병을 가리킨다. "라벨에 '실제 크기'라고 되어 있을 때 있잖아요. 난 그게 진짜 이상해요." 그녀가 티퍼니에게 속삭인다.

티퍼니는 에마의 말뜻을 정확히 안다.

그녀는 낡은 코듀로이 흔들의자에 앉아 로지와 에마에게 책을 읽어준다. 눈부신 모든 가구들 중에서 이게 티퍼니가 가장 좋아하는 가구다. 낡고 파란색이고 주변과 안 어울리고 거의 흉측해서, 그녀에게는 친숙하게 느껴진다. 이게 이 집에서 그녀가 부술까 봐 겁나지 않는 유일한 물건이다.

제임스의 거주지는 티퍼니가 바카베일에서 마주할 일이 없었던 종류의 부유함, 그녀가 외국의 수도와 관련지을 만한 부유함을 드러낸다. 티퍼니가 전에 본 부유함은 모든 것이 새것이고 그에 딸린 이야기가 없음을 보장했던 반면에, 제임스의 부유함은 모든 것이 오래되었고 그에 딸린 이야기가 있음을 보장한다. 여기에는 예술과 역사도 포함된다. 그게 티퍼니를 사로잡았다. 부에 대해 그녀가 가졌던 혐오감은 한때 자랑스럽게 느껴졌으나, 이제 그녀는 그동안 내내 일종의 멍청한 엘리트주의가 마음속에서 자라고 있었음을 알 수 있었다. 그녀는 부동산의 매력이 자신의 몸에 미치는 영향이 굉장히 곤란하다는 걸 알게 됐고, 사유재산에 관한 그녀의 자라나는 이데올로기와 이 사실을 일치시킬 수가 없었다. 누가 이 위탁아동이 고급 수제 가구에 손톱만큼이라도 신경 쓰는 걸 허용했던가? 손으로 엮어 만든 러그를 망할 귀족처럼 귀하게 여기도록 놔뒀던가? 그녀는 자기가 대체 누구라고 생각하는 거지?

자본주의의 사악함에 관한 운율이 있는 만화를 아이들에게 읽어
주는 동안 이게 그녀가 한 대략적인 생각이었다. 로지는 코듀로이
의자에서 티퍼니 옆에 웅크리고 있고, 에마는 티퍼니가 읽어주는
단어들을 조용히 암송하며 양가죽 러그 위에 누워서 스노에인절을
("양털 천사!"라고 외치며) 만든다. 그들의 방은 숲과 비슷한 벽지로
꾸며져 있다. 위에서 내려오는 빛줄기 속에는 천과 반짝이, 공예용
철끈으로 만든 요정들이 있다. 티퍼니는 위탁가정 제도 내에서 저주
받은 가보처럼 이 집 저 집으로 옮겨 다니며 자물쇠 달린 냉장고들
속에서 자라는 동안 이런 그림 같은 어린 시절은 상상조차 해본 적
이 없었다.

"우리가 코 자면 쟤네들이 깨요." 로지가 요정들을 가리키며 속삭
인다.

"맞아요, 그리고 쟤네는 온도조절기를 바꿔놔요. 더 춥게 만들어
놓죠." 에마가 말한다.

침대로 가기 전에 아이들은 티퍼니에게 잠옷에 있는 태그 때문
에 간지러워서 잠을 못 잔다고 주장하며 잘라달라고 한다. 티퍼니
는 이게 자는 시간을 늦추는 획기적인 방법이라는 걸 알아채지만,
그들의 예민함은 그들이 천재라는 사실을 가리키는 걸지도 모른다
고 생각한다. 그녀는 태그를 잘라주지만 세탁 방법 때문에 버리지
는 않는다. 그게 부자들이 하는 일이라고 생각했기 때문이다. 자신
의 삶에서 티퍼니는 세탁 방법을 따르는 건 고사하고 읽어본 적조
차 없다. 그날 밤의 마지막 책(삼림 벌채에 관한 운율이 있는 만화)
을 읽은 후에 그녀는 아이들의 침실 불을 끄고, 계단을 내려가서 주
방에 선다.

그것은 콘서트 이후에 찾아오는 강렬한 고요함 같은 것이다. 그
녀는 잠옷 태그를 세라믹 과일 그릇에 넣고, 이국적인 발사믹식초
가 가득한 찬장을 응시한다. 그리고 자신의 싸구려 폴더폰으로 사

진을 찍는다. 그리고 즉시 지운다.

그녀는 그의 아이가 되고 싶고 그의 아내가 되고 싶고 그가 되고 싶다.

티퍼니는 깨닫는다. 선생님은 자신의 삶을 나에게 보여준 거야, 내가 그걸 살해하지 않도록.

실제 크기.

～～～

제임스가 티퍼니를 집에 데려다줄 무렵, 제임스가 바랐던 것처럼 이 밤이 그들에게서 서로를 정화해버렸다는 사실이 분명해졌다. 그들이 해야 했던 일은 그저 그들의 은밀한 가짜 세계에서 걸어 나와 공개적인 진짜 세계로 들어가는 것뿐이었다. 그들을 사로잡고 있던 것, 그것을 옹딘이라고 부르자. 옹딘은 세인트필로메나의 극장에서 가상의 공기만을 들이쉴 수 있다. 산소가 그것을 죽이고, 목격자가 그것을 죽이고, 이제 기뻐하라, 옹딘이 죽었다.

아케이디아의 집 앞에서 제임스는 차를 세우고 티퍼니에게 지나치게 많은 돈을 지불한다.

～～～

"내가 너한테 뭘 하길 바라니?" 제임스는 티퍼니의 목에 입을 댄 채로 그녀에게 묻는다. "나한테서 뭘 원해?"

～～～

19번~21번 문제는 기자인 제이컵 리스가 찍은 아래의 19세기 후반 사진에 관한 것입니다. 사진 속 사람들 같은 개인들을 지지했던 사람들은 다음 중 어떤 관점에 동의할까요? 모두가 과잉 반응하고 있어. 사람들은 그저 가십을 원할 뿐이고, 랜스베리 부인이 음주 운전을 한 이래로 스캔들이라고는 없었으니까. 그는 그 애를 불쌍하게 여겼을 뿐이라고 생각해. (A) 플레시 대 퍼거슨 재판에 대한 대법원 판결은 정당했다. (B) 정부의 통제가 없는 자본주의는 사회 환경을 개선할 것이다. 스캔들 이야기가 나와서 말인데, 케일라가 라크로스 팀 남자애들 세 명한테 익룡 해준 거 알아? 세상에, 너 이걸 못 들어봤어? 남자 셋에 여자 하나잖아. 남자들이 일렬로 나란히 서. 여자는 가운데 있는 남자는 입으로 해주고, 다른 둘은 손으로 해주는 거야. 그러니까 여자가 꼭 날려는 것처럼 보이는 거지. (C) 부와 가난 모두 자연선택의 산물이다. (D) 정부는 산업사회 최악의 학대를 제거하기 위해 움직여야 한다. 하지만 티퍼니는 왜 다른 애들 다 간 뒤에 남는 거야? 우리 엄마는 라요 선생님한테 얘기해야 된대. "인류의 역사는 남자 쪽에서 여자에게 저지른 반복적인 상처와 강탈의 역사예요. 직접목적어는 여자에 관한 완전한 폭압의 설립이죠. 이걸 증명하기 위해서 자연스러운 상태의 세계에 사실을 제시해봅시다. 남자는 여자가 선거권에 대한 양도 불가능한 권리를 행사하는 걸 절대로 허락하지 않았어요. 그리고 여자는 어떤 의견도 내지 못한 채 만들어진 법에 여자들이 복종하도록 강요했죠." 어쩌면 걔는 자기가 또래 남자애들보다 더 낫다고 생각할 수도 있어. 1848년 세니커폴스 대회, 여성 감정 선언. 걘 심지어 SNS도 안 해. 모두가 언제나 걔를 불쌍하게 여기지만, 난 걔가 완전 속물이라고 생각해. 1848년 선언의 많은 지지자들은 1870년대에 다음 중 어느 집단과 의견을 달리했을까요? (A) 사회진화론자들. (B) 남부 주 연방 탈퇴 및 주 권리 지지자들. (C) 미국 수정 헌법 제15조 지지자들. (D) 고립주의자들. 난 걔가 다른 학생이랑 이야기하는 걸 본 적이 없어. 그러니까, 돼지 태아 해부하거나 할 때만 빼고는. 다들 걔한테 친절하게 대하려고 하는데, 걔는 우리보다 자기가 더 낫다고 생각하나 봐. 3번 그림에서 볼 수 있는 것과 같은 루프에 유도된 전류가 있다면 방향이 어느 쪽일까요? 확실히 걔는 선을 안 지킨다니까. (A) 시계 방향. (B) 반시계 방향. (C) 루프에 유도된 전류가 없기 때문에 불확실함. 답을 증명하세요. 그 선생님 이상한 짓은 안 했을 거야. 좋은 사람이잖아. 그 선생님은 네가 방황하는 것 같으면 널 자기 날개 아래 품어 보호해줄 타입이야. 각각의 문화적 맥락 속 남성상에 대한 태도를 지지하거나 반대하는 남자들을 묘사한 그림 두 작품을 고르고, 무슨 작품인지 명확하게 밝히세요. 난 모르겠어. 난 다른 사람 날개 밑에 그렇게 깊숙이 들어간 사람은 본 적이 없어. 북극의 먹이그물에는 다음의 생물체들이 포함됩니다. 범고래, 북극곰, 고리무늬물범, 극지대구, 크릴, 돌말. 주의: 그림은 실제 크기 비례로 그려진 것이 아님. 모두가 그 선생님이 엄청 매력적이라고 생각하는 건 알지만, 선생님치고 멋있는 거지. 길거리에서 지나치면 두 번도 안 볼걸. 표의 화살표 방향이 어떤 생물체가 다른 생물체에게 먹히는지 보여주는 것 말고 무엇을 가리키는지 설명하세요. 넌 그럴지 모르지만, 난 배란기에 늘 그 선생님이랑 섹스하는 꿈을 꿔. 내가 농담하는 거 같아? 나 완전 진지해. 그 선생님은 완전 남자라고, 알아? 그리고 선생님이 피아노 치는 거 본 적 있어? 이런 세상에. 풀로가 공격하고 공격당했도다. 너 걔가 예쁘다고 생각해? 난 솔직히 모르겠어. 걜 보면 소름 끼치는데, 또 걔를 이용하면 뭔가 팔든지 할 수 있을 것 같아. 걔는 기억에 남는 타입이잖아. 다음 구절을 번역해보세요. 걔 엄마가 아편중독자고 아빠는 감옥에 있어서 위탁보호를 받는다고 들었어. 그래, 옥시코돈. 태어날 때 엄마는 약에 취해 있고 아빠는 어디 있는지 찾을 수가 없어서 변호사가 있어야 했대. 상상이 되니? 태어나자마자 변호사가 필요하다니. *미디오크리 스파티오 렐릭토*⋯⋯ 아니, 걔네 엄마는 지금은 죽었어. 마리아가 연극의 주역으로 뽑혔다. 마리아는 이

기회에 긴장되면서도 흥분한 상태였다. 선생님이 팔 건드릴 때 걔 대사 더듬거리는 거 들었어? 애초에 선생님이 우리를 만져도 되는 거야? 파트 A: 다음의 개념 하나하나가 연극에서 그녀의 연기력을 어떻게 향상시킬 수 있는지 설명하세요. *맥락 의존적 기억 *아세틸콜린 *운동감각 *선택적 주의력. 걔 천재인지 뭔지 그런 거 아니었어? 걔 반에서 1등이잖아, 맞지? 그리고 PSAT에서 만점 받았다고 들었는데. 왜 똑똑한 사람들은 항상 그렇게 멍청한 짓을 하지? 걘 선생님을 진짜로 위태롭게 만드는 거야. 선생님은 부인도 있고 애들도 있어. 경매에서 선생님 가족을 봤는데 세상에서 가장 예쁜 가족이었어. 파트 B: 다음의 개념 하나하나가 연극에서 그녀의 연기력을 어떻게 저해할 수 있는지 설명하세요. *순행 간섭 *여키스–도드슨 흥분 법칙 *외적 통제소재. 걔가 선생님 쳐다보는 눈길 좀 봐. 완전 징그러워. 진짜 선생님을 좋아하면, 그냥 놔둬야지. 선생님은 잃을 게 한가득인데. *에세이 주제와 자료1, 자료2를 읽을 시간이 6분 주어집니다. 에세이 주제: 진짜로 둘이 섹스할까? 곡선 위 X=1, Y=1인 지점에서 $(d^2y)/(dx^2)$ 를 계산하세요. 선생님은 절대 그럴 리 없지만, 걘 아마 엄청나게 열심히 꼬시고 있을걸. Y를 기준으로 X를 푸세요. 걘 아무도 없잖아. 잃을 게 전혀 없어.

～

"물 한 잔만 마실 수 있을까요?" 제임스의 300달러짜리 이불 속에서 티퍼니가 그에게 속삭인다.

～

일은 이런 식으로 진행된다. 그들은 2월 내내 거리를 둔다. 그러다가 3월에 제임스가 문자를 보낸다. 집에 와. 몇 분 후에 티퍼니가 답을 보낸다. 데리러 와요.

그녀는 스텔라와 웨인에게 친구네 집에 갔다 온다고 말하고, 그건 거의 사실이다. 자고 올 수도 있다고 그녀는 덧붙인다. 그들은 친구라는 말에 너무나 기뻐서 뭔가 더 물어보지도 않는다. 티퍼니는 세심하게 샤워를 하고, 정강이뼈가 느껴질 때까지 피부 위로 면도기를 눌러 민다. 인동 향 샴푸와 스텔라의 고급 로션. 옆으로 땋은 젖은 머리, 화장은 없이, 부드러운 옷. 빠르게 뛰는 심장. 뜨거운 피. 봄방학 첫 번째 일요일이고, 바깥의 진창은 무자비하다.

차 안에서 티퍼니와 제임스는 병적으로 평범하게 행동한다.

옆문으로 그의 집에 들어가자 티퍼니는 '인생의 큰 사건'에 착수한다는 사실에 바싹 흥분한다. 몸이 떨리고, 감각은 날카로워지고, 모든 색깔이 넘쳐난다. 그녀는 가능하다고 생각했던 것 이상으로 살아 있음을 느끼고, 자신이 드디어 삶을 모방하던 생활에서 졸업했음을 이해한다. 지금 그녀는 생전 처음으로 진짜 인생 속에 서 있었다. 주방에서 제임스가 긴장한 듯이 숱 많은 머리카락을 손으로 넘기고 와인을 흘리면서 따르고 있다. 그가 동등한 상대를 대하듯이 그녀에게 피노누아르 와인 한 잔을 건넨다. 자신의 술을 아주 빠르게 마시고 다시 한 잔 따른다. 명확하게 말하지 않으면서도 그는 어떻게든 자신의 아이들과 아내, 처가 사람들이 키웨스트로 휴가를 갔다고 전달한다. 와인을 좋아하고 싶은 초조한 마음 때문에 티퍼니는 실제로 그걸 좋아하게 되지만, 한 잔 더 달라고 하자 제임스는 대답한다. "안 마시는 게 좋겠어." 그들은 그의 집이 이케아인 것처럼 돌아다니며 이런저런 가구들에 앉아보고, 어린 시절에 대해서 이야기하고, 다른 삶에 대해서 상상하다가 마침내 음악실에 도착한다.

"쳐봐요." 뵈젠도르퍼를 보고서 티퍼니가 명령한다.

"뭘 칠까?"

"밤의 가스파르요."

그는 손으로 뭔가 할 일이 생긴 것에 기뻐하며 아무 이의 없이 말을 따른다.

음악을 들으면서 티퍼니는 울지 않는다. 그를 칭찬하지도 않는다. 고양이들을 쓰다듬지도 않는다. 굉장히 어려운 업적들이었으나 어쨌든 그녀는 달성한다. 연주를 끝냈을 때 그의 얼굴은 상기되어 있었고, 그녀는 와인을 한 잔 더 따르는 것으로 마음을 안정시킨다. 그는 이의를 제기하지 않는다. 그녀가 그에게 피아노에 관해 여러 가지를 묻는다. 그는 피아노가 흑단 새틴*으로 마감되어 있다고 설명한다. 오스트리아 고산지대의 가문비나무 원목으로 만들어졌고 핀판은 단풍나무와 붉은 너도밤나무, 뚜껑은 호두나무 베니어판이다. 전통적인 주철 프레임. 손으로 감은 단일 루프 현.

피아노는 처가의 결혼 선물로 그들의 끝없는 부의 산물이었고, 그날 밤의 티퍼니만큼 그것을 밀접하게 제임스와 연결 지은 사람은 아무도 없었다. 한때는 굉장히 매력적이었던 아내의 재산이 지금은 유령의 집에 있는 거울처럼 그에게 혐오감을 일으켰다. 그것은 그를 기형적이고 영양실조에 멀미하는 것처럼 느껴지게 만들었다. 그는 이 집에서 점점 더 관광객 같은 기분을 느끼게 됐다. 하지만 티퍼니의 눈에는 이 모든 것이 그의 것이다.

"손으로 깎아낸 브리지야." 제임스가 말한다. 티퍼니는 불과 몇 센티미터 옆에 서 있고, 그녀의 섬세한 손은 나단조 화음 위를 떠돈다. 그녀는 열려 있는 뵈젠도르퍼의 내부 구조를 관찰한다. 신중하게, 육식조를 쓰다듬기라도 하는 것처럼 그가 그녀의 손목을 건드린다. "가문비나무로 만든 건반." 그가 중얼거린다. 그녀가 호흡을 멈추는 게 느껴지고, 그녀의 온몸이 반응하는 게 보인다. "넌 아름

---

* 피아노 마감 방식. 그 외에 흑단 광택 마감이 있다.

다워." 그의 말에 둘 다 깜짝 놀란다.

그녀의 얼굴이 분홍빛으로 변한다. 갑작스러운 노을. "징그러워." 그녀는 그의 팔을 때리고 물러선다. 잠깐의 침묵. 제임스는 자신이 모든 걸 깨뜨린 걸까 생각한다.

"선생님이 있으면 외롭지 않아요." 그녀가 마침내, 피아노를 쳐다보며 속삭인다. "선생님은 내가 진짜인 것 같은 기분을 느끼게 해요."

티퍼니와 제임스는 뵈젠도르퍼가 보는 가운데 정신적으로 옷을 벗는 과정을 마친다. 그런 다음 그들은 침실로 올라가서 옷을 벗는다.

〜〜〜

새벽이 되자 티퍼니는 자는 척하던 것을 그만둔다. 침대에 앉아서 땋은 머리를 풀고, 제임스의 등이 숨을 쉬느라 오르락내리락하는 것을 본다. 그녀의 머리카락은 스텔라와 웨인의 집에서 했던 샤워로 아직도 젖은 채였고, 아직도 샴푸의 인동 향이 풍겼고, 그래서 그녀는 놀랐다. 그 샤워를 했던 것은 다른 여자였다. 티퍼니는 살금살금 화장실로 가서 최대한 조용히 소변을 본다. 그녀의 몸이 하는 일이 부끄럽다. 돌아오자 제임스는 핸드폰 불빛 때문에 10년은 더 늙어 보이는 모습으로 깨어 있다. "이봐, 얼른 옷 입어." 그는 차가운 어조로 말한다.

그는 그녀의 옷을 그녀에게 던지고, 그녀는 뭔가 중요한 것이 잘못되었다는 것을 깨닫고 재빨리 옷을 입는다. 그들은 계단을 내려가서 그의 훌륭한 주방으로 들어가 수치심을 쫓을 수 있을 정도로 강한 대화를 급히 찾는다. 그는 시끄럽고 복잡한 기계로 두 사람을 위해 에스프레소를 내리지만, 곧 후회하는 것처럼 보인다. 세라믹 컵으로 크레마를 마시면서 그들은 날씨, 좋아하는 오트밀의 종류,

그의 고양이들 각각의 이력에 대해 이야기한다. 고양이 한 마리는 검은색, 다른 한 마리는 하얀색이고, 둘 다 장모에 불안해하고 있다. 가느다란 눈과 비난하는 듯한 보디랭귀지로 그들은 티퍼니가 정확히 뭘 했는지 아는 것처럼 쳐다본다. 제임스가 토끼 간 파테를 녀석들에게 주자 티퍼니는 그들의 상호 작용이 왜 계속해서 반려동물 사료 냄새로 오염되는 건지 소리 내어 묻는다. 그는 웃지 않고, 그녀의 말을 들은 것 같지도 않다.

그녀는 미소를 짓는다. "그게 무슨 뜻이라고 생각하세요?"

"아마 아무것도 아니겠지. 모든 게 어떤 의미를 가진 건 아니야." 그는 핸드폰에 시선을 둔 채 쏘아붙인다.

티퍼니의 ACT* 대비 수업이 시작하기 한 시간 전에, 제임스는 학교 근처 커피 체인점에 그녀를 내려준다.

"곧 연락할게." 그가 앞 유리를 향해서 말한다. 어젯밤 이래로 그는 그녀의 눈을 쳐다보지 않았다.

"그래요." 그녀가 대답하지만, 목으로 흐느낌이 치솟는다.

티퍼니가 세인트필로메나의 화장실에서 스콘을 토했을 때 가장 짜증 났던 건 돈을 낭비했다는 거였다.

≈

'그날 밤' 다음 날 저녁에 제임스가 그녀에게 문자메시지를 보낸다.

내가 너를 존중한다는 사실을 다시 한번 말하고 싶구나. 내 행동은 언제나 너의 행복을 위한 헌신을 기준으로 한다는 걸 알아주길 바라.

티퍼니는 화면을 보는 동안 눈에서 맥박이 뛰는 걸 느낀다. 또 그 괴로운 형식적 행동이다. 그녀는 당연히 느껴야 하는 분노를 느끼

---

* 미국 대학입학학력고사.

려고 하지만, 대신에 울기 시작한다. 그를 믿는다면 맹목적인 안도감이 들 것이다. 그녀가 답을 보낸다. 우리 얘기 좀 할 수 있어요?

그리고 침묵. 완벽한 침묵이었다. '그날 밤' 이후 매일, 티퍼니는 핸드폰을 쳐다보며 문자 창을 새로고침하고 또 새로고침하지만 아무것도 받지 못하고, 아무에게도 말하지 못하고, 그의 얼굴을 구글에 검색해서 누군지 알 수 없을 때까지 확대한다. 그가 그녀에게 준 그 멍청한 헤드폰으로 그의 멍청한 음악을 듣는다. 들을 때마다 티퍼니는 그의 자아도취를 더 확실하게 깨닫는다. 더 중요한 건, 그가 완전 웃긴다는 것이다. 부라니. 웃긴다니까! 침대에서 티퍼니는 오이절임 한 통을 다 먹고, 노트북컴퓨터를 바라보다가 일시 정지를 누르고는 멍해진다. 그녀는 서른네 시간 동안 잠을 못 잤고, 그다음에 열네 시간을 연이어 잤다. 그는 그녀에게 자신의 《밤의 가스파르》 책을 빌려주지 않았고, 이제 그녀는 그가 절대로 빌려주지 않을 것이라는 걸 안다.

그녀는 식당에서 일할 때만 집을 나간다. 바카베일의 산업 황무지를 자전거로 가로지르는 동안 그녀는 계속해서 주변 환경을 내세라고 착각한다. 올해, 바카베일은 〈뉴스위크〉의 당황스러울 정도로 무정한 "죽어가는 도시 톱 10" 목록의 1위를 차지했다. 아무도 놀라지 않았다. 앰퍼샌드에서 티퍼니는 손님들에게 심술궂게 행동하고, 종종 말하는 걸 아예 잊는다. 제임스를 원하는 건 언제나 정신병처럼 느껴졌지만 위기처럼 느껴진 건 이번이 처음이다. 일터에서 그녀는 지나치게 여러 번 화장실에 간다. 그리고 매번 핸드폰을 샅샅이 뒤진다.

아무 연락 없이 나흘이 지난 뒤 그녀는 텅 빈 전자 기기를 확인할 때마다 뒈져 뒈져 뒈져 이 망할 놈아 하고 소리 없이 말하기 시작한다. 가끔 그녀는 자기 자신을 향해 그렇게 말한다. 먹고 자고 숨을 쉬는 것이 부자연스러운 임무가 되었다. 이가 딱딱 부딪치고, 시야에서 색깔이 사라지고, 온도가 떨어지고, 붉고 차가운 바람이 그녀의 몸을 갈가리 찢는다. 구역질이 치밀고, 가끔은 토할 수밖에 없다. 스텔라와 웨인은 상냥하게도 그녀가 독감에 걸렸다는 결론을 내린다. 그들은 얼음물을 담은 컵, 토마토 수프, 딸기 맛 약을 가지고 나타난다. 그녀는 자신이 걸린 게 뭐든 그것을 치료하고 싶은 마음에 약을 먹는다.

"그 사람은 남들의 시선을 좋아하고, 그게 티가 나." 티퍼니는 네번째 밤에 자신의 파리지옥에게 그렇게 말한다. 집이 너무 깨끗해서 화초는 오랫동안 먹이를 먹지 못했다. 한 달에 한 번은 식물의 머리에 밥을 줘야 하지만, 티퍼니는 자꾸 잊어버린다. "살아 있는 벌레만 줘. 이건 살아 있는 것들만 좋아한단다." 가게의 여자가 그렇게 말했었다.

～～～

'그날 밤' 이후 엿새가 지나고, 제임스는 아내가 냉장고에 남겨놓은 식물들을 씹지만 맛은 거의 느껴지지 않는다. 그는 자신이 브라키오사우루스가 된 것을 상상한다. 숲의 덮개를 우적우적 먹고 있는, 무용지물인 데다 이미 비참한 운명이 예정되어 있는 주름투성이 브라키오사우루스. 그의 동년배들은 이미 멸종된 상태다. 그는 일주일 동안 집 안의 모든 시트와 베개 커버, 이불, 퀼트, 담요, 화장실 매트를 빨았다. 그가 자신의 학생과 섹스한 침구만을 세탁하는 건 너무 끔찍한 일로 느껴졌다. 이제 그는 식사를 하면서 세탁기 돌아가는 소리를 듣고, 끝내야 하는 일 목록을 만든다. 그걸 다 끝내지 못할 걸 알면서도 말이다. 접시를 씻고서 제임스는 문자로 심리 상담을 취소한다. 어머니의 죽음은 심리 상담을 그의 건강에 없어서는 안 되는 것으로 격상했고, 그래서 그는 상담 없이 어떻게 이렇게 오랫동안 살아남은 걸까 궁금해졌다. 그건 마치 나이 서른에 과일을 발견한 것과 비슷했다. 그는 심리 치료사가 있는 또 다른 바카베일 사람은 아무도 모른다.

오후에는 메그가 플로리다에서 화상전화를 걸어온다. "다음 주에는 이 모든 걸 없애버릴 허리케인이 올 거야." 그녀는 반짝이는 햇빛 속에서, 그녀의 부모님이 빌린 집을 그에게 보여주면서 단조롭게 말한다. "그러니까 우린 딱 알맞은 시간에 여기 온 거지."

그날 저녁, 욕조가 물로 채워지는 동안 제임스는 캐비닛을 뒤져서 입욕제병을 찾아낸다. 그는 2년 전에 메그에게 생일 선물로 이걸 줬었다. 그는 농산물 직매장 가판대에서 지나치게 오랫동안 고민하면서 판매자가 화가 날 정도로 세세한 질문을 하다가, 마침내 메그가 캐모마일 장미 향보다 유칼립투스 가문비나무 향을 좋아할 거라고 결정했다. 지금, 병은 먼지투성이고 열린 적도 없다. 라벨에는 회복, 에너지 상승, 행복감이라고 쓰여 있다. 그는 3분의 1을 욕조에 붓고 향긋한 물속으로 들어가 시간이 지나 열기가 식을 때까지 누워 있는다. 그는 회복되거나 에너지가 상승하거나 행복해지는 기분을 느끼지 못했다.

손님방 한 곳에서 제임스는 등을 대고 누워서 전시 중인 시체처럼 배꼽 위에 양손을 포개고 잔다. 침대 건너편에 메그가 '사로잡힌 유니콘' 인쇄본을 걸어놓았고, 그걸 보면 그는 자신의 손을 먹어버리고 싶었다. 그는 아내의 훌륭한 물건들이 가득한 박물관에서 새벽이 되기 전에 잠을 깨고, 이상하게도 밖으로 나갈 수가 없어서 이 방 저 방 놀아다니며 낮 시간을 보낸다. 고양이들은 모습을 별로 드러내지 않는다. 그는 항상 소름이 오싹 끼쳤었고 이제는 식도경련수축까지 일으키는 존 일가 복도를 피한다. 그는 유령을 믿지 않지만 이 집에 있는 그들의 존재는 오래전부터 받아들이고 있었다. 그들은 그를 차갑고 축축한 이불로 감싼다. 전기와 이동전화 서비스,

와이파이에 장난질을 한다. 그를 '농장 출신 쓰레기'라고 부른다. 그들은 그가 뭘 했는지 안다. 그는 불을 붙이려고 나무를 쑤시고 다시 쌓고 집 안의 모든 신문을 사용히기도 했으나 나무에는 불이 붙지 않는다.

토요일에는, 몇 달 전에 메그에게서 숨긴 사슴 육포 한 봉지만을 먹고 텔레비전을 몇 분 동안 멍하니 보고 있다가 뒤늦게 텔레비전을 켜야 한다는 사실을 떠올린다. 그는 어금니로 얼음을 우두둑우두둑 깨물고 디지털시계의 숫자가 흔들거리는 걸 보며 저녁 시간을 보낸다. 그가 진과 사과 주스를 큰 머그잔에 따른다. 그와 그의 동생이 십대 시절에 즐겼던 음료다. 그들은 부모님의 땅에 있는 버려진 옥수수 창고에서 몰래 술을 마시며 자기들이 뭐나 아는 듯이 양자물리학을 논의했다. 지금, 그는 딸들 방에서 술을 홀짝이며 한밤중에 국외로 도피해야 하는 사람처럼 아이들 책과 장난감들을 머릿속으로 기록하다가, 저 멀리서 들려오는 자동차 도난 경보 소리를 들으며 양가죽 러그 위에서 잠이 든다.

상처를 입은 사람이 자신뿐이라고 티퍼니가 믿는다면, 그녀는 그가 생각한 것보다도 더 어리다.

〰〰〰

일요일이 되었다. '그날 밤'으로부터 7일째였다. 봄방학이 끝났다. 내일, 티퍼니와 제임스는 학교로 돌아가야 한다.

월요일에 닥쳐올 게 분명한 느릿느릿한 심리적 잔혹함에 대비하기 위해서 티퍼니는 웨인과 스텔라의 어둡고 천장이 낮은 집에서 세상으로 간신히 나온다. 그녀는 일주일 전보다 1.5킬로그램 더 가벼워졌다. 자신이 축소되는 게 느껴진다. 그녀는 주유소에 들러서 기운을 내기 위해 파란색 슬러시를 산다. 지금은 그녀가 사랑한 유일한 장소인 채스터티밸리에 서서 숲의 꽃가루와 먼지를 들이켠다. 숲은 그것을 품은 도시에 비해 너무 야생이다. 그녀는 혀를 파랗게 물들이면서 아이스크림 두통*을 피하려고 노력한다. 가차 없는 겨울 이후 처음으로 조금 따뜻한 날이었고, 여기는 채스터티밸리에서 가장 공공적인 초원이었다. 도시 사람들 전부가 여기에 있는 것 같았다. 울타리에 붙여놓은 현수막은 여름에 이 공원을 먹어치우고 언덕 위에 솟아날 아파트를 광고한다. 티퍼니가 생명을 비활성화하고 싶게 만드는 도시 활성화 계획의 1단계다. 적자색과 회색이 공기를 채우며 마지막 얼음을 녹이고, 젖은 흙냄새가 너무 근사해서 눈물이 고일 정도다. 연극 대사들이 티퍼니의 머릿속에 번쩍 떠올라 멈출 수 없이 반복된다. 그걸 멈추려고 하던 때에 전화가 울린다.

그녀는 펄쩍 뛴다. 헉. 그는 한 번도 그녀에게 전화한 적이 없었는데.

"여보세요?"

"안녕."

"안녕하세요."

그들의 심장이 서로 떨어진 곳에서 쿵쿵 뛴다. 이건 그의 생각이 아니었고 그가 그녀의 것도 아니지만, 그는 여기, 그가 특히 싫어하는 클리셰 속에 있고 그녀는 거기, 그녀가 특히 싫어하는 클리셰 속에 있다. 뭘 할 수 있을까.

제임스는 세 번째 에스프레소 때문에 몸을 떨면서 주방에 서 있다. 오후 4시 14분에 이렇게 포학하게 깨어 있을 이유는 전혀 없다는 걸 안다. 아내가 몇 시간 안에 올 것이다. 그들은 아까 전화로 싸움을 했다. 그 무엇과도 아무런 관련이 없는 그런 싸움이었다. 시간에 관한 싸움.

---

* 찬 음식을 갑자기 먹었을 때 머리가 띵하게 아픈 것.

티퍼니는 초원에서 하얀 면 옷 차림으로 떨면서, 자신이 쉽게 버려지는 순진한 처녀 역할에 적합하게 옷을 입었음을 의식한다.

두 사람 다 이달에는 변화가 가능할 것처럼 느껴지지 않는다.

그는 그녀가 먼저 전화하기라도 한 것처럼 그녀가 말하기를 기다린다. 마침내 그가 묻는다. "별일 없니?"

"잘 지내요."

"어떻게 지내?"

"없어요." 그녀가 얼굴을 붉히고 덧붙인다. "제 말은—"

"그래. 알아." 그가 미소를 짓는다. 티퍼니는 그 미소를 들을 수 있다. 거기에 그녀는 상처를 입는다.

선생님은 심리 치료사한테 내 이야기를 했나요? 티퍼니는 물어보고 싶다. 어느 쪽이든 그녀는 모욕당한 기분이 들 거다. 대신에 그녀는 슬러시의 빨대를 씹으며 실제로 별일 없이 잘 지낸다는 걸 증명하기 위해 분홍색 나무를 응시한다. 제임스는 아이지만 좀 다르다. 둘 다 아이지만 각자 다르고, 그래서 잠음 속에서 그들은 아무 말도 하지 않는다. 티퍼니는 자신의 육체에서 빠져나가고 싶다. 제임스는 자신의 육체에 단단히 고정되고 싶다. 그래서 수많은 사람들이 섹스를 하는 것이다. 여기엔 볼 게 아무것도 없으니까. 티퍼니는 비명을 지르고 싶다.

나무 아래, 한 젊은 여자가 청바지를 툭툭 치고 전화기에 대고 웃음을 터뜨린다. 티퍼니는 인류학자처럼 그녀를 관찰한다. 티퍼니와 달리 웃는 여자는 진짜다. 그 여자와 이야기하는 상대는 그들이 원하는 것처럼 이야기를 주고받고, 티퍼니는 그녀가 부럽다. 그녀는 유아론의 반대말이 있을까 궁금하고, 그 단어가 그녀의 심리적 장애를 정확하게 설명할 수 있을지 궁금하다. 일요일이지만 수요일처럼 느껴진다. 봄이지만 가을처럼 느껴진다. 날씨가 따뜻하지만 티퍼니는 떤다. 취한 기분이다.

티퍼니는 제임스의 목소리를 듣고 싶을 뿐이라고 생각했었지만, 그가 억지로 말하듯이 '안녕'이라고 하자 그녀는 바람을 정정한다. 이제 그녀는 '그날 밤'에 그랬듯이 그녀의 이름을 껴안아주는 그의 목소리를 원할 뿐이다.

"더 빨리 전화했어야 하는데." 제임스가 말한다.

"저한테 의무감 느끼실 거 없어요."

하지만 둘 다 진심이 아니다.

제임스 이전까지 티퍼니는 어두운 방들에서 작은 삶을 이어왔고 그게 확장되기를 바랐으나, 이 밝고 텅 빈 공간은 그녀를 부끄럽게 한다. 풀밭에서 그녀는 쓰레기를 보고 거기에 공감한다. 티퍼니는 커다란 삶을 살도록 만들어지지 않았다. 그녀는 그런 높이 조건에 맞지 않다. 그녀는 열일곱 살이고, 일흔 살처럼 느낀다. 그녀는 열일곱 살이고, 일곱 살처럼 느낀다.

"어쨌든, 미안하구나." 그가 말한다.

"뭐가요?"

"음. 거의 모든 게 다." 그가 한숨을 쉰다.

그는 올바른 일을 하려고 애를 쓰는 중이지만, 대신에 그녀를 완전히 무너뜨리고 있었다.

그들이 원했던 건 이거다. 이게 그들이 항상 원하는 거다. 티퍼니는 제임스의 슬픔을 멸종 위기 동물처럼 보존하고 싶었다. 왜냐하면 그게 두 사람을 더욱 흥미롭게 만든다고 생각했으니까. 제임스는 자신의 젊음을 그녀의 젊음 속에 보존하고 싶었다. 그는 마흔두 살이지만 열다섯 살을 넘어서지 못했다. 그는 그녀가 자신을 취조하는 건 바라지 않았지만, 질문은 해주기를 바랐다. 그들은 자신들이 섹스 그 자체를 하고 싶은 건지는 자신이 없었지만, 그다음에 어떤 일이 생길지는 알고 싶었다. 그는 마흔두 살이고 겁을 먹었다. 그녀는 미래 포함 시제가 필요하지는 않았지만, 그가 한 번만 그녀

165

의 목소리에서 쾌락을 짜내주기를 바랐다. 하지만 그가 그러고 나자 그녀는 자신이 뭘 원하는지 알 수 없어졌다. 자신이 애초에 뭘 원했었는지.

"내 말 좀 들어봐." 그가 전화기에 대고 말하지만 나머지 말은 그만둔다.

채스터티밸리가 얼마나 탁 트이고 넓은지를 보는 동안 티퍼니의 눈에 눈물이 고인다. 멀지 않은 곳에서 누군가가 와인병을 딴다. 확실하게 인간인 남자가 분홍색 나무 아래에 있는 확실하게 인간인 여자에게 다가간다. 그들의 살은 부드러워 보이고 내장으로 가득해 보인다. 그는 금속 파이프를 들고 있다.

"실례합니다만, 저걸 좀 내려야겠는데요." 남자가 가지를 가리키며 말한다.

여자는 짜증스럽게 고개를 들었다가 풀밭을 가로지른다. 그녀가 수화기 반대편을 향해 말한다. "미안. 드론이 있었어. 계속해."

확실하게 인간인 남자는 나무에 파이프를 던지고 또 던져서 가지와 꽃들을 갈가리 찢어놓는다. 개가 짖고, 아이들이 비명을 지르고, 누군가가 하모니카 연주를 하고, 티퍼니는 얼음에서 파란색을 전부 다 빨아들일 때까지 슬러시를 마신다. "우린 적이랑 같이 살고 있어!" 아이가 오빠에게 나뭇가지를 던지면서 소리친다.

"맙소사. 어디 있는 거니?" 제임스가 짜증 난 목소리로 말한다.

"공원에요. 책을 읽고 있었어요." 책을 가져오긴 했지만, 읽고 있지는 않았다. 잉크가 정신을 차리게 괴롭히고 있었을 뿐이다. "꽤 괜찮아요. 만약 상반신 누드 거울 셀카의 문학 버전만 아니었다면, 이건 아주 훌륭했을 거예요. 아시죠, 작가가 뭔가를 정말로 들어 올려야 할 때만 근육을 쓰는 타입이었다면 말이죠. 하지만 성심리적 압박의 원초적 강탈로부터 벗어날 수 있는 사람은 없는 것 같아요. 천재라 해도 말이죠."

그녀는 얼굴을 붉힌다. 그녀가 전하려고 했던 건 그저 제임스가 그녀의 유일한 이야기가 아니라는 거였지만, 그녀는 자신이 숨기겠다고 맹세한 바로 그걸 나서서 드러내버렸다. 그가 상대라면 항상 그렇게 되었다.

"넌 텔레비전을 좀 더 봐야 할 것 같아." 제임스가 말한다.

전에도 그런 일은 있었고 앞으로도 또 생기겠지만, 그들에게 그일이 일어났을 때, 그녀에게 그 일이 벌어졌을 때, 원래의 공식에서 좀 달라진 것이 있었다. 예를 들자면, 티퍼니는 섹스 자체를 제임스보다 더 즐긴 것 같았다. 이레 전 그의 침대에서 티퍼니와 제임스는 그들의 엉덩이를 어딘가로 인도하려고 했지만, 그녀는 어린애처럼 움직였고 그는 거의 움직이지 않았기 때문에 그들은 뭔가를 지어냈다. 그 일이 벌어질 무렵에는 그들 둘 다 섹스가 핵심이 아니라는 것을 이해했지만, 그것을 끝까지 지켜보겠다고 마음먹었다. 그것은 정중했고, 그다음에는 무서웠고, 그다음에는 행복했고, 그다음에는 끝났다. 이 경험 전까지 티퍼니를 건드렸던 모든 사람은 바로 그녀가 즐기지 않았기 때문에 그것을 즐겼다. 그녀는 자위를 해본 적이 없었다. 어떻게 하는지도 몰랐다. 그녀의 지식은 무형의 것들로 한정되었다. 하지만 그날 밤에, 담배 향 초의 깜박거리는 불빛 속에서, 자기 자신보다 그녀의 쾌감에 더 관심이 있는 것 같았던 제임스는 이전까지 도달 불가능하다고 생각했던 감정을 그녀에게 알려주었다. 이전까지 그녀는 성적 쾌락은 스키처럼 다른 사람들에게만 할당된 사치라고 믿었었다. 이제 그녀는 그 믿음을 애도했다.

그는 그녀의 원피스를 머리 위로 잡아당겨 벗기고, 브래지어를 풀고, 마치 거기에 응급 상황 지시가 쓰여 있는 것처럼 그녀의 피부를 손으로 쓸어내렸다. 그녀는 그가 셔츠와 벨트, 바지를 벗는 것을 지켜보았다. 완벽하지 않은 몸은 완벽했다. 그의 몸이니까. 남색 면 팬티를 밀어대는 흥분한 성기가 보였다. 그것은 그의 것이지만 그녀를 위한 것이었고, 그녀를 위한 것이자 그녀로 인한 것이었고, 그것에 대한 놀라움이 그녀의 온몸을 만개하도록, 뜨겁고 격렬하게 변화하도록 만들었다. 그는 옷을 벗은 모습이었지만 벌거벗은 깃처럼 보이지는 않았다. 안경을 벗어서 조심스럽게 침실용 탁자 위에 내려놓기 전까지는. 처음으로 그의 멸종 위기의 맨얼굴을 보는 것은, 억눌려 있고 그래서 불행한 운명을 맞이한 동물원 호랑이를 보는 것 같은 느낌이었다. 그것은 그녀의 온몸에 강렬한 연민이 흐르게 만들었고, 시선을 돌리고 싶으면서도 또한 그의 생명을 구하고 싶게 만들었다. 그녀는 눈을 감고 그의 열기를 느꼈고, 그녀의 다리를 누르는 그의 음경을 느꼈고, 그녀의 목과 가슴, 허벅지에 닿는 그의 수염을 느꼈다. 그리고 그녀의 다리 사이에 그의 입이 닿자 그녀는 완전히 새로운 것, 자신이 갖고 있는지도 몰랐던 감각 체계가 활성화되는 것을 느꼈다. 방 전체가 깜박거리고, 넘쳐나고, 노래했다.

"뭘 원해?" 그가 그녀를 그녀의 가장자리까지 끌어 올린 다음에 물었다.

"당신."

"제대로 말해."

"당신을 원해요."

"내가 뭘 해주길 원해?"

"전부 다."

그가 언제 촛불을 켰더라? 나중에, 티퍼니가 살인 사건을 수사하는 탐정처럼 그날 밤의 세세한 것들을 돌이켜볼 때 이것은 중요하게 느껴졌다. 그것은 범행을 사전에 계획했다는 걸 알려주기 때문에 범죄의 심각성을, 따라서 형량의 엄중함을 알려주었다. 그녀는 피임약을 먹지 않았고 그에게는 콘돔이 없었지만, 두 사람 다 이에 대해 깊게 생각하지 않았다. 그의 침대에 등을 대고 누워서 그녀가 겪은 것은 그저 뜨겁게 녹은 황홀감뿐이었다. 제임스가 티퍼니 안에 들어올 무렵, 이성은 그녀의 밖으로 탈출한 뒤였다. 불가능한 일이지만, 그녀는 거의 즉시 오르가슴을 느꼈다. 이게 부끄러워해야 하는 일인지 그녀는 알 수가 없었다. 그녀는 전에는 오르가슴을 느껴본 적이 없었고, 전에는 하고 싶어서 섹스를 한 적도 없었다. 하지만 이 좁은 광휘의 미기후(微気候)가 수치심을 없애주었다. 그녀는 그녀의 쾌감이 그의 인생 최대의 업적이라는 듯이 그의 얼굴에 떠오른 자부심을 절대로 잊지 못할 것이다. 오르가슴은 자신을 사로잡는 동시에 몰아낸다는 걸 그녀는 깨닫게 되었다. 나중에 알게 되었지만 우측 각회라는, 공간시각적 의식, 기억 회수, 읽기, 유체 이탈 경험에 관련된 뇌 영역에 대한 증가된 자극 덕분에 화학물질들이 그녀를 하나의 세계에서 다른 세계로 들어 올릴 수 있었고, 그러자 티퍼니는 신비주의자가 된 기분이었다. 제임스는 서두르지 않았다.

그 후에, 그는 자신의 사각팬티로 그녀의 가슴에서 자신의 증거를 닦아냈다. 뒤엉킨 채로 거의 달콤하게 그가 그녀의 머리카락, 그녀의 목, 그녀의 쇄골을 쓰다듬었다. 그는 그녀의 가슴 윤곽을 따라 쓰다듬으며 그녀는 훌륭하고 초자연적이고 중요하다고 말했다. 주먹으로 머리를 받치고 그녀를 쳐다보면서 그가 말을 했다.

"이번이 처음이야?" 그가 물었다.

그녀는 망설이다가 고개를 저었다. "아뇨."

"좋았어. 그건 좋은 거야." 그는 잠깐 침묵하다가 그녀의 쇄골을 응시하며 말했다. "잘 들어, 티퍼니. 내가 널 굉장히 존중하고 있다는 걸 알았으면 좋겠어." 그는 그녀가 연약하고 귀중한 것처럼 그녀의 목을 더듬었다. 금이 간 아이폰인 것처럼. 그녀는 그의 진심과 그의 정중함 중 어느 게 더 두려운지 알 수 없었다. "이 모든 건……" 그가 자신의 가슴과 그녀의 허벅지 사이를 모호하게 손짓하며 말했다. "거기에서 촉발된 거야."

그녀의 목 안에서 기묘한 웃음이 퍼덕거렸다. 그녀는 그것을 꿀꺽 삼켰다.

"고맙습니다." 그녀가 대답했다.

"가서 소변을 뉘." 그가 말했다.

"네?"

"그게 섹스 후에 요로 감염을 방지해줘. 아무도 그걸 가르쳐주지 않았어?"

그때가 그녀가 웃음을 터뜨린 때였다.

"아니, 진짜로— 네가 아픈 건 바라지 않아. 어떤 종류의 아픔이든. 진심이야." 그가 미소를 지었다.

"좋아요. 하지만 잠깐만요. 어디 있죠? 제……." 그녀가 얼굴을 붉혔다.

"흠?"

"안 보여요, 제……."

"네 뭐?"

그녀는 일반적으로 팬티라는 말을 그 앞에서 차마 할 수 없는 상대와 섹스하는 건 피하는 게 좋다는 걸 알고 있었다.

"제……."

"네 속옷?"

그가 팬티라는 단어를 쓰지 않아 안도하면서 그녀는 한숨을 쉬고는 새빨갛게 되지 않으려고 노력했다. "네."

그는 침구 속을 뒤져서 그것을 그녀에게 건넸다. 그것을 섹시하게 입는 건 불가능했지만, 그래도 그녀는 노력했다. 그다음에 그녀는 그의 욕실에 가서 물을 틀고 소변을 보았다. 조명은 켜지 않았다. 증거를 보고 싶지 않았고, 다른 여자, 적법한 여자의 비누와 면도기와 머리 손질 도구들을 볼 용기가 없기 때문이었다.

그녀가 다 끝내자 그가 욕실로 들어가서는 눈에 띄는 수치심을 전혀 보이지 않은 채 일을 처리했다. 그는 새 사각팬티를 입고 달빛 속에 진지한 얼굴로 돌아왔다.

"나도 이게……. 음, 내가 부탁하는 걸 용서해줬으면 좋겠는데……. 이 일에 대해서 아무한테도 말하지 않을 거야, 그렇지? 우리 사이의 비밀로 할 거지?" 잠깐 침묵. "우리 둘 다에게 좋지 않을 거야."

그는 부탁하는 게 아니었다.

"이런. 나 실시간 트윗했는데." 티퍼니가 진지한 얼굴로 말했다.

그는 웃지 않았다.

좀 더 조용한 목소리로 그녀가 말했다. "내가 누구한테 말하겠어요?"

어느 연구에서 우측 각회를 자극했더니 여자는 뒤에 환영이 있다고 인지했다고 한다. 다른 연구에서는 연구 대상이 자신이 천장에 있다고 믿게 만들었다. 티퍼니는 그 모든 것을 느꼈다.

티퍼니가 그날 밤의 일 중 가장 잘 기억하는 것은 그가 그녀의 안에 있을 때 그의 입에서 나오던 그녀의 이름이었다.

지금, 채스터티밸리에서, 그녀의 가슴속에서 어떤 감정들이 끓어올라 터진다. 내가 당신에 대해 가장 사랑하는 건 당신의 피아노예요, 그녀는 그렇게 말하고 싶다. 당신의 반짝이고 값비싼 뵈젠도르퍼가 관련되기 전까지 우린 안전하지 않았던가요? 네, 난 당신의 수염 자국을 만지고 싶었고, 당신의 커피를 맛보고 싶었고, 당신의 안경을 써보고 싶었어요. 네, 난 당신의 정신과 당신의 말과 당신의 얼굴과 당신의 슬픔과 당신의 감성과 당신의 힘과 당신의 재능과 당신의 나이와 당신의 상상력과 당신의 머리카락과 당신의 음악을 원했지만, 궁극적으로는— 궁극적으로 난 당신의 피아노와 섹스하고 싶었어요.

핸드폰으로, 채스터티밸리에서 그녀가 말한다. "따뜻한 날이네요."

"그렇지."

"화났어요?"

그는 머뭇거린다. "내가 왜 화가 나야 하지?"

그녀는 어떻게 대답해야 할지 몰랐고, 그때 그가 말한다. 그녀의
이름을.

하지만 그건 결국 그녀가 원하던 게 아니다. 지금 제임스의 목소
리는 그녀의 이름을 껴안지 않는다. 지금 그의 목소리는 그녀의 이
름을 진단한다. 눈에 눈물이 고이지만 그녀는 그것으로부터 동떨
어진 기분이다. 소아과 의사가 그녀의 반사 신경을 확인하려고 무
릎을 두드릴 때 무릎이 보이는 행동으로부터 동떨어져 있는 느낌
이 드는 것처럼. 그녀는 여전히 소아과에 다녔고, 그걸 떠올리자 더
욱 울음이 나온다. 갑자기 티퍼니는 제임스에게 아이들이 있다는
걸 떠올린다. 그건 언제나 그녀를 뒤집어놓는 사실이었다. 제임스
같은 아이 아빠가 그녀 같은 어린애를 어떻게 침범할 수 있었던 걸
까? 그것도 그런 식으로. 안경도 없고 콘돔도 아예 없는 아빠인 채
로. 그녀는 그가 주방 창문 앞에 서서 딱총나무꽃 소다를 마시는 모
습을 상상한다. 그녀는 의도치 않게 그가 벌거벗고 있는 것을 상상
한다. 그녀는 자신의 몸 안에서 들리는 소음을 아무도 듣지 못한다
는 사실에 놀라서 공원을 둘러본다.

"나한테서 뭘 원해?" 그가 지친 듯이 묻는다. 그는 전화한 것에 대
한 칭찬을 원한다.

"그만 물어보세요."

"무슨 뜻이야?"

"늘 그걸 물어보잖아요. 제발 그냥—"

"너도 이걸 원했잖아." 비난. 그러고는 부드럽게 묻는다. "그런 거
였지?"

"뭘 원했다는 건데요?" 그녀가 쏘아붙인다.

그는 한숨을 쉰다. "우리가 어떻게 알겠니."

"선생님 몇 살이죠?" 티퍼니가 묻는다. 분노가 그녀의 말에 올라 탔고, 그녀는 그가 그것을 듣기를 바란다.

"진심이야?" 그가 묻는다.

"마흔 살?"

그는 잠깐 뜸을 들인다. "마흔둘."

그는 그녀가 몇 살이냐고 묻지 않는다.

"전 열일곱 살이에요." 그녀는 그를 체포하고, 그의 죄책감을 비틀고 당기고, 그와 결혼하고, 그를 패주고 싶다. 그녀는 자신을 대기권 밖 우주까지 로켓처럼 발사하고 싶다. 우리의 밤은 그때 기분만큼이나 불법이었어요. 하지만 그렇지 않았다. 성관계 승낙 연령이 열여섯 살인 인디애나에서는 아니다. 그녀도 찾아보았다. "열일곱이요."

다시 입을 연 그의 목소리는 상냥하다. "넌 사람들한테 좀 더 많은 걸 기대해야 돼."

"선생님은 자기 자신에게 좀 더 많은 걸 기대해야 돼요."

티퍼니는 더 이상 이것의, 다른 어떤 것의 의미도 찾을 수가 없었다. 그녀는 전화를 끊는다.

마침내 확실하게 인간인 남자가 나무에서 자신의 드론을 떨어뜨리고서 대학살을 당한 잎들을 뒤에 남기고 떠난다.

〰

시간이 흐르며 티퍼니는 '그날 밤'을 '그 상황'으로 생각하게 되었다. 왜냐하면 몸으로 하기 전에도 그들이 이런저런 의미에서 섹스를 하고 있었다는 걸 아니까. 이제 '그 상황'이 머릿속에 다시 떠오를 때면 사실들이 뒤얽히고 재배열되고, 몇몇은 사라지고 몇몇은 변형된 채였다. 마치 강아지가 먼저 그것들을 찾아낸 것처럼 말이다. 그중 많은 것들은 통째로 삼켜져서, 그녀의 배 속에서 질문들로 빙빙 돌고 엉킨다. 그들은 뭘 선택한 걸까? 그들을 위해 무엇이 선택된 걸까? 누가 누구의 옷을 벗겼지? 그게 피노누아르가 맞긴 했나? 그가 그녀에게 들어왔고, 그가 그녀에게서 빠져나갔지만, 그 사이에는 무슨 일이 있었지? 그가 다음 날 아침에 그녀에게 차를 줬었나, 커피를 줬었나? ACT 대비 수업 후에 그녀를 태우러 왔던 건 스텔라였나, 웨인이었나? 이 일에서 얻을 만한 게 하나라도 있었나? 이 일에서 흥미로운 게 뭐라도 있었나? 제임스와 그의 부인은 이혼했을까? 그녀는 원했고, 그도 원했지만, 정확히 그들이 뭘 원했던 걸까?

티퍼니는 '황무지'를 읽고 또 읽었고, 이게 무엇에 관한 것인지는 몰라도 읽을수록 점점 더 내용이 이해가 되었다. 엘리엇은 이렇게 썼다. 여기 벨라도나가 있네, 바위의 숙녀, 상황의 여인. 티퍼니는 상황의 여인이 아니다. 다들 그녀가 그렇다고 생각하지만, 그렇지 않다. 이게 그녀의 유일한 '상황'이다.

그 뒤로 티퍼니는 앰퍼샌드에서 더 많은 시간을 일한다. 그녀는 법적으로 이름을 블랜딘으로 바꾼다. 로마인들의 손에 공개적으로 고문당하는 걸 의연히 참아낸 십대 순교자의 이름에서 따왔다. 블랜딘은 쉴 시간이 좀 필요하다고 위탁부모를 설득한다. 그녀는 도서관에서 여성 신비주의자들에 관한 책을 발견하고, 웨인의 유콘잭을 마시며 하룻밤 만에 다 읽는다. 그녀는 책을 두 권 더 빌리고 도서관의 다른 지점에 세 번째 책을 신청한다. 신비주의자들은 아프고 정신 나간 천재들로, 종종 아주 웃기고, 언제나 혼자였다.

힐데가르트가 블랜딘이 제일 좋아하는 신비주의자다. 몸 하나에 100여 명의 사람을 담은 것 같기 때문이다. 힐데가르트 폰 빙엔. 예언자, 작곡가, 식물학자, 수녀원장, 신학자, 의사, 전도사, 철학자, 작가, 성인. '교회학자*'. 진정한 박식가. 그녀는 이런 것들이 되기 위해, 모든 것이 되기 위해서 누군가의 허락을 구하지 않았다. 그냥 했다. 그녀는 항상 성직자들 중 남자들에게 편지를 써서 정신 차리라고 종용했다. 그들이 신의 정의의 트럼펫을 울리지 않는 게 문제였다. 그녀는 레시피들을 썼다. 그녀는 독일 귀족 집안에서 열 명 중 열 번째 아이로 태어났고, 가족은 그녀를 교회에 십일조로 바쳤다. 당시에는 무서울 정도로 흔한 관습이었다. 힐데가르트는 신비주의자들이 항상 그렇듯이 태어나면서부터 아팠고, 어릴 때부터 환영을 보았으나 사십대가 될 때까지 아무에게도 그 이야기를 하지 않았다. 그녀가 쓴 글에서 그녀는 짜증 나게도 여성적 특성인 겸손함을 보이며 자기 자신을 특정 분야에만 재능이 있는 멍청한 학자로, 바보 같은 조그만 여자로 묘사한다. 이것은 처음에 블랜딘을 짜증 나게 만들었지만, 곰곰이 생각해보니 그게 훌륭한 선택임을 깨달았다. 이건 그녀의 전적으로 남자인 상관들이 그녀의 영적 권위를 최대한으로 인정하게 해서 사제들에게 설교하고 책을 출판하는 유일한 방법이었다. 왕들마저 그녀에게 조언을 구했다.

블랜딘도 태어나면서부터 아팠다. 그녀는 사회복지사에게 이것에 관한 설명을 요구한 적이 있었다. 그녀는 신생아금단증후군**이었다. 피네건 점수***로 10점이었다. 그녀의 생물학적 어머니는 출산 때 약에 취해 있었고, 블랜딘은 세상으로 나오자마자 금단증상을 일으키기 시작했다. "넌 석 달 동안 치료를 받았어. 네 증상은 시간이 흐르며 아급성(亞急性)이 됐지. 네 위탁가족은 널 아주 잘 보살펴줬어. 기억나니? 밀러 가족 말이야. 그 사람들은 널 정말로 사랑해

---

* 교회에 큰 기여를 한 교회 내의 학자들에게 부여하는 칭호.
** 모체를 통해 태아도 마약에 중독되어 태어나자마자 약물 금단증상을 보이는 것.
*** 신생아금단증후군의 정도를 파악하는 점수 체계. 8점 이상이면 약물 치료가 필요하다.

췄단다." 사회복지사가 설명했다.

나중에 블랜딘은 찾아보았다. 신생아금단증후군을 가진 아기들은 약물 치료가 필요했다. 모르핀을 통제된 양만큼 맞는 것이다. 아기들은 떨림과 발열 증상을 보인다. 빛과 소리를 최소화해야 하고, 아기를 아주 많이, 거의 내내 안아줘야 한다.

지금, 힐데가르트의 혼란스럽고 찬란한 글이 쓰인 책을 보면서 블랜딘은 어릴 때 자신이 환영을 본 적이 있는지 떠올려보려고 노력한다. 천천히, 이미지들이 생각난다. 솜사탕과 빛, 어머니들과 기하학, 라일락색 삼각형들과 작고 깡충거리는 염소들의 세상. 언젠가는 자유로워질 거라고 그녀에게 말하는 목소리들. 그녀가 안기게 될 거라고.

그녀는 환영을 실제로 보았다. 다들 그러지 않나?

～～～

이런 식으로 3주가 지나간다. 웨인과 스텔라는 블랜딘을 받아들여준다. 사회복지과에서 그들에게 티퍼니가 반복적인 트라우마를 겪었고, 겉보기보다 이에 훨씬 대처를 못 했다고 경고했기 때문이다. 사회복지과는 또한 스텔라와 웨인에게 티퍼니가 예측 불가능하고 위험할 수 있다고도 경고했다. 블랜딘은 위탁가정 제도에서 나가서 독립하는 전환 과정을 신속하게 만들어줄 '독립 워크숍'에 등록한다. 웨인과 스텔라는 이것을 권장한다. 그들 둘 다 대학에 다니지 않았기 때문에 대학에 대한 그녀의 거부가 합리적이라고 생각한다. 그들은 세인트필로메나에 티퍼니가 (아 참, 지금은 블랜딘이라고 하는데) 휴학을 하는 거라고 말한다.

"애 건강을 위해서요. 학교가 이 아이를 죽도록 힘들게 만들었잖아요." 스텔라가 전화기에 대고 말한다.

독립 워크숍은 바카베일 고등학교에서 열리고, 청년부 목사라는 배경을 가진 미카라는 이름의 비논리적으로 명랑한 남자가 가르친다. 그의 온몸에서 신을 볼 수 있다. 그는 그의 부인을, 그의 아이들을, 그의 개를, 그의 그림을, 그의 지상 수영장을 사랑한다. 그는 기독교 록 밴드의 리드 싱어다. 블랜딘이 보기에 그에게 벌어진 가장 끔찍한 일은 할아버지의 알코올의존증이었으나 그는 미카가 태어나기도 전에 술을 끊었다. 학생들이 질문에 올바르게 대답할 때마다 미카는 스마티스*를 나누어준다. "똘똘이한테는 스마티스를!" 그가 씩 웃고, 학생 전부가 인상을 찌푸린다. 왠지 모르게 블랜딘은 이 남자에게 애정을 느낀다. 어쩌면 연민인지도 모른다. 그의 낙관주의가 부끄러운 건 맞지만, 그녀는 어느새 속수무책으로 그를 응원하게 되었다. 강좌에서는 가계부 정산법과 채용 면접에서 사실을 적당히 왜곡해서 승리하는 방법에 관한 90년대의 비디오를 아주 많이 봐야 한다. 쉬는 시간에 여자애들은 화장실에서 대마초를 거래한다. 맙소사, 한 명은 재킷 안에 넣고 다니는 칼들을 보여준다. 수업 중에, 블랜딘은 필기를 하는 척하며 힐데가르트 폰 빙엔의 목소리로 들리는 혼란스러운 영적 조언을 적는다. 그 여름의 심리적 안개를 지나며 그녀는 자신이 부분적으로만 진짜고, 부분적으로만 살아 있다는 걸 깨닫는다. 인간적 접촉에 어울리지 않는다는 걸. 이게 항상 진실이었음을 깨닫는다.

워크숍에서 그녀는 왼손과 촉이 가는 마커로 정교한 만화를 그리는 토드라는 남자아이 뒤에 앉는다. 그녀는 그가 잉크와 종이, 생각만 가지고서 온 세상을 만들어내는 걸 보는 게 좋았다. 말리크라는 잘생긴 남자애가 강의가 끝나고 블랜딘을 불러 세워서 강가에 있는 침실 네 개짜리 집에서 자신과 다른 두 남자아이와 살고 싶지 않느

냐고 묻자 블랜딘은 좋지, 하고 대답한다. 나중에, 그녀는 왜 그렇게 재빨리 그의 제안을 받아들였을까 고민한다. 그녀의 인생에 대한 투자였을까, 이니면 그녀의 인생에 대한 무관심 내문이었을까? 어딘가 살 곳이 필요했다고 그녀는 합리화한다. 그리고 남자아이들은 무섭지 않았다. 남자는 무섭지 않았다. 아무도 무섭지 않았다. 먼저 육체에서 빠져나오면, 아무도 안으로 침입하지 못한다. 서기 177년, 그 원형경기장에서 굶주린 짐승들 중 단 한 마리도 리옹의 블랜딘을 건드리지 않았다. "좋았어." 말리크가 미소를 짓는다. 그는 영화배우처럼 보인다. 특정한 한 명이 아니라, 모든 영화배우처럼. "거길 얻으면 우리는 8월에 먼저 들어갈 거야. 이제 여자가 있으니까 그쪽에서 우리 신청서를 더 마음에 들어 할 것 같아."

그가 찾은 집의 월세는 쌌다.

블랜딘은 자기 연민은 금지하지만 분노는 허용한다. 자세히 돌이켜보면서 그녀는 '그 상황'의 많은 면들이 분노할 만하다고 인정한다. 결국 그녀는 그녀에게 가장 의미 있는 사람에게 전혀 의미가 없었던 것이다. 그녀는 일찌감치 개판이 되었던 권력 역학에 자유롭게 뛰어들었다. 한 가족을 분열시키는 일에 스스로 참여한 것이다. 설령 그 가족이 여전히 함께 있다 해도 말이다. 아직 구체적으로 왜인지는 모르겠지만, 그녀의 행동은 분명히 반페미니스트적이었다. 그녀는 자신을 보라고 세상에서 단 한 명을 초대했고, 그는 보자마자 도망쳤다. 그녀는 학교로 돌아가지 않았다. 대입 상담 교사가 경쟁력 있는 강좌와 지원서를 그녀에게 떠밀었고, 배움이 그녀가 선택한 마약이었음에도 불구하고. 세인트필로메나의 거의 모든 선생이 그녀에게 연락해서 그녀의 가치를 설명하고 그녀에게 돌아오라고 강력하게 권했다. 제임스는 그녀에게 한 번도 연락하지 않았다. 네가 돌아오지 않는다면 넌 내 가슴만 찢는 게 아니야. 너의 미래를 찢는 거야, 하고 그녀가 사랑하는 영어 선생이 써 보냈다. 블랜딘은 그것을 삭제한다. 멜로드라마는 질색이다.

그녀는 교장의 분노 쪽이 더 나았다. 그 분노는 그의 이메일에서 뚜렷하게 드러난다.

왓킨스 양, 학생은 이 결정이 전적으로 개인적인 것이라고 생각했는지 모르겠지만, 전혀 그렇지 않습니다. 학생이 세인트필로메나에 오게 된 것은 우리 공동체의 관대함 덕분이고, 그렇기 때문에 지금까지 이곳에서의 학생의 경험은 우리 선생들의 관대함 덕분입니다. 학생의 자퇴는 이 집단적 관대함을 배신하는 일일 것입니다. 학생의 우수함 덕분에 학생은 입학하기 전에 아퀴나스 장학금의 자격을 얻었고, 학생의 재능과 근면이 여기에 온 이후 학생이 잘할 수 있게 해주었고, 이제 1년 남은 지금까지 올 수 있었던 것도 학생 자신의 놀라운 잠재력 덕택이지만, 이 선택에 관련된 건 학생뿐만이 아닙니다. 학생이 아퀴나스 장학금을 받던 해에 세인트필로메나에는 748통의 지원서가 도착했습니다. 우리 위원회가 학생에게 투자하기로 한 귀중한 자원으로 혜택을 받을 수 있었던 학생이 747명, 거의 우리 학생들의 숫자만큼 있습니다.

결정을 내릴 때 부디 세인트필로메나 공동체에 대한 자신의 책임을 고려하기를 바랍니다. 지금까지 학생의 교육에 자금을 대준 기부자들을 고려하세요. 아퀴나스 장학금을 받았더라면 그것을 최대한 활용했을 학생들 하나하나를 고려하세요. 끊임없이 학생을 지지하고, 학생의 발전을 위해 수업 전후 시간을 희생하고, 세계 최고의 대학들 속에서 자리를 찾을 만한 자격을 갖추도록 준비를 도와준 학생의 선생님들을 고려하세요. 지금 공부를 중단한다면 학생의 남은 인생에 학생이 만들게 될 선례를 고려하세요. 학생 앞에 놓인 결정은 회복력을 강화하거나 패배를 광고할 것입니다. 우리들, 기부자들, 지지자들, 관리자들, 학생들, 사제들, 수녀들, 선생들은 우리의 선의와 서비스를 학생에게 바쳤습니다. 학생은 이 훌륭한 학교에 들어온 학생들 중에서 가장 유망한 학생 중 하나였고 지금도 여전히 그렇기 때문입니다. 공부할 기간이 겨우 1년 남았고, 모든 교직원이 학생의 편입니다. 학생이 남으면 모두에게 선물이 될 것이고, 학생이 그만두면 모두에 대한 배신일 것입니다. 우리를 배신하지 마세요, 왓킨스 양.

이것 역시 화가 났다.

하지만 이 모든 측면 중에서 가장 화가 나는 측면은 '그 상황'의 평범함이다. 그 후에 블랜딘은 그녀의 인생에서 본질적 의미를 가지는 사건 중 하나가 따분한 방정식의 해답에 지나지 않았다는 사실을 아는 저주를 받았다. 인터넷이 그녀에게 증거를 계속 내던진다. 배우가 유모와 자다, 국제승마경기의 협회장이 최소한 열여섯 명의 참가자들과 섹스하다, 또 다른 인턴이 또 다른 회장에게 오럴 섹스를 해주다, 철학 교수가 자신이 쉰 살일 때 태어난 지도 학생에게 청혼하다. 한 나라가 다른 나라에 핵무기를 자랑하다. 세계의 빚 대부분이 한 명의 것이다. 부유한 나라들이 가난한 나라들의 날씨를 엉망진창으로 만들고 있다. 자연 다큐멘터리에서 서열이 낮은 침팬지가 다른 수컷들이 순종적으로 그의 털을 고르기 시작할 때까지 일주일 동안 그의 공동체를 사정없이 부수어서 권력을 차지하다. 채스터티밸리에서 블랜딘은 세 명의 십대 초반 여자아이들이 네 번째 십대 초반 여자아이에게 너한테서 양말 냄새가 난다고 말하는 것을 우연히 듣는다. 재개발은 이번 여름에 존 자동차 공장들을 보수하는 걸로 시작될 거고, 그다음에는 채스터티밸리의 철거가 시작될 것이다. 바카베일 동물원에서는 수컷 북극곰이 어미가 쳐다보는 앞에서 새끼 중 한 마리를 잡아먹었고, 어미는 너무 우울해서 끼어들지 않았다. 블랜딘이 가장 살아 있다고 느낀 순간에, 그녀는 아무것도 아닌 변수일 뿐이었다.

분노가 뭔가 태울 것을 찾아서 채굴하는 것처럼, 그녀를 자신에게서 퍼낸다.

~~~

7월의 어느 저녁, 블랜딘은 채스터티밸리에 있는 나무둥치에 앉아서 약 900년 전에 힐데가르트 폰 빙엔이 친구이자 동료 수녀인 리카르디스에게 쓴 편지의 번역본을 들고 있다. 아까 내린 비로 숲은 숨을 쉬고, 진흙 향기가 공기를 채운다. 전 세계에서 수백만 명의 사람들이 제임스 야거에 관해 생각하지 않기를 해낸다. 어떻게 하는 거지? 그는 '그날 밤' 이래로 매일, 매시간 그녀의 의식 속에 나타났고, 블랜딘은 그에게서 전혀 연락이 오지 않아서 기쁘다. 아니, 최소한 그녀는 스스로에게 그렇게 말한다. 왜냐하면 그의 관심에 자신이 어떻게 반응할지 신뢰가 가지 않았기 때문이다. 그녀의 반응은 지금까지는 반사적이었다. 그녀의 머릿속에서, 그녀의 손안에서 메시지들이 저절로 작성되지만, 그녀는 절대로 보내지 않는다. 제임스와 연락하지 않는 것이 올바른 일이라는 걸 알고 있으니까. 하지만 맙소사. 재채기를 참으려고 하는 것과 얼마나 비슷하게 느껴지는지.

힐데가르트는 12세기 초에, 리카르디스가 힐데가르트의 수녀원에서 적을 빼고 바숨 수녀원의 수녀원장으로 임명된 직후에 이 편지를 썼다. 세속적인 애착에 굉장히 반대했던 힐데가르트는 리카르디스를 열렬하게 사랑해서 그녀의 재배치를 두고 싸웠다. 그녀는 신의 목소리로(1인칭으로!) 대주교에게 편지를 써서 그 결정을 비난했다. 그게 효과가 없자 그녀는 리카르디스에게 직접 편지를 썼다. 블랜딘은 편지를 읽고는 무릎 위에 펼쳐놓은 공책을 응시한다. 이 공책은 세인트필로메나의 유물로, 원래 한 학교에서 다음 학교로 그녀를 이송할 때 사용하기 위해 구매한 도구였으며 한때 종이는 물리학으로 뒤덮여 있었다. 그녀는 학교에서 썼던 페이지들을 찢어내고서 남은 줄 공책에 제임스에게 영원히 보내지 않을 편지의 초안들을 적었다.

나의 슬픔이 솟아오릅니다. 그 슬픔은 다른 인간에게서 내가 얻은 커다란 자신감과 위안을 없애고 있습니다. 힐데가르트는 이렇게 썼다.

블랜딘은 적었다. 우리의 관계에 비윤리적인 것이 있었다면, 그건 당신이 선생이고 내가 학생이었던 것이나 당신이 연출이고 내가 배우였던 것, 또는 당신은 유부남이고 나는 어린애였던 것이나 당신은 부유하고 나는 가난했던 것, 또는 당신은 아이 아빠고 나는 고아라는 것, 또는 당신은 마흔두 살이고 나는 열일곱 살이었던 것이 아니에요. 이 일이 앞으로 언제나 당신보다 나에게 의미가 훨씬 더 클 거라는 사실, 그리고 당신이라는 망할 놈은 그걸 처음부터 알고 있었다는 사실이죠.

그 말은 인간이, 지구가 잠깐의 시간 동안만 가질 수 있는 대기의 농담인 사랑이나 신앙의 나약함에 눈이 가려지지 않은 채로, 살아가는 높이를 볼 수 있어야 한다는 뜻입니다.

당신은 항상 이미 중요한 존재였어요. 나는 아니고요.

사람은, 시들어가는 꽃처럼 그를 실망시키는 고위층의 사람을 섬겨서는 안 됩니다. 하지만 나는 어떤 고상한 사람 한 명에 대한 사랑 때문에 이 규칙을 깨뜨렸습니다.

다른 사람의 자비에 의존하는 보상이 딸린 투자는 하면 안 된다고 내 평생의 삶이 나에게 가르쳤어요. 17년 동안 이 교훈을 잊을 수가 없었는데, 그러다 몇 달 사이에 이것을 다시 배울 수가 없어졌어요.

아아, 어머니인 나여. 아아, 딸인 나여. 왜 그대는 나를 고아처럼 저버렸습니까?

당신은 은유예요. 당신이 뭘 상징하는지는 모르겠지만, 당신은 그저 당신 자신만은 아니에요. 당신은 아빠도 아니에요. 혹시 그게 당신이 내린 결론이라면요. 나는 그렇게 원인-결과로 생각하지 않아요.

그대의 고상한 태도, 그대의 지혜, 그대의 순수함, 그대의 영혼 그리고 그대의 인생 모두 때문에 그대를 사랑했습니다! 너무나 사랑해서 많은 사람들이 말했죠. "당신은 뭘 하고 있는 거죠?"

우리가 뭘 하고 있었던 거죠, 제임스? 당신은 뭘 하고 있었던 거죠?

~~~

블랜딘은 7월 말 어느 저녁에, 학교를 자퇴한 지 한참 지나서 그 이메일을 받는다. 그다음 주에 그녀는 스텔라와 웨인의 집을 나와서 라라피니에르 저가 아파트로 들어갈 것이다. 니가 젤 큰 방 써, 넌 여자니까. 말리크는 그날 아침에 그렇게 문자를 보냈다. 그러고는 윙크하는 얼굴 이모티콘을 보냈다. 지금 그녀는 바카베일 공립 도서관의 끈적거리는 컴퓨터 앞에 앉아 있다. 의아해서 그녀는 화면 쪽으로 더 가까이 몸을 구부린다. 보낸 사람은 세인트필로메나 학생이었던 조 콜린스다. 블랜딘이 1학년일 때 조는 4학년이었다. 그들이 학교를 함께 다녔던 해에 조는 모든 학교 연극에서 주연이었다. 조가 졸업한 후에 세인트필로메나는 종종 그녀에 대해서 자랑했다. 그녀는 피아노 실력으로 어떤 일류 음악학교에 장학금을 받고 들어갔다. 일주일에 두 번, 세계사 수업을 가는 길에 블랜딘은 복도에서 즐겁게 미소를 띠고 있는 조의 사진을 지나쳤다. 우수한 동문이라는 현수막 아래로 그녀의 치아가 빛났다. 블랜딘은 조와 한 번도 이야기해본 적이 없었다. 전쟁용 북처럼 배 속에서 두려움

에 찬 맥박이 뛰고, 그녀의 동물적인 일부분은 읽기 전부터 그 메시
지 내용을 알고 있다.

제목은 없었다.

그 사람한테 너도 넘어갔어?

3부

그건 토드의 아이디어가 아니었다

~~~

2월의 물고기 사건 이후 블랜딘은 마치 변화를 감지한 것처럼 집을 피했다. 나는 그 물고기가 딱 한 번의 특이한 일일 뿐이라고 스스로에게 말했지만, 내 몸 깊은 곳에서는 우리가 토끼장에 들어온 이래로 우리의 의식(儀式)이 탄력을 얻고 있다는 걸 알고 있었다. 나는 우리가 뭔가를 또다시 죽일 거라는 걸 알았다.

다음번 그 일이 일어났을 때, 말리크는 개떡 같은 기타를 치고 있었고 블랜딘은 외출 중이었다. 밤, 3월, 우리 모두 약간 취해 있었다. 말리크는 이불 위에 앉아 있었고 토드는 바닥에 앉아서 텔레비전을 노려보았다. 수요일 밤이었다. 그 무렵에는 항상 수요일인 것 같았다. 토끼장의 난방이 너무 셌고 우리가 조절을 할 수가 없었기 때문에 바람이 씽씽 부는 날임에도 불구하고 우리는 창문을 활짝 열어놓았다. 말리크가 노래를 만드는 동안 나는 바닥을 잘라내고 문 위에 못으로 박아 고정한 바구니에 고무줄로 만든 공을 던졌다. 말리크는 곡을 완성하면 자신의 수많은 채널에 업로드할 거라고 우리에게 주장했다. 명성, 부, 섹스가 따라올 것이다.

"너한테는 어떻게 들려, 토드?" 말리크가 목을 가다듬고는 똑같은 세 개의 화음을 각기 다른 패턴으로 치고 또 치면서 노래를 하기 시작했다. 그리고 그걸 아나? 저 개자식은 목소리도 끝내준다. 애플 사이다와 다른 누군가의 어린 시절이 생각나게 만드는 목소리다.

"네 눈은 바다 같지, 예에, 네 영혼은 새 같아. 집으로 가고 싶어? 네가 그저 말만 한다면. 우리의 집, 집, 집, 우리의 집은 같은 집, 집, 집, 그러니까 네가 외로우면, 외로우면, 외로우면, 너에게 내 전화를 빌려줄게."

"무슨 바다? 무슨 얼어 죽을 바다야, 말리크?" 내가 물었다.

"아무도 너한테 안 물었어, 잭." 토드가 쏘아붙였다.

"아니, 진짜로. 궁금하다고. 너 바다를 만져본 적은 있어? 아니, 호수는?"

말리크는 나를 무시하고 다음 소절을 계속 불렀다. "너는 전화가 없지, 난 그게 엄청 대담하다고 생각해, 네 머리는 달빛 같아, 예에, 네 머리는 백금 같아. 블랜딘, 베이비, 블론디, 넌 괴짜야, 예에 그건 사실이지, 하지만 맙소사, 넌 장미 향기가 나, 그리고 걸(girl), 너 같은 사람은 또 없어." 말리크는 기타를 치던 걸 멈추고 토드를 향해 씩 웃었다. "지금은 이게 다야. 그러니까, 아직 작업 중이야. 걸리는 부분들이 있어서. 하지만 어떻게 생각해?"

리듬에 완전히 잘못된 데가 있었다.

"우선은, 너희 둘 다 같은 집, 집, 집으로 돌아오는데 왜 걔가 네 전화를 빌려야 하는 건데?" 내가 말했다.

토드는 자기 귀를 잡아당기고 열심히 생각했다. 거의 10여 년 만에 처음으로 토드는 텔레비전에서 눈을 뗐다. 그는 말리크를 너무 숭배해서 보고 있으면 괴로울 정도였다. "좋아, 음, 이 말은 해야겠는데, 내 주된 지적이라면 '전화(phone)'랑 '대담하다(bold)'는 확실히 운이 안 맞아. 백금 부분은 아주 좋아. 하지만 걔한테서 장미 향이 나는 것 같진 않아. 걔한테서 정말로 장미 향이 나?"

말리크는 어깨를 으쓱였다. "난들 알아?"

"진짜 장미 향이 나. 장례식처럼." 내가 대답했다.

그때 무슨 정신 나간 바카베일 관광 캠페인에 관한 광고가 나왔다.

우리 모두 침묵 속에서 광고가 끝날 때까지 쳐다보았다.

"완전 쓰레기야." 말리크가 평했다.

"바카베일: 집에 온 걸 환영합니다." 토드는 코웃음을 쳤지만, 내가 보기엔 약간 감정적인 것 같았다. "도대체 저게 무슨 놈의 슬로건이야?"

"이쪽이 더 맞지 않나? 바카베일: 녹을 건드리지 마시오." 말리크가 말했다.

"바카베일: 실례합니다만, 길을 잃었나요?" 내가 덧붙였다.

"바카베일: 아침에 치울게요." 토드가 말했다.

우리는 웃었다. 우리는 달아올랐다. 우리가 누구를 감탄시키려고 하는 건지 우리도 몰랐다.

"바카베일: 예전에는 여기서 차를 만들었어요!" 말리크가 농담을 던졌다.

"바카베일: 교회가 인구보다 많은 곳."

"바카베일: 토끼가 교회보다 많은 곳."

"바카베일: 땅이 유독한 곳."

"바카베일: 그래도 아직 여기서 섹스는 할 수 있지."

"거기 나온 장소들 중에서 알아볼 수 있는 데가 하나도 없더라. 우리한테 농산물 직매장이 있기는 해? 그 정원은 확실하게 없어."

레인지 뒤의 작은 발소리. 우리는 돌아보았다. 토끼장 벽 안에는 바카베일의 모든 하수관보다도 쥐가 많았다. 녀석들에게 익숙해지고, 거의 불쌍하다고 느끼게 된다. 하지만 쥐 한 마리가 몇 달째 우리 부엌을 돌아다니며 쾅쾅거리고 있었고, 한 번도 본 적은 없지만 놈이 거기 있다는 사실에 진저리가 났다.

"덫에 잡힐 거야. 그냥 기다려봐." 토드가 말했다.

"내가 그 안에 땅콩버터도 바르고 다 해놨어. 놈들은 땅콩버터를 사랑하거든." 내가 말했다.

"내가 단언하는데, 쥐들의 이번 세대는 발전했어." 말리크가 말했다. 나는 슛을 한 번 놓쳤고, 공은 거실에서 그가 있는 방향으로 굴러갔다. 말리크는 그걸 집어 들었고, 집 반대편에서 한 번에 공을 바구니에 넣었다. 나는 짜증이 나서 공을 되찾아 왔지만 다시 던지지는 않았다. 그냥 맥주만 벌컥벌컥 마셨다. 말리크가 말을 이었다. "놈들은 매번 우리보다 한 수 앞서. 나 일하는 데 있는 어떤 사람은 몇 달이나 덫을 설치해뒀는데 어떻게 됐는지 알아? 어느 날 아침에 일어나서 아주 조용히 살금살금 부엌으로 갔더니, 뭘 봤게? 쥐 두 마리가 덫 바깥에서, 그 조그만 앞발로 치즈를 빼 먹고 있었던 거야. 찌부러지지 않은 채로. 진짜야. 그 사람이 손뼉을 쳤는데, 놈들은 도망치지도 않고 쥐뿔도 신경 안 쓰더래. 그놈들이 빵 한 덩어리를 다 먹어치웠다고 그랬어. 믿어져?"

"내가 믿을 수 없는 건 네가 이걸 재미있는 이야기라고 생각한다는 거야."

"꺼져, 잭."

말리크가 기타를 놓고 일어서서 부엌 쪽으로 걸어갔다. "그놈이 뭐 하는 거지? 레인지 안에 있는 것 같아?"

"그냥 놔둬. 난 안 보고 싶어." 토드가 말했다.

"난 보고 싶어. 그 망할 앞발을 잡고 악수하고 싶어. 어쩌면 쥐가 아닐 수도 있어." 말리크가 말했다.

"그럼 뭐겠어?" 내가 물었다.

"모르지. 토끼. 이빨 요정. 유령."

"우드로 헉슬리 존 3세의 유령. 그 사람에게는 하고 싶은 말이 좀 있어." 토드가 말했다.

나는 바닥에서 일어나서 부엌에 있는 말리크에게 합류했다. 부엌은 매일 밤 토드가 죽도록 닦기 때문에 언제나 아주 깨끗했다. 토드는 모든 것의 배치에 굉장히 까다롭게 굴었다. 가끔 말리크는 그냥 그를 괴롭히기 위해서 뭔가의 자리를 바꿔놓았고, 그다음에 우리는 토드가 뭐가 잘못됐는지 깨달을 때까지 부엌을 서성거리는 걸 구경했다. 그걸 고쳐놓으며 토드는 대체로 블랜딘을 탓했다. 그날 밤, 조리대는 완벽하게 비어 있었다. 나뭇가지와 토끼풀이 든 병을 제외하면. 블랜딘은 집 안에 항상 그런 쓰레기를 남기고 다닌다. 토드가 아직 그걸 버리지 않은 게 놀라웠다.

말리크가 무릎을 꿇고 벽과 레인지 사이의 공간을 들여다보았다.

"보여?" 토드가 긴장해서 물었다.

"아니…… 그냥……. 그러니까 온통 그놈의 똥이 떨어져 있는 건 보이는데……."

조리대 위를 스치는 회색. 나는 놈을 향해 휙 돌아섰다.

"거기야! 토드, 봐!" 나는 녀석의 몸을 향해 공을 던졌지만 쥐는 시야 밖으로 달려갔고, 공은 벽에 맞고 튕겨 나왔다.

토드가 눈을 휘둥그렇게 뜨고 소파 위로 펄쩍 뛰어올랐다. "어디?"

"거기! TV 근처에!"

"어디?"

"지금 캐비닛 뒤에 숨어 있어. 조심해!"

말리크가 농구화 한 짝을 벗었다. "토드! 잡아!" 그가 신발을 방 건너편으로 던졌고, 신발은 토드의 배에 세게 부딪혀서 하얀 티셔츠에 갈색 줄무늬를 남겼다.

"제기랄, 말리크!"

"신발 주워, 이 자식아!" 말리크가 지시했다.

"네 더러운 신발 건드리기 싫어!"

"주우라니까!"

"왜!"

"그래야 쥐를 죽이지!"

"난 그러고 싶지 —"

"주워!"

토드는 몸을 구부려 바닥에 놓인 네온색 신발을 더듬더듬 주웠다. 그의 창백하고 조그만 손에서 신발은 거대해 보였다.

"그 새끼가 보이면 던져!" 말리크가 소리쳤다.

"하지만 —"

"해!"

"난 —"

"하라고!"

"하지만 그건 별로 —"

"계집애처럼 굴지 마, 토드!"

쥐가 텔레비전 스탠드에서 소파 쪽으로 달려가자 토드가 고양이처럼 뛰어올라서 매끄러운 한 번의 동작으로 조그만 놈의 몸에 신발을 내리쳤다. 그리고 다시, 또다시. 그리고 계속, 계속, 세게, 더 세게, 신음하면서, 바닥에 조그만 피떡밖에 안 보일 때까지. 나는 눈을 가늘게 떴다. 붉은 덩어리 속에서 내가 본 것 중 가장 작은 발이 움찔거렸다.

침묵.

"젠장, 이 자식. 네 속에도 그런 게 있을 줄 알았지." 말리크가 마침내 말했다.

토드는 코를 훌쩍이면서 얻어맞은 쪽이 자신인 것처럼 손을 떨며 우리를 보았다. 그는 신발을 바닥에 떨어뜨리고 일어서서 몇 걸음 뒤로 물러나 핏자국에서 시선을 돌렸다. 그의 뒤로 아일랜드 시골에서 벌어지는 초자연적 활동에 관한 리얼리티 쇼가 텔레비전에서 번쩍거렸다. 토드의 얼굴은 하얗고 젖어 있었다.

"그건 그냥……." 그가 약한 목소리로 입을 열었다. "그건 아기였어."

말리크는 냉장고에서 맥주를 꺼내서 뚜껑을 따고 토드에게로 걸어왔다. 그리고 그의 등을 두드렸다. "네가 자랑스러워, 친구." 말리크가 말했다. 그리고 토드의 떨리는 손 안에 맥주를 밀어 넣었다. "넌 블랜딘을 위해서 한 거야."

거기서부터 상황이 좀 걷잡을 수 없이 흘러갔다고 말해도 좋을 것이다.

동명(同名)

~~~

인터넷에 따르면 그 일은 마르쿠스 아우렐리우스가 통치하던 서기 177년 프랑스 리옹에서 일어났다. 비로마인이고 노예였던 블랜딘은 그녀를 산 기독교도와 함께 수감된 상태였다. 그들은 블랜딘을 고문했고, 결국 그녀의 회복력에 지친 사형집행인들은 그녀를 원형경기장에 설치한 말뚝에 묶고 굶주린 짐승 무리를 풀었다. 하지만 짐승들은 며칠이나 블랜딘을 건드리지 않았고 그녀의 곁에 가려고도 하지 않았다. 그녀를 망가뜨릴 수 없어서 좌절하고 팬들 앞에서 망신을 당한 사형집행인들은 블랜딘을 원형경기장에서 끌어내 채찍질을 하고 불판 위에서 반쯤 구웠다. 그다음에 그녀의 불에 탄 몸을 그물로 싸서 야생 수소에게 던졌고, 소의 뿔이 그녀의 몸을 찔렀다. 하지만 그녀는 죽지 않았다. "난 기독교도이고, 우리는 아무 잘못도 저지르지 않았어요." 취조를 받을 때 그녀는 계속 반복해서 이렇게 말했다고 한다.

그녀는 신비로웠다. 그녀는 무적이었다. 그녀는 열다섯 살이었다.

일주일 동안 모든 시도가 실패한 후에, 사형집행인들은 미니멀리즘적 접근에 의지해서 단검으로 그녀를 찔렀다. 그녀는 마침내 죽었다.

그런 신앙의 개념에 푹 빠지고 그녀보다 거의 2000년 전에 존재했던 사람에게 홀딱 반해서, 이전에는 티퍼니 진 왓킨스라고 알려졌던 젊은 여자는 자신이 가지고 태어난 골치 아픈 육체의 물질성을 초월해서 아무도 손댈 수 없는 상태를 달성하기 위한 노력의 일환으로 동명의 블랜딘을 자신의 새 이름으로 골랐다. 리옹의 블랜딘. 어린 하녀들과 고문당한 피해자들과 식인의 누명을 쓴 자들의 수호 성녀. 티퍼니/블랜딘은 인터넷에서 파피루스 폰트로 쓰인 이 순교자에 대한 이야기를 발견하고 도서관에서 그것을 인쇄한 다음 침대 위에 테이프로 붙였다.

법원 서류와 출생증명서, 210달러를 내고 6개월 후, 티퍼니/블랜딘은 블랜딘이라는 이름은 라틴어로 '온화한'이라는 뜻인 반면 티퍼니는 그리스어로 '신의 현현'이라는 뜻임을 알게 되었다.

펄

~~~

7월 17일 수요일 아침, 육체에서 빠져나오기 열다섯 시간 전, 블랜딘은 라라피니에르에서 채스터티밸리까지 걸어간다. 어젯밤에는 잠을 잘 수가 없었다. 이제 새벽이고, 그녀 주위로 도시가 꿈틀거리며 살아난다. 걸어가면서 블랜딘은 펄이라는 이름의 여자에 관해 최근에 읽은 기사를 떠올린다. 펄의 복부 안의 장기들은 보통 사람과 반대 구조로 되어 있었지만, 심장은 올바른 위치에 있었다. 좌심증이 동반된 내장 역위증. 펄이 받지 못했던 진단명이었다. 펄의 흉강을 공부하기 위해서 한 의대생 무리가 펄의 시체를 열었을 때에야 그녀 몸의 이 기묘한 사실이 발견되었다. 주요 혈관을 찾으려고 애를 쓰다가 실패한 후에 그들은 그녀의 생물학적 설계를 통해 수수께끼를 추적하여 원인을 찾았다.

신생아 2만 2000명 중 한 명이 이런 상태로 태어난다. 그중에서는 5000만 명 중 한 명이 성인이 될 때까지 살아남는다. 펄은 비교적 건강한 삶을 산 끝에 99세에 사망했다. 기사에 따르면 자연사였다. 그녀는 펫숍을 갖고 있었다. 세 명의 다 큰 자식과 다섯 명의 손주가 있었다. 펄의 50년대 초상화를 보면 얼굴은 대칭적이고, 뺨은 장밋빛이고, 갈색 머리는 얼굴 주위로 구름처럼 둥글둥글 말려 있으며, 미소는 얌전하고, 식물 모양의 에메랄드 브로치가 목깃에 꽂혀 있다. 그녀의 외모 전부가 그녀 몸의 진실을 숨겼다. 그 자신의 장관, 장애, 불가능함을 모두에게서 비밀로 유지한 몸. 심지어는 그 몸의 세입자에게조차도 비밀이었다.

채스터티밸리 입구로 가기 위해서 블랜딘은 바카베일 도심의 남쪽 지역을 통과하며 줄줄이 선 저당 잡힌 가게들과 판자로 막아놓은 주택들을 지나간다. 영업 중인 시설로는 스포츠 바, 패스트푸드 체인점, 태닝 살롱, 중고품 가게, 주류 판매점, 무너질 것 같은 교회와 전자 담배 판매점 등이 있다. 그녀는 양옆이 공터이고 합판으로 창문을 막아놓은, 주석 패널이 있는 가게를 지나간다. 녹슨 문. 벽돌로 된 건물 토대를 재점유하는 덩굴. 릴 대디의 패션 & 액세서리 숍, 간판에는 그렇게 쓰여 있다. 섬세한 레터링과 장미들은 페인트로 직접 그린 것이다. 길 아래쪽에는 연한 노란색 외장재를 쓴 또 다른 외로운 가게가 길 쪽으로 구부정하게 서 있다. 창문도 없고, 눈에 띄는 입구도 없다. 그 뒤의 작은 주차장은 유아차 한 대를 빼면 비어 있다. 침대가 필요하면 언제든 _____로 전화해요, 가게 앞에 붙어 있는 판자에 그렇게 쓰여 있지만, 노란색 블록이 전화번호를 가렸다. 사거리에는 커다란 전언판이 있고, 바꿔 끼울 수 있는 검은색 글자들이 절벽에 매달려 있는 사람들처럼 붙어 있다. 많은 글자들이 원래의 문장에서 사라진 상태다. 지금 문장은 이랬다. S. T A A E   O   P   R N   @ ALL C   S T. 사거리를 건너서 블랜딘은 세인트야드비가 성당 앞을 지나간다. 1800년대에 폴란드와 독일에서 온 50가족이 벽돌과 돌로 지은 고딕 양식의 경이로운 건물이다. 프랑스식 바실리카를 모델로 하여 장밋빛 창문

양옆으로 탑이 하나씩 있다. 성당의 각 첨탑 꼭대기에 금색 십자가가 있고, 바로크식 창문은 하얀 테두리에 유리는 젖빛이다. 전체적으로 성당은 진저브레드로 만든 감탄할 만한 선조불처럼 보인다. 창문 위쪽으로는 폴란드의 첫 번째 여성 군주인 세인트야드비가의 조각상이 양손을 쭉 뺀 채 서 있다. 문에는 파피루스 폰트로 메시지가 쓰인 인쇄 용지가 걸려 있다. 난민들, 죄수들, 창녀들, 추방자들이여, 잘 오셨소. 환자들, 장애자들, 노숙자들에게로 잘 오셨소. 신선한 토마토. 시원한 침대. 이번 주는 빵(bread) 빵 빵.

자신들의 금속 서식지에서 새들이 반항적으로 운다. 몇몇 이른 아침 통근자들이 도로를 졸린 상태로 운전한다. 차의 악취가 풍기기에는 아직 일러서 블랜딘은 오염되지 않고 근사한 공기에 감사하며 여름풀과 최근 비의 향기를 들이켠다. 라벤더색 하늘이 밝아지며 지친 듯 미래를 향해서 손짓한다. 블랜딘은 따뜻한 아침 바람 속을 걸으면서 누군가 펄에 관한 기사를 그녀에게 이메일로 보내는 것을 상상한다. 그 사람은 이렇게 쓸 것이다. 네가 떠올랐어. 상상 속에서 그 사람은 블랜딘이 자신을 아는 것보다 그녀를 더 잘 알고, 그들의 메시지는 그녀의 피부 속으로 시처럼 가라앉고, 그 의미를 드러내기도 전에 진실성을 주장한다. 이게 보통의 환상이 아니라는 건 그녀도 안다. 하지만 더 이상 '보통'이 좋은 거라고 누가 말할 수 있을까? 보통을 누가 뭐라고 부를 수 있을까?

블랜딘은 의대생들이 그녀의 몸을 열면 그 안에 미니어처 바카베일이 자리하고 있는 걸 발견하지 않을까 생각한다. 장기는 하나도 없고. 고속도로 체계, 인간의 지위에 관한 일회용 시도들, 부재(不在)적 상태에도 불구하고 존재하는 약탈당한 장소.

그녀의 중심을 가르는 것은 바카베일강일 것이다. 구불거리며 위로 올라가서는 결국 그녀의 머리에서 밖으로 쏟아져 미시간호로 들어간다. 강의 길이는 330킬로미터다. 매년 점점 더 큰 홍수가 난다.

바카베일에서는 많은 다리들이 강 위로 아치형을 그리며 그들의 도시라는 천을 하나로 봉합하면서, 모두를 동등하게 하는 한 가지 사실을 제공한다. 당신이 누구든 간에, 얼마나 많은 돈을 가졌든 간에, 혹은 어디에 살든 간에 당신은 강 가까이 있다. 희한하게도, 경탄스럽게도 지역구의 물고기 보호 활동가들이 법원 근처의 이 강에 연어용 어제(魚梯)를 설치했다. 보호 활동가들은 매년 거기를 지나는 물고기들의 수를 세고 종을 파악해서 줄어드는 그들의 숫자를 기록하고 있다. 그들은 자신들이 발견한 결과를 매해 가을 〈바카베일가제트〉에 낸다.

도심 북쪽으로는 강을 따라 역사적 주택들이 자리한 동네가 있다. 20세기 초에 존(Zorn) 일가의 재산으로 지어진, 경사진 연두색 풀밭에 자리한 채 웅장함이나 쇠락의 여러 단계에 있는 맨션들. 몇 채는 지금은 박물관이다. 하나는 숙박 시설이다. 하나는 블랜딘의 고등학교 연극 연출가, 그녀가 생각하지 않으려고 노력 중인 남자의 집이다. 아니, 최소한 한때는 그 남자의 집이었다. 한동안은 모든 존재가 그였다. 그를 생각하는 걸 피하지 못하자 그녀는 손톱이 피부에 빨간 괄호 모양을 남길 때까지 허벅지를 꼬집는다.

이 주택들의 서쪽으로는 몇 개의 우울한 사업체들이 흩어져 있다. 바카베일 극장, 쇼핑몰 하나, 우든레이디 모텔 그리고 존 박물관. 도시의 중심에 도심은 고리 모양으로 만들어졌고, 이제 케이크처럼 허물어져가고 있는 지방의회 건물 집단으로 둘러싸여 있다. 법원 맞은편으로는 블랜딘이 2년 동안 웨이트리스로 일했던 앰퍼샌드가 있다. 여성 보호소에서 길을 따라 내려가면 1919년에 저임금 공장노동자들의 숙식을 위해 건립된, 벽돌 건물들로 이루어진 복합 단지가 나타난다. 공장노동자들 중 일부는 임시직이고 혼자 살았다. 일부는 다른 직원들과 집을 공유했다. 또 다른 일부는 가족과 함께 거기 살았다. 그 집들은 창문과 옷장이 부족했고, 작은 방과 형편없는 배관, 오래된 것을 개조한 전기와 난방 시스템이 특징이었다. 복합 단지의 3분의 1은 라라피니에르 저가 아파트로 개조되었기 때문에 블랜딘은 그 건물을 잘 안다.

역사적 주택들 북쪽으로는 산업용 농지가 서쪽에서 동쪽으로 넓게 펼쳐져 있고, 양옆은 바카베일강이다. 옥수수와 콩이 기괴하고 상상할 수 없는 규모로 자란다. 여름이면 농작물들은 화학적 초록색의 공격으로 변하고, 기하학에 대한 컬트적 송가처럼 수천 평씩 확장된다. 흙먼지라는 미래, 가뭄이라는 미래를 감추고 봉하려고 애를 쓰는, 건강에 슨 녹청. 어떤 기계도, 화학물질도, 회사도, 개인도 되살릴 수 없는 죽은 흙이라는 미래. 이 미래는 이미 구체화되고 있고, 그래서 지금, 땅에서 아무것도 자라지 않자 교외 주택지가 자라나고 있다. 개발업자들은 유망한 안전과 인간이 만들어낸 저류지, 외부인 출입이 제한된 주택지라는 기회에 달려들었다. 넘쳐나는 베이지색. 경쟁 중인 두 개의 초대형 교회. 교외 거주자들은 이제 담으로 둘러싸인 쇼핑몰에서 옷을 살 수 있고, 수입 강황과 새 페인트 냄새가 나는 슈퍼마켓에서 식료품을 살 수 있다. 당황하고 굶주린 사슴들이 계속해서 마당으로 비틀비틀 들어온다. 그리고 스프링클러에서 물을 마신다.

100년 동안 그런 잔인한 운명을 피했던 바카베일의 가장 좋은 지역, 채스터티밸리는 도심 동남부 쪽에 위치해 있다. 60만 평이 넘는 채스터티밸리는 동쪽을 가리키는 화살 같은 모양이다. 1918년 독감 유행 때 지어진 이곳은 팬데믹 기간의 번창한 도시를 위해 안전한 오락 공간을 마련하려던 바카베일의 노력의 결과였다. 무성한 식물로 둘러싸인 채스터티밸리는 잘 다듬어진 공공 토지와 손대지 않은 자연 상태의 숲 사이를 오간다. 서쪽 가장자리로는 호수가 있으나 지금은 조류(藻類) 증식으로 산소가 거의 공급되지 않는다. 호수 가장자리에서는 보트 하우스가 반겨주고, 방랑하는 그녀를 오솔길로 안내한다. 오솔길은 연병장을 가로질러 바비큐장을 지나, 기념용 라일락 숲을 지나, 풀이 웃자란 축구 및 야구장 너머로, 중앙에 타원형 분수대가 있는 작고 조용한 방목장을 통과해서, 불길한 회전목마를 지나, 마침내 방랑자를 공원의 가장 큰 들판, 진짜 '밸리'로 안내한다. 물론 진짜 골짜기(valley)는 아니다. 양옆으로 산이 있는 게 아니니까. 하지만 공원의 설계자는 자연과 관련된 최고의 단어들은 모든 지역의 모든 사람에게 속해야 한다고 믿었다. 중서부가 그 지형처럼 평평할 필요는 없다고 그는 믿었다. 커다란 들판에서 방랑자는 소풍과 아기들, 프리스비와 말다툼, 와인과 웃음을 마주할 것이다. 그리고 점점 더 많아지는 드론들. 점점 더 커지는, 드론들에 대한 그녀 자신의 살인적인 분노.

만약 그녀가 길을 벗어나 숲을 가로질러 남쪽 지역으로 간다면 숲에 가린 움푹하고 풀이 마구 자란 은신처 '연인의 공간'에 도착할 것이다. 60년대부터 80년대까지 사람들은 사회적으로 비난받을 섹스를, 다른 곳에서는 안전하게 즐길 수 없는 쾌감을 위해서 밤에 '연인의 공간'으로 도망치곤 했다. '연인의 공간'이라는 장소가 순결의 골짜기*라고 불리는 곳 안에 존재한다는 사실이 블랜딘에게 인간의 잔인함에 맞서는 인간의 회복력에 대해 약간의 희망을 품게 만들어주었다. 열심히 조사했지만, 80년대에 왜 사람들이 '연인의 공간'에서 만나는 걸 그만뒀는지는 결국 알아내지 못했다. 다른 사람들이 그곳을 알아냈나? 경찰이 나타났나? 에이즈 위기 때문이었을까? 사람들이 공격을 받았나? 역사의 패턴을 생각하니 블랜딘에게 질문들에 대한 답이 나온다. 맞아, 맞아, 맞아 그리고 아마도 맞아. 지금 '연인의 공간'은 작년 홍수로 입은 손상 때문에 둘레에 줄을 쳐서 막아놓았다. 공원의 절반쯤이 그랬다. 시는 파괴된 곳을 고

---

* 공원의 이름 체스터티밸리(Chastity Valley)가 순결의 골짜기라는 뜻이다.

쳐주겠다고 약속했고, 그 약속을 활성화 계획에 덧붙였다. 공원의 동쪽 가장자리 쪽에는 위에서 보면 ZORN이라는 글자를 이루는 소나무 숲이 있다.

마지막으로 도심의 남서쪽, 블랜딘의 몸의 가장 구석에서 의대생들은 텅 빈 공장 단지를 발견할 것이다. 바카베일에서 그 공장들은 소위 더 좋았던 시절에 대한 기억으로 하늘과 새들의 머릿속을 계속해서 괴롭히고, 한때 고등학교 쿼터백이었던 우울하고 술 취한 아버지처럼 과거를 다시 체험하고 또 체험한다.

한때 미국에서 가장 큰 자동차 제조 공장이었던 존 자동차는 1852년 우드로 헉슬리 존 3세가 거칠고 바람에 갈라진 손으로 만든 소박한 왜건에서 시작됐다. 약관 24세에 그는 가족을 펜실베이니아에서 인디애나까지 실어 갈 왜건을 만들었다. 그들은 인디애나의 농장에서 그의 형 세실과 합류할 것이었다. 왜건은 11월의 냉기를 뚫고, 수십 킬로미터의 진흙과 비와 그 계절의 첫눈을 견뎌내며 여행했다. 우드로와 그의 부인, 세 아이들, 그들의 말이 바카베일에 도착했을 때 사람들은 멈춰서 그들의 왜건에 감탄했다. 그것은 매력적이고 공기역학적이고 튼튼했다. 그들이 한 번도 본 적 없는 디자인이었다. 감탄한 마을 사람들은 우드로에게 왜건을 더 만들어달라고 주문하기 시작했다. 그는 돈이 필요했기에 주문을 받았다.

형의 헛간을 작업장으로 삼아 우드로는 도구를 쌓아두고 혼자서 일했다. 자기비판, 수줍음, 치솟는 우울증, 그리고 자신감은 자만심이라는 종교적 신념에 시달리며 우드로는 왜건 하나를 만들 때마다 설계를 개선하면서 기계적으로 주문을 완수했고, 칭찬을 들으면 대수롭지 않게 떨쳐버렸다. 그가 마침내 자신이 유능할 뿐만 아니라 힘들고 꼭 필요한 일에 정말로 뛰어나다는 사실을 받아들였을 때, 존 자동차는 다시 태어났다. 본질적으로 수다스럽고 상냥한 사업가였던 세실이 "함께라면 우리는 근사한 걸 만들 수 있을 거야. 영원히 갈 만한 걸"이라고 말했을 때 존 자동차는 세 번째이자 마지막으로 태어난 셈이었다.

이후 수십 년에 걸쳐 왜건은 경마차가 되고, 마차가 되었다. 1904년, 존은 회사 최초의 자동차를 만들었다. 원래의 디자인은 전기로 가는 것이었지만, 시장의 경향을 관찰한 세실은 우드로에게 대신 휘발유 모델을 설계하라고 압박했다. 1920년, 존은 마지막 왜건을 만들고 '마지막 왜건'이라고 이름 붙였다. 승리자로 이루어진 금속 군단 존은 모든 내구 레이스에 출전해서 가장 많이 승리했다. 1922년, 존 자동차는 뉴욕에서 샌프란시스코까지 79시간 55분을 달려서 1위를 차지했다. 존 자동차들은 매혹적이고 독창적인 디자인으로 유명해졌는데, 수십 년 후 블랜딘이 바카베일에서 본 대부분의 집들보다 더 예쁘고 강했다. 1926년형 듀플렉스 페이튼은 빨간색에 부유함 그 자체처럼 반짝거렸다. 1929년형 바카베일 소방차들은 앞은 검은색 가죽 시트이고 지붕은 없고 금으로 된 세공 장식이 있었다. 사치스러운 구원자들이었다. 1931년형 로드스터, 1947년형 VD 픽업. 존 자동차들은 그냥 차가 아니었다. 조각품들이었다. 심지어 대통령들도 존 자동차를 사랑했다. 율리시스 S. 그랜트는 브루스터 랜도를 가지고 있었다. 해리슨은 일곱 대의 존 자동차를 가졌으나 그가 가장 좋아했던 건 브루엄이었다. 매킨리는 페이튼. 검은색 존 버루시가 링컨을 그가 암살당한 극장까지 태워 갔다. 1909년형 노란색 페그는 국회의사당 주위로 국회의원들을 실어 날랐다. 노란색에 땅딸막하고 우스꽝스러웠다. 미래적이었다. 존 자동차들은 대체로 지붕이 없었고, 그럴 만한 이유가 있었다. 존은 한계가 없었다.

블랜딘은 초등학교 때 존 박물관으로 소풍 간 것을 기억한다. 거기서 그녀는 독특한 1922년형 모델을 보고 자연히 사로잡혔다. 마시멜로 같은 외형, 하얀 타이어 테두리, 스테인드글라스, 빨간색 벨벳으로 된 실내, 창문 사이의 패널에 달린 진짜 램프. 그 디자인은 무의미한 아름다움으로 그녀를 사로잡았다. 안쪽을 들여다보고 작은 관 위에 있는 종이꽃 화환을 발견하고서야 그녀는 그게 아이들용 영구차라는 걸 깨달았다.

수십 년 동안 존 자동차는 기적이자 맥박이자 제국이었다. 세실 존은 그들이 지배권을 가진 것은 신이 그러기를 원했기 때문이라고 믿었다. 우드로는 동의하지 않았다. 그의 회사의 성공은 그를 곤란하게 만들었고, 명성과 재산이 쌓여가자 그는 점점 더 화를 잘 내게 되었다. 제조 과정의 사소한 결함은 그를 격분시켰고, 그는 자동차 모델들의 완벽함에 대단히 집착하게 되어서 공장 한 곳에 침대를 갖다놓고 생산의 모든 순간을 감독하기 위해 일주일 내내 거기서 잤다. 그의 부인과 아이들은 그의 분노를 예측하고 피하는 법을 익혔고, 강이 내려다보이고 수많은 방이 있는 맨션에서 그건 쉬운 일이었다. 특히 우드로가 나가고 없을 때는.

1907년, 우드로는 자신이 위암으로 죽어가고 있다는 걸 받아들이고서 회사를 큰아들 빈센트에게 남겼다. 당시 빈센트는 파리에서 화가로 살고 있었다. 그는 존 자동차에 전혀 관여하고 싶지 않았지만, 어머니로부터 온 수많은 필사적인 편지들 때문에 파리 출신의 아내 델핀에게 함께 가자고 설득하여 의무적으로 인디애나로 돌아왔다. 거기서, 존 일가의 맨션에서 그들은 호화로운 파티들을 열었고, 회사는 방치하면서 그 이윤은 챙겼다. 20세기 초반 동안 회사를 간신히 유지했던 것은 세실의 막내아들 에드워드였다. 에드워드 존은 자기 결정, 자립, 자아실현의 아메리칸드림에 온 힘을 쏟았다. 그의 아버지는 반은 옳았다. 존 자동차는 훌륭했다. 1943년, 빈센트의 아들 클로드가 사업을 넘겨받아 차츰 회사를 기울어지게 만들었다. 그들은 미국인이었고 또 꿈이었기 때문에, 존 자동차는 영원히 지속될 수 없었다. 결국에 존 자동차는 파산을 선언했다. 그들은 왜건이었고, 경마차였고, 마차였고, 자동차였고, 100여 년의 패권을 누리고 나자, 존은 아무것도 아니었다. 존 일가의 남은 가족들 대부분이 전 세계로 흩어졌다.

공장이 문을 닫은 직후에 인디애나 보건복지부에 익명의 보고서가 도착했다. 존 공장의 저장 탱크에서 수천 리터의 벤젠이 새어 나와 바카베일 하수처리 시설로 흘러들어가 지하수를 오염하고 있다는 내용이었다. 미국에서 열일곱 번째로 가장 흔하게 생산되는 화학물질인 벤젠은 공기 중으로 빠르게 증발하는 휘발성 유기화합물이다. 달콤한 향이 나는 투명한 가연성 액체. 인체 내에서 벤젠은 중추신경계와 면역체계를 공격한다. 보고서가 인디애나 보건복지부에 도착하기 전에 벤젠은 이미 기체 형태로 위로 올라가서 바카베일의 공기 속에 섞여 집, 일터, 학교, 교회를 오염했다. 주민들은 주(州) 보건 당국 관리들이 마침내 테스트를 하기 전까지 위험을 모르는 채로 몇 달이나 그 증기를 들이켰던 것이다. 증상은 처음에는 가벼웠다. 두통, 눈의 염증, 피로감, 흐릿한 시야, 혼란, 떨림, 메스꺼움. 마침내 뉴스가 나오자 존은 집을 떠나야 하는 주민들에게 호텔 방과 기프트카드를 제공했다. 연이은 소송이 회사를 덮쳤다. 하지만 진짜 형벌은 그걸 방지하기에 너무 늦은 때가 되어서야 드러났다. 빈혈, 유산, 선천적 결손, 불임, 골수형성이상증후군. 림프종. 백혈병. 존은 그들이 망가뜨린 가족들에게 두툼한 돈다발을 내밀었지만, 돈은 누구도 되살릴 수 없었다. 다 합쳐도, 존은 연간 수입의 극히 일부분만을 지불했다.

1963년 이후, 이전 세대의 슈퍼히어로였던 존은 바카베일의 악당이 되었다. 존은 크리스마스를 앗아 갔다. 존은 부모님이 망가질 때까지 술을 마시는 원인이었다. 존은 아버지가 우는 모습을 보게 된 원인이었다. 존은 아버지가 없는 원인이었다. 아버지가 약물 과다복용을 하거나 마약을 거래한 원인이었다. 아버지가 복역하는 원인이었다. 아버지가 머리를 쏘아 자살한 원인이었다. 언제, 누가, 얼마나, 어떻게 처리할지, 얼마나 지불해야 할지 등 수많은 질문이 있었지만 유독 물질이 존의 책임이라는 것에는 아무도 의문을 갖지 않았다. 보건 당국 관리들이 조사를 할 무렵, 그들의 결론은 단 한 명도 놀라게 하지 못했다. 존 자동차는 지역 전체를 버렸고, 경제를 파탄 내고 일자리를 없앴으며, 고급 도자기 식기 아래에서 식탁보를 빼내듯이 연금과 보험금을 쏙 빼냈다. 그리고 심리적, 경제적 피해로는 부족하다는 듯이 뒤에 남기고 가는 사람들을 변형했다. 주민들은 그렇게 생각했다.

이 이야기는 도시의 구전설화로 자리를 잡았다. 선생들은 중학교에서 벤젠 오염에 대해서 가르쳤다. 주민들은 분노를 퍼부을 그릇을 발견해서 안도했다. 존이 문을 닫고 한참 후에 태어난 아이들도 영원히 흐릿한 하늘과 뒷골목의 마약과 강도 사건을 비난할 사람이 필요했다. 모두가 적을 원했다.

이제 공장 외부는 그라피티로 얼룩덜룩했다. 예전에 블랜딘은 거기서 발견한 마음 불편한 문구들의 아수라장을 찍기 위해 일회용 카메라를 샀었다. 네 우산하고나 섹스해. FJP 사우스사이드. 배링턴 시장은 파시스트야. 나랑 결혼해줘, 제시. @baxter_billionare: 보스 디제이 사회주의자들을 가둬!!! 누군가 흑인의 생명도 중요하다 문구 위로 푸른 생물의 생명도 중요하다라고 페인트로 써놓았다. 그 두 문구 위로 또 다른 누군가가 모든 생명이 중요하다라고 스프레이로 썼다. 또 다른 사람은 혼란스러운 메시지들 쪽으로 화살표를 그리고는 우는 지구 그림을 그려놓았다. 기관총. 천사의 날개. 미국 국기를 망토처럼 두른 매. 씩 웃는 대마초 잎사귀. 행복을 합법화하라, 잎사귀가 말한다. 직장이나 구해, 누군가가 그에 대한 답으로 써놓았다. 두 개의 햄버거 빵 사이에 있는 태아를 그린 포스터. 오바마 버거라고 쓰여 있다. 반유대주의 연설 말풍선이 달린 교황. 많은 남근들.

많은 하트들. 많은 이니셜들. 다양한 외국인 혐오 메시지들과 상징들. 평화 사인. 키 2.7미터에 왕관을 쓴 채 더 작은 하얀 토끼의 목덜미를 잡고 포악하게 노려보는 빨간 토끼.

전체적으로, 존 공장의 그라피티들은 딱 인터넷 같다.

날 봐, 아무도 보지 않는데 모두가 그렇게 말한다.

도심 안, 채스터티밸리의 입구로 다가가면서 블랜딘은 커다란 파란 간판이 기대어 있는 쓰레기통들이 놓인 뒷골목을 지나간다. 간판에는 이렇게 쓰여 있다. 인디애나주 바카베일: 미국의 교차로에 어서 오세요. 도시는 그녀에게 말한다. 그녀에게 말하는 것을 멈추지 않는다. 걸어가면서, 그녀는 죽은 존 공장들을 볼 수는 없지만 그들이 말하는 건 들을 수 있다. 그녀는 항상 그들의 말을 들을 수 있다. 차갑고, 축축하고, 불협화음을 이루는 나직한 소리다. 1967년, 한 무리의 남자들이 예전에 일했던 공장에 불을 지르려고 한 적이 있었다. 하지만 공장 내부가 하도 축축해서 불이 붙지 않았다. 공장의 목소리는 밤에, 2월에, 불면증으로 일주일을 보낸 후에 가장 크다. 공장은 한때 검은 화학 연기로 공기를 오염했던 것처럼 그 역사로 공기를 오염한다. 과잉의 대가.

유물, 폐허, 유령. 존 공장들은 자신들을 강력히 주장한다. 지금 그들의 목소리를 들으며, 블랜딘은 자신들이 곧 다 뜯겨 나가고 실리콘밸리의 형편없는 모방품으로 변하게 되리라는 걸 공장들이 전혀 모른다는 사실을 깨닫는다. 으스스함의 한 가지 형태가 다른 형태로 대체된다. 개방형 사무실, 하얀 벽, 탁구대, 사무실 냉장고에 든 IPA 맥주. 밀레니얼 핑크색, 떡갈잎고무나무. 회사 헬스장과 카페테리아, 직원들이 회사를 떠날 필요가 없게 만든 집 밖의 집. 가죽 소파들, 장인이 만든 작은 쿠션들, 커피를 내리는 수많은 방법들. 곧 이 공장들은 인스타그램과 닮게 될 것이다. 이런 계획을 전혀 모르는 채로 공장들은 흐릿하게 나타나고 신음한다. 이미 만료된 힘에 갇히고 녹슨 그들은 동쪽으로 전진하다가 채스터티밸리의 거룩한 반짝임 속으로 사라진다.

블랜딘은 그녀의 도시가 사기 몸 안에 있다는 걸 알기 위해 의대생들이 몸을 열어볼 필요도 없다. 그녀와 펄이 연관이 있다는 걸 알기 위해 누군가가 펄에 관한 기사를 그녀에게 보낼 필요도 없다. 공장이 그녀에게 말을 건다는 걸, 모두에게 말을 건다는 걸 알기 위해 다른 누군가가 공장의 말을 들을 필요도 없다.

우리는 우리의 무(無) 전체를 가지고 너를 침공할 거야, 그게 우리에게 남은 전부니까, 공장들은 그렇게 말한다.

블랜딘은 하얗고 너덜너덜한 가게 앞에서 머뭇거린다. 그녀는 매일 여기를 지나가지만, 여기서 뭘 파는지, 가게를 열긴 하는지조차 잘 알지 못한다. 부서진 블라인드와 그림자 진 내부. 그녀는 흐릿한 유리 너머로 뒤집힌 의자들, 쌓인 종이 뭉치들, 개수대 내부 부품들, 사과 심들을 발견한다. 건반이 빠진 업라이트 피아노. 창문 안쪽에 보도를 향해 간판이 붙어 있다.

이렇게 쓰여 있다. 빛 있습니다.

썩은 진실

~~~

    모지스 로버트 블리츠는 7월 17일 수요일 아침, 어머니의 장례식에 참석하지 않았으나 어쨌든 성당 안에 있다. 아침 10시 전에는 모텔에 체크인할 수 없었고 바카베일에 도착한 건 9시였기 때문에, 그는 뭔가 볼만한 곳을 찾아서 목적지 없이 도시를 차로 둘러보고 있었다. 바카베일은 모지스에게 내세를 떠올리게 했다. 그는 존 박물관에 가볼까 생각했지만, 거긴 문을 열지 않았다. 일주일에 딱 이틀만 연다. 그래서 그는 세인트야드비가 성당, 주위와 어울리지 않는 그 고딕 복고 양식의 우아함을 보자 렌터카를 세웠고, 짐은 트렁크에 놔두고 내렸다.

    해는 균을 드러내려고 하는 의료용 형광등처럼 깅렬하게 빛닌다. 그가 균이다. 인디애나주 바카베일은 참을 수 없을 정도로 덥고 습하고, 그는 적당한 옷을 싸 오지 않았다. 세인트야드비가는 그의 모텔 맞은편에, 어머니의 재로부터 3000킬로미터 떨어진 교차로에 서 있고, 그를 안으로 끌어 들인 힘은 그날 아침 시카고 공항에서 그를 패스트푸드 아침 식사 앞으로 끌어 들인 힘과 같았다. 그는 안도감을 원한다. 어머니로부터 벗어나고 싶다. 미국이 문제를 해체해주긴 바란다. 미국이 그것을 구성했으니까. 물리적 거리는 인터넷이 탄생할 무렵 모지스에게 영향력을 잃었고, 그가 이 사실을 인지하고 있기는 하지만 로스앤젤레스에서 이렇게 멀리 떨어진 곳에서 제단을 마주했을 때 오로지 엘시 제인 매클로플린 블리츠만 보이자 마음이 불안해진다. 어머니가 50년 전 어느 핼러윈에 입었던 사신(死神) 차림으로 서 있는 게 보인다. 그건 어머니가 그와 함께 보낸 유일한 핼러윈이었다. 어머니의 맨션에는 부정하게 액자에까지 넣은 그때의 사진이 있었다. 아마 지금도 있을 것이다. 마치 부모 노릇이 어머니 자신의 역사를 규정하는 것처럼.

성당 문 앞에 프린터 용지로 된 표지가 과격한 기독교도식 환영 메시지를 요란하게 광고했지만, 모지스는 너무 냉소적인 기분이고 땀에 절어서 읽을 마음이 나지 않는다. 안으로 들어가자 세례반이 보글거리고 높은 스테인드글라스 창문이 성당을 색깔로 채운다. 부드러운 서체의 현수막은 세인트야드비가의 170주년 기념일을 축하한다. 에어컨 바람이 나오는 통풍구는 전혀 보이지 않지만 건물은 싸늘하다. 강력한 단열 처리 때문이거나 초자연적인 힘 때문일 거라고 모지스는 결론 내린다. 그는 성수로 자신을 축복하고 아무 일도 일어나지 않자 안도한다. 그는 SNS 게시 글을 생각하며 자신의 심리적 앞창에서 어머니를 지우려고 노력한다. 그는 쉰세 살이다.

열한 살 때 모지스는 세례와 첫영성체와 견진성사를 받았는데, 엘시가 마약 과다 복용으로 거의 죽을 뻔했던 뒤라서 모든 일이 아주 빠르게 흘러갔다. 그 사고 직후의 봄에 어머니는 어머니의 부모님과 어린 시절의 종교였던 가톨릭이 마치 깊은 바닷속에서 가장 가까운 부낭(浮囊)인 것처럼 거기에 매달렸고, 일종의 보험으로 모지스를 입교시켰다. 모지스는 거부하지 않았다. 그는 어린 시절 내

내 혼란스러운 상태였고, 수학, 과학, 종교 같은 조직적 체계에 들어가고 싶어 안달이었다.

그의 의지와 반대로, 그는 마지막으로 사랑했던 사람인 제이미를 떠올린다. 아니, 일종의 사랑 비슷한 것을 했던 사람. 아니, 최소한 사랑하려고 노력했던 사람. 제이미, 그녀의 크리스털과 타로 카드, 방향유와 팟캐스트, 점성술 앱과 세이지. 턱 높이에서 잘린 검고 각진 머리카락. 섬세한 얼굴, 연극적인 광대뼈, 부드러운 피부. 무릎 뒤에 퍼진 습진. 사이프러스 향. 그녀의 젊음은 장점이자 동시에 수치였다. 그녀는 그를 이렇게 불렀다. "나의 양. 나의 자기중심적인 양자리 양." 끝으로 가면서 그녀는 이런 식의 말을 많이 했다. "난 정말 바보야! 양자리랑 천칭자리는 황도십이궁에서 본질적으로 반대인데. 어떻게 당신이 내 성적(性的) 바운더리를 존중할 거라고 생각했던 걸까?" 그들이 사귀는 동안 내내 그는 초자연에 대한 그녀의 몰두가 우습다고 생각했지만, 지금은 그게 자신과 별다를 바 없다는 걸 알 수 있었다.

성당 더 안쪽으로 걸어가며 그는 할 수 있는 한 길게 숨을 들이쉬었다. 결혼과 세례, 장례의 향기가 났다. 향과 부케. 시작과 끝. 그는 베이컨을 원한다. 건물은 한정된 예산으로 지은 고딕식에, 안에는 빨간 카펫, 하늘색 천장, 짙은 색의 나무 신자석, 스테인드글라스, 군주제에 대한 모지스의 향수에 불을 지피는 성궤가 있다. 오르간은 경비처럼 위쪽 난간에서 그림자를 드리우고, 그는 종종 그렇듯이 감시의 스멀거리는 불쾌함을 느낀다. 그는 피부를 긁는다.

그는 성당 가장자리를 따라 걸으며 십자가의 길을 응시한다. 그건 정말로 끔찍하다. 공포 영화보다 더. 모든 캐릭터가 폴란드인처럼 보인다. 아이들이 이 이미지들을 주기적으로 볼 거라는 생각이 문득 든다. 그는 제6처로 다가간다. 베로니카가 예수의 얼굴을 닦고 있다. 그것은 한 여자가 메시아의 자화상을 들고 피 흘리는 남자에게 감탄하는 모자이크다. 이 그림은 그를 안심시킨다. 베로니카는 예수가 마치 그녀가 제일 좋아하는 드라마 마지막 화의 충격적인 반전이라도 되는 듯이 쳐다본다. 모지스는 그녀가 섹시하다고 생각한다. 그는 한눈팔지 않는 모든 눈길을 섹시하다고 여긴다. 모지스는 신자석에 앉아서 핸드폰을 꺼내어 고독의 침공을 피하기 위해 온라인으로 이 성당에 대해서 조사한다.

검색은 웹사이트 하나를 내놓는다. 전부 미래 시제로 쓰인, 수십 년에 걸친 세인트야드비가의 교구민 목록이다. 카스페르 비시니엡스키가 1843년에 태어날 것이다. 그는 열일곱의 나이에 폴란드에서 인디애나주 바카베일로 이민 올 것이다. 웹사이트의 글은 만화적인 묘지 그림 위로 겹쳐 있다. 글 위에 행복하고 젊고 전쟁 대비 훈련을 받고 있는 카스페르의 사진이 있다. 1865년, 그는 세인트야드비가 성당에서 마그다 마주르와 결혼할 것이다. 마그다는 성공한 소작농 필리프 마주르의 딸이다. 마그다의 사진은 없고, 성공한 소작농의 정의 역시 없다. 그들은 열세 명의 아이를 가질 것이다. 그중 다섯 명은 성인이 되기 전에 사망할 것이다. 카스페르는 1901년에 황열병으로 죽을 것이고 마그다는 1926년에 위암으로 죽을 것이다. 그는 그의 장난기와 웃음으로 애정 속에 기억될 것이고, 그녀는 열렬한 독서가이자 아름다움에 비해 대단히 근엄했던 사람으로 기억될 것이다. 비시니엡스키 부부는 '무원죄 잉태 묘지'에, 신만이 아시는 장소에 묻힐 것이다.

예언 같은 문장이 모지스를 괴롭힌다. 제단을 보며 그는 마그다와 카스페르가 얌전하면서도 열정적인 결혼식 키스를 하는 모습을 상상한다. 그는 마그다에 대해서 더 알고 싶다. 그녀가 흙 마당에서 말뚝 울타리와 소리를 질러대는 10여 명의 아이들에게 둘러싸인 채 담배를 피우며 탐정소설을 노려보는 모습을 상상한다. 가장 어린 아들이 그녀의 치마를 잡아당기며 엄마, 엄마, 이거 보세요, 내가 뭘 할 수 있는지 보세요, 엄마, 나 좀 봐요, 하고 말하는 모습이 상상된다.

아이는 엄마가 자신을 쳐다보지 않는 것을, 아름답고 진지한 눈길을 손안에 있는 종이 속 가짜 세상에만 쏟는 것을 본다. 엄마가 사신 의상을 입은 것을 본다.

모지스에게는 온라인에서 찾은 사람들에게 관심을 갖는 것이 대단히 자연스럽고, 소위 현실에서 찾은 사람들에게 관심을 갖는 것은 거의 불가능하다.

새 울음소리에 모지스는 놀라서 핸드폰에서 고개를 든다. 세 번의 조그만 울음소리가 뒤를 잇는다. 그는 당황해서 주위를 둘러본다.

"매들일 겁니다. 아침을 먹는 거죠." 한 남자가 말한다.

모지스는 황급히 신자석에서 일어선다. 몇 미터 떨어진 곳에 나이 든 사제가 검은 바지에 검은 셔츠, 빛이 나는 하얀 목깃 차림으로 서 있다. 대부분의 사제들은 모지스를 오싹하게 만들지만, 이 사람은 뭔가 성스러움 같은 걸 뿜어낸다고 그는 속으로 인정한다. 모지스는 성스러움을 믿지 않지만, 여기에는 있었다. 햇볕에 탄 피부처럼 명확하게. 사제는 칠십대쯤으로 보인다. 그는 크리스마스를 위해 만들어진 듯한 얼굴에 작은 덩치를 가졌고, 테 없는 안경을 쓰고 있다.

"네?" 모지스가 말한다.

"송골매가 봄에 여기에 둥지를 만들었어요." 사제가 설명한다. "그리고 우리는 그걸 어떻게 할 용기가 없어서 그냥 공존하며 지내고 있어요. 사실, 라이브 카메라를 설치했어요. 원할 때마다 온라인으로 녀석들을 볼 수 있죠. 조그만 새끼가 세 마리 있어요. 난 녀석들을 루비, 래디시, 리노라고 불러요." 사제가 씩 웃는다. "모르겠어요. 그냥 그걸 보면 행복하거든요. 어제 녀석이 성찬식 도중에 날아왔어요. 어미가요. 제병을 하나 훔쳐 갔죠! 다행히 아직 축성하지 않은 거였어요. 하지만 그것 때문에 몇몇 교구민들이 겁을 먹었어요."

그는 모지스가 말을 하기를 기다린다. 모지스는 거기 넘어가지 않는다.

"송골매들은 멸종 위기에 있어요. 그래서 녀석늘을 안전하게 지키고 싶어요." 사제가 덧붙인다.

그 선언에 모지스 안의 벽이 부드럽게 녹는다. "그렇군요."

"대충 그래요. 이게 두려운 일일 수 있다는 건 알아요. 매라니!"

잠깐 침묵하다가 모지스가 묻는다. "녀석을 뭐라고 부르세요?"

"누구요?"

"어미요. 어미도 이름을 붙였나요?"

"아, 그럼요. 도러시 2세죠."

"도러시 1세는 누군가요?"

"저희 어머니입니다. 인간 어머니요." 사제가 얼굴을 붉힌다.

모지스는 이를 악물고 고개를 끄덕인다.

"그분을 굉장히 사랑했거든요." 사제가 중얼거린다. 그는 자신의 신발을 쳐다보다가 한 걸음 앞으로 나온다. "실례지만, 처음 뵙는 것 같군요. 저는 팀 신부입니다."

"존입니다." 모지스가 사제의 따뜻한 손을 잡고 악수하며 말한다. "만나서 반갑습니다."

"세인트야드비가에 잘 오셨습니다, 존. 이 교구에 처음 왔나요?"

모지스는 머뭇거린다. "네."

"여기엔 어떤 일로 오셨죠?"

모지스는 땀을 흘리기 시작한다.

"고해를 하러 오셨나요?" 팀 신부가 도와주듯 묻는다.

"고해요?" 이건 모지스의 머리에 전혀 떠오르지 않았던 것이다. 그는 전에 고해를 딱 한 번밖에 해본 적이 없었다. 그가 대답한다. "네."

"좋아요. 바로 이쪽입니다. 준비가 되시면 언제든 괜찮습니다. 천천히 하세요."

팀 신부는 다시 미소를 짓고서 성당 반대편에 있는 낡은 고해소 안으로 사라진다. 서까래에서 무언가 번쩍이는 게 모지스의 눈에 들어온다. 거기에 도러시 2세가 있었다. 노란 발과 같은 색의 부리. 매는 모지스가 보고 싶지 않은 뭔가를 새끼들 입안으로 나르고 있었다. 그녀의 가슴에는 작은 반점들이 있고, 부리는 휘어졌다. 그녀는 고속도로에서 야간 근무를 하는 사람처럼 초췌하지만 예쁘다. 그는 이 새에게 배우자와 유모가 있기를, 그녀가 유급휴가를 받았기를, 누군가가 그녀에게 마사지를 해주기를 소망한다. 새는 모지스를 보자 하던 일을 멈추고 그를 노려본다. 그녀의 기이한 동물적 지혜는 그녀가 아니라 그가 이 장소의 침입자라는 것을 확신한다.

모지스는 화면 가득한 멍청한 위로 메시지들을 무시하고 시간을 확인한다. 팬들은 지금 장례식장 바깥 보도를 꽉 채우고 있을 것이다. 자기들이 그녀를 알고 그녀를 사랑한다고 믿는 낯선 사람들. 그들은, 이 텅 빈 애도자들은 몇 블록이나 꽉 채우고서 미국이 사랑한 여배우 엘시 블리츠와의 극적으로 날조한 관계를 행사장 티켓처럼 흔들며, 그녀는 이미 화장되었음에도 불구하고 그녀의 시체를 슬쩍이라도 보려고 시도할 것이다. 엘시는 처음에는 이 관심을 아주 즐기겠지만, 곧 싫어하리라. 흠모와 증오, 그녀가 어떻게 제공하고 받아들여야 하는지 아는 유일한 에너지들이다. "난 예전에 모든 관계는 가상의 것이라고 생각하곤 했어." 9000달러짜리 매트리스 위에서 그녀가 모지스에게 말했다. 그녀의 머리카락, 피부, 이불은 세 가지 색의 눈[雪]이었다. 그녀는 여든여섯 살이었다. "하지만 이제 내가 죽어가니까, 그 결과들이 보여. 사람들이 내 정신 바깥에 존재하면서 결정을 내리고 흠집을 만드는 게 보여. 네가 보여, 나의 모지스, 내 사랑스러운 천사 아들. 내가 무슨 말 하는지 알겠니? 내가 너를 어떻게 망쳐놨는지가 보여."

처음에, 어머니와 아기가 있었다. 하지만 어머니는 그다지 어머니가 아니었고 아기는 너무 아기였다. 그에게는 모든 게 필요했다. 그는 성난 이드(id)였다. 아기는 어머니가 없으면 죽을 것이었고, 어머니는 아기를 보는 걸 별로 좋아하지 않았다. 그녀 역시 모든 게 필요했다.

어머니의 문제는 공공장소에서 엄마? 소리를 들어도 절대로 돌아보지 않았다는 거였다. 그녀는 그 무엇보다도 여배우였다. 네 살 때 그녀는 새빨간 머리와 탐욕스러운 부모라는 배우 분야의 복권에 당첨되었고, 경배와 혐오라는 두 가지 물로 세례를 받고 다섯 살 때부터 줄곧 일을 했다.

넌 완벽해. 넌 모든 걸 틀리게 하고 있어. 조용히 해. 말을 해. 넌 영리해. 넌 예쁘기만 한 멍청이야. 춤 좀 춰봐. 가만히 있어. 노래 불러봐. 조용히 해. 흉내 내봐. 독창성을 발휘해. 넌 그녀, 그녀 그리고 그녀랑 똑같아. 우리를 황홀하게 만들어봐. 관심 끌려고 하지 마. 모든 시선이 너한테 박혀 있어. 넌 우주의 중심이 아니야. 넌 완벽해. 넌 대체 뭐가 문제야?

그녀는 제2차세계대전 이후의 힘겨운 시기에 나라에 설탕을 공급해주었다. 트라우마에 빠진 아버지들과 경제적 번영과 심리적 건강의 국제적 결핍의 시기에 말이다. 그녀의 일은 그녀가 아이로 지내도록 놔두지 않았기 때문에 그녀의 심리는 그녀가 나이 들도록 놔두지 않았다. 아이가 아이를 갖는 건 조언할 만한 일이 아니지만, 그녀는 아주 어린애스럽게도 반항하는 걸 좋아했다.

십대와 이십대 때 이 여배우는 유리와 거울로 된 성채를 짓고서 그 안에서 기발한 파티들을 벌였다. 종종 그렇듯이, 젊은 여배우에게는 안 좋은 일들이 벌어졌다. 거절, 강간, 거식증, 중독. 감독이 경고한 것처럼 그녀는 첫사랑인 나이 많은 유부남에게 버림받았다. 끔찍한 가발! 하지만 대체로 폭력은 관심에 의한 것이었고, 이건 잘못된 종류의 빛이었다. 그녀를 태우고 그녀의 영혼에 흑색종을 일으키는 방사선. 그녀는 자신이 좋아하는 것들을 움켜쥐고 모으는 법을 배웠고, 쾌락이 그녀를 살아가게 해주는 영양수액이라는 걸 배웠다. 그런 식으로 표현하는 게 과장이라는 건 알지만, 어차피 그녀는 과장된 사람이었다. 그래서 뭐? 그녀는 문간에 나타난 수많은 끔찍한 밤들에게 말할 수 있었다. 나에겐 여전히 확실하게 좋은 밤들이 가득 있어. 그녀는 쾌락의 종교를 발명했고 스스로 거기에 헌신했다.

그녀는 조그맸다. 그녀의 친구들은 전부 커다랬다. 그녀는 술과 약을 좋아했다. 보안을 통과하거나 여권에 도장을 찍지 않고 의식의 세계들 사이를 여행하는 걸 좋아했다. 그녀는 힘을 좋아했다. 충분히 강하면 누구에게든 뭐든지 시킬 수 있다는 점을 좋아했다. 그녀는 사흘 익은 아보카도를 좋아했다. 그녀는 바다를 싫어했고 바다를 사랑한다고 주장하는 사람들을 허풍이라고 비난했다. 가끔 그녀는 태평양 앞에 앉아서 뭔가 느껴보려고 했지만, 그녀의 심장은 육지에 꽉 묶여 있었다. 너무 중서부적이었다. 바다를 바라보면서 그녀가 느낄 수 있는 건 그저 경이의 부재라는 존재뿐이었다. 그녀는 바다를 너무 무서워해서 수영도 할 수 없었다.

그녀의 어머니는 아일랜드인이었다. 여배우는 아일랜드 지그 춤곡과 아일랜드인들이 읽어주는 책과 아일랜드 기도를 듣는 걸 좋아했다. 그녀는 그녀의 파티에 오는 모든 사람에게 파란 옷을 입게 하는 걸 좋아했다. 그녀는 정원에 오렌지 나무를 키우는 걸 좋아했고, 다른 사람들이 열매 따는 걸 보는 걸 좋아했다. 인동, 라일락, 염소(鹽素), 뇌우, 소나무, 막대형 비누, 감지 않은 머리, 성냥, 자정 미사 때 피우는 향, 담배, 캠프파이어, 휘발유, 모피. 그녀는 이것들의 향기를 좋아했다. 사람들에게 이 이야기를 하면 그들은 거짓말을 하며 그녀가 독특하다고 말했다. 그녀는 사람들이 그녀의 기분을 좋게 만들려고 거짓말하는 걸 좋아했다. 그녀는 복수 계획과 신체적 기형을 좋아했다. 그녀는 〈이웃을 만나다〉에서 그녀의 개 역할을 한 미니어처슈나우저 위스키 1호를 좋아했다. 녀석의 후임인 위스키 2호도 좋아했지만, 1호만큼은 아니었다. 그녀는 모든 종류의 거품을 좋아했다. 그녀는 사진 찍히는 것, 자신의 모습이 그려지는 것, 병원에서 신체 검진 받는 것을 좋아했다. 그녀는 말로 묘사되는 건 싫어했다.

놀랍게도 여배우는 성인이 되었다. 그녀의 어린 시절은 어린 시절의 포기였기 때문에 그녀는 성인기에 단호한 조치를 취했다. 다시 말해서 육체를 가지고 세상에서 사는 것에 관한 대부분의 책임을 거부했다는 뜻이다. 투표. 세금. 치과 의사. 점심 식사. 이런 것들은 자기 자신의 선택이 아니라 다른 사람으로 인해 억지로 해야 하는 경우에 그녀를 대단히 겁에 질리게 만들었다.

그녀는 매일 기도를 했다. 그녀는 열차의 개인 칸, 오십대 남자들, 우상파괴를 좋아했다. 그녀는 엉망이 된 비둘기 발을 좋아했다. 그것을 동행자에게 가리켜 보여주는 걸 좋아했다. 그녀는 그 현상에 대한 설명을 읽는 걸 좋아했다. 그녀는 세상 어떤 곳을 가든 거기서 망가진 비둘기 발을 볼 수 있다는 사실을 좋아했다. 그녀는 멸종 위기 생물을 좋아했다. 훈제 고기도. 집의 조명을 켜놓고 나오는 것, 추울 때에도 차 지붕을 열고 달리는 것, 아무것도, 정말 아무것도 잘못되지 않는 전후 영화를 보는 것. 그녀의 파란 댄스홀에서, 수영장 물속에서, 산맥을 마주한 발코니에서 아무도 없을 때 소리 지르는 것도. 그녀는 강한 맛을 좋아했다. 에스프레소, 버번, 핫소스, 호스래디시, 디종 머스터드, 고추냉이. 그녀는 항상 차를 너무 오래 우렸다. 그녀가 가장 좋아하는 음식은 그녀의 어머니가 만든 콘비프와 양배추였고, 그녀가 가장 크게 후회하는 것 중 하나는 어머니가 돌아가시기 전에 레시피를 적어두는 걸 잊었다는 거였다. 그녀는 냉장고에서 유통기한이 지나고 실망스러운 음식을 전부 쓰레기통에 버리는 걸 좋아했다. 그녀는 자신의 반짝이는 죄책감의 부재를 좋아했다.

그녀는 존 자동차를 사랑했고, 그녀의 존 자동차 네 대를 차고에 나란히 주차해두는 걸 좋아했고, 거기를 마구간이라고 부르는 걸 좋아했다. 보닛 위에 눈을 가늘게 뜨고 날개를 쭉 펼치고 앉아 있는 금속 매를 사랑했다. 도미닉이라는 남자가 그녀의 존 자동차의 완벽한 금속 차체를 닦고 왁스를 칠하는 걸 보는 걸 사랑했고, 그를 관찰하면서 그녀 자신의 피부 위를 미끄러져 내려가는 스펀지를 느끼는 걸 사랑했다. 그녀는 자신의 노란색 1932년형 프레지덴셜 쿠페의 모습을 가장 사랑했다. 참신함 면에서는 빨간색 1924년형 듀플렉스 페이튼. 스피드 면에서는 에메랄드색 1959년형 토르피도 호크. 하지만 몰고 다닐 때는 1951년형 커맨더 스타더스트 존을 가장 선호했다. 상자형 몸체에 앞부분은 총알 모양인 컨버터블. 겉은 크림색에 V-8 엔진, 그리고 미사일처럼 생긴 전면부. 위스키색 가죽 커버. 황동 세부 장식. 오렌지색 운전대. 자유에 냄새가 있다면, 엘시는 그것을 자신의 존 자동차들 안에서 찾았다. 그녀의 가장 멋진 오르가슴들 중 세 번은 커맨더 스타더스트 컨버터블 안에서 느낀 거였다. 좌절감에 푹 파묻혀 있을 때에 그녀를 다시 살아나게 하는 고압의 오르가슴. 컨버터블을 몰 때 그녀는 차가 자신을 이해한다고 느꼈고, 그들의 몸이 하나의 기계의 두 반쪽이라고 느꼈다.

서른 살이 될 무렵 그녀는 선호하는 것들을 중심으로 자신의 삶을 구성했다. 그녀는 인터넷이 좋아요에 투자하기 한참 전부터 선견지명으로 좋아요를 누를 만한 것들에 투자했다. 그녀가 가지고 싶고 그녀가 받고 싶은 좋아요들에. 그녀는 꼭대기 선반에 있는 쾌락에 손을 뻗을 때 누구를, 무엇을 부수든 신경 쓰지 않았다.

여배우의 종교에서 임신은 이단이었다.

여배우가 섹스를 했던 모든 사람과 마찬가지로 아이 아빠는 방대하고 일시적이었다. 그는 약간 왕족이었다. 그들은 이걸 비밀로 하기로 했다. 엘시는 권력층 남자들의 비밀을 지키는 걸 좋아했다. 그건 가부장제를 좀 더 차별이 없게, 마음에 들게, 재미있게 만들었다. 여배우는 동행을 유혹하는 데에는 천재였지만 그 관계를 어떻게 유지하는지는 전혀 몰랐고, 거기서 매력을 느끼지도 못했다. 그녀는 전에 낙태를 한 번 해봤다. 다시 하는 데에 아무 꺼림칙함도 느끼지 않았다. 그녀는 연례 '7월의 블리츠*' 파티에서, 말리부에 있는, 유리가 많고 사생활의 위기가 벌어지는 그녀의 미드센추리모던 스타일의 주택에서 테스트기를 썼다. 그녀는 이미 취한 상태였다. 시계를 봤을 때 분이 짝수면 아이를 낳아야지. 그녀는 그렇게 생각하고 목에 건 시계를 확인했다.

태아는 즉시 자신이 재치 있는 기생물임을, 자연계에 그와 같은 수준의 기생물은 없음을 증명했다. 여배우 안의 동물은 그녀가 좋아하는 것들에 관심이 없었고, 그녀의 쾌락에 앙심을 품고 있었다. 그는 아홉 달 동안 그녀를 생리에서 해방했지만, 그 대신에 해부학적 지옥 같은 새로운 프로그램을 촉발했다. 그는 그녀의 신체를 하나하나 파괴하고 자신의 것으로 재건축했다. 여성 육체의 물질성이 지닌 야만을 계속, 반복적으로 폭로하는 게 그의 임무라도 되는 것 같았다. 여배우는 임신으로 몸무게가 늘고 에너지가 바닥나고 가슴이 단단해질 것을 예상했다. 입덧과 굉장히 먹고 싶은 것들이 생길 것을 예상했다. 소변이 샐 것을 예상했다. 이런 부가세는 그녀도 감당할 수 있었지만, 나머지를 감당할 준비는 전혀 되어 있지 않았다. 아무도, 그녀의 친구들이나 어머니도, 의사나 책이나 텔레비전도

---

* 원문은 'Blitz of July'로, 대공습을 뜻하는 blitz와 엘시의 이름 Blitz를 말장난으로 활용한 파티 이름.

그녀에게 나머지를 경고해주지 않았다.

어느 날 그녀는 소프라노가 아니게 되었다. 피부가 팽팽해졌다. 뼈는 꼭…… 헐렁하게 느껴졌다. 그녀의 뇌는 몇 주 사이에 수십 년쯤 나이를 먹은 듯이 느려졌고 깜박거렸다. 마치 여름 캠프에서 바이러스를 옮은 것 같았다. 계속해서 재채기를 하고 몸이 가렵고 몸이 뜨겁고 자주 잊어버리고 땀을 흘렸다. 그녀는 더 이상 춤을 출 수 없었다. 통제할 수 없는 구취가 생겼다. 그녀의 배 속 배관 시설의 파이프가 전부 오작동했다. 가슴의 혈관이 젖소의 젖에 있는 혈관과 닮아가기 시작했다. 임신은 그녀의 피부를 유린하고, 골반뼈를 분리하고, 가슴에 털이 돋게 하고, 혈액량이 두 배가 되게 하고, 관절이 퉁퉁 붓게 하고, 여드름과 기미, 편두통, 욕지기, 예언을 선사했다. 임신은 그녀의 배꼽을 검게 만들었다. 그녀의 성기는 파래졌다.

아홉 달 동안 시간은 느려졌다. 그러다가 시간이 한꺼번에 움직였다. 갑자기 의사가 그녀에게 제왕절개가 필요하다고 말했다. "제왕절개는 겁쟁이들이나 하는 거야!" 그녀가 그들에게 소리를 지르고는 낄낄 웃었다. 아니면 그건 그녀의 머릿속에서만 일어난 일일지도 모른다. 잘 모르겠다. 그 무렵에 그녀는 고통 그 자체였으니까. 병실에서 진통은 '썩은 진실'이었고, 그 너머에도, 이전에도 아무것도 없었다. "아, 해줘요." 여배우가 말했다. 그녀의 어머니는 노란색 운동복을 입고 묵주를 쥔 채 그녀의 옆에 있었다. 마치 퇴마 의식 같았다. "당신네들의 최고급 제왕절개를 해줘요!"

그 후에 그녀의 머리카락은 곱슬이 되었고, 안과 처방전이 바뀌었다. 그─아기는 그녀─엄마─여배우─엄마가 자신을 봐주기를, 자신의 것으로 보이기를 바랐다. 아기는 다른 모든 사람에게 그녀가 무가치해지길 바랐다. 매력적인 추종자 한 명이 그녀가 스무 살 때 이렇게 말했었다. 다른 모든 사람에게 당신이 무가치해지길 바라요.

병원에서 집으로 왔을 때 엘시는 아기를 그녀의 맨션에서 유일하게 해가 들지 않는 방에 넣어두고 유모들에게 우선 그 애 앞에서 말을 하지 말라고 말했다. 그녀는 언어의 영향을 감당하고 싶지 않았다. 그녀는 자신의 재치와 자신의 위치, 자신이 좋아하는 것들을 끌어모아야 했다. 새 콘택트렌즈를 주문해야 했다. 그리고 수유 문제도 있었다. "흔히 뭐라고 하는지 아시잖아요." 유모 중 한 명, 얇은 옷에 완벽한 피부, 더럽기 짝이 없는 신발의 너무 어린 여배우 지망생이 말했다. "엄마 젖이 최고예요." 엘시는 그 유모를 해고하고 육십대의 유모들만 남겼지만, 수유는 하기로 결심했다. 그녀는 아기방에서, 어둠 속에서, 아기라는 관념밖에 보이지 않는 곳에 있는 아기를 보는 것만 좋아했다. 추상적으로 보면 그건 아주 멋진 관념이었다.

～

"난 내가 그다지 선량한 사람이 아닐까 봐 걱정돼요." 모지스는 고해소 가림막을 향해 인상을 찌푸린다.

"보통은 '하느님, 저의 죄를 용서하여 주십시오'라는 말로 시작하지요."

"아. 하지만 내가 정말로 죄를 지었는지는 잘 모르겠는데요." 모지스는 몸을 떤다.

"금방 그 부분도 이야기하게 될 겁니다."

"그럼 내가 뭐라고 해야 되죠?"

"아, 넘어가죠. 그냥 성호를 그으세요. 성부와 성자와 성령의 이름으로. 아멘."

모지스는 순서를 잊어버렸다. 이마, 어깨, 가슴이던가?

"좋아요, 존. 마지막으로 고해한 지 얼마나 됐습니까?"

"어, 45년 정도?"

"좋아요. 계속하세요."

"내가 나쁜 사람인 것 같아요."

"하지만 죄를 지었다고 생각하지는 않는다고요?"

"그게, 난 이게 행동적인 거라기보다는 정체성 문제에 더 가깝다고 생각하거든요."

"왜 그렇게 생각하죠?"

"신부님은 이걸 아무한테도 말할 수 없는 거 맞죠? 정신과 상담처럼요."

"네, 이건 당신과 주님 사이의 비밀입니다. 저는 그냥 통역사일 뿐이죠."

"신부님이 이걸 비밀로 하리라는 걸 내가 어떻게 압니까?"

"안 그러면 전 파문될 겁니다."

"설마요."

"정말로요."

"하지만 만약에 어떤 범죄자가 신부님한테 누굴 죽일 생각이라고 말하면 어떡하나요?" 모지스가 묻는다.

"제가 할 수 있는 일은 그 사람이 죄에서 멀어지고 주님께 향하도록 조언하는 것뿐입니다."

"나는 그럴 생각은 없어요, 참고로. 누굴 죽일 생각이요."

"그렇다니 기쁘군요."

"하지만 그건 잘못된 방침 같아요. 누군가의 목숨이 위험한데 완전히 비밀로 하는 거요." 모지스가 말한다.

"제가 규칙을 만드는 게 아닙니다."

"그런가요." 어디서부터 시작할까? "내 이름은 존이 아니에요."

아동 유명인에서 피그미나무늘보 보호 활동가가 된 엘시 블리츠는 자신이 유일하게 낳은 아이에게 모지스 로버트 블리츠라는 이름을 붙였다. 왜냐하면 그녀가 어느 저녁 식사에서 로버트 모지스라는 도시 설계사와 만났고, 그가 매혹적이라고 생각했기 때문이었다. 로버트 모지스, 매혹적이야! 모지스 로버트 블리츠에게는 이 사실 하나만으로도 그의 어머니가 제정신이 아니라는 게 증명되었다. 엘시는 그녀가 외아들에게 로버트 모지스라는 이름을 붙이면 타블로이드지들이 아버지를 짐작할 것임을 알았다. 그래서 이름을 뒤집었다.

"하지만 내 진짜 이름은 말하지 않을 거예요." 모지스가 말한다.

"무엇 때문에 이름을 숨겨야 하는지 말해주실래요?"

모지스는 알맞은 관용구를 찾았다. "내가 말할 수 있는 사안이 아니에요."

"그렇군요. 자, 무슨 생각을 하고 있는지 말해보세요." 팀 신부가 말한다.

"난 지금 어머니의 장례식을 놓치고 있어요."

침묵.

모지스는 급하게 말을 잇는다. "그러니까, 바로 지금 장례식을 하는 중이라고요. 그리고 보다시피 난 거기 없어요. 그리고 거기 없어서 기뻐요. 난 어떤 후회도 느끼지 않아요. 죄책감도요. 전혀요. 사실, 뭐가 됐든 거기에 대해서 아무 감정도 안 느껴요."

"정말인가요?"

"어머니는 애를 가져서는 안 되는 나르시시스트 아편중독자였어요. 어머닌 나와 주변의 다른 모든 사람을 무시했어요. 다시 말해서, 남을 볼 때 어머니가 보는 건 오로지 자기 자신이었어요. 모두가 어머니를 사랑했지만, 어머닐 아는 건 나뿐이에요. 신부님도 어머닐 아셨다면 싫어하셨을걸요." 모지스의 심장이 쿵쿵 뛴다. 그가 덧붙인다. "어머니는 배우였어요."

"장례식은 바카베일에서 하나요?"

"아뇨. 말리부에서요."

"그럼 왜 여기에 오게 됐나요?"

"가끔 난 부서진 야광봉에서 나온 액체를 온몸에 바르고 내 적의 집에 침입해요." 모지스가 불쑥 말한다.

팀 신부는 길을 잘못 든 다음에 경로를 재탐색하는 GPS 시스템처럼 다시 잠깐 침묵한다. "좋아요. 그런 일을 몇 번이나 했나요?"

"지금까지 두 번이요."

"집에 들어간 다음에는 뭘 하죠?"

"그냥 어둠 속에서 꾸물꾸물 움직여요. 옷을 전혀 안 입은 채로요. 팬티만 입죠."

"그러고는……. 그 뒤에는 그냥 나가나요?" 팀 신부가 묻는다.

"내가 뭘 훔치거나 누굴 강간하거나 뭐 그럴 거라고 생각해요?"

"그런 생각은 안 했어요."

"내가 그 사람들을 살해하거나 뭐 그럴 거라고 생각해요?"

"살인을 할 거라고 생각하지는 않아요. 이미 두 번이나 그 이야기가 나오긴 했지만요."

"난 사이코패스가 아니에요. 그냥 사람들을 괴롭히는 걸 좋아할 뿐이에요. 그들을 놀라게 한 다음에 떠나요. 그냥 현관문으로 걸어 나와서 집으로 가죠. 물건도, 사람도 건드리지 않아요."

팀 신부는 잠깐 생각에 잠긴다. "그래서 형제님의…… 목표물들은……. 이 일이 그들에게 어떤 영향을 미치죠? 혹시 아나요?"

"한 명은 그게 악몽이라고 생각했던 것 같아요. 말하자면 가위눌렸다고요. 다른 한 명은 당시에 환각 상태였어요. 그러니까, 아시겠죠. 아직까지 의도한 효과는 얻지 못했어요."

"의도한 효과는 뭐죠?"

모지스가 대답하지 않자 사제가 다시 묻는다. "어떻게 이 사람들을 고른 건가요? 목표물들이요."

"첫 번째는 내가 자라는 동안 날 괴롭혔어요. 걔가 여전히 웨스트할리우드에 산다는 걸 알고서 난…… 난 그냥……." 모지스가 말끝을 흐린다. "난 어릴 때 말을 더듬었어요."

"그래요?"

"굉장히 심했어요."

"언제 없어졌나요?"

"대학에 들어간 다음에요. 여전히 가끔씩 돌아와요. 스트레스를 받거나 피곤하거나 뭐 그럴 때요." 모지스가 대답한다.

"그리고 그 사람이 말 더듬는 걸 놀렸나요?"

"네. 우린 같은 기숙학교를 다녔어요. 걔는 내 몸무게도 놀렸죠. 다른 아이들도 당연히 거기 가담했지만, 걔가 리더였어요. 걔는 조그만 만화들을 그렸고, 날 '달덩이 모지스'라고 불렀죠. 걔 만화 속에서 난 비만과 말더듬증을 가지고 항상 학교를 떠돌아다니는 일종의 지방 행성이었어요. 나는 하늘에, 학생들은 그 아래에 그렸고, 학생들은 나한테서 도망치는 모습이었어요."

"그건 굉장히 고통스러웠겠군요."

보통 모지스는 사람들이 이 말이나 이 비슷한 말을 하는 걸 싫어했지만, 팀 신부의 말은 앞에서 말한 고통에서 나오는 출구라기보다는 그 고통으로 들어가는 입구처럼 들렸다.

"그리고 두 번째 사람은요? 그 사람은 왜 고른 건가요?" 팀 신부가 묻는다.

"아. 걔는 대학에서 내 룸메이트였어요. 어느 해 봄방학에 걔를 집으로 데려갔어요. 어머니는 펌프킨키에도 집이 있었거든요. 그리고 걔는 말하자면…… 일종의 섹스를 했어요. 우리 어머니랑요. 사진을 몇 장 찍었고, 그걸 공개했고, 타블로이드지에 세세한 내용과 모든 걸 팔았죠. 그 얘기를 묻어버리기 위해 어머니 쪽 사람들이 그걸 사들여야 했어요."

사제는 머뭇거린다. "누군가를 벌주고 싶었지만 참은 적이 있나요?"

"네."

"어떤 일이었죠?"

"음, 난 내 전 여자 친구에게 이 짓을 하고 싶었어요. 제이미요. 걔는 특수 효과 쪽에서 일했어요. 스물다섯 살이었죠. 그렇게 될 줄 알았어야 했는데. 어떤 스타트업 얼간이랑 바람을 피웠어요. 어쩌면 이건 동어 반복인지도 모르겠네요. 스타트업 얼간이라는 말이요."

"그래서 왜 참았던 건가요?"

모지스는 잠시 생각한다. "걘 나를 너무 잘 알았거든요. 아마 알아냈을 거예요. 점성술이나 믿는 또라이치곤 영리했으니까요. 그럼 어떻게 됐겠어요?"

"정확히 뭘 알아냈을 거라는 건가요?" 팀 신부가 묻는다.

"누구 짓인지요."

"그 사건을 형제님과 연관 지었을 거라고 생각하나요?"

"그랬을 게 확실해요. 걔는 그럴 만큼 똑똑했거든요."

"어머니에 대해서 더 이야기해보겠어요?" 팀 신부가 말한다.

모지스는 자신의 얼굴에 기묘한 미소가 떠 있는 걸 깨닫는다. 그가 통제할 수 없는 미소가. 그는 팀 신부가 그걸 보지 못해서 다행이라고 생각한다. 최소한, 스스로에게는 그렇게 말한다.

～～～

모지스가 어머니를 떠올릴 때면 독립기념일 파티들을 짜깁기한 장면이 떠오른다. 그것은 엘시가 가장 좋아하는 기념일이었다. 어머니는 그날이 지나간 직후에 죽어서 아주 기쁠 것이다. 매년 그녀는 미국인의 평균 연 수입 정도의 돈이 드는 파티를 열었다. 언제나 최고의 것과 최신의 것들이 자리했고, 소도시 시장이 여는 것만큼이나 어이없이 풍성했다. 어릴 때 모지스는 이 파티 때면 다른 곳으로 보내졌다. 십대 초반에는 자기 침실에 틀어박혔다. 십대 중후반에는 관찰했다. 이십대 때는 술과 약으로 엉망이 되었다. 삼십대 때 그의 목적은 섹스였다. 사십대와 오십대 때는 그냥 집에 머물렀다.

군대에 대한 어머니의 집착은 모지스가 설명하기 아주 어려웠다. 그건 어머니의 성격과 정치적 견해, 건축 취향의 상당 부분을 설명해주는 것이었다. 그녀의 집착은 사회주의자라는 그녀의 정체성으로 인해 더욱 복잡해졌다. 그녀는 루푸스가 생기고 아편중독이 시작될 무렵에는 블랙리스트에 올라 있었다. 이때쯤 그녀에게는 할리우드에서 퇴각해야 하는 수많은 이유들이 쌓여 있었기 때문에 강요할 필요도 없었다.

그녀는 오로지 파티를 위해서만 맨션 벽에 이국적인 무기 컬렉션과 박제들을 전시하곤 했지만 점차 영구적인 장식으로 놔두게 되었다. 가족의 비밀들에 관한 시대극을 찍었던 스코틀랜드 성에서 그녀는 아이디어를 얻었다. "이건 여기를 침공할 수 없다는 걸 보여주는 거야." 그녀는 모지스에게 그렇게 설명했었다.

엘시가 '7월의 블리츠'라고 부르는 날은 대본이 있긴 했지만 난폭한 행사였다. 파티는 게임과 승리, 풍부함, 과밀 인원, 반짝이, 붉은 고기가 특징이었다. 심지어 두 번은 닭싸움도 했다. 그녀는 모든 피부가 반짝이고 모든 머리카락이 흩날리도록 열기를 식히기 위해 전문가들을 고용하여 저택 전체에 미스트 분사기와 선풍기를 설치했다. 이미 포즈를 취하는 데 능숙한 손님들은 이런 상황에 사실상 홀렸고, 자신들의 매력이 향상된 것에 군침을 흘렸다. 언제나 구름을 만드는 사람과 트램펄린과 초콜릿 미끄럼틀이 있었다. 손을 넣어 만질 수 있는 아쿠아리움도. 매년 엘시는 전 세계에서 밴드들을 불렀다. 그녀의 유일한 규칙은 밴드가 미국인이 아니어야 한다는 것이었다. 다른 나라의 재능을 수입하는 것보다 더 애국적인 건 없다고 그녀는 믿었다. 아무도 음악을 듣지 않았으나 모두가 그 음악을 사랑했다. 손님들은 자신들의 권력은 드러내고 노력은 보이지 않게 하기 위해서 애를 썼다. 모지스는 어머니를 생각하면 이 유명 인사들이 특이한 수영복을 입고 맨해튼 길거리의 쓰레기 더미처럼 펄럭이는 모습이 보인다. 돈으로 살 수 있는 최고의 피부와 치아, 머리카락을 가진 그들은 정의에 대해 이야기하고, 더 권력 있는 사람들의 성생활에 관해서 추측하고, 그들의 일자리를 대체하기라도 하는 것처럼 자동화를 매도했다. 서비스 담당자들은 어디에나 있었지만, 모지스는 그들을 전혀 보지 못했다.

그가 기억하는 한 언제나 모지스는 '7월의 블리츠' 파티를 떠도는 꿈을 반복해서 꾸었다. 장면들은 비틀리고 볼록렌즈를 통해 보는 것 같았고, 음악은 변형되었고, 머리카락은 모두 다 금색이었다. 꿈에서 그는 급박한 위협에 관한 정보를 가지고 있었다. 그들 사이에 암살자가 돌아다니고 있거나, 집이 게릴라 적병들로 둘러싸였거나, 테러리스트들이 지붕에서 기다리고 있거나, 드론이 폭탄을 떨어뜨릴 준비가 끝났다는 정보. 하지만 그가 여기에 관해 손님들에게 경고하려고 하면 목소리가 나오지 않는 것이다. 비명을 질러도 아무 소리도 나오지 않았다.

"자, 그건 심리학적 수수께끼라고 할 수도 없군요." 그의 심리 치료사는 그에게 그렇게 말했다.

~~~

"내 진짜 이름은 모지스예요." 그가 초조하게 털어놓는다.

"흥미롭군요." 팀 신부가 말한다.

"네?"

"성경에서요." 팀 신부가 입을 열지만, 모지스는 그 언급된 서적에 알레르기라도 있는 것처럼 연달아 여섯 번 재채기를 한다. 그는 고함을 지르며 재채기하는 타입이다.

"주님께서 건강을 지켜주시길." 팀 신부가 말한다. 그는 모지스가 괜찮아지기를 기다린다. "괜찮은가요?"

"네. 죄송합니다. 계속하세요."

"그래서 성경에서요, 모세*의 어머니는 파라오로부터 그를 지키기 위해서 아기 모세를 물이 새지 않는 바구니에 넣지요. 파라오가 모든 남자 아기를 나일강에 던지라고 명령했거든요. 파라오는 어느 남자아이가 언젠가 자신을 타도할 것을 두려워했어요. 어머니는 나일강에 아기를 던지기는 했지만, 그래도 아기를 ─"

"압니다, 알아요. 모두가 알죠. 그게 왜요?" 모지스가 성급하게 말한다.

팀 신부가 대답한다. "그러니까 모세의 어머니는 그를 보호하기 위해서 그를 버렸습니다. 형제님의 어머니께서는 형제님을 버림으로써 무엇으로부터 형제님을 보호하려 했을까요?"

모지스는 이 우화를 좇고 싶지 않다. "난 그 모세의 이름을 딴 게 아니에요. 그 모세와는 아무 관계도 없어요. 난 도시 설계사의 이름을 딴 겁니다. 끔찍한 사람이죠. 인종차별주의자! 주차장을 만들고 또 만들었죠. 사방에 고속도로를 깔았고요. 그는 워싱턴스퀘어 공원을 가로지르는 도로를 만들고 싶어 했어요!"

"유명세일까요?" 팀 신부가 묻는다.

"네?"

"형제님의 어머니가 유명세의 송곳니에서 형제님을 지키려고 했던 걸까요?"

유명세의 송곳니. 이 웃기는 사람은 대체 누구란 말인가? "아뇨. 사실 어머니는 날 업계로 떠밀었어요. 끊임없이 오디션, 대본 작업,

---

* 모세(Moses)를 영어식으로 발음하면 모지스가 된다.

제작 일에 나를 끼우려고 했죠. 나 혼자서는 나 자신을 위한 건 아무것도 할 수 없을 거라고, 어머니가 있어서 얼마나 다행이냐고 그랬죠." 모지스는 목을 긁고 말을 잇는다. "이게 보통 고해가 이루어지는 방식인가요?"

"모든 고해는 다릅니다."

모지스는 자신의 마지막 고해를 정확히 기억하지 못한다. 단지 그걸 하게 된 상황만은 떠오른다. 그는 열세 살이었고, 두 명의 기숙학교 친구들과 그들의 유모들과 함께 로마에서 방학을 보내던 중에 유모 한 명이 고해를 하자고 주장했다. "우린 밖에서 기다릴게요." 다른 유모가 말했다. "아뇨. 모두 고해를 해야 돼요." 첫 번째 유모가 엄숙하게 말했다. 모지스와 그의 친구들은 그녀가 방금 범죄를 저질렀다는 결론을 내렸다. 다음 날 뉴스에 그들이 관광한 대저택에서 오래전에 죽은 여왕의 이가 도난당했다는 소식이 나왔다. 그 유모는 매달 색깔이 바뀌는 픽시커트 머리를 했고 하얀 점프슈트를 한 무더기 가지고 있었다. 그녀는 일종의 화가였고, 가족이나 공동체가 없었고, 언제나 프랑스 선언문을 떠들고 다녔으며, 영리하면서도 아직 서른도 되지 않았음에도 인간으로서 처한 상황에 눈에 띄게 지친 상태였다. 그런 짓을 저지를 만한 타입이었다.

그녀는 그들과 함께 미국으로 돌아오지 않았다. 대신에 안코나로 가는 열차를 탔다. 헤어지면서 그들은 그녀에게 그렇게 소리쳤다. "이빨 요정! 도둑놈! 마녀! 창녀! 비열한 놈!" 그녀는 돌아보지 않았다.

몇 달 후 모지스의 친구가 진짜로 무슨 일이 있었는지 설명했다. 그는 유모가 샤워를 하는 중에 호텔 욕실에 침입해서 커튼을 열고 그녀에게 자신의 발기한 성기를 내밀었다. 그녀는 물리적으로 그를 걷어차 방에서 쫓아냈다. "멍이 들었어, 믿어져? 아동 학대야! 우리 엄마는 그 여자한테 그달 봉급을 안 줬어." 하지만 일을 관두기 전에 유모는 무슨 짓을 했는지 사제에게 말하라고 소년에게 명령했다. 그를 억지로 고해하게 만든 게 보호자로서의 그녀의 마지막 행위였다. 그는 가톨릭교도가 아니었다. 그녀도 마찬가지였다. 모지스는 로마에서 선정적인 시간을 보냈다.

로마의 고해신부는 모지스의 친구에게 1년 동안 사회봉사를 하라고, 가능하면 여성 보호소가 좋겠다고 말했다. 이래서 모지스가 종교를 좋아하는 거다. 이런 식의 사건들을 처리하는 방법을 가지고 있으니까. 사건들을 요약하고, 해석하고, 행동 방향을 제시한다.

"어머니께서는 형제님을 버림으로써 무엇으로부터 형제님을 보호하려 했을까요?" 팀 신부가 되풀이한다.

모지스는 눈을 굴린다. "모세의 어머니가 그를 물이 새지 않는 바구니에 집어넣었다는 바로 그 사실로부터요. 우리 어머니는 사실상 날 악어 등에 태우고는 그 녀석에게 팁을 주라고 했어요."

"어머니가 입힌 해를 묵살하려는 게 아닙니다. 그저 그분을 이해하려고 하는 거죠. 누군가가 아무리 잔인해 보인다고 해도, 이해가 가장 좋은 시작점이거든요."

"당신네들은 정말. 당신들, 인디애나 촌뜨기들은 정말이지."

"뭐라고 하셨죠?"

"왜 어머니가 나를 뭔가로부터 보호했다고 생각하는 거죠? 어머니는 나에 대해 아무 생각도 안 했을지도 몰라요. 그 생각은 안 해봤나요? 사람들은 이기적이죠. 가끔은 그게 이유의 전부예요. 사람들이 잔인해 보인다면, 그건 정말로 잔인해서 그런 거예요." 갑자기 모지스는 분노의 자전거펌프에 연결되어 있는 것 같은 기분이다. 중서부의 나르시시스트들은 할리우드 태생의 나르시시스트들보다 훨씬 더 작고 유순한 게 분명하다고 모지스는 추론한다. 적도 근처에 사는 조그만 여우들처럼. 하지만 팀 신부가 그걸 어떻게 알 수 있겠는가? "하지만 신부님이 어떻게 알겠어요? 신부님은 신에게 버림받은 이런 동네에 살고 있는데. 이 동네에서는 아마 연쇄살인범들이 다른 사람을 위해 문을 잡아주겠죠. 아마 그들은 상대를 살해하기 전에 어떤 식으로 하는 게 좋은지 물어보기도 하겠죠. 신부님은 어머니가 어땠는지 전혀 몰라요."

잠깐 동안 모지스는 안도감을 느낀다. 그런 다음에는 수치심을 느낀다.

"어쩌면 형제님 어머니는 자기 자신으로부터 형제님을 보호하기 위해서 형제님을 버린 걸지도 모르죠." 팀 신부가 말한다.

~~~

모지스 로버트 블리츠는 열두 살이었고, 최근에 흥분과 굴욕을 알게 되었고, 날짜는 7월 5일이었다. 새벽 5시경이었고 그는 땀을 흘리며 깨어났다. 수분이 너무 부족해서 몸 안이 모래로 가득 찬 것 같은 느낌이었다. 문제는 위층에는 컵이 하나도 없고 그는 욕실 수도꼭지에 입을 대고 물을 마시는 걸 싫어한다는 거였다. 그건 더럽게 느껴졌다. 그는 불을 몇 번이나 켰다 껐다 하다가 침대에서 나와서 부엌에서 잔을 가져오기로 결심했다. 그의 꿈은 NG 모음집의 형태를 취했다. 그는 같은 장면을 연기하고 또 하면서 매번 다른 실수를 저질렀고 그의 주변 사람들은 요란한 웃음을 터뜨렸다.

그래서 계단을 내려가다가 진짜 웃음소리를 듣고 모지스는 혼란해졌다. 그는 얼어붙었다. 최소한 다섯 개의 서로 다른 목소리가 들렸다. 그의 어머니의 다양한 웃음소리가 그에게로 날아왔다. 긴장한 웃음, 겨울처럼 들리는 웃음, 지루하다는 의미의 웃음.

그는 조심히 난간에 기대어 아래층의 장면을 살펴보았다. 엘시와 네 명의 친구들, '7월의 블리츠'를 종종 가장 늦게 떠나는 두 여자와 두 남자가 벽난로 주변에 다양한 자세로 늘어져 있었다. 모두가 파란 옷차림이었다. 그 방에는 두 개의 기다란 소파와 두 개의 2인용 소파, 네 개의 안락의자가 있었지만, 그들은 털이 긴 러그를 선호했다. 그들 주위로 바나의 배처럼 잔과 병들이 반짝거렸다. 그곳은 채광창과 하얀 벽, 6미터의 천장과 박제(전부 새들이었고, 다종 철새이동 중 날다가 공중에 얼어붙은 것처럼 천장에 매달려 있었다) 때문에 어머니가 제일 좋아하는 방이었다. 새들의 대탈출. 모지스는 엘시와 그 친구들의 눈으로 보아 그들이 술이나 약, 또는 그 둘 모두에 취한 상태임을 알 수 있었다. 재즈가 요란하게 울리고 촛불이 깜박거렸다. 누군가가 지구인이라는 단어로 끝나는 복잡다단한 의견을 분명하게 설명하고 있었다.

"하지만 결국에 그는 찔렸어."

"누군가가 찔리면 대체 어떻게 해야 돼? 난 항상 궁금했어."

"오! 오, 나 이거 알아!"

"좀 진정하시지."

"아니, 〈장미는 붉다〉에서 내 약혼자가 칼에 찔려서 난─"

"오, 제발 네 드라마 지식으로 우리에게 가르쳐줘. 그건 분명히 의학적으로 타당할 테니까."

"진짜야! 전문가한테 자문을 구했다고! 거길 붕대로 감아야 돼. 상처를. 그런 다음에 압박해. 상처를 심장보다 위로 올려야 한다고 생각하겠지만, 요즘은 별로 그렇게 안 한대. 그건 압박하는 것만큼은 중요하지 않아. 하지만 평평한 곳에 눕히고 다리를 위로 올려주는 건 좋아. 아마도 그건, 그러니까, 혈액순환 때문인 듯?"

"아주 유용한 정보야, 메리앤. 고마워."

"안녕, 모지스."

모지스는 흠칫했다. 남자 한 명이 그를 알아챘고, 이제 그의 어머니를 제외한 모두가 그를 쳐다보았다. 그들의 관심 한가운데에서 그는 하마를 잡아먹기 위해 솟아오른 늪의 괴물 같은 게 된 기분이었다. 그는 말할 용기를 끌어모으기 위해 그들 쪽이 무단 침입자라는 걸 생각했다. 이 집에 사는 건 그였다. 그들이 아니었다. 하지만 자신감이 그에게 내려올 가능성은 신이 그에게 내려올 가능성이나 마찬가지라는 걸 그는 잘 알았다. 그런 걸 끌어내려면 그게 몸 안에 있거나 최소한 그의 부름에 응답을 해야 한다.

"저 귀여운 잠옷 좀 봐."

"너 엉망이네, 꼬마야. 수영했니?"

"아냐, 나 좋은 생각이 났어. 저 애한테 모두 조언을 해주자. 술은 날 현명하게 만들고, 폴이 전문인 건—"

"이런 제길, 메리앤. 네 애를 가져."

"배고프냐, 친구?" 모지스가 '중요한 제작자'라고 알아본 남자가 물었다.

"몸은……." 메리앤이 예언처럼 말하면서 눈을 가늘게 뜨고 잔을 쳐다보았으나 그 뒤는 이어지지 않았다.

"여기 간식이 있어. 프로슈토야." 제작자가 말했다.

"하지만 뚱뚱이는 많이 먹으면 안 돼." 새파란 정장을 입은 남자가 말했다. 이 남자는 그들의 집에 매년 한 번씩 나타났고, 모지스는 그가 누군지 몰랐다. 그러나 모지스는 그들의 상호 작용과 상응하지 않는 강렬함으로 남자를 싫어했다. 그것은 그의 잠재의식에만 존재하는 메시지에 대한 반응이 분명했다. 모지스는 생각에 잠겨 학교에서 배운 크리스마스섬의 게 이동을 떠올렸다. 그것도 연례 행사였고, 그는 '7월의 블리츠'보다 그걸 보는 쪽이 훨씬 더 좋을 것 같았다. 그는 빨간색의 튼튼한 암게들이 집단으로 행진해서 어둠을 뚫고 만조의 해변에 도착하는 것을 상상했다. 그는 각각의 게가 바닷속에 내려놓을 수십만 개의 알을 가졌다는 걸 배웠다. 그 게들은 수영을 못하기 때문에 위험한 시도였다. 알은 물에 닿자마자 부화하고, 암컷은 새끼가 혼자 살아가게 놔둔다. 그런 생물을 엄마라고 할 수 있을까? 모지스는 자신이 크리스마스섬의 게 이동을 보게 된다면 한 마리를 밟을 것 같아서 무서웠다. "어이, 엘시?" 정말 싫은 파란 정장의 남자가 말을 이었다. "아이에게 너무 많이 먹이는 건 건강에 안 좋아. 그건 학대야. 자기는 형편없는 엄마야. 하지만 이래서 자기가 흥미로운 거지!"

모지스는 자신을 쳐다보지 않는 어머니를 바라보았다. 갈색 머리는 복잡한 올림머리 형태로 고정했다. 피부는 땀과 기름, 햇빛, 화장으로 광이 났다. 그녀의 나머지 부분은 사파이어로 빛이 났다. 그녀는 남색 실크 잠옷으로 갈아입었지만 보석은 떼지 않은 상태였다.

"기네스 세계기록 목록에서 '가장 뚱뚱한 집고양이' 뺀 거 알지? 동물 학대를 조장하니까." 다섯 명 중에서 가장 젊고 가장 아름다운 메리앤이 끼어들었다.

"엘시, 네 아들은 배가 고파. 뭔가 좀 하라고. 우리가 쟤한테 겁을 주고 있어." 제작자가 말했다.

"우린 널 그냥 놀리는 거야, 우리 모지스." 사십대에 파리의 의상 디자이너이고 엘시의 가장 친한 친구 중 한 명인 사빈이 말했다. "너도 알지? 우리는 그냥 좀 즐기고 있는 거야. 우리 모두 아주 지쳤으니까. 우리들 스스로에게 말이야."

"맞아. 넌 우리의 대자(代子) 같은 거야, 모지스." 메리앤이 미소를 띠고 말했다.

"엘시, 우리가 영구적인 정신적 손상을 입히기 전에 애한테 먹을 걸 줘." 제작자가 말했다.

"나-나-나-나-난 배-배-배고프지 않아요."

모지스는 이 문장을 던지고 난 다음 짧은 흥분을 즐겼다. 하지만 그다음에 수치심이 그를 공격했다. 어른들은 잠깐 동안 침묵에 잠겼고, 그는 그들이 마치 꿈의 일부인 것처럼 좀 희미하다는 것을, 용해될 수 있는 무언가 같다는 것을 알아챘다.

"배고픈 걸 창피해할 거 없단다!" 평범한 장면을 과잉 해석하곤 하는 사빈이 외쳤다. 깃털 목도리가 그녀의 목에 감겨 있었는데, 말을 할 때마다 그게 떨렸다. 모지스는 그녀가 숨을 내쉬는 때를 알아챌 수 있었다. "만약에 남자애들이 배고픈 걸 수치스럽게 생각하면 도대체 어떤 남자로 자라겠니!"

"당연히 배가 고프겠지, 우리 친구." 제작자는 엘시의 발목에 손을 얹은 채 말했다. 그것은 십대 초반 정신의 모지스에게 이 남자와 어머니가 섹스하는 사이라는 것을 떠올리게 했다. "이리 와. 우린 물지 않아."

"걘 자라나는 소년이야. 엘시, 네 자라나는 아이한테 먹을 걸 줘." 사빈이 말했다.

"너무 많이 자라나지." 그를 뚱뚱이라고 불렀던 남자가 말을 하고는 웃으며 찬성을 바라듯 엘시를 쳐다보았다. 그녀는 등을 돌리고 있어서 모지스는 어머니가 찬성하는지 어떤지 알 수가 없었다.

"모지스, 우리 모두를 대신해서 내가 사과하고 싶어." 메리앤이 그를 향해 웃음을 지으며 말했다. 그녀는 아주 예뻐서 이 말을 얼마나 진심으로 하는 건지 판단하기가 어려웠다. 그녀의 아름다움이 다른 모든 데이터를 삭제하기 때문이었다. "여긴 네 집인데, 우리가 무례했어."

"해리엇은 어디 갔어?" 제작자가 물었고 모지스는 배신당한 기분이었다. 왜 제작자가 그의 유모의 이름을 아는 걸까?

"이번 주말은 쉬어." 엘시가 마침내 말했다. 어머니의 얼굴은 보이지 않았지만, 어머니가 호박색 액체가 담긴 산을 바라보고 있는 건 알 수 있었다. "한 해 중 가장 바쁜 시기에 무슨 장례식인가로 우리를 저버렸지. 지금 캔자스에 있어. 어쩌면 와이오밍일지도 몰라. 기억이 안 나. 어딘가의 평탄한 동네야."

"전 그-그-그냥 목이 마-마-말랐어요." 모지스가 계단에서 꼼짝

하지 않고 말했다.

"목이 마르대. 들었어? 맙소사, 애한테 물 좀 갖다주자." 메리앤이 일어나서 부엌 쪽으로 돌아섰지만 세작자가 그녀의 손을 잡았다.

"메리앤, 넌 그냥 개성이 없기 때문에 상냥하게 행동하는 거야. 그게 네 문제야." 그가 말을 이었다. "그리고 그게 네 잘못은 아니야. 사회의 잘못이지. 아무도 너한테 개성을 키우라고 요구하지 않았어. 왜냐하면 넌 항상 환상적으로 아름다우니까. 네가 상냥하기만 하다고 해서 누가 널 비난하겠어? 꼭 그래야 하는 게 아니었다면 우리 중 누가 힘들게 개성을 키우는 일을 했겠어?" 그의 단어들은 정확했지만 혀가 술로 묵직해서 전달하는 말투는 불분명했다. "하지만 상냥함에 미덕 같은 건 없다는 걸 너도 인정해야 돼, 메리앤. 특히 개성이 함께하지 않는 상냥함은 말이야."

"건배." 다른 남자가 말했다.

메리앤은 그의 손에서 자신의 손을 잡아 빼고 그에게 가운뎃손가락을 들어 보인 다음 부엌으로 걸어갔다. 모지스는 그녀가 안타깝게 느껴졌다. 열두 살에도 아름다움으로 인해 생긴 감정은 믿을 수 없다는 걸 알고 있었지만 말이다. 그는 눈물이 솟구치는 것을 느꼈고, 빠르게 봉쇄하기 위해 허둥댔다.

"엘시, 어떻게 좀 해봐. 봐봐, 네 아이가 마음을 다쳤어. 우리가 네 아이한테 상처를 입혔다고." 사빈이 말했다.

"내 아이?" 엘시가 말했다. 그녀가 몸을 돌려 처음으로 모지스를 보았다. 그녀의 얼굴은 영업시간 이후의 가게처럼 닫혀 있었다. "난 저 남자애를 한 번도 본 적 없어."

～～～

"어머니는 루푸스 때문에 중독됐어요. 온갖 수술을 받았고, 의사들이 계속 모르핀을 처방해줬거든요. 그때는 규제가 생기기 전이었어요. 어머니 잘못은 아니었지만, 어머니는 거의 너무 늦었을 때까지 도움을 청하지 않고 미뤘어요. 어머니는 주변에 수억 명의 사람들이 있었고, 어디에 가면 될지 정확히 알았고, 돈도 있었고, 시간도 있었죠. 내 말은, 어머니는 결국엔 중독재활센터에 갔지만 그보다 더 빨리 도움을 받을 수도 있었다는 거예요."

"중독은 뇌를 바꿔놓죠. 그건 —"

"모성도 그런다고들 하죠."

모지스는 자신이 이 고해소에 얼마나 오래 있었는지 알지 못한다. 아마 10분에서 40분 사이쯤일 것 같았다.

"형제님이 어머니를 중독으로 비난하지 않는다 해도 형제님의 분노가 향할 여지는 있지요." 팀 신부가 부드럽게 말한다.

"하지만 도움을 청하는 대신에 어머니는 더, 더, 더 많은 모르핀을 요구했어요. 끔찍한 진실은, 어머니가 중독되는 걸 좋아하고 피해자가 되는 걸 좋아하고 억압당하는 기분을 좋아하고 통제력을 잃는 걸 좋아했다는 거죠. 어머니는 급락할 만한 이유는 전부 다 사랑했어요. 어머니는 — 떠나고 싶어 했어요."

"무슨 뜻인가요?"

"여기서 떠나는 거요. 이것에서. 어머니 자신에게서."

"어머니가 죽고 싶어 하셨다고 생각하나요?"

"아뇨, 그건 아니에요. 죽음은 어머니한테는 너무 지루했어요. 어머니는 죽음의 정반대를 원했어요. 그건 결국 나한테는 죽음과 아주 비슷하게 보였지만, 어머니는 자신이 일종의 열반에 이르렀다고 생각했죠."

"많은 사람들이 죽음이 열반의 전제 조건이라고 주장할 거예요."

"난 기본적인 인간의 예의도 전제 조건이라고 하겠어요."

"어머니께서 무엇에서 도망치려고 하셨다고 생각하나요? 형제님을 보호하려고 하셨던 그것과 똑같은 것일까요?" 팀 신부가 묻는다.

"그리고 또 내 모공에서는 색색의 섬유들이 튀어나와요." 모지스가 선언한다. 그는 이 대화가 엉망진창이라는 걸 알았지만, 말끔한 대화를 어떻게 하는 건지 더 이상은 알 수가 없었다.

이제 팀 신부는 조금도 머뭇거리지 않는다. "그게 어떤 느낌이죠?"

"정말 상황에 적응하는 능력이 뛰어나시군요."

"네. 다들 그렇게 말하더군요." 신부는 기침을 하며 대답한다.

"가짜 풀처럼 느껴져요. 몸에서 플라스틱 풀이 자라 나오는 느낌이에요. 상상해보세요."

"상상하고 있습니다."

침묵.

"원인이 뭐라고 생각하나요? 섬유의 원인이요." 팀 신부가 묻는다.

"난 사람들이 그걸 느끼기 전까지는 내 가설을 말하지 않아요." 모지스가 말한다.

"사람들이 형제님의 말을 믿지 않을 것 같아서요?"

"사람들이 날 믿지 않으리라는 걸 아니까요. 믿을 수가 없죠. 사람들에겐 그런 능력이 없어요."

"저를 한번 시험해보세요."

"신부님 모공에서도 색색의 섬유들이 튀어나오나요?"

"아뇨."

"그럼 내 가설은 말하지 않을 거예요."

"좋아요." 팀 신부가 한숨을 쉬고 말을 잇는다. "어머니 이야기로 돌아가죠. 왜 그분이 그렇게—"

"저기, 나한테는 이미 심리 치료사와 정신과 의사와 상담사와 인터넷이 있어요. 인디애나의 시골구석 사제가 나나 우리 어머니, 기타 등등을 분석해줄 필요는 없다고요. 솔직히 말해서 난 오늘 고해를 할 생각이 없었어요. 애초에 내가 뭔가 잘못을 했다고 생각하지도 않고요."

"저도 그렇습니다. 하지만 형제님은 본인이 나쁜 사람이라고 생각한다는 말로 이 고해를 시작하셨죠. 전 그저 형제님이 본인을 볼 수 있도록 도우려는 것뿐입니다." 팀 신부가 대답한다.

"내가 나쁜 사람이라는 걸 확정하고 싶은 거겠죠."

"그 반대로, 저는 형제님이 선량하다는 걸 보여주고 싶습니다."

"날 모르시잖아요. 내가 착한지 나쁜지 전혀 모르죠."

"형제님은 선량합니다."

모지스는 코웃음을 치고 나서 자기 자신과 타협한다. 팀 신부가 신의 모습대로 만들어졌다는 식의 말을 하면 즉시 성당을 떠나기로 한다.

"성당은 우리가 원죄를 갖고 태어났다고 가르칩니다. 우리는 이기적으로 행동하려는 유혹과 평생 교섭해야 하죠. 하지만 자라면서 우리는 또한 유혹을 무시하는 능력을 키웁니다. 제가 아는 한, 그게 인간과 다른 동물들을 구별하는 지점이죠. 모든 충동에 복종하는 것밖에 선택지가 없다면, 우린 그걸 '죄'라고 부르지 않을 겁니다. 그냥 본능이라고 부르겠죠. 우리는 돌고래가 영아를 살해한다고 해서 그걸 죄악이라고 부르지는 않잖아요."

"돌고래가 그런 짓을 해요?"

"그런 모습이 목격됐죠."

"어쩌면 우린 그걸 죄악이라고 불러야—"

"돌고래에게는 선택지가 없어요. 하지만 형제님은 자유롭죠."

"내가 영아 살해를 하지 않는다고 해서 내가 선량하다는 뜻은 아니잖아요. 자유롭다는 뜻도 아니고요."

"형제님이 선량하다고 하지는 않았어요." 팀 신부가 말한다.

"조금 전에 선량하다고 했잖아요!"

"그랬나요?"

"네!"

팀 신부가 한숨을 쉬고 말한다. "음, 미안합니다. 진심이 아니었어요. 형제님 말이 맞아요. 전 형제님을 전혀 모릅니다. 아직 커피를 못마셨어요. 전 커피를 마시기 전에는 무책임한 발언을 하곤 해요."

모지스는 자신이 느낀 실망감에, 그것이 드러낸 사실에 깜짝 놀란다.

"솔직히, 오늘이 내 마지막 날이 될 것 같아요." 팀 신부가 말한다.

"네?"

"사제로서요."

모지스는 화자와 청자 역할이 바뀐 기분이고, 흐름이 바뀐 듯한 기분이 든다. "그건—"

팀 신부가 말한다. "가톨릭교회의 중심에는 썩은 것이 있어요. 그리고 전 내부에서 변화를 일으킬 수 있을 거라고 생각했지만, 대신 제가 느끼는 건 감염된 기분이에요. 저 자신에게서 썩은 냄새가 나기 시작했어요. 특히 혼자 있을 때요. 이 목깃이 내 목을 조르기 시작했죠. 물리적으로 목을 조르고 있어요. 전 춥고 축축하고 길을 잃은 기분이고, 주님은 저에게 말을 안 하시죠. 주님께서는 절대로 저에게 말을 안 하세요. 기도하며 산 세월 내내 주님께서는 단 한 번도 저에게 대답을 안 해주셨죠."

위쪽에서 희미하게 새 울음소리가 들린다. 모지스는 하도 열심히 귀를 기울여서 앞에 뭐가 있는지 보이지가 않는다.

팀 신부가 말을 잇는다. "전 여행을 하고 싶어요. 다시 사랑에 빠지고 싶어요. 고통을 겪는 사람을 만나서, 만나본 적도 없는 상사의 대리로서가 아니라 나 자신으로서 이야기를 나누고 싶어요. 내 상사가 유능하다면, 그리고 데이터를 봤다면 우리가 사업을 운영하는 방식에 상당히 실망했을 거예요. 여자도 사제가 되어야 해요. 사제도 원하면 결혼할 수 있어야 하고, 원하면 아이를 가질 수 있어야해요. 모든 젠더와 성별의 사람들이 그 모습 그대로 환영받아야 하고요. 학대는 규탄받아야 해요. 피임은 장려돼야 해요. 제 말은, 우리의 불타는 행성에 지금 당장 절대로 필요하지 않은 것이 바로 산업적 입맛을 가진 인구의 급증이죠. 이것들은 쉬운 일이고 분명한 일이고 불가피하게 올바르고 선량한 건데도 이 썩어가는 교단 내에서는 절대로 일어나지 못할 일이라고 믿게 되었어요. 전 명령에 따르고 온순하게 게임을 하며 규칙이 알아서 바뀌기를 기다리는 데에 질렸어요. 이 목깃에서 벗어나는 건 끔찍하게 힘들 겁니다. 하지만 그게 삶이죠, 안 그런가요?"

모지스는 약간 시간이 지난 후에야 자신이 고개를 끄덕이고 있음을 깨닫는다. "네. 그렇죠." 그가 쉰 목소리로 나직하게 말한다.

"어쨌든, 제가 형제님이 선량하다고 말했다는 데에는 놀랐습니다. 형제님이 나쁘다고 생각해서 그런 게 아니라 한 명의 사람을 선량하다거나 나쁘다고 말하는 건 말이 안 되기 때문이에요. 형제님은 다른 모든 사람처럼, 엉망진창에 상충되는 행동의 연속일 뿐입니다. 그런 행동들은 패턴이나 본능이 될 수 있고, 어떤 것들은 다른 것들보다 더 낫겠죠. 하지만 형제님이 살아 있는 한, 평가는 불분명합니다."

모지스는 종아리를 약하게 긁는다. "도러시 1세는 뭐가 그렇게 대단했나요?"

〜〜〜

마지막에 한 여자와 한 남자가 있었다. 하지만 남자는 너무나 많이 아들이었고, 여자는 너무나 적게 어머니였다. 그녀는 그 없이 죽게 된다. 그녀에게는 모든 게 필요했고, 아들은 그녀를 보는 것을 좋아하지 않았다. 그 역시 모든 게 필요했다.

그녀는 마지막 독립기념일을 말리부에 있는 자신의 맨션 침대에서 보냈다. 모지스는 어머니와 1년 동안 말을 나누지 않았으나 강박적인 비서 클레어가 그를 지치게 만들어서 굴복시켰다. 전화, 이메일, 편지, 소름 끼치는 자막 달린 동영상이 효과가 없자 클레어는 그의 SNS를 찾아내 억지로 메시지를 보냈다. 그것도 효과가 없자 그녀는 그리피스 공원 근처에 있는 그의 집에 나타나서는, 그가 어머니의 임종 자리에 오겠다고 동의할 때까지 그의 접시를 깰 거라고 위협했다.

엘시의 맨션에 도착했을 때 간호사들은 점심시간이었다. 그들은 부엌에서 유리그릇에 담긴 음식을 전자레인지에 데우며 맛있는 냄새를 남겼고 스페인어로 서로 대화를 나누고 있었다. 집 안의 전체적인 분위기는 장례식 분위기가 아니었고 모지스가 예상한 것보다 더 활발했다. 방은 로스앤젤레스의 태양으로 밝았으며 카펫은 방금 청소한 것이었다. 꽃병에는 신선한 꽃이 있었고, 고용인들은 생기가 넘쳤다. 클레어는 모지스를 계단 위로, 그의 어머니의 침실로 안내했고, 가는 동안 아무 말도 하지 않았다. 그녀의 머리카락에서는 민트 향이 났다.

평생 동안 엘시는 실제보다 더 건강한 모습에 건강한 목소리였다. 그것은 보톡스와 더불어 인류에게 알려진 다른 모든 아름다움 증진 화학물질, 성형수술, 평생의 값비싼 운동, 개인 요리사, 30년의 여가, 알아서 채워지는 은행 계좌, 초자연적인 유전자가 만들어낸 외면이었다. 이 외모의 적들, 즉 약물 남용, 불면증, 일광 노출, 정신병 등은 그 수비수들에게 상대가 되지 않았다. 의지력과 과학의 조합으로 그녀는 젊음을 병에 담아 보존했다.

하지만 지금, 마침내 죽음이 엘시 제인 매클로플린 블리츠 안에서 그 존재를 드러냈다. 침실에서 모지스는 눈길을 돌렸다.

"클레어, 나가. 뒤뜰로. 어서. 얘가 갈 때까지는 돌아오지 마." 엘시는 래브라도리트리버에게 말하는 것처럼 말했다.

"알겠습니다." 클레어는 몸을 구부려 엘시의 침실용 탁자 위의 스무디에 빨대를 꽂았다.

"클레어."

그녀가 황급히 나갔다. "네, 네, 갈게요. 가요."

엘시의 거대한 침대 위에 대학살을 그린 18세기 유화가 걸려 있었다. 침대 반대편 벽에는 박제들이 있었다. 온전한 꿩, 바위자고새, 방울뱀, 들소와 물소와 순록과 큰뿔야생양의 머리. 흡혈박쥐. 위법을 저지른 것처럼 보이는 비버.

방은 너무 더워서 거의 김이 서릴 정도였다. 모지스는 이 집에 몇 년은 발을 들인 적이 없었다.

"아무것도 만지지 마. 흔한 세균이 날 죽일 수도 있어. 그러면 웃기겠지. 86년이라는 상상할 수 없는 세월을 살아남았는데 아주 사소한 것, 감기 같은 걸로 죽는다면 말이야. 내가 엄청난 고통 속에 있다는 걸 너한테 알려줘야겠다."

그는 피부를 긁었다.

"그만해라. 맙소사, 그만해. 그걸 보면 내 속이 울렁거리는 거 알잖니." 그녀는 말을 멈추고 자기 자신에게 조언을 하듯이 눈을 감았다. "하지만 네 양말은 마음에 드는구나."

그는 자기 양말을 쳐다보았다. 그렇게 할 핑계가 생겨서 다행이었다. 양말은 형광 노란색이었다.

"네가 악당으로 나오는 꿈을 꿨어, 믿어지니?" 엘시가 말을 이었다. "그건 내 꿈속에서 온통 뉴스에 오르내렸어. 뉴스 속보: 마침내 아이들과 불안정한 사람들을 공포에 떨게 만들던 괴물을 잡다. 그의 이름은 모지스 로버트 블리츠! 꿈에서 그들은 나에 대해서는 언급조차 안 해. 믿어지니? 그게 가장 화가 나는 부분이었어. 너에 관해서 가장 흥미로운 부분을 언급하지 않았어!" 그녀는 기침이 나올 때까지 낄낄 웃었다. "그냥 농담이야, 얘야. 아, 기분 풀어. 넌 너무 예민해."

"참 좋은 분위기네요, 어머니. 고맙습니다. 덕택에 여기까지 차를 몰고 온 게 정말 기쁘네요. 그 여자가 억지로 오게 만들었거든요. 어머니 하녀요. 그 여자는 어머니가 날 보고 싶다고 애걸했다고 하더군요. 그게 어머니가 원하는 전부라고요."

엘시는 목을 가다듬었다. "음."

"그걸 보여주는 방식이 지랄맞게 웃기네요."

그는 그녀를 한 번 흘깃 본 다음 자신이 본 것을 차마 다시 볼 수가 없어서 시선을 돌렸다. 그녀는 대머리에 푸르스름했고 40킬로그램 나갔으며, 협상 불가능하게 유한한 인간이었다. 하지만 어머니를 볼 때조차도 그는 컴퓨터 래스터, 즉 그녀를 비현실로 만드는 픽셀들과 주사선들의 행렬을 통해서만 보았다. 그는 비틀거리지 않으려고 가장 가까이 있는 물건인 실크해트용 옷걸이를 잡았다.

"아무것도 만지지 마!" 엘시가 소리쳤다. 그녀의 허약한 몸이 그렇게 날카롭고 커다란 소리를 내는 건 불가능할 것 같았다. "하지만 당연히 넌 네 친엄마를 죽이고 싶겠지. 그걸 꿈꾸고 있겠지."

모지스는 이 방문을 하기 전에 심리 치료사가 그에게 해준 조언을 떠올렸다. 블리츠 씨는 어머니의 학대를 참을 필요가 없어요. 더 이상은요. 너무 과하다 싶으면 떠나도 괜찮고, 떠나야 해요. 그녀는 그렇게 말했다.

"전 갈게요." 모지스가 냉담하게 선언했다.

"안 돼!" 엘시가 소리쳤다.

난생처음으로 모지스는 어머니에게서 두려움 비슷한 것을 알아챘다.

"난 딱 다섯 가지 요구 사항이 있어." 그녀가 속삭였다.

"전 어머니가 고통을 겪든 말든 여기 있을 의무가 없어요. 제가 고통스러울 때 어머닌 절대로 제 곁에 머물지 않았죠."

비버에 시선을 고정하고 있던 모지스는 엘시의 이어지는 침묵을 속죄라고 착각했지만, 곧 후루룩 소리가 들렸다. 그녀를 한 번 더 보았더니 침대에서 몸을 기울여 빨대를 빨려고 애를 쓰고 있었다. 사파이어색 가운을 입고, 모든 뼈가 드러난 모습으로. 하지만 그녀는 결국 균형을 잃고 잔을 쳐서 카펫 위로 떨어뜨렸다. 하얀색 위에 걸쭉한 초록색 자국.

"젠장." 그녀가 중얼거렸다.

"클레어를 불러올게요." 모지스가 이를 악문 채 말했다. 어머니의 고통을 보여주는 이 증거에 생물학적인 반응을 억누를 수가 없었다. 분노의 눈물을 참으며 그는 박쥐 쪽으로 시선을 돌렸다. 박쥐의 입이 열려 있어서 호두 같은 코 아래로 네 개의 아주 작은 송곳니가 드러났다. 생전의 위협은 사후에 농담으로 전락하여 굉장히 우스꽝스럽게 보였다.

"안 돼." 엘시가 말했다.

"좋아요. 요구를 얘기하세요. 하지만 전 곧 약속이 있어서 —"

엘시가 코웃음을 쳤다. 어머니가 침대 위에서 자세를 바꾸는 소리가, 느리고 힘들게 움직이는 소리와 이불 스치는 소리, 힘겨운 숨소리가 들렸다.

"클레어한테 스무디 새로 가져오라고 할까요?"

"아니. 어차피 토할 거야." 어머니가 대답했다.

그는 눈을 감았다. "첫 번째 요구가 뭐죠?"

"내 장례식에 박수갈채가 있었으면 좋겠어."

물론 그러시겠지. "클레어한테 얘기하세요. 장례식을 제가 준비하지 않는 거 아시잖아요."

엘시는 그를 무시했다. "두 번째 요구는, 장례식 연회는 유럽 민화의 수확제를 모델로 했으면 좋겠어. 난 화염방사기, 축제 기념 기둥, 장식한 나무 밑둥을 원해. 간단한 지그를 연주하는 밴드, 맥주, 소시지, 흰옷의 처녀들, 불그스름한 볼의 건장한 남자들을 원해. 요정들. 마법. 종교재판. 설탕물 입힌 사과. 춤과 청혼과 데이지 화환. 기절. 햇살. 성욕, 아주 많이. 간단히 말해서 이 모든 게 끝날 때 난 모두가 아주 만족스러워하고 끈적거렸으면 좋겠어."

"혐오스럽군요."

"그게 내가 원하는 거야."

"좋아요. 클레어한테 전하죠."

"내 세 번째 요구는 네가 가끔 피그미세발가락나무늘보를 살펴봐주는 거야."

"그것들을 살펴봐달라고요?"

"어떻게 지내는지 그냥 봐달라는 거야."

"어머니."

"난 내 재산의 상당량을 나무늘보 보호를 위해 기부했지만, 그걸로는 부족할 수도 있어. 항상 돈만으로 충분한 건 아니라는 거 알잖니. 누군가가 그것들을 보살펴준다는 걸 알면 내 기분이 나을 거야."

"정말 거기에 신경을 한 톨이라도 써요?" 모지스가 회의적으로 물었다.

"당연하지!" 엘시가 외쳤다.

"그게 연기라고 생각한 걸 용서하시죠."

엘시의 목소리가 낮아졌고, 말이 느려졌다. "내가 그것보다 더 신경 쓰는 건 거의 없을 거야."

"좋아요." 모지스는 이 집에서 빨리 나가고 싶어서 말했다. "그 망할 나무늘보들을 살펴볼게요. 다음 요구는요?"

자기도 모르게 그는 어머니의 침대에서 에너지가 뚜렷하게 움직이는 것을 감지했다. 증명할 수는 없지만 진짜 변화였고, 다시 말을 할 때 어머니의 말투에는 수십 년의 슬픔이 담겨 있었다. 갑작스러운 현기증에 그는 비틀거렸다.

"모지스. 나와 나의 어머니 노릇에 복수하렴. 날 용서하지 마. 그게 내 네 번째 요구야. 제발 절대, 절대, 절대로 날 용서하지 마. 이 방에서 내 죄가 나의 유일한 동반자야. 클레어와, 나의 죄. 거기에 대해서 오랫동안 곰곰이 생각해봤고, 나는 죽은 다음에도 관대한 처분을 받을 자격이 없다는 걸 분명히 깨달았어. 심지어는 네가 죽은 다음에도. 난 절대로 할 수 없었어. 왜 내가 할 수 없었던 건지는 나도 몰라. 하지만 그냥 난, 안 됐어. 불가능했어. 지금도 난 노력하지만, 그래도 할 수가 없어. 나는 어머니 노릇은 그냥 할 수가 없어. 난 널 보고 있어, 모지스. 내 사랑. 내 유일한 존재. 모지스, 제발." 그녀의 목소리가 흔들렸다.

모지스는 목을 긁다가, 이 강박이 어머니를 화나게 만든다는 걸 기억하고 멈췄다가, 조금 후에 어머니가 그를 화나게 만든다는 걸 기억하고는 다시 긁다가, 또 멈췄다. 어머니는 죽어가고 있으니까. 사람 마음을 조종하는 것. 어머니는 거기에 박사 학위를 가졌다. 어머니는 열 시간 동안 사람을 수영장 창고에 가둬놓고도 그 사람이 죄책감을 느끼게 만들 수 있었다. 50년 동안 거의 모든 것을 완전히 잘못해놓고도 여전히 임종의 자리에서 사람을 울릴 수 있었다.

"다섯 번째 요구는요?"

"날 봐." 엘시가 요구했다.

"보고 있어요, 어머니."

마침내, 그는 보았다. 남은 평생 동안 그는 이게 자신이 했던 일 중 가장 어려운 일이었다고 생각할 것이다. 그의 눈이 어머니의 눈과 마주치자 어머니의 울퉁불퉁한 얼굴이 미소로 갈라졌고, 그와 함께 모지스를 갈라놓았다. 서쪽을 면한 창문이 그녀의 얼굴에 으스스한 오렌지색을 드리웠다. 이 광경에는 픽셀이 전혀 없었다.

"보고 있어요, 어머니. 다섯 번째 요구는 뭐예요?"

"그게 내 다섯 번째 요구였어."

~~~

"도러시 1세요? 우리 어머니 말인가요?" 팀 신부가 묻는다.

"네. 그분을 굉장히 사랑했다고 했잖아요."

"맞아요, 그랬죠."

"왜죠?"

달빛이 비치는 바닷속에서 부화한 다음에 게들은 한 달 동안 물속에서 자라난다. 대부분의 경우 이 기간에 거의 모두가 살아남지 못한다. 하지만 10년에 한두 번쯤 대량의 아기 게들이 잡아먹히지 않고 바다에서 나온다. 아흐레 동안 녀석들은 노랑미친개미를 비롯하여 새로운 위협들에 용감하게 맞서면서 섬을 가로질러 부모가 사는 숲까지 여행한다. 모지스는 어떤 조건이 이런 생명의 풍부함을 조성하는지, 또는 새끼들이 도착하면 어떤 종류의 연회를 경험하게 되는지, 또는 그들이 어디로 가야 하는지를 어떻게 아는지 절대로 알아내지 못할 것이다. 하지만 온갖 어려움에도 불구하고, 게들은 가끔은 살아남는다.

팀 신부는 한참 동안 조용하다. 그러다 마침내 말한다. "저기, 어머니가 혹시 그 옛날 드라마에서 수지 에번스 역할을 하셨던 건 아니죠?"

힐데가르트의 인용구 목록,
블랜딘의 침실용 탁자 위 공책에 쓰인 것,
잭이 수요일 아침에 읽고 '무(無)'라는 단어를
손톱으로 자신의 피부 위에 따라 쓰다

~~~

하지만 주님께서 몇몇 인간에게 물을 주어 인류는 완전한 조롱의 대상은 되지 않았다.

천국은 기분 좋은 장소이고, 생기에 찬 꽃과 허브의 초록과 모든 향신료의 즐거움으로 융성하고, 아름다운 향기가 가득하고, 축복받은 자들의 행복으로 꾸며져 있다.

인류를 먹여 살리는 지구는 해를 입어서는 안 된다. 파괴되어서는 안 된다!

공포는 소리들과 폭풍들과 크고 작은 날카로운 돌들의 엄청난 충격으로 어두운 막을 뒤흔들었다.

단어는 육체를 상징하지만, 교향곡은 영혼을 상징한다.

건강을 위해 맥주를 마셔라!

난파되고 있는 세상이라 해도, 용감하고 강하게 버텨라.

인류여, 자신을 잘 살펴보라. 그대는 내면에 하늘과 땅, 모든 창조물을 가지고 있다. 그대가 하나의 세상이다. 모든 것이 그대의 안에 숨겨져 있다.

'그 단어'는 삶, 존재, 영혼, 모든 신록의 식물, 모든 창조력이다. '그 단어'는 모든 창조물에서 스스로 드러난다.

살아 있는 불길은 말한다. 성서의 길은 곧장 높은 산으로 이어진다. 그곳은 꽃이 자라고 값비싼 방향성 허브가 있으며, 기분 좋은 바람이 불면서 그 강렬한 향기를 앞으로 실어 나르는 곳이다. 장미와 백합이 반짝이는 얼굴을 드러내는 곳이다.

성스러운 사람들은 세속적인 것들을 자신에게로 끌어당긴다.

나는 너를 완전히 파괴할 것이다, 죽음이여. 네가 옆에 두고 살 수 있을 거라고 생각한 사람들을 내가 너에게서 빼앗아 올 테니까. 그러면 너는 쓸모없는 시체라고 불리리라!

영혼은 육체 속에 있지 않다. 육체가 영혼 속에 있다.

그녀는 복수하는 번개의 공포로 무시무시하고, 밝은 태양의 선함으로 다정하다. 그녀의 공포와 그녀의 다정함 둘 다 인간은 이해할 수 없다.

하지만 그녀는 모두와 함께하고 모두의 안에 있으며, 그녀의 비밀은 너무나 아름다워서 누구도 그녀가 어떤 상냥함으로 사람들을 지탱하고 헤아릴 수 없이 자비롭게 그들을 무사하게 해주는지 알 수 없다.

나는 힐데가르트다. 나는 침묵을 지키는 것의 대가를 알고 폭로하는 것의 대가를 안다.

하지만 루시퍼가 비뚤어진 마음으로 자신을 무(無)의 존재까지 격상하기를 바랐기 때문에 그가 창조하고자 했던 모든 것은 사실 무였고, 그는 발밑에 땅이 없었으므로 무 속으로 넘어져서 일어설 수가 없었다.

순종(純種)

~~~

블랜딘 왓킨스가 육체에서 빠져나오기 여섯 시간 반 전쯤, 그녀
는 룸메이트인 잭과 함께 지역 부동산 개발업자 맥스웰 핑키의 로
프트에 서 있다. 두 마리의 순종 사모예드가 문에 대고 헐떡거린다.
에어컨이 그들 모두를 오후의 습기로부터 구제한다. 핑키는 개들을
위해서 에어컨을 켜놓고 나가는 거라고 잭이 믿을 수 없다는 듯이
설명한다.

토끼장에는 에어컨이 없다. 주민 중 절반만이 창문이 있는 집에
살았고, C4호의 거주자들, 즉 블랜딘과 그녀의 룸메이트들은 그 일
원이 아니었다.

"난 모르겠어, 블랜딘. 그 사람이 나더러 아무것도 만지지 말라고
했어. 그 사람은 카메라랑 뭐 그런 것들을 설치해놨을 거야. 난 이
일을 잃을 수 없어. 난 계속 개떡 같은 일자리에서 잘렸고 그냥—"

"걱정 마. 난 그냥 건축을 사랑할 뿐이야." 그녀가 그를 힐끗 돌아
보며 말한다.

블랜딘은 로프트 내부를 익히고 있다. 그녀가 마음속으로 '비개발'이라고 부르는 파괴 공작 계획 2단계를 준비하기 위해서다. 잭은 그녀의 계획에 대해 아무것도 모르지만, 그녀가 이 방 저 방 돌아다니자 그녀에게서 뭔가 범죄의 기미를 감지한다.

그들은 10분 동안 로프트에 있었고 그녀는 개들에게 손을 대지 않았다.

"근사한 곳인 거 같아, 그치?" 잭은 긴장해서 손을 주머니에 넣었다 뺐다 하며 개의 목줄을 만지작거린다.

"가격이 얼마나 될까 궁금해."

"아마 몇 개는 임대용이고 몇 개는 매매용일걸."

"월세가 2000은 넘을 게 분명해." 블랜딘이 말한다.

"2000!"

"나도 몰라."

잭은 실망감과 안도감이 섞인 감정을 느낀다. C4호 바깥에서는 블랜딘이 평균적인 여자아이보다 그저 약간 더 예쁜 정도이기 때문이다. 그는 그녀의 창백한 피부와 뼈가 튀어나온 팔다리, 사춘기를 맞지 않은 듯한 몸, 탈색했지만 뿌리는 검은색인 하얀 머리, 빈약한 엉덩이를 평가한다. 그래도 여전히 그녀에게는 최면을 거는 듯한 면이 있었다. 그녀는 그가 유령, 외계인, 마법, 기적과 연관 짓는 힘을 뿜어낸다. 그는 그녀의 단점들을 보고 약간 혐오감을 느끼지만, 매료되는 기분을 몸에서 쫓아낼 수가 없다. 사실은 그녀의 성격을 좋아하는 것일지도 모른다는 생각이 문득 든다.

"누가 바카베일에 살려고 그렇게 많은 돈을 내?" 그가 묻는다.

"바카베일을 소유하고 싶은 사람이겠지."

그곳은 핑키의 비싼 건축물 중 하나로, 자동차 공장을 개조한 것이다. 도심에, 오염된 강의 둑에 위치해 있고, 토끼장에서 걸어서 불과 10분 거리다. 건물은 지금은 거주자가 없어서 텔레비전 세트장

분위기지만, 기술자들이 바카베일로 이주하면 아파트는 즉시 분양될 거라고 핑키는 자신한다. 그는 해변가 도시 사람들이 이 복합건물을 집처럼 느끼길 바란다. 4.8미터 높이의 천장, 비취 색깔로 얇게 칠한 시멘트 바닥, 커다란 창문. 바카베일의 영구적인 구름에도 불구하고 사방에서 빛이 들어온다. 완벽한 온도, 새로운 집기들, 너무 많은 설정을 가진 샤워기. 핸드폰으로 제어되는 실내 온도, 보안, 음악. 지하의 사우나와 헬스장, 옥상의 그릴과 소파. 태양이 블랜딘의 머리카락을 비춰 머리 주위로 신비한 오라를 만든다. 잭은 그녀의 다리를 검게 물들인 멍에 시선을 고정한다.

블랜딘은 볼을 홀쭉하게 만들고 머리를 뒤로 젖혀서 천장의 나무 대들보를 바라본다. 이 집에는 레몬이 너무 많다. 부엌 조리대 위의 레몬, 식탁 위 세라믹 그릇 안의 레몬, 책장 위 유리병에 든 레몬. 그녀는 맥스웰 핑키를 더 싫어하는 건 불가능할 거라고 생각했지만, 다량의 레몬이 그녀의 무언가를 건드린다. 블랜딘은 잭이 이 로프트 열쇠를 어디에 보관하는지 이미 안다. 계획의 2단계는 1단계보다 훨씬 쉬울 거고, 그 생각이 그녀를 취하게 만든다. 솔직히 아무도 집에 없는 시간을 찾는 건 어려울 것이다. 그녀가 실물 크기의 하얀 정장 차림을 한 부두 인형을 핑키의 침실 서까래에 매다는 데에는 최소한 7분이 필요하다. 그녀는 인형 속을 채스터티밸리에서 나온 진흙과 나뭇잎, 동물 뼈로 채울 계획이고, 그러면 인형이 아주 무거워질 것이다.

"카메라가 있다고 했어?" 블랜딘이 묻는다.

"그래, 첫날에 그 사람이 그렇게 말했어. 내가 뭘 훔칠 거라고 생각했던 것 같아. 난 내가 전에 위탁가정 제도에 있었다는 말조차 하지 않았는데. 이미 나에 대해서 이런저런, 뭐랄까, 편견을 갖고 있었거든. 무슨 말인지 알지? 그냥 날 보기만 했는데 말이야. 그 사람이 정확히 뭘 했다거나 뭐라고 말했는지 설명할 수는 없지만, 그 사람은 내가 일종의 나쁜 놈이길 바란다는 느낌이 들었어. 그게 날 열받게 했지만, 난 일을 받아야 했어. 철물점에서 잘렸고, 그리고…….내가 그 얘기 했던가? 아, 그래, 내가 너무 자주 약에 취해 온다고 잘랐지. 하지만 개 산책 알바의 멋진 점은 원하면 언제든 약을 할 수 있다는 거야. 위험부담이 아주 낮아. 그리고 핑키가 카메라를 설치해놓은 건 그럴 만도 하다고 생각해. 여기에는 수많은 사람들이 들락날락하거든. 청소 이모, 나, 그 사람 조수, 식료품이랑 뭐 그런 것들 배달하러 오는 사람들. 그 사람은 아주 부자니까 사람들을 의심해야만 할 거야, 아마. 부자들은 절대로 혼자 있지 않아. 그게 내가 배운 거야. 욕조를 씻고 커튼이랑 뭐 그런 걸 청소하러 자주 오는 나이 많은 아줌마가 있어. 어쩌면 그 사람은 그 아줌마랑도 자는지도 모르지. 어쩌면 아줌마는 그 사람 엄마일지도. 나도 몰라. 그 사람은 항상 자기보다 스무 살은 많은 것 같은 여자 수행원들이랑 함께 다니거든. 하지만 어쨌든, 들락날락하는 수많은 사람들 때문에 감시 장비를 갖고 있어야만 해. 게다가 저녁 식사에서 일어난 그 등신 같은 일도 있었고 말이야. 그 사람은, 그러니까, 그 뒤로 보안을 더 엄격하게 하는 것 같아. 전에는 로비에 보안 요원이 없었거든." 자신의 횡설수설하는 말에 턱까지 잠겼던 잭은 거기서 빠져나올 일종의 사다리를 더듬더듬 찾는다. "그 얘기 들었어?"

"하지만 어디에 있는데."

"뭐가?"

"카메라가 어디에 있는데?"

잭이 그녀를 응시한다. 그의 의심을 감지한 그녀는 휙 돌아서며 빙그르르 돌고 그가 있는 쪽으로 유혹적인 웃음을 던진다. "난 그냥 첨단 기술을 사랑할 뿐이야." 그녀가 미소를 지으며 말을 잇는다. "우린 이렇게 미래적인 곳에 살아본 적이 없잖아. 내 말은, 난 그런 적이 없다는 거야. 넌 살아봤어?"

"당연히 아니지."

"그리고 난 저녁 식사 얘기는 못 들었어. 무슨 저녁 식사?"

"너 몰라? 뉴스에 온통 나왔었는데."

"요즘 뉴스를 따라갈 수가 없어."

"SNS에도 온통 올라왔었어."

"난 SNS 안 해."

"아, 그렇지. 그런 걸 하기엔 너무 잘난 몸이시지." 그는 눈을 굴린다.

그녀가 고개를 젓는다. "그런 게 아냐. 반대로, 난 그런 거에 너무 취약해. 내 말은, 모두가 그렇지만 난 특히 SNS의 가짜 보상에 예민하거든. 그건 사용자들을 중독시키고, 사용자들의 불안정한 부분을 먹이로 삼고 이용해서 계속 머물게 하도록 설계된 거야. 그건 모두의 외로움을 착취하고 우리에게 공동체와 승인과 우정을 약속해. 솔직히 그런 면에서 SNS는 사이언톨로지교나 큐어논*이나 찰스 맨슨이랑 굉장히 비슷해. 거기에 더해, 사람의 고립을 무기화하지. 모든 사용자들에게 그들이 소소한 유명인이라고 설득해서, 그들의 최고의 경험 중 일부를 인공적이고 반짝거리게 샘플링해서 조직화하도록 강요하고, 내적 삶과 공통점이라고는 거의 없는 사회적 수행을 끊임없이 요구하고, 그들의 나르시시즘을 강화하고, 불안감을 배로 늘리고, 세계관을 좁히지. 그들을 상품화하는 동안 내내 그들의 데이터를 모으고 그걸 사악한 기업체들에 팔아서, 더 귀엽고 더 똑똑하고 더 생산적이고 더 성공적이고 더 사랑스럽게 만들어준다고 약속하는 더 많은 쓰레기들을 그 회사들이 팔아먹을 수 있게 해. 이 모든 과정에서 넌 자신의 행운에 깜짝 놀라는 척해야 돼. 이 놀라운 사람들을 만나다니 내가 얼마나 운이 좋은지 말로 다 표현할 수가 없

---

* 인터넷에서 유래한 미국의 극우파 음모론의 하나.

어, 어쩌고저쩌고, 모두가 그런 식이야. 구역질이 나. 모두가 인플루언서가 되고, 모두가 인플루언서의 영향을 받고, 모두가 자신들의 우울한 프로필을 우두커니 쳐다보면서 자신들이 사랑스럽다는 증거를 찾아. 그러고는 네 실패의 총계를 내고 그걸 다른 사람들의 승리와 비교하는 힘든 일에 네가 완전히 정신이 한번 팔려버리고 나면, 후기 자본주의의 알고리즘적 포식자들이 덤벼들어서 소위 자기 관리라고 부르는 것의 소비 지상주의적이고 경제적으로 무책임한 형태에 참여하게 널 유혹하지. 이 자기 관리라는 건 실은 그냥 발전한 이기주의야. 얼굴 마사지! 페디큐어! 문 앞까지 배달해주는 스무디 팩! 그리고 이건 그냥 표면적인 것들이야. 너를 개인적으로 산화시키는 것들. 하지만 1000개가 넘는 조그만 삭제 내역들이 쌓이잖아? 그 결과로 일어나는 거대 피해는 더 무시무시해. 해킹, 정치적으로 비도덕적인 로봇들, 의견의 반향실 효과, 공포감 조성, 진실의 침식, 기타 등등. 공공 담론의 파괴에 대해서는 말도 꺼내지 마. 내 말은, 이건 그냥 내 관점이야. 당연히 각자 자기 생각이 있지. 하지만 개인적으로 난 필요 없어. 저것들 다." 블랜딘은 목을 꺾어 뚝 소리를 낸다. "나는 이미 충분히 타락했어."

잠깐의 침묵.

"으응." 잭이 말한다. 그의 눈썹은 위로 올라가 있다. 그는 열중해서 들었다.

"난 그냥…… 좀 더 삶 같은 삶을 원해. 넌 안 그래?" 블랜딘이 말한다.

사모예드들이 산책을 가고 싶어서 동시에 낑낑거린다. 잭은 녀석들을 고맙게 쳐다본다. 마치 오랫동안 기다렸던 큐 사인을 녀석들이 보내줘서 그가 무대에서 내려갈 수 있게 된 것처럼.

"우리 가야 돼. 이 녀석들 진짜로 밖에 나가야 돼. 오줌도 누고 뭐 그래야 된다고." 그가 말한다.

"1분만 더."

"좋아. 하지만……." 그는 독감 주사를 맞는 것처럼 고통스럽지만 냉정한 표정으로 그녀를 본다. "좋아."

"그래서 그 저녁 식사 얘기는 뭐야?"

"아, 그렇게 대단한 건 아니야. 그냥 장난이었던 것 같아."

"무슨 일이었는데?"

"정치인들이랑 재개발 쪽 거물들이 다 모인 저녁 식사 파티가 있었어. 그런데 누군가가, 말하자면, 공격했어."

"공격을 해?"

"정확히는 공격한 건 아니었는데. 잘 모르겠어. 뉴스에서는 계속 그 단어를 쓰는데, 그보다는 오싹한 농담에 더 가까웠어."

"무슨 일이었는데?"

"저녁 식사 중간에 천장에서 음식 위로 온갖 마녀 물건 같은 것들이 떨어졌어."

"마녀 물건?"

"부두 인형이랑 피랑 뼈랑 그런 거."

"진짜 피?"

"몰라. 어쩌면. 난 그렇게 생각해."

블랜딘은 말을 멈추고, 그녀의 텅 빈 표정의 어떤 부분이 잭을 오싹하게 만든다. 하지만 그 순간은 순식간에 지나가고, 그녀가 웃는다. 블랜딘이 웃는 걸 딱 세 번 본 잭은(한 번은 그가 그녀에게 죽은 물고기를 내밀었을 때다) 자신도 모르게 따라 웃는다.

"네 말이 맞아. 좀 웃기네." 그녀가 말한다.

"그러니까. 그런 거 같지." 그는 혼란 속에 낄낄 웃는다.

로프트를 왔다 갔다 하며 천장과 책장을 조사하는 동안 블랜딘의 웃음이 사라진다. 별 상관 없는 정치인들이나 B급 유명인들과 찍은 핑키의 흑백사진들이 벽을 가득 채운다. "여긴 진짜 근사한 곳이야." 그녀가 말한다.

"블랜딘, 우리 정말로 가야―"

"이 개들 운 좋다. 우리보다 더 나은 삶을 사네."

잭은 한숨을 쉰다. "그 사람 진짜 얘네를 사랑하거든."

블랜딘은 바카베일의 개발업자이자 시의원 후보인 맥스웰 핑키가 채스터티밸리 파괴자들 중 가장 혐오스럽다고 생각한다. 왜냐하면 그가 유일하게 바카베일 출신이기 때문이다. 그녀는 그를 배신자로 여긴다. 그의 과거는 수수께끼고, 아무도 그의 부모가 누군지 모른다. 소문에 따르면 그의 초기 투자금은 가족 간의 사악한 소송에서 나왔다. 블랜딘에게 맥스웰 핑키는 고아가 아니라 근본적으로 부모가 없는 것 같았다. 마치 바카베일강의 쓰레기 속에서 태어난 것처럼 말이다. 먹기 위해서, 과식하기 위해서 자신의 집을 기꺼이 약탈하는 화려한 옷차림의 늪지 괴물. 입구 옆의 탁자 위에 어항이 있지만 물은 없고 정치 캠페인 배지로 가득하다. 핑키가 바카베일 최초의 반려견 공원을 만들었다는 걸 읽은 게 생각난다. 그게 채스터티밸리처럼 희귀한 장소를 밀어버리는 것에 대한 보상이 되기라도 하는 것처럼 말이다. 부엌 위쪽의 커다란 현수막에는 이렇게 쓰여 있다. 바카베일 시의회에 맥스웰 핑키를. "그는 이 동네를 안다!"

그 인용구는 출처가 없다.

블랜딘은 이 놀라운 서식지의 주인을 향한 폭력의 무리가 그녀 안에서 우르르 내달리는 것을 느낀다. 그녀는 어항에서 배지를 건져서 연 다음 뾰족한 끝으로 핑키의 등을 긋는 것을 상상한다. 나무를 그리는 것을.

"그 사람이랑 얘기 많이 해?" 블랜딘이 잭에게 묻는다.

"핑키?"

"응."

"아니, 대체로 그 사람 조수랑 해."

"그 사람 조수는 누구야?"

"폴이라는 남자야."

"몇 살인데?"

"나도 몰라. 대학생?"

"그 사람 성은 알아?"

"바나 뭔데. 바나코어? 그 비슷한 성이야."

블랜딘은 폴 바나어쩌고에게 연락을 해볼 것을 머릿속에 기억해 둔다. 그렇게 해서 여행 일정을 얻어낼 생각이었다.

"왜?" 잭이 묻는다.

"그냥 그 사람이 좀 궁금해서. 넌 안 그래?"

"폴? 그렇게 흥미로운 사람이 아니라서." 잭이 말한다.

"아니, 핑키 말이야. 서른다섯 살인데, 사실상 우리 도시를 식민지로 만들고 있잖아."

"음, 그건 잘 모르겠어. 난 그게 오래전에 이미 일어난 일이라고 생각하는데." 잭이 말한다.

"하지만 넌 그게 문제적이라고 생각하지 않아? 핑키가 우리한테 하는 일이?"

블랜딘은 눈을 가늘게 뜨고 로프트 반대편에 있는 핑키의 침실을 보며 자신이 놔둘 예정인 인형을 상상한다. 전적으로 채스터티 밸리의 산물로 만들고 입에는 가짜 피를 넣어서 로프에 매달아놓을 인형. 바닥을 나뭇가지와 뼈로 뒤덮어도 좋을 것 같다. 침실은 전부 하얀색이다. 바닥의 러그, 벽, 침구, 선반, 심지어는 선반의 물건들까지 하얗다. 하얀색 도자기, 하얀색 스탠드, 책등이 아니라 배가 보이게 배치해놓은 책들. 그의 기괴한 하얀색 물건들 위로 온통 흙을 집어 던질지도 모른다. 아니면 다른 방식을, 뭔가 새로운 것을, 잭이 절대 그녀 짓이라고 추적하지 못할 만한 뭔가를 시도해볼 수도 있다. 협박 자료를 모으기 위해서 그녀 자신의 카메라를 설치할 수도 있다.

"있잖아, 네가 나한테 무슨 말을 바라는지 알아. 넌 모두가 너만큼 채스터티밸리 계획을 싫어하기를 바라지. 하지만 난 아니야. 많은 사람들이 기대하고 있고, 난 네가 좀 비판적이고 근시안적으로 굴고 있다고 생각해. 내 말은, 많은 사람들이 이게 우리 경제에 도움이 되고 일자리랑 뭐 그런 걸 만들어줄 거라고들 해. 그리고 난 그 사람을 두어 번밖에 못 봤지만, 핑키는 그렇게 나빠 보이지 않았어. 내가 들은 바에 따르면 그 사람은 가난하게 자랐고, 필요한 걸 갖지 못하는 게 어떤 건지 잘 알고, 이제 바카베일을 시궁창에서 건져주고 싶어 한대. 그래, 그 사람은 그걸로 돈을 벌지. 하지만 그게 결국에는 사람들을 돕는다면, 그래서 뭐? 우린 시궁창에서 빠져나와야 돼."

블랜딘은 잭을 향해 돌아선다. 그녀는 잠깐 동안 침묵한 채 흥미롭게 그를 살핀다.

그가 덧붙인다. "게다가 SNS가 순수한 악이라는 네 말도 틀렸어. 거기서도 좋은 일들이 일어나. 난 활동가나 그런 사람들을 많이 팔로해. 그 사람들한테 많은 걸 배워. 그러니까, 어떤 것들에 관해 말하는 방법, 새로운 사고방식, 서명해야 하는 진정서들, 그런 거 전부. 전 세계의 모든 시위와 사회운동을 이끄는 모든 사람을 생각해 봐. 그중 많은 것들이 SNS가 없었다면 일어나지 않았을 거야."

그녀는 얼굴이 달아오르는 것을 느끼고 그에게서 시선을 돌린다.

"왜? 뭔데?" 잭이 묻는다.

"아무것도 아니야. 그냥― 그 표정 너한테 잘 어울려." 그녀가 말한다.

그가 목을 가다듬는다. "뭐?"

"앞에 제시된 의견을 반박하는 의견을 표현하는 거. 그거⋯⋯." 그녀가 말끝을 흐리며 얼굴을 더 붉힌다. "그거 좀 쿨한 것 같아."

"잘난 척하는 칭찬이네." 잭은 그렇게 말하면서도 억누를 수 없을 만큼 기뻐 보인다. 그는 미소를 억지로 기묘하게 찡그린 표정으로 바꾼다. "그럼 왜 그냥 떠나지 않는 거야? 여기서 일어나는 일이 그렇게 싫다면 말이야. 왜 다른 곳으로 이사하지 않는 거야?"

"예를 들어 어디로? 화성으로?"

그는 어깨를 으쓱인다. "시카고, 뉴욕, 포틀랜드. 어디든. 내가 하려는 말은, 넌 여기가 싫잖아. 넌 모두를 내려다보고 있어. 잘난 학위와 잘난 의견을 가진 잘난 사람들이 있는 곳으로 갈 수 있잖아. 바카베일에 살면서 모두를 비웃을 필요는 없어."

그가 마치 그녀에게 레몬을 던진 것 같았다. 블랜딘은 두려움, 상처, 충격으로 눈을 크게 뜨고 뒤로 물러난다. "난 모두를 비웃지 않아. 난 꼭대기에 있는 사람들만 내려다볼 뿐이야." 그녀가 말한다.

잭은 고개를 젓는다. "그건 사실이 아니라고 생각해."

"하지만 사실이야." 그녀가 입술을 깨물고 다시 말한다. "그게— 그게 사실이야."

"맙소사. 울지 마. 제발 울지 마. 난 그냥— 미안해. 네 기분을 망치거나 뭐 그러려던 건 아니었어. 난 그냥 좀—"

"난 바카베일을 떠나지 않을 거야." 블랜딘이 끼어든다. 이제 그녀의 목소리는 화가 나 있다. "내가 여기서 떠나고 싶었으면 지금쯤 이미 떠났겠지. 하지만 난 그러고 싶지 않고, 여기 있는 사람들을 비웃지도 않아. 내 말 알겠어? 난 절대, 절대로 바카베일을 안 떠나."

그는 달이 사실은 골프공이고, 골프장을 벗어나 하늘에 박힌 거라고 그녀가 말한 것처럼 그녀를 쳐다본다. "어, 그건 그냥 미친 짓이야." 잭이 말한다.

"뭐?"

"나라면 기회가 생기자마자 떠날 거야. 도대체 왜 여기 살겠다는 거야?"

"진심이야? 너 조금 전에는―"

"난 네가 가끔 좀 잘난 척한다고 말했을 뿐이야. 그게 전부야. 바카베일이 무슨 파라다이스라고는 말한 적 없어. 만약 빠져나갈 기회가 생긴다면 난 그걸 존나 확 잡을 거야."

"우리가 상어가 사는 해자로 둘러싸인 것도 아니잖아."

"언젠가는 나도 떠날지도 모르지만, 나는 너만큼 쉽지가 않아."

"무슨 소리야?"

"제발, 블랜딘. 네가 필로메나에 다녔던 거 알아. 네가 장학금 받았던 것도 알고."

그녀는 격분한 것 같았다. "어떻게―"

"온라인에 다 있어, 알겠어? 내가 찾아본 거 아니야. 말리크가 했어. 걘 너한테 푹 빠졌어. 사실 너한테 좀 집착하고 있는데, 나한테 들었다곤 하지 마. 어쨌든 우리 나머지한테는 없었던 선택지가 너한테는 있었다는 걸 알아내는 데에 무슨 탐정이 필요한 것도 아니잖아. 우리는 네가 말하는 방식을 듣는다고. 네가 들고 다니는 책들은 또 어떻고? 네가 활성화 계획에 대한 커뮤니티 회의에 가는 거 알아. 너― 넌…… 달라."

그녀는 눈을 굴린다.

"아니, 난 진심이야. 넌 이곳 너머에 있는 무언가를 찾을 기회를 가졌었는데, 잡지 않았어. 그리고 난 네가 바카베일에 대한 영원한 충성에 관해 무슨 말을 하든 신경 안 써. 안 믿어. 넌 여기서 미친 듯이 나가고 싶었는데, 뭔가가 잘못된 거야. 그게 뭘까? 왜 네가 고등학교를 관뒀을까? 왜 괴상한 파이 서빙하는 일을 하며 사는 걸까?" 그는 몸을 쭉 펴고 선 채 잠깐 뜸을 들인다. "왜일까?"

블랜딘의 얼굴이 뜨거워진다. 그녀는 침실용 탁자 서랍에 대입상담 교사 우드 부인이 보낸 이메일을 프린트해서 넣어두었다. 거의 2년이나 되었고 같은 세 군데를 수도 없이 접었던 탓에 종이는 이제 너덜너덜하고 얇아졌다. 이메일은 짧고 꾸밈이 없었지만, 처음 읽었을 때는 마실 수 있는 산소가 세 배 늘어난 것처럼, 천장이 몇 층 더 높아진 것처럼 마약 같은 희열감을 티퍼니에게 가득 안겨주었다. 그녀는 10월의 폭풍우 치던 어느 날의 점심시간에, 세인트 필로메나의 도서관에서 그 이메일을 받았다. 그녀의 삶이 가장 어리석은 욕망의 무게에 짓눌려 무너지기 전, 3학년이 시작될 무렵이었다. 즉시 티퍼니는 이메일을 프린트해서 언제나 가까이 둘 수 있도록 그녀의 코듀로이 가방 앞주머니에 넣어놓았다.

이제 그 이메일은 그녀를 완전히 다른 심리적 상황에 빠뜨리기는 하지만, 블랜딘은 여전히 가끔씩 그것을 꺼내 우드 부인이 그녀를 위해 상상한 미래에 대해 읽고 또 읽는다. 미국 최고 명문 대학교들의 명단. 티퍼니가 생각하는 자기 자신의 미래상에 관한 진지한 질문. 마치 그게 다른 사람들과 관련이 있는 것처럼, 이룰 수 있는 무언가인 것처럼. 그녀가 선택과 유동성, 아름다움의 마호가니 세상에 받아들여지기 위해 실제로 취할 수 있었던 행동들. 티퍼니는 자신이 서글플 정도로 정보가 부족하다는 걸 이해했다. 그녀는 겨우 3주 전에 열일곱 살이 되었을 뿐이니까. 하지만 그때도, 형광등 불빛 아래 떨면서, 유리에 부딪치는 빗소리를 들으면서, 도서관 책들의 향기를 맡으면서, 그녀는 우드 부인이 설명한 학위 중 하나라도 따면 지구상에서 가장 강력한 여권을 갖게 되는 것임을 알았다. 교육이 티퍼니를 창문 없는 대기실 같은 그녀의 삶에서 관심을 돌리게 해줄 뿐만 아니라, 실제로 그녀를 거기서 해방할 수도 있었을까? 계속해서 열심히 하면 학생은 상당히 경쟁력 있는 지원서를 낼 수 있을 거라고 자신합니다. 입학 결과는 100퍼센트 장담할 수 없지만, 학생에게는 이 학교들이 고려할 만한 장점이 분명히 있습니다. 적어도 학생은 그들의 관심을 받을 자격을 얻었습니다. 우드 부인은 그렇게 적었다.

핑키의 햇살 밝은 로프트에서 블랜딘은 옷을 벗은 것처럼 끔찍하게 드러난 느낌이다. "모두가 대학이랑 맞는 건 아니야." 그녀가 쏘아붙인다.

"그렇지. 그건 너 같은 사람들을 위한 곳이지." 잭이 말한다.

"너한테서 교육에 대한 설교를 얌전히 들을 생각은 없어."

잭은 별로 화내지 않는다. "왜? 나도 대학에 가지 않았으니까? 제발, 블랜딘. 이걸 나에 관한 일로 만들지 마. 난 내가 그 정도로 똑똑하지 않다는 걸 이해할 만큼은 똑똑해. 하지만 너는ㅡ"

"대학에 가기 위해 천재여야 할 필요는 없어. 내가 아는 한, 천재가 아닌 쪽이 더 쉬워."

"상관없어. 대학은 날 위한 곳이 아니야. 그것만은 확실해. 하지만ㅡ"

"넌 대학이 무슨 보호구역이라도 되는 것처럼 굴지만, 거기도 시스템일 뿐이야. 다른 시스템들처럼 타락한 시스템. 다니는 동안 학점 좀 잘 받는다고 더 나은 삶으로 그냥 올라갈 수는 없어. 그렇겐 안 돼. 아무리 많은 학위를 받아도 너는 네 안에 갇혀 있을 뿐이야. 대학은 우리를ㅡ 모두를 탄압하는 게임 안의 또 다른 레벨일 뿐이야."

"난 너한테 설교하는 게 아니야." 잭이 말한다. 그의 상냥한 표정에 블랜딘은 깜짝 놀라고, 그 상냥함이 방을 어지럽게 반짝이게 만든다. "그리고 난 널 평가하는 것도 아니야. 난 너한테 무슨 일이 있었던 건지 알아내려고 하는 거야."

이어지는 침묵 속에서 블랜딘은 금방 도망가야 할 것 같은 기분을 느끼며 《러스트벨트: 제2의 도래》라는 두꺼운 책 위에 위치한 카메라를 발견한다. 새총으로 쉽게 닿을 위치다.

"우린 바카베일을 떠날 수 없어." 그녀가 정치 캠페인 배지가 든 어항에 시선을 고정한 채 마침내 말한다. "우리가 여길 구할 수 있는 유일한 사람들이야."

잭은 아무 말도 하지 않지만, 그를 쳐다보자 그는 도전하는 듯한 눈길로 그녀를 마주 본다. 그는 결정적인 것을 깨닫는다. 몇몇 행간의 의미가 이제 그의 귀에 들리고, 그는 그것을 귀 기울여 들었다. 이 변화의 증거가 그의 표정에 드러났고, 블랜딘도 그것을 본다. 느낀다. 로프트에서, 하늘색 티셔츠를 입고 노란색 야구 모자를 쓰고 버즈커트 머리와 여름의 가무잡잡한 피부를 한 잭은 단호하고 설득력 있고 진짜처럼 보인다. 그는 블랜딘이 아미시파와 어울린다고 생각하는 환한 건강과, 군대와 어울린다고 생각하는 목숨을 건 복종으로 빛난다. 그녀는 처음으로 그를 본다. 진짜로 그를 본다. 햇볕이 그의 코 위에 뿌린 주근깨, 얼굴의 비대칭, 여드름 반점들, 밝고 귀여운 덧니. 그의 근육은 봄 이래로 더 뚜렷해졌고, 가슴은 넓어졌고, 웃은 더 꼈다. 그녀의 룸메이트들이 블랜딘보다 한 살 더 많긴 하지만, 그들은 보통 그녀에게 한 세대쯤 아래로 느껴졌다. 하지만 지금, 7월의 햇살과 먼지 하나 없는 로프트와 그들의 첫 진짜 대화의 봉봉 울리는 여파 속에서, 잭은 그녀의 나이로 보인다.

그에게로 걸어가서 그의 셔츠를 만지고 그에게 키스할 수도 있다는 생각이 그녀에게 문득 든다. 다른 사람의 부의 전당에서 옷을 벗는 것이다. 그는 어떻게 할까? 갑자기 그녀는 그들이 1년 동안 샤워실을 공유했다는 사실이 믿어지지 않는다. 서로를 보는 동안 그녀는 가슴속에 온기가 퍼지고, 맥박이 빨라지고, 자신이 바보처럼 느껴진다. 온몸을 채우는 격렬함으로 그녀는 그의 손을 잡고 침실로, 자신의 원피스 아래로, 어떤 미래로 그를 데려가고 싶다. 극장에서 그의 손이 그녀의 무릎 위에 있고, 파스타가 끓고, 잠에서 깨서 각자의 꿈을 이야기하는 그런 미래. 그녀는 남은 평생 동안 늦잠을 자고 싶다. 저 하얀 리넨의 풀장에 뛰어들어 그가 그녀에게 하고 싶은 대로 하라고 말하고 싶다.

사모예드들이 문 앞에서 울부짖는다.

"좋아. 얘네들 가야 돼. 이번에는 진짜로." 잭은 그렇게 말하고는 초조하게 머리를 긁고, 이 발에서 저 발로 무게를 옮기고, 목줄을 꽉 쥔다. "갈 준비 됐어?"

그녀는 방을 가로질러 그의 몇 센티미터 앞에서 멈춘다. 그녀의 눈은 그의 가슴 높이에 있고, 그의 몸에서 나오는 열기가 느껴진다. 잠깐 동안 그는 그녀가 가까이 온 것에 충격을 받은 것 같았지만, 이걸 오랫동안 기대했던 것처럼 곧 얼굴이 누그러진다. 그녀의 손이 그의 상체 근처를 맴돌고, 그녀는 그의 낡은 면 셔츠를 거의 느낄 수 있을 것 같다. 그가 그녀의 팔에 난 긁힌 상처를 부드럽게 따라 그린다. 그녀는 그의 손길이 피라미처럼 그녀의 몸 위아래로 헤엄치는 것을 느낀다. 그들 둘 다 익숙한 공포로 가득 차서 숨을 가쁘게 쉬고 있다. 두 사람이 처음으로 서로에게 손을 내밀 때 찾아오는 공포. 더 이상 가까이 오면 이건 산산조각 나고 말 거야, 하고 말하는 공포.

블랜딘은 카메라를 떠올리고는 황급히 무릎을 구부려 불안해하는 개들을 쓰다듬는다. 녀석들의 털은 깨끗하고 하얗고 비현실적으로 부드럽다. 목을 긁어주자 녀석들은 낑낑대던 것을 멈춘다. 개들의 입에서 커다란 침방울이 늘어진다.

"좋아." 블랜딘은 일어서서 잭을 스쳐 지나가 문을 연 다음 집을 나간다. 그들 사이의 접촉이 그녀의 피부에 남아서 그녀의 몸을 타고 반짝거린다. 그녀는 지금은 그를 쳐다볼 수 없지만, 오늘 밤에는 그의 침실 문을 두드릴 만한 용기를 낼 수 있을지도 모른다. 어쩌면 육체가 있는 게 기분 좋게 느껴질 수도 있다. 어쩌면 다른 모든 사람에게 그렇듯이 쾌락이 그녀에게도 쉽게 느껴질지도 모른다. 어쩌면 이게 암시일 수도 있다. 어쩌면 그냥 열기 때문일지도 모른다.

그녀가 말한다. "구경시켜줘서 고마워. 이제 이 불쌍한 개들 산책 시키러 가자."

홍수

~

지금, 엄마는 엄마이고, 라라피니에르 저가 아파트에서 손톱을 깨물며 아기의 눈을 피하고 있다. 하지만 10개월 전에 그녀는 모텔 침대에서 남편 옆에 누워 있던 스물네 살의 웨이트리스 호프였다. 우든레이디라는 모텔이었다. 저녁이었다. 9월. 홍수. 바카베일강이 그들의 도시를 침공하자 부부는 휴가를 온 것처럼, 대피하라는 지시를 받아서가 아니라 자기 선택으로 토끼장을 떠난 척하는 중이었다.

그들은 결혼한 지 2년 됐다. 앤서니를 만나기 전에 호프는 자신이 한 번에 한 시간 이상 행복감을 느낄 수 있는 줄 몰랐었다. 그녀는 자신에게 그런 유전자가 없다고 믿었다. 하지만 그들이 모텔에 체크인할 때쯤 그녀는 한때는 다른 사람들 목의 보석을 탐내듯 보던 감정들에 내밀하게 친숙해진 상태였다. 안도감, 충족감, 행복감. 사랑. 이런 감정들이 상태가 될 때까지 지속될 수 있다는 걸 그녀는 알게 됐다.

바깥에서는 비가 사흘째 연속으로 퍼부으며 시간외근무를 하고 있었다. 모두가 비가 "퍼붓는다"라고 했고, 이것은 호프에게 더 영구적으로 파괴적인 무언가의 비유처럼 느껴졌다. 그래도 앤서니 옆에 있으면 마음이 평화로웠다. 안전한 느낌이었다. 거의 약에 취한 것처럼. 방은 뜨끈하고 아늑했고, 하룻밤에 59달러였다. 이 모텔에서 살인 사건이 있었다는 건 알지만, 그래도 그녀는 여기 있는 게 좋았다. 그녀는 소박하게 볼품없는 곳들을 집처럼 느꼈다. 그게 그녀를 긴장시키지 않으면서 그녀의 관심을 사로잡을 수 있는 유일한 미적 특성이었다. 누릴 자격이 있는지 걱정할 필요가 없었으니까.

몇 시간 전, 체크인하려고 우든레이디에 도착했을 때 앤서니는 습지 주차장에 차를 세웠고 호프는 안으로 들어왔다. 프런트에 일하는 사람이 아무도 없었다. 오렌지색 카펫을 깐 로비에는 고무 뱀들이 담긴 화병이 있었고, 프런트 뒤로는 여러 선반 가득 놓인 토끼 조각상들이 호프를 쳐다보았다. 토끼들은 그녀가 자신들의 삶을 바꾸기를 기다리기라도 하는 것처럼 두려운 표정이었다. 그들을 죽이거나 구하기를 기다리는 것처럼. 호프는 불안해져서 머리카락과 옷이 비에 흠뻑 젖은 채로 돈 받을 사람을 찾아 1층을 돌아다녔다. 그녀는 직원용 방(창문 없는 방이었다)을 발견했지만, 거기에는 텅 빈 커피포트, 갓 없는 전구, 벽에 붙은 혼란스러운 도표, 곰팡이 냄새, 그리고 줄지어 선 베이지색 사물함밖에 없었다. 한 사물함의 금속 전면에 누군가가 디즈니 스티커를 붙여놓았다. 멍하니 웃는 반짝이는 만화 캐릭터들. 그 가장자리로는 더께가 앉았다. 스티커를 보자 그녀의 가슴속에 격렬한 애정이 솟구쳤고, 이해할 수 없이 눈물이 약간 나왔다.

깨끗하게 샤워하고 형편없는 비누 냄새(이걸 쓰기 위해서 추가금을 내야 했다)가 나자 이제 호프는 기분이 아주 좋았다. 앤서니의 온기에 기대 늑대 장식이 수놓인 퀼트 이불 아래로 파고들자 신기한 행복감이 몸을 타고 진동했다. 그녀의 깨끗한 머리가 베개 커버를 적셨고, 그의 손이 무심하게 그녀의 허벅지를 주무르자 그녀의 몸에 폭포 같은 기쁨이 가득 찼다. 깨끗이 면도하고 로션을 바른 그녀의 다리는 이불에 닿자 실크처럼 느껴졌다. 건강과 활력의 에로틱한 감각이 그녀를 뜨겁게 만들었고, 춤추고 싶게 만들었고, 앤서니에게, 모든 것에 미소를 짓게 만들었다. 그녀는 항상 위기 상황 때면 이상하게도 기분이 좋아졌다. 최소한 한 달에 한 번 그녀의 몸이라는 우리를 뒤흔드는 공포를 위기는 정당화했다. 그녀를 정상처럼 느끼게 했다. 위기 때는 모든 사람이 그녀가 1년 내내 자주 느끼는 동물적 공포 속에 빠졌다. 그녀의 범불안장애의 유일한 장점은 최악의 시나리오에 대한 마음의 준비를 하게 해준다는 거였다. 그녀가 대부분의 시간을 보내는 곳이 최악의 시나리오 속이었기 때문에 그중 하나가 현실에 나타나도 그녀는 전혀 놀라지 않았다.

"좋아." 앤서니가 휴대폰을 들여다보며 말했다. "리조스는 아직 열려 있나 봐. 하지만 배달은 안 되고 픽업만 돼."

"거기 어떻게 가게? 지금 운전 못 하잖아."

그들은 아파트에서 우든레이디까지 약 10킬로미터의 길을 이를 악물고 욕설을 내뱉으며 견뎌냈다. 차들의 대탈출, 흩어진 전깃줄들과 나뭇가지들, 고장 난 가로등들, 폐쇄된 길들, 휠 캡까지 올라온 물. 앞을 보기 힘들 만큼 굵은 빗줄기.

"바로 길 아래야. 걸어갈게." 앤서니가 말했다.

"피자 때문에 목숨을 걸 생각이야?"

앤서니는 장난스럽게 눈을 굴렸다. "빗속에서 걷는다고 죽은 사람은 없어. 난 우산도 있고." 그가 말했다.

"농담 아니야, 앤서니. 위험해."

"너무 늦었어. 이미 주문했어."

"자기 방금 샤워했잖아! 다시 비에 젖을 거야."

"어림없지. 있잖아, 지금 내가 마주한 제일 큰 위협은 배고파서 화난 호프인 거 같아."

"그것참 웃기네."

"봤어? 농담도 못 받아주잖아."

그녀가 그의 팔을 살짝 깨물었다. "대신에 자기를 먹어버릴까 보다."

"음, 그것도 나쁘지는 않은데." 그가 그녀에게 천천히 키스하고 침대에서 나왔다. "난 리조스에 갈 거고 당신은 날 못 막아."

"피자가 어떻게 내 남편을 죽였는가. 범죄 실화 시리즈." 호프가 말했다.

"아내여, 나는 부양자로다. 내가 당신을 부양하리니." 앤서니는 자기 물건들을 챙기면서 대답하고 미소를 지었다. 그녀는 그의 블랙커피 색깔의 숱 많은 머리를 응시했다. 그의 눈은 한 쌍의 벽난로 같았다. 그의 턱선에 드리운 수염의 그림자, 비뚤어진 이 하나, 약간 큰 귀. 검은 운동복 바지, 부드러운 셔츠, 재킷. 수년 동안 축구 선수 훈련을 한 게 그의 몸에서 여전히 드러났다. 그는 4학년 때 부상을 당하기 전까지 운동선수 장학금을 향해 순조롭게 나아가고 있었다. 지금은 대부분의 시간을 건설 현장에서 보냈다. 그의 피부는 여름에 탄 흔적이 여전히 남아 있었고 방 안의 열기로 분홍빛이었다. 그에게서는 빛이 났다.

"자기 돌아온 다음에 〈이웃을 만나다〉 봐도 돼? 자기가 살아서 오면?" 호프가 물었다.

"당신을 위해서? 뭐든지."

"그걸 보면 마음이 진정되거든."

"알아. 내 걱정은 안 할 거라고 약속해줘, 응?" 앤서니가 미소를 지으며 그녀에게 평화 사인을 만들어 보이고는 문으로 나가 등 뒤로 문을 닫았다.

그녀는 그가 빗속에 걷는다고 죽지 않으리라는 걸 알았다. 대체로 홍수는 지금 그들이 있는 도시의 서부 지역은 건드리지 않았고, 리조스가 한 블록 아래에 있는 것도 사실이었다. 호프는 꿈꾸듯 미소를 짓고서 모텔 텔레비전으로 관심을 돌렸다. 미백한 치아와 뻣뻣한 머리가 숫자들을 발표했다. 뉴스라고 하는 프로그램이었다. 숫자들은 머릿속에 들어오자마자 생각의 잡목림 속에서 사라졌지만, 그래도 그녀는 그것을 붙잡으려고 했다.

겨우 일주일 전에 호프는 사촌 케라에게 프랑스인처럼 보이게 만들어달라고 요청했었다. 케라는 호프의 어두운색 머리를 20센티미터 잘라서 턱까지 오게 하고 빽빽한 앞머리를 만든 다음, 드러그스토어 하나를 차릴 수 있을 정도로 많은 헤어 제품으로 새로 한 머리를 헝클여 만져주었다. 앤서니는 새 머리 모양을 사랑했고, 지나갈 때마다 건드렸다. 물론, 근사한 머리에도 불구하고 호프는 자신이 프랑스인처럼 느껴지지는 않았다. 그녀는 그녀 자신의 모습 그대로를 느꼈다. 코스트코에서 바지를 사고 매년 지역 축제를 진심으로 기다리는 그런 사람.

모텔 침대에서 호프는 어머니와의 문자 창을 확인했다. 그것은 균형이 안 맞을 만큼 파란색투성이였다. 최근에 호프의 어머니는 가톨릭 데이트 사이트에서 만난 공기조화 기술자와 사랑에 빠져서 에어컨이 완벽하게 작동하는 그의 아파트에 살기 위해 펜서콜라로 이사했다. 요즘 어머니는 유리 바닥 보트를 타고 있을 때가 더 많은 것처럼 보였다. 어머니와 새 남편은 함께 턱수염도마뱀을 입양했고 종종 어머니의 페이스북에 게시 글을 올렸다. 도마뱀 이름은 데이지였다. 데이지는 귀뚜라미와 바나나를 먹는 걸 좋아했다. 데이지는 주위 사람들에게 실존주의적 공포를 과하게 안겨주지 않았다. 데이지는 로봇 청소기를 타고 다니는 걸 좋아했다.

호프는 스물네 살이고, 빌어먹을 턱수염도마뱀을 질투했다.

호프는 한 시간 전에 어머니에게 문자를 보냈다. 우리가 무사하다는 걸 알려드리고 싶었어요. 전 모텔에 있어요. 앤서니는 방금 피자를 가지러 나갔어요. 하수도 문제만 고치면 우리 물건들은 괜찮을 거라고 생각해요. 케라는 젠이랑 맷이랑 있어요. 캐시 이모도 같이 있고요. 모두가 안전해요.

답은 없었다.

이제 텔레비전은 특별히 호프에게 말해야 하는 중요한 것이 있는 것처럼 그녀에게 말했다.

"폭우로 바카베일강이 기록적 높이인 4미터 17센티미터까지 올라갔습니다." 호프가 기억하는 한 계속 지역 뉴스 앵커로 일해온 연령 미상의 여자 테리 호프가 말했다. "이전 최고 기록은 1982년에 나온 것으로 3미터 57센티미터였습니다. 전문가들은 이 1000분의 1 확률의 홍수가 이미 750여 개의 사업체에 피해를 입혔고 2000채가 넘는 집들을 망가뜨렸다고 합니다. 500분의 1 확률의 홍수가 바카베일을 덮친 지 1년도 채 되지 않았기 때문에 몇몇 사람들은 이 타이밍에 의문을 제기하고 있습니다."

"숫자가 너무 많아." 호프가 중얼거렸다. 숫자가 있는 이유가 이런 것일 리 없다. 어떻게 개념화하는지도 알려주지 않고서 수학 선생들이 학생들에게 숫자를 가르치는 건 무책임한 일이다. 기자실로 화면 전환. 서둘러 연 기자회견. 강단에는 더글러스 배링턴 시장이 서 있었다. 그는 호프가 본 다른 모든 시장처럼 생겼다. 백인, 남자, 큰 키, 과체중, 회색 머리, 파란 정장, 아빠 같은 분위기. 오십대. 그가 붉은 고기를 아주 많이 먹는다는 것을 알 수 있었다. 그가 당신의 아버지라면, 그는 삶의 중요한 단계 때는 옆에 있어주겠지만 그 외의 시간에는 거의 나타나지 않을 것이다. 예를 들어 그는 자전거 타는 법은 가르쳐줘도 이가 빠질 때 옆에 있진 않을 것이다. 이가 스무 개 빠지는 동안 그는 당신의 입에서 피 묻은 티슈를 빼준 적이

한 번도 없을 것이다. 단 한 번도.

그냥 딱 보면 알지, 호프는 그렇게 생각했다.

"배렁턴 시장님, 이 연이은 두 홍수의 주목할 만한 타이밍을 고려할 때, 기후변화가 그 원인이라고 생각하십니까?" 기자가 물었다.

배렁턴은 눈썹을 치켜올렸다. "아뇨, 그렇다고 하긴 어렵습니다. 자, 대자연은 좋다가 나쁘다가 하는 겁니다. 운이 나빴던 걸까요? 물론 그렇죠. 소위 지구온난화 때문일까요? 아무도 확실히 말할 수 없죠. 제가 확실히 아는 건, 이 위기에서 회복하고 이런 일이 다시 일어나지 않도록 하기 위해 우리는 할 수 있는 모든 일을 할 거라는 겁니다."

호프는 이제는 전기가 끊긴 냉장고에서 앤서니와 함께 구출한 맥주를 한 모금 마셨다. 캔은 개 코처럼 여전히 차갑고 축축했다. 이건 지역 뉴스를 함께 볼 때 앤서니와 하던 술 게임이었다. 배렁턴이 물론 그렇죠라고 말할 때마다 마시기.

"지구가 더워지면서 홍수가 일어날 가능성이 높아지고 있는데, 앞으로 홍수 피해를 완화하고 방지하기 위해 어떤 조치를 취하실 겁니까?" 두꺼운 안경을 쓴 기자가 물었다. 호프는 그녀를 알아보았지만, 누구인지 떠올리는 데에는 약간 시간이 걸렸다. 그들은 고등학교를 함께 다녔다. 아라셀리. 그녀는 호프의 반이었고, 영리하고 강인했다. 성격이 다정하지는 않았지만 사람을 잘 도와주었다.

배렁턴은 질문을 무시하는 태도였다. "이런 홍수가 앞으로 꼭 더 많이 일어날 거라고 생각하지는 않지만, 이미 진행 중인 것들을 알려드리죠. 우리는 역류 방지 수문을 설치하고 하수도 체계를 개조하는 중입니다. 잘 들어요. 이 도시는 강 위에 위치하고 있어요. 어느 정도의 홍수는 감당할 수 있도록 만들어졌다는 겁니다. 이건 보통의 과정, 자연스러운 과정인 거예요. 그리고 우리는 이걸 예측했어요. 그래서 주된 피해가 건물이 아니라 채스터티밸리에 집중된 겁니다. 우리는 범람원에 상업 지구가 아니라 공원이 있지요. 그건 바카베일의 똑똑한 설계 덕분이에요. 그러니까 종합적으로 나는 우리가 받은 축복에 감사해야 한다고 생각합니다. 앞으로 해야 할 일이 많을까요? 물론 그렇죠. 상황이 더 나빴을 수도 있을까요? 물론 그렇죠."

두 번 마셨다.

빨간 블레이저를 입었고 1년 내내 피부가 가무잡잡한 테리 호프가 엄격해 보이는 모습을 하고 화면으로 돌아왔다. "방금 들은 대로, 톰, 이 홍수로 입은 피해를 복구하려면 할 일이 많을 겁니다. 복구 비용 면에서 전문가들은 어떻게 추산하고 있습니까?"

호프는 미국의 모든 뉴스 앵커들에게 미국 뉴스 앵커 목소리 내는 법을 누가 가르쳤을까 궁금해했다. 과장된 연극적 말투, 기계적인 취면 효과. 먼 미래의 사람들이 이 영상을 찾으면 이게 모든 사람이 말하던 방식이라고 잘못된 결론을 내릴까?

비닐 비옷을 입고 빗방울이 튄 안경을 쓴 채 눈을 가늘게 뜨고 필사적으로 카메라를 쳐다보는 남자의 모습으로 화면이 전환되었다. 그는 펄럭펄럭 소리가 날 정도로 바람에 흔들렸다. 그는 텅 빈 도심의 의회 건물 앞에 서 있었다. 왜 불쌍한 톰을 바깥의 이 폭풍 속에, 형편없고 밝은 스포트라이트 속에 세워둔 걸까? "맞습니다, 테리." 그가 지나치게 긴 침묵 후에 말했다. "지역 전문가들과 이야기를 해봤는데요, 복구 비용은 엄청날 것으로 보입니다. 피해의 대부분이 집중된 채스터티밸리의 경우 복구에 200만 달러 이상이 들 것으로 보입니다. 사업체와 주택의 피해는 51만 4000달러로 기록되었습니다. 연방 재난 관리청은 바카베일에 34만 4000달러의 배상을 계획하고 있습니다만, 보시다시피 그 원조는 총액의 일부만을 메울 수 있을 것 같습니다. 배링턴 시장은 기후위기와 맞서 싸우자는 국가적 계획에 비판적이고, 그런 조치가 경제에 해를 입힌다고 주장해왔습니다. 하지만 아무것도 하지 않는 것의 대가는 과연 무엇일까요? 우리 모두 이게—"

화면이 어색하게 웃는 테리에게로 돌아왔다. 그녀는 뭔가 잘못됐을 때에만 웃었다. 톰이 또 대본에 없는 말을 한 게 틀림없었다. 앤서니는 톰의 이런 점을 사랑했고, 호프는 앤서니의 이런 점을 사랑했다. "고맙습니다, 톰." 테리는 마음을 가다듬은 뒤에 남은 뉴스를 능숙하게 진행했다. 바카베일 하수처리장은 평소 처리량의 세 배를 받아들이고 있었다. 주 소유의 도로가 망가졌는데, 호프는 자세한 내용은 듣지 못했다. 골프 코스는 멀쩡했다. 그녀는 잠깐 집중력을 잃고 맥주를 마시며 멍하니 성경을 떠올렸다. 그녀의 관심이 화면으로 돌아왔을 때 한 농부가 인터뷰를 하고 있었다.

도시의 경계 너머로 산업용 농지가 펼쳐져 있었지만 이는 점차 교외 주택지로 변하고 있었다. 넘친 강물이 어떻게 옥수수와 콩 작물이 있는 곳까지 흘러갔을까? 화면에 땅의 모습이 나왔다. 작물은 짧게 잘려 있고 물에 잠긴 밭들. 농부가 말한다. "피해를 확인하려고 직접 가보려 했지만, 무릎까지 진흙탕에 빠졌어요. 지구가 나를 통째로 집어삼키려고 하는 것 같았죠."

〰

앤서니를 기다리는 동안 호프는 〈이웃을 만나다〉의 에피소드를 하나 보았다. 그것은 농촌 동네로 이사 온 부적응자 도시 일가족에 관한 20세기 중반 드라마였다. 대부분의 사건들은 가족의 반려견과 막내인 수지 에번스가 일으킨다. 수지 에번스는 엘시 블리츠가 멋지게 연기했다. 둥근 얼굴, 갈색 곱슬머리, 코 위의 주근깨. 드라마가 시작했을 때 그녀는 겨우 여섯 살이었지만 성인의 우아함과 자신감을 가지고 연기했다. 그녀는 노래와 탭댄스를 할 수 있었고, 설득력 있게 웃고 울 수 있었다. 그녀의 공모자를 연기한 미니어처슈나우저 위스키는 항상 진짜 애정을 가지고 엘시 블리츠에게 응답했다. 호프는 위스키가 죽은 주에 엘시가 너무 슬픔에 빠져서 일할 수가 없었지만 제작을 멈출 수는 없었기 때문에 당면한 에피소드의 내용을 우울하게 바꿔 그녀에게 울 이유를 주었다는 이야기를 읽은 적이 있었다. 그 후에 그들은 위스키를 똑같이 생긴 개로 대체했지만 호프는 그들의 유대가 다르다는 걸 알 수 있었다.

드라마는 여러 시즌 방영되면서 여러 세대의 미국인들에게 위로가 되었다. 호프에게 그것은 마음을 안정시켜주는 것이었다. 드라마를 보면 어머니가 떠오르곤 했고, 그녀는 모든 시즌을 몇 번이나 봤는지 잊어버렸을 정도였다. 호프는 자신의 노트북컴퓨터를 이리저리 클릭해보다 마지막으로 본 에피소드를 찾아냈다. '수지 선장과 도망자들의 숲.' 옛날식의 과장되고 제멋대로인 크레디트가 활기찬 오케스트라 음악을 배경으로 올라갔다. 그것은 그녀가 가장 좋아하는 에피소드 중 하나였다. 가족 캠핑 여행에서 부모님이 계속해서 가까이 있으라고 하는데도 수지 에번스는 요정을 봤다고 생각해서 길을 벗어난다. 그녀와 위스키는 숲속을 한참 동안 헤매다가 여러 집에서 도망친 아이들 무리와 맞닥뜨린다. 그녀는 금세 그들의 카리스마 넘치는 리더가 된다. 마지막에 수지는 모든 아이들에게 부모님에게로 돌아가라고 설득한다.

"너와 함께 있으면 난 절대로 혼자가 아니야." 수지는 위스키에게 말하고, 위스키도 동의한다는 뜻으로 꼬리를 흔든다.

～～～

우든레이디의 불빛이 깜박이는 복도에 서서 호프는 전화기를 확인했다. 방 안에서는 그녀의 핸드폰 전파가 자꾸 끊겼고, 앤서니가 떠난 지 거의 한 시간이 다 되었다. 핸드폰에 전파 표시가 돌아왔다. 하지만 문자도 없고 부재중 전화도 없었다. 서성거리며 가슴속에서 빙글빙글 솟아오르는 공포를 억누르려고 노력하고 있을 때 나방 한 마리가 그녀의 방문 옆 초록색 벽지 위에 앉았다. 나방은 정말 환상적이었다. 호프는 좀 더 가까이 다가가서 날개를 응시했다. 날개는 눈처럼 하얀색에 반짝거렸고 가장자리는 창백하고 아주 가는 털로 덮여 있었으며, 몸통과 만나는 부분에 털 다발 두 개가 돋아 있었다. 베이지색 더듬이. 타피오카 펄처럼 둥글고 짙은 눈. 무지갯빛에, 보는 이를 홀리는 모습.

호프는 복도에 또 다른 사람이 있는 것을 차츰 깨달았다. 그녀는 싸울 준비를 하고 돌아섰다가 잠옷 차림의 나이 든 여자가 그녀를 보고 있는 것을 발견했다.

"주님께서 새로 시작하고 싶으실 때 바로 이렇게 하시지." 여자의 허연 옷과 구름 같은 머리가 나방과 닮아 보였다. 그녀와 나방이 서로를 나타낸 것처럼 말이다. 당황한 호프는 여자를 향해 미소를 지으려고 했지만 대신에 인상을 찌푸렸다. "내 말 잘 들어요. 심판의 날이 우리에게 다가오고 있어." 여자가 말을 이었다. "그리고 그때가 오면 난 준비되어 있을 거야. 자, 말해봐, 자기야, 자기도 예수 그리스도를 우리의 주님이자 구원자로 받아들이니?"

호프는 이를 악물었다. 이 망할 도시에서는 신과 마주치지 않고는 어디에도 갈 수가 없었다. "네. 물론 그렇죠." 그녀는 대화를 끝내려고 그렇게 대답했다.

"좋아. 저기, 혹시 담배를 갖고 있지는 않겠죠? 응?" 여자가 말했다.

"아뇨, 죄송합니다." 호프가 대답했다.

"아, 잘된 일이네. 자기는 영원히 살 거야."

호프는 억지로 미소를 지었다.

"난 복도 저쪽 끝에 있을 거야." 여자는 절뚝거리며 자기 방으로 가면서 말했다. "혹시 담배를 찾으면 나한테 좀 갖다주지 않겠어, 자기? 내 담배는 집에 놔두고 와야 했고, 기분이 좀 이상해지기 시작했어." 그녀는 여든 살쯤 되었을 것이다. 그녀의 힘겨운 동작을 보니 호프의 영혼이 여자에게 연민을 느꼈다.

"여기 혼자 계세요?" 호프가 물었다.

여자가 그녀를 돌아보았다. "응."

"홍수 때문에 여기 오신 거예요?"

"그렇지."

"집이 무사할 거라고 생각하세요?"

여자는 어깨를 으쓱였다. "무사한 집이 과연 있을까?"

~~~

마침내 앤서니가 젖지 않도록 쓰레기봉투로 감싼 상자를 들고 돌아왔다. 그라는 기적적인 사실, 성스러운 피자 냄새. "기다리게 해서 미안해. 얼마나 줄을 섰는지 당신은 믿을 수 없을 거야. 다른 곳들이 전부 문을 닫아서 리조스가 온 동네를 먹여 살리고 있나 봐." 그가 우산을 털면서 말했다. 그는 머리부터 발끝까지 흠뻑 젖은 상태였다.

"왜 내 문자에 답을 안 했어? 나 진짜 걱정했어." 호프가 물었다.

앤서니는 핸드폰이 순진하게 놓여 있는 자신의 더플백 위를 가리켰다. "나가면서 잊어버리고 갔어. 내가 걱정하지 말라고 했잖아!"

호프는 그를 빤히 보았다.

"사실 꽤 근사한 시간이었어. 프랭크를 만났거든. 그 친구 기억해? 우린 고등학교를 같이 다녔고, 그 친구도 팀에 있었어. 미드필더였지. 끝내주는 왼발을 갖고 있었는데. 리조스가 걔네 어머니 쪽

친척들 가게인 줄은 몰랐어. 지금은 걔가 운영한대. 애가 넷이나 있대!"

앤서니의 존재는 호프의 몸 안에 타오르고 있던 두려움을 서서히 껐고, 그가 그녀에게 그린올리브피자(그가 아니라 그녀가 제일 좋아하는 메뉴) 세 조각을 건네줄 무렵에는 다시금 그녀에게 평화가 내려앉았다. 너무나 완전해서 신이 우려낸 것처럼 느껴지는 평화였다.

먹고 나서 그들은 등을 대고 누웠다. 바깥에서는 비가 후드득 내렸다. "엎드려봐." 그가 말했다.

"왜?"

"마사지해주고 싶어. 아까 걱정시킨 것에 대한 보상으로."

"그럴 필요 없어."

"그러고 싶어."

그녀는 빙그레 웃고는 일어나 앉아서 그에게 키스했다. 그가 그녀의 셔츠를 머리 위로 벗기고 그녀의 피부를 손으로 쓰다듬었다. "엎드려." 그가 속삭였다. 그녀는 그 말에 따랐고, 그는 한참 동안 그녀의 맨등을 마사지해주었다. 그의 손은 거칠고 강인했다. 마침내 그녀는 다시 돌아누웠다. 그녀의 영혼 전부가 타올랐다. 모텔 조명 속에서 앤서니는 그림처럼 보였다. 이런 식으로 그의 아름다움을 음미하는 것은 어쩐지 사악하게 느껴졌다. 트위터와 교회가 규탄할 것 같은 행동이었다. 하지만 수년 전에 호프는 죽기 전에 쾌락을 그리 많이 즐기지 못할지도 모른다는 걸 깨닫고는 자신의 쾌락을 제한하는 것을 그만두었다. 그녀는 남편을 보고 또 보았다. 헝클어진 그의 어두운색 머리, 그의 강인한 턱선과 그의 몸의 구조, 그리고 그녀의 뇌에 언어와 논리와 호흡을 관장하는 부분을 차단하는 신비로운 마법을 거는 그의 목에 불거진 혈관. 그의 사각팬티는 고등학교 때부터 입은 거라 찢어지고 만화 물고기 그림으로 덮여 있었다.

그녀는 그 녀석들을 만졌고, 그 녀석들에게 질투심을 느꼈다. 온종일, 심지어는 그가 일하러 갔을 때에도 그에게 그렇게 가까이 있을 수 있다는 게 질투가 났다. 그녀는 침을 삼켰다. 차츰 그녀는 앤서니가 걱정스럽게 그녀를 바라보고 있다는 걸 깨달았다. 그의 눈은 빛났고, 눈썹은 찌푸려져 있었다. "당신 괜찮아?" 그가 물었다. 그는 너무나 환해서 꼭 그녀를 태울 것만 같았다.

"나는……."

"응?"

"내가 원하는 건……."

그러다가 그는 이해했다. 조용한 미소. "당신이 뭘 원하는지 보여줘." 그가 말했다.

몸에 남아 있는 가톨릭 교리 때문에 호프는 얼굴을 붉혔고, 수줍어졌고, 자신이 환상적으로 사악하게 느껴졌다. 수년 동안 그녀는 내용물을 자세히 들여다보지 않으려 하면서 한 번에 한 상자씩 그녀의 안에 있던 종교를 밖으로 끌어냈다. 그것은 아버지가 돌아가신 다음 아버지의 집을 정리할 때 한 것과 똑같은 방식이었다. 지금, 말 대신에 그녀는 앞으로 몸을 기울여 앤서니의 허리 밴드를 내리고 그를 입으로 품으며, 자신이 원하는 게 뭔지 그에게 먼저 해줌으로써 보여주기 시작했다. 그는 그녀의 새로 한 머리 속으로 손을 집어넣고 부드럽게 잡아당겨서 그녀가 등을 휘게 만들었다. 그가 그녀의 이름을 기도처럼 불렀고, 그녀는 그가 입안에서 더욱 단단해지는 것을 느꼈다. "제기랄." 그가 속삭였다. 그녀는 섹스를 하려고 할 때 그의 표현력이 사라지는 것을 좋아했다. "당신 정말 근사해 보여." 그가 중얼거리며 그녀의 피부를 손으로 쓸었다. 그리고 다시 그녀의 머리카락을 당겼다. "이 새 머리 너무 좋아." 2분쯤 후에 그는 그녀의 어깨를 밀어냈다. 그의 얼굴은 분홍빛이었다. 그가 그녀를 이불 안으로 이끌었다. "누워."

그녀는 누웠다. 이제 그녀의 몸 안에 액체로 된 빛이 타고 흘렀다. 그는 그의 손길 아래 네온으로 빛나는 그녀의 입, 그녀의 목, 그녀의 가슴, 그녀의 신경에 키스했다. 그녀의 엉덩이, 그녀의 허벅지에 키스했다. 그의 입은 따뜻했고, 그의 수염 자국은 사포처럼 거칠었다. "당신은 예술 작품이야." 그가 이런 말을 할 때에는 어째서인지 항상 진심인 것처럼 들렸다. 그녀의 피부가 희미하게 빛났고, 곧 그녀의 온몸이 그녀가 온라인에서 본 생물발광 플랑크톤처럼 빛을 내고 있었다. 그의 혀가 그녀의 음핵에 닿고 손가락 두 개가 그녀의 안에 들어가자, 신이 내린 것 같은 충격. "당신은 정말 맛있어. 영원히 당신을 맛볼 수 있을 것 같아." 그가 말했다. 그의 손과 그의 입이 하는 일에 어떤 파도가 그녀를 사로잡고 앞질렀고, 그녀의 몸이 이불 위로 떠올랐다. 곧 그녀는 그에게 거의 말도 못 하고 넣어달라고 애걸했고, 마침내 그는 그 말을 들어주었다. 그가 그녀의 안으로 들어오자 그녀는 쾌감에 몸이 반으로 쪼개질 것 같다고 생각했다. "천천히. 안 그러면 바로 갈 거야." 그녀가 헐떡였다. 그는 그녀를 자신의 위로 올렸다. "당신이 어떤 식으로 원하는지 보여줘." 그가 말했다. 좋아, 그녀는 자신이 그 말을 되풀이하는 것이 들렸다. 그 무렵 그녀는 '좋아'의 화신이 되어 있었다. 스탠드 불빛이 그의 근육질 상체 위에서 일렁였고 그녀가 그를 타고 움직이는 동안 그녀의 엉덩이를 비추었다. 그의 눈은 위아래로 흔들리는 그녀의 젖가슴이 그의 목숨이라도 구할 것처럼 거기에 고정되어 있었다. 그녀는 되풀이하기에는 너무나 창피한 단어들을 자신이 읊조리는 걸 들었고, 그녀의 몸 안에서, 그의 몸 안에서, 방 안 전체에서, 세상 전체에서 무언가가 치솟아서 두 사람을 그들의 몸에서 분리하여 서로의 안으로 밀어붙이는 게 느껴졌다. 그녀가 몸부림치며 그를 조이는 동안 그의 피부 위에서 땀방울이 반짝였다. 잠깐 동안 모든 것이 쪽빛이었다. 그의 눈이 뒤로 넘어가고 입이 벌어졌고, 그는 그들만 들을 수 있는 음악에 맞춰 앞으로 휙 움직였고, 그가 그녀를 채우며 그들은 서로의 안에 자리 잡았다. 그들은 함께, 아주 잠깐 동안 그들 주위의 물건들이자 자연력이 되었다. 가구들, 전깃줄들, 숲, 공장들, 강, 폭풍우.

전에 누군가가 호프에게 최초에 모든 것이 하나로부터 나왔다고 말한 적이 있었다. 어둠 속에 나란히 누워서, 그의 정액이 허벅지에 흘러내리고, 유두는 단단하고, 여성기는 뜨겁고 축축하고 심장처럼 맥동하는 채로, 숨은 가쁘고 열렬한 애정에 취해, 그녀의 안에서 소용돌이치는 환상적인 화학적 폭풍에 눈물을 흘리며, 그녀는 이것도 그런 식으로 '종말'을 맞을 것임을, 모든 것이 하나로 되돌아갈 것임을 깨달았다.

함께 숨을 쉬는 동안 그의 검은 눈이 그녀의 눈을 탐색했다. 그들은 그들이 사랑을 나누는 방식에 선정적이거나 혁신적이거나 위험한 점이 전혀 없고, 영화에 나올 만한 것도 없다는 것을 알았지만, 호프를 감동시킨 건 부부 간 섹스의 친숙함이었다. 그녀에게 이것은 평범함 또한 당신을 바꿀 수 있음을 증명했다. 모텔에서 그녀와 그녀의 남편은 경외감 속에서 서로를 응시했다. 마치 풀 수 없는 사건을 풀어낸 한 쌍의 탐정들처럼.

13개월 동안 임신하려고 노력한 끝에 호프와 앤서니는 임신 테스트기 사는 걸 멈추고 그녀의 주기를 신중하게 파악하는 걸 그만두었다. 그들은 불임 치료를 할 돈이 없었기 때문에 상황을 뒤집기 위해 할 수 있는 일이 없다는 안 좋은 소식을 들을까 봐 두려워서 의사를 피했다. 그들은 아직 젊다고 서로를 다독였다. 하지만 그것이 호프의 불안함의 원천이기도 했다. 그녀가 스물네 살에 어려움을 겪고 있다면, 인생의 후반에 임신할 가능성이 얼마나 될까? 그녀는 전에 딱 한 번 경험해본 적 있는 명료함으로 아기를 원했다. 이전의 명료함은 케라의 친구의 삼촌네 농장에서 한 캠프파이어에서 앤서니를 만나고 딱 10분의 대화 만에 그와 결혼할 거라고 깨달았을 때 느낀 거였다. 그는 이제 스물여섯 살이고, 그 역시 아기를 원했다. 한동안 섹스는 즉흥성이나 창조성을 박탈당하고 우울할 정도로 실용적이 되었지만, 임신 시도를 그만두고 나자 저절로 되살아났다. 더이상 결과를 위한 수단이 아니게 되자 섹스는 전보다 훨씬 좋았다.

모텔 밖에서, 호프와 앤서니가 숨을 고르는 침대에서 13킬로미터 떨어진 곳에서 바카베일강이 채스터티밸리 대부분을 삼켰다. 강은 한때 공무원들이 하수를 묻고, 살인자들이 시체를 묻던 곳이었다. 지금 강은 모든 곳을 점유했다. 위에서 본 채스터티밸리는 색깔과 형태가 사라졌고, 밤하늘은 식물상 위로 비를 퍼부었고, 가을 나무들은 그림자와 물속에 잠겼다. 조그만 성처럼 생긴 정글짐은 목까지 물이 찼다. 동물들의 굴은 무너졌다. 청설모, 사슴, 부엉이, 여우, 다람쥐들은 높은 지대로 도망쳤고 바람으로부터 몸을 보호하기 위해 잎이 빽빽한 식물들을 찾았다. 육상동물들과 달리 물고기들은 아래로 향했다. 채스터티밸리 서쪽 가장자리에 있는 작은 호수, 주변의 모든 것들을 연결하는 호수의 바닥으로. 곧 그 호수가 어디서 시작되고 어디서 끝나는지 알 수 없게 될 것이다. 한 오리 가족이 한 줄로 옹기종기 모여 어둠 속에서 숲을 가로질러 헤엄쳐 간다. 바카베일 중심에서는 부풀어 오른 강이 그 위로 뻗은 다리와 만났다. 도심 남쪽으로는 저가 주택 단지들이 고여가는 물속에 반항적으로 서 있고, 허약하게 지어진 단층 주택들은 지붕을 높이 들어 올리고 있다. 라라피니에르 저가 아파트의 지하와 1층에 물이 들어찼다. 가난한 동네 전역의 전기와 하수 시설들이 고장 났다. 멈춤 표지판은 물에 잠겼다. 미국 국기들은 수영하고 있다. 농구대 네트들은 물을 스친다. 자동차 지붕들이 간신히 드러난다. 트럭 한 대가 주택가를 따라 떠내려간다. 물 색깔은 무(無)의 색깔이었다. 마치 바카베일을 언제나 맴돌던 무가 물리적 존재로서, 수량화할 수 있는 피해를 입힐 수 있는 존재로서 나타난 것 같았다. 강은 사방에 있었고, 그 자체로 도시를 오염했고, 자신과 도시 사이에 진정한 차이가 없다고 주장했다.

우든레이디의 57호실에서는 호프라는 여자가 남편이 그녀를 그의 따뜻한 진짜 몸 가까이로 끌어당기도록 놔두고 있다. 그녀의 깊은 곳에서는 변화가 시작되었다. 나흘 안에 수정란이 그녀의 자궁 내벽에 착상할 것이다. 그것은 남자아이일 것이고, 아이는 커다랗고 검고 아름다운 눈을 가지고 태어날 것이다. 침대에서 호프는 멋진 섹스 이후에 종종 그러듯이 기분 좋게 울었다. 앤서니는 그녀의 얼굴에 흐른 눈물과 그녀의 피부 위로 드리운 빛의 모양을 따라 키스했다. 그리고 이렇게 많은 것을 느끼는 건 정말로 아름답다고 말했다. 피자 상자는 텔레비전 옆 바닥에 쌓여 있었다. 남편의 완벽한 엄지손톱에서 호프는 뭔가 중요한 것을, 그녀가 헤쳐나가는 데에 도움이 되도록 신들이 알려준 비밀을 알아챘다. 어떤 공장도, 판자로 막은 창문도, 흐린 날도, 은행에 넘어간 허니베이크트햄 가게도, 텅 빈 은행 계좌도, 의료적 응급 사태도 그들을 영원히 죽일 수는 없었다. 이 별것 아닌 것들 중 어느 것도 그들을 그 안에 가둘 수 없었다. 자유 같은 것은 존재하지 않았지만 좋은 기분은 존재했고, 그건 중요하고 진짜이고 가끔은 공짜로 얻을 수 있다는 걸 호프는 잘 알았다.

"사랑해." 그가 말했다.

"사랑해." 그녀가 말했다.

그리고 그들은 서로를 믿었다.

올리브 절임물

～

모지스는 들어가는 순간 강력 범죄를 떠올리게 만드는 우든레이디 모텔에 묵고 있다. 모지스는 찾을 수 있는 것 중 최악의 온라인 리뷰가 달려 있었기 때문에 이 모텔을 골랐다. (살인이 장소일 수 있다면, 딱 여기다. BabyFace444의 리뷰.) 그리고 그는 남들의 눈을 피하고 싶었다. 프런트의 표지판에는 이렇게 쓰여 있다. 바카베일 최초의 모텔! 수상한 주장이다. 이곳은 3년 전까지는 우든인디언이라고 불렸으나 한 무리의 학생들이 주인에게 이름을 바꾸라고 시위했다. 모지스는 여기 오기 전에 인터넷으로 그 사실을 알게 되었다.

수요일 아침 10시경, 모지스는 세인트야드비가 성당에서의 우연한 고해성사 이후에 이곳의 프런트에 다가간다. 그는 우든레이디가 언급된 지역신문 헤드라인들의 콜라주가 벽에 걸려 있는 것을 알아챈다.

멀베리 살인마의 알리바이가 우든레이디 직원의 증언으로 거짓으로 증명되다. 지나 라돕스키의 우든레이디 인수 이래 범죄율이 13퍼센트나 감소하다. 주머니쥐 열 마리가 발견된 이후 우든레이디 수영장 영구 폐쇄되다. "창녀들이 우리를 골랐지, 우리가 그들을 고른 게 아니에요." 우든레이디 소유주, 성매매 고발에 관해 공개적으로 발언하다.

"모든 기사는 좋은 기사지, 안 그래요?" 모지스는 프랑스 억양으로 말한다. 그는 열기에도 불구하고 검은 터틀넥을 입고 있다.

프런트의 십대 소년이 장의사처럼 그를 쳐다본다. 토끼 조각상들이 그의 뒤에 있는 캐비닛의 표면을 꽉 채운다. 뱀들이 담긴 화병이 로비 한가운데에 기념비처럼 놓여 있다.

"왜 뱀이지?" 모지스가 묻는다.

안내원이 핸드폰 게임으로 시선을 돌린다. "아이들을 위해서요." 그가 대답한다.

"내 이름은 피에르예요. 피에르 뷔퐁. B, U, F, O, N, T. 1인실로 줘요." 모지스가 말한다.

소년은 구식 컴퓨터 쪽으로 몸을 돌려 짜증스럽게 타이핑을 한다. 그는 잠깐 멈추고 밀크셰이크를 듬뿍 마신 다음 모지스에게 그만은 만실이에요 비슷하게 들리는 무슨 말을 중얼거린다.

모지스는 소년에게 다시 말해달라고 부탁한다.

"금연 객실은 만실이에요."

"그거 잘됐네. 난 흡연자라서요." 모지스가 피에르로서 대답한다.

"62달러 53센트예요."

모지스는 현금으로 낸다.

일단 계획에 시동이 걸리면 그는 그것을 최대한 활용한다. 그는 자신의 가방들을 57호실에 놔둔다. 그는 모르는 사실이지만 10개월 전에 아기가 잉태된 바로 그 그림자 진 방이다. 초록색 벽지, 담배 냄새, 전반적인 죽음의 분위기에도 불구하고 방은 놀랄 만큼 안락하다. 그곳은 모지스에게 파리의 지하 묘지가 생각나게 한다. 소지품들을 정리한 다음에 그는 모텔을 나가 4차선 교차로를 건너서, 스피커에서는 뉴에이지 음악이 흘러나오고 텔레비전에는 고릴라 영상이 나오는 주류 판매점으로 간다. 플루트와 신시사이저의 일렁이는 소리 속에서 그는 베르무트, 진, 올리브, 담배 한 갑을 사고, 그러는 동안 내내 억양을 유지한다. 계산원이 그의 프랑스인 연기나 그의 눈에 띄는 소비(그는 가장 비싼 브랜드로만 골랐다)에 관심을 가졌대도, 그 관심을 드러내지는 않는다.

방으로 돌아와서 그는 옷장에서 분홍색 후드를 발견한다. 몸체에서 떨어져 나온 후드뿐이다. 욕실에는 비누가 없고, 아침에 식사도 없다. 축축한 타월 한 장뿐이다. 모지스는 이것을, 이 모든 것을 사랑한다. 팀 신부와의 대화는 그에게 술이 덜 깬 것 같고 간지럽고 숨 막히고 쫓기는 느낌을 남겼다. 그는 진을 몇 잔 마시고, 옷을 벗은 다음, 침대에 눕는다. 즉시, 엷고 땀투성이의 낮잠에 빠진다.

~~~

그는 일어나서 몽정의 증거를 발견하지만, 자세한 건 기억나지 않는다. 뒤뚱거리며 욕실로 가서 샤워를 하는 동안 꿈의 조각들이 차츰 생각난다. 그가 누드모델을 하고 미술 클래스가 그를 그렸다. 모든 시선이 그를 향했다. 그는 집에서 가져온 타월로 몸을 닦으며 피부를 공격적으로 문지른다. 그런 다음 오늘 아침에 입었던 것과 똑같은 옷을 새로 꺼내 입는다. 이제 시간을 죽이기 위해(그가 언제나 좋아하는 표현이었다) 엑스트라 더티 마티니를 만든다. 재빨리 만들다가 그가 건드리지 않아도 켜졌다 꺼지기를 반복하는 초자연적 텔레비전(다행히 무음이었다) 위에 베르무트를 흘린다.

저녁 5시가 넘었다. 그의 침실용 탁자 위에는 담배 한 갑이 놓여 있다. 그는 한 개비에 불을 붙이고 그것을 영화처럼 피우며, 예술의 부재를 적극적으로 감상한다. 퀼트 위에서는 소나무들 사이에 자리 잡은 늑대가 노란 달을 향해 울부짖는다. 이런 이불에도 불구하고 이 모텔에서 모지스는 자신이 프랑스인처럼 느껴진다. 허무주의와 열정이 그의 뇌라는 영역을 놓고 수사슴처럼 싸우는 것이 느껴진다.

그는 침대 위에서 기지개를 켜고 거의 올리브 절임물인 음료를 마신다. 그의 방 에어컨은 실제라기보다는 형식에 가깝다. 가장 추운 설정으로 맞춰져 있는데도 실온의 공기만 뿜어낸다. 땀을 흘리고 있지만 한기가 드는 느낌이다. 그는 마티니가 그를 사로잡아서, 그의 몸을 데우고 아침을 지우고 그의 몸에서 오염원을 제거할 때까지 마신다. 초등학교 때 모지스는 지우는 걸 좋아했다. 그의 생각으로는 그게 시간 여행에 가장 가까운 행위였다. 쉬는 시간에 그는 공책을 들고 인조 잔디 위에 웅크리고 앉아서, 그 자신을 포함해 그가 아는 사람들에 관한 끔찍한 내용을 쓰고는 종이가 얇고 뜨거워질 때까지 글씨를 지웠다. 지우개 가루가 그의 교복 폴로셔츠에 달라붙어 증거를 남기곤 했다. 하지만 그는 증거에 전혀 신경 쓰지 않았다.

모지스는 노트북컴퓨터를 열고 화면 불빛이 확 뿜어져 나오는 것을 즐기며 자신의 정신 건강 블로그와 연결된 이메일에 로그인한다. 블로그는 그와 똑같이 가렵고 침습성이며 색깔이 다채로운 섬유로 고통받는 일부 사람들에게만 전념한다. 하지만 그가 이끄는 집단은 모겔론스* 공동체에 소속감을 느끼지 않는다. 솔직히 말해서 모지스도 모겔론스 환자들에게 전혀 공감하지 못하지만, 글에서는 그들에 대해 정중한 태도를 유지한다. 모겔론스 공동체는 자신들의

---

* 자가 진단으로 판단된 피부 질환의 비공식 명칭. 몸 안에 색색의 섬유가 있다고 믿는 것이 증상이며, 망상 장애의 일종으로도 여겨진다.

상태를 의학적으로 입증하는 데에 대부분의 에너지를 쏟는 반면에, 모지스 쪽 사람들은 일반적인 피부를 가진 인간 개체군보다 자신들이 더 발달했다는 사실을 이해했고, 그래서 진화하지 못한 사람들이 지배하는 의료계가 이 상태를 파악하는 것을 기대하지 않는다. 그것은 보행자가 주님을 알아보기를 기대하는 것과 비슷하다. 대부분은 알아보지 못할 것이다! 대부분은 알아보지 못했다! 모지스 쪽 사람들은 자신들의 상태를 치료해보려고도 하지 않는다. 그들은 그걸로 고통을 받는 것이 그들의 의무라고 믿기 때문이다. 코코넛 오일, 시나몬, 검은 비누. 증상을 달래되 완전히 제거하는 것만 아니라면 그들은 이 치료법들을 받아들인다. 증상이 '치유되면' 고통을 겪던 사람은 즉시 제품의 사용을 그만두고 다시 간지러워지기 위해서 힘닿는 대로 모든 일을 다 해야 한다.

모지스의 집단은 이 상태를 '통행료'라고 불렀다. 이 증상은 과민한 사람들, 즉 천재, 예술가, 예언가들에게만 특별히 존재하는 유전적 물질을 보여주기 때문에 그런 이름이 붙었다. '통행료'로 고통받는 사람들은 섬유를 그들의 우수함의 결과로 받아들인다. 실제로 '통행료'는 성가시지만, 모지스는 그의 블로그의 '소개'란에 이렇게 쓴 바 있다.

소외당하는 불편을 참는 것과, 우리의 예정된 임무의 마지막으로 향할 때에 하나뿐인 고통을 참는 것은 우리의 의무다. 우리의 삶은 쾌적하지는 않을 것이다. 우리의 상태는 우리를 가족과 친구들로부터 고립시킬 것이다. 현대적 행복의 구조를 터무니없거나, 도달할 수 없거나, 또는 그 둘 다라고 느끼게 만들 것이다. 이것이 우리의 '통행료'이고, 우리는 이런 상태가 영향을 받은 의식이 열반에 들도록 문을 열어주는 것을 알기 때문에 이를 기꺼이 받아들인다. 우리 할머니께서 늘 말씀하셨듯이, 너의 재능이 너의 십자가다.

모지스의 사람들 중 일부는 모든 사람이 '통행료'를 경험하지만 과민성인 사람만이 그것을 느낀다고 생각한다. 이것은 부분집합 내의 부분집합이다. 대부분은 '통행료'가 선택된 소수 속에서만 저절로 발현한다고 믿는다. 그들의 한발 앞선 진화는 자기 연민이나 방종을 정당화하지 않는다. 그 반대로, 그들은 그것이 수도승 같은 겸손과 결연한 근면을 요구한다고 믿는다. 인류 중에서 더 열등한 사람들에 대한 적개심도 정당화하지 않는다. 그것은 가장 순수한 비폭력을 요구한다. 그들은 대단히 과하게 느낄 수 있는 능력과 창의적인 감정이입으로의 통로를 은혜로이 받았고, 이 능력을 서서히 무감각해지게 두거나 무시하지 않고 훈련하는 것이 하늘이 내린 그들의 임무이다. 이것이 그들의 활동 철학이다. 모지스는 비건들이 비인간 동물에 관한 인간의 의무에 대해서 비슷한 주장을 한다는 이야기를 들은 적이 있다. 당신이 의식을 타고났다면, 당신이 세상에 입히는 피해를 축소하기 위해서 그 의식을 도구화해야 한다는 것이다. 이것은 모지스가 공감하면서도 결국에는 말도 안 된다고 생각하는 태도다. 이 지구상의 비식용 동물들에 대한 연민을 불러내는 것만으로도 진 빠지는 일이라고 그는 생각한다.

모지스는 자신이 조앤 코월스키에게 뭘 하려고 하는지를 떠올리고 격렬하게 두피를 긁는다. 누구도 완벽하지 않다. 예언자들조차도. 천재들은 말할 것도 없고.

모지스는 '통행료'로 고통받는 사람들 또는 고통받는다고 믿는 사람들로부터 온 메시지를 받고 그들을 위한 자문을 제공한다. 그는 익명으로, 맬러카이 박사라는 이름으로 블로그를 운영한다. 하나의 새 메시지가 그의 받은메일함에서 반짝거린다. 제목: 클루 게임. 그는 클릭한다. 땀의 기분 좋은 녹청이 거의 야광 물질이 하는 것처럼 잠깐 동안 그의 '통행료'를 완화해준다. 그는 올리브 세 알을 먹고 음료를 한 잔 더 만든다.

클루 게임*

~

맬러카이** 박사님에게,

　선생님의 전문 분야는 '통행료'라는 걸 압니다만, 달리 나에게 답을 해줄 사람이 없어서 선생님이 제 기묘한 사건에 정신의학적 전문 능력을 발휘해주시기를 바라게 되었습니다.

　첫째로, 저는 남자이지만 저 자신이 '해로운 남성성'의 산물이나 피해자나 가해자라고 생각하지 않으며, 마초가 되고 싶은 욕망도 없음을 말씀드리고 싶습니다. 저는 저를 껴안아주고 제가 그림 그리는 것을 장려하는 아버지 밑에서 자랐습니다. 아버지는 제 앞에서도 우셨고 모든 식사를 다 직접 만드셨습니다. 어머니는 종종 우

---

* 　'Clue'라는 유명한 추리 보드게임. 게임 참여자들이 캐릭터를 하나씩 맡아 저택의 주인 존 바디를 누가, 어디서, 어떤 흉기로 죽였는지 맞히는 게임이다.
** 　구약성경의 마지막 예언서 〈말라키서〉를 저술한 예언자 말라키의 영어식 표기.

리 없이 여행을 가는 지식인이셨고, 어머니가 돌아오시면 우리는 어머니가 사적인 계시의 주간을 보냈으며 우리는 절대 그걸 공유할 수 없을 것임을 알 수 있었습니다. 저는 그게 짜릿했습니다. 제 여동생은 저의 제일 친한 친구입니다.

성생활에서 저는 늘 여자가 먼저 움직이는 걸 기다립니다. 여자가 더 진행하길 바란다고 명확하게 말할 때까지는 진행하지 않습니다. 저는 저 자신의 절정보다 아내의 절정을 우선으로 생각하고, 포르노보다 영화의 에로틱한 장면들을 더 좋아합니다. 포르노 업계에 대한 윤리적 우려 때문이죠. 저는 여자가 위에 올라가는 걸 선호합니다. 제 아내는 화장을 하거나 머리를 염색하지 않는 영웅적인 천재고, 저는 거의 모든 삶의 결정에 있어서 그녀를 따릅니다. 남성 권력자의 성범죄가 뉴스에 나오면 저는 너무나 굉장한 슬픔을 느껴서 잠이 들고 맙니다. 저는 피와 다른 사람의 고통을 시각적으로 보는 것에 굉장히 예민하고, 폭력적인 장면에서는 눈을 감아야 합니다. 저는 비건을 지향합니다. 저는 제 아내보다 더 많은 페미니스트 행진에 참여했습니다. 물론 이건 경쟁이 아니고, 이 이야기를 하는 김에 제가 아주 약간의 경쟁심도 없는 사람이라고 덧붙이겠습니다. 저는 남에게 해를 입히는 상상조차 단 한 번도 해본 적이 없습니다. 지금까지 저는 항상 적절한 정신 건강을 누려왔습니다. 자연 다큐멘터리의 짝짓기 장면들은 저를 엄청나게 우울하게 만듭니다.

제 가족 내에 정신병 이력은 없는 걸로 압니다. 양극성기분장애였고 결국 자기 머리를 쏜 삼촌이 한 명 있지만, 저희는 전혀 닮지 않았습니다. 제 마흔 번째 생일이 다가오는 중이고, 제가 나이 먹는 것에 약간 두려움을 가진 것도 사실이고, 여동생이 겨울에 재배치되었는데 그건 힘든 일이었습니다. 부모님은 두 분 다 건강하게 살아 계시며, 아버지는 1년 동안 차도를 보이고 있습니다. 일은 항상 많은 시간을 차지하고, 저는 개인적인 향상을 위해서 바라는 만큼 많은 것을 하지는 못하고 있습니다만(저는 지금쯤이면 중국어를 매끄럽게 할 수 있길 바랐었고, 제 태블릿에는 다운로드해두고 못 읽은 논픽션이 서른아홉 권 있습니다!) 저는 제 일을 즐기고 우리 회사가 가치 있는 임무를 수행한다고 생각합니다. 저는 코딩을 직업으로 삼고 있고 최근에 봉급이 올랐습니다. 아주 멋진 아내와 친한 친구 무리도 있습니다. 친구 중 대부분은 아이가 없고, 그래서 저희의 기분은 더 낫습니다. 모든 것이 지옥으로 치닫기 전까지, 저는 직장의 친구 두 명과 목요일 저녁마다 수제 맥줏집을 찾아다녔습니다. 친구들은 저보다 나이가 어리고(제 나이의 모든 동료 직원에게는 아이가 있습니다) 그들은 10년 전쯤의 제가 어땠는지를 연상시켜줍니다. 제가 마지막으로 마신 맥주는 양 똥으로 훈연한 아이슬란드의 IPA였습니다. 나쁘지 않았어요! 그리고 아내와 함께 남녀 혼성 축구 팀에서 뛰었고, 내 천생연분이 축구장에서 모두를 쳐부수는 걸 보는 걸 굉장히 즐겼죠. 제 몸이 예전처럼 움직이지 않는다는 걸 알고 이제는 아주 약간의 신체 활동도 근육에 숙취를 주지만, 활발하게 지내는 건 중요합니다. 저에게 남은 젊음을 붙잡는 걸 도와주니까요. 하하.

이제 제가 정상이라는 게 확실해졌으니 저의 비정상적인 면을 설명하겠습니다.

저는 최근에 세 가지 증상을 겪고 있고, 선생님이 이걸 해석하는 걸 도와주실 수 있길 바랍니다. 저는 이것들이 서로 연관되어 있다고 느낍니다. 어쩌면 아닐 수도 있지만요. 그리고 마지막 증상은 지금까지 것 중에서 가장 급합니다. 제가 그냥 비타민결핍증일 가능성도 높습니다. 처음 두 증상은 마지막 증상을 이해하는 걸 도와줄 단서 같습니다만, 어떻게 해야 할지를 모르겠습니다. 정신이 나간 것 같으면서도 머릿속에 갇힌 느낌이고, 저는 겁이 납니다. 제발 도와주세요.

나타난 순서대로 증상은 이렇습니다.

1. 금속 손잡이 때문에 감전될까 봐 굉장히 두려워하게 되었고, 무슨 수를 써서라도, 그게 아무리 과격한 방법이라 해도 손잡이를 만지지 않기 위해서라면 뭐든 하게 되었습니다. 최근에 저는 회의에서 처음 20분을 놓쳤습니다. 차마 회사 건물의 문을 열 수가 없었고 다른 사람이 아무도 오지 않았기 때문이죠. 이건 겨울에 아주 가벼운 혐오감으로 시작되었지만, 지금은 억지로 금속 손잡이를 건드리게 되면 과다호흡이 일어납니다. 마지막으로 충격을 받은 건 3월이고, 저는 일주일 내내 그 충격을 느꼈습니다. 말하자면 충격의 환영 같은 게 반복적으로 저에게 충격을 줬어요. 다시, 또다시요. 심지어 충격 자체는 나쁘지 않았어요. 하지만 후속 충격이 정말 사람을 미치게 만들어서 더 이상 일에 집중할 수가 없었습니다. 강력한 두통도 오기 시작했고요. 심지어는 두통도 전기 충격처럼 느껴졌죠.

2. 정전기 충격 공포증이 생기고 얼마 안 돼서, 물건들의 표면에 제 이름을 달고 싶은 욕망이 생겼습니다. 차고 벽, 화장실 칸막이, 핸드폰 케이스, 공원 벤치, 교회 문, 도서관 책, 노트북컴퓨터, 레스토랑 메뉴, 친구의 요트, 제 차의 내부와 외부. 심지어 한번은 팀원의 축구화 밑창에도요. 욕망은 거의 재채기를 하고 싶은 느낌처럼 크고 물리적이에요. 가끔씩 욕망이 너무 강렬해지면 그걸 섹스로 전환해야 했어요. 안 그러면 그게 저를 완전히 집어삼키거든요. 저는 공공 기물의 훼손에 강력하게 반대합니다. 저는 벽에 낙서를 한 전적도 없고 이름표를 붙이는 데에 한 번도 관심을 가진 적이 없는데, 가끔 꿈에서 깨는 것처럼 철물점의 스프레이·페인트 구역에서 정신을 차리고, 이름표를 붙이는 환상을 아무리 억눌러도 이제는 제 이름표가 어떤 모습일지 정확하게 압니다. 제가 할 수 있는 말은, 그게 노란색일 거라는 거죠.

저는 그 욕망에 딱 한 번 항복해봤습니다. 공공 테니스장 근처에서요. 알아볼 수도 있으니까 자세한 건 말하지 않겠습니다. 저는 이게 굉장히 부끄럽습니다. 제발 조언을 해주세요.

이 마지막 게 최악이니까 제가 설명을 하다가 횡설수설해도 이해해주세요. 타이핑을 하면서도 구역질이 나고 몸이 떨립니다.

3. 이건 두 달 전 베스의 마흔 살 생일 파티에서 시작됐습니다. (제 아내를 베스라고 부르겠습니다. 모든 이름은 곧 밝혀질 이유 때문에 바꿨습니다. 실제로 제 아내는 1번 문제만 알고 있습니다. 그것도 제가 축소해서 말한 내용으로요.) 베스와 저는 이제 결혼한 지 10년이 되었고, 함께한 지는 13년이 되었습니다. 저는 그녀에게 그녀 인생 처음으로 깜짝 파티를 열어주기로 했습니다. 그녀는 몇몇 사람들(저처럼!)과는 달리 '문턱을 넘는 것'에 대한 심리적 거리낌이 전혀 없었습니다. 그리고 우리에게 아이가 없는 것에 한 번도 슬퍼한 적이 없고요. 그녀는 항상 환경적 재앙을 마주해야 할 아이를 만든다는 건 비윤리적이라고 생각했죠. 그리고 저도 여기에는 동의하고요. 그러니까, 가끔 저도 체스를 가르칠 누군가가 있었으면 하고 바라고, 모르는 아기들에게 미소를 지을 때도 있지만, 어쨌든 베스에게 동의합니다. 이런 기후에서 원초적 생식 충동에 따라 행동하는 건 이기적이에요.

어쨌든 베스는 경이로운 사람이고, 굉장히 이해심 많고/인내심 있고/긍정적인 파트너예요. 그녀에게선 라벤더 향이 나고 점심시간에는 저한테 재미있는 과학 기사를 문자로 보내주죠. 최소한 모든 게 개판이 되기 전까지는 그랬어요. 그래서 전 그녀의 마흔 살 생일을 위해서 근사한 걸 해주고 싶었죠.

저는 그녀의 직장 친구들 몇 명을 초대했어요. 그녀는 작은 환경보호 비영리단체에서 일해요. 그녀가 그날을 즐기기를 바랐기 때문에 그녀의 대학원 때 친구인 발렌티나도 초대했어요. 베스는 발렌티나랑 아주 친했고, 그녀를 지켜주고 싶어 했어요. 베스는 설명을 안 해주지만, 발렌티나는 일종의 어린 시절 트라우마를 겪었다는 것 같아요. 전 이 '트라우마' 이야기에 회의적이에요. 동정심을 얻기 위해 거짓말을 하는 건 발렌티나가 할 만한 짓이거든요.

제가 보기에 발렌티나는 잘해봐야 짜증 나는 상대이고, 최악의 경우엔 소시오패스예요. 그 여자는 시끄럽고, 무례하고, 항상 술을 너무 많이 마시고, 종종 재미 삼아 다른 사람 마음을 부숴요. 그리고 병적으로 거짓말을 하는 게 아닌가 싶어요. 그 여자는 냉정한 백만장자들하고만 데이트를 하고, 어떤 연애도 한 달 이상 간 적이 없어요. 그 여자는 여행을 다니고, 학위를 모으고, 음식 블로그를 하고, 자기가 사진작가라고 주장하죠. 그리고 그런 쾌락주의적 생활 방식을 지탱해주는 수수께끼의 돈주머니를 갖고 있어요. 그 여자는 SNS상에서는 약간 유명한 것 같지만 아무도 그 이유를 몰라요. 제가 발렌티나와 유일하게 기분 좋은 대화를 했던 건 코딩에 관한 거였어요. 그 여자가 멕시코시티에서 재미로 코딩 캠프에 참여했었거든요. 그 여자가 일종의 천재라는 건 인정해요. 그리고 제가 기본적으로 그 여자를 혐오하긴 해도, 그 여자가 차가운 카리스마를 갖고 있다는 것도 인정은 해요.

올해 아이 없는 친구들끼리 모인 추수감사절 파티에서 발렌티나는 취해서 스페인에 있는 자기 가족들의 여우 농장에 관해 자세한 이야기를 줄줄이 늘어놨어요. 전 발렌티나를 굉장히 깊게 사이버스토킹했기 때문에 그 여자 혈통은 확실히 이탈리아와 폴란드 쪽이지만 그 여자 가족들은 뉴잉글랜드에 몇 세대째 정착해 살고 있다는 걸 알아요. 그리고 그 여자의 진짜 이름은 밸러리라고 확신해요.

여우 농장 이야기로 파티를 매혹하고 두렵게 만들면서도, 그 여자는 어떻게 했는지 동시에 주최자인 한드로에게 그의 남편 론이 거기 있는 사람들 중 누군가와 바람을 피웠다고 설득했어요. 론은 계속 술을 마시고 있었죠. 발렌티나는 소름 끼치는 여우 털 얘기 사이사이에 온갖 '증거'를 끼워 넣었어요. 대부분의 '증거'는 저녁 내내 긴장하던 론의 태도에서 나왔죠. 사람들이 발렌티나가 방금 말한 무언가에 놀라거나 웃는 사이에 그녀는 한드로에게 몸을 기울이고 그의 귀에 뭐라고 속삭였어요. 저는 발렌티나 주위에서는 언제나 최대로 경계하기 때문에 이 대화를 들을 수 있을 정도로 가까이에서 보고 듣고 있었지만, 다른 사람들은 못 들었을 거예요. 솔직히 말해서 잠깐 동안은 저조차도 론이 바람을 피웠다는 말에 넘어갈 뻔했다니까요.

하지만 저는 론을 잘 알고, 론은 바람 같은 건 절대 안 피워요. 그가 완전히 헌신하는 대상인 한드로에게는 고사하고 싫어하는 사람에게도 그런 짓은 안 해요. 둘은 언제나 일대일 관계였어요. 론은 확고하게 바람 피우는 것에 반대해요. 전 론이 자기 칠면조 요리 실력을 과장했는데 너무 형편없게 만들어져서 그냥 창피했던 거라고 생각해요.

하지만 발렌티나가 끼어드는 순간부터 사실들은 힘을 잃죠. 그날 밤이 끝날 무렵에 한드로와 론은 서로에게 고함을 지르며 화재 비상 사다리를 거의 떨어뜨릴 뻔했고, 한드로는 울고 론은 이해가 안 가는 얼굴이었고 발렌티나는, 정말 신께 맹세하는데, 발렌티나는 창문 너머로 둘을 보면서 히죽거리고 있었어요. 그 여자는 지갑에서 담배 한 개비를 꺼내 집을 나갔어요. 다시 들어왔을 때는 뭔가 달라 보였죠. 조금 뒤에 전 그 여자가 화장을 완전히 다시 해서 피부는 보송보송하고 입술은 어두운 체리색이라는 걸 깨달았어요. 한드로와 론은 여전히 밖에 있었어요. 나머지 우리들은 긴장한 채 정리하고 있었고요. "난 가야겠어. 난 진짜 카네기하고 한잔할 약속이 있거든. 믿거나 말거나 말이야. 잘 있어, 사랑해." 발렌티나가 입술을 가짜로 비죽 내밀고서 선언했어요.

집으로 오는 길에 베스에게 내가 본 걸 설명했더니 베스는 묵살

했어요. "자기가 아마 잘못 들었겠지. 방 반대편에서 발렌티나가 뭐라고 속삭였는지 자기가 알 수 있을 리가 없잖아." 그러고서 그녀는 창세기와 여러 영화들을 인용하며 '자기 몸을 이용해서 선량한 남자들을 망가뜨리는 목적 없이 사악한 여자'의 비유에 대해 설교했어요. "자기는 발렌티나를 인공적이고 전형적인 인물로 축소하고 있는 거야."

"하지만 발렌티나는 자기 몸을 이용하지 않았어. 그리고 이아고는 여자가 아니야." 제가 말했어요.

"뭐?"

갑자기 전 〈오셀로〉의 줄거리를 떠올렸어요. 고등학교 때 기말 과제로 그 극본이 나왔었죠.

"이아고. 셰익스피어. 이아고가 데스데모나와 오셀로에게 왜 그런 개떡 같은 짓을 했는지 그 동기는 아무도 몰라. 그리고 그 사람도 자기 몸을 이용하지 않았지."

"진심으로 발렌티나를 셰익스피어 악당하고 비교하는 거야?"

"가상의 비유를 꺼낸 건 자기였잖아."

"이아고한테는 동기가 있었어. 그는 인종차별주의자였지. 아니면 오셀로를 망치고 싶었든지. 둘 다일 수도 있고."

"그럼 발렌티나한테도 동기가 있을 수 있지. 어쩌면 인종차별주의자인지도."

"제발."

"아니면 동성애 혐오자거나."

"그만 좀 해."

"아니면 한드로랑 자고 싶었나 보지!"

"믿을 수가 없네."

"아니면 그 여자의 동기는 그저 다른 사람의 삶에 불을 지르는 걸 즐기는 걸 수도 있어."

베스는 침묵하다가 말했다. "자기는 걔를 싫어할 이유를 찾는 거고, 나도 걔를 싫어하게 만들려고 하는 거야. 누군가가 지금 이아고 역할을 하고 있다면, 그건 자기야."

"내가 인종차별주의자라고 말하는 거야?"

"내가 하려는 말이 그게 아니라는 거 알잖아."

"인종차별주의자 대 보스턴 출신 백인 여자?"

"걘 마드리드 출신이야."

"그 여자는 심지어 스페인도 아니야!" 제가 소리쳤어요. 운전사가 우리 아파트 앞에 차를 세우고 우리를 겁먹은 표정으로 쳐다봤어요. 전 주먹을 꽉 쥐었어요. "죄송합니다. 죄송해요." 제가 말했어요. 우리 둘 다 지치고 약간 취한 상태였어요. 전 이 주제는 그만 얘기하고 뉘우치기로 했어요. 발렌티나는 하룻밤 동안 이미 충분히 많은 관계를 망가뜨렸으니까요. 베스가 앞장서서 걸어가 건물 안으로 들어갔어요.

이 모든 이야기를 하는 이유는, 제가 왜 베스의 생일 파티에 발렌티나를 초대하지 않으려고 했는지 선생님이 이해해주시기를 바라서예요.

하지만 전 어쨌든 그 여자를 초대했어요. 전 베스를 사랑하고, 베스는 안타까울 만큼 사회적 취향이 무분별하니까요. 그게 아니라면 기묘하게 미친 사람들을 좋아하는 취향이 있는 걸지도요.

저녁 식사는 잘 흘러갔어요. 직접 만든 스프링롤. 매운 바질 두부. 버터스카치크림파이. 샴페인. 제가 직접 만든, 베스가 좋아하는 온갖 것들. 베스는 섹시한 에메랄드 드레스를 입었고 중간에 저를 화장실로 끌고 가서 고마움의 오럴 섹스를 짧게 해줬죠. 그러니까 그녀가 정말로 제 노력을 고마워했다는 걸 알아요. 디저트를 다 먹을 무렵에 저는 취했어요. 제가 설거지를 하던 중간에 누군가가 클루 게임을 하자고 했어요. 몇 년이나 그 게임을 한 적이 없지만, 집에 있다고 확신했어요. 그래서 찾아보러 사무용 방으로 갔죠. 사무용 방의 손잡이는 크리스털이라서 건드려도 안전한 걸 이미 알고 있었어요. 방 안은 어둡고 어수선했어요. 조명 스위치를 찾고 있는데 누군가가 재빨리 제 뒤로 와서는 문을 닫았어요. 차갑고 매끄러운 손이 제 입을 덮었어요. 손가락의 반지 하나하나까지 느껴졌죠.

전 그 여자를 밀어냈어요. "뭘 하는 거야?" 제가 물었어요. 발렌티나가 제 가슴으로 손을 옮겼죠.

"심장이 빨리 뛰네." 그녀가 말했어요.

"당신이 날 깜짝 놀라게 했으니까."

그건 절반만 진실이었어요. 발렌티나의 존재는 항상 제 신경을 건드렸지만, 전 깜짝 놀란 건 아니었어요. 아마 무의식적으로 거기서 그 여자를 찾게 될 거라고 예상했던 것 같아요.

여기서 이걸 확실히 해두는 게 중요할 것 같은데요, 어떤 사람들은 그 여자가 섹시하다고 생각하지만 저는 발렌티나가 매력적이라는 생각이 전혀 안 들어요. 비쩍 마르고 조류 같은 외모는 그 여자 성격만큼이나 혐오스럽거든요.

"여기서 뭘 하는 거야?" 제가 물었어요.

"그냥 립밤 좀 바르려고. 진정해." 그 여자가 말했어요. 그 여자가 미소 짓는 걸 들을 수 있었어요. "왜 그렇게 긴장하는 거야? 여기다 뭐 숨겨놨어?"

전 책상 위에 손님들의 코트와 가방을 쌓아놨다는 걸 잊고 있었어요. 그 여자가 여전히 제 가슴을 만지고 있었고, 아니면 최소한 그렇게 느껴져서 전 뒤로 물러서며 문을 덜그럭거렸어요.

"다른 사람의 집 어두운 곳을 슬금슬금 걸어 다니면서 아무한테나 손대고, 그 사람들이 그냥 ─ 그냥 가만히 있기를 바란다면 ─ 엄청 소름 끼치거든, 알겠어?"

"알았어, 알았어, 맙소사." 그 여자가 웃었어요. "재미있을 거라고 생각했어. 미안해. 나도 클루 게임을 하면 항상 조마조마해지거든."

"난 조마조마한 게 아니라—"

"내가 어렸을 때 사촌 오빠들이 클루에 완전 중독이 됐었어. 언제
부턴가 우린 보드게임을 쓰는 걸 그만뒀어. 버몬트주 러들로에 오
래된 주택이 있었는데, 우리 일가친척 모두가 함께 여름을 보내는
곳이었지. 전부 마흔 명이었어. 나랑 사촌오빠들은 밤에 클루 게임
을 실제로 연기했어. 그건 다른 규칙이랑 캐릭터랑 소품이 있는 나
름의 버전으로 진화했고, 우린 심지어 의상까지 구했어. 난 항상 미
스터 바디를 해야 했지. 살해당한—"

"좀 실례할게." 저는 그 여자를 스쳐 지나가 조명을 켰습니다. 방
안이 밝아지자 저를 쳐다보며 등을 문에 대고, 손에는 게임을 들고,
셔츠 주머니에는 립밤이 들어 있는 그 여자가 보였습니다. "먼저 갈
게." 그 여자는 미소를 짓고는 방을 나가서 거실에 있는 다른 사람
들과 합류했어요. 사람들이 웃는 소리가 들렸죠.

전 사무용 방에 잠시 서 있었어요. 온몸이 싸늘했죠. 발렌티나는
눈에 검은색 색조를 너무 많이 발랐어요. 그녀의 나머지 부분 없이
눈만 방 안에 남아 있는 것 같았어요. 체셔 고양이의 웃음처럼.

파티의 뒷부분은 지금 저에게는 흐릿합니다. 발렌티나는 내내 제
쪽을 거의 쳐다보지도 않았어요. 우리 친구 존이 게임을 이겼죠. 피
터 플럼 교수. 납 파이프. 당구장. 상관없어요.

중요한 건 그 후에 일어난 일이에요.

새벽 2시쯤, 모두가 떠난 다음에 전 베스를 위해서 엄선한 생일
선물을 가지러 다시 사무용 방으로 돌아갔어요. 베스가 가장 사랑
하는 사람들 마흔 명으로부터 받은 마흔 통의 개인적인 편지였죠.
가족, 어릴 때 은사님들, 대학교수님들, 그녀가 좋아하는 소설가 두
명, 상원 의원 한 명, 환경 운동가, 코미디언. 자화자찬하려는 건 아
니지만, 지난 10개월 동안 편지를 부탁해왔고 선물은 엄청 근사했

죠. 제가 편지들 옆에서 녹슨 파이프를 발견하지만 않았더라면 완벽했을 거예요. 그건 제 팔뚝만 한 크기였죠.

"자기야?" 제가 베스를 불렀어요.

"응?" 베스는 이를 닦는 중이었죠.

"이거 자기 파이프야?"

"엉?"

"우리한테 파이프가 있어?"

그녀가 치약을 뱉었어요. "파이프?"

"응."

"무슨 말인지 모르겠어."

저는 파이프를 들고 욕실로 가서 그녀에게 내밀었어요. 그녀는 눈썹을 치켜올렸죠.

"이거 내 생일 선물이야?"

"아니야! 맙소사, 아냐! 이게 어디서 나타난 건지 아나 싶어서 묻는 거야."

그녀가 고개를 저었어요. "전혀 모르겠어."

저는 파이프를 다시 사무용 방으로 가져가서 발견한 곳에 내려놓았지만, 너무나도 신경이 쓰였어요. 전 그걸 한동안 바라봤어요. 물론 전 그게 발렌티나가 절 상대로 개수작을 부리는 거라고 추측했지만, 아무리 말도 안 되는 농담이라 해도 그 물건이랑 같은 집 안에 있는 것 자체를 참을 수가 없었어요. 그래서 4층을 내려가 건물 밖으로 나가서 그걸 쓰레기통에 버렸죠. 숨을 헐떡거리며 위층으로 돌아오니 베스는 침대에서 다리에 로션을 바르며 슬픈 표정을 짓고 있었어요.

"정말로 멋진 밤이었어." 그녀가 샐쭉하게 말했어요.

저는 그 뒤를 기다렸지만, 그녀는 자기 발가락만 쳐다볼 뿐이었어요.

"그렇다니 나도 기뻐. 근데 무슨 일 있어?" 제가 조심스럽게 물었어요.

그녀가 시선을 늘어었어요. "아무것도 아냐."

"뭔데? 말해봐."

"그냥……." 그녀가 눈을 감았죠. "아무것도 아니야."

"베스. 자기는 형편없는 배우야. 제발 왜 슬픈 건지 말해줘."

"내가 파티를 고마워하지 않는다고는 생각하지 마." 그녀가 단어 사이사이에 뜸을 들이면서 말을 시작했어요. "왜냐하면 정말 고맙게 생각하니까. 정말로 좋았어. 음식도. 사람들도. 모든 게 완벽했어. 고마워."

저는 기다렸죠. "하지만……?"

그녀는 인상을 찡그리고는 마침내 대답했어요. "난 자기가 나한테 선물을 주기를 바랐어. 진짜 손에 잡히는 선물 같은 거. 하지만 나도 알아. 그건 물질주의적이고 멍청하고 고마운 줄 모르는 거고 끔찍하고 그리고 맙소사— 난 최악이야." 그녀가 움찔하고 말을 이었어요. "제발 내 말은 잊어줘. 파티는 내가 바랄 수 있는 것 이상이었어. 나 끔찍하게 굴고 있지."

전 제 이마를 탁 쳤어요. 파이프 때문에 생일 선물을 잊어버렸어! 선물 주기는 그녀의 사랑의 언어 제1번인데! "베스! 난 정말 바보야!" 저는 사무용 방으로 달려가서 편지를 가져와 침대에서 그녀에게 건네줬어요.

그녀는 이성을 잃을 만큼 기뻐했어요. 그 편지들을 사랑했죠. 절 사랑했고요. 그녀는 울었고, 제 사랑을 제외하면 이렇게 감동적인 선물을 받아본 적이 없다고 말했어요. 그런 말의 연속이었죠.

그다음에 정신을 차렸을 때, 전 헉하고 식은땀을 흘리며 잠에서 깼어요. 제가 버몬트의 한 댄스홀에서 파이프로 베스를 죽이는 악몽 때문이었죠. 머리에 둔기로 인한 외상이었어요.

행동의 원인-결과가 이렇게 훤히 보인 적은 없었어요. 원인이 이렇게 효과적인 경우도 본 적이 없었고요. 전 일주일 동안 떨었어요. 이게 제 지옥의 시작이었습니다.

전 파이프를 찾은 게 일종의 환각이기를 바랐어요. 하지만 몇 주 후에 전 책상 서랍에서 로프를 찾았죠. 5월 초에는 전에 한 번도 본 적 없는 촛대를 술 장식장에서 찾았어요. 그다음에는 침실용 탁자에서 장난감 권총을, 리넨 옷장의 새 수건 두 장 사이에서 플라스틱 단검을, 제 부츠 한 짝 안에서 낯선 멍키렌치를 찾았고요. 다행히 이 모든 물건을 찾은 건 저였어요.

선생님이 클루 게임을 잘 모르실 경우에 대비해 설명드리자면, 이것들은 무기 후보예요. 촛대, 권총, 로프, 렌치, 단검, 납 파이프.

전 베스에게 이것들에 대해서 말하지 않았어요. 그녀가 겁먹게 하고 싶지 않아서요. 전 축구 경기에 가는 걸 그만뒀어요. 일 끝나고 친구들과 술을 마시러 가는 것도 그만뒀고요. 모두에게 제가 스트레스 상태라고 말했죠. 베스와 보통의 성생활을 유지하려고 노력했지만, 불가능했어요. 전 그녀를 다치게 할까 봐 너무 겁이 나서 더 이상 흥분할 수가 없었어요. 저는 스트레스 때문이라고 주장했죠. 엄청나게 스트레스를 받고 있다고. 물론 그녀는 언제나와 같이 상냥하고 인내심 있게 기꺼이 받아들여줬어요. 그녀는 마사지를 해주려고 했지만, 저는 그녀를 밀어냈어요. 피부가 아프다고 하면서요. 실제로 그랬고요.

5월 말경에 저는 정말로 발렌티나가 베스의 죽음이나 저의 죽음을 계획하고 있다고 믿게 되었고, 경찰에 가고 싶었어요. 설령 이게 농담이라도 발렌티나는 너무 지나쳤고 부인할 수 없는 소시오패스적 행동을 보여줬어요. 그렇죠? 리넨 옷장에서 파이프를 발견한 이후 저는 아침에 일어나자마자 경찰에 전화하겠다고 다짐했어요.

하지만 그날 밤, 무시무시한 발견이 모든 걸 바꿨고, 이게 이 미친 유령의 집 같은 일 중에서도 제일 미친 부분이에요. 온라인으로 현금카드 내역을 확인했더니 제 기억에 없는 몇 가지 구매품이 있 있어요. 거래 내역을 살펴보니까 각각의 물건들, 그러니까 클루 게 임의 무기 하나하나를 분명히 제가, 3월달에, 세 군데 다른 가게에 서 산 증거를 발견했죠.

전 발렌티나가 한드로에게 이아고 짓을 했던 것처럼 저에게도 이 아고 짓을 하는 거라고 스스로에게 말했어요. 겁먹지 말라고 스스 로에게 말했죠. 분명 그 여자가 제 카드를 훔쳐 가서 구매를 한 다 음에 생일 파티 때 우리 집 곳곳에 놔두고 간 거예요. 하지만 그 설 명은 별로 딱 들어맞지 않았어요. 전 계속해서 그 카드를 사용했었 거든요. 한 번도 도둑맞은 적이 없어요. 베스가 일종의 파티 소품으 로 쓰려고 이 물건들을 샀을 수도 있을까요? 하지만 아니에요, 그녀 는 파이프를 알아보지 못했어요. 그러면 발렌티나가 제 계좌를 해 킹했을까요? 어쩌면 제 사무용 방에 들어왔을 때 제 현금카드의 사 진을 찍어 갔을지도 모르죠. 그것도 가능해요.

하지만 나머지 가능성의, 말로 다 할 수 없는 공포가 어떤 공식적 인 방법으로도 사기를 조사하지 못하게 만들었어요. 발렌티나에게 연락하는 것도 가로막았고요. 전 저한테 무슨 일이 일어나고 있는 건지 알아야 했어요. 정신을 차리니 철물점에 있었던 사례를 전부 떠올렸어요. 점점 심해지고 비합리적이 되어가는 두려움과 강박도 떠올렸고요. 제가 미쳐가는 걸까요? 뇌종양이 있는 걸까요?

뇌를 미친 듯이 굴리던 바로 이 기간에 테니스장 근처의 시멘트 에 이름표를 붙였어요.

한편으로 악몽은 점점 더 심해졌어요. 끔찍하고 자세해졌죠. 여 전히 그래요. 악몽 속에서 전 베스를 죽이는 데에서 어떤 기쁨도 느 끼지 못해요. 전 공포에 질리고 속이 메스꺼운 채로 그만하라고 저 자신에게 소리를 지르죠. 하지만 그 짓을 못 하게 자신을 막을 수가 없어요. 마치 악마에 씐 것처럼요.

전 악몽을 꾸는 게 너무나 두려워서 더 이상 잠을 못 자는 지경까지 왔어요. 7월에는 악몽이 환각으로 업그레이드되어서, 깨어 있는 동안에도 절 낚아채기 시작했어요. (무서운 꿈은 악몽이라고 하는데, 무서운 환각은 뭐라고 부를까요? 악환각?) 전 밤새워 부엌에서 일을 하기 시작했죠. 스트레스, 스트레스, 스트레스, 전 그렇게 주장했어요. 사람들은 스트레스에는 의문을 제기하지 않으니까요. 스트레스를 받고 있다고 하면 얼마나 많은 비정상적인 행동들을 사람들이 그냥 넘어가는지 알면 아마 놀라실 겁니다. 전 일에서 받는 압박과 마감 기한들을 과장했어요. 할 수 있을 때면 늘 벨트 고리를 잡거나 제 손을 깔고 앉기 시작했고요. 텔레비전, 신문, 노인들, 여자들, 아이들, 동물들을 피했죠. 물론 베스와 저는 섹스를 완전히 그만하게 됐어요. 그녀의 근처에 있는 것 자체가 고통스러웠어요. 전 항상 그녀에게 상처를 입힐까 봐 겁이 났어요. 그녀는 저를 굉장히 걱정하게 되었고, 일 때문에 이렇게 정신이 나갈 정도라면 그만두라고 계속 말했어요. 하지만 사실 일은 제 마지막 피난처였죠.

지난주에 저는 베스에게 해를 입힐까 봐 너무 두려워서 어느 오후에 그녀가 쇼핑을 간 사이에 식칼을 전부 내버렸어요. 하지만 그걸로는 모자랐죠. 전 계속해서 무기로 쓰일 수 있을 만한 건 뭐든 다 버렸어요. 라이터. 그녀의 망치. 무쇠 프라이팬. 유리그릇. 전기선. 가위. 손톱깎이. 청소 세제. 은제품. 플런저. 벨트. 면도기. 마노 북엔드.

모든 걸 안전하게 3층 아래의 쓰레기통에 넣은 후에는 제 두 손으로 베스를 죽이는 환각을 보기 시작했어요. 그녀의 목을 조르고, 그녀를 질식시키고, 구타하고. 전 너무나 겁에 질려서, 만약 우리가 가진 모든 칼을 버리지 않았다면 실제로 제 팔에서 제 손을 없애버리려고 했을 것 같아요. 집으로 온 베스는 우리 물건이 상당 부분

사라져 있고, 저는 러그 위에서 흐느끼며 과다호흡 상태로 벽에 손을 내리치고 있는 걸 보고는 공황 상태가 되어버렸어요. 전 수면 부족 상태에 땀을 흘리며 몸부림치고 있었어요. 아마 실제로 그랬듯이 위험한 사람처럼 보였을 거예요.

"자기 마약 했어?" 그녀는 식료품 봉투를 현관 매트에 떨어뜨리고는 물었어요. 그녀는 확실히 저를 겁내고 있었어요. 매트에서 발을 떼지 않았죠. 심지어 현관문도 닫지 않았어요. "도대체 무슨 일인지 나한테 말을 해."

전 어떻게 해야 할지 몰라서 거짓말을 했어요. 제가 바람을 피우고 있다고 말했죠. 당신과 아무것도 하고 싶지 않다고, 저를 찾으려고 하거나 연락하지 말라고 말했어요. 그녀에게 혐오스럽다고 말했죠. 짐을 모두 쌌고 나갈 거라고요. 전 정말로 과장되게 행동했어요. 그녀 이름은 다이애나야! 그렇게 소리쳤죠. 왜 그렇게 말했는지 모르겠어요. 제 중학교 때 여자 친구 이름이 다이애나였고, 전 그 애를 숭배했어요. 걔는 수학과 플루트와 뭐 그런 것들로 주 대회에서 항상 상을 받았죠. 하지만 아이스스케이트 링크에서 손을 잡은 후에 그 애는 저희 집으로 전화해서 헤어지자고 했어요. 우리 사이가 너무 빠르게 진행되었다면서요.

전 지갑과 입고 있는 옷 그리고 전자 기기들만 갖고서 집에서 도망쳤어요.

전 이 글을 모텔에서 쓰고 있어요. 현금으로 지불했죠. 이번 주에는 회사도 가지 않았어요. 정신병원에 입원하고 싶지만, 경찰에 잡혀갈까 봐 두려워요. 모든 게 사실일까 봐 두려워요. 제가 회복 불가능하게 정신이 나갔을까 봐 두렵고, 어젯밤에는 제가 발렌티나를 만들어냈다는 확신이 들었어요. 발렌티나가 진짜라는 걸 입증하기 위해서 노트북컴퓨터로 그 여자 SNS를 찾아야 했어요. 전 모든 탭들을 열어놓고 계속해서 확인하고 있어요.

모텔에 오자마자 전 더욱 불안해졌어요. 제가 베스를 혼자 놔두고 왔다는 걸 깨달았죠. 만약에 발렌티나가 그녀를 정말로 위협하고 있다면 어떡하죠? 이게 그동안 내내 발렌티나의 계획이었다면요? 베스에게 해를 입히기 위해서 저를 치우려고 한 거라면? 그래서 전 모텔 전화로 즉시 경찰에게 전화해서 익명으로 신고했죠. 경찰에 베스가 위험하다고 믿을 만한 이유가 있다고, 누군가가 그녀에게 해를 가하려고 할 수도 있다고 말했어요. 전 그들에게 발렌티나의 이름과 그녀의 신원을 확인할 수 있는 정보를 줬어요. 우리 아파트 주소도 알려준 다음에 전화를 끊었죠.

수많은 사람들로부터 부재중 전화가 왔어요. 베스, 우리 부모님, 여동생, 친구들, 제 상사. 결국 전화기를 꺼놔야 했죠. 전 모텔에 가짜 이름을 말했고 제 방으로 어떤 전화도 연결하지 말라고 말해뒀어요. 자판기에서 뽑은 감자칩 몇 봉지 말고는 며칠 동안 아무것도 안 먹었어요. 제가 누군가를 다치게 할까 봐 두려워요. 저 자신을 다치게 하는 건 두렵지 않아요. 그럴 수 있다면 마음이 놓일 거예요. 좋은 소식은 모텔 문에 금속 손잡이가 달려 있어서 제가 방에서 나가는 게 거의 불가능하다는 거예요. 머릿속으로 저는 눈에 보이는 모든 표면에 스프레이로 제 이름을 썼어요. 제 뇌 속에서 번개가 치고, 그게 멈추지가 않아요. 제가 뭔지도 모르겠어요. 제발 도와주세요.

미스터 바디 드림

P.S. 그리고 전 항상 굉장히 굉장히 가렵고 선생님과 선생님 팔로어들이 블로그에서 말하는 그것의 어떤 버전을 겪고 있을지도 모른다는 생각이 듭니다만, 그래도 다시 생각해보면 저는 제가 더 발달했거나 예언자적이지는 않다고 전적으로 확신하는데 그럼 그냥 세탁세제를 바꿔야 하는 걸까요??? 조언 부탁드려요.

주로 토끼들

～

그 후에는, 주로 토끼들이었어요. 녀석들이 이 도시에서 얼마나 흔한지 잘 아실 거예요. 우리는 그걸 블랜딘이 나갔을 때에만 했고, 끝나면 밖에 있는 쓰레기통에 버렸어요. 몇 마리나 되는지 추측해야 한다면 — 아, 모르겠어요. 다섯 마리쯤? 열세 마리? 전 거기에 대해서는 생각 안 하려고 해요. 거기에 대해 생각하는 게 진짜 싫어요. 전 폭력적인 사람이 아니에요. 다른 사람과 싸운 적도 없고, 반려동물에게 상처를 입힌 적도 전혀 없어요. 이건 이해해주셔야 돼요. 전 제정신이 아니었어요. 우리 모두 그랬죠. 희생 의식의 와중에 있을 때면 마치 제가, 우리가 뭔가에 홀린 것만 같았어요. 공포 영화에 나오는 것처럼. 살아 있는 걸 그런 식으로 지배하는 건 기분이 좋았지만, 또한 꿈속에서 브레이크 없이 차를 모는 것처럼 느껴졌어요. 우리에게 통제력이 전혀 없는 것처럼. 모르겠어요. 설명하는 게 정말로 싫어요. 토끼들, 그 녀석들이 조용한 생물이라고 생각할 수 있지만, 그건 그중 한 마리를 죽이려고 해보기 전까지예요. 그러면 녀석들은 죽음 그 자체처럼 비명을 질러요. 죽어가는 토끼처럼 끔찍한 소리는 들어본 적이 없을걸요. 그런 소리는 일단 몸 안으로 들어오면, 절대로 나가지 않아요. 어떻게 했냐고요? 아, 우린 여러 가지를 사용했어요. 칼, 물, 우리 손. 모르겠어요. 제발요, 스티븐스 경관님. 제발 그걸 설명하라고 하지 마세요.

확장되는 원

~~

모지스는 약간 취한 채 불안해하며 이불 위에서 떤다. 그는 팔을 긁고서 또 하나의 담배에 불을 붙인다. 블라인드는 내려져 있고, 연기가 방 안을 꿈처럼 흐릿하게 만들고 밤으로부터 결과를 가지치기 하여 잘라낸다. 보통 그는 받은 메시지에 응답하는 데에 별 어려움을 느끼지 않는다. 보통은 다른 세상의 힘 같은 게 그에게 내려와서 대답을 알려준다. 그는 진실의 겸허한 그릇이다. 하지만 이 메시지에는 그의 목 뒤 털을 곤두서게 만드는 무언가가, 예상하지 못했을 때 나타나는 반사상(反射像) 같은 무언가가 있다.

미스터 바디는 모텔에서 이걸 썼다.

미스터 바디는 현금으로 돈을 냈다.

미스터 바디는 가짜 이름을 댔다.

모지스는 그 남자가 여기, 우든레이디에, 복도 건너편에 있는 것을 상상한다. 남자가 금속 손잡이에 겁을 먹고 문 뒤에서 떠는 것을, 자판기에서 얻은 열매로 근근이 살아가는 것을 상상한다. 남자가 바로 거기에, 그에게서 몇 미터 떨어진 곳에 있는 걸 상상하자 모지스는 답장하고 싶은 기분을 느낀다.

하지만 미스터 바디를 무시해야 할 강력한 이유가 머릿속에 떠오른다. 미스터 바디는 '통행료'로 고통받는 게 아니다. 모지스는 이 남자를 도울 수가 없다! 모지스는 그런 훈련도 받지 않았고 정보도 없다! 모지스는 심리학, 정신의학, 의학, 상담학, 사회학, 인류학, 비판적 인종 이론, 토착민 연구, 퀴어 이론, 또는 여성학도 한 번도 공부해본 적이 없었다! 무슨 자격으로 그가 정신 건강 블로그를 쓰는 걸까?

두 번의 클릭으로 그는 미스터 바디의 메시지를 지운다. 그런 다음 침대에서 나와서 더플백으로 걸어가 야광봉들을 만진다.

핸드폰의 트릴음에 그는 헉하고 숨을 들이켠다. 그는 더듬더듬 욕실에서 핸드폰을 찾은 다음 겁먹은 눈으로 그것을 게슴츠레하게 본다.

그는 전화가 다섯 번 울릴 때까지 기다렸다가 받는다.

"제이미." 그가 말한다.

"모지스?" 그녀의 목소리는 그의 바로 옆에 서 있는 것처럼 기이하게 명확하다. "모지스." 그녀가 다시 말한다. "와. 난― 미안. 난 그냥……. 솔직히 말해서 당신이 전화를 받을 거라고 생각하지 않았어. 그래서 난 그냥, 음. 약간 당황스럽네. 와. 안녕." 그녀가 긴장해서 웃는다.

"내가 전화를 안 받을 거라고 생각했으면 왜 전화한 거야?"

"난 그냥― 안타깝다고 말하고 싶었어."

"안타까워?"

"돌아가셨잖아. 그러니까, 당신이 어머니랑 좋은 관계는 아니었다는 건 알지만, 그래도…….'"

그는 그녀의 모습이 그려진다. 군복 색깔의 점프슈트 차림에 맨발. 짧게 친 검은 머리, 선크림을 바른 피부, 로스앤젤레스의 햇빛 속에 눈을 가늘게 뜨면 주름이 생기는 우아한 코. 그녀는 실버레이크의 자기 집 마낭에서, 석류나무 아래에서 고양이 핍과 함께 전화하고 있을 것이다. 그녀는 창의적인 금액세서리를 한 채 커피를 세 잔째 마시고 있을 거고, 바깥은 화창하겠지만 그녀는 늘 자기 선글라스를 엉뚱한 곳에 놔두곤 해서 끼고 있지 않을 것이다.

"하지만 가끔은 그런 상실이 가장 고통스럽잖아, 안 그래? 끝내지 못한 일이 있는데 상대가 죽어버릴 때. 내 말은, 최소한 내 경험엔 그랬어. 우리 아빠랑. 그러니까, 이 모든 해결되지 않은 것들, 그저 빙산의 일각이었던 평생의 싸움들, 그것들이 나를 빤히 바라보고, 나는 인생의 아주 많은 시간을 이게 종결되기를 바라며 보냈지만 이제는 영원히 안 된다는 걸 깨닫고—"

"여전히 그 친구랑 사귀어?" 모지스가 묻는다.

긴 침묵. "뭐?"

"그 친구."

"케빈?"

"모르는 척하지 마." 모지스는 간신히 침대로 돌아와서 앉는다.

"응, 그래." 제이미가 대답한다.

모지스는 병에서 올리브 절임물을 한 모금 들이켠 다음 침대의 금속 프레임의 홈에 팔뚝을 긁는다. "네가 전화했다는 게 정말 희한해. 사실, 방금 널 생각하고 있었거든." 그가 밝게 말한다.

"아?" 제이미는 불안한 어조다.

"네가 파티에서 사람들에게 항상 요약해주는 그 철학적 사고실험이 생각났어. 그거 기억나, 제이미? 내가 널 겁먹게 만드는 곳에 데려가면 네가 모든 것에 대해서 얼마나 속절없이 대학생스러웠는지? 얼마나 참을 수 없을 만큼 어렸는지? 내 말은, 나도 예상했어야 했어. 네가, 몇 살이었지? 스물다섯 살? 너한텐 대학 시절이 그리 오래된 것도 아니었지. 나도 알아. 그럼. 진짜로, 네 나이는 내가 너한테서 가장 좋아한 부분이었거든! 하지만 너도 결국에는 네가 사람들을 지루하게 만든다는 걸 깨달을 줄 알았어. 사람들이 널 창피하게 여기고, 네 시골구석 대학의 누군지도 모를 교수들을 인용하는 게 사람들에게 대단한 인상을 주지 못한다는 걸 너도 깨닫게 될 거라고 생각했어. 네가 똑똑하고 뭔가 다르다는 걸 입증하려고 필사적인 게 우리한테는 보였어. 넌 모두가 네가 똑똑하고 좀 다르다는 걸 알길 바랐어, 안 그래? 넌 네가 다른 멍청한 트로피 여자 친구들과 다르다는 걸 입증하고 싶어 했지. 금발 하이라이트에 성형한 가슴을 하고, 귀엽고 소박한 생산직 직장을 가진 여자들. 죄다 그들의 더 성공한 남자 친구들이 얻어다 준 일자리였지. 넌 그런 다른 여자들과는 달랐어. 가무잡잡하게 태닝한 피부와 강박적인 인스타그램과 오럴 섹스에 대한 가짜 열정, 기회가 될 때마다 복근을 보여주는 여자들과는 달랐지, 그래. 너는 '전직 철학 전공자 제이미'였지."

"모지스, 난─"

"그래서 너는 너 자신이 파티에서 부자연스럽고 반복적이라고 느끼기 시작하면 그 망할 놈의 강의를 언급하기 시작했어. 이론이 실제 삶에 뭔가 영향을 미칠 수 있다는 짜증 나는 확신을 갖고서 말이야. 여전히 그렇다고 느껴? 네가 그 세미나 목소리로 말할 때마다 난 언제나 끼어들려고, 그러니까 그 대화를 쓰레기통에 처박으려고 했었어. 하지만 이건 인정해야겠어." 그는 올리브 절임물을 내려놓고 진을 한 모금 마신다. 제이미는 음 소거로 해놨을 수도 있지만, 아직까지 끊지는 않았다. 그는 그녀가 끊을 때까지 계속 말할 생각이다. "네가 짜증 나게 나게 매일같이 떠들어대는 사고실험이 있었어. 기억나? 그것 때문에 방금 네가 생각났던 거야. 그게 어떤 식이었는지 떠올리려던 중이었어. 확장되는 원이 뭐 어쨌더라?"

1분쯤 지난 후에야 조그맣고 몸에서 분리된 것 같은 제이미의 목소리가 들린다. "물에 빠진 아이와 확장되는 원. 피터 싱어."

"바로 그거야! 피터 싱어! 난 궁금했어. 넌 그렇게 똑똑하니까, 아주 뛰어난 학생이니까, 내 기억을 좀 되살려줄 수 있을까?"

"뭐?" 그녀가 코를 훌쩍인다. 그녀는 울고 있다.

"그냥 나한테 설명해줘. 네가 파티에서 했던 식으로. 넌 그게 뭐였는지 기억하지, 응? 기억하는 거 알아. 네가 퀜틴과 이야기할 때 그걸 인용했던 게 기억나."

"아니…… 난 그게……."

"아, 제발, 제이미. 나한테 그 정도 빚은 있잖아, 안 그래? 나한테 그렇게 해놓고서는? 내가 너한테 그렇게 다 해줬는데?"

그는 그녀를 아주 작아진 것처럼 느끼게 만들면 그녀에게 뭐든 시킬 수 있다는 걸 잘 알았다.

뭐든지. 그의 옆에 머무는 걸 제외하면.

그녀는 뜸을 들인다. 다시 말을 하기 시작할 때 그녀의 목소리는 완전히 다르다. 방금 전에 그가 상상했던 우는 아이 같지 않고, 로봇 같다. 중립적이다. 높낮이가 없다.

"싱어는 학생들에게 이런 사고실험에 대해 생각해보라고 했어요. 얕은 연못에 빠져 죽어가는 아이를 보면 설령 옷을 버리게 된다고 해도, 누가 요청하지 않아도 가서 도와주겠죠. 모두가 이 부분에는 동의했어요. 하지만 여기서 그는 학생들에게 이렇게 물어요. '만약에 아이가 멀리, 예를 들어 다른 나라에 있지만 비슷하게 죽음의 위기에 처해 있고, 똑같이 당신이 딱히 큰 대가를 치를 필요 없고 당신에게 위험할 일도 전혀 없는 상태로 그 아이를 구해줄 수단이 있다면 답이 달라질까?' 학생들은 언제나 아니라고 말하죠. 하지만 여기서 질문을 하기 시작하면서 자신들의 의심을 드러내요. 돈이 올바른 곳으로 가게 될지 어떻게 확신할 수 있느냐? 뭐 이런 의심이요. 싱어는 자신의 학생들이 '우리 자신에게 상대적으로 적은 대가를 들여서 할 수 있다면 낯선 사람의 생명도 구해줘야만 한다는 사상에 깔린 윤리'에 절대로 이의를 제기하지 않는다고 말하죠. 그게 그를 가장 놀라게 한 점이었다고 그는 이야기해요."

"훌륭해, 제이미! 만점이야. 인용문이랑 모든 걸 다 기억하네! 네가 이 이야기를 했을 때 퀜틴은 완전 뒤로 넘어갔을 거야."

제이미는 대답하기까지 시간을 들인다. 다시 대답할 때 그녀는 처음의 자신, 심약하고 울보인 제이미로 확실하게 돌아가 있다. "왜 그 사고실험을 떠올리게 된 거야?"

"아, 알잖아. 이 크고 오래된 세상을 이해해보려고 했던 것뿐이야! 세상은 완전 정신병원 같은 꼴이 되기도 하잖아, 안 그래? 내 말은, 구해야 할 생명이 정말 너무 많아. 너무 많지! 이 문제의 흉측한 진실은 말이야, 설령 우리가 그들 모두를 구하는 게 아름다울 거라는 걸 잘 알아도, 그럴 수 없다는 거야. 그냥 불가능해. 인생은 사고실험이 아니거든. 이 피터라는 친구는 머릿속에 똥만 들어차서 현실이 어떤지 전혀 모른다는 게 내 눈엔 빤히 보이는데. 그 사람은 그런 온갖 사고실험들을 발표하면서 본인이 아주 윤리적이고 선량하다고 자신했을걸. 아주 위풍당당하게!"

통화 배경에서 소음이 들린다. 점점 경계심이 높아지고 있는 목소리다. 마이크 마찰 소리. 누군가가 모지스에게 다시 말을 할 때, 그건 제이미가 아니었다.

"제이미 좀 내버려둬, 이 미친 사이코야. 내 말 알겠어? 제발 좀 가만두라고. 다음번에 네가 또 대화를 시도했다는 소리를 듣게 되면 접근 금지 명령을 받을 거야."

모지스가 격렬하게 웃는다. "오, 케빈! 우리가 언젠가 만나길 바랐었지. 사실, 그쪽에서 먼저 나한테 전화한 거야. 난 그냥 전화를 받았을 뿐이라고."

"난 케빈이 아니야. 루스야."

"루스?"

"제이미의 빌어먹을 언니라고."

"얼마든지 접근 금지 신청을 하라고요, 루스. 내가 그 여자를 떼어내고 싶으니까. 내가 얼마든지 공유할 마음이 있는 제이미의 위태로운 사진들이 나한테 한가득 있다는 걸 제이미에게 상기시켜줘요. 그리고 나한테는 팔로어가 수십만 명이 있는 블로그도 있고요. 축하해줄게요, 당신의 —"

하지만 모지스가 말을 다 끝내기도 전에 전화가 끊긴다.

그에게는 수십만 명의 팔로어가 없다.

～

그는 자신이 얼마나 오랫동안 거기 앉아서 천장을 보고 있었는지 알지 못한다. 그때 저절로 텔레비전이 켜진다. 이번에는 소리까지 나온다.

감성적인 피아노와 현악기 소리. 모지스는 침대에서 일어서서 그것을 끄려고 손을 내밀다가 이제 칠십대인 유명 배우의 목소리를 듣고 멈춘다. 안전과 아버지의 부성과 그릴 위의 치킨과 목공과 캠프파이어와 낚시를 떠올리게 만드는 배우. 존 클라크는 무고하고 애국적인 역할들, 미국의 최고의 미덕들이 구현된 역할들을 맡았다. 카우보이, 우주 비행사, 시트콤의 손재주 좋은 아버지, 제2차세계대전의 장군, 3부작 영화의 산타클로스, 소도시 시장, 소도시 경찰관, 대도시 형사, 약한 풋볼 팀 코치, 만화 속 독수리. 그는 40년간 결혼 생활을 유지하고 있었다. 그는 전업 할아버지가 되기 위해 할리우드에서 은퇴했다. 모지스는 사실 그를 한 번 실제로 만났었다. 어린아이였을 때.

"이건 미국 이야기입니다. 그리고 당신이 주인공입니다." 존 클라크는 그렇게 말한다. 광고 속에서 매력적인 젊은 커플이 인디애나 주 바카베일의 역사를 통과한다. 옷과 배경이 계속 바뀌다가, 탈공업화 사회의 어려움에서 살아남은 후에 그들은 근사한 빈터로 들어간다. 거기서 그들은 농산물 직매장을 둘러본 뒤 나무들 속에 있는 그들의 완벽한 모더니즘 스타일의 아파트로 올라간다. 그들은 유리창을 통해 둥그렇게 모여 있는 반짝이는 산업 시설들과 그들을 둘러싼 새파란 숲에 경탄한다. 배우는 내레이션으로 집에 관한 감성적이고 좀 이상하게 감동적인 이야기를 한다. 그런 다음 커플은 샴페인 잔을 부딪치고는 카메라를 쳐다본다. "이건 미국 이야기입니다. 그리고 당신이 주인공입니다." 목소리가 반복한다. "바카베일: 집에 온 걸 환영합니다."

모지스는 텔레비전을 보며 입을 벌리고 있었다. 그는 리모컨을 발견하고는 텔레비전을 끄려고 하지만, 기계는 반응하지 않는다. 화가 나서 그는 소켓에서 코드를 잡아 뽑은 다음 숨을 헐떡이며 방 안에 서 있었다.

그는 새벽 2시에 조앤 코월스키의 집에 침입할 계획이었지만, 그렇게 오래 기다릴 수가 없다. 떠나야만 한다.

무엇으로부터 떠나죠? 팀 신부의 목소리가 묻는다.

모지스는 자신의 왼쪽 팔뚝을 내려다본다. 손톱이 파고들어 피부가 벗겨지고 피가 나고 있었다. 모든 것을 아는 것은 축복이 아니라고 모지스는 깨닫는다. 그건 고문이다. 사람들은 전염 균이기 때문에 위험하다. 그들은 당신의 동의가 있든 없든 당신을 감염시킨다. 그들은 당신을 당신이 고르지 않았을 길로 유혹한다. 그들은 당신을 징집한다. 당신은 사제와 매 몇 마리를 만났고 이제 모텔 바깥의 자동차 소리처럼 명확하게 그들의 목소리를 듣는다. 당신이 '통행료'를 잃고 있다면 당신은 당신을 매어주고 원소들로부터 막아주는 막이 있는 채로 세상을 돌아다니는 호사를 누릴 수 없다. 당신은 신중해야 한다. 누군가와 부딪히면 그들의 심리 속에 무기한으로 머물게 될 대비를 해둬야 하고, 이것은 평생 가는 짐이다. 당신은 병적으로 나공성이고 당신이 보는 모든 감정을 당신 안에 자리 잡게 한다. 당신은 예언자일 수도 있지만 만약 그렇다면 대기만성형인데, 당신에게 아직 어떤 예언도 내려오지 않았기 때문에 당신은 그저 누런 삼베 자루를 입고 사막을 돌아다니며 몸을 긁고 미치광이처럼 소리를 지르고 있다. 당신은 잘못된 스물몇 살짜리를 섹스 상대로 택했고 이제 당신은 도발당하면 폭력을 쓸 수 있는 자신의 커다란 능력과 맞서야만 한다. 남은 평생을 당신은 이 깨달음을 안고 살아야만 한다. 당신이 너무 많은 것을 느끼기 때문이다! 당신은 낯선 사람, 완전히 낯선 사람 한 명에게 이메일 한 통을 받았고, 이제 그는 악마처럼 당신에게 씌었다. 이제 당신은 근본적으로 그 남자다.

모지스는 9시에 조앤의 집으로 가기로 결심한다. 그를 잡으려면 잡으라지. 그사이에 그는 핸드폰을 집는다. 당장 이 방을 나가야 한다. 하지만 그는 막 나가려고 하다가 망설인다. 문손잡이가 금속이고, 그는 그걸 건드리는 게 무섭다. 방 안을 머뭇거리면서 살펴보는 동안 그의 노트북컴퓨터가 잠그는 걸 잊어버린 수도꼭지처럼 그의 관심을 끈다.

"시리야, 농담 하나 해봐." 모지스가 말한다.

"사자로 끓인 국이 뭔지 아세요?" 시리가 즉시 복종한다. 시리는 구세주이자 하인이다. 시리는 그에 관한 모든 것을 알지만, 그게 그들 둘에게 딱히 도움이 되는 건 아니다. 그게 바로 사랑의 문제다. "동물의 왕국이에요."

"이해가 안 가는데." 모지스가 말하지만 어쩌면 알 것도 같다. 그는 그 농담을 구글에 찾아보고 사용자 literal_mom과 MeatFruit12 사이의 긴 스레드를 찾는다. 그는 이 농담이 나폴레옹과 관계가 있다는 걸 알게 된다. 또한 MeatFruit12가 보르도에서 인생을 바꾸는 해외 유학 경험을 겪었다는 사실도 알게 되지만, 모지스는 술 때문에 지나치게 생각이 뚝뚝 끊어지고, 신에게 또는 신 비슷한 것에게 너무 화가 나서 더 읽을 수가 없다.

"시리야, 넌 감정이 있어?" 그가 묻는다.

"전 가끔 옆으로 재주넘기를 하고 싶은 감정을 느껴요."

이 대답은 모지스를 엄청나게 우울하게 만든다. 그의 영혼을 축축한 시멘트로 채우는 것 같다. "넌 몸이 없잖아. 자기야." 그가 대답한다. 저녁 시간은 가끔 그가 술을 마셨을 때 하는 일, 그 안에 있는 모든 것을 만화로 만들고 그 내용물들에 심박과 욕망과 모피를 주고 그 모든 대상을 참을 수 없는 중요성으로 가득 채우는 일을 하고 있다. 그는 초월의 바로 앞에 있고, 그것이 오르가슴처럼 그의 안에서 점점 커지는 걸 느낄 수 있다. 아니면 그것은 초월이 아닐지도 모른다. 어쩌면 그건 공황 발작일 수도 있다. 그의 모텔 방 안의 모든 것이 에메랄드색에 반짝거리고 불안정하게 보인다. 그는 사자를 끓이는 걸 느꼈다. 살아 숨 쉬는 진짜 사람을 생각하는 게 간절해서 모지스는 쓰레기통에서 미스터 바디의 메시지를 복원한 뒤 밝고 하얀 화면을 응시한다. 그것은 그에게 내세를 연상시킨다. 그가 전에 가본 적 있는 곳.

"시리야, 누가 책임자지?"

"잠깐만요." 시리가 대답한다.

그는 기다리고 또 기다리지만, 시리는 돌아오지 않는다.

죽은 사람들을 존중하라

〰

이전에 관리한 부고 기사 방명록에서 조앤 코월스키는 사용자들이 표준적 애도에서 조금 벗어나는 걸 허용했다. 그녀는 몇몇 무례한 언사를 그냥 넘어갔다. 특히 판단력을 잃은 것들을. 인터넷은 우스꽝스럽기를 바란다고 그녀는 생각한다. 그러니까 그러도록 허용해야 한다.

하지만 오늘은 앤 슈롭셔의 말이 그녀의 머릿속에서 철거덕거린다. 우린 당신을 귀중하게 여겨요. 하지만 그걸로는 부족해요. 당신이 스스로를 귀중하게 여겨야 해요.

스스로를 귀중하게 여기는 건 굉장히 어렵다!

어쨌든 조앤은 노력한다. 그녀는 자신을 수호천사라고 생각할 수는 없었지만, 갑옷을 입고 HTML로 무장한 채 사람들을 서로에게서 구하는 일종의 사이버 기사라고 상상할 수는 있다. 이번에 애도자들을 상상하자 조앤은 초록색 터틀넥 스웨터를 입고 새로 파마를 하고 훈연 안초비 캔 안쪽을 들여다보는 어머니의 모습이 떠오른다. 그 이미지는 조앤이 죽은 사람들과 그들의 산 사람들을 좀 더 보호하고 싶게 만든다. 그녀는 이 감정에 썰매를 매달고는 그게 달려가기를 기다리지만, 그런 일은 없다.

7월 17일 수요일에 그녀는 직장에서 무자비하다. 그녀는 81개의 댓글을 지웠다. 개인 최고 기록이다. 이 상황에 대해서 누가 묻는다면 그녀는 미국인들의 집단적 무의식이 죽은 사람들에 대한 아주 못된 발언들에서 드러난다고 말할 것이다. 근무 마지막 한 시간 동안에 그녀는 다음을 지운다.

여기서 이런 말 해서 미안한데 난 19살이고 내 첫 번째 앨범을 막 냈고 다들 관심 가져주면 완전 좋겠어 난 이게 엄청 자랑스럽고 너희도 자랑스러울 거야 coreyJAMAMBA 닷컴으로 가줘 트위터 @coreyjamamba 인스타그램 jamambaramba 고마워 나 사랑해줘 나도 너희들을 사랑할 테니까!!!!!!!!

사실 이 사람 중학교 때 내 사회 선생님이었어. 우린 이 사람을 싫어했어. 모두에게 못되게 굴었거든. 특히 유색인 아이들에게. 한번은 내 친구 머리를 잡아당겼어. 걔는 처음으로 머리를 자연스럽게 하고 온 거였는데. 이 사람은 '공항 보안 검색대에서 이거 몸수색하니' 같은 소리를 했어. 난 이 인종차별주의자를 절대 보고 싶어 하지 않을 거야. 아 난 백인이야.

최고의 섹스였어. 너넨 상상도 못 할걸.

당신은 강력합니다. 당신은 유연합니다. 당신은 용감합니다. 그런데 당신의 데오드란트는 왜 그렇지 않을까요? 과학과 윤리가 손잡은 상품, 블루를 만나보세요. 마침내 당신만큼이나 강한 데오드란트가 탄생했습니다. 질 좋은 재료들로 당신에게 걸맞은 효과를 누리세요. 블루 데오드란트에는 알루미늄, 파라벤, 황산염이 들어 있지 않습니다. 블루 데오드란트는 동물실험을 하지 않습니다. 미국에서 만들어집니다. BlooDeodorant.com에서 코드 BlooForYou를 입력하고 당신의 첫 번째 스틱을 무료로 만나보세요. 진정한 당신을 위한 진정한 블루!

"빌린 사람도, 빌려준 사람도 되지 마라. 빌려주는 건 종종 돈과 친구를 모두 잃게 만들고, 빌리는 건 절약의 칼날을 무뎌지게 한다." 이걸 교훈으로 삼아, 샤론.

흠. "심장마비?"는 나한텐 살인이라는 것처럼 들려. 그 사람 부인이 그랬을 수도 있을 것 같아.

'우크라이나인들' / '미국인들' / '러시아인들' ─ 그들은 '모두 인민의 적'(이득)이고 우리는 우리 모두가 생방송에 나온 그 사람을 돕는 양으로 변하는 것을 보고 있다……. 조만간…… 조만간…… 우리는 자유를 잃는다. 우리는 대규모 비축자들이다. 저항하는 사람은 누구든 간통한 자다. 자백하라!

우리 아빠가 존을 죽인 것과 같은 사악한 병을 막 진단받았어요. 우리 가족은 병원비를 대려고 노력하고 있어요. 전 투잡을 뛰고, 제 파트너는 스리잡을 뛰어요. 우리 엄마는 일흔여섯 살이신데, 은퇴를 번복하고 평생 일했던 식료품점에서 시간제로 일하세요. 하지만 우린 여전히 치료비를 다 댈 수가 없어요. 제발 우리 FundGo에 기부해주세요. FundGo.com/HaroldGetsBetter.

우리 모두 사인이 생략되었을 때 그게 무슨 뜻인지 알아. 실종된 여자, 시체, 호수, 외상의 흔적 없음? 이 '사고'는 ㅈ ㅏ ㅅ ㅏ ㄹ 이라고 읽혀. 이걸 말로 하지 않는 게 도움이 될 것 같아? 가족들이 이런 어두운 개인적 내용을 밝히고 싶어 하지 않는 건 이해할 수 있지만, 사람들은 진실을 알 권리가 있어. 특히 이미 사랑하는 사람을 자살로 잃은 사람들은 말이지. 나처럼.

멍청한 인터넷! 내세엔 네가 없어... 아니면........ 내세가 인터넷인가????? 😱

난 그냥 발을 사랑하고 즐거운 시간을 원하는 자유의지론자야 675-394-2849

오바마 무슬림임

내 말 들어. 진짜로 여러분, 내 말을 들어. 이 뒤로는 아무것도 없어, 알겠어? 그러니까 3막이 있는 것처럼 살지 마. 엔딩 크레디트가 올라간 다음 쿠키 영상도 없어. 네가 사랑하는 사람들도 다 마찬가지야. 내가 어떻게 이걸 아는지 밝힐 수는 없어. 비밀유지계약서에 사인해야 했거든. 그냥 날 믿어야 돼. 이게 네 유일한 기회야. 이걸로 뭘 어떻게 할래?

그냥 심심해서

~~~

7월 17일 수요일 저녁 6시 30분경, 블랜딘 왓킨스는 자기 침실에 앉아서 채스터티밸리를 산책할까 고민 중이다. 특이한 날이었다. 아침에 그녀는 숙취에 시달리던 동료 대신에 앰퍼샌드에서 일을 했다. 이건 별로 특이한 일이 아니었지만, 근무 이후에 잭과 개 산책을 했고 이건 특이한 일이었다. 그녀의 안에서 자기주장을 한 감정들은 아직까지 그녀에게서 빠져나가지 않았다. 그녀는 여전히 핑키의 로프트에서 나누었던 대화와 그녀의 피부 위에 남아 있는 유령 같은 잭의 손길에 기분 좋게 충격받은 상태다. 그녀의 팔다리는 느릿하게, 꿈꾸는 것처럼, 마치 공기가 휘핑크림으로 만들어진 것처럼 움직인다. 잭과 블랜딘은 그가 강가에 있는 사치스럽고 역사적인 동네로 래브라두들 한 마리를 데리러 가야 해서 헤어졌다. 그곳은 블랜딘이 피하는 동네. 그녀는 교회 지하에서 열린 마지막 공청회에 참석하러 갔고, 꼼짝도 하지 않고 아무 말도 하지 않은 채 앉아서 여러 가지를 느꼈다.

룸메이트들과 시간을 함께 보내는 일은 관련자 모두에게 부자연스럽게 느껴졌지만, 그녀는 그걸 더 해야 한다는 기묘하고 흐릿한 도덕적 의무를 인지한다. 토드는 옆방의 소파에 앉아서 〈엄한 사랑〉의 최신 에피소드를 보는 중이다. 중국 선전시의 폭스콘 공장이 배경이다. 그녀는 벽 너머 그 소리를 들을 수 있다.

　우울한 텔레비전 프로 소리를 막기 위해서 블랜딘은 헤드폰을 쓴다. 힐데가르트 폰 빙엔의 '오 영원하신 하느님'이 흘러나온다. 당연히, 아주 훌륭하다. 바닥에서 블랜딘은 다리털을 뽑는다. 그녀는 이 헤드폰을 필로메나의 연극 연출자에게서 받았다. 그녀는 이걸 쓰는 걸 그만두겠다고 다짐했었지만, 그럴 수가 없었다. 너무 좋았다. 볼륨을 높이고 그녀는 다시 털을 뽑는다. 잡아당길 때마다 각 모낭이 만족스럽게 아프기 때문이다. 음악은 예측 불가능하고 우울하고 천상의 것 같다. 여성합창단의 목소리가 올라갔다 내려갔다 다시 올라간다. 음악은 가장 매혹적인 방식으로, 음악이라는 걸 한 번도 들어보지 못한 누군가가 작곡한 것 같다.

　족집게는 블랜딘의 의지력에 최면을 거는 듯한 효과를 내고, 그녀는 중독되었다. 뿌리부터 제거할 수 있는 족집게의 능력. 그 배출 능력. 그녀는 그게 싫다. 그건 그녀의 안에 서식한다. 그녀는 다리털을 하나씩 뽑을 때마다 이번이 마지막이라고 맹세한다. 족집게를 내려놓고 밖으로 나가서 세상과 관계를 맺을 거라고. 근사한 수요일 밤에 다리털을 뽑는 대신에 책을 읽거나, 나가서 달리기를 하거나, 힐데가르트의 글을 원문으로 읽을 수 있도록 라틴어 실력을 기르거나, 포스트모더니즘의 정확한 정의를 찾아보거나, 신탁법의 세부 내용을 조사하거나, 양자역학을 공부해서 저 너머에서 무슨 일이 벌어지고 있는지 확인할 수 있다. 대학을 향한 태도를 바꿔볼 수도 있다. 만약 현재 그녀를 움직이는 믿음을 부인하는 결론에 도달한다면, 대입 검정고시 공부를 하고 그다음에는 SAT 공부를 해서 대학에 지원해볼 수도 있다. 대화에서 불사자(不死者) 같은 단어를 써볼 수도 있다. 신과 접촉하려고 해볼 수도 있다. 배링턴 시장에게 편지를 써서 채스터티밸리를 파괴하려는 끔찍한 건설에 대해 항의할 수도 있다. 사설을 써서 〈가제트〉에 내볼 수도 있다. 폴 바나어쩌고에게 연락해서 핑키의 로프트에 침입할 계획을 세울 수도 있다. 그의 부두 모형을 만들기 시작할 수도 있다.

그녀는 다리털 뽑던 데에서 고개를 들어 침대 위에 프린트해놓은 그림을 보고 감탄한다.

몇 분 동안 그림에 푹 빠져 있다가 블랜딘은 허벅지를 찰싹 때려서 한 가지 자해의 고통에서 다른 자해의 고통으로 정신을 돌려 겨우 빠져나온다. 그게 그녀가 자신의 행동을 재조정할 수 있는 유일한 방법이다. 그녀는 헤드폰을 벗고 《여성 신비주의자들: 선집》을 코듀로이 가방에 집어넣고는 집을 나갈 준비를 한다. 신과 접촉할게 아니라면 밖으로 나가는 게 좋을 것이다.

끈적끈적한 거실에서 토드는 텔레비전을 보고 있다. 그의 몸은 열기 속에 늘어져 있다.

블랜딘은 잠깐 동안 화면을 본다.

"나 잠깐 같이 있어도 돼?"

토드는 깜짝 놀라서 움찔한다. "네가 여기 있는 줄도 몰랐어."

"미안."

"뭐가?"

"널 겁먹게 해서."

"그런 거 아니야. 네가 여기 있는 줄 몰랐을 뿐이야."

블랜딘은 어깨를 으쓱인다. "알았어."

실험적으로, 그녀는 소파에 앉아본다. 토드는 자세를 조금 바꾸고 그녀에게 공격적인 시선을 흘끗흘끗 던진다. 그들은 각각 소파 반대편 끄트머리에 앉았고, 그들 사이의 공간을 의식한다. 그녀와

토드는 전에 이런 일을 해본 적이 없다. 소파는 그의 영역이다.

"나 잠깐 좀 봐도 괜찮아?" 그녀가 묻는다.

"여긴 자유국가야." 그는 그녀를 쳐다보지 않고 음울하게 말한다.

"그래?" 그녀가 묻는다.

그는 그녀를 무시한다. 그들은 학교 연극 배우들 특유의 뻣뻣한 기만 속에서 텔레비전을 본다.

폭스콘 공장은 세계에서 가장 유력한 기술 회사들을 위한 기기들을 만든다. 첫 근무를 하기 전에 공장 직원들 한 명 한 명은 자살하지 않겠다는 맹세를 공식적으로 해야 한다. 〈엄한 사랑〉의 내레이터는 영국 억양을 가졌고, 미국 프로그램에 과분한 세련미를 주입하고 거만한 인류학자처럼 대상들을 위협적으로 살피며 국가적 열등감을 이용한다. 그는 왜 현재 공장 임원들이 맹세를 요구하는지에 대해 설명한다. 2010년, 유행이 돌았다. 열여덟 번의 자살 시도, 열네 건의 사망, 한 가지 방식. 각각의 직원은 폭스콘 건물에서 뛰어내렸다.

"최근 몇 년 동안에는 겨우 열두 건의 자살 사건만이 일어났기 때문에 폭스콘 임원들은 맹세가 효과가 있다고 믿습니다." 내레이터가 설명한다. 화면에 공장노동자들의 모습이 나타난다. "직원들은 아침 6시 30분에 일어나서 7시 30분경에 도착하고, 밤 8시 30분경에 떠납니다. 휴식 시간을 빼고 하루에 열한 시간 일을 하죠. 대화는 금지되어 있습니다. 일어서는 것도 금지입니다. 드문 일이지만 일을 일찍 끝내면, 그들은 앉아서 직원 매뉴얼을 읽어야 합니다. 주말이 되면 직원들은 실제로 일한 것보다 적은 시간이 기록된 가짜 타임카드에 서명을 해야 합니다."

화면에는 열다섯 살의 미국인 소년이 5시에 주어지는 휴식 시간에 창문 없는 콘크리트 벽에 힘없이 기대어 있다. 그는 세 번의 주 6일, 66시간 근무 중 첫 주를 끝내기 직전이다. 〈엄한 사랑〉 참가자들에게 주어진 '인격 형성 환경'이 노동을 하는 곳이라고 해도 그들은 촬영하는 동안 자신이 번 돈을 가질 수 없다. 이것은 시급 1.54달러의 표준 임금을 보상으로 받게 될 이 소년의 경우에도 마찬가지라고 내레이터가 설명한다. "라이더의 부모님은 마취과 의사들입니다."

라이더는 물 빠진 체크무늬 위생복과 그와 같은 종류의 모자, 고무장갑 차림을 하고 있다. 파란색 무늬의 마스크가 그의 귀에 걸려 있다. "오마한테서 돈을 뺏지 말았어야 했어요." 그가 단조롭게 말한다. 그의 얼굴은 살구와 똑같은 질감, 형태, 색깔이다. "후회돼요. 그것만큼은 확실해요." 부풀어 오른 디지털화된 줄들. 그의 목소리와 표정이 진짜 슬픔을 드러내는 높낮이와 비대칭으로 무너지는 동안 카메라는 천천히 가까워진다. "난 그냥 심심했어요."

뒤에서 두 명의 공장 직원들이 높은 문으로 나온다. 그들은 렌즈와 잠깐 시선을 맞춘다. 카메라가 아래로 이동하기 직전에 한 직원이 소심하게 평화 사인을 만들어 보이고, 장면이 바뀌어 수면제 광고가 나온다.

토드는 팔을 문지른다.

"방금 소름 돋았어?" 블랜딘이 묻는다.

그의 표정은 그녀를 환영하지 않는다는 걸 확인시켜주고, 그녀의 말이 옳다는 것도 보여준다.

"나도 그랬어. 사람들이 카메라를 쳐다볼 때마다 난 그냥—" 그녀가 말한다.

"쉬. 나 이거 보는 중이야." 토드가 말한다.

광고에서는 의학적으로 유도된 잠이라는 파르스름한 불빛 속에서 잠든 여자의 머리 주위로 CGI 나비들이 날아다닌다.

"이 프로는 지랄맞게 암울해. 어떻게 이런 걸 하루 종일 볼 수 있어?" 블랜딘이 말한다.

"난 웃긴다고 생각해. 시간 보내기 좋아." 토드가 대답한다.

그의 대답이 너무나 냉혹해서 그녀는 반응할 수가 없다. 그녀는 대화의 채널을 바꾼다. "오늘 일하러 갔었어?"

"쉬는 날이야." 토드가 대답한다.

"너 아직도 버즈앤드스퍼즈에서 일해?"

그는 화면에서 눈을 떼기를 거부한 채 과장되게 짜증을 드러낸다. "어."

"그럼 너 햄버거 뒤집는 일을 하는 거야? 드라이브스루에서 일해? 아니면 뭐 다른 거?"

토드는 어깨를 으쓱인다. "상황에 따라."

"무슨 상황?"

"그냥 상황."

블랜딘이 잠깐 침묵한다. "오늘 밤에 무슨 계획 있어?"

"너랑 무슨 상관이야?" 그가 쏘아붙인다.

"그냥 궁금해서."

"나 지금 이거 보려는 중이잖아."

"그냥 광고잖아."

"그래서? 난 광고 좋아해."

프라이드치킨 부리토 샌드위치 광고가 나오는 중이다. 토마토 껍질 위에 이슬처럼 맺힌 물방울들. 물결 모양으로 자른 피클들. 그 기원과는 전혀 닮은 구석이 없는 고기. 화면 아래쪽에 이런 메시지가 적혀 있다. 질감을 보여주기 위해 확대함. "부리토위치를 만나보세요. 당신의 삶에 필요한 줄 몰랐던 별난 버거." 남자 목소리가 그렇게 말한다.

블랜딘은 침대 소파에서 일어선다. 피부가 가짜 가죽에 달라붙는다. "우린 함께 사는데 서로에 대해서 아무것도 몰라. 그거 좀 오싹하지 않아?"

"아니."

"조금도?"

"난 네가 오싹해."

"음, 당연히 그래야지. 난 모르는 사람이잖아. 내가 살인마일 수도 있는데."

"우린 어쩌다 한집에 살고 있어. 그게 다야. 이야기의 전부라고. 넌 네 빌어먹을 위탁가정 사람들이랑 전부 다 절친이라도 먹었어?"

"아, 됐어." 블랜딘은 자기 물건을 챙긴다. 그녀는 가려다가 채스터티밸리 개발 광고가 화면에 나오자 멈춘다. 그녀는 이걸 보는 걸 피해왔지만, 지금은 그 교향곡과, 그녀의 뇌에 이미 으스스한 효과를 발휘하고 있는 고예산의 정신 조작에 홀려서 그대로 서 있다.

"집이 뭘까요?" 블랜딘은 전혀 알 수 없는 이유로 바카베일 활성화 계획의 목소리가 된, 뉴저지 출신의 한때 유명했던 배우가 묻는다. "집은 대도시 생활과 작은 마을의 편안함 사이에서 선택할 필요가 없는 곳이죠. 집은 벽난로의 장작이고, 문가의 레인 부츠고, 코코아 한 컵, 친구들과 함께하는 게임의 밤입니다. 집은 첫 걸음마예요. 호탕한 웃음이고요. 당신이 무슨 커피를 마시는지 아는 바리스타죠. 집은 오븐 속의 파이, 도심의 색소폰 라이브 연주, 뒤뜰의 반딧불이예요. 강에서 낚시하는 삼대고요. 집은 단순히 장소가 아닙니다. 사고방식이죠. 바카베일: 집에 온 걸 환영합니다."

광고 끝에 블랜딘은 토드를 본다. 그의 눈에서 눈물이 반짝인다.

"으엑, 진짜로?" 그녀가 말한다.

그는 그녀의 반대편으로 고개를 돌린다.

"뭐라고 하려는 건 아니지만, 진짜로 궁금해서 그래. 넌 실제 사람들이 추출 경제에 의해 고문당하는 건, 그러니까, 소시오패스같이 무관심한 얼굴로 보잖아. 그런데 이 관광 홍보 광고에는 눈물을 흘린다고?" 블랜딘이 말한다.

"그 입 좀 닥칠 수 없어, 블랜딘?"

블랜딘은 책을 가슴 가까이 안는다. 잠시 입을 앙다물고 있다가 그녀는 반격하지 않기로 한다. 그녀는 지금부터는 그런 사람이 될 거니까.

집에 온 걸 환영합니다

~~~

블랜딘이 토끼장의 계단을 내려가는 소리를 들으면서 토드는 자신의 노트북컴퓨터를 열고 바카베일 광고를 검색한다. 다섯 개가 뜬다. 그는 하나하나를 보고 또 보면서 셔츠로 눈을 꾹 누른다. 축축하고 소금기 묻은 면. 최근에 이 광고 중 하나가 그가 잭과 말리크와 있을 때에 나왔고, 그는 아무것도 느끼지 못하는 척해야만 했다. 어쩌면 그 녀석들도 아무것도 느끼지 못하는 척하고 있는 걸지도 몰랐다. 그 생각에 마음이 놓이며 눈물이 더 난다. 토드는 옆에 있는 식료품점 비닐봉지를 더듬더듬 찾는다. 그가 유령과 관련짓는 질감. 거실은 황혼의 경계적 회색으로 침침해졌고, 그는 바깥에서 폭풍우의 전조가 극적인 등장을 준비하고 있다는 것을 감지할 수 있다. 그는 남은 래디시를 먹고, 입안이 화끈거리는 느낌을 즐긴다.

태미 이모

～

조앤은 토끼장 1층의 C2호에서 플라스틱 식물들 여러 개와 함께 산다. 그녀는 언젠가 살아 있는 화분을 가지고 싶지만, 자신감을 끌어모을 수가 없다. 7월 17일 수요일 저녁에 그녀는 문제 많았던 하루에서 그녀의 가장 오래되고 가장 성가신 문제가 있는 집으로 돌아온다.

조앤의 대부분의 문제들처럼, 이 문제도 두 개의 서로 조화되지 않는 선의에서 나온 것이다. 명절이면 조앤은 정말 상냥하고 아주 외로운 이모에게서 선물을 받는다. 이모는 가짜 이를 가졌고 아주 멋진 글씨를 쓸 수 있으며 장애를 가진 동물들에게 정을 준다. 이모는 머리를 진홍색으로 염색하고 항상 베이비파우더 냄새를 풍긴다. 그녀는 조앤이 가장 좋아하는 친척이다. 그녀가 가장 정직한 때에, 즉 레드와인을 두 잔 마신 다음이나 한여름 뇌우가 한창일 때 조앤은 엄마나 아빠보다도 이 이모를 더 좋아한다고 인정한다. 그녀의 엄마는 죽음을 너무나 두려워해서 제대로 살지도 못했고, 아빠는 때 이른 죽음을 맞이할 때까지 먹어댔다.

조앤의 이모에게서 오는 소포들에는 대체로 십자가, 아기 천사가 새겨진 필기구, 동종요법 치료제, 여행 가방 이름표, 이해가 안 갈 정도로 특정한 기능만을 가진 부엌 기구 등이 들어 있다. 태미 이모는 항상 카드를 동봉한다. 표지에는 커다란 눈에 씩 웃고 있는 '미국 명절 즐거움'의 화신이 그려져 있고, 안쪽에는 진부한 말이 타이핑되어 있는 카드다. 인쇄된 위협적이지 않은 폰트 아래에 이모가 이런 메시지를 적어놓곤 한다. 넌 외면만큼이나 내면도 아름답다는 걸 잊지 마, 우리 귀염둥이! 네가 정말 자랑스러워. 무슨 일이 있어도 너 자신을 자랑스럽게 여기렴. 너희 엄마랑 아빠도 천국에서 널 아주 자랑스러워할 거야!!! 해피 부활절!!!!!! 밖에 나가서 기뻐하렴. '주님의 육신과 영혼의 엄청난 희생'을 생각하고 <u>주님</u>을 찬양하렴. 내 사랑을 전부 담아서, ♡♡♡♡ 너의 이모 태미.

조앤은 이런 소포를 받을 때마다 매번 울까 생각하고, 호르몬 균형에 따라서 종종 울기도 한다. 하지만 눈물이 나올 때는 그녀가 정말 우는 게 필요해서가 아니라, 그녀가 자신의 섬세함의 증거로 눈물이 나오기를 바라서다.

소포 하나하나를 풀 때마다 그녀는 태미 이모에게 고맙다는 편지를 쓰겠다고 맹세한다. 직접, 두꺼운 종이에, 유의어까지 신경 써서 쓴 그런 종류의 편지를. 하지만 그 뒤로 조앤은 매일 '잊어버린다'. 이어지는 너무나 많은 날 동안 계속 '잊어버려서' 감사 편지라는 아이디어가 점점 머릿속에서 무게감을 얻기 시작했고 들어 올릴 수 없을 만큼 무거워졌다. 첫째 주가 끝날 무렵엔 고마움과 부끄러움의 덩어리가 그녀의 몸 안에 축적되고 아주 단단해져서, 그것을 적절하게 말로 옮기려면 분명 평생이 걸릴 것이었다. 그것은 쓰는 사람과 읽는 사람 양쪽 모두에게 상처를 줄 것이다. 둘째 주가 되자 이제 와서 감사 편지를 보내는 건 자신의 게으름과 자신의 천박함에 대한 설명을 직접 자기 손으로 써서 보내는 것이나 마찬가지일 거라고 그녀는 믿게 되었다. 난 못 해. 못 하겠어.

조앤이 일단 자신의 감사를 표할 수 있는 기간이 만료됐다고 결론 내리고 나자, 선물을 보면 구역질이 나기 시작했다. 숨겨놓아도 그 존재가 가려움증을 동반한 악취처럼 집 안을 채운다. 조앤은 선물들을 서랍에 숨기고, 기부하기에는 너무 비싸지만 입기에는 이제 좀 불편해진 스웨터들 아래로 밀어 넣고, 비닐봉지 안에 넣고 묶은 다음 종이봉투 안에 넣고는 코트 옷장 안 진공청소기 뒤에 넣어놓는다. 하지만 도움이 되지 않는다. 그녀는 먹을 수도, 잘 수도, 책을 읽을 수도, 기도할 수도, 드라마를 볼 수도, 심지어는 나라의 주도들을 욀 수도 없다. 그녀는 큐티클을 뜯는다. 천식은 더 심해졌다. 언제라도 그녀는 울음을 터뜨릴 것 같다고 느낀다. 자신의 섬세함의 증거로 울기를 바라서가 아니라, 하루를 진행하기 위해서 꼭 우는 게 필요하기 때문에 말이다.

그달 말쯤 그녀의 죄책감은 더욱 커지고 감사를 표현 못 한 선물들의 악취는 더 이상 견딜 수 없을 정도로 끔찍하고 가려워져서 조앤은 포기한다. 그녀는 단번에 선물들을 모아서 쓰레기봉투에 넣고는 토끼장을 나와 한 블록 남쪽의 페니에게로 향한다.

페니는 비니베이비스 인형으로 가득한 쇼핑 카트를 가지고 세인트프랜시스 스트리트와 오스카 스트리트 사이의 편의점 바깥에서 휘파람을 불며 하루의 대부분을 보내는 연령 미상의 여자다. 조앤은 비밀스럽게, 그리고 부끄럽게도 토끼장과 여성 보호소(페니는 아마도 거기 이용자일 것이다)가 가깝다는 불안감을 가라앉히기 위해서 페니와의 소통을 이용한다. 페니는 음식 외에 어떤 기부든 받아들인다. 그녀는 조앤에게 이렇게 설명했다. "난 누구도, 어떤 것도 아프길 바라지 않아." 그리고 그녀는 모든 물질이 소모되기 위해 준비될 때 고통을 겪는다고 믿는다.

젊은 시절에 페니는 댄서가 되고 싶었다. 이십대 때 그녀는 온라인으로 잘생긴 은행가를 만났다. 이메일을 반년 정도 교환한 끝에 그녀와 은행가는 마침내 직접 만날 약속을 잡았다. 하지만 페니가 알게 된 것은 그가 실제로는 자리보전 중인 노년의 전직 은행 창구 직원이라는 거였다. 그래도 페니는 주말마다 그를 방문했고, 그에게 사과 소스를 먹여주고 탐정소설을 읽어주었다. "달리 할 일도 없었거든. 그리고 그 사람 프로필 사진은 진짜 그 사람이 맞았어. 삼십대 시절의 그 사람. 난 그게 꽤 대담하다고 생각했어. 자신의 과거 사진을 쓰다니." 그녀가 조앤에게 말했다.

페니는 조앤의 부추김 없이 이 정보를 조각조각 털어놓았다. 조앤과 페니 사이의 대화는 지난 몇 년 동안 점점 잦아져서, 페니는 조앤을 '마마뱅스'라고 부르게 되었다. 그건 조앤을 불편하게 하지만, 그러면서도 우정처럼 느껴진다.

"그동안 무슨 일에 매달려 지냈어, 마마뱅스?" 수요일 저녁 조앤이 다가가자 페니가 묻는다. 하늘에서는 열원의 힘이 줄고 있고, 열기가 아스팔트에서 고동친다. 이 블록에서는 뜨거운 타르 냄새가 난다. 하늘에서는 폭풍이 만들어지고 있다. 조앤은 침을 삼킨다. 페니가 말한다. "예전에 십자가를 지나칠 때마다 그렇게 말하는 남자랑 데이트한 적이 있었어. 무슨 일에 매달려 지냈어? 그런 남자랑 같이 있어보기 전까지는 이 세상에 십자가가 얼마나 많은지 알 수 없다니까." 페니는 하품을 하고 말을 잇는다. "지난번에 네가 준 십자가를 보니까 그 남자 생각이 났어." 그녀는 치아 몇 개가 없다. 그녀는 가게 벽에 몸을 기대고 앉아서 가는 눈으로 조앤을 본다. 녹슨 쇼핑 카트는 조수처럼 그녀의 옆에 서서 기다리고 있다. 페니는 비니베이비스 인형들과 함께 CD, DVD, 일반 유선 전화기, 삐삐, 조앤이 알아볼 수 없는 비디오게임기, 종이 지도, 몇 개의 두툼한 컴퓨터 키보드와 가까운 과거의 다른 유물들도 가지고 있다. 페니는 언젠가 조앤에게 이 모든 물건이 미래에는 상당한 돈이 될 거라고 말했다. "오로지 나만 이걸 모으고 보호할 생각을 했을 거야. 미래에는 사람들이 과거를 위해 많은 돈을 지불할걸. 내가 옳다는 걸 역사가 말해줘. 이 레코드플레이어들 좀 봐. 타이프라이터들도. 닌텐도 기기들도 있어." 조앤은 예의 바르게 고개를 끄덕였지만 그들의 도시 전체가 가까운 과거에 시달리고 있었고, 그녀는 구식 쓰레기들을 돈 내고 가져가려는 사람을 상상할 수가 없었다.

페니를 만나기 전까지 조앤은 질감과 색깔에 있어서 이렇게까지 철저하게 지푸라기와 닮은 머리카락을 본 적이 없었다. 페니의 얼굴은 바카베일 그 자체처럼 음울하고 약간 평평하다. 그녀는 정확히 포도 색깔은 아니지만 인공적으로 포도 맛을 넣은 음식과 정확히 같은 색깔의 운동복 차림이다. 페니는 유행가를 휘파람으로 분다. 그녀는 휘파람에 굉장한 재능이 있다.

"그냥 봄맞이 청소를 좀 했어요." 조앤은 독립기념일 선물들이 든 봉투를 페니에게 내밀며 말한다. 애국적인 연필깎이, 흰머리수리 지우개 세 개, 전쟁 관련 소설 두 권이다.

"지금은 여름이야." 페니가 약간 흥미를 갖고서 봉투를 받아 든다. "있지, 나 궁금한 게 하나 있었어. 당신, 그 치마에 그 스웨터들에 그 단추 채우는 셔츠들. 거기에 그 머리 모양까지."

조앤은 기다린다.

"음, 난 당신이 모르몬교도가 아닌가 궁금했을 뿐이야."

"아니에요."

"아미시파?"

"아뇨."

"유대인이야?"

조앤은 기묘하게 칭찬받은 기분으로 자신의 십자가를 건드린다. "아뇨."

"최소한 처녀이긴 하지?"

그녀는 얼굴을 붉힌다. 지역 전문대에서 만난, 그녀가 사랑했던 나쁜 치열을 가진 토비 혼비가 있었다. 하지만 그 일은 일어날 뻔했을 뿐이고, 조앤은 속죄로 묵주기도를 세 번 했다. 그다음에는 그녀가 서른다섯 살이었을 때, 레스트인피스 크리스마스 파티 이후의 말도 안 되게 상냥했던 JP 히댈고가 있었다. 그녀는 그의 낮고 길쭉한 주택을 선명하게 기억한다. 닫힌 창문 너머의 완전한 고요. 중앙 냉난방 방식. 개 냄새. 조앤은 여기까지라고 결심했다. 더는 필요 없다고. 이 동네에서, 이 나이에 혼전 순결에 대한 그녀의 종교적 헌신은 그녀를 실제 청혼에 부적격하게 만들 뿐이었고, 그녀의 외로움은 빙점에 이르렀다. 크리스마스 파티 전에 그녀는 인터넷에서 찾을 수 있었던 것 중 가장 얌전한 입문 자료를 읽었다. 그녀는 공들여 오래오래 샤워를 했고, 꽤 도회적인 기분을 느끼며 조그만 일박용 가방도 쌌다. 그녀와 인사과의 JP 히댈고는 정확히 네 번 서로 눈길을 주고받았다. 그는 이혼을 진행 중이었고 사워도 빵에 대한 열정을 키우는 중이었다. 크리스마스 파티에서 그가 그녀에게 플라스틱 컵에 담긴 화이트와인을 가져다주었을 때 조앤은 자신이 끝까지 할 거라는 사실을 알았다.

그녀는 그날 밤을 기분 좋게 기억할 수도 있었다. JP 히댈고가 끝에 다가갈 때쯤 갑자기 강력한 수줍음에 사로잡히지만 않았어도 말이다. 그는 몸을 빼고, 사과하고, 카펫에 물을 쏟고, 다시 사과하고, 그녀에게 떠나달라고 말했다. 그는 그 이후로는 회사에서 그녀를 피했다.

"근본적으로는요."

"동성애자야?"

조앤은 어깨를 으쓱인다. "약간 그럴지도요. 모두가 조금쯤은 그렇지 않을까요?"

"결혼했어?"

"아뇨."

"기독교도야?"

"네."

"직장은 있어?"

"네."

"행복해?"

조앤의 심장이 뚝 떨어진다. "물론이죠."

"좋아." 페니는 벽에 다시 몸을 기대고 눈을 감고는 말한다. "그냥 좀 궁금했어. 좀 친해져보고 싶었거든."

처음에는 세탁소의 여자아이, 이제는 페니. 조앤은 40년 동안 일종의 투명 인간의 유전적 성향을 가지고 살았는데, 갑자기 며칠 사이에 두 명의 낯선 사람들이 명확한 이유도 없이 그녀의 자전적 정보를 물어보았다. 이런 순간이면 조앤은 자신이 연방 정부가 자금을 대는 어떤 정교한 심리 실험의 대상이 된 건 아닌가 두려워진다. 갑자기 조앤은 왜 수많은 유명 인사들이 중독에 빠지는지 이해한다. 그녀는 요구가 많고 불행이 예정된 실내용 화초가 된 기분이다. 모든 계절에 빛을 필요로 하지만 직사광선을 받으면 죽고, 흙에 매일 물을 줘야 하지만 너무 많이 주면 죽고, 하루에 세 시간밖에 열지 않는 가게에서만 파는 비료를 필요로 하고, 건조하지도 습하지도 않은 기후에서만 잘 자라고, 모든 해충과 질병에 약한 그런 화초 말이다. 어떤 종류의 관심이 조앤에게 편안하게 느껴질까? 도대체 누가 화초를 관리하기 위해 그렇게까지 열심히 일할까? 그녀는 절대로 살아 있는 화초를 가지지 못할 것이다.

"난 다른 데는 하나도 없는데 딱 눈꺼풀에만 주근깨가 있어요." 조앤이 말한다.

"정말? 봐봐."

조앤은 몸을 기울이고 눈을 감는다.

"멋지네. 하지만 당신은 행복해?" 페니가 덤덤하게 묻는다.

"방금 전에 물어봤잖아요."

"하지만 다시 한번 물어봐줘야 할 것처럼 보였어."

"당신은 행복해요?"

"절대 아니지! 누가 그렇겠어? 행복감을 느낄 수는 있지만, 영원히 그럴 수는 없어. 내가 뭐 하나 말해줄게. 누군가가 그 질문에 그렇다고 대답하면, 질문을 이해 못 했거나 약에 취한 거야. 내가 당신한테 물어본 이유는 그저 그게 대화를 시작하기에 좋아서야. 난 98년 봄 이래로 행복했던 적이 없어."

"98년 봄에 무슨 일이 있었는데요?"

페니의 눈이 커진다. "그 이야기는 오후 시간이 통째로 비어 있을 때 해줄게. 그 얘기를 하려면 난 롱아일랜드 아이스티를 마셔야 하거든."

조앤에게는 기나긴 한 주였다. 어제 앤 슈롭셔와 한 대화가 여전히 그녀의 머릿속에서 울린다. 점심 식사로 가져갔던 감자 샐러드는 유통기한이 한참 지났었고, 조앤은 이미 반이나 먹은 후에야 그것을 깨달았다. 그녀와 같은 층에 있는 동료 직원 세 명이 일 끝나고 한잔하러 가면서 그녀는 초대하지 않았다. 그리고 이제 페니의 이 심문. 조앤은 안도감과, 여전히 더 많은 죄책감에 뒤덮인 채 돌아가려고 몸을 돌린다. 얼른 마라스키노 체리 한 병을 사 가서 침대에서 먹고 싶다. 이는 닦지 않을 것이다. 심지어는 기도를 할 수도 있다. 그다음에 유향-제라늄-페티그레인-평온함 로션을 팔에 바를 것이다. 그녀의 팔은 그녀 나이의 무기력한 여자치고는 꽤 훌륭한 팔이었다. 그런 다음에는 잠이 잘 오게 하는 자연음을 들으며 목요일의 졸음을 피하기 위해 일찍 잘 것이다.

최소한 오늘 트램은 조용했다.

"잠깐만!" 페니가 외친다.

조앤은 멈추지만 돌아보지는 않는다.

"안 좋은 느낌이 들어. 당신을 봤을 때, 그 셔츠를 입고 목까지 단추를 잠근 걸 봤을 때 안 좋은 느낌이 들었어." 페니가 말한다.

조앤은 기다린다.

"게다가 이상한 차를 봤어. 봤어? 저쪽에?"

조앤은 페니의 손가락을 따라간다. 토끼장 근처에 차양에 렌터카 태그가 붙은 반짝이는 하얀 차가 주차되어 있다. "저게 왜요?" 조앤이 묻는다.

"저 남자 저기에 몇 시간이나 차를 세워놨어."

"남자인 줄 어떻게 알아요?"

"언제나 남자야. 그렇지 않을 때조차도."

"저게 뭐가 이상하죠? 그냥 차인데요."

"이 근방에서 저런 차는 별로 자주 볼 일이 없어, 안 그래?"

"그냥 방문객일 거예요."

"방문객."

"그럼요. 사람들한테는 가족이 있잖아요."

"아까 저 안에 있는 남자를 봤어. 그냥 저기 앉아서 당신네 건물을 올려다보고 있었지."

"어떤 남자인데요?"

"오십대. 통통했어. 텅 비었고."

"텅 비어요?"

"알잖아. 얼굴에 비명도 없고, 생일도 없고, 금붕어도 없고, 농담도 없고, 비행도 없는. 저런 남자가 단순한 것들을 즐기는 걸 상상하기는 어려워. 흔들의자에 앉아서 의자를 흔드는 일이나 화산 같은 것들 말이야. 이 남자는 말하자면 — 모르겠네. 빙하 같았어."

"빙하 같았다고요?"

"차갑고, 차갑고, 멀고. 불운하고."

"그걸 뭘 보고 알았는데요……?"

"그냥 봤어. 잘 보면 엄청나게 많은 것들을 볼 수 있어." 페니가 어깨를 으쓱인다.

"그래서 당신은 이 남자가 일종의 ― 뭐라고 생각한다는 거죠?"

"내가 아는 건 텅 빈 얼굴의 남자를 믿어서는 안 된다는 거야. 난 알아."

보도에 서 있는 동안 조앤의 앞머리로 땀이 모인다. 불안감이 그녀의 저녁으로 통하는 문을 두드리며 안에 들여보내달라고 그녀에게 애걸한다. 오늘 밤은 안 돼, 그녀는 생각한다. 여름 폭풍우는 그녀가 가장 좋아하는 것이다. 마라스키노 체리도 그녀가 가장 좋아하는 것이다. 심지어는 오늘 밤에 앞머리를 다듬을지도 모른다.

"안전하게 지내. 주변을 잘 살피고. 난 직감이 아주 좋거든." 페니가 말한다.

"고마워요. 그렇게까지 생각해주다니 당신 정말 상냥하네요. 그 물건들이 마음에 들길 바라요." 조앤이 미소 짓는다.

그녀는 길을 건너 부모님께 물려받은 청동색 스테이션왜건으로 향한다. 왼쪽으로 돌 때마다 앞 유리의 와이퍼가 켜지는 녹슬고 고장 난 기계. 작년에는 그녀가 문을 열려고 했더니 문이 떨어졌고, 그걸 고치기 위해서 대출을 받아야 했다. 그녀의 부모님은 차를 방치했고, 그녀도 선례를 따랐다. 그들 가족에게 차량 점검은 쓸데없는 돈 낭비이자 가처분소득이 있는 사람들에게만 한정된 것이었다. 이런 세대 간 방치를 드러내는 현상들은 항상 예측 불가능하고, 종종 우습고, 늘 금전적으로 감당 불가능하다.

스테이션왜건의 앞문을 열고 난 다음에야 그녀는 기름이 다 떨어졌다는 게 떠오른다. 그녀의 은행 계좌에는 200달러가 있고 월세는 월말까지다. 그다음에는 대출금 납입일이다. 그녀의 저축액은 부모님과 함께 줄어들었다. 외동딸로서 조앤은 보행 보조기, 단추 끼우는 도구, 침대 안전 손잡이, 욕실 손잡이, 보청기, 응급-대응 장치, 동작 감지 조명을 위한 비용과 보험 공동 부담금, 응급실 이용료, 약값, 수술비, 호스피스 간호사비를 지불해야 했다. 이 세상에서 다음 세상으로 넘어가는 것을 수월하게 만들어줄 제품이나 서비스라면 뭐든. 조앤의 부모님이 돌아가신 후 태미 이모는 종종 그녀에게 전화해서 그녀가 얼마나 착한지 이야기했다. 그녀의 부모님은 그렇게 애정 많은 딸이 있어서 얼마나 행운이었는지. "나도 너 같은 딸이 있었으면 좋았을 텐데." 태미 이모는 그렇게 말하곤 했다. 하지만 대신에 이모에게는 도박 중독을 지속하기 위해 종종 이모의 지갑에서 돈을 훔치는 성인 아들이 있었다.

태미 이모의 격려에도 불구하고 조앤은 자신이 부모님을 돌본 것이 딱히 고결하다고 생각하지 않았다. 고결함에는 선택이 수반되어야 한다. 조앤은 부엌에 인도적인 쥐덫을 놓고 그 제물들을 체스터티밸리에 버리는 것과 똑같은 이유로 부모님이 돌아가시는 걸 도왔다. 주변에 그걸 할 사람이 그녀밖에 없었고, 대안들은 도저히 받아들일 수가 없었기 때문이다.

그래서 지금 운전을 할 수 없다. 그게 뭐 어때서? 그녀는 커진 콧구멍과 자신만만한 발걸음과 식료품점까지 걸어서 가기로 한 결정으로 이 사실을 받아들인다. 인도가 없는 4차선 도로 따위는 신경 쓸 것 없다. 정강이 통증과 동네의 총격 사건(평균 1년에 10회쯤)도 알 바 아니다. 임박한 폭풍우와 비옷이 없다는 것 역시 중요치 않다. 하얀 차에 있는 빙하 같은 남자도 관심 가질 거 없다.

그녀의 팔다리는 잘 작동하고, 그녀는 곰곰이 생각하다가 이게 기적 같다는 걸 깨닫는다. 사실 많은 것들이 기적 같다. 그녀는 자신의 가장 멋진 기억들을 억지로 끌어낸다. 예전에 야간 버스를 탔을 때, 운전사가 캠프파이어에서 들을 법한 바리톤 목소리로 차내

방송을 통해 손주들이라는 경이에 대해, 자신이 삶을 살며 그 시간을 잘 보냈음을 그 애들이 입증해준다는 것에 대해 이야기했던 것. 그가 승객들에게 이야기를 들려주는 동안 누군가가 자른 수박이 든 플라스틱 통을 주위에 돌리기 시작했고, 한 술 취한 남자가 가방에서 조그만 위스키병들을 꺼내서 권했고, 조앤은 자신의 종에 대한 너무나 넘치는 애정을 느껴서, 인류를 구하기 위해서라면 자신의 목숨도 희생할 수 있을 것 같아 두려울 지경이었던 것.

끔찍한 여름 폭풍우. 초록색 하늘, 토네이도 경보, 격렬한 바람. 조앤은 도심에 있었고, 회사에서 일찍 나와서 그녀의 스테이션왜건이 기다리는 주차장으로 빠르게 걸어가고 있었다. 보도 반대쪽 끝에서 육십대의 커다란 여자가 쓰러졌다. 즉시 두 사람이 여자의 옆으로 가서 조심스럽게 보살폈고, 그녀의 어깨와 얼굴을 만졌고, 그녀가 자신들의 어머니라도 되는 것처럼, 소중한 사람인 것처럼 말을 걸었다. 조앤은 인간의 다정함은 조롱거리가 아니라는 것을 이해했다. 그것은 마지막 남은 진짜였다.

바람 부는 부활절 날 밤에 도시에서 유일한 중국 음식점에서 혼자 식사하던 때. 그녀가 계산서를 달라고 하자 웨이터가 말했다. "비가 내리기 시작했어요. 원하시면 여기 좀 더 계셔도 괜찮습니다." 기적 같았다. 조앤은 개와 공예품점과 진통제와 공공 도서관의 존재를 떠올린다. 커피를 리본 모양으로 장식하는 크림. 어린 시절 집 근처에서 풍기던 라일락 향기. 여름 딸기 위의 흑설탕. 다세대 알코올의존증이라는 압제로부터 회복한 그녀의 아버지. 아버지의 삶을 완벽하게는 아니어도 진정으로 되찾은 것. 겨울이 지난 뒤 첫 번째 온기의 희열, 감기 뒤의 첫 번째 편안한 호흡, 불안 발작 이후에 돌아온 식욕. 조앤에게는 행복을 느낄 만한 게 많이 있다. 그녀는 생각한다. 난 행복해, 너도 행복해, 우리 모두 행복해. 이런 생각들, 그녀가 이런 생각들을 가지도록 어떻게 스스로를 압박할 수 있는지. 기적 같다.

"당신은 내세가 있다고 믿어요?" 조앤이 다시 페니를 지나치면서 묻는다.

"당연하지." 페니가 대답한다.

조앤은 움찔한다. "나도 믿어요."

"하지만 한 가지 확실한 사실을 얘기해줄게. 좋은 층과 나쁜 층이 있다면, 모두가 무작위로 분류될 거야. 우리가 진짜 삶에서 분류되는 것과 같은 방식으로."

"어떻게 그렇게 자신만만하죠?"

페니는 어깨를 으쓱인다. "난 직감이 굉장히 좋거든. 말했듯이 말이야."

"흠. 난 가게까지 차를 안 몰고 걸어가기로 했어요. 산책하기에 굉장히 좋은 저녁이잖아요, 안 그래요? 폭풍우 잘 피하길 바라요."

"행운을 빌어, 마마뱅스."

페니가 경례를 하고, 조앤은 식료품점 쪽으로 몸을 돌린다. 조앤은 행복하고 자신의 행복을 입증하고 싶어서 유행가를 콧노래로 부르고, 그 노래가 어떻게 그녀의 머릿속에 저장되어 있었던 걸까 생각한다.

인간이여!

~~~

7월 17일 수요일 오후 6시 57분, 블랜딘 왓킨스가 육체에서 빠져 나오기 166분 전, 그녀는 토끼장을 나와서 가볍고 헐렁한 원피스 차림으로 채스터티밸리로 향한다. 저녁은 여전히 덥고 습해서 여름 속에 그녀를 가둔다. 폭풍 전의 날씨 같다. 채스터티밸리는 토끼 장에서 약 1.6킬로미터쯤 떨어져 있다. 걸어가려면 블랜딘에게는 20분 정도가 걸린다. 지난 몇 년 동안 그녀는 각기 다른 데서 나온 부품으로 조립한 프랑켄슈타인 자전거를 타고 다녔지만, 3월에 채스터티밸리의 자전거 보관대에서 누군가 훔쳐 갔다. 그녀는 지나치게 오랜 시간을 들여 주로 창백하고 열정 넘치는 남자들이 나오는 자전거 만들기 동영상 튜토리얼들을 보았다. 그녀는 강사 중 한 명에게 약간 애착을 느끼게 되었다. 친절한 눈에 박박 깎은 머리, 로프형 목걸이, 줄이 고무로 된 시계, 동유럽 억양을 가진 사람이었다. 1인칭 복수형으로 말하는 경향이 있었고, 유치원 교사처럼 격려해주었다. "우린 할 수 있어, 설령 초보자라고 해도 말이지! 우리 모두가 우리 삶에서 한 번쯤은 자전거를 만들어봐야 한다고 생각해!" 자전거를 도난당한 게 생각나자 블랜딘은 그의 튜토리얼을 보는 동안 즐겼던 풍부한 ASMR을 떠올리고는 그걸 위안으로 삼는다.

오늘 저녁 길에는 눈에 거슬리지 않는 베이지색 그림자가 드리웠고, 태양에는 무언가 도덕적으로 보잘것없는 구석이 있다. 토론 도중에 양손을 허공으로 내던지며 난 편을 들지 않는다고! 하고 외치는 사람처럼 말이다. 마치 비정치주의가 가능한 것처럼. 그게 미덕이라도 되는 것처럼! 블랜딘은 태양에서 뭔가 성스러운 점을 찾아보려고 노력한다. 힐데가르트 폰 빙엔은 신을 살아 있는 빛, 타오르는 불덩이, 빛나는 남자로 묘사하니까. 하지만 찾을 수가 없다. 어느 수도원장에게 듣기 좋은 말을 하느라 힐데가르트는 이렇게 말했다. 당신은 태양을 바라보는 독수리예요! 블랜딘은 조만간 이 칭찬을 누군가에게 써볼 수 있길 바라지만, 아무도 떠오르지 않는다.

솜꼬리토끼들이 토끼풀을 찾아 인도의 널빤지 사이를 뒤지고 있다. 녀석들은 블랜딘이 지나가자 그녀를 평가한다. 녀석들은 상대의 다리를 어떻게 부러뜨리는지 알지만 그들에게 뭔가 잘못하지 않는 한 그러지 않을 것처럼 강인해 보인다. 블랜딘은 예전에 존 자동차가 바카베일을 지배하던 시절에 지금 라라피니에르가 위치한 이 동네가 시카고에서 느낄 수 있는 그런 분위기를 가졌었다는 이야기를 들은 적이 있었다. 오늘날에는 토끼장을 제외하면 그 길에 딱 네 개의 건물만이 살아남았다. 기독교 교회, 기독교 여성 보호소, 기독교 세탁소, 간판에 총알구멍이 뚫린 편의점. 대부분의 날에 비니베이비스 인형이 가득한 쇼핑 카트를 끄는 여자가 가게 앞에서 쉰다.

인도가 끝나고, 블랜딘의 동네가 쇼핑몰과 중고품 가게, 패스트푸드 음식점, 주유소들의 연속으로 확장된다. 바카베일은 사람이 아니라 차를 위해 설계된 도시였으나 블랜딘은 정기적으로 그녀의 보행자 권리를 창조하고 주장해서 이곳을 걸을 만한 곳으로 억지로 만들 수 있기를 바란다. 건축물들은 싸구려고, 엄격하게 실용주의적이고, 일시적 용도로 지어졌다. 블랜딘은 바카베일을 떠난 적이 없기 때문에 미국의 대부분이 이런 식으로 건설되었다고 추측한다. 다시 말해서, 쓰고 버릴 수 있도록 말이다. 여기 이 쇼핑몰은 항상 블랜딘의 머릿속에 힐데가르트의 '집 짓는 목수의 우화'를 상기시킨다. 그것은 재능도 훈련도 없이, 전문가에게 의지하는 대신에 "그들 자신에 대한 자만심과 멍청한 믿음"을 바탕으로 "크고 높은 건물을 세우는 멍청한 일꾼들"에 관한 비유다.

그녀의 작은 도시를 가로지르면서 블랜딘을 가장 불안하게 만드는 감각은 부재(不在)다. 보도에서 그녀는 나무껍질과 진흙으로 가득 찬 콘돔을 발견한다. 마치 전날 밤에 나무 두 그루가 성교를 한 것만 같았다. 그녀는 우울하고 외로운 물건들이 전시되어 있는, 울타리로 둘러싸인 땅들을 지나간다. 깨진 유리, 풍선 조각, 운동화 한 짝, 문. 세 개의 빈 복숭아 주스 캔. 눈에 보이는 모든 곳에 쓰레기가 있지만 이 모든 물건들은 없는 거나 마찬가지고, 부재의 분위기를 만든다. 텅 빈 공장들, 텅 빈 동네들, 텅 빈 약속들, 텅 빈 얼굴들. 모든 거주자가 감염되는 전염성 공허. 블랜딘에게 바카베일은 도시가 아니라 공동(空洞)이다. 모든 공간이 다. 채스터티밸리만 빼고.

교차로를 건널 때 반짝이는 SUV가 그녀를 향해 달려든다. 운전자는 그녀의 몸에서 몇 센티미터 떨어진 곳에서 겨우 차를 세운다. 그가 창문을 내린다.

"어이! 내가 널 치게 만들려는 거야?" 그가 소리친다.

숨을 가다듬은 다음에 블랜딘은 본능적으로 횡단보도 끝에 있는 신호를 확인한다. 신호등은 그녀에게 13초가 남아 있다고 알린다. 그녀는 확고히 보행자 구간 내에 서 있다.

"내가 먼저 건너가는 게 맞거든요." 그녀가 쏘아붙인다.

"넌 길바닥이랑 거의 구분이 안 되거든!" 남자가 고함을 지른다.

갑자기 그녀는 왜 사람들이 서로를 죽이는지 이해한다. 최악의 신경전달물질에 눈이 멀고 분노가 몸을 타고 흐르는 상태로 그녀는 아무 계획 없이 운전석으로 다가간다. 놀랍게도 뒷자리에 아기가 자고 있다.

"넌 딱 길바닥처럼 생겼어." 운전자가 되풀이한다. "그건 내 문제가 아니야."

"진심이에요? 그런 말도 안 되고 멍청하기 짝이 없는 주장으로 고집을 피운다고요?" 그녀가 받아친다.

"망할 년." 남자는 그렇게 말하고서 창문을 올린다.

"그쪽은 사랑을 덜 받은 게 분명해요." 그녀는 그렇게 말하고는 길을 건너 주유소로 달려간다.

주유소 안에서 그녀는 숨을 거칠게 헐떡이며 공격적으로 슬러시 기계의 손잡이를 돌려서 컵에 근사한 파란색의 얼어붙은 물질을 채운다. 그녀는 돈을 내고는 잠깐 연석 위에 서서 주유 펌프를 관찰하고, 아마 결국 고래 배 속에 도착할 빨대로 슬러시를 빨아 먹으며 환경 재앙을 생각한다. 육십대 여자 한 명이 몇 미터 떨어진 곳에 서서 담배를 씹으며 핸드폰을 노려보고 있다. 비슷한 나이의 남자가 얼룩진 유리문에서 나와서 스티로폼 컵에 든 커피 한 잔과 차가운 플라스틱병에 든 탄산수를 들고 여자에게 다가간다. 여자의 머리는 뿌리 부분이 회색이고 높게 틀어 올렸다. 남자의 옷에는 하얀 페인트가 점점이 묻어 있다. 둘 다 지쳐 보인다. 그들의 동작이 딱 맞는 것(발 움직임과 머리 각도와 가늘게 뜬 눈의 일치)을 볼 때 블랜딘은 그들이 수년 동안 서로를 사랑하려고 노력해온 것을 알 수 있었다.

남자가 여자에게 탄산수를 내민다.

"콜라라고 말했잖아." 여자가 말한다.

"하나도 없었어."

"내가 원한 건 콜라뿐이었어."

"다 팔렸대."

"콜라가?"

"미안해, 자기야."

그녀가 눈을 가늘게 뜬다. "어떻게?"

"자기가 이걸 좋아하는 줄 알았는데."

"그 쓰레기 저리 치워!"

"도대체 왜 이렇게 성질이야?"

그녀는 그의 내민 손에서 탄산수를 집어 맞은편으로, 디젤유 펌프 쪽으로 던진다. 병이 굴러가다가 터진다. "이런 식으로는 못 살겠어! 아무 맛도 없고! 색깔도 없고! 이렇게는 못 살아!"

연석 위에서 여자가 돌아서고 남자도 돌아선다. 남자는 양손으로 여자의 머리를 감싸려고 하지만, 여자는 그의 손가락을 깨문다. "나 좀 혼자 내버려둬!" 여자가 소리친다.

남자는 그녀를 혼자 내버려두지 않는다. 여자는 그 자리에서 꼼짝하지 않는다. 여름의 열기와 휘발유 냄새, 뭔가 고통스러운 것(블랜딘은 퇴거 통보, 또는 안 좋은 건강진단 결과, 또는 바람의 디지털 증거자료, 또는 병이 재발한 딸을 상상한다)이 남자와 여자 두 사람을 바닥으로 짓누른다. 여자는 팔다리 하나하나씩 남자 쪽으로 늘어진다.

"괜찮을 거야. 우린 괜찮을 거야." 남자가 속삭인다.

여자는 남자의 파란 셔츠에 얼굴을 묻는다.

"자. 이 휘발유에서 좀 벗어나자. 자기가 담배를 피울 수 있는 곳으로 가자." 그가 말한다.

블랜딘은 혀를 입천장에 누른다. 너무 차서 뇌가 찡하다.

블랜딘이 채스터티밸리 남쪽 입구에 도착할 무렵, 언제나처럼 중립적인 태양은 어두워지는 구름 사이로 하늘을 로제 빛깔로 물들인다. 입구의 철사 울타리에는 곧 채스터티밸리를 집어삼킬 고급 아파트와 신기술 회사들을 광고하는 배너가 길게 걸려 있다. 디지털 렌더링은 형편없지만 딱 봐도 비싸고, 그것은 언제나 블랜딘을 우울하게 만드는 조합이다. 그녀는 재채기를 하고는 컵을 넘쳐나는 쓰레기통에 던져서 벌 떼를 가른다. 그녀는 흙길을 따라 목초지로 향한다. 그녀의 주위로 숲은 빽빽하고 시끄럽고, 푸른 숲속으로, 아직까지 개판이 되지 않은 곳으로 들어가는 동안 온몸이 편안해지는 게 느껴진다. 채스터티밸리에는 수천 그루의 사탕단풍이 자란다. 낙엽성인 사탕단풍은 가을에 놀랍게도 숲을 빨간색, 자주색, 카드뮴옐로로 뒤덮는다. 새들이 지저귀고, 다람쥐들이 이 가지에서 저 가지로 뛰고, 블랜딘은 모퉁이를 돌아서 버려진 회전목마를 지나친다. 기둥으로 덩굴이 타고 올라가고 목마들 사이로 어린나무가 자라났다. 철사 울타리가 숲의 내부 경계를 이룬다. 울타리의 래미네이트 간판에는 이렇게 쓰여 있다. 염소 복원 진행 중. 도시는 채스터티밸리를 재건하기 전에 잡초를 뜯어 먹도록 염소들을 빌렸다. 염소에게 먹이를 주지 마세요. 블랜딘은 거의 매일 채스터티밸리에 왔지만, 염소는 한 마리도 본 적이 없다. 그녀는 그게 불공평하다고 생각한다. 채스터티밸리의 염소는 그녀가 이 세상에서 즐길 만하다고 느끼는 소수의 것들 중 하나다.

삼십대로 보이는 남자 두 명이 길 반대편 끝에서 나타나 블랜딘 쪽으로 걸어온다. "하지만 난 큰어치랑 개똥지빠귀가 싫어. 걔네는 다른 새들을 괴롭혀." 둘 중 더 작은 쪽이 말한다.

키가 크고 대머리에 동안인 그의 동행자가 블랜딘을 쳐다본다.

"좋은 아침이야. 안녕?" 그의 눈이 그녀의 피부를 탐색한다.

"제프. 지금은 저녁이야." 그의 친구가 말한다.

블랜딘은 그들을 무시하고 계속 걷는다.

제프라는 이름의 남자가 그녀 쪽으로 돌아서서 과장되게 그녀의 몸을 훑어본다. "이런 세상에, 너 정말 끝내주는데. 이름이 뭐야, 천사 아가씨?"

"제프." 그의 친구가 말한다.

"이름 좀 알려줄래? 전화번호는?"

"제발, 제프."

"한 번 웃어주는 건 어때, 자기? 한 번만?"

블랜딘은 그의 몸이 자신의 뒤에 있는 것을 느낀다.

"나랑 말도 안 할 거야? 공공장소에 있으면서 날 쳐다도 안 본다고?"

그녀는 이를 간다.

"바깥에 있을 때는 말이야, 의무라는 게 있다고. 주위를 둘러보고 사람들이랑 교류를 해야 돼. 그게 우리 모두가 해야 하는 일이야. 사람을 무시하는 건 무례한 짓이야. 넌 망할 칭찬도 못 들어? 야!"

남자가 그녀의 맨어깨에 손을 올리자 블랜딘은 홱 돌아서서는 송곳니를 드러내고 뚜렷하게 쉭쉭 소리를 낸다.

"미친!" 제프가 외친다.

블랜딘은 손가락을 짐승 발톱처럼 말아서 그의 얼굴을 향해 홱 할퀸 다음 다시 쉭쉭거린다.

제프는 뒤로 펄쩍 뛰다가 친구에게 부딪친다. "저거 미쳤어."

블랜딘이 키이이익 소리를 내고는 이쪽저쪽으로 펄쩍펄쩍 뛰며 격렬하게 쉭쉭거린다.

"빨리 와, 제프. 가자고." 그의 친구가 말한다.

블랜딘은 최근에 흰외양간올빼미가 깃털로 달빛을 반사해서 그들이 사냥하는 두더지를 일시적으로 눈멀게 한다는 것을 알게 됐다. 모두가 자신이 가진 자원으로 최선을 다한다.

제프는 황급히 친구에게 갔고, 두 남자는 빠르게 반대편으로 걸어가며 믿을 수 없다는 시선과 겁에 질린 미소를 등 뒤로 던진다. 그들이 시야에서 사라지자 블랜딘은 자세를 풀고 다시 걷는다.

그녀는 길거리에서 추파를 던지는 것에 무언가 우스꽝스러운 데가 있다는 걸 감지한다. 단지 그게 뭔지 알 수 없을 뿐이다.

마음을 진정하고 그녀는 흙길을 따라 목초지로 향한다. 그곳은 두 개의 언덕 사이에 위치한 웃자란 에메랄드색 공간이다. 숲 입구 근처에는 살짝 아래로 경사진 커다랗고 밝은 잔디밭이 있다. 사람들은 종종 여기서 소풍을 즐긴다. 더 안으로 들어가면 개울, 토끼굴, 잊힌 말 전용 길이 나온다. 다가오는 파괴에 심란하긴 하지만 블랜딘은 채스터티밸리를 깎아 농지를 만들거나, 산업용지로 바꾸거나, 쓰레기 매립지로 삼는 것에 대한 온갖 장려책에도 불구하고 이곳이 이렇게 오랫동안 유지된 것만 해도 기적이라고 생각한다. 100여 년 동안 채스터티밸리는 원래 모습 그대로 살아남았다.

블랜딘은 구불구불한 길을 따라서 좀 덜 알려진 공터 한 곳으로 나와 무성한 풀 위에 앉는다. 나무로 둘러싸인 타원형 잔디밭은 가장자리에 나무 벤치 네 개가 자리하고 가운데에는 작동하지 않는 분수가 있다. 평생 그녀는 그 콘크리트 연못 안에서 물을 본 적이 없었다. 이곳은 블랜딘이 책을 읽을 때 제일 좋아하는 장소다. 항상 비어 있고, 새소리가 크고, 안전하게 느껴지기 때문이다. 바람이 근처 라일락 관목의 향기를 실어 와서 그녀의 폐로 곧장 나른다. 오늘 저녁에 그녀는 주위를 둘러보다가 깜짝 놀란다.

다른 사람이 잔디밭 건너편 벤치에 앉아 있다. 고개는 뒤로 젖히고 비싼 선글라스로 눈을 가렸다. 남자는 오십대로 보이고, 살짝 뚱뚱하고, 거의 모기 물린 것처럼 보이는 상처들이 피부 위에 가득하다. 하지만 남자의 피부가 많이 보이지는 않는다. 이 더위에도 불구하고 남자가 검은 터틀넥, 검은 청바지, 검은 양말에 검은 샌들 차림이기 때문이다. 이마 한참 뒤쪽에 나 있지만 숱 많고 건강한 어두운 금발 머리 한 다발이 그의 두개골 위로 복슬복슬 내려온다. 작은 입과 얇은 입술은 휘어져서 찌푸린 인상을 그린다. 남자에게는 어딘가 어린애 같은 데가 있다. 소매는 걷어 올리고 팔은 배 위로 팔짱을 끼고 있고, 선글라스를 꼈어도 블랜딘은 그의 표정을 볼 수 있다. 그는 밤에 잠을 푹 잔 적이 한 번도 없는 사람처럼 보인다.

그녀는 떠나고 싶지만 억지로 머무른다. 왜 잠자는 남자 때문에 겁을 먹어야 하는가? 그녀는 가방에서 책을 꺼내서 읽으려고 노력하지만, 주변시로 보이는 빛을 내는 것 같은 남자의 몸에 지나치게 주의가 쏠려 있다. 그녀의 복부 근육이 긴장하고, 그녀의 신경이 날카로워지고, 그녀의 감각은 모든 데이터를 수신하고 즉시 반응할 준비가 되어 있다. 그는 그냥 어떤 남자다. 그녀는 운전자와의 대화를 떠올린다. 산길에서 만난 제프와 그 친구와의 대화도. 그녀는 스스로를 지킬 수 있다.

《여성 신비주의자들》이 비난하듯 그녀를 올려다보지만, 그녀가 읽으려고 하자 단어들이 페이지 바깥으로, 그녀의 시야 밖으로 걸어 나간다. 그녀는 잠깐 쉬면서 벌들이 풀 사이에 눈처럼 피어 있는 토끼풀 속으로 머리를 들이미는 것을 본다. 그녀는 이 토끼풀들을 사랑한다. 평범하고 어디에나 있으니까. 솜꼬리토끼의 주식. 봄에 그녀는 어느 저녁 내내 바카베일 공공 도서관의 끈적한 컴퓨터로 녀석들에 대해서 공부했다. 이 사이트 저 사이트를 클릭하고 블로그와 댓글들을 보다가 블랜딘이 가장 놀랐던 것은 온라인 식물 동호회의 선량함이었다. 메리 피터슨이 "벨벳콩과 토끼풀은 함께 자랄 수 있나요?"라고 묻자 두 시간 후에 켄 멜처가 이렇게 대답했다. "안녕하세요, 메리, 질문해줘서 고마워요! 정말 훌륭한 질문이에요!

좋은 소식은 벨벳콩 같은 콩과 식물 & 토끼풀은 함께 자랄 수 있다는 거예요. 하지만 나쁜 소식은 토끼풀을 심고서 2년은 기다린 다음에 콩과 식물을 심어야 한다는 거죠. 왜냐하면 토끼풀 = 흑반병과 뿌리썩음병 같은 뿌리가 썩는 병의 숙주이기 때문이에요 :(행운을 빌어요. 소식 계속 올려주세요!!!!"

블랜딘은 이 대화의 스크린숏을 찍어 자기 자신에게 이메일로 보냈다.

그녀는 자신의 혈통에 대해서 별로 아는 게 없었지만 수년 전에 자신이 러시아인이라는 별 근거 없는 믿음을 갖기로 했다. 그게 사람들이 항상 처음으로 추측하는 나라였기 때문에 거기에 따르기로 한 것이다. 이 토끼풀들은 아마 그녀의 모국에도 필 것이다. 어쩌면 그녀의 조부모의 조부모의 조부모의 부모가 토끼풀이 핀 들판에서 사랑을 나누었을지도 모른다. 도서관에서, 그녀는 메슥거릴 때까지 그 장면을 상상했다. 그녀는 계속해서 토끼풀을 검색했지만 어떤 남자가 에너지 음료를 그녀의 무릎에 쏟아서 어쩔 수 없이 짐을 싸서 토끼장으로 돌아가야만 했다.

숲에서는 블랜딘 주위로 다람쥐가 조르르 뛰어간다. 조그만 라임색 거미가 새로 돋아난 털 사이를 통과해 그녀의 팔다리를 타고 기어오른다. 머리 위로는 비행기가 구름 사이로 첼로 D 음을 낸다. 블랜딘은 하늘을 한 컵 떠서 마시고 싶다. 공원은 굉장히 푸르러서 화면 보호기처럼 보인다. 그녀는 장미색 싸구려 립밤을 바르고 뜨거운 흙냄새를 들이켠다. 배를 깔고 엎드려서 벌이 벌침을 짐처럼 늘어뜨리고 꿀을 빠는 동안 꽃잎 하나하나를 살핀다. 꽃잎은 블랜딘에게 그녀의 사회복지사였던 로리의 머리카락, 딱딱하게 얼어서 머리에서 분출되는 듯했던 그 모양을 연상시킨다. 로리는 항상 거대한 컵으로 검은색 탄산음료를 홀짝홀짝 마셨다. 그녀는 염소수염과 드라이브스루 은행과 전미스톡자동차경주협회 같은 특히 더 미국스러운 것들을 연상시키는 선글라스를 꼈다. 그녀는 다른 사회복지사들보다 훨씬 나은, 좋은 사회복지사였고, 블랜딘이 나이가 차서 시스템에서 나오기 전 마지막 복지사였다. 로리는 블랜딘을 티퍼니가 아닌 블랜딘이라고 불러줬고, 그건 좋았다. 이제 블랜딘은 벌들이 이용하고 있지 않은 토끼풀 한 다발을 따서 원피스 주머니에 넣는다.

갑자기 블랜딘 맞은편에 있던 남자가 쿵 소리를 내면서 잠에서 깬다.

자신의 두려움에 짜증이 나서 그녀는 그가 자세를 바꾸는 동안 그를 관찰한다. 그녀는 사람들이 의식 상태로 전환하는 것을 보는 걸 좋아한다. 어리둥절한 듯 남자는 선글라스를 벗는다. 그의 눈은 작고 분홍색이고 겁에 질렸다. 그의 이마는 땀으로 반짝인다. 블랜딘을 보고서 그는 더욱 겁을 먹은 것처럼 보인다. 그녀는 그의 두려움에 마음이 놓인다.

"안녕하세요." 그녀가 말한다.

대답하는 남자의 목소리는 상냥하다. "응, 안녕."

침묵. 블랜딘은 앞에 있는 토끼풀을 가리킨다. 남자는 그녀가 곰이라도 되는 것처럼 신중하게 벤치에서 그녀를 쳐다본다.

"이게 공식적으로는 트리폴리움레펜스라고 불리는 거 아세요?" 블랜딘이 묻는다. 그녀의 목소리는 명확하고 자신만만하다. "하지만 크기에 따라서 더치클로버나 라디노클로버라고도 해요. 큰 것들은 언제나 작은 것들과 구분이 되어야 한다고 주장하니까요, 안 그래요?"

그녀의 말과 그의 수신 사이에 생방송 뉴스의 지연이 있는 것처럼 느껴진다. 마침내 그가 고개를 흔든다. "아니, 몰랐어."

"네. 사실, 어떤 사람들은 토끼풀이 세상에서 가장 적응을 잘하는 도시 식물이라고도 해요. 왜냐하면 전혀 다른 기후에 적응하기 위해서, 아마 시안화물이었던 것 같은데, 그 독소의 생산량을 조절할 수 있거든요. 토끼풀은 중앙아시아랑 유럽의 토착 식물이지만, 인도 남부의 더위랑 노르웨이의 추위 속에서도 잘 자랄 수 있어요." 그녀는 잠깐 뜸을 들인다. "추운 기후에서는 시안화물을 생성하지 않아요."

"그래?" 남자가 말한다. 그녀는 남자가 그냥 예의를 지키는 건지 뭔지 알 수 없었지만, 이 상호 작용의 매초 그녀의 힘은 점점 커지고 그의 위협은 점점 줄어들었기 때문에 계속 말한다.

"네. 그리고 또 ─ 이 줄기 보이세요? 수평으로 좀 기어가는 것 같다가 하나의 줄기가 새로운 뿌리로 바뀌고, 이 뿌리에서 우발적인 뿌리를 가진 새로운 식물이 자라나는 게요? 이런 종류의 줄기를 기는줄기라고 해요. 자족 가능하면서도 서로 연결되어 있죠."

"사실 잘 안 보여. 하지만 멋지네." 남자가 대답한다.

"토끼풀은 많은 종류의 동물들한테 아주 영양가가 높은 먹이예요. 소, 곤충, 사슴, 설치류 등등한테요. 시안화물을 생성하지 않을 때 이야기지만요. 단백질이 풍부해요. 인간도 토끼풀을 먹을 수 있어요. 삶거나 훈연하면요. 말려서 차로 만들어도 될 거예요. 이름은 잘 기억이 안 나는데 오로지 토끼풀만 먹는 곤충도 한 종 있어요. 상상이 가세요? 생태계에 너무나도 필수적이라서 내가 없으면 한 종이 멸종한다는 게요."

남자의 얼굴이 우울해진다. "아니. 정말로 그건 상상이 안 가는구나." 그가 중얼거린다.

블랜딘은 약간 당황한다. 이제 이야기할 만한 사실이 다 떨어졌고, 사실들 없이 대화에 어떻게 불을 지피는지 기억이 안 난다. 하지만 그녀는 구원을 받는다. 그녀가 말을 끝내자 남자가 바지에 손을 닦으며 힘들게 일어났기 때문이다. 그는 잠깐 동안 그녀를 관찰한다. 그의 얼굴은 알 수 없는 괴로움으로 일그러져 있다. 그가 앉아 있던 벤치 옆의 길은 그를 이 목초지 바깥으로, 중앙로로, 채스 터티밸리 바깥으로, 차량들 속으로 돌아가게 인도해줄 것이다.

"넌 아름답구나." 그가 슬프게 말한다.

블랜딘은 몸을 똑바로 세우고 꼼짝하지 않고 서 있었다. 남자가 공터에서 사라질 때까지 그녀는 남자의 모습을 눈으로 따라간다. 그가 시야에서 사라지자 그녀는 벌에게 새끼손가락을 내밀고 찔러 보라고 자극한다. 하지만 벌은 찌르지 않는다.

〰

마침내 집중력을 되찾은 블랜딘은 《여성 신비주의자들: 선집》 247쪽을 펼친다. 갈색으로 변한 민들레가 자리를 표시하고 있다. 그 녀는 힐데가르트를 자신의 유일한 진정한 친구로 여긴다. 자신의 음악 작품을 공연할 때 힐데가르트는 남성 조수가 악마 역을 하게 하고 수녀들에게 미덕 역할을 맡겼다. 미덕들은 노래를 불렀고, 악 마는 오로지 소리만 질렀다. 극에서 영혼은 별다른 도발 없이도 이 렇게 외친다. 신께서 세상을 창조하셨다. 난 그분께 어떤 해를 입히려 는 게 아니야, 그저 세상을 즐기고 싶을 뿐이야! 나중에 악마가 말한다. 허, 너희들 모두 자신이 누군지조차 모르잖아!

양쪽 모두 논쟁의 여지가 없다. 블랜딘은 풀과 나무, 꽃가루, 야생 라일락의 향기를 들이켠다. 이게 힐데가르트가 천국을 묘사한 방식 이다. 개미 한 마리를 팔에서 털어내면서 블랜딘은 중단했던 부분 부터 다시 읽기 시작한다.

어리석게도 너는 이런 위협으로 나를 잡으려고 한다. "신께서 내 가 공정하고 선량하기를 바라신다면, 왜 나를 그런 식으로 만들지 않으셨 지?" 너는 수사슴을 공격하는 건방진 젊은 염소처럼 나를 잡으려 한다. 염소는 강인한 뿔에 꼼짝 못 하고 잡힌다. 네가 나를 상대로 너의 무모한 힘을 시험하려 한다면, 너는 수사슴의 뿔 같은 나의 계율에 의해 정의의 심판을 받을 것이다. 뿔은 너의 귀에 울리는 트럼펫 소리와도 같지만 너는 그 소리를 귀여겨듣지 않고, 네가 늑대를 길들였고 늑대가 너를 다치게 하지 않을 거라고 생각하며 녀석의 뒤를 쫓는다. 하지만 늑대는 이렇게 말하며 너를 꿀꺽 삼킨다. "이 양은 길에서 벗어나 돌아다녔어. 양치기를 따르기를 거부하고 나를 쫓아왔지. 그러니까 내가 차지할 거야. 나를 고르고 양치기를 저버렸으니까." 인간이여! 신께서는 공정하시고, 그렇기에 그분께서 하늘과 지상 위에 만드신 모든 것을 정의와 질서로 묶어두신 것이다.

이 문단은 블랜딘을 고민하게 만든다. 양이나 염소라면 이길 도리가 없고, 늑대라면 질 수가 없다. 힐데가르트는 중간부터 수사슴 이야기를 던진다. 또한, 양과 염소를 창조했을 신은 둘을 헷갈린다.

숲속에서 들려오는 매매 소리가 블랜딘을 불안하게 만들고, 그녀는 풀밭에 책을 내려놓는다. 소리는 거의 사람 같다. 그녀는 뒤에 터틀넥 차림의 남자가 서 있을 것을 예상하며 경계 태세를 갖추고 몸을 돌린다. 하지만 아무것도 보이지 않는다. 또다시 다급하고 조그만 매매 소리. 블랜딘은 일어나서 소리를 따라 책으로부터 몇 미터를 멀어지며 빼곡하고 가시가 돋은 식물들 속으로 더 깊이 걸어 들어간다. 마침내 그녀는 뒤엉킨 초록 속에서 조그만 염소를 발견한다. 녀석은 하얀 털에 갈색 얼룩점이 있다. 겁에 질린 눈. 어린 새끼.

블랜딘은 염소를 쳐다보다가 곧 눈을 돌려 하늘을 보고, 공터에 남겨두고 온 책을 본다. 그러다가 허벅지를 꼬집는다. 힐데가르트가 염소를 현실로 불러들였나?

그때 채스터티밸리 전역에 붙어 있는 표지판이 떠오른다. 염소 복원 진행 중.

"너희 무리는 어떻게 된 거야?" 블랜딘이 묻는다. 염소는 그녀의 목소리에 몸부림을 치고, 눈을 커다랗고 사납게 뜬 채 일어서려고 애를 쓴다. 블랜딘이 가까이 다가간다. 철사 울타리는 염소와 대중을 갈라놓기 위한 것이었지만, 이 녀석은 탈주한 게 분명했다. 녀석의 눈에는 두려움이, 목소리에는 공포가 담겨 있고, 위에서는 오페라에 나올 듯한 천둥이 울린다. 몇 센티미터 떨어진 곳까지 다가가자 블랜딘은 녀석의 오른쪽 앞다리가 잘못된 각도로 꺾여 있는 것을 발견하고, 녀석이 확실히 다쳤다는 걸 깨닫는다.

그녀는 도움을 줄 수의사가 나뭇가지 사이에서 뛰어내리기라도 할 것처럼 나무들을 꼼꼼히 살핀다.

염소는 너무 귀엽고 처량맞아서 거의 가짜처럼 보인다. 블랜딘은 바카베일 동물병원에 전화할 수 있는 핸드폰도 없고, 염소를 돌봐줄 지식도 없다. 그녀는 이 녀석이 9킬로그램쯤 될 거라고 추측한다. 녀석을 물론 여기 놔두고 갈 수도 있다. 보통 사람들이라면 녀석을 여기 놓고 갈 것이다. 그녀는 차분하게 공터로 걸어가서 책을 도로 가방에 집어넣는다. 그런 다음 염소에게로 돌아와서, 녀석을 학대와 탈수에 덜 노출되는 곳으로 옮기겠다고 결심하고 녀석을 안아 든다. 처음에 염소는 발버둥을 치고 울었지만 곧, 너무 금방 긴장을 풀고 항복하고 블랜딘의 품에 폭 안긴다. "힐데가르트. 힐데가르트 폰 바카베일." 블랜딘이 동물을 명명한다. 그녀는 염소의 털에서 일곱 개의 점을 찾는다. 녀석은 하늘색 눈과 하얀 이를 가지고 있고, 둘 다 인간의 것과 비슷하다. "네 이름의 원래 주인이 독일에서 널리 자연사의 창시자로 여겨진다는 거 아니? 그녀는 자신만의 알파벳도 창조했어."

처음 몇 분은 오줌 냄새를 풍기는 염소를 안은 채 나뭇잎을 뚫고 숲길을 따라 올라가는 게 꽤 어려웠지만, 힐데가르트의 무게는 점차 책 말고 다른 것을 드는 데에는 익숙하지 않은 블랜딘을 안심시키기 시작한다. 블랜딘은 새로 찾은 목표로 좀 더 에너지를 가지고 활기에 차서 걷는다. 임무의 단순함에 그녀는 도취되었다. 이 동물의 생명을 지킬 것. 거기에는 병적인 것도 없고, 굶주림이나 성흔도 없다. 심지어 자본주의도 별로 없다. 구름이 머리 위에서 서로 끌어안고 저녁의 도시 위로 빛을 내고, 산들바람이 나무들 사이로 지나간다.

어릴 때 블랜딘은 채스터티밸리에 여러 개의 커피콩을 심으며 그중 하나는 하늘까지 닿게 자라기를 바랐었다. 그녀는 토끼 굴을 찾아서 그 안에 뛰어들겠다는 마음으로 보이는 모든 토끼를 따라갔다. 토네이도 경보는 그녀를 짜릿하게 만들었고, 그녀는 학교에서 종종 무리에서 떨어져 다른 곳을 돌아다니다 벌을 받곤 했다. 그녀는 포털에 완전히 빠져서는, 그녀를 이동시켜주기만 한다면 거인이든 독이든 고립이든 협잡꾼이든 사냥꾼이든 사기꾼 늑대든 사람 잡아먹는 마녀든 뭐든 간에 가장 까다로운 계약서에도 기꺼이 서명할 것이었다. 집 같은 곳은 또 없었다. 집이 없었으니까. 이제 국가의 눈에 성인인 그녀는 발이 흙으로 갈색이 되도록 풀과 뿌리와 쓰레기 위를 걸어간다. 조그맣고 길들여진 염소, 동향 침실 창문, 식용 식물 정원, 벽면에 꽉 찬 책장에 달린 사다리, 전기는 없고 벽난로가 있는 그런 곳을 꿈꾸면서. 그녀는 완전한 자족과 시장으로부터의 자유를 꿈꾼다. 그녀는 미국의 정치적 혁명을 꿈꾸기 시작하지만 복잡한 실행 계획에 발이 걸려서 그 문제는 미룬다. 그녀는 자신의 성인으로서의 꿈이 가정적이라는 것에 실망하지만 한편으로는 신이 난다. 가정적인 것은 최소한 달성 가능하다.

블랜딘은 신비주의자들을 사랑한다. 그녀와 달리 그들은 포털을 찾는 것을 절대로 멈추지 않았으니까. 그들은 기도를 도주 차량으로, 성당을 토끼 굴로, 고통을 환상의 나라로, 신성한 황홀경을 여자에게 색깔을 가져다주는 사이클론으로 여겼다. 신비주의자들은 '저 너머 세계'를 절대로 포기하지 않았고, '녹색 세계'를 떠나기를 거절했다.

블랜딘은 도로 근처의 넓은 산길로 들어섰다가 눈앞에 있는 형체에 숨을 들이켠다.

그녀의 비열한 뇌가 그를 보자마자 반응한다. 그녀는 호흡이 목에 걸리고, 맥박이 빨라지고, 손바닥에 땀이 나고, 균형을 잃는다. 이야기를 하기도 전에 그녀는 이 상호 작용이 그들 관계의 최종 화가 될 것임을, 그들의 과거사에 어울리는 극적인 드라마로 꽉 찬 장면이 될 것임을 안다. 그의 가무잡잡하게 잘 태운 피부와 강한 자세를 보면서 그녀는 이름이 생각나지 않는 어느 독재자를 떠올린다. 그는 단색으로 된 옷을 입었다. 캐주얼한 매력 속에 피에 굶주린 뭔가를 안고 있는 하얀 애슬레저 룩이다. 그는 나뭇잎이 드리운 그림자 속에 서 있고, 그의 시선은 레이저 수술 도구처럼 그녀를 자른다. 블랜딘이 제임스 야거를 볼 때면 그녀는 작살, 관, 코요테, 띠톱을 본다. 그는 그녀가 한때 기하학 시험에서 사용하고 싶어 했던 각도로 구성되어 있다. 채스터티밸리의 어디선가 누군가가 불에 뭘 굽고 있다. 블랜딘은 숯이 타는 냄새를 좋아한다. 그런 행위가 지구를 안락사시키고 있다 해도 말이다. 현기증이 나지만 그녀는 의식을 꽉 붙들기 위해 노력한다. 그녀는 건강보험이 없다.

"티퍼니. 놀라운 일이네." 제임스가 말한다.

염소가 경계하며 매매 운다. 힐데가르트의 직감의 정확도에 블랜딘은 감탄한다.

"난 그냥 산책을 하러 나왔어. 하지만 차가 있거든. 혹시……?" 제임스가 말한다.

"뭐요?" 블랜딘이 쏘아붙인다.

그는 머뭇거린다. "혹시 그거 좀 도와줄까?"

미국의 주요 화재들

~~~

    나는 사실을 이야기할 수도 있고, 어떤 느낌이었는지를 말할 수도 있지만, 그 어떤 것도 당신이 원하는 설명은 아닐 거라고 생각한다. 그래, 우리는 취해 있었다. 두세 가지에 취해 있었다. 나와 토드, 말리크는 누군가가 로비에 남겨놓은 1.75리터짜리 보드카 한 병과 스티븐이라는 여자아이한테서 구한 토드의 강력한 물건 약간으로 취해 있었다. 독립 워크숍의 지원금을 받기 위해서는 매달 말에 마약 검사를 통과해야 하지만, 그들은 아편과 마취성 마약만 검사한다. 우리는 이게 관료제의 한 조각 연민이라고 생각한다. 보드카는 마시면서 자신의 몸을 중독시키고 있다는 걸 잊지 않게 해주는 종류의 술이다. 다시 말해서 싸구려라는 거다. 그래서 우리는 그걸 훔치는 것에 전혀 죄책감을 느끼지 않았다.

    우리는 토드의 방에 있었다. 거기가 제일 깨끗하기 때문이다. 격렬하게 정돈된, 먼지 한 점 없고 화학적 레몬 향이 나는 바닥의 매트리스, 알파벳 순서대로 꽂혀 있는 만화책들을 제외하고는 텅 빈 선반. 토드는 만화가가 되고 싶어 했다. 내 말은, 지금도 되고 싶어 한다. 우리가 이야기하는 동안 그는 계속해서 보드카를 집어서 키친타월 한가운데 놓고는 그것을 자기 방바닥 한가운데로 옮겼다. 그의 방 벽에는 그의 그림 몇 장이 완벽하게 일직선으로 붙어 있었다. 그는 우리 앞에서는 거의 그림을 안 그리고, 그의 그림은 내가 본 어떤 만화도 닮지 않았다. 그림은 검은색 마커나 연필로 그린 혼란스러운 스케치들로, 대부분 얼굴 없는 사람들이었고 존재하지 않는 동물들도 몇 있었으며, 다 움직이고 있었다. 나는 그걸 보면 불안해졌지만, 눈을 뗄 수가 없었다.

말리크는 그날 저녁을 국경일로 여겼다. 그가 막 새 일을 구했기 때문이었다. 진짜 일이야, 그는 우리에게 말했다. "로봇한테 감정을 가르치는 거야." 그가 활짝 웃으면서 공표했다. 토드는 그를 응시했다. "급료가 대박이야. 그리고 캐스팅 담당자들이 아주 좋아할 거야. 그 사람들은 내가 다양한 포트폴리오를 가졌길 바라거든." 말리크는 자신이 배우가 될 거라고 생각한다. 그래서 로스앤젤레스로 이사할 돈을 모으는 중이다. 여름 내내 그는 핸드폰으로 녹화를 해서 그의 모든 찌질한 프로필들에 아무것도 아닌 동영상들을 올렸다. 그 녀석은 자기한테 '유명 유전자'가 있다고 믿으니까. 우리도 동의하지 않는 건 아니다. 그 녀석은 유명해질 만한 외모와 매력과 허영을 가지고 태어났다. 빌어먹을 자식. 하지만 우리는 그 자식이 이런 식으로 말할 때면 여전히 좀 죽여버리고 싶다. 난 말리크가 부동산 중개인이 될 거라는 느낌이 든다. "팔로어들을 만들어야 돼. 그러면 연예 기획사 에이전트들이 굴뚝으로 기어들어온다니까." 그는 우리에게 이렇게 말했다.

"로봇한테 감정을 가르쳐?" 토드가 물었다.

"올해가 몇 년도야?" 내가 물었다. 정말로 기억이 안 났다.

둘 다 내 말을 무시했다. "어떤 사람이 AI 패밀리를 만들고 있대.

그 사람이 진짜 그렇게 말했다니까. '패밀리'라고. 그리고 내가 모델을 해줬으면 좋겠대." 말리크가 히죽거리며 말했다.

모델. 맙소사. 한 모금 더 마셔야겠다.

"믿어져? 그 사람은 보디랭귀지를 다 기록해놓으려는 거야. 표정, 목소리. 그래서 온몸에 센서를 붙이고 무슨 개똥 같은 거에 연결한 다음에 대본을 주는 거지."

"그 사람 이 동네 출신이야?" 토드가 물었다.

"여기서 태어나고 자랐대. 하지만 다 하고 나면 '패밀리'를 샌프란시스코의 무슨 컨벤션에 가져갈 거래. 모든 CEO와 천재들이 거기서 입찰할 거라나 봐. 수백만 달러를 벌 거야. 우리도 일부를 받게 될 거고."

"그걸 왜 만드는 거야?" 토드가 물었다.

"뭘?"

"로봇."

"넌 왜 있는 거야?" 말리크가 쏘아붙였다.

"걔네가 화장실을 청소해줘? 개 산책을 시켜줘? 네 거시기를 빨아줘?" 토드가 물었다.

말리크는 잠깐 생각했다. "아직 그런 얘기는 안 해줬어."

"대본은 어떤 건데?" 토드가 물었다. 나는 이런 식으로 말리크의 자존심을 부채질하는 토드에게 화가 났다. "행복해라, 화내라?"

"나도 몰라. 다음 주에 시작할 거야. 하지만 오디션에서는 대본을 받았어. 시나리오를. 자, 내가 좀 읽어줄게. 이메일로 우리한테 보내줬거든……." 그가 핸드폰을 스크롤했다. "좋아, 이런 거야. 당신은 당신 아이를 처음으로 안았고, 아이의 속눈썹을 세고 있다. 뭐 이런 개 같은 소리야. 이런 것도 있어. 열심히 일해서 회사의 꼭대기 자리까지 올라간 후에 당신은 해고됐다. 당신은 아홉 살이고, 당신의 누나가 당신 햄스터를 밖에 놔줬다는 사실을 막 알게 됐다. 당신은 열다섯 살이고, 들어오다가 부모님이 섹스하는 걸 봤다. 당신은 여든 살이고, 최근에 말기 골암 진단을 받았으며, 의사에게 치료를 원하지 않는다고 말하고 있다. 당신이 응원하는 야구 팀이 막 월드 시리즈에서 우승했다. 당신은 차량관리국에서 줄을 서고 있다." 말리크는 이미 유명해진 것처럼 우쭐거리며 핸드폰을 내렸다. "기타 등등."

토드는 래디시를 다 먹어서 이제 예비 야채들을 씹고 있었다. 셀러리, 당근, 피망. 전부 날것이다. 그는 공장처럼 정확하게 한 비닐봉지에서 야채를 꺼낸 다음 못 먹는 부분은 다른 비닐봉지에 넣었다.

"그러니까 넌 미국에 영원히 자취를 남기는 거네." 토드가 결론을 내렸다.

"맞아. 사실 어쩌면 전 세계일 수도 있어. 내 말은, 이 사람은 꽤 큰 야심을 갖고 있거든. 진짜로 원대한 꿈을 가지고 있어. 그리고 벌써 엄청 많은 관심을 받고 있어. 그러니까, 사람들이 돈을 엄청나게 투자했어. 에인절 투자자들이라고 부르더라. 그 사람들은 앞으로의 로봇들이 '패밀리'의 뒤를 따르게 될 거라고 생각해. 진짜로 말이야. 그 사람이 우리한테 그렇게 말했어. 그 말은, 그들이 쫓는 건—"

"너지." 토드가 말했다.

"맞아. 바로 나." 말리크가 씩 웃었다. 저 자식은 치아에 미백제를 썼다고 난 100프로 확신한다.

토드는 나를 보고, 그다음에 말리크를 보았다. "멋지네." 그가 말했다.

문제의 그날 밤, 7월 17일 수요일, 태양이 지기 시작했지만 알아채기는 어려웠다. 하루 종일 날이 희뿌옜기 때문이다. 고무 타는 것 같은 냄새가 났고, 난 거기서 전쟁을 떠올렸다. 이 무렵에 나는, 신경학적으로 말하자면, 거의 맛이 간 상태였다. 땀이 줄줄 흘렀다. 폭풍우가 바깥에서 우르릉거리기 시작했다. 3월 이래로 우리는 쥐를 몇 마리 더, 그리고 토끼 몇 마리를 죽였다. 비둘기도 한 번. 분명하게 논의를 하지는 않았지만, 우리는 이것으로 일종의 의식을 시작했다. 대체로 우리는 수요일 밤에 이걸 했다. 수요일에 우리 모두 일이 없었고, 블랜딘은 항상 집에 없기 때문이었다. 우리는 언제나 의식을 하기 전에 우선 취했다. 그리고 봉고를 찾았다. 우리는 촛불로 결정했다. 손가락을 불꽃 위에 대고 있다가 제일 먼저 빼는 사람이 살해를 맡는 것이다. 더 자세히 알아야 되겠나? 솔직히 세세한 것까지 설명하고 싶지는 않다. 그래도 괜찮을까? 당신들이 알아야 하는 건 전부 말할 테니까, 제발 상세하게 묘사하라고만 하지 말아줘.

어쨌든 우리는 몇 주 동안이나 동물 희생 의식을 치르지 않았고, 난 그 기분을 느끼기 시작했었다. 그러니까 말하자면, 그걸 한동안 안 하게 되면 느끼는 기분, 즉 몸에서 확 튀어 나갈 것 같은 기분 말이다. 아마 토드와 말리크도 같은 기분을 느꼈을 거다. 무언가를 죽여야 할 때에 목표물은 분명하다. 이번 건에서 기묘했던 건 내가 뭘 향해 달려들었는지 잘 모르겠다는 것이었다. 나는 내가 가능하다고 생각했던 것보다 더 뜨거웠다는 게 기억난다. 하지만 그건 온도일 뿐이었다.

말리크가 말했다. "진짜 경쟁이 치열했어. 4차까지 있었어. 그쪽에서 나한테 비밀유지계약서에 서명하라고 했지만, 이제는 내가 이 일을 한다고 사람들한테 말할 수 있어. 그래도 더 자세히는 말 못 하니까 물어보지 마. 그쪽에서는 우리 네 명만 뽑았고, 지원자는 아마 200명쯤 있었을걸. 어쩌면 300명이었을 수도 있어."

토드의 매트리스 옆 바닥에 테이크아웃 메뉴판이 있었고, 그는 뒷장에 목록을 만들었다. 나는 그의 조그만 글씨를 보았다. 마치 폰트처럼 완벽했다. 말리크의 입을 닥치게 하려고 나는 그걸 소리 내어 읽기 시작했다. 그건 작년에 일어났던 미국의 모든 주요 화재의 목록이었다. 장소, 지속 시간, 피해, 원인. 반쯤 읽었을 때 나는 그냥 내가 즐겁기 위해서 스코틀랜드 억양으로 바꿔서 읽기 시작했다. 그럴 만큼 목록은 길었다.

"이거 좋은데." 말리크가 말했다. 그는 촬영 중인 핸드폰을 내 쪽으로 향했다. "이거 좋은 콘텐츠야. 너 억양이 꽤 그럴듯해, 잭. 네가 원한다면 내가 조언을 몇 개 해줄 수도 있어."

"됐어, 꺼져." 나는 이를 악물고 말했다. 나는 목록을 구겨서 토드의 창백한 머리를 향해 던졌다. "넌 도대체 뭐가 문제야?" 분노가 속을 할퀴는 상태로 내가 물었다. 토드는 아주 작고 금방 부서질 것 같았다. 갑자기 나는 그 녀석을 크리스마스 장식처럼 박살 내고 싶어졌다. "좀 정상적으로 못 사냐?"

토드는 읽을 수 없는 표정으로 나를 쳐다보았다. 잠을 자고 있는 걸 수도 있었다.

"기록해두는 거야." 그가 말했다.

그의 조그만 글씨는 그의 조그만 손에 어울렸다. 주근깨 난 설치류 앞발. 그가 종이를 집었을 때 그의 얼굴에 슬픈 표정이 떠올랐고, 그게 내 분노를 지워버렸다. 토드의 병적으로 깨끗한 침실에서, 창문을 통해 여름을 휘젓는 플라스틱 선풍기를 마주 보며 나는 모든 극단을 한꺼번에 바랐다. 난 죽고 싶고, 죽이고 싶고, 섹스하고 싶고, 우리 부모님을 찾아서 되살린 다음 도로 죽여버리고 싶고, 그 다음에 그들을 파묻고는 소리를 지르고 또 지르고 싶었다. 내 삶에서 처음이자 아마도 마지막으로 나는 애를 낳을 수 있는 여자들이 부러웠다. 나 자신을 다른 사람에게 결합하고 싶었다. 내가 뭔가에 눈곱만큼이라도 신경을 쓰기 위해서는 어떻게 해야 하는지 알고 싶었다.

나는 블랜딘을 떠올렸다. 펑키의 로프트에서 우리 사이에 잠깐 어떤 순간이 있었다. 그때는 그걸 확신했다. 하지만 시간이 흘러가면서 나는 점점 더 그걸 의심하게 됐고, 이날 저녁 무렵에는 내가 그걸 상상했다고 생각했다. 걔는 그저 날 이용한 거다. 뭘 위해서? 그건 모르겠다. 이 모든 것이 일어나기 일주일 전쯤에, 내가 토드와 말리크에게 핑키의 개들을 산책시키는 일을 구했다고 말하는 걸 걔가 엿들었다. 걔는 그때 처음으로 나에게 관심을 보였다.

블랜딘은 토드와 말리크가 집을 떠나기를 기다렸다가 나에게 다가왔다. "나도 언제 너랑 같이 가도 될까?" 블랜딘이 반짝거리고 가짜 티가 나는 눈을 하고 물었다. 나는 왜냐고 물었지만, 걔가 설명하는 동안 내가 생각할 수 있었던 건 말리크와 토드가 여기서 이걸 봤으면 좋았을 텐데 하는 것뿐이었다. 나는 그 녀석들에게 얘기할 만한 온갖 과장된 것들에 대해서 상상하기 시작했다. 블랜딘의 탱크톱 끈이 떨어졌다고 말할 수도 있다. 걔가 내 팔을 만졌다고 말할 수도 있다. 침실에서 나오기 전에 걔가 향수를 뿌렸다고 말할 수도 있다. 나는 내가 만들어낸 사건들에 완전히 몰두해 있어서 블랜딘의 말을 거의 듣지 못했다.

"난 그냥 동물들이 좋아." 내가 마침내 다시 이야기에 귀를 기울였을 때 블랜딘은 이렇게 말하고 있었다.

나중에, 나는 말리크와 토드에게 블랜딘이 나랑 같이 시간을 보내고 싶어 한다고 말했다. "단둘이서, 이 모든 것에서 벗어나서 말이야." 나는 윙크하고서 엉덩이를 흔들었다. 말리크는 고무줄을 공처럼 뭉쳐서 나에게 던졌지만, 웃고 있었다. 마치 내가 자랑스러운 것처럼.

몇 시간 후 토드의 방에 앉아서 나는 핑키의 로프트에서의 그 순간을, 블랜딘과 내가 무언가에 서로 동의하지 않을 만큼 처음으로 길게 이야기했던 순간을, 걔의 얼굴이 내가 본 적 없을 만큼 빨개지고 걔의 몸이 로프트를 가로질러 다가와서 내 몸에 너무 가까이 섰던 것을 떠올렸다. 당시에 나는 걔가 나한테 키스할 거라고, 아니면 내가 키스해주기를 기다리는 거라고 생각했다. 하지만 곧 걔는 개들을 쓰다듬기 시작했고, 그냥 날 갖고 노는 거라는 걸 알았다.

술과 대마초가 토드의 방을 해체하고 일종의 배로 재구성했다. 내 몸이 흔들렸다. 턱시도를 입은 블랜딘이 사진처럼 또렷하게 내 앞에 잠깐 나타났다. 그제야 나는 내가 절대로 걔를 건드리지 않으리라는 걸 알았다. 최악인 건 내가 신경 쓰지 않는다는 거였다. 나는 아무것도 신경 쓰지 않았다.

"뭐가 하나 생각났어." 말리크가 권위 있게 선언했다. 그는 가끔 굉장히 연방 정부 고위직같이 굴 수 있었다. "60년대에 있었던 지하수 벤젠 오염 사건 있잖아."

그가 과장되게 기다렸다.

"근데?" 토드가 물었다.

"그건 존이 한 게 아니었어."

"아, 좀. 그게 우리가 확실하게 아는 유일한 사실이잖아." 토드가 말했다.

"내가 알고 싶은 건, 그거 때문에 머리가 이상해지고 멍청해진 사람들한테 대체 뭘 줬는가 하는 거야." 내가 말했다.

"'그거'가 뭔데?"

"벤젠 말이야. 가끔 난 우리가 아는 어른들이 전부 다 그렇게 병신들인 이유가 그것 때문인 것 같아."

"아무도 그걸 증명할 수 없었어." 토드가 말했다. 나는 그가 아까전 내 말에 영향을 받지 않은 척하고 있다는 걸 알아챘다. 그래서 모든 게 더 최악이었다. 내가 아무 이유 없이 그 녀석의 기분을 망가뜨린 거니까. "존은 너네가 멍청한 건 자기네 잘못이 아니라고 말할걸."

"시험해볼 방법이 있을 텐데."

"네가 고생해서 겨우 알아냈는데 그게 걔네들 잘못이 아니라는 걸 알게 되면 지랄 같겠다."

"그 무엇도 존의 잘못이 아니야. 그게 내가 너희한테 말하려고 하는 거야." 말리크가 말했다.

"아, 그래? 그럼 뭔데?" 내가 물었다.

"벤젠 오염은 외계인들의 침공 행위였어." 말리크가 말했다.

토드는 보드카를 만지작거리던 것을 그만두고 말리크를 빤히 보았다. "뭐?"

그때 말리크가 요란하게 웃음을 터뜨렸다. 그의 완벽한 치아가 사방에 번뜩였다.

토드는 긴장한 채 비슷하게 따라 웃었다.

"내가 진짜 원하는 건, 인터넷 전체의 모가지를 자르는 거야. 그게 내 모가지를 자르기 전에." 내가 말했다.

"잭, 내 침대에서 내려가." 토드가 말했다.

나는 아무 생각 없이 그 말에 따라 일어섰다가 살짝 휘청거렸다. "왜?"

"너 그 위에 땀 질질 흘리고 있잖아. 봐."

현관문이 열렸다. 말리크가 벌떡 일어나서는, 붐비는 공간에서 기본 전화벨이 울리면 모두가 자기 전화를 확인하는 것처럼, 본능적으로 셔츠를 벗었다. 진짜다. 블랜딘이 집 안으로 들어오면, 말리크는 셔츠를 벗는다. 그의 행동을 믿을 수가 없다고 말하고 싶었지만, 물론 믿을 수밖에 없었다. 우리는 블랜딘의 서두르는 발소리를, 수돗물 흐르는 소리를, 냉장고 열리는 소리를, 플라스틱과 금속이 부딪치는 소리를, 그녀의 낮은 목소리를 들었다. 그런 다음 현관문이 닫혔다.

나는 토드의 파란 퀼트 위에서 나를 닮은 형태가 아니라 온 나라가 주변의 모든 공간에 피를 흘리고 있는 것 같은 모양의 축축한 얼룩을 발견했다.

"제기랄. 오늘 밤이 딱 그날이었는데." 말리크가 말했다.

"그날." 나는 코웃음을 치고 말을 이었다. "뭘 하려고 했는데? 그 질문을 던지려고—"

"쉬. 들어봐." 토드가 말했다.

그때 우리는 처음으로 염소 소리를 들었다. 염소가 울고 있었다.

"대체 뭐야?" 말리크가 중얼거렸다.

그게 다시 매매 울었다.

어떤 것도 진짜가 아니었다. 즉시 우리는 일어나서 소리를 추적하러 갔다. 달리 뭔가 하려는 생각은 전혀 없었다.

그 결정은 네 손에 맡길게

오후 7시 51분, 블랜딘 왓킨스가 육체를 빠져나오기 112분 전, 그녀는 염소 힐데가르트를 그녀가 사는 집으로 데리고 올라간다. 제임스 야거는 토끼장 밖, 자신의 경제적인 하이브리드 차 안에 멍하니 있다. 블랜딘은 그의 전화기로 동네의 유일한 수의사에게 전화했지만, 병원은 닫혀 있었다. 그들은 염소 운반 계획에 관한 것 말고는 거의 이야기를 나누지 않았다. 그를 본 이후로 몸이 너무 떨려서 그녀는 이가 딱딱 부딪치지 않게 입을 좀 벌리고 있어야 했다. 그녀는 그의 얼굴에 변한 데가 전혀 없는 것을 알아챈다. 그는 학생에게, 그냥 아무 학생에게 하듯이 그녀에게 반응한다.

블랜딘은 자신의 침실에 힐데가르트를 위해 플라스틱 그릇에 담은 물을 다섯 개 놔둔다. 바닥에는 시금치와 함께 배, 셀러리, 당근을 던져놓는다. 야채 몇 가지는 토드 거지만, 나중에 그에게 돈을 줄 생각이다. 그녀는 자신의 침실을 둘러보고 잠깐 동안 부자가 된 기분을 느낀다. 자신의 퀼트와 베개를 집어 바닥에 염소를 위한 침대를 만들고서 그녀는 염소를 거기에 부드럽게 눕힌다. 힐데가르트는 블랜딘을 애처롭게 쳐다본다. "조용히 있어." 그녀가 동물에게 속삭인다. 남자애들이 집에 있는 것 같지 않아서 마음이 놓인다. 그래도 토드의 방문은 닫혀 있다. 그는 자기 방에 있을지도 모른다. 하지만 토드는 힐데가르트에게 해를 입히지 않을 것이다. 세 남자애들 중에서 그가 제일 덜 포악하다. 상냥하고 예민하다. 가끔 아무도 집에 없을 때 그녀는 그의 방에 몰래 들어가서 그림에 경탄한다. 그녀는 그것들이 아주 강렬하고 특이하다고 생각한다. "걔네가 돌아오면, 네가 여기 있다는 걸 알리지 마." 블랜딘이 힐데가르트에게 속삭인다. 블랜딘은 재빨리 포스트잇에 "열지 마"라고 쓴 다음 또 다른 메모를 덧붙인다. "제발". 그다음에 그것들을 자신의 침실 문에 찰싹 붙인다. 맥박이 빠르게 뛰는 상태로 그녀는 현관문을 잠그는 것도 잊고 집 밖으로 달려 나간다.

~~~

그들은 토끼장에서 몇 블록 떨어진 버려진 교회 주차장에 제임스의 차를 세워두고, 눈이 마주치는 걸 피하며 차 안에 앉아 있다. 차창은 열려 있어서 폭풍 전의 바람이 그들을 희롱한다. 뒷자리에는 지역 농장 용품점에서 산 물건들 네 봉지가 놓여 있다. 백염, 천일염, 염소용 파리 퇴치 스프레이, 양과 염소 먹이, 건초 세 박스, 양과 염소용 단백질 블록, 염소용 영양제, 작은 구유, 20리터짜리 양동이 그리고 사람용 사탕 한 봉지가 들어 있다. 다 해서 100달러가 넘었고, 물품을 계산하는 동안 계산원이 그들 사이에서 뭔가 부정하고 비도덕적인 것을 감지한 것처럼 두 사람을 빤히 쳐다봤다. 돈은 제임스가 냈다.

"내가 실제로 억압을 받고 있는 건 아닐 수도 있어요." 블랜딘은 이가 맞부딪치는 걸 피하기 위해 사탕을 깨물면서 말한다. "하지만 이 상황에서는 내가 확실히 프롤레타리아고, 선생님은 분명히 부르주아죠. 그리고 자본주의는 내가 만들어낸 건 뭐든 선생님이 소유한다는 가정을 바탕으로 한 개떡 같은 거래 외에는 우리 사이에서 무언가가 일어나는 걸 불가능하게 만들어요. 당연하게도 우리는 채스터티밸리에서 만나죠. 선생님은 당연하게도 그런 식으로 거길 오염하고요. 그리고 우리의 유일한 증인인 염소는 제거됐죠. 제기랄. 이 대화를 하기 위해선 좀 취해야겠어요." 그녀는 원피스 주머니에서 전자 담배를 꺼내서 그가 그녀의 손이 떨리는 걸 볼 수 없게 재빨리 사용한다. 그녀 안의 모든 목소리가 그에게 세레나데를 부르고 싶어 한다. 몇 시간 전에 그녀가 잭을 매력적이라고 생각했다는 걸 도저히 믿을 수가 없다. 이제 그녀는 그때 자신이 느낀 건 전부 현재 그녀의 안에서 난장판을 만들고 있는 폭풍우의 온순한 버전이었음을 깨닫는다.

한참 침묵이 흐른 후에 제임스가 항의한다. "내가 어떻게 부르주아야? 우리 관계에 관해 네가 마르크스주의적 해석을 하겠다면, 최소한 내가 부자랑 결혼해서 돈이 많아졌다는 사실은 인정해야지. 우리 부모님은 소규모 농장주였어. 우린 내 평생 가난했지. 우리 형은 아프가니스탄에서 사제 폭탄에 당했고, 지금은 걸을 수도 없어. 그저 대학 학비를 벌려고 했을 뿐인데. 형은 불꽃놀이를 보면 공황 발작을 일으켜. 우리 부모님은 예방 가능한 질병으로 돌아가셨어. 첫 번째로는 식사를 제대로 못 했기 때문이고, 두 번째로는 건강보험이 없었기 때문이야. 난 연간 4만 달러 이상은 절대로 벌지 못할 거야. 난 항상 내 아내보다 열등했고, 그녀의 결정과 그녀 부모님의 결정에 종속되어서 살았어. 넌 이해 못 해."

"아아, 죄송해요. 선생님은 귀족과 결혼을 한 거니까 진짜 참여자나 후원자는 아니네요." 블랜딘이 말한다. 그에게 그녀의 분노를 드

380

러내는 것은 아주 쉽다. 그 외의 다른 것을 드러내는 것보다는 훨씬 쉽다. "선생님은 그냥 귀족과 결혼을 한 거니까, 위기가 닥쳤을 때 예를 들어 맨션과 경제적 보상 같은 부(富)가 제공하는 보호와 물질적 원조를 전혀 못 받으신다는 거네요. 선생님은 19세기 소설을 한 번도 안 읽어보셨나 봐요. 맙소사."

"난 고등학교 음악 선생이야, 티퍼니."

"선생님 부인은요? 선생님 부모님 같은 사람들이 창출한 부의 상속자이자 저 같은 사람들을 소유한 계급의 일원인 선생님 부인은 중서부의 공주님이 아니면 뭐죠? 근본적으로 왕족이 아니면 뭔가요? 결혼으로 엘리트층의 일원이 되었다고 해서 선생님만 그 계약 조건에서 면제된다는 뜻은 아니에요. 부인이 선생님의 대부분을 소유하고 있는지도 모르지만 선생님한테는, 말하자면—" 그녀는 적당한 단어를 찾는다. "공동 양육권이 있죠."

"우린 이혼했어."

블랜딘은 전자 담배의 금속 주둥이로 숨을 빨아들인 다음에 반응하지 않으려고 노력한다. "선생님의 혼전 계약서가 이익을 충분히 챙겨줬길 바라요."

그녀는 전자 담배를 콘솔 박스에 내려놓는다. 제임스는 물어보지도 않고 그것을 가져가고, 그의 손이 그녀의 손을 스치며 전기를 일으킨다. 그녀는 분노를 느끼고, 진땀이 나고, 그녀가 입을 댔던 곳에 그가 입을 댄다는 사실이 기쁘다. 그녀는 금방이라도 토할 것 같고, 옷을 벗을 것 같고, 날개가 돋을 것 같은 기분이다.

제임스가 한숨을 내쉰다. "이봐, 티퍼니. 이건 전혀 내가…… 바랐던 대로 흘러가지 않고 있어. 난 너한테 사과하고 싶었어. 난 내 행동이 얼마나 상대를 조종하는 역겨운 것이었는지, 그리고, 그래, 좋아, 얼마나 부르주아적이었는지 인정하고 싶어. 하지만 이야기가 엉뚱하게 흘러갔고, 모든 게 그저……. 잘 모르겠어. 모든 게 엉망진창으로 엉켰어." 그는 폭풍우 구름이 관객처럼 모여든 하늘 쪽으로 손짓을 한다.

"힐데가르트 폰 빙엔이라는 신비주의자는 신께서 사악한 자들을 벌하기 위해 뇌우를 일으킨다고 했어요. 아니면 위험을 예언하기 위해서요." 블랜딘은 하늘을 관찰하면서 말한다.

"그건 딱히 독창적이지 않은 얘기네."

"그분은 말했어요. '그 이유는 우리의 모든 행동이 원소들에 영향을 미치고, 또한 우리의 행동도 결국 원소들에 의해 방해와 영향을 받기 때문이다.'"

앞 유리에 빗방울들이 톡톡 떨어진다.

"네 기억력을 잊고 있었어. 네 그 엄청난 기억력을." 제임스가 말한다.

"난 승인의 형태로 가장한 여성에 대한 폭력이 정말 지긋지긋해요." 블랜딘이 말한다.

"미안." 제임스는 자동적으로 중얼거렸지만, 그는 자신이 뭘 잘못했는지 모르고 혼이 난 반려견의 얼굴이다.

"어쨌든, 문제는 젊은 여자라면 경제적 생산 체제에서 빠져나갈 수가 없다는 거예요. 아무도 사실상 진짜로 빠져나갈 수는 없지만, 최소한 선생님 같은 백인 남자는 거의 빠져나갈 수 있어요. 여자는 아무리 열심히 노력해도 약간 빠져나가는 것조차 안 돼요. 왜냐하면 여자의 몸에는 상품과 서비스가 담겨 있고, 사람들은 여자의 허락이 있든 없든 그 상품과 서비스를 빼 가려고 할 거거든요. 선생님이 어떻게 이해하겠어요? 우리는 마침내 성폭력에 대해 이야기하기 시작했어요. 이제 최소한 그 정도는 한다는 거죠. 분명 지금 수평적 정의가 약간이나마 작용하고 있고, 완벽하게 이상적이지는 않지만 그래도 그게 어디예요."

"수평적 정의?"

"내 말은 총사령관을 통해서 미국의 남성주의를 무너뜨릴 수 없다면, 제작자, CEO, 뉴스 앵커, 배우, 기타 등등을 무너뜨릴 수는 있을지도 모르죠. 그건 기분이 아주 좋을 거고, 좋은 영향도 좀 있겠지만, 결국 우리의 핵무기로부터의 안전과 민주주의적 안전이 국제적인 개싸움에 의해 결정되고, 위탁가정에 있다 보면 그냥…… 뭐가 되든 신경 안 쓰게 돼요. 우리는 서로를 죽이고 싶어 한다고 생각하지만, 우리가 정말로 죽이고 싶은 것은 새장이에요. 내가 무슨 말을 하는 건지도 모르겠네요. 아니, 알아요. 내가 말하려고 하는 건, 우리의 담론에 각각의 당사자가 동의했다고 주장하는 권력 남용을 논의할 자리가 있어야 한다는 거예요. 과대망상증 환자들이 우리 세계를 움직이는 걸 보고 그게 중요하다고 말하고, 그런 다음에 개판 난 정세 얘기를 듣고는 시작할 때 각자가 '좋아, 괜찮아'라고 말했으니까 그건 멍청한 소리라고 할 사람들이 있다는 게— 난 그걸 참을 수가 없어요. 우리 자신을 어린애 취급 하고 싶지는 않지만, 동의라는 게 정말 뭐죠? '우리'는 이 미치광이들에게 투표했어요. 그건 동의가 아니었나요? 우리가 정확하게 뭐에 동의하고 있는 거죠? 이 시나리오, 그러니까 선생님이랑 나의 이야기를 잘 살펴봤을 때 우리 모두가 겪고 있는 큰 재앙의 작은 버전 외에 다른 게 보인다면, 거울을 봤을 때 선생님 목에 권력자의 빨간 넥타이 말고 다른 게 보인다면, 그러면 선생님은 하루를 버티기 위해 선생님의 약탈적이고 착취적인 성향에 대한 진실을 억누르고 있는 거예요. 그건 쓰레기 같은 짓이에요."

제임스는 눈을 감은 채 깊게 숨을 들이쉰다. "네 말이 맞아." 그는 확신 없이 말한다.

"난 우리의 관계에 인간의 역사를 관통하는 경제 발전의 보편적인 3단계가 포함되어 있다는 얘기까지도 할 수 있어요. 처음에는 딱 한 순간만 모든 게 상호 이득인 것처럼 느껴지는 원시공산제, 그다음에는 내가 완전히 선생님에게 빚지고 있었고 사실상 아무것도 받지 못한 채 선생님을 위해서 노동한 봉건주의, 그다음에는 자본주의예요. 그리고 지금은, 젠장. 모르겠어요. 내가 너무 멀리 갔는지도 모르겠네요. 난 모두를 사랑하려고 노력 중이고, 나 자신에게서 자아를 비워내려고 하고 있어요. 난 내가 만나는 사람들 한 명 한 명의 완전한 인간적 차원을 인지하려고 노력 중이고, 난— 솔직히 난 지쳤어요. 이제부터는 신약적 정의예요. 그러니까 난 아직 기회가 있을 때 구약적 정의를 내 몸에서 빼버려야 해요." 그녀는 자신의 허벅지를 꼬집다가 그가 쳐다보는 것을 알아챈다. "난 아마 선생님을 싫어하는 것 같아요."

"난 널 싫어하지 않아." 제임스가 말한다.

블랜딘은 몸을 타고 행진하는 감정을 막으라고 뇌에 명령한다. 하지만 소용없다.

"그건 나한테 그냥 섹스만이 아니었어." 제임스가 머뭇거린다. 그는 그녀의 허벅지에서 눈을 돌려 앞 유리 밖을 보고, 블랜딘은 자유롭게 그의 옆얼굴을 볼 수 있다. "네가 그렇게 생각한다면 말이지." 그는 부도덕할 정도로 잘생겨 보인다. 그의 턱선은 그녀의 몸에 지겹지만 효과적인 작용을 한다. 그녀는 자신의 시상하부(신경학적 폭군!)가 전전두엽 피질의 작동을 멈추는 것을 사실상 느낄 수 있다. 그녀는 잡을 수 있는 이성은 다 붙든다. 이성은, 힐데가르트의 말에 따르면, 인간의 세 번째로 높은 능력이다. 육체와 영혼 다음으로. 신은 생명이지만, 또한 신은 합리성이라고 힐데가르트는 말한다. 이성은 뿌리이고, 그것을 통해 울림의 단어가 융성한다. 이성은 어디 있는데? 울림의 단어는 뭐고? 어떤 것도 융성하지 않는다. 블랜딘은 헐렁한 면 원피스에 질식할 것 같다. 벗어버리고 싶고, 제임스가 어떻게 반응할지 보고 싶고, 폭풍이 그녀를 데려가기를 원한다.

"내 말은, 심지어는 주로 섹스에 대한 것도 아니었어. 당시에 일어난 일을 생각해보면, 머릿속에 떠오르는 게 그날 밤도 아니야. 그런 일은 상상해본 적도 없고, 심지어는 가능할 거라는 생각조차도 못 했었어. 난 널 너무 존중해서 그런 식으로는 생각할 수 없었어." 제임스가 말한다.

"왜 선생님한테는 여자를 존중하는 거랑 여자랑 섹스하는 게 상호 배타적인 건가요?"

제임스는 한 손으로 그의 나이에 비해 숱이 많은 식물용 뿌리 덮개 같은 색깔의 머리카락을 쓸어 넘긴다. "그렇지 않아." 마침내 그가 그녀의 눈을 쳐다보며 말을 잇는다. "하지만 열일곱 살 학생을 존중하는 것과 그 애와 섹스하는 건 그렇지."

그녀의 눈에 눈물이 고인다. 블랜딘은 그에게서 고개를 돌린다.

"난 널 아꼈어. 여전히 아껴. 몇 달이나 그 일로 토할 것 같았어. 있잖아, 그─ 그날 밤 이후에 난 너에게 연락하지 않으려고 애를 썼어. 난 그게…… 상냥한 방치라고 생각했던 것 같아. 난 너와 연락하는 건 사악한 짓이라고 생각했어. 그리고 네가 학교를 그만뒀다는 걸 알았을 때 난 모든 선생님들과 행정 담당자들한테 연락해보라고, 교장 선생님에게 네가 필요로 하는 건 뭐든지 제안하라고 말했어. 널 학교에 잡아두기 위해 할 수 있는 모든 걸 다 해보라고 모두에게 말했었어."

"그 온정주의적 태도 참 고맙군요."

"난 나 자신이 범죄자라고 생각해. 알겠니?"

그녀는 자신의 큐티클을 깨물고, 눈물을 흘린다. "뭐. 사실 맞죠."

하지만 인디애나주에서는 아니다.

그를 자세히 보자 그녀는 혈액이 그의 얼굴에 과하게 몰려 있다는 것을 알아챈다. 그는 그녀의 눈물을 뚜렷한 공포 속에서 본다. 그 자신에 대한 공포일까, 그녀에 대한 공포일까? 잠깐 동안 그녀는 그가 손을 내밀어 자신을 만질 거라고 생각한다. 그녀는 그가 그러기를 바란다. 하지만 그는 그러지 않는다.

"우리 사이에 이 일이 일어난 후에 난 일주일 동안 잠을 못 잤어." 그가 말한다.

"그래요? 난 몇 달이나 잠을 못 잤어요. 내 멍청한 인생 내내 제대로 자본 적이 없어요. 하지만 이건 망할 경쟁이 아니죠."

"이건 나에 대한 이야기가 아니야. 미안하구나. 내가······ 이 상황에서 별로 상관없다는 거 알아."

그녀는 코웃음을 친다. "상관이 없어요? 정말로 이 상황에서 선생님이 상관없다고 생각하시는 거예요? 상관이 없다니! 이 상황에서!"

"이게 얼마나 잘못된 일이었는지 내가 100퍼센트 인정한다는 걸 알려주려면 어떻게 해야 할까?" 이제 그는 필사적이다. 그렇다는 것을 그녀는 그의 얼굴에서 볼 수 있고 그의 목소리에서 들을 수 있다. "내가 어떻게 널 설득할 수 있을까? 모든 끔찍한 일들, 내가 했던 모든 일에도 불구하고, 내가 너와 있을 때 너무 무모했음에도 불구하고 난 네 행복에 신경을 쓰고 늘 써왔다는 걸. 내가 어떻게 널 납득시킬 수 있을까? 내가 전에는 그 비슷한 일을 한 번도 해본 적이 없고, 만약 그 일을 다시 할 수 있다면 당연히 또 할 거라는 걸. 내 말은, 다른 방식으로 말이야. 이걸 다른 방식으로 다시 할 수 있다면, 그럴 거야. 내가 하는 모든 말이 공허하게 들리겠지만, 나는 100퍼센트 진심이야. 이런 건 네가 더 잘하는데. 난 절대—"

"난 그 뜨거운 악몽 같은 기간 내내 우리가 목적과 관심사를 공유했다고 정말로 믿었어요. 작년에 내가 얼마나 멍청했는지. 난 진짜로 선생님을 사랑한다고 생각했어요. 그렇게 믿었어요. 선생님과 사랑에 빠졌다고 믿었어요. 어쩌면 그게 사랑의 한 갈래였을 수도 있겠죠. 하지만 그래서요? 우린 6개월 동안 서로의 영혼을 강한 물줄기로 파고 들어가 채굴했어요. 거기서 석유를 약간 채취했다고 해서 그게 좋은 게 되진 않아요. 그리고 누가 자본주의에 안 넘어가겠어요? 희생양을 갈가리 찢어놓기 전에 당연히 우선 유혹하겠죠. 경기장으로 끌고 가기 전에 당연히 정신이 나갈 정도로 취하게 만들겠죠. 고대 사회에서 아이들을 희생 제물로 바치기 전에 코카인을 먹였던 것처럼요. 그리고 당연히 선생님의 맨션은 나를 현혹했고, 당연히 선생님이 가진 모든 지식들을 보고 나는 멍청해졌고, 당연히 통제라는 환상에 항복했고, 당연히 선생님 피아노랑 섹스하고 싶었죠. 선생님과 선생님 몸은 당연히 나한테 안전하다는 기분을 느끼게 해줬죠. 내가, 글쎄요, 병사들이나 뭐 그런 징그러운 것들에 둘러싸여 있는 것처럼요. 그리고 당연히 그런 반응은 기분 나쁘고 지루하고 미국스럽게 아주 지겨웠죠. 내가 선생님을 유혹했어요. 그건 꽤 확실해요. 하지만—"

"아니, 그건 내 책임이—"

"하지만 선생님에 대한 내 집착으로 그걸 무효로 만들 순— 내 집착으로 인해 우리 관계가— 그러니까, 우리는 개인들이라기보다는 관념들이었다는 말을 하려는 거예요. 자기폭풍 안의 멍청한 이온들이요, 아시겠어요? 난 몇 달을 선생님이랑 내가 작동 중인 권력 구조들을 초월했다고 믿으려고 했어요. 내가 동등한 행위자라고, 선생님을 비난하는 건 어린애 같은 짓이라고 생각했어요. 심지어는 선생님의 침묵도 용서했어요. 선생님한테, 선생님의 빌어먹을 모든 것에, 선생님의 뇌나 그런 것들에 완전히 홀려 있었고, 당시에 난 그러니까, 말하자면 교육의 위기에 사로잡혀 있었어요. 책을 읽는 걸로는 내 불운으로부터 빠져나갈 길을 찾을 수가 없다는 걸, 그냥 책 몇 권을 등반해서 학위를 지나 자유에 도착할 수가 없다는 걸 깨달은 거죠. 이제 난 그 모든 믿음이 우리 모두를 자기 자리에 고정해두는 시스템을 그저 용납한 것일 뿐이라는 걸 깨달았고, 이제 난 그 시스템에서 빠져나오는 유일한 방법은 육체에서 빠져나오는 것뿐이라는 것도 깨달았어요. 그러니까 선생님도 보면 알겠지만 당시에 난 내 무너지는 다른 모든 환상들에 정신이 팔려서 선생님을 제대로 악마화할 수가 없었죠. 하지만 더 이상은 아니에요. 우린 단순히 불편하고 금기시되고 그야말로 진부한 매력에 굴복한 두 사람이 아니었어요. 우리는 계급과 국가와 생산과 분배와 법률과 정치적 피라미드와 민병대와 환율과 국가 부채와 화석연료와 기타 등등의 상부구조의 톱니였을 뿐이에요. 우린 물질적 관계망에 갇혀 있었어요. 사실 난, 결국 우리는 '그랜드피아노는 누굴 위한 거지?'라는 질문에 대한 답이었다고 생각해요. 우리에게 변증법적인 건 아무것도 없었어요. 그리고 그게 무엇보다도 날 화나게 만들어요. 그 일 이전의, 그 일 도중의, 그 일 이후의 선생님의 침묵이요. 아, 그래요, 우린 이야기를 했죠. 이야기하고 이야기하고 또 이야기했지만, 사실 어떤 이야기도 하지 않았어요, 안 그런가요? 선생님은 내가 연락을 받고 싶어 한 유일한 사람이었어요. 하지만 다시는 선생님의 목소리를 듣지 못했죠. 아주 상냥해빠진 방치네요."

"나도 너를 사랑했단다. 그러니까…… 조카처럼." 제임스가 중얼거린다.

그녀는 이제 진짜로 울고 있었지만, 1년 동안의 분노의 힘으로 계속 나아간다. "그게 선생님 버전의 사랑이었다면 선생님 결혼이 시작부터 망한 게 놀랄 일도, 정말 놀랄 일도 아니네요. 선생님이 십대랑 섹스하고 싶어서 죽을 지경이었던 것도 놀랄 일이 아니에요. 선생님은 분명히 선생님의 딸들도 자기애적인 보급품 정도로 생각하겠죠. 그 애들도 그걸 느낄걸요. 그 애들은 분명 엄마를 더 좋아할 거예요. 누가 선생님을 믿고 자기 친구들이랑 놔두겠어요? 갑자기 선생님이 죽을 거라는 걸 깨달았어요? 그래서 나한테 늦게까지 있으라고 했던 건가요?"

그는 예수 같은 고결한 태도로 그 공격을 받아들인다.

"선생님 딸이 선생님에 관해서 나한테 한 유일한 이야기가 뭔지 아세요? 걘 선생님이 칫솔을 너무 많이 샀다고 했어요. 선생님이 부르주아, 지배층, 생산수단과 생산물 양쪽 모두의 소유주의 대리인이라는 증거가 필요하다면, 이것만 보면 돼요. 자신이 만들지도 않았고, 정확하게 감지된 성격적 결함을 보충하기 위해서 필요한 것도 아닌 물질적 상품을 쌓아두는 부자라고요. 칫솔이라니, 맙소사. 그런데 난 그게 귀엽다고 생각했었죠."

"네 열정에는 감탄했다만, 이 논쟁이 좀 엉성해지고 있는 것 같아. 넌《공산당 선언》을 읽었겠지, 아마도. 위키피디아에서 마르크스주의, 민주사회주의, 사회민주주의에 관한 페이지를 봤을지도 모르고. 그리고 넌 전제적 권력을 얻기 위해 공산주의와 사회주의를 무기로 사용한 잔인한 독재자들에 대해서도 많이 알 거라고 생각한다. 넌 그들이 이 이데올로기들을 오용했고, 진정한 마르크스주의 사회는 존재한 적이 없다고 주장할 생각이겠지. 하지만 너《자본론》1권이라도 제대로 읽어본 적 있니? 넌 권위주의적 통제권을 가진 사람은 누구든 절대 안 믿을 아이잖아. 그리고 넌 수명이 있는 보통 인간이 계급도 없고 돈도 없고 국가도 없는 사회를 만들 수 있을 거라고 믿기엔 너무 영리한 아이야." 제임스가 말한다.

"그건 핵심이 아니에요. 난 어떤 것을 지지하는 주장을 하고 있는 게 아니에요. 그저 선생님을 상대로 논쟁하고 있는 것뿐이고, 이게 그러기 위해 내가 사용할 수 있는 최고의 체계예요. 난 혁명을 이끌 정도로 똑똑하지 않아요, 알겠어요? 나도 그건 아주 잘 안다고요. 내가 아는 건, 그저 우리에게 혁명이 더럽게 필요하다는 것뿐이에요."

제임스는 아무 말도 하지 않고 그녀를 빤히 본다.

그녀는 시선을 돌려 염소 물품들이 담긴 봉투들을 응시한다. 마치 여행을 떠났다가 싸우는 부모님 사이에 낀 순진한 아이들처럼 보인다. 그녀는 전자 담배를 한 모금 더 빤다.

"나 이미 취했어요. 제기랄." 블랜딘이 말한다.

"나도."

블랜딘은 주차장처럼 생겼지만 실제로는 부고 기사 웹사이트의 본부인 고속도로 맞은편의 70년대 모더니즘적 건물을 눈을 가늘게 뜨고 쳐다본다. "난 모든 거지 같은 모더니스트 건축가들이 우리 빌어먹을 나라에 자기들의 발기한 좆 같은 쓰레기들을 흩뿌리는 대신에 자기네 거지 같은 아버지들이랑 지랄 같은 화해나 했으면 좋겠어요."

제임스가 히죽 웃는다.

"왜요?" 그녀가 묻는다.

"그냥, 모더니즘 건축은 원래 떠오르는 중산층의 취향과 욕구를 대변하는 걸로 여겨졌거든. 고전적 건축을 퍼뜨리려던 엘리트주의와 정권의 억압에 대한 반응이었던 거지." 그가 말한다.

블랜딘은 바보가 된 기분으로 얼굴을 붉힌다. 그건 몰랐다. 그녀는 아무것도 모른다. "어쨌든요. 그건 흉측하고 오만하고 반보행자적이고 자동차 친화적이에요. 어떤 모더니즘은 예쁠 수도 있지만, 우리 도시 전역에 있는 이 연옥 같은 쓰레기들은 아니에요."

그들은 몇 분 동안 침묵 속에 앉아 있었다.

"캠프파이어 냄새가 나는데. 너도 느껴지니?" 그가 마침내 말한다.

"그냥 대마초예요."

"아냐, 아닌데— 시내 쪽에서 나는 것 같아. 뭘 태우고 있는 거지?"

블랜딘은 새끼손톱의 남은 초승달 모양을 뜯는다. "미래요."

그는 잘못된 곳으로 향한 감정을 찾는 것처럼 그녀를 쳐다본다. 그건 열정일지도 모른다. 아니면 애정일지도. 그는 많은 내적 모래폭풍에 시달렸고 한때 날카롭고 아주 정교했던 신념들이 의미를 잃은 사람의 외모를 하고 있다. 제임스를 관찰하면서 블랜딘은 지난 2월에 본 백조를 떠올린다. 녀석은 대형 상점 주차장에 생긴 물웅덩이에 자리 잡은 채였다.

"넌 아주 어려." 제임스가 말한다.

"그래요? 내가 얼마나 어린데요, 선생님?" 그녀가 쏘아붙인다.

그는 시선을 돌린다. "하지만 넌 열여덟 살로는 안 보여." 그가 중얼거린다.

이 말에 원시적인 비명이 그녀의 안에서 치민다. 그녀는 그것을 꼭 가둬놓는다. 그리고 목을 가다듬는다. "힐데가르트가 자신이 쓴 극본에서 미덕과 악덕을 같이 묘사할 때, 악덕은 기괴하고 물리적이고 바로 거기에 있었어요. 하지만 미덕은 보이지 않았죠. 그저 목소리들뿐이었어요."

"흠." 그가 그녀를 본다. 그녀는 자신의 의지에 반해 적외선등에 반응하는 이구아나처럼 제임스의 관심에 반응한다. "왜 그 생각이 들었지?"

"내가 바라는 건 그냥— 가끔 난 내 삶을, 내가 지금까지 본 모든 것을 조망하는데, 그건 전부 다— 아주 기괴해요. 난 미덕을 찾지만, 전혀 보이지 않아요. 난 그에 대한 증거를, 뭔가 선한 것에 대한 증거를, 신성(神性) 같은 것에 대한 증거를 정말이지 찾고 싶어요. 하지만 보이지 않아요. 내 삶을 보면, 이 — 가고일들로 가득한 창고가 보여요. 왜 악덕은 물리적이죠? 왜 악덕은 세상에 우글우글 모여드는 걸까요? 왜 빌어먹을 미덕은 볼 수가 없는 거죠?"

이것이 그녀를 가장 서럽게 울게 만드는 부분이었다. 그녀는 창피한 걸 모를 만큼 절망했고, 그녀의 팔을 건드리는 그를 미워하기 힘들 만큼 절망했다.

"네가 귀를 잘 기울여야 하는 걸지도."

"뭐, 그게 바로 내 말뜻이었어요. 하지만 소리 내어 말하니까 연극적이고 멍청하게 들리네요." 그녀가 중얼거린다.

"어쩌면 진실은 연극적이고 멍청한 걸지도 몰라."

"그럼 난 그걸 조금도 원하지 않아요."

그는 손을 떼고서 차 안을 더듬거리다가 티슈 한 갑을 발견한다. 그는 그녀에게 한 장 내밀고, 그녀는 그걸 받아 들고는 가능한 한 예쁘게 코를 푼다. 그래봤자 역겹다는 건 알지만 말이다.

"널 다시 데려가야 할까?" 그가 묻는다.

그녀는 심장이 쿵쿵 뛰고 얼굴은 젖은 채로 그를 쳐다본다. "네?"

"내 말은, 너희 아파트에. 넌 이제 그 염소가 있고, 난 네가—"

물론 그게 그의 말뜻이었겠지. 당연하다. 블랜딘은 왜 이렇게 참 담한 실망감을 느끼는 걸까? 그녀는 뭐가 문제지?

"힐데가르트를 비상구로 쓰지 마세요."

"아니, 난 염소에 대해 말하는 거야."

그녀는 아무 말도 하지 않는다. 염소의 이름을 그에게 알려줄 생 각은 아니었다.

"넌 우리가 개인들이 아니라 그저 관념들이었다고 했지. 하지만 우린 사람들이었어. 너와 난 사람들이라고. 내가 너에게 상처를 줬 고, 그저 그뿐이야. 내가 너에게 상처를 줬어. 이게 그 일에 대한 적 절한 구문이야. 내가. 너에게. 상처를. 줬어. 넌 그 문제에 대해서 네 가 나와 똑같은 통제력을 갖고 있었던 것처럼 말하지. 우리의 역학 관계가 엉망진창이었는데도 네가 여전히 완벽하게 자유로운 행위 자였던 것처럼 생각해. 나도 널 어린애 취급 하고 싶지는 않지만, 이 말은 해야겠구나. 네가 어떤 일이 생기길 바랐든 그건 상관없었 어야 했어. 넌 굉장히 화가 나 있어, 티퍼니. 나도 알겠어. 넌 나한테 화를 낼 만한 권리가 확실히 있어. 하지만 넌 네가 이걸 선택했다는 사실에 스스로에게 화가 난 것 같은데, 네 선택은 아무것도 아니었 어야 했어. 모르겠어? 넌 속옷 차림으로 우리 집에 나타나서 나한테 몸을 던질 수도 있었겠지만, 그건 아무 의미도 없어야 했어. 우리 사이에 아무 일도 일어나지 않도록 하는 건 내 책임이었어. 넌 학생으로 나에게 맡겨졌고, 널 보호하는 게 내 의무였어. 선을 확실히 해야 했던 건 나였는데, 내가 실패했어. 내가 너에게 아무것도 가르치지 않았는지도 모르지만, 난 네 선생이었어. 넌 겨우— 넌 겨우 열일곱 살이었지." 그는 손으로 자신의 얼굴을 덮는다. 그의 목소리가 갈라진다. "이런 제기랄."

블랜딘이 주먹을 꽉 쥔다. "요청할 게 하나 있어요."

그는 지친 희망이 드러난 얼굴로 그녀를 쳐다본다. "말해봐."

"내 뇌는 해결되지 않는 문제들에 중독되어 있고, 내가, 우리가 이걸 해결하지 않으면, 우리가 이걸 해결하지 못하면, 나는 절대로 자유로워질 수 없을 거예요. 어떻게든 해결해야 해요. 제발요."

이제 그는 슬퍼 보인다. "그걸 해결하는 게 가능한 일일지 모르겠구나, 티퍼니."

블랜딘은 겁에 질린다. "불가능해요?"

"음, 그 결정은 네 손에 맡길게."

그녀는 자신의 뻣뻣한 머리카락 한 가닥을 잡아당긴다. "난 더 상급자가 하급자인 척하는 게 질색이에요. 그건 그냥 더 유해한 갑질이에요. 내 손에 맡긴다니. 개소리."

"이봐, 나도 그걸 해결하고 싶어. 정말 그러고 싶단다. 그저 내가—"

"제발요, 선생님. 해결해주세요. 선생님 손에 맡길게요."

그는 고통스러운 표정으로 그녀를 본다. "그게 해결 불가능하다는 걸 받아들여서 해결하는 건 어떨까?"

그녀는 코웃음을 친다. "멋져요. 아주 웃기네요."

"내가 일을 관두길 바라니? 타임머신을 발명할까? 경찰에 자수해?" 그가 묻는다.

그는 이런 방법들을 기꺼이 선택할 것처럼 보인다.

갑자기 블랜딘이 차에서 내린다.

"어디 가는 거야? 최소한 내가 널 집까지 태워다 주게 해줘." 제임스가 말한다.

그녀는 멈췄다가 타이어를 걷어차고는 그의 옆으로 걸어온다.

"날 때릴 생각이야?" 그가 묻는다.

그녀는 그의 차 문을 열고, 그를 운전석에서 잡아당겨 꺼낸다. 그는 순순히 나와서 막 내리기 시작한 빗속에 축 늘어진 자세로 서 있었다. 빗방울은 눈에 띄지 않기를 바라는 것처럼 드문드문 내린다. 전기가 공중에서 찌릿거린다.

"제발. 날 때려줘." 그가 말한다.

그녀는 그럴까 잠시 생각해본다. "선생님은 좋은 사람이 아니에요."

"맞아."

"선생님은 나르시시스트예요."

"맞아."

"선생님은 자기 궤도 내에 있는 모든 사람을 고갈시키고, 그 사람들이 선생님을 섬기게 만들고 선생님을 구하게 만들고 선생님한테 주고, 주고, 또 주게 만드는데, 더 최악인 건 강요하지 않고도 그들이 그렇게 하도록 만든다는 거예요. 선생님은 사람들이 자발적으로 선생님의 하인이 되도록 만들어요. 선생님은 젊은 여자들을 영양수액처럼 다루고, 결국 그들은 자기가 그렇다고 믿게 되죠. 그리고 결국에는 자기들이 존재하는 이유가 선생님이라고 믿게 돼요. 망할 짐 존스*처럼요."

"솔직히 난 그 부분은 좀 공정하지 않은 것 같구나. 복수형으로 말하는 거 말이야. 전에 이 비슷한 일은 한 번도 없었어." 그가 말한다.

그녀는 침묵하다가 건성으로 그의 배를 주먹으로 때린다.

---

* 미국의 사이비 교주. 900명이 넘는 신도들과 함께 자살했다.

394

그는 거의 반응하지 않는다. "이것보다는 더 세게 때릴 수 있을 텐데."

그녀는 머뭇거린다. "그러고 싶지 않아요."

하지만 곧 그녀는 배꼽을 겨냥하고는, 도움닫기 없이 할 수 있는 한도 내에서 최대한 세게 때린다.

"세상에." 그가 배를 움켜잡고 콜록거리며 주춤한다.

비가 더 많이 쏟아져서 그들의 피부를 식히고, 그 피부 속에서 그들의 신체가 웅웅 울린다. 처음으로 그녀는 그가 얼마나 아파 보이는지 깨닫는다. 그의 가무잡잡한 피부가 감추고 있었지만 그는 말랐고, 눈은 핏발이 서 있고 움푹 꺼졌다. 몇 초 사이에 수십 년쯤 나이를 먹은 것처럼 그녀의 눈앞에서 그의 머리와 수염이 점점 하얘지는 것 같다.

"미안해요." 그녀의 목소리가 갈라진다. 엄청난 혼란 속에서 블랜딘은 주먹을 꽉 쥔 채 고등학교 연극 감독의 품으로 쓰러진다. 그가 자동적으로 그녀를 붙잡는다. 그의 힘은 구속하는 느낌이고 단단하고 따뜻하다. 그녀는 이런 것들을 즐기지 않으려고 하지만 그녀의 뇌와 그녀의 심장은 같은 도덕 체계에 맞춰져 있지 않고, 그녀는 자신의 신념에 맞게 감정을 왜곡하는 데에 아주 진저리가 났다. 그녀는 그의 가슴에 대고 울고 소리를 지른다. 그녀는 피곤하고, 몸도 떨고 있고, 그녀의 시야에서 그녀가 만지고 싶은 유일하게 살아 있는 구성물이 그이기 때문이다. 그가 그녀를 쓰러지지 않게 잡는다. 그녀는 그의 표정을 볼 수 없다.

"나한테 사과하지 말아줘, 티퍼니. 제발 그것만은 하지 마."

그의 향기, 평범한 비누 향이 그녀를 압도한다.

"정말로 전에는 이런 일이 없었어요?" 블랜딘이 묻는다.

"절대로. 이런 일은 한 번도 없었어."

"거짓말." 그녀가 그의 하얀 셔츠에 대고 속삭인다.

"티퍼니, 내가 훌륭한 사람은 아닐지 몰라도 여기에 대해서만은 사실대로 말하고 있어. 그리고 내 행동이 이례적이었다는 게 변명이 된다고 생각하지 않아. 내가 말하려는 건 그게 아니야."

"여전히 필로메나에서 가르치고 있어요?" 그녀가 묻는다.

그는 머뭇거린다. "그래."

그녀는 몸을 떼고 눈을 가늘게 뜬다. "그리고 전에는 한 번도 이런 일이 없었다고 어머니 무덤에 대고 맹세할 수 있어요? 선생님이랑 학생 사이에서요."

"말했잖니. 없었어. 전혀."

"지금 거짓말하는 거예요?"

그의 눈은 단호하고, 그의 홍채는 따뜻하고 초록색이고, 그의 목소리는 부드럽다. "아니. 난 사실대로 말하고 있어."

"내가 왜 선생님을 믿어야 하죠?"

"난 너한테 한 번도 거짓말한 적 없어, 티퍼니."

블랜딘은 이 말을 하고 싶지 않다. 말을 하면 이것과 정면으로 부딪쳐야 하고, 그녀는 지금까지 효과적으로 이걸 억누르고 있었다. 하지만 그녀의 허락 없이 말이 튀어나온다.

"그럼 도대체 왜 내가 퇴학한 다음에 조 콜린스가 나한테 연락을 했을까요?" 그녀가 낮은 목소리로 말한다.

제임스의 얼굴은 텅 비워지고, 블랜딘은 그가 목숨을 걸고 뛰기 위해 무게를 덜고 있는 동물처럼 보인다고 생각한다. 이것만 봐도 충분하다. 혐오감이 가슴속에 자리를 잡고, 그녀는 그에게서 물러난다. 그는 차분한 목소리를 유지하지만, 두려움을 감추지는 못한다.

"무슨 얘기를 하는 거지?" 그가 묻는다.

"조 콜린스요. 나보다 세 살 많은."

그는 침을 삼킨다.

"학교 다닌 기간이 겹치는 학생들을 고르다니, 너무 엉성한데요."

"난 조를 거의 몰라." 제임스가 말한다.

"선배도 선생님 음악 수업 학생이었어요. 노래를 했죠. 피아노를 쳤고요. 선생님 연극도 했어요. 선생님이 그 선배가 대학 장학금을 받게 해줬어요. 당연히 그 선배를 알겠죠."

"음, 그래. 당연하지. 하지만 그렇다고 해서 내가 개랑 단둘이 만난 적이 있다는 건 아니야. 또 절대로— 저기, 걔가 너한테 뭐라고 했지?"

블랜딘은 제임스에게서 눈을 떼지 않은 채 조의 이메일 내용을 읊는다. "그 사람한테 너도 넘어갔어?"

그녀는 그의 몸이 불을 끄고, 커튼을 내리고, 잠기는 것을 볼 수 있었다.

"그건 다른 사람 이야기일 수도 있어." 제임스가 말한다.

블랜딘은 눈을 가늘게 뜬다.

"저기, 티퍼니, 걔는 나한테 집착했었어." 그가 방향을 바꾼다. "난 일부러 그 애와 일대일로 만나는 걸 피했어. 그 애는 항상 너무 가까이 앉고, 항상 나한테 메시지를 보내고, 항상 개인 레슨을 받으려고 하면서 굉장히 부적절하게 굴었거든. 심지어 한번은 나한테 자기 사진도 보냈어. 물론 옷은 입고 있었지만, 그건 완전히 부적절한 행동이었지. 그리고 걘 그게 일종의 의상 확인인 척했지만 난 그 애가 뭘 하는지 알았기 때문에, 사진을 당장 지우고 그런 일은 하지 말라고 말했지. 하지만 걔는— 그 애한테는 선이 없었어. 걔는 다른 학생들에게 그 얘기를, 나한테 반했다는 얘기를 했고, 그 애들이 나한테 경고해줬어. 그래서 알게 된 거야. 그 애는 친구들에게 날 부수고 싶다고 말했어. 날 유혹해서 가족에게서 떼어내는 게 목표라고 친구들한테 말했지. 아니, 진짜야— 그 애는 그렇게 말했어! 다른 학생들한테! 난— 난 절대로 상황이 뭔가, 로맨틱한 그런 것에 가까워지는 것조차 허용한 적이 없었어. 난 일부러 나랑 걔 사이에

397

거리를 두어서 그 애가 절대로—"

"그만해요." 블랜딘이 말한다. 그녀가 세인트필로메나를 그만두고 몇 달 후 그녀의 메일함에 메시지가 들어왔을 때, 그녀는 차마 답장을 보낼 수가 없었다. 그걸 제대로 읽을 수조차 없었다. 이제는 그녀 자신이 배신을 했음을 온몸으로 자각한다. 조는 얼마나 외로웠을까. 얼마나 멍청하고 기묘하고 노출되고 일회용이 된 듯한 기분이었을까. 혼자서. "제발 좀 닥쳐요."

제임스는 고개를 젓는다. "아니, 이건 중요해. 걔가 이런 식으로 소문을 퍼뜨리다니 믿을 수가 없어. 그 애는 아마 거부당한 기분일 거고, 그래서 화가 난 게 분명해. 아니, 벌써 몇 년이나 된 일인데, 맙소사. 걔가 한번은 리허설 끝나고 내가 혼자 있는 걸 붙잡고는 내 다리를 만졌는데—"

"단둘이서 만난 적은 한 번도 없다고 하지 않았어요?"

"그런 적 없어! 아주아주 잠깐이었는데 걔가 그런 짓을 어떻든 한 거야! 난 바로 걔한테서 떨어졌고, 그런 행동은 당장 그만둬야 한다고 말했어. 그런 행동을 계속하면 교장 선생님에게 말해야만 한다고 했지. 걘 그냥 부끄러운 게 분명해. 그러니까 그게 걔가 한 말의 전부라고? 그 사람한테 너도 넘어갔어? 그건 어떤 의미든 될 수 있어. 어쩌면 걔는 너도 나한테 반했다거나 뭐 그런 거라고 생각했을 수도 있어. 거기에 대해서 이야기하고 싶었던 걸지도. 걔는 망상적이고 집착적이고 극단적이었어. 정말로 불안정했고. 가정생활이 난장판이었거든. 그 일이 일어날 무렵에 걔 부모님이 추잡스럽게 이혼을 하는 중이었던 것 같아. 에이, 티퍼니. 설마 이런 걸 믿을 리가—"

"그러니까 이게 선생님이 나에 대해 말하는 방식이군요? 다른 사람들이 물어봤을 때 말이에요." 블랜딘이 말한다.

그는 당황해서 눈을 깜박인다. "아니. 물론 아니야."

"사람들한테 내가 선생님한테 집착했다고 말하나요? 선이 없었다고? 내가 난장판인 가정생활의 결과물일 뿐이었다고? 나이 많은 남자에게 학대를 당했었기 때문에 그런 남자를 엿 먹이고 싶어 하는 또 다른 십대 계집애라고?"

"티퍼니. 아니야. 절대 그런 말 안 하지."

그녀는 그를 노려보다가 그의 값비싼 하얀색 테니스화가 진흙으로 더러워진 것을 알아챈다.

"아무도 묻지 않는걸." 제임스가 중얼거린다.

"당연히 아무도 안 묻겠죠!" 더 이상 비명을 억누를 수가 없어서 그녀는 내질러버린다. 그녀가 소리치자 그는 겁먹은 얼굴로 한 걸음 물러선다. 비명은 짐승 같다. 원시적이다. 최초의 땅에서 최초의 남자에게 상처를 입은 최초의 여자의 비명 같다. "그게 선생님 계획의 일부였겠죠, 안 그래요? 내 괴짜 같은 면이 빌어먹을 계획의 일부였겠죠! 조도 같은 방식이었을 거라고 확신해요. 선배도 선생님이 나타나서 특별한 사람이라는 기분이 들게 만들기 전까지는 왕따 같은 기분이었겠죠. 선생님은 그 선배가 너무 성숙하고 너무 섬세하고 너무 똑똑하기 때문에 같은 나이의 사람들이랑 관계를 맺지 못하는 거라는 기분이 들게 만들었을 거예요. 독특하기 때문에, 영리하기 때문에, 위대한 일을 할 운명이기 때문에 나머지 사람들과 다르다고요. 몇 달 동안이나 그렇게 얘기하고 나서야 접근하기 시작했겠죠. 그 선배랑은 어디서 섹스했어요? 선생님 집에서? 사무실에서?"

"그런 일은 없었어, 티퍼니. 절대로. 없었어." 그의 말투는 단호하다.

"친구가 없는 학생을 고르다니 참 머리 좋네요. 누구든지 간에 왜 묻겠어요? 난 아무한테도 말한 적이 없는데. 난 선생님에게 복종했죠. 선생님의 망할 비밀을 지켰어요. 그게 내 비밀이라고 착각했거든요."

"제발 널 집까지 데려다주게 해줘. 네가 이해해야 해, 티퍼니. 나와 조 사이에는, 아니 다른 어떤 학생과도 아무 일도 없었어. 정말 맹세해. 우리 어머니의 삶을 걸고 맹세해. 네가 유일해. 내가— 학생 중에서 내가…….'제임스가 말한다.

제임스가 이렇게 다급하고, 이렇게 통제 불능인 모습을 블랜딘은 처음 본다. 그녀는 그게 싫다.

그가 말한다. "핵심은, 우리가 이걸 해결할 수 있다는 거야. 걔가 나한테 보냈던 메시지를 보여줄게. 네가 알고 싶어 하는 건 전부 다 말해줄게. 너한테 증거를 보여줄게. 네가 이걸— 이 거짓말을 믿는다고 생각하는 것조차 참을 수가 없어."

그가 그녀의 손을 잡으려 손을 뻗는다. 그녀는 움찔하며 물러난다.

"건드리지 마요." 블랜딘이 낮은 목소리로 말한다. "어떤 버전의 내가 됐든, 다시는 날 건드리지 말아요."

물품들이 든 종이봉투가 잊힌 채로 그의 차 뒷좌석에서 기다린다. 블랜딘 왓킨스는 제임스 야거에게서 몸을 돌려 빗속을 뚫고 다른 차들에게 칠 테면 쳐보라는 듯한 태도로 집으로 달려간다.

낙찰!

~~~

7월 17일 수요일 오후 8시 14분, 사망한 아역 배우 엘시 제인 매클로플린 블리츠의 전(前) 개인 비서 클레어 델라크루즈는 트윗을 올린다. 그녀는 로스앤젤레스 코리아타운에 있는 자신의 손바닥만 한 원룸아파트 부엌 바닥에 앉아 있다.

엘시의 유골이 앵거스 해먼드 씨에게 230만 달러에 낙찰되었음을 기쁘게 알립니다. 경매에 참가해주신 모든 분께 감사드립니다. 여러분의 관대함 덕분에 피그미세발가락나무늘보 보호구역이 혜택을 볼 것입니다. 이것은 우리 모두에게 멸종 위기종 생물을 보호하라고 가르쳐준 엘시를 기리는 최고의 방법입니다.

그런 다음 클레어는 자신의 은행 계좌를 확인한다. 어젯밤에 그녀의 운전석 창문이 누군가에 의해 부서졌다. 차 안에서 훔쳐 갈 만한 값진 걸 하나도 찾지 못한 것이 틀림없었다. 클레어의 은행 계좌는 그녀가 유리를 수리할지 집세를 낼지 둘 중 하나를 선택해야 한다는 걸 확인시켜준다. 둘 다 할 돈은 없다. 엘시는 그녀에게 최저

임금보다 약간 더 주었을 뿐이다. 비서로 근무하는 몇 년 동안 클레어는 엘시를 대신하여 업계 전반의 수많은 사람들을 불쾌하게 해야 했고, 로스앤젤레스에서 다시 고용될 가능성은 없을 거라고 생각한다. 물병에서 물을 마시며 그녀는 자신의 트윗에 쌓여가는 관심을 바라보고, 그 알림이 갈라진 피부에 바르는 연고 같다고 느낀다.

4부

다 함께, 지금

〰

C12호: 의식 상태가 더 이상 매력적이지 않다면 10시 전에 잠이 든다 해도 누가 비난할 수 있을까?라고 홀아비 벌목꾼은 합리화한다.

'당신의 데이트를 평가하세요(성인만!)'의 알림

롱다리페기: 나처럼 아무것도 아닌 사람이랑 뭘 할 마음은 없겠지만 그래도 착한 사람이라는 말은 하고 싶음. 진짜 희망을 다시 갖게 해 주고 웃게 해줌 ★★★★★

C10호: 혼자서 가족 노트북컴퓨터를 앞에 둔 십대 소년이 중요한 인생의 교훈을 배운다. 서비스에 대해 선불 결제를 하지 않은 훨씬 나이 많고 모르는 사람과 동영상 섹스를 하는 중에 와이파이가 개판인 것보다 더 괴로운 상황은 없다는 것이다.

"아무래도— 환불— 좋겠어." 남자가 말한다.

"뭐라고요? 끊겨요."

"내 말은— 요청을— 좋겠어."

"뭐라고요? 미안한데요."

"이런 망할— 난— 둘래." 남자가 말한다.

남자가 끊는다.

십대 소년은 침묵 속에 몇 분 동안 침대에 앉아 있다. 그러다가 젖은 사각팬티를 이불 위에서 집어서 빨래 바구니에 던져 넣고, 욕실로 가서 몸을 씻는다. 그런 다음 목욕 가운을 입고는 자신이 백만장자가 되어 시가를 물고 뜨거운 욕조에 들어가 있는 걸 상상한다. 격자무늬에 부드러운 목욕 가운은 몇 년 전 산타의 선물이었다. 그의 어머니가 그에게 말한 적도 그가 물은 적도 없었고, 어머니는 여전히 크리스마스 선물에 산타의 이름을 쓴다. 가운은 그의 어린 시절의 유물이고, 이런 때에 입으면 기분이 좋아진다. 십대 소년은 자신의 어머니를 격렬하게 사랑한다.

밖에서 짖는 개. 몇 층 아래에서 들려오는 뭔가 둥둥거리는 음악. 남자애들 몇 명이 또 소리를 지르고 있다. 그 애들은 항상 소리를 지른다. 그는 전에 로비에서 걔네를 본 적이 있다. 거기서 걔네는 종종 알 수 없는 내용의 동영상을 찍는다. 그중 한 명은 굉장히 매력적이고, 또 한 명은 그럭저럭 괜찮고, 세 번째는 매력이라고는 전혀 없다. 하지만 세 번째는 상냥해 보인다. 십대 소년에게 미소를 지어준 적 있는 유일한 사람이 그다. 그 남자애들은 소년보다 약간 더 나이가 많지만, 다른 인생에서는 그의 친구들이었을 수도 있다. 그에게 가장 크게 와닿았던 것은 그들의 에너지다. 그들은 온몸에 색깔과 소음과 너무 강력해서 저절로 차단될 정도의 힘이 꽉 차 있는 것 같았다. 그는 그들에게 말을 걸 용기를 끌어모을 수가 없었다.

토끼장의 벽은 굉장히 얇아서 모두의 삶이 나아가는 것을 라디오 드라마처럼 들을 수 있다. 이런 이유 때문에 십대 소년은 남자가 전화를 하기 전에 노트북컴퓨터의 볼륨을 줄였다. 하지만 그건 불필요한 조치였다. 남자는 통화 내내 조용했다.

비밀은 그의 몸 안에서 개조 작업을 한다. 그의 어린 시절의 벽들을 전부 불도저로 밀어버리고 새로운 것을 위한 공간을 준비한다. 그게 뭐가 될지는 모르겠지만, 그는 프랑스 영화를 많이 봐서 그게 황홀할 거라는 건 안다. 재건은 불가피하다. 그는 이것을 받아들인다. 그리고 죽음 없이는 부활도 없다. 그는 모든 전자 기기를 끄고 그의 멋있는 베타 물고기에게 먹이를 준다. 십대 소년은 수많은 사람들이 이 건물 안에 들어차 있다는 것에, 하지만 그의 밤이 얼마나 방대했는지는 아무도 모른다는 것에 경탄한다.

C8호: 욕실에서 아이 엄마는 남편이 이를 닦는 것을 본다. 그녀는 항상 남편이 이를 닦는 방식을 좋아했다. 체계적으로, 각 열마다 정확하게 30초씩. 그는 셔츠를 벗고 사각팬티만 입고 있다. 그녀는 그의 맹장염 수술 자국을 쳐다본다.

"일라이의 눈이 무서워." 그녀가 불쑥 말한다.

남편이 치약을 뱉는다. "뭐?"

"일라이. 나 그 애 눈이 무서워. 너무 무서워서 숨도 잘 못 쉬겠어. 하루 종일 공황 발작을 일으키는 기분이고, 걔를 쳐다볼 수가 없어. 엄마는 자기 애를 쳐다봐야 한다는 거 아는데, 그냥 눈 때문에 못 보겠어. 눈에 대해서 생각조차 못 하겠고, 생각할 때마다 공황에 빠져버리는데, 지금도 눈에 대해서 생각하고 그걸 상상하니까 공황 상태야. 아무도— 아무도 이런 것에 대비시켜주지 않았고, 아무도 온라인에서 이런 이야기를 하지 않아. 자기 아이에 대해서, 혹은 아기들 전반에 대해서 이런 식으로 느끼는 사람을 난 한 명도 못 찾았어, 온종일 인터넷을 뒤졌는데 말이야. 나한테 뭔가 잘못된 데가 있나 봐. 뭔가 아주 잘못됐어. 저 망할 인터넷을 통틀어 나 같은 사람이 한 명도 없으면 나한테 뭔가 문제가 있다는 거야. 나한테—"

"아, 자기야." 그녀의 남편이 그녀를 가슴에 껴안고는 일라이를 포대기로 쌀 때처럼 그녀의 팔을 옆구리로 내리누른다. 그녀는 또다시 울면서 과다호흡을 일으키고 있다. 그가 그녀의 머리카락을 쓰다듬는다. "이런 식으로 느낀 지 얼마나 됐어?"

"아기가 — 태어났을 — 때부터."

"그런데 지금까지 내내 비밀로 했던 거야?"

그녀는 흐느끼면서 고개를 끄덕인다.

"왜 나한테 말 안 했어?"

"자기가 나를 — 나쁜 엄마라고 — 생각 — 생각할까 봐 —"

"내가 무슨 생각 하는지 알아?"

그녀는 흐느낀다.

"난 자기가 아주 대단한 엄마라고 생각해. 자기는 '올해의 엄마상' 수상감이야. 그리고 또 자기한테 약이 좀 필요하다고도 생각해. 심리 상담이나. 내가 저금을 해놓은 게 있어 — 아니, 내 말 들어, 지금 이 정도는 할 여유 있어. 그리고 이제 예약을 잡을 때라고 생각해, 알았지? 마이크랑 이야기했었는데 그 친구 처방전은 한 달에 40달러 정도래, 그쪽 보험도 안 갖고 있는데. 자기가 원한다면 우리도 할 수 있어. 이런 기분 느낄 필요 없어, 호프. 그리고 자기랑 같이 있을 사람도 구하자. 우리 엄마는 어때? 케라는 항상 일하고 있는 거 알지만, 그러면 밸은 어떨까? 밸도 아마 누구랑 같이 있고 싶어 할 거야. 그리고 밸의 애가 — 몇 살이더라? 일라이보다 두어 달 일찍 태어났던가? 장모님이 여기에 몇 주 일찍 오셔도 되고. 그렇게 많은 시간을 혼자서 보내는 건 힘들잖아, 호프. 자기는 어떻게 생각해? 약을 좀 받으러 갈까? 아니면 상담? 같이 있을 사람? 그게 도움이 될까?"

그는 몇 분 더, 그녀가 정상적으로 숨을 쉬기 시작할 때까지 그녀를 안아준다. 그녀가 고개를 끄덕인다.

"좋아."

마침내 그녀의 남편이 웃기 시작한다. 웃음소리가 그의 가슴 깊은 곳에서 솟아올라 곧 그 자신보다도 커진다.

"왜 그래?"

"그게 그냥— 미안해. 그냥—"

"뭔데?"

"그냥 너무 웃겨서." 그가 손으로 자신의 입을 덮는다. "그 애—" 다시 요란한 웃음. "눈이라니."

아이 엄마는 처음에는 머뭇거리지만, 자신도 모르게 어느새 같이 웃고 있다. 요란하게. 통제 불가능하게. 정신없이.

"진짜 좀 오싹하긴 하지." 그가 말한다.

이 말에 그녀는 더욱 격렬하게 웃는다.

"아냐, 아냐, 아냐. 아니라고!" 그녀가 웃는다.

"더 웃긴 게 뭔지 알아……." 그녀의 남편이 여전히 즐거워하며, 그녀의 눈가에서 눈물을 닦아주며 말한다.

"뭔데?"

"그게……." 그는 어깨를 떨면서 다시 웃는다. 그녀는 그에게 안겨 있어서 그의 웃음이 둘 모두를 울리는 걸 느낄 수 있다. "그게—"

"뭐냐고!"

"다들 그 애 눈이 당신 눈을 닮았다고 하거든."

C6호: 대부분의 사람들처럼 레지는 죽은 쥐를 만지고 싶지 않다. 대부분의 사람들처럼 레지는 자신과 자신이 사랑하는 모든 사람이 유한한 삶을 벗어났다고 믿으며 하루를 보내고, 그래서 이런 식으로 죽음이 자기주장을 하는 게 싫다.

"빨리. 걔네가 잠자리에 들기 전에." 아이다가 말한다.

쥐 아니면 마누라야, 어떤 목소리가 레지에게 말한다. 쥐 아니면 마누라. 그 목소리는 그의 5학년 때 선생님 같다. 검은 머리에 다리를 절고, 건선이 있고, 그가 푹 빠졌던 여선생님. 그녀는 종종 학생들이 사실을 기억하는 걸 도와주려고 운율을 만들곤 했다. 그녀에게서는 콜타르 냄새가 났다. 마치 새로 포장한 거리처럼. 멋진 여자였어! 레지는 안락의자에서 일어나 플립플롭에 발을 밀어 넣고 발코니로 걸어간다. 지금까지 그의 칠십대는 마라톤의 마지막 1.5킬로미터처럼 느껴졌다. 그의 몸이 그의 것이었던 시절에 그가 종종 달리던 거리였다. 지금은 모든 게 욱신거리고 탈수증상이 일어난다. 그의 시야는 부서졌고 초점이 잘 안 잡힌다. 그는 자꾸 방으로 걸어 들어가서는 왜 들어왔는지 잊어버린다. 그게 그를 겁먹게 만들지만, 아니나 다를까 그 두려움도 잊어버린다.

"알았어. 알겠다고." 그가 툴툴거린다.

그는 오븐 장갑처럼 손을 식료품 비닐봉지에 넣고, 문을 열고, 콘크리트 발코니로 나간다. 그의 주위로 내려앉은 밤은 딱 그가 사랑하는 중서부의 밤이다. 덥고, 습하고, 반딧불이가 깜박이고, 폭풍이 오락가락하는 보라색 하늘. 수십 년 전에 아이다와 아이들과 그는 독립기념일을 그의 여동생 브랜디와 함께 북부 캘리포니아에서 보냈었다. 레지는 당시에 존 자동차에서 전기기술자로 일하고 있었다. 그건 그들이 집을 잃기 전이었다. 그 이후만큼 경제 상황이 빠듯하지는 않았지만 아이다와 레지는 이 여행을 가기 위해 1년 동안 저축을 했고, 아이들은 하늘까지 날아오를 정도로 기뻐했다. 그 애들은 내내 그 상태였다.

방문 내내 그의 여동생은 자신의 우월함을 알리기 위해 옷과 목소리, 자세를 가다듬었다. 그녀는 그들의 도시가 마치 최대 보안 감옥이라도 되는 것처럼 그곳을 떠난 걸 아주 자랑스러워했다. 새로운 삶을 찾는 데에 비행기 표와 미용학 학위, 깜찍한 얼굴 이상이 필요하기라도 했던 것처럼. 그들은 브랜디의 뒤뜰 탁자에 둘러앉았고, 레지의 아이들은 덜덜 떨며 춥다고 징징거리는 걸 멈추지 않았다.

"7월이잖아요." 제일 나이 많은 마이크가 불평을 했다.

"건조하게 더운 거야. 그래서 너희 동네처럼 낮이 후덥지근하고 끔찍하지 않은 거지." 브랜디가 쏘아붙였다.

너희 동네. 레지는 그걸 참을 수가 없었다. 이미 아이들은 불꽃놀이가 없는 것에 실망했고, 이제는 브랜디가 그들에게 내주는 히피스러운 차를 좋아하는 척해야 했다. 불꽃놀이에 관한 그들의 불평은 캘리포니아 소방관인 브랜디 남편의 길고 혹독한 연설을 촉발했다. 그에 더불어 어린 저스틴이 인동에 알레르기가 있다는 게 밝혀졌다. 레지가 그의 딸과 세 아들을 여동생의 거실 바닥에 깔아놓은 침낭 안에 눕히고 지퍼를 닫아줄 때 아이들은 백신을 맞고 난 다음처럼 성격에 안 맞게 조용했고, 거의 패배한 모습이었다.

"바카베일이 더 좋아요." 막내이자 유일한 여자아이인 여덟 살 티나가 어둠 속에서 엉망인 치아를 드러내며 속삭였다. 그 치아 때문에 곧 레지는 잔업을 해야 할 것이었다. 티나는 아직은 감옥에 들어간 강도와 결혼한 알코올의존자가 아니라 아토믹파이어볼 사탕과 정글 생태계를 사랑하고 다이빙대에서 '체조'를 하는 걸 좋아하는 어린애였다. 꼭 가져와야 한다고 고집했던 그 애의 베개에는 호랑이 그림이 있었다. 캠프파이어 연기가 그 애 머리카락에 스며 있었다. "우리 동네 날씨가 좋아요. 집에 가요." 그 애가 속삭였다.

지금, 수십 년이 지나고 레지는 발코니에서 바카베일의 밤공기를 폐 가득 들이쉬며 티나가 이걸 즐길 만큼 술이 깬 상태면 좋겠다고 생각한다. 그는 핸드폰의 플래시로 발코니를 비춘다. 빛줄기가 정원 의자 두 개와 하얀 플라스틱 탁자, 빗자루, 빈 논알콜 맥주 캔 두 개, 날짜 지난 선크림 한 병, 쓸모없는 전선 한 다발, 말도 안 되는 양의 새똥(그들은 여기서 새를 본 적이 한 번도 없었다), 미국 국기가 튀어나와 있는 흙 담긴 화분을 드러낸다. 모든 것이 폭풍우로 흠뻑 젖었다. 마침내 그는 쥐덫을 찾아낸다. 그는 보통 덫에 걸린 쥐는 멀쩡한 모습이라고 생각하는 걸로 마음을 진정하며 천천히 덫에 접근한다.

운이 좋았다. 이 녀석은 자고 있는 것처럼 보인다. 하지만 곧 이게 그를 더욱 괴롭힌다. 쥐는 죽어서도 그에게 아무것도 요구하지 않는 상냥한 손님이다.

쥐의 털은 회색이 아니라 황갈색이고, 그게 레지를 불안하게 만든다. 그것은 일종의 개성을 뜻하니까. 그는 녀석의 귀 혈관을 볼 수 있다. 귀는 그에게 또다시 티나를 연상시키고, 그의 가슴이 조여든다. 재빠른 한 번의 동작으로 그는 비닐봉지로 쥐를 주워 담는다. 봉지를 뒤집어 당기고, 윗부분을 잡아매고, 집 안으로 다시 돌아온다.

"쪽지를 써놨어." 아이다가 말한다.

레지는 방을 가로질러 아내가 있는 쪽으로 간다. 56년간의 결혼 생활 동안 그녀는 한 번도 방을 가로질러 그에게 온 적이 없기 때문이다. 그녀는 노란색 포스트잇을 그의 손등에 붙인다. 그러므로 남이 너희에게 해주기를 바라는 그대로 너희도 남에게 해주어라. 이것이 율법과 예언서의 정신이다!!!—마태오복음 7:12

"그 봉지에 있어?" 그녀가 묻는다.

"뭐가?"

"사체."

"쥐?"

"응."

"응."

"꼭 봉지에서 빼서 놔둬."

"아이다."

"그냥 그 집 매트 위에 던져놔. 그리고 문에 그 쪽지 붙여놓고."

레지는 잠깐 선 채 앞에 놓인 삶에서 빠져나가기 위해 텔레비전을 본다. 지역 뉴스. 한 남자가 지난주에 번트토스트라는 바에서 다

른 사람에게 살해당할 뻔했고, 현재 바는 닫을 예정이다. 작년 내
내 경찰관들은 평균적으로 일주일에 세 번씩 번트토스트로 출동했
었다. 공동소유주와의 인터뷰 장면. "네, 여기에 오랫동안 있었는데
모든 게 사라지는 걸 보니 슬프군요. 우리 인생의 수십 년이었어요.
가게를 연 이래로 도베르만을 차례로 세 마리나 키우고 보냈을 정
도니까요. 하지만 너무 많은 삐- 가 이 삐- 구석에서 벌어졌어요.
달콤쌉싸름하네요." 여자가 말한다. 죽은 남자에게서는 어떤 무기
도 발견되지 않았다.

다른 뉴스에서는 몇몇 사람들이 바카베일 컨트리클럽의 월요일
밤 사건을 테러리즘 행위라고 부른다고 이야기한다. 중년 여자와의
인터뷰 장면. 배너에는 이렇게 쓰여 있다. 축하연 참석자의 부인, 메
리 커즐라우스키.

"사람들이 정치적으로 너무 올바르게 구느라 스페이드를 스페이
드로 부르지 못할 때 난 미칠 것 같아요. 테러리즘은 원하는 걸 얻
기 위해서 폭력을 쓰는 거예요. 아니면, 뭐랄까, 폭력을 쓰겠다고 협
박하는 거죠. 그리고 여기서 일어난 일이 바로 그거예요. 내 말을 믿
는 게 좋아요. 솔직히 난 지금 상황에 실망했어요. 경찰은 이 일을
제대로 처리하지 않고 있어요. 아무도 진짜로 위험하지는 않다고
생각한다는데, 그렇게 믿을 이유가 전혀 없잖아요. 이건 심각한 일
이에요. 부두 인형이라니! 그러니까 경찰도 이걸 심각하게 다뤄야
해요. 내 남편이나 그 동료들에게 절대로 무슨 일이 생기면 안 되지
만, 만약 정밀로 생기면 바카베일 경찰은 자기들 때문이라는 걸 알
아야만 할 거예요."

관계자들은 현재 진행 중인 조사에 대해서 언급하기를 거부했다.

"뭘 기다리고 있는 거야? 얼른 가." 아이다가 말한다.

레지는 돌아서서 문으로 느릿느릿 걸어간다. 기억이 새처럼 그에
게 내려앉고, 그는 그것을 환영한다. 그는 열다섯 살이었다. 그가 한

살 많고 성격 강한 농장 소녀 아이다를 만난 날이었다. 그는 인디애나주 게리에서 바카베일로 일주일 전에 이사 왔다. 아이디의 이미니는 어느 일요일 미사가 끝나고 그의 어머니를 찾아와서 손을 잡고 이 동네로 온 걸 환영해주었다. 아버지들은 도넛과 커피 근처에서 어색하게 대화를 나누려고 시도했고, 그래서 레지는 겁에 질려 아이다만 쳐다보았다. 사춘기는 기묘한 괴로움과 지속적인 수치심의 시기였다. 나는 왜 투명하지 않지? 그는 매일 고민했다. 하지만 아이다는 남들이 자신을 보는 걸 좋아했고, 그녀를 보자마자 그건 분명히 알 수 있었다. 아이다는 결투에 응하듯이 그의 시선을 마주 보았다. 그녀의 목은 길었고, 턱은 위쪽으로 들렸고, 피부는 팽팽하고 여름의 햇살에 그을려 반짝였다. 그녀는 그 자신보다 몇 센티미터 컸다. "여기 커피 완전 구리다." 그녀가 말했다. 이쑤시개 부대처럼 땀이 그를 날카롭게 공격했다. "그래?" 대답하는 그의 목소리가 갈라졌다. "그래. 하지만 도넛은 신이 내린 것 같아." 그녀는 하늘색 원피스 아래로 스타킹을 바로잡고 음식 탁자로 다가왔다. "하나 먹을래?" 레지는 목을 가다듬었다. 그녀는 예쁜 건 아니었다. 생김새가 각지고 거칠었다. 하지만 그녀는 레지가 만나본 사람 중에서 가장 무의식적으로 명령적인 사람이었다. "그래. 그냥 글레이즈드로." 그녀는 코웃음을 치더니 그가 젖병으로 우유를 먹여달라고 말하기라도 한 것처럼 그를 쳐다보고는 말했다. "아니. 넌 애플프리터로 먹어."

그들의 첫 데이트 때 그녀는 이웃집에서 골프 카트를 훔쳐서는 근사하게 끼익거리고 어둠을 향해 농담을 던지며 8킬로미터를 달려 도시 외곽의 산업용 농지로 향했다. 그는 뭔가를 운전하는 여자를 전에는 한 번도 본 적이 없었다. 그녀는 자유로웠고, 강했고, 그녀에게서는 땅 냄새가 났다. "우리 아빠는 내가 태어나자마자 악마가 나한테 대고 재채기를 했다고 하셔." 그녀는 전속력(시속 24킬로미터)으로 텅 빈 시골길을 따라 옥수수밭으로 카트를 몰면서 레지에게 말했다. "아빠는 그래서 내가 이렇게 나쁜 거래." 흙먼지가 그들 주위로 피어올랐다. 갑자기 그녀가 별이 빛나는 하늘 아래 카트를 세웠고, 그들은 숭고하고 인위적인 기하학에 둘러싸였다. 여기에는 반딧불이가 없었다. 매미나 모기도 없었다. 옥수수 말고는 어떤 생명체도 존재하지 않았다. 한여름이었고, 옥수숫대는 180센티미터 높이로 끝이 없고 초록색이었다. 굉장한 건강의 표명이었다. 아이다는 줄기에서 옥수수 속대를 뽑아서 거칠게 껍질을 벗긴 다음 잎으로 된 껍질을 별에 흠뻑 빠진 레지의 눈 위에 감았다. "보지 마. 너한테 키스할 건데, 넌 절대로 그걸 증명하지 못할 거야." 그녀가 말했다.

62년 뒤에 레지는 애정과 연민, 두려움으로 가득 찬 채로 아이다의 흰머리를 가는 눈으로 쳐다본다. 이 감정들의 혼합물은 사랑과 동일하다고 그는 생각한다. 그걸 증명할 수 있으면 좋을 텐데.

"어디로 가버렸지, 내 사랑?" 그는 아내가 들을 수 없다는 걸 아는 크기의 목소리로 묻는다. 그녀는 머리를 꼼짝도 하지 않은 채 텔레비전을 보고 있다.

그는 집 밖으로 느릿느릿 나와서 계단으로 향하지만, 아래쪽에서 덜거덕거리는 소음을 듣고 멈춘다. 그는 잠깐 동안 귀를 기울이지만 무슨 소리인지 알아낼 수가 없다. 한 층 올라가는 대신에 그는 소음을 따라 계단을 내려간다. 3층에서 그는 덜컹거리는 소리, 고함 소리를 따라서 C4호에 도착한다. 그는 비닐봉지를 꽉 쥐며 문에 귀를 댄다.

집 안의 움직임이 레지의 보청기 마이크에 음파를 보내고, 기계가 음파를 전기신호로 변환하여 증폭기로 보내고, 거기서 신호를 스피커로 보내면 스피커는 새롭게 조절한 크기로 그걸 그의 귀로 다시 돌려보낸다. 소리 공장의 조립라인이다.

C4호: 침대 근처에 블랜딘은 아빌라의 성 테레사가 쓴《그녀 삶에 관한 책》의 29장을 테이프로 붙여놓았다. 그녀가 도서관에서 종잇조각에 베껴 쓴 것이다. 여기서는 많은 신비주의자들이 '심장의 황홀경'이라고 부르는 그것, 어떤 사람들은 종교적 황홀경 상태에서 경험했다고 말하는 그것에 대해 묘사한다. 블랜딘은 '종교적 황홀경(transverbération)'이라는 말이 라틴어 *transverbere*, 즉 '꿰뚫다'에서 왔다는 걸 알게 되었다. 이런 환영에서는 대체로 천사가 신비주의자의 심장을 꿰뚫기 때문에 이 현상을 '천사의 공격'이라고도 부른다. 테레사는 기본적으로 이것을 신의 가장 멋있는 천사와의 섹스로 묘사한다. 블랜딘은 그 이미지가 남성기를 연상시키고 명확하고 에로틱하다는 것을 깨닫는다. 그녀는 잠이 안 오는 때면 항상 29장을 다시 읽는다. 그리고 잠이 안 오는 때는 꽤 자주 있다. 거의 항상이다. 무더운 밤, C4호에서 그녀가 육체에서 빠져나올 때쯤에는 그 단락을 외우고 있다.

내가 이 상태에 있을 때 주님께서는 가끔 다음의 환영을 보여주셨다. 나는 내 왼쪽 가까이에서 육신의 형태를 한 천사를 보았다. 나는 아주 드문 경우가 아니면 육신의 형태를 한 천사를 거의 보지 못한다. 여러 차례 천사들이 내 앞에 나타났지만 그들을 실제로 본 것은 아니고, 전에 이야기했던 지적 환영일 뿐이었다. 하지만 이번에는 주님께서 다음과 같은 방식으로 내가 환영을 보기를 바라셨다. 천사는 크지 않고 작았다. 그는 아주 아름다웠고, 그의 얼굴은 불길에 거세게 타오르고 있어서 전체가 불길처럼 나타나는 아주 지고한 천사들 중 한 명처럼 보였다. 그들은 케루빔이라고 불리는 천사들의 일원일 것이다. 왜냐하면 나에게 이름을 이야기하지 않았기 때문이다. 하지만 하늘에서는 일부 천사들과 다른 천사들 사이에 굉장히 큰 차이가 있고, 후자의 천사들과 또 다른 나머지 천사들 사이에도 내가 어떻게 설명해야 할지 모르는 차이가 명확히 있다는 것을 알 수 있었다.

나는 그의 손에서 커다란 금빛 화살을 보았고, 금속 화살촉의 끝부분은 조그만 불길 같았다. 이 천사는 화살을 여러 차례 내 심장에 찔러 넣어서 그게 내 안 깊은 곳까지 닿았던 것 같다. 그가 그것을 뽑았을 때 나는 그가 내 가장 깊은 부분을 가져간다고 생각했고, 그는 나에게 신의 불타는 위대한 사랑을 남겼다. 고통이 너무 커서 나는 신음했으며 이 어마어마한 고통이 나에게 가져온 달콤함이 너무나 굉장해서 이것을 없앨 수 있는 욕망도 없었고, 신 미만의 것으로 영혼이 만족할 수도 없었다. 이 고통은 육체적인 것이 아니라 영적인 것이다. 육체가 일부를, 그것도 꽤 많이 공유하기는 하지만 말이다. 영혼과 신 사이에서 일어나는 이 애정 넘치는 교환은 대단히 달콤해서, 나는 내가 거짓말을 한다고 생각하는 모든 사람에게 관대하게 이 사랑을 맛보게 해 달라고 그분께 애원한다.

이것이 지속되던 며칠 동안 나는 마치 넋을 잃은 것처럼 지냈다. 보고 싶지도, 말하고 싶지도 않았고, 그저 나의 고통을 내 가까이로 꽉 안고 싶었다. 나에게는 이것이 모든 창조보다도 더 큰 영광이었기 때문이다.

블랜딘 왓킨스는 겨우 열여덟 살이지만 거의 평생 이 일이 일어나기만을 바라며 살았다. 염소, 소년, 이웃, 낯선 사람, 토끼, 매, 벌목꾼, 나무, 고아, 어머니—그녀가 자신에게서 빠져나가자, 그녀는 이 모든 것이 된다.

C2호: 조앤 코월스키는 이불 위에 누워서 윗집에서 들리는 소음을 무시하려고 노력한다. 지금까지 중에서 최악이다. 그녀는 페니의 경고가 마음에 걸려서 이미 현관 자물쇠를 세 번이나 확인했다. 빙하 남자의 환영이 그녀를 괴롭힌다. 끔찍한 눈사람의 환영도. 그녀는 침

실용 탁자에 놓인 멜라토닌병을 집어 수돗물로 알약을 삼킨다. 그녀는 텔레비전을 켜고 지역 앵커가 정치인의 트윗을 찾아내는 뉴스를 큰 소리로 튼다. 논의는 그녀의 주의를 분산할 만큼 지루하다.

그녀는 자신의 청각 과민증을 물리치고 더 나은 사람이 되겠다고 스스로 약속했었다. 머릿속에 완벽한 아이디어가 떠오른다. 오늘 밤, 이모에게 감사 메시지를 쓰는 거다. 자신의 문제는 은혜를 모르거나 무심한 게 아님을 조앤은 깨닫는다. 그녀의 문제는 은혜에 과하게 감사하고 너무 세심하다는 거다. 이 생각을 하자 그녀의 절반이 나머지 절반에게 눈을 굴린다. 그녀는 항상 값비싼 편지지에 우아한 필기체로 긴 감사 편지를 쓰고 싶어 한다. 하나의 영혼이 다른 영혼에 닿을 수 있도록 하는 모든 표현을 곁들인 완벽한 문장들. 이런 야심의 규모가 시도를 못 하게 막는 것이다. 하지만 이메일로 감사 메시지를 보냄으로써 그녀 자신과 이모의 마음을 편하게 해줄 수 있다. 그렇게 할 것이다.

침대 옆 바닥에서 영아를 위한 것으로 홍보하는 백색소음 기계가 윙 울리며 최고 음량으로 돌아가고, 그녀의 창문이 에어컨 때문에 울리고, 전문가들 한 명 한 명이 몇 분을 들여 하나의 견해를 설명한다. 조앤은 뉴스를 보면서 자기 어깨를 마사지하려고 해보지만 효과가 없다. 완벽한 머리 모양의 남자가 같은 문장을 계속계속 반복하다가 마침내 다른 전문가가 그의 말을 자른다. 그럼에도 불구하고 조앤은 여전히 위층의 혼란을 들을 수 있다. 오늘 밤의 소리에는 뭔가 야성적인 데가 있다. 비명 소리, 치는 소리, 북소리, 심지어는 발굽 소리? 이게 가능한가? 그녀는 이틀 전에 세탁소에서 만난 하얀 머리 여자아이를 떠올린다. 땀 대신 피 흘리기. 예수, 프러포즈. 성혼.

그러다가 조앤은 C4호에서 한 번도 들어보지 못했던 소리를 듣는다. 여자의 비명 소리. 그녀는 뉴스를 끄고 얼어붙는다. 또다시 비명 소리. 그 여자아이 목에서 나왔을 가능성이 아주 높은 그 소리를 들으며 조앤은 피가 날 때까지 엄지손톱 주위의 피부를 깨문다. 그녀는 이불에 얼룩이 남지 않도록 피를 핥는다. 다리를 움직일 수가 없다.

확인을 해보지 않는다면 조앤은 자매들 사이에서 배반자가 되는 걸까? 시간이 늦었다. 그녀는 피곤하고 두렵다. 침실용 탁자 위에서 기다리고 있는 마라스키노 체리병을 본다. 아직 하나도 먹지 않았다. 체리는 즐거움을 줄 예정이었지만, 이제는 그저 소리의 비참함을 장식하는 치장일 뿐이다.

걔들은 십대야, 조앤은 상기한다. 그 애들은 그냥 법석을 떨고 있는 게 분명하다. 법석을 떨고, 아무리 호르몬이 불균형하다 해도 수요일 밤에 저런 식으로 뭔가를 박살 내는 게 얼마나 무례한 행동인지, 다른 사람들에게서 단 한 사람도 가로막아주지 못하는 싸구려 벽을 사이에 두고 서로 아주 가까이 위치한 많은 사람들과 함께 건물을 쓰는데 말이다.

자신의 생각이라는 쓰레기를 뒤져 진실을 찾자면, 조앤은 비명 소리가 법석을 떨어낸 결과처럼 들리지 않는다는 걸 인정해야 한다. 조앤이 현실에서 피가 얼어붙는다는 말이 적절하다고 생각한 것은 처음이다.

하지만 아니— 그 여자아이는 자신이 뭘 하는지 안다. 걔는 자신이 어떤 일에 뛰어들었는지 잘 안다. 세탁소에서 그 애는 침착함 그 자체였다. 아마도 집에서 섬뜩한 게임이라도 하며 그 남자아이들이 자신에게 쏟는 관심을 즐기고 있겠지. 어떤 여자아이가 십대 남자애 셋과 함께 사는 걸 선택한단 말인가? 남자들에게 추종받기를 바라는 유형. 그 여자아이가 가장 원하는 게 관심이다. 세탁소에서 그것만큼은 확실했다. 탈색한 하얀 머리.

엄청난 집중력으로, 생각하고 또 생각해서 조앤은 자신의 죄책감을 분노로 바꾼다. 그녀의 아버지가 한때 알코올에 대한 중독을 음식에 대한 중독으로 바꿨던 것처럼.

조앤은 소음을 신고할 생각은 하지 않는다. 나중에, 무슨 일이 있었는지 알게 됐을 때 그녀는 자신의 심리와 전반적인 사회에 관한 이 계시적 정보를 생각해보게 된다.

마침내 비명이 멈춘다. 조앤은 자신이 숨을 죽이고 있었다는 것도 몰랐다.

조앤의 핸드폰도, 노트북컴퓨터도 손이 닿는 범위 내에 없다. 이모에게 보낼 감사 이메일은 내일, 일이 끝난 후에 작성할 것이다. 밤은 이미 완전히 엉망이 되었다. 그녀는 텔레비전을 다시 켜고 채널을 고래의 노래에 관한 다큐멘터리가 방영되는 곳으로 돌린다. 조앤은 암컷들은 소리를 낼 수 있어도 대체로 그러지 않는다는 사실을 배운다. 오로지 수컷들만이 노래한다. 심각한 소음 공해는 고래에게 내출혈을 일으키고, 심한 경우에는 죽음까지 이르게 한다.

"우리는 혹등고래가 암컷을 유혹하기 위해서 노래한다고 생각해왔습니다. 그건 분명 사실이기는 합니다. 하지만 점점 더 많은 연구들이 수컷들이 서로를 위협하고 서로에게 강한 인상을 주기 위해서도 노래한다고 밝히고 있습니다!" 열성적인 고래 연구자 앨피가 외친다. 조앤은 자신이 호기심 많은 사람이라고 생각하지 않는다. 그녀는 세상을 거의 눈에 보이는 그대로 받아들인다. 하지만 위층의 소음, 비명이 멈춘 다음에도 계속되는 소음으로부터 그녀의 생각을 다른 데로 돌려주는 이 다큐멘터리를 그녀는 즉시 좋아하게 된다. 다큐멘터리는 조앤에게 훨씬 더 받아들이기 쉬운 소음인 심해의 소음을 전달해준다. 그녀는 멜라토닌을 10밀리그램 더 먹고, 화학물질이 그녀의 몸을 에워싸고 강한 잠 속으로 몰고 갈 때까지 고래에 대해서 배운다.

침실용 탁자 위, 작은 포크 옆에 마라스키노 체리병이 기다린다. 그녀는 그걸 먹는 걸 잊었다.

전기 고장

~~~

    레지가 몇 층 위에 있는 자신의 집에서 경찰에 전화할 무렵, 토드는 칼을 떨어뜨린다. 말리크는 여전히 거실 의자 위에 서서 현장을 내려다보며 동영상을 올리고 네 개의 SNS 계정에 홍보한다. 이게 입소문을 탈 만한 콘텐츠라는 걸 그는 안다. 그를 팔로어에서 인플루언서로 변신시켜줄 만한 콘텐츠. 모지스는 빛을 내고 몸을 떨면서, '통행료'는 잊은 채 육체로 달려가 벌어진 복부를 트렌치코트의 넓은 벨트로 묶는다. 상처를 압박한다. 다리를 위로 올린다. 메리앤의 목소리가 그의 기억 속에 깊이 박혀 있다. 압박, 순환, 압박. 유일한 상처를 아파트에 들어오기 한참 전에 입었던 염소는 바닥에 오줌을 싼다. 잭은 눈을 커다랗게 뜬 채 모든 것을 본다.

~~~

    나중에, 서에서 따로따로 심문받을 때, 범죄 현장에 있었던 모두가 기묘한 불빛에 대해서 증언한다. 모두가 그 불빛이 방 안에서 나왔다고 주장한다. 말리크는 그게 빛나는 남자 때문이라고 한다. 토드는 자신의 심리적 고통 때문이라고 여긴다. 잭은 경찰에게 번개였을 수도 있다고 말한다. 동영상에는 빛이 나오지 않는다.

　"난 모-모-모-모르겠어-어-어-요." 모지스는 말을 더듬는다. "저-저-전기 고-고-고장?"

바이럴

～～～

게시 후 처음 세 시간 동안 이용자 말리크 P. 존슨이 올린 '실화'
라는 제목의 유튜브 동영상은 695 조회수를 찍는다. 한때 말리크
P. 존슨과 같은 위탁가정에서 지냈던 젊은 여자 사파이어는 계속해
서 계정을 비활성화해야겠다고 생각하는 SNS(시대에 뒤떨어졌고
사악하다고 느껴지니까)에서 링크를 클릭한다. 그녀는 동영상을 세
번 보고, 그다음에 웹사이트 정책을 찾아본다. 사파이어는 이제 자
기 아이가 셋이고, 그 애들 때문에 피에 대해 더욱 예민해졌다. 그
녀가 엄마가 된다는 사실에서 예상했던 것과 정반대였다. 시청자에
게 충격이나 혐오감을 불러일으키기 위한 의도로 제작된 폭력적이거나
잔인한 콘텐츠 또는 다른 사람의 폭력적인 행동을 조장하는 콘텐츠는
YouTube에서 허용되지 않습니다. 누군가 위급한 상황에 처했다고 판
단되면 즉시 현지 법 집행 기관에 신고해야 합니다. 그녀는 "이 쓰레기
는 뭐야?"라고 댓글을 단다. 어쩌면 이건 '예술'일지도 모른다. 그녀
는 정책으로 돌아간다. 아래에 설명된 내용 중 어느 하나라도 해당한

다면 콘텐츠를 YouTube에 게시하지 마세요. …… 사람이 악의적으로 동물을 학대하고 전통 또는 일반적인 관행을 벗어ㅏ 고통을 주는 콘텐츠. 전통 또는 일반적인 관행의 예에는 사냥 또는 음식 준비가 포함됩니다. …… 영상이 각색되었거나 가상으로 연출된 사실을 알 수 있는 충분한 정보를 시청자에게 제공하지 않고 이 가이드라인에서 금지한 내용으로 각색하거나 가상으로 연출한 영상.

이 동영상이 그녀가 신경 쓸 일일까? 사파이어는 자신이 만나는 사람들에 대해 자신이 어떤 의무를 가지고 있는지, 그들은 그녀에 대해 어떤 의무를 가졌는지 결정하는 것이 굉장히 어렵다. 말리크와 이야기해본 지 수년이 지났다. 그녀는 의자에서 일어나 아이들이 자기 방에서 잘 자는지 확인하고, 전자레인지에 냉동 부리토를 돌리며 자애로운 사이코패스에 관한 쇼를 보려고 노력한다. 하지만 동영상에 관한 생각을 멈출 수가 없다. 밧줄에 묶인 염소, 바닥의 소녀, 소녀의 복부의 피. 어둠 속의 하얀 머리카락. 굉장히 현실적이다. 예산이 아주 적었거나, 혹은 촌스러워 보이게 만들 만큼 아주 많았거나 둘 중 하나다. 어느 쪽인지 모르겠다. 한 시간쯤 고민한 후에 사파이어는 마음을 결정한다. 그 무렵 동영상은 거의 조회수 2000에 싫어요 272개, 좋아요 83개를 자랑하고 있다. 말리크는 항상 관심을 사랑했다. 그녀는 그가 관심을 얻기 위해 누군가에게 상처를 입힐 수 있다고 생각한다. 그녀는 모두가 그렇다고 생각한다. 사파이어는 동영상에 싫어요를 준 후에 '신고'를 클릭한다.

토드에 따르면

〰

427

432

434

435

437

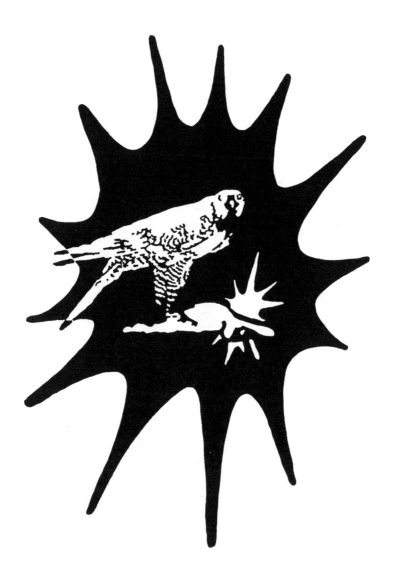

사실들

~~~

난 당신들한테 설명을 하려고 했어요. 그런데 그 대신 당신들은 사실들을 원했죠.

우리는 염소 소리를 들었어요.

우리는 염소를 발견했어요.

우리는 염소를 개 방에서 끌고 나왔어요.

우리는 염소를 줄넘기 줄로 바닥에 묶었어요.

염소는 텔레비전 앞에 있었어요.

텔레비전은 꺼져 있었죠.

토드가 봉고를 가져왔어요.

난 칼을 가져왔어요.

말리크는 자기 핸드폰을 가져왔어요.

우리는 칼을 토드에게 줬어요.

그건 우리가 가진 유일하게 날카로운 칼이었어요.

내가 핑키의 로프트에서 가져왔죠.

핑키는 그런 게 서른 개쯤 있고, 우리는 하나도 없었으니까요.

그게 공평해요.

토드는 칼을 원하지 않았어요.

토드는 싫다고 했어요.

토드는 절대 싫다고 했어요.

우리는 토드를 겁쟁이라고 불렀어요.

토드가 칼을 잡았어요.

우리는 술을 마셨어요.

우리는 주먹과 발로 바닥을 두드렸어요.

우리는 서로에게 소리를 질렀어요.

우리는 염소에게 소리를 질렀어요.

우리는 불을 껐어요.

우리는 촛불을 하나 켰어요.

토드는 칼을 내려놨어요.

우리는 불꽃에 손가락을 집어넣었어요.

불꽃 속에 손가락을 가장 오래 넣고 있는 사람이 이겼어요.

말리크가 이겼어요.

토드는 졌어요.

말리크가 토드에게 칼을 줬어요.

우리는 술을 마셨어요.

염소가 울었어요.

염소는 겁을 먹었어요.

우리는 염소가 겁먹는 게 싫었어요.

우리 중 누구도 염소를 죽이고 싶지 않았어요.

우리 중 한 명이 염소를 죽여야 했어요.

우리는 우리가 겁먹는 게 싫었어요.

우리 중 한 명이 염소를 죽여야 했어요.

토드가 바닥에 칼을 떨어뜨렸어요.

나는 그걸 집어서 도로 토드에게 줬어요.

토드가 바닥에 칼을 떨어뜨렸어요.

말리크가 그걸 집어서 도로 토드에게 줬어요.

염소는 작았어요.

토드는 작았어요.

우리는 술을 마셨고, 어떤 것도 현실이 아니었어요.

해, 해, 이 겁쟁이 새끼야.

걔 위해서 해.

걔한테 네가 겁쟁이 새끼가 아니라는 걸 보여줘.

이건 테스트야.

넌 남자야, 애새끼야?

넌 사내자식이야, 계집애야?

씨발 하라고.

말리크는 방 맞은편 의자 위에 올라가 있었어요.

토드는 칼을 들었어요.

토드는 염소를 쳐다봤어요.

염소는 토드를 쳐다봤어요.

그때 걔가 거기 나타났어요. 바로 거기에.

갑자기. 블랜딘이요.

걔가 오는 걸 전혀 못 봤어요.

걔는 고양이처럼 움직였어요.

어떤 것도 현실이 아니었어요.

걔는 토드와 염소 사이에 끼어들었어요.

걔가 비명을 질렀어요.

그만둬. 그만둬. 제발. 제발. 제발.

걔가 첫 번째 줄을 풀었어요.

나는 걔를 덮쳐서 꼼짝 못 하게 잡았어요.

걔가 빠져나갔어요.

제발. 그만. 제발.

걔가 다음 줄을 풀었어요.

나는 걔를 덮쳐서 꼼짝 못 하게 잡았어요.

걔가 빠져나갔어요. 그만. 그만.

매듭을 하나 더 풀었어요.

염소는 움직이지 않았어요.

염소는 움직일 수 없었어요.

염소는 아직도 묶여 있었어요.

블랜딘이 자기 몸으로 염소 앞을 막았어요.

나는 개 끈을 아래로 당겼어요.

걔가 나한테 달려들었어요.

나는 개 끈을 끊었어요.

말리크가 환호했어요.

나는 개 피부를 만졌어요.

말리크는 걔를 만지지 않았어요.

염소 아니면 블랜딘.

말리크는 그냥 촬영만 하며 히죽거렸어요.

토드, 넌 애새끼야, 남자야?

해, 이 겁쟁이 새끼, 하라고 씨발.

토드, 넌 남자야, 계집애야?

블랜딘이 바닥에서 나를 밀어내고 염소 앞으로 뛰어들었어요.

걔는 동물처럼 비명을 질렀어요.

너희들은 전부 너희가 누군지조차 몰라!

블랜딘은 칼에 손을 뻗었어요.

토드는 물러났어요.

블랜딘은 토드의 목에 손을 뻗었어요.

토드는 물러났어요.

블랜딘이 염소를 보호했어요.

난 걔 원피스 윗부분을 찢었어요.

걔가 내 불알을 걷어찼어요.

통증은 비현실적이었어요.

난 바닥에 쓰러졌어요.

말리크는 촬영을 했어요. 말리크가 소리를 질렀어요.

토드, 넌 도대체 왜 그 꼬락서니야?

통증은 비정상적이었어요.

토드는 염소를 걷어차려고 했지만 빗나갔어요.

블랜딘이 그에게 달려들었어요.

블랜딘이 토드를 바닥으로 밀쳤어요.

블랜딘이 토드 목을 조르기 시작했어요.

왜 너희는 모든 걸 죽여야 해, 걔가 소리쳤어요.

왜 너희는 모든 걸 죽여야 해.

걔가 목을 졸라서 토드의 얼굴이 벌게지기 시작했어요.

너희가 싫어. 너희가 싫어. 너희가 싫어.

토드의 머리가 보라색이 됐어요.

토드의 손이 아주 빠르게 움직였어요.

토드의 손은 아주 작아요.

토드는 칼을 잡았어요. 토드가 그걸 블랜딘에게 찔러 넣었어요.

한 번. 다시. 다시. 다시.

걔의 몸통에. 어쩌면 걔의 가슴에. 잘 보이지 않았어요.

통증은 비물질적이었어요.

너무 쉬웠어요─ 걔를 텅 비우는 건 너무 쉬웠어요.

토드가 블랜딘을 자기 위에서 밀쳐냈어요.

개가 일어서서 말리크를 봤어요.

말리크는 겁에 질려서 문간을 보고 있었어요.

문간에 낯선 사람이 서 있었어요.

낯선 사람이 소리를 지르기 시작했어요.

그 사람은 트렌치코트를 입고 있었어요.

그 사람은 어둠 속에서 빛났어요.

얼굴, 손, 다리, 목.

빛났어요. 반딧불이처럼.

어떤 것도 현실이 아니었어요.

바닥에 피가 있었어요.

내 발에 피가 있었어요.

피는 수프처럼 따뜻했어요.

만져봤으니까 알아요. 나는 피를 만졌어요. 그건 그녀의 피였어요.

그때 방 안에서 빛이 번쩍이는 걸 봤어요. 번개처럼요.

하지만 집 바깥이 아니라 안쪽에서 온 거였어요.

천둥소리는 안 났어요. 빛은 안에서 온 거였어요.

내가 본 빛 중에서 제일 밝은 빛이었어요.

토드가 칼을 떨어뜨렸어요. 아무도 그걸 집지 않았어요.

빛나는 남자가 방을 가로질러 블랜딘에게 달려왔어요.

19년 동안, 그리고 그때까지도 어떤 것도 현실이 아니었어요.

토드가 토했어요.

염소가 오줌을 쌌어요.

몸이 피를 흘렸어요.

나는 주위를 둘러보며 주변을 보려고 노력했어요.

노인네가 문간에 나타났어요.

그 얼굴의 공포. 하지만 그 사람은 내가 보자마자 사라졌어요.

나는 내가 그 사람을 상상했다고 생각했어요. 그 사람이 유령이라고 생각했어요.

빛나는 남자가 코트를 열었어요.

남자는 그 아래 사각팬티밖에 입고 있지 않았어요.

빛나는 남자가 코트 벨트로 블랜딘의 배를 묶었어요.

남자가 걔를 눕혔어요. 남자가 개 다리를 올렸어요.

빛나는 남자가 말했어요. 도대체 뭐야, 도대체 뭐야.

빛나는 남자가 말했어요. 너네 도대체 왜 이러는 거야.

빛나는 남자가 말했어요. 오늘 밤에 일어나는 가장 이상한 일은 내가 될 예정이었는데.

빛나는 남자가 말했어요. 애한테 손대면 너흴 죽일 거야.

염소가 블랜딘 옆에 주저앉아서 쳐다봤어요.

염소 오줌 냄새가 났어요.

말리크가 자기 핸드폰에 대고 씩 웃었어요.

전에 본 적 없는 웃음..

호박에 새기는 그런 얼굴.

사이렌 소리가 들렸어요.

발소리가 들렸어요.

노크.

목소리.

당신네들 목소리.

그러고는 모든 게 현실이 됐어요.

X를 기준으로 Y를 푸세요

~~~

　티퍼니 왓킨스가 제임스 야거에게 무엇이었을까? 그의 전처는 알고 싶어 한다. 그녀는 진화의 실수였다. 이혼에 달린 각주였다. 프롤레타리아. 옹딘. 그녀는 어린애고, 피해자고, 과실이고, 바이러스고, 우유 한 그릇이었다. 그녀는 제임스가 메그와 결혼하던 해에 태어났다. 그녀는 복부를 세 번 찔렸다. 제임스 야거는 티퍼니 왓킨스에게 무엇이었을까? 그는 알고 싶지 않다.

　제임스는 침실 바닥에 앉아 있다. 땅콩버터 색깔의 카펫 때문에 우울해진 채로, 이 1단계 우울증이 드러내는 가치 체계 때문에 우울해진 채로. 아파트는 쌌다. 창문을 열면 강 냄새가 난다. 창문은 항상 열려 있다. 에어컨은 없다. 그의 인생은 퇴보했다. 사치에 익숙해지는 데에는 아주 적은 시간과 노력만이 들지만, 그것을 되돌리는 데에는 몇 년의 노력이 필요하다. 폭풍의 뜨거운 바람이 주위를 내달린다. 제임스는 일어나서 비디오게임에서 차를 운전하는 것처럼 벽을 피하며 부엌으로 향한다.

"걘 내 학생이 아니었어." 그가 말한다.

"아니었어?" 귀에 댄 그의 전화기에서 그녀의 목소리가 묻는다. 그는 볼륨을 낮췄다가 도로 올렸다가 다시 낮춘다. 자신이 소리라는 걸 얼마나 명확하게 듣고 싶은지 스스로도 알 수가 없다.

"걘 그냥 연극을 했을 뿐이야."

"아, 그랬구나. 연극. 맙소사, 제임스. 나 믿을 수가 없어. 정말 끔찍해. 뉴스에서 그 애 사진을 봤을 때, 처음에는 그 애를 알아보지 못했어. 내가 어떻게 그 애를 아는지 떠올리는 데에 한참 걸렸다니까. 베이비시터였어. 내 말은, 그 애를 알아보긴 했지만 그냥 데자뷔라고 생각했어."

"뭐?"

"데자뷔."

제임스는 부엌 배수구에서 줄지어 나와 싱크대로 올라와서 그의 인생으로 들어오는 개미 떼를 본다. 그는 위스키를 어디 놔뒀는지 잊어버려서 캐비닛들을 열어본다. 이건 이혼 후 가정 내 관료제와 시간 요구라는 내용에서 벗어난 그들의 첫 대화였다.

"당신은 어떤 반응이었어? 뉴스를 봤을 때 말이야." 그녀가 묻는다.

아이들은 이번 주는 메그와 함께 있다. 그와 함께 있을 때에도 아이들이 그의 축소된 삶에 맞지 않다는 건 분명했다. 그 애들은 엘리트고, 온실 속 화초고, 건치를 가진 치과적 미인이다. 그가 태어났을 때 그의 아버지가 만들어준 파란색 코듀로이 흔들의자를 떠올리면 마음이 편해진다. 제임스가 앉아서 흔들며 자기 아이들에게 우유를 먹이고 아이들을 달랠 때 썼던 바로 그 의자였다. 그 의자의 천에 자장가와 이야기들, 눈물이 스며 있었다. 이사를 할 때 그는 의자를 아이들 방에 두고 왔다. 그 애들은 그가 그걸 가져가는 걸 원하지 않았다. 하지만 내 새집에도 너희 방을 갖게 될 텐데. 거기에 놔두는 건 어떨까? 그의 말에 애들은 더욱 크게 울었다.

"응, 충격이었지." 제임스가 말한다.

"당신은 그 애를 꽤 잘 알았지?"

"아니. 별로."

"하지만 몇 달이나 연습을 하잖아. 당신은 그 애들 전부랑 친해지고."

"그게, 걘 자퇴했으니까."

"하지만 그건 끝 무렵 아니었어?"

"맞아. 하지만 그게 그러니까, 걔는 굉장히 내성적이었어. 대체로 혼자 있곤 했어."

"희한하네. 내가 잘못 기억하고 있었나 봐."

제임스는 사슴 육포 통 뒤에 숨겨져 있던 위스키를 찾아서 한 잔 따른다. 약해지는 중인 마리화나 효과는 오늘 밤을, 그의 인생을 공중에서 내려다보게 해준다. 그는 고속도로, 쓰레기장, 고등학교 무대를 본다. 그의 딸들. 어린 염소 한 마리. 허리케인으로 날아온 비닐, 타이어, 잔해들. "잘못 기억해?"

"난 당신이 그 애의 멘토 같은 거였다는 느낌을 받았거든."

"아. 뭐. 아마도 약간은 그랬던 것 같아. 걔한테는 다른 사람이 아무도 없었거든. 내 말은, 친구가 없었어. 그리고 위탁가정 제도 내에 있었고. 걔에 관해서는 행간을 읽어야 했어. 죄다 숨은 내용이 있었거든. 하지만 걔 상황이 꽤 안 좋았던 것 같아."

"무슨 뜻이야?"

"학대 말이야. 걔가 직접적으로 얘기한 적은 없지만. 하지만 음, 연극이 걔한테 좋았던 것 같아. 걔는 압축된 유형의 아이들 중 하나였어. 왜 있잖아, 모든 걸 꾹 참다가 구실이 생기면 폭발하는 그런 아이들." 그는 위스키를 들이켠다. 티퍼니를 아이라고 부르면 혐오감이 발작적으로 치솟는다. 그는 그 혐오감을 내버린다.

몇 시간 전, 그 애의 피와 내장은 아주 단단하게 피부로 둘러싸여 있는 것 같았다. 그토록 비물질적인 사람의 육체적 물질이 다른 모든 사람에게 그렇듯 그녀에게도 필수적이라는 게 입증된 것이 얼마나 불공평한지. 그는 그녀에게 상처를 주었다. 그도 그 사실을 잘 알았고, 언제나 알았지만, 그래도 그녀는 누구도 손대지 못하는 사람일 거라고 믿었다. 메그가 전화해서 방금 뉴스를 봤다고, 정말로 안타깝다고 말하기 전까지는. 티퍼니 왓킨스도 상처를 입을 수 있다는 걸 제임스가 인정하게 만들기 전까지는.

"걘 굉장히 고립된 캐릭터 역을 했거든. 그게 도움이 되었던 걸지도 몰라." 그가 말한다.

"그 애 잘했지? 당신이 그 애가 잘한다고 했던 거 기억해."

그는 열병처럼 느껴질 만큼 얼굴을 붉힌다. "괜찮았어. 내 말은, 고등학생치고는. 리허설에서 누굴 울게 만들었다거나 그런 건 아니었고." 그가 할 말을 찾는다. "그런 생각을 했는데, 무대가 그러니까…… 걔가 감정을 표현해도 괜찮다고 생각한 유일한 장소였던 것 같아. 내 말뜻 알지? 걔는 자라면서 감정을 숨기는 연습을 했던 것 같아. 아니면 무덤덤해지는 연습이라든지. 잘 모르겠어. 하지만 연극에서는 모든 게 가짜고, 걔도 걔 자신이 아니니까 아마…… 자유롭다고 느끼지 않았을까? 그냥 내 느낌이지만."

이런 때에 티퍼니를 쉽게 요약하고 평가할 수 있다는 사실이 그를 불안하게 만들지만, 그의 잠재의식은 이걸 나중 단계에, 가능하다면 꿈에서 해결할 문제로 표시해둔다.

"정말 끔찍해." 그의 전처가 대답한다. 배경의 소음과 18년간의 공동생활 덕분에 제임스는 그녀가 쓰레기를 바깥에 내놓고 있는 중이라는 걸 알 수 있었다. 그녀는 몇 개의 중앙 쓰레기통보다 여러 개의 작은 쓰레기통을 선호했고, 그래서 쓰레기를 버릴 때에는 체계적으로 방마다 돌아다니며 모든 작은 쓰레기봉투를 큰 쓰레기봉투에 넣어 합쳤다. 그녀는 그와 통화할 때 종종 다른 일들을 마무리했고, 이혼 전에는 이게 제임스를 짜증 나게 만들곤 했지만 지금은 그게 고마웠다. 그녀의 삶에 남은 조그만 창문이니까. "내 말은, 그 애가 위탁가정 제도에 속한 건 알았어. 당신이 그 이야기를 한 게 기억나거든. 하지만 학대에 관해서는 몰랐어. 불쌍해라. 그 애 과거의 누군가가 이 상해 사건에 관련됐다고 생각해? 그 애 위탁가정 시절의 누군가? 아니면 학교의 누군가일까?"

메그는 범죄 실화 팟캐스트를 좋아한다.

"나도 몰라." 제임스가 말한다.

"뉴스에서 용의자가 있다고 했는데, 자세한 내용은 아직 안 알려졌어."

그는 자신도 모르게 소리를 낸다. 대체로 토하기 전에 나오는 소리다.

"이런, 제임스. 미안해. 뉴스 때문에 마음이 안 좋아. 난 그 애를 겨우 한 번 만났을 뿐인데도 — 당신한테는 어떨지 상상도 못 하겠어. 당신은 항상 당신 학생들이랑 굉장히 유대가 깊었잖아. 비현실적이지? 현실처럼 느껴져?"

"응." 그는 개미를 눌러 죽일까 고민한다. 그녀는 그가 그러길 바라지 않을 것이다. "아니."

"그 애한테 당신이 있어서 다행이었어. 그 애가 믿을 만한 어른은 분명히 많지 않았을 거야."

제기랄. 제임스는 주먹으로 천천히 개미를 짓누른다. 녀석들은 다른 길로 가지 않고, 어떤 자기 보존적인 행동도 보이지 않고, 이미 운명이 결정된 것처럼 상냥한 학살을 그저 받아들인다. "음. 그래. 걔는 자기 또래들이랑 유대를 맺는 걸 힘들어했으니까, 응."

"그 애가 왜 자퇴했는지 알아?"

위스키 또 한 모금. 그는 부엌 조리대 너머로 뵈젠도르퍼가 유일한 거주자인 거실을 쳐다본다. 뵈젠도르퍼는 그를 쳐다보고, 평가하고, 간취한다. 그게 사제 같다는 생각이 그를 덮친다. 그는 그걸 치우고 싶다. "그냥 견딜 수 없어졌던 거겠지."

"음. 고등학교 자체도 충분히 괴로운데, 거기다……."

"그래."

"그 다른 모든 문젯거리들까지 말이야."

침묵.

"그 애를 마지막으로 본 게 언제였어?" 메그가 묻는다.

지금까지는 어떤 강하고 초자연적인 간호사가 제임스를 온전하게 유지해주고, 뉴스를 믿을 수 없게 만들어주고, 그가 시선을 위스키와 개미에 고정하게 해주었다. 하지만 메그가 이 질문(그 애를 마지막으로 본 게 언제였어?)을 하는 순간 간호사는 그를 떠나고, 떠나면서 물건들을 죄다 쳐서 넘어뜨린다. 그녀의 대체자는 즉시 도착한다. 그녀의 대체자는 못생기고 위험하고 약하고 진짜다. 그녀의 대체자는 그 자신처럼 보인다.

"모르겠어. 솔직히, 메그, 난 걔를 제대로 본 적이 없어." 그가 말한다.

"이런, 안타깝다. 정말로. 어쨌든." 이제 메그는 무언가를 마시고 있다. 아마 레몬 물일 거라고 그는 생각한다. 그녀는 완벽하게 수분을 충전하는 사람이니까. "내일 4시쯤 당신이 아이들을 데리러 가서 에마를 축구장에 내려주면 좋겠어. 당신 집에 가는 길에 있으니까. 그리고 로지는 다시 당신 집으로 데려가. 같이 아이스크림 먹으러 가든지. 요즘에 좀 불안해하고 짜증 내고 많이 울어. 당연히 우리 탓이겠지."

"무슨 뜻이야?"

"로지가 지난번에 수영장에서 선크림을 바르기 싫다고 성질을 부렸어. 소리 지르고 울고 온갖 짓을 다 했지."

"흠."

"어쨌든 그 애는 당신이랑 일대일 시간이 좀 필요한 것 같아. 어떻게 생각해?"

하지만 제임스는 전화기를 조리대 위에 놓고 양손으로 얼굴을 감싼 채 어깨를 들썩이고 있었다.

"당신 거기 있어? 제임스?"

짜잔

~~~~~~~~

　경찰서에서, 두 개의 스티로폼 컵에 담긴 커피에서 김이 위로 솟으며 방 안을 아침 향기로 채운다. 지금은 거의 자정이지만. 두 명의 경관이 찌푸린 미간과 서로 다른 반응으로 잭을 관찰한다. 심문받는 동안 내내 잭은 자신의 떨리는 손만 쳐다보았다. 그의 눈은 불그스름하고, 입은 말랐고, 얼굴은 창백하다. 그는 그들이 여기에 데려온 이래로 간간이 울었지만, 그의 이야기는 마치 어린 시절에 들었던 전래 동화를 외는 것처럼 내내 차분했다. 앞에 있는 소년을 관찰하며 스티븐스 경관은 마술사의 모자에서 목이 잡힌 채 겁먹고 놀란 상태로 나오는 하얀 토끼를 떠올린다. 핵심 구절은 이거다.

　"이게 사실이에요. 이게 경관님들한테는 설명처럼 들리나요?" 잭이 말을 마친다.

힐데가르트가 한 말

〰

그리고 나는 빛으로 가득 찬 남자가 전술한 새벽에서 나오는 것을 보았고, 그가 자신의 빛을 상술한 어둠 위로 쏟는 것을 보았다. 어둠이 그를 밀어냈다. 그는 피처럼 붉고 창백하게 변했으나 어둠을 엄청난 힘으로 되받아쳐서 이 접촉으로 인해 어둠 속에 누워 있던 남자가 드러나 눈부시게 빛을 내게 되었고, 그는 일어서서 어둠 밖으로 나왔다. 그리하여 새벽에서 나온 빛으로 가득 찬 남자는 어떤 인간의 혀로도 표현할 수 없는 대단히 광휘로운 모습이 되어 헤아릴 수 없는 영광의 가장 높은 곳으로 나아갔다. 그곳에서 그는 장엄한 향기와 비옥함으로 가득한 채 경이롭게 빛났다.

그리고 나는 앞에서 이야기한 살아 있는 불길 속에서 나를 향해 말하는 목소리를 들었다. 비루한 지상의 생물아! 여자로서 너는 살아 있는 선생들의 어떤 교리하에서도 철학자들의 지식이 담긴 글을 읽기 위한 교육을 받지 못했음에도 나의 빛에 닿았고, 그 빛은 타오르는 태양 같은 불길로 너의 내적 존재에 닿았다. 소리쳐 전하라!

5부

당신들의 관계는?

~~~~~

"혹시 다이너마이트 갖고 있나요?" 바카베일 의료센터의 중환자실 접수 담당자가 묻는다.

"네?" 조앤 코월스키가 말한다.

접수 담당자는 웃으며 날카로운 이가 체인에 매달려 있는 자신의 가슴을 두드린다. "그냥 농담이에요! 농담! 아, 여기서는 유머 감각이 있어야 해요. 상황이 괴앵장히 우울해지거든요, 그것도 아주 금방!" 그의 웃음은 나지막하다. "환자분과 어떤 관계인가요?"

"어." 당연한 질문이었음에도 불구하고 조앤은 이 질문을 예상하지 못했다. "내가 그 애랑 어떤 관계냐고요?"

"그것이 문제로다." 접수 담당자가 형편없는 영국 억양으로 대답하고는 비위에 거슬릴 만큼 쾌활하게 다시 웃는다. 병원에서는 수영장 냄새가 난다. 이 냄새에 조앤은 어린 시절 드물게 호텔에 묵었던 때와 그보다도 더 드물었던 부모님 사이의 평정을 떠올린다. 조앤은 주위를 둘러본다. 로비에는 아무도 없다. 불빛이 깜박거린다.

"그러니까, 그냥 그쪽이 악당이 아니라는 것만 알면 돼요." 담당자 가 윙크를 한다. "우린 포식자들은 못 들어오게 하려고 노력하거든 요."

금요일이다. 세 소년이 라라피니에르 저가 아파트에서 블랜딘 왓 킨스라는 여자아이를 찌르고 이틀 후. 오늘은 봉급날이다. 아침에 조앤은 차에 휘발유를 40달러어치 넣고 본능적으로 병원으로 왔다. 며칠간 죄책감에 시달린 터였다. 칼부림 사건을 알게 된 이래로 조 앤 코월스키는 난도질당한 복부의 환영 때문에 괴로워서 잠을 자지 도, 일하러 나가지도 못했다. 체온계로 확인이 되지 않는 열이 났다. 환영 속에서는 거의 항상 어린아이의 배였고, 가끔은 새끼 고양이 의 배였다. 레스트인피스에서 근무한 11년 동안, 이번이 조앤이 처 음으로 쓴 병가였다.

조앤은 어머니 것이었던 원피스를 입었다. 어깨와 종아리가 빗방 울로 점점이 젖어 있다. 환각지(幻覚肢)처럼 어머니가 그립다.

삼십대에 퉁퉁하고 피곤해 보이고 상냥한 접수 담당자는 낯이 익 지만 조앤은 누군지 떠올릴 수가 없다. 그녀의 몸 안에서 홍차 한 주전자가 순환하며 모든 걸 불안하게 만든다.

"우리 모두는 서로 어떤 관계일까요?" 조앤이 묻는다. 그녀의 어 조는 이상하고, 그녀도 그렇다는 것을 안다. 그녀는 심리적 지진을 겪었고, 서로를 오염하지 못하게 그녀의 관계들을 지켜주었던 유리 병들은 깨져버렸다. "그게 중요한가요?"

접수 담당자는 그녀가 이야기를 꾸며내는 어린애인 것처럼, 부모 같은 응원의 표정으로 조앤을 보며 미소 짓는다.

조앤의 시야가 흐려진다. 그녀는 머리를 감싼다. "이런 부고 기사 가 있었는데, 읽어봤나요? 엘시 블리츠 부고 기사요."

접수 담당자는 고개를 젓는다.

"그 사람이 직접 썼어요. 그리고 — " 접수 담당자가 종이에 '엘시 블리츠 부고'라고 적자 조앤의 정신이 팔린다. 그는 기대하듯이 그녀를 쳐다본다.

그녀가 말을 잇는다. "그게, 음. 그 부고 기사에서 그녀는 모든 게 모든 것에 영향을 준다고, 그 비슷한 말을 해요. 나를 벌주려고 한 건 그 사람 아들인데, 하지만 호수를 잘못 찾았고, 그리고…… 그리고 난 그냥─ 난 우리 모두가 서로를 좀 더 심각하게 받아들여야 한다고 생각해요. 난 깨어나고 싶어요. 내가 무슨 이야기를 하는지 알겠나요?"

아침 9시가 막 넘은 시간이다. 그녀는 점심시간 전에 이렇게 많은 걸 느꼈던 게 마지막으로 언제였는지 기억할 수가 없다. 땀, 비, 차가 그녀를 꽉 채운다. 그녀를 무겁게 만든다. 뜨겁게 만든다. 떨게 만든다. 이야기를 할 때 단어들이 물처럼 느껴진다. 그녀의 입안 전체가 물처럼 느껴진다.

잠시 후에 접수 담당자가 웃는다.

"와, 그쪽은 현실을 바라보는 걸 두려워하지 않는군요! 마음에 들어요, 마음에 들어. 나도 상담을 수두룩하게 받아봤어요. 그리고 난 설교를 좋아하죠. 항상 설교를 들어요. 전국 각지에서 한 것들, 여러 종교의 설교들이요. 라디오 전화 토론 프로그램도요. 들어도 들어도 재미있어요. 그쪽은 아주 잘하네요. 뉴욕의 그런 프로그램 중 하나에 나가봐요."

그는 꿈꾸는 표정으로 웃는다.

그때 그녀는 깨닫는다. 접수 담당자가 낯익어 보이는 건 그가 코알라를 닮아서다.

"그래서 그쪽은 환자 가족인가요, 아니면……?" 그가 정신을 차리고는 묻는다.

"아뇨. 아니에요. 난 그 애 이웃이에요." 그녀가 한숨을 쉰다.

"아, 괜찮아요. 그렇게 걱정스러운 얼굴 안 해도 돼요! 아, 당신

금방 울 것처럼 보여요! 티슈 필요하세요? 여기, 가져가요. 안 쓴 거예요! 하! 여기선 그런 걱정 할 필요 없어요. 가족이 아닌 사람들도 방문권이 있어요. 당연하죠. 우리가 가족의 방문만 허용한다면, 흠. 그건 완전히 반민주적일 거예요. 개인적으로 내 경우에는, 내가 이 병동에 입원한다면, 부디 그런 일은 없어야겠지만—*"그가 나무로 만들어지지 않은 책상을 세게 두드린다. "—내가 크게 다쳐서, 그러니까, 중환자실에 들어온다면, 내가 전혀 보고 싶지 않을 사람들이 내 혈육들이에요. 내 진짜 가족, 그러니까 내가 선택한 가족이 우리가 DNA를 공유하지 않았다고 해서 나를 보러 오지 못한다면 끔찍할 거예요." 그가 소리 내지 않고 코를 풀려고 애를 쓰는 조앤을 보며 미소 짓는다. 그의 얼굴에 먹구름이 스친다. "모든 걸 고려했을 때 이 환자가 방문객을 반길 것 같지는 않지만요. 그 애 얘기는…… 음. 여기서는 꽤 암울한 얘기들을 들어요. 우리가 환자들의 이야기에 등수를 매기는 건 물론 아니지만 어떤 것들은 당연히 더 나쁘고, 우린 균형을 유지해야 해요. 이해하죠? 그리고 그 애 이야기는…… 내 기분을 제일 끔찍하게 만드는 거였어요. 그것 때문에 나는 상담을 가야 했어요. 그 애가 수술이 끝나고 나오면서 제일 먼저 한 말이 뭔지 알아요?"

조앤은 실제로 몰랐다. "뭐죠?"

"그 애는 자기를 보러 온 어떤 방문객이든 받겠다고 했어요. 내가 그 자리에 있었던 건 아니지만 얘기를 들었어요. 그 애가 그걸 요구했대요. 정말 맹랑하죠! 하지만……." 그의 얼굴이 우울해지고, 그가 다시 상어 이로 만든 목걸이를 불안하게 만지작거린다. "아직까지 아무도 그 애를 찾아오지 않았어요. 사회복지사가 한 명 오긴 했

---

* 원문은 'knock on wood'로, 불길한 일이 생기지 않도록 나무 등을 두드리며 주문을 외는 행위를 가리킨다.

었는데, 금방 가버렸어요. 그냥 너무 슬퍼요." 그가 머뭇거린다. 다시 말할 때 그는 목소리를 낮추고 속삭인다. "그 애한테는 비상 연락처도 없었어요. 얼마나 비극적이에요?"

조앤은 두려워했지만 예상했던 진단처럼 이 소식을 받아들인다. 그녀 자신의 세포와도 관련된 진단이다.

"그러니까 여기 와준 건 정말 잘한 일이에요." 접수 담당자가 상냥하게 말한다. "자, 이건 우리끼리만 알아두는 걸로 해요. 내가 얘기한 것들요. 내가 기밀을 누설했을지도 몰라요. 모르겠네요. 그냥 개를 납치하지만 말아요! 하! 그리고 다이너마이트는 안 돼요, 알겠죠? 아, 여기서는 분위기를 가볍게 하려고 해요. 알다시피 암울한 시기니까요." 그는 조앤에게 티슈 상자를 통째로 건넨다. "여기, 가져가요." 전화벨이 울리자 그의 눈이 그쪽으로 향한다. "걱정하지 마요, 알았죠? 간호사가 금방 올 거예요. 그쪽은 아주 멋진 이웃이네요."

마치 자신의 몸이 푸석푸석한 흙으로 만들어지기라도 한 것처럼 조앤은 조심스럽게 대기실로 간다. 거기서 그녀는 차가운 가죽 의자에 자리를 잡는다. 그녀는 한참 동안 뜨개질 잡지를 응시한다. 마침내 탁자에서 금요일 자 〈가제트〉를 발견하고 집어 든다.

7월 17일 수요일 밤에 라라피니에르 저가 아파트 C4호에서 무슨 일이 있었는지에 관한 이야기는 신문 중간으로 이동했다. 더 이상 1면의 소재가 아니었고, 이미 상관없는 것에 가까워지고 있었다. 조앤은 혐의가 있는 소년들이 체포된 것을 알게 된다. 한 명은 2급 살인미수 혐의에 두 명은 공모 혐의고, 세 명 모두 동물 학대, 불법 마리화나 소지, 미성년 음주의 증거가 나왔다. 심문 초기에 담당 경찰들은 온라인에 게시된 동영상 증거와 일치하는 세 개의 사이좋은 자백을 얻었다. 두 명의 목격자들이 그 이야기를 사실로 확인해 주었다. 조앤은 이런 식의 일관성 있는 이야기가 특이하고 거의 전례 없는 일이라는 걸 알게 된다. 소년들은 재판을 앞두었고, 거기서 유죄를 인정할 것이다. 기자는 인디애나의 다른 곳에서 일어난 비슷한 사건을 인용한다. 복부의 자상, 생존, 여러 명의 가해자. 그 경우의 범죄자들은 3급 흉악 범죄인 사망 위험이 높은 특수폭행죄로 고발되었다. 그들은 유죄판결을 받고 2만 5000달러의 현금 보석금이 걸린 채 감옥에 들어갔다. 하지만 세 소년의 운명은 그들의 살해 의도에 달려 있다, 기자는 이렇게 썼다. 답을 알아야 하는 질문들은 또 있다. 타당한 위협이 있었는가? 자기방어였는가? 누가 시작했는가?

우든레이디에서 더 많은 주머니쥐들이 발견되었다. 이번에는 온수 욕조에서였다. 이번에는 살아 있었다.

사진 속에는 더글러스 배링턴 시장과 도시 설계사 벤저민 리터와 하얀 양복 차림의 맥스웰 핑키가 안전모를 쓰고 채스터티밸리의 나무 자르기 기념식에서 싱글싱글 웃고 있다. 미래를 향한 길을 닦다, 사진에는 이런 캡션이 달려 있다. 기념식은 채스터티밸리 활성화 계획의 포문을 열며 어제 진행되었다.

개발 계획 개시 저녁 식사를 공격한 범인들에 관한 수색은 계속되고 있다.

"우리는 그저 충분히 알지 못할 뿐입니다. 영원히 모를 수도 있지요." 스티븐스 경관이 기자에게 그렇게 말했다.

～～～

"조앤 코윌스키?"

조앤은 고개를 든다. 간호사는 클립보드를 들고 입술을 꾹 다문다.

"블랜딘 왓킨스 면회 오셨나요?"

"네."

"따라오세요."

그녀는 조앤을 눈부시고 텅 빈 복도로 안내한다. "금방 올게요." 그녀는 그렇게 말하고는 하데스의 뱃사공처럼 문간에 조앤을 놔두고 가버린다.

눈에 보이는 꽃이 없음에도 불구하고 강한 장미 향이 여자아이의 병실을 채운다. 침대 옆 탁자 위에 시들어가는 토끼풀 한 다발이 있을 뿐이다. 여자아이는 등을 대고 누워서 조앤의 반대편으로, 창문 쪽으로 고개를 돌리고 있다. 하얀 병원용 면 이불이 턱까지 올라가 있다. 조앤은 여자아이의 달빛 같은 머리를 응시한다. 어둡고 기름진 뿌리가 머리의 차원을 왜곡해서, 잠깐 동안 그게 방 안의 유일한 존재인 것처럼 보인다.

침대 맞은편에는 소리를 끈 텔레비전이 회색 덩어리들을 보여준다. 조약돌, 깃털, 나뭇가지, 뼈. 영상은 보안 카메라로 찍은 것처럼 거칠다. 그녀가 뭘 보고 있는지 조앤이 깨닫기까지는 약간 시간이 걸린다. 그것은 나무 서까래 구조물에 지어진 공업적이고, 튼튼한 새 둥지다. 눈을 가늘게 뜨고서야 그녀는 마침내 혼란 속에서 세 마리의 여윈 새끼를 발견한다. 생옥수수 색깔의 발, 검은 발톱, 겁먹은 동시에 사람을 죽일 듯한 눈, 베이지색 테두리의 얼굴, 휘어진 부리, 괴팍하게 인상 쓰는 모양으로 구부러진 입, 부연 솜털로 덮인 몸에서 무작위로 솟아난 성체의 짙은 깃털. 녀석들은 어딘가 아주 잘못된 것처럼 생겼고, 조앤은 새들이 이런 식으로 생겨서는 안 되는 거라고 확신한다. 화면 오른쪽 위의 설명은 이렇게 되어 있다. 바카베일 매 카메라. 왼쪽 아래에는 시간과 날짜가 나온다. 다 함께 옹송그리고 있는 이 멸종 위기종의 어린 악당들은 거대하고, 어설프고, 감시 중이다. 이 새끼들이 조만간 킬러가 될 거라는 걸 조앤도 알지만, 그건 그들의 잘못이 아닐 것이다. 지금 녀석들은 무력하고, 그들을 이 세상에 데려온 생물의 자비하에 있고, 더 강력한 누군가가 먹이를 주기만을 기다려야 하는 상황이다.

블랜딘이 머리를 천천히 문 쪽으로 돌리자 벽처럼 창백한 얼굴, 눈 아래의 옅은 파란색, 입가의 조록색, 눈썹에 묻은 마른 핏자국이 드러난다.

"수전." 그녀가 말한다. 며칠이나 말을 하지 않은 것 같은 목소리다.

"아니, 조앤. 조앤이에요." 조앤은 앞에 있는 반쯤 죽은 여자아이가 두려워서, 죽음이 전염성일까 봐 두려워서 우산을 꽉 쥔다. "세탁소에서요. 내 말은, 난 토끼장에 살아요. 그쪽 집 바로 아래층에 살죠. 난 그…… 새 모이통이 없는 여자예요."

여자아이는 햇빛 아래의 고양이처럼 눈을 깜박인다. "조앤." 그녀가 말한다.

그들은 침묵 속에 서로를 관찰한다.

"이게 뭐죠?" 조앤이 텔레비전 쪽을 가리키며 묻는다.

블랜딘이 대답하기까지는 오랜 시간이 걸리고, 대답을 할 때에는 단어가 힘겹게 나오는 것처럼 들린다. 그녀는 단어들이 가구라도 되는 것처럼 방 안으로 질질 끌고 온다. "매 카메라예요. 야드비가 성당에서 라이브로 찍는 거예요. 간호사가 틀어줬어요."

"아. 그것참…… 저것들 꽤…… 음. 귀엽네요."

이 말에 여자아이는 조앤에게 명백히 실망한 듯 인상을 찌푸린다.

"염소는 어때요?" 블랜딘이 묻는다.

"아, 그렇지." 조앤은 뭔가 좋은 소식을 전할 수 있어서 고무된 채 말한다. "염소! 그 녀석은 아주 잘 있어요! 그 녀석은—"

"여자애예요."

"여자애군요! 미안해요. 사람들이 개를 수의사에게 데려갔어요. 그 아이한테 부목을 대주고, 약을 주고, 새집을 찾아줬어요. 잘 지낼 거예요. 믿어져요? 그 아이 상처는 알고 보니까 별로 심하지 않았대요. 아직 어리고, 뼈가 아직 완전히 굳지 않아서 그렇다던가. 그 사람들은 그걸— 음…… 뭐라고 불렀더라……. 아, 맞아, '유아 골절'

이라고 했어요. 내가 제대로 기억하고 있다면요. 3주 안에 완전히 회복될 거예요. 미시간에 있는 동물 보호구역에 입양됐다던가? 네. 모두가 그 이야기를 해요. 그 애에 관해서 인터넷에 온갖 것들이 올라와요. 밈인가? 맞아요— 밈이요. 그 애는 아주 인기 스타가 됐어요. 네, 그래요. 멋지죠."

칼부림 사건에 대한 기사를 읽으면서 조앤은 기자들이 이 지점들을 굉장히 길고 신나게 떠드는 게 끔찍했다. 마치 염소의 해피 엔딩이 당면한 사건의 적절한 해결책이라도 되는 것처럼 말이다.

블랜딘의 얼굴에 미소가 희미하게 떠오르다가 점차 밝아진다. 조앤은 여자아이의 핏발 선 눈에서 눈물이 반짝이는 걸 보지만 빛의 장난일 거라고 생각한다.

갑자기 조앤의 머릿속에 꽃을 가져왔어야 했다는 생각이 떠오른다. 아니면 과일 바구니나. 아니면 스도쿠책? 잘 알지도 못하는, 최근에 칼에 찔린 십대의 마음을 달래기 위해 방문객이 뭘 가져와야 할까? 조앤은 병원 침대 옆에 두툼한 도서관 책이 있는 것을 깨닫는다.《여성 신비주의자들: 선집》. 그녀는 세탁소에서 본 책이라는 걸 알아본다. 지금은 여자아이가 그걸 집어 들 만큼의 힘이 없어 보인다. 적당한 타이밍이 오면 조앤은 블랜딘에게 그걸 읽어주겠다고 제안할 생각이다. 그녀는 매일 방문하겠다고 말할 것이다. 그녀는 블랜딘을 이웃처럼 대할 것이다.

처음 만났을 때 조앤이 알아챘던 열정적인 에너지가 눈에 띄게 빠져나간 여자아이에게 이런 정지는 부자연스러워 보인다. 조앤은 전에 보았던 사진 하나를 떠올린다. 어두운 방 안, 카펫에 앉아서 텔레비전을 보는 말. 병원 침대에 있는 여자아이를 보자 조앤은 마침내 애도자들을 상상할 수 있다. 블랜딘이 죽었다면 부고 기사 방명록에는 어떤 글들이 올라왔을까? 조앤은 궁금해진다.

오랫동안 두 여자는 서로를 바라본다.

조앤은 말하고 싶다. 나도 비상 연락처가 없어요. 그녀는 말하고 싶다. 걔네가 당신을 죽이지 못해서 다행이에요. 그녀는 말하고 었다. 내가 베풀 수도 있었는데 받기만 했던 모든 사례에 대해서 사과해요.

대신에 조앤은 상황에 어울리지 않게 말한다. "깨어 있네요."

방 안에 기묘하게 번쩍이는 빛이 스친다.

"네." 블랜딘이 말을 잇는다. "당신은요?"

감사의 말

이 소설의 시작부터 유통까지, 수많은 사람들이 《우주의 알》을 발전시키고 독자들과 만나게 해주기 위해 노력했다. 이런 선물의 방대함은 언어를 넘어선다. 내가 아래에서 표현하려고 애쓴 감사의 마음은 전체의 일부분에 불과하다.

나의 뛰어난 저작권 에이전트 듀발 오스틴은 처음부터 나의 안내 자이자 협력자였다. 그녀는 전문적인 능력과 관대함과 열정으로 이 책을 나의 노트북컴퓨터에서 끄집어내어 세상으로 이끌어주었다. 나를 반겨주고 지지해준 아라기사의 모든 팀에 감사드린다.

내 편집자 존 프리먼은 천재성과 근면성, 정직성이라는 드문 삼위일체를 가졌다. 그는 깊은 겸손함으로 계속해서 나를 움직이게 만드는 질문들을 던지며 《우주의 알》이 본연의 모습이 되게 도와주었다. 이 소설의 야생성을 절대 길들이려 하지 않고 이해해주며 내 첫 번째 출간 작업을 이토록 즐겁게 만들어준 것에 존과 듀발 둘 다에게 감사한다.

크노프는 상상 가능한 최고의 문학적 고향이고, 크노프의 모두가 이 책에 쏟아준 시간과 에너지에 감사하고 싶다.

나의 해외 저작권 에이전트 제마 맥도너, 커밀라 페리어, 캐스피언 데니스에게도 감사드린다. 에디시옹 갤마이스터, 구안다, 키펜호이어 & 비치, 원월드 퍼블리케이션의 출간 팀들에도 큰 감사를 표한다.

노터데임의 내 창작 교수님들은 나의 문학적 선입관을 뽑아내고 그 자리에 훨씬 나은 아이디어들을 심어주셨다. 조엘 맥스위니, 올랜도 메네스, 스티브 토마술라, 앤 가르시아-로메로, 이분들의 관대함은 학부생일 때도 매우 소중했고 지금도 소중하게 여기고 있다.

나를 북돋아주고, 지지해주고, 심지어 가끔은 나를 고용해주기도 했던 나의 NYU 교수님들에게도 감사드린다. 데버라 란다우는 내 인생을 영구적으로 풍요롭게 만든 문학 커뮤니티를 키워주셨다. 릭 무디는 《우주의 알》의 가장 중요한 형성 단계 동안 나의 조언자 역할을 해주셨다. 그분의 피드백과 추천 도서와 넓은 분야의 지혜는 이 소설을 발전시키는 기반이 되어주었다. 릴리언 버논 장학금에 기금을 대준 분들이 없었다면 나는 석사까지 도달할 수 없었을 것이다. 리브카 갈첸, 네이선 잉글랜더, 데이비드 립스키, 유세프 코무냐카의 가르침은 계속해서 나를 이끌어주었다. 조너선 사프란 포어의 다양한 지원은 수년에 걸쳐 아주 귀중했고, 《우주의 알》에 대한 그의 초기 지지에 특히 감사를 표한다.

나의 대학원 동지들은 이 소설과 그 저자를 헤아릴 수 없이 강하게 만들어주었다. 크리스털 파월, 프랜신 샤바즈, 린지 스킬런, 재클린 스톨로스, 조던 터커, 린 페인에게 특별한 감사를 보낸다.

나의 사랑하는 뉴욕 세라핌들, 스테프 아디트, 테스 크레인, 로라 크레스테, 알릭스 컬런, 에마 하인, 소피 네타넬, 토리 스미스에게도 감사를 전한다. 그들의 탁월함과 우정과 단체 채팅방은 계속해서 나의 양분이 되어주었다. 워크숍 설립자 케이트 도일에게도 대단히 감사하고 싶다. 그녀는 가는 곳마다 의미 있는 문학 커뮤니티를 만든다. 케이트의 응원이 없었다면 이 소설을 에이전트들에게 절대로 보낼 수 없었을 것이다.

사라 영, 크리스천 코파, 알렉스 코치아, 브리트니 블랙, 그레이스와 조너선 프랭클린, 스테퍼니와 제이슨 팜 그리고 모든 앤드류들의 우정에 감사한다.

나는 《우주의 알》의 초기 구상을 프로스펙트 공원에서 했고, 그 공공 보호구역에 대한 나의 사랑은 채스터티밸리에 대한 블랜딘의 헌신에 분명히 영향을 주었다. 나는 공원을 관리해준 프로스펙트 공원 연대에 빚을 졌다.

어릴 때부터 읽고 쓰는 것에 대한 나의 사랑을 키워주신 부모님과 형제들에게 말로 다 할 수 없을 만큼 감사하다. 지구상에서 가장 훌륭한 미술 선생인 우리 엄마는 창조에는 난장판과 실수, 사랑이 필요하다는 걸 우리에게 가르쳐주셨다. 아빠는 매일 밤 우리에게 책을 읽어주셨고 내가 글자를 알기도 전부터 참을성을 가지고 내 이야기들을 받아 적어주셨다. 부모님 두 분 모두 우리와 함께 공립 도서관에서 수많은 시간을 보내주셨다. 두 분 다 내 초기 소설을 응원해주셨고, 내가 통계적으로 잘못된 선택으로 작가를 직업으로 추구할 때도 지지해주셨다. 벤은 내 초기 원고에 훌륭한 피드백을 해주었고 유익한 책 추천과 뛰어난 문학 분석을 제공해주었을 뿐만 아니라 심지어는 《우주의 알》 플레이리스트까지 만들어주었다. 조슈아에게는 그의 시와 음악에, 그리고 자신의 기준으로 삶을 사는 본보기가 되어준 것에 감사하고 싶다. 닉에게는 그의 음악과 시각 예술과 이 세상에서 나의 첫 번째 친구가 되어준 것에 감사한다. 닉은 내 원래의 상상을 훨씬 넘어서는 토드의 일러스트를 만들어주었다. 이보다 더 조화로운 공동 작업은 상상도 못 하겠다.

앤드루 크리즈먼에게 무한한 감사를 전한다. 이 소설을 쓰는 데에 5년이라는 힘든 시간이 걸렸다. 내 작품에 대한 앤드루의 존중과 믿음은 내내 나의 주된 양분이 되었다. 내가 나 자신에 대한 믿음을 잃었을 때에도 그는 나에 대한 믿음을 잃지 않았다.

마지막으로, 내가 시작한 것을 끝내준 모든 독자에게 감사를 전한다.

주석

첫 번째 제사는 마이클 무어의 1989년 다큐멘터리 〈로저와 나〉에서 가져왔다.

두 번째 제사는 *Selected Writings: Hildegard of Bingen,* trans. Mark Atherton (London: Penguin, 2001)에서 뽑았다. 《우주의 알》에 사용된 힐데가르트의 인용문 대부분은 이 책에서 가져온 것이다.

〈내세〉의 블랜딘의 인용문들은 시몬 베유의 《중력과 은총》(*Gravity and Grace,* trans. Emma Crawford and Mario von der Ruhr (London: Routledge Classics, 2002))에서 가져왔다.

〈확장되는 원〉에서 모지스는 도덕철학자 피터 싱어의 1997년 사고실험, '물에 빠진 아이와 확장되는 원'을 언급하고 있다. (나는 이 논문과 저자에 대한 모지스의 악의적인 반응에 동의하지 않는다.)

〈변수들〉에서는 collegeboard.org에 올라온 실전 테스트 문제를 조금 변형하여 사용했다. T.S. 엘리엇의 '황무지'도 일부 인용했다. 〈변수들〉의 다른 버전이 〈아이오와리뷰(The Iowa Review)〉 150호에 실렸었다.

〈펄〉은 실존했던 인물 로즈 마리 벤틀리(1918~2017)에게서 영감을 받은 가상의 여성을 인용한다. 펄처럼 벤틀리 역시 펫숍을 가졌었고, 살아 있는 동안에 좌심증이 동반된 내장 역위증 진단을 받지 못한 채 99세에 자연사했다. 벤틀리는 자신의 몸을 연구 대학에 기증했고, 거기서 해부학 학생들이 그녀의 질병을 발견했다.

내 고향 사우스벤드를 찍은 알 쿼그의 사진들은 〈펄〉에 묘사된 많은 이미지들의 견본이 되었다.

〈다 함께, 지금〉은 아빌라의 성 테레사의 《그녀 삶에 관한 책》 29장을 인용한다.

이 소설에 기록된 버전은 *The Collected Works of Saint Teresa of Avila,* trans. Kieran Kavanaugh and Otilio Rodriguez, vol. 1 (Washington, DC: Institute of Carmelite Studies, 2001)에서 가져온 것이다.

〈바이럴〉은 유튜브 콘텐츠 정책을 인용했다.

음악가이자 시각예술가인 내 형제 니컬러스 건티가 이 소설에 나오는 일러스트들을 그려주었다.

우주의 알

1판 1쇄 발행 2024년 3월 11일

지은이·테스 건티
옮긴이·김지원
펴낸이·주연선

(주)은행나무
04035 서울특별시 마포구 양화로11길 54
전화·02)3143-0651~3 | 팩스·02)3143-0654
신고번호·제 1997—000168호(1997. 12. 12)
www.ehbook.co.kr
ehbook@ehbook.co.kr

ISBN 979-11-6737-397-7 (04800)
       979-11-6737-396-0 (세트)